U0937622

Little Women

Louisa May Alcott

小妇人

［美］路易莎·梅·奥尔科特◎著
秦红梅◎译

（上册）

中国·武汉

图书在版编目（CIP）数据

小妇人：全2册 /（美）路易莎·梅·奥尔科特著；秦红梅译. — 武汉：华中科技大学出版社，2018.11

ISBN 978-7-5680-4517-9

Ⅰ. ①小…　Ⅱ. ①路…　②秦…　Ⅲ. ①长篇小说–美国–近代　Ⅳ. ①I712.44

中国版本图书馆CIP数据核字（2018）第229888号

小妇人（全2册）　　[美] 路易莎·梅·奥尔科特 著
Xiao Furen　　秦红梅 译

策划编辑： 王京图
责任编辑： 李　静
封面设计： 伊　宁
责任校对： 北京佳捷真科技发展有限公司
责任监印： 徐　露
出版发行： 华中科技大学出版社（中国·武汉）　电话：（027）81321913
武汉市东湖新技术开发区华工科技园　邮编：430223
录　　排： 北京欣怡文化有限公司
印　　刷： 北京富泰印刷有限责任公司
开　　本： 787mm × 1092mm　1/32
印　　张： 19.5
字　　数： 438千字
版　　次： 2018年11月第1版　2018年11月第1次印刷
定　　价： 86.00元（上下册）

目　录

上册

下册

上册

第一章　扮演朝圣者

“没有礼物，算不上过圣诞节。”乔躺在小地毯上嘟囔着。

“贫穷太可怕了！”梅格低头看着自己身上的旧衣服感叹道。

“我看这世道太不公平了，有些女孩好东西应有尽有，而另一些女孩却一无所有。”小艾米愤愤不平地跟着说。

“可我们父母双全，还有姐姐妹妹相依相伴。”坐在角落里的贝丝心满意足地说。

这句令人欣慰的话让四张被炉火照亮的小脸焕发出光彩，但接下来乔的哀叹让它们重新黯淡下来：“我们没有爸爸在身边呀，而且爸爸很长时间都不回来。”她虽然没有说“也许永远都不回来了”，但想到远在战场[①]上的爸爸，大家都默默地加上了这句话。

大家一时无话。接下来梅格换了一种语气说：“妈妈提议今年圣诞节不买礼物，你们都知道原因，今年冬天对每个人来说都很艰难，她认为男人们在部队里吃苦受累时，我们不应该把钱花在享乐上。虽然我们能做的事情不多，但可以做出些小牺牲，而且应该心甘情愿地去做。但是恐怕我自己做不到啊。”梅格摇了摇头，不无遗憾地想着自己渴盼已久的那

① 指美国南北战争（1861 年—1865 年）。

些漂亮礼物。

“不过，我觉得就算我们省下来本该花掉的那点儿钱，也没有什么用处。我们每人只有一元钱，假如给了部队，对他们也没有多少帮助。我不指望从妈妈和你们那里得到什么礼物，但是我确实想给自己买本《水中女神》[1]，我已经期盼这本书很久了。”“书痴”乔说。

“我本打算把我的钱用来买乐谱的。”贝丝说，她低声叹了口气，不过除了壁炉刷和水壶架，没人听得见她的小声嘟囔。

“我要买一盒漂亮的费伯牌画笔，我真的很需要这样的画笔。”艾米决心已定。

“关于我们的零花钱，妈妈只字未提，她也没有说完全不让买。我们就买自己想买的东西吧，也就此开心一下。我敢肯定我们为了赚到这些钱，工作都很卖力。”乔一边大声说，一边颇具绅士风度地端详着自己的鞋跟。

“我知道我是这样——几乎整天在教那些烦人的孩子，每当那时我就特别渴望回家，在家多开心啊。”梅格又开始抱怨起来。

“你的烦恼还没我一半多呢，”乔说，“你想想这是啥滋味——和一个神经质、爱挑剔的老太太一连几小时关在一起，她不停地支使你，片刻也不消停，把你折腾得不得安生，恨不得飞出窗外逃掉或大哭一场。”

“虽说发牢骚不好，但是我仍认为洗碗碟、整理房间是世上最糟糕的活儿。做这种活儿不仅使我想发脾气，还使我的手指变得特别僵硬，连钢琴都弹不好了。”贝丝看着她的手，叹了口气，这次大家都听到了。

---

① 儿童读物，属鬼怪故事。

“我相信你们谁也没有我受的苦多，”艾米不服气地说，“因为你们用不着和一群野丫头一起上学。如果你功课不好，她们就找你麻烦，还嘲笑你的衣着；如果你爸爸没钱，她们就给他‘贴上标签’[1]；要是你的鼻子不好看，她们就侮辱你。”

“我猜你的意思是‘诋毁’吧，不要说成‘贴上标签’了，好像爸爸是个泡菜罐子一样。”乔笑着纠正道。

“我知道我的意思，你不必连讽刺带挖苦的。多使用好词，来扩大自己的词汇量，这总没错吧？”艾米骄傲地回敬她。

“不要再相互挑毛病了，孩子们。要是我们小的时候爸爸的财产不损失掉，那该多好。乔，天哪！如果我们没有烦恼忧愁，该多快乐，多幸福啊！”梅格说。她不会忘记那些好日子的。

“你那天还说我们比金家的孩子快乐呢，因为他们尽管有钱，却整日斗个不停，烦恼丛生呢。”

“我是这么说过，贝丝。没错，我认为我们就是这样。因为虽然我们不得不干活，但是我们会自己找乐子，是一群快乐娘儿们，就像乔说的那样。”

“乔确实说过这样的土话！”艾米说，她带着责备的目光看看那个四仰八叉躺在小地毯上的人。乔立刻坐了起来，把手插进衣兜里，吹起了口哨。

“不要这样，乔。这样太男孩子气了！”

“所以我才要这么做！”

“我讨厌粗鲁的女孩子！”

“我厌烦矫揉造作、装腔作势的黄毛丫头。”

“同巢的鸟儿心儿齐。”和事佬贝丝唱道，她脸上的表情令

---

① 艾米混淆了“标签”（label）和“诋毁”（libel）两个词。

人忍俊不禁，以至于那两副尖嗓门都降低了音量，继而转换成一阵笑声。“斗嘴”风波暂时平息下来。

“说真的，姑娘们，你们俩都该挨训。”梅格摆出大姐姐的架势，开始教导她们，“你已经长大了，该丢掉男孩子的把戏，表现得端庄些了，约瑟芬。如果你还是个小姑娘，这不算啥，可你现在个头已经这么高了，还盘起了头发，你应该记住，现在你是大姑娘了。”

“我才不是呢！如果盘起头发就把我变成一个大姑娘，那我就扎两根辫子，一直扎到二十岁。”乔喊道，一把扯掉了盘头发的发网，并来回甩动脑袋，一头栗色长发跟着披散下来。“我都不敢想象自己长大的样子，成为马奇同学，穿着长袍子，一本正经得像棵翠菊！当女孩子真是糟透了。我喜欢玩男孩子们玩的游戏，喜欢他们做的工作，还有他们的一举一动！不能当男孩子，我永远无法释怀，而且现在感觉比以往都糟，因为我渴望去战场上陪爸爸，可现在只能待在家里做女工，就像一个死气沉沉的老太婆！”乔边说边晃动手中的蓝色军袜，把织针晃得像响板一样叮当作响，线团也滚落到了一边。

“可怜的乔！真是太惨了，可谁也无能为力啊。所以你只有把自己的名字变得像男孩的名字，扮演我们女孩子们的兄弟角色。”贝丝边说边用一只世界上所有的刷洗和打扫工作也不能使它变粗糙的手，抚摸着乔蓬乱的脑袋。

“至于你，艾米，”梅格继续教导着，“你就是太挑剔、太古板了。你的神态现在很可爱，但是如果不当心，就会长成一只造作的小鹅。如果你别太‘装’，我倒是很欣赏你的漂亮姿态和优雅谈吐。不过你使用的晦涩词语和乔的粗话一样令人生厌。”

“假如乔是个假小子，艾米是只小鹅，请问我是什么？”贝丝问，心里做好了挨批的准备。

“你就是个小可爱，不是别的。”梅格亲热地说。没人反驳她，因为这个“小可爱”是全家人的爱宠。

年轻的读者们一定想知道她们的模样。那我就利用这片刻时间简单描述一下四姐妹吧。此时她们正坐在朦胧的暮色中做着针线活儿。外面，寒冬腊月的雪花静静地飘落，屋子里炉火烧得正旺。这是一间很舒适的老房子，尽管地毯已经褪色，家具很朴素。墙上挂着一两幅漂亮的画，壁橱里塞满了书。窗边盛开着菊花和圣诞玫瑰。屋子里弥漫着安静祥和的气息。

四姐妹们中最年长的是玛格丽特。她芳龄二八，长相迷人，身材丰满，皮肤白皙，眼睛很大，一头棕色秀发柔软而丰茂。她的嘴巴小巧可爱，一双手又白又嫩，这也是她颇为得意之处。十五岁的乔，也就是约瑟芬，又高又瘦，皮肤是棕色的，这总会让人想起一匹小马。她似乎从来不知道该如何摆放修长的四肢，这令她十分烦恼。她的嘴巴看起来很坚定，鼻子滑稽可笑，一双灰色的眼睛十分犀利，似乎什么都躲不过她的视线。她的眼神时而愤怒、时而活泼、时而深沉。她的一头厚实的长发原本是她的一大优势，可总是被盘起来塞进发网里，免得碍手碍脚。她的双肩圆乎乎的，手大脚大，衣服很不合体。她正处在少女向成熟女性的过渡期，但这正是她的烦恼所在。伊丽莎白——或者贝丝——大家都这么称呼她，是个如花蕾般娇嫩的十三岁少女，头发光滑，眼眸清亮。她神态羞怯、声音轻柔、表情安详、很少动怒。她爸爸称她为“小恬静”，这个绰号特别适合她，因为她似乎永远生活在自己的快乐世界里，只和几个她信得过和喜爱的女孩交往。艾米尽管年龄最小，却是个举足轻重的人物——至少在她自己看来是这样的。她是个端庄秀丽、冰雪聪明的少女，眼睛蓝莹莹的，一头金色秀发蜷伏在肩头。她皮肤白皙，身材纤细，举手投足看起来就像一个注重仪表的年轻女郎。四姐妹的性格如何，这留待我们今后去了解。

时钟敲了六下，清扫完炉台后，贝丝把一双拖鞋放在上面烘暖。不知怎么的，一看到这双旧拖鞋，姑娘们的心情就变好了，因为妈妈要回来了，大家都兴高采烈地去迎接她。梅格停止对妹妹们的教导，点亮了灯。艾米主动从安乐椅上站起来。乔忘记了自己的疲劳，坐了起来，拿起拖鞋挨近火苗。

“这双拖鞋都破得不成样子了。妈咪得有一双新的。”

“我想我可以用我的零花钱给她买一双。”贝丝说。

“不，我来买！”艾米喊道。

“我年龄最大。”梅格刚开始说话就被乔坚定的语气打断了：“现在爸爸不在家，我就是家里的男人，因此新拖鞋就由我来买吧，因为爸爸嘱咐过我，他不在家时，要照顾好妈妈。”

“让我告诉你们我们该做什么，”贝丝说，“我们每人都给妈咪买一件圣诞礼物，不要再给我们自己买东西了。”

“这才像你的风格，乖乖！我们买什么好呢？”乔大声问。

每个人都认真地思索了一会儿，然后梅格宣布道：“我要给她买一双漂亮的手套。”这个主意似乎是源于她那双漂亮的手的启发。

“我要买军鞋，最好的。”乔喊道。

“我要买一些手帕，全都带花边。”贝丝说。

“我要买一小瓶古龙牌香水。她喜欢这种香水，而且也花不了多少钱，这样我还能剩下些钱买画笔。”艾米说。

“我们该怎么把这些礼物送给妈咪呢？”梅格问。

“放在桌上，然后领她进来，看着她打开礼物。你们还记得我们过去过生日的时候是怎么做的吗？”乔说。

“当轮到我戴着皇冠在椅子上坐下来时，我看着你们全都走过来，围着我，送给我礼物，吻我一下，我总是很紧张。我喜欢礼物和你们吻我，但是当你们围坐在我周围，看着我打开礼物时,我就感到紧张。”贝丝说。她正在烤下午茶用的面包，脸蛋也被烘烤得红彤彤的。

“就让妈咪以为我们是给自己买了东西，然后给她一个惊喜吧。梅格，我们必须明天下午就去购物，圣诞夜晚的戏还有好多事情要准备呢。”乔背着手来回走动着，一副踌躇满志的样子。

“演过这次以后我不想再演了。我已经大了，不适合做这种事情了。”梅格说,尽管她仍然像孩子一样热衷于这样的“化装”游戏。

“你不会不干的，我知道，只要你穿上白色睡袍拖曳前行，披散着头发，戴着金纸做的珠宝，就会演下去的。你是我们当中最好的演员了。如果你离开我们这个集体，一切都会跟着结束的。”乔说，“我们今晚就应该排练。过来，艾米，表演一下昏倒那场戏，你在那场戏里僵硬得就像一根拨火棍。”

“我有什么办法呀！我从没见谁昏倒过，我才不愿意像你们那样扑倒在地上，把自己弄得满身是伤呢。如果我很容易倒下，我就倒下。如果不能，我就跌进椅子里，做出优雅的样子。我才不管雨果是否拿着枪指着我呢。”艾米不服气地说。她缺乏表演天分，被选中是因为她个子小，可以惊叫着被剧中的反角扛出场外。

“照这样做，像这样握紧双手，摇摇晃晃地穿过房间，发疯般地喊叫：‘罗德里格！救救我！救救我！’”乔示范着向前走去，夸张的尖叫声确实令人毛骨悚然。

艾米跟在后面模仿着，但是当她伸出双手举到面前时，动作很僵硬，身子一扭一扭的，仿佛受了机器的控制似的，而她发出的“啊呜”声听起来更像是被针扎进了肉里的呼痛声，而非出于恐惧和痛苦。乔失望地叹了口气，梅格放声大笑，而贝丝只顾看她们的滑稽表演，把面包都给烤煳了。

“没办法了！到时候尽力表演吧，如果观众笑话，不要怪我，来吧，梅格。”

接下来的排练进展得很顺利，因为唐佩德罗赌气似的发表了整整两页的演说，中间连一次停顿都没出现。女巫夏甲对着她的一锅煮沸的癞蛤蟆念了一通可怕的咒语，产生了神奇的效果。罗德里格勇敢地把身上的锁链摔成了碎片。服了砒霜的雨果带着悔恨在痛苦中死去，死前发出疯狂的大笑。

“这是我们至今为止演得最好的一次了。”梅格说，她扮演的是死去的反角。这时她坐起来，揉着胳膊肘。

“真奇怪，你怎么能写出这么精彩的戏呢？表演得也很棒，乔！你就十足是一个‘莎士比亚二世’！”贝丝赞叹道。她坚信她的姐妹们在各方面都被赋予了了不起的天分。

“没那么好，”乔谦虚地说，“我确实认为《女巫的诅咒——歌剧式的悲剧》是一部相当不错的戏，不过我想试试《麦克白》，要是我们有一副活板门供班柯用的话。我一直想演杀人者的角色，‘我看到的是短剑吗？’”乔喃喃着，转动着眼珠，双手向空中抓去，就像她看到过的一位著名悲剧演员表演的那样。

“不好，烤叉上放着妈妈的鞋子，而不是面包！贝丝真是个戏迷！”梅格大叫，排练在所有人的大笑声中结束了。

“姑娘们，很高兴看到你们这么开心。”门口响起一个愉快的声音。演员和观众都转过身来，这是一位身材高挑、面容慈祥的妇人，脸上带着关切的表情，让人感到温暖。她的衣着并不华丽，但是显得很高贵，姑娘们认为用灰色的斗篷和过时的帽子包裹的是世界上最棒的妈妈。

“宝贝们，你们今天过得怎么样？要做的事情太多了，因为要准备明天用的礼盒，我才没回来吃午饭。有人来访吗，贝丝？你感冒好些了吗，梅格？乔，你看起来累得不行，过来亲我一下。”

马奇太太一边关切地问着，一边脱下湿衣服，换上暖和的拖鞋。她在安乐椅上坐下来，把艾米拉过来搂在怀里，准备享受忙碌一天后的最幸福的时光。姑娘们在她周围忙个不停，尽量把房间弄得舒适些。她们各司其职，梅格摆放茶桌，乔负责抱柴及摆放座椅，结果她撒了柴火，撞翻了椅子，所经之处总是响起很大的动静。贝丝马不停蹄地在客厅和厨房之间来回穿梭，忙得话都顾不上说。只有艾米抱着胳膊坐在那里，充当着总管的角色。

当她们在桌边坐下来后，马奇太太脸上洋溢着特别快乐的笑容，说：“晚饭后我要给你们看一样好东西。”

灿烂的微笑像一束阳光迅速掠过每个人的脸庞，贝丝不顾手里拿着的饼干，鼓起了掌。乔把餐巾向上一抛，嚷道：“是一封信！一封信！为爸爸欢呼吧！”

“是的，一封很长的吉信，他一切都好，信上说他能顺利熬过这个寒冷的冬季，让我们别担心他。他还送来了各种各样暖心的圣诞祝福，还有专门写给你们这些姑娘们的话。”马奇太太说着，用手拍拍她的衣袋，仿佛里面藏着一个宝贝似的。

“快点儿吃！艾米，不要停下来玩你的小手指，还对着盘子傻笑。”乔喊道。她吃得太急，喝茶时噎了一下，抹着黄油的面包面朝下掉落在地上。

贝丝不再吃了，她悄悄地挪到属于她自己的那个昏暗角落里等着大家，默默期待着那个幸福时刻的到来。

“我觉得爸爸真棒，虽然他超过了入伍年龄，当战士身体也不够强壮，但还是去当了随军牧师。”梅格热情洋溢地说。

“我多么希望我能去做一名鼓手，一名——怎么说来着？或者一名护士，那样我就能离他近些，帮助他。”乔感慨道。

“睡在帐篷里一定很不舒服，而且吃的东西也很糟糕，还要从锡皮水罐里倒水喝。”艾米感叹道。

“他什么时候回来呀，妈咪？”贝丝问，她声音里有一丝颤抖。

“要好长日子呢，宝贝，除非他病了。只要他能做到，他就会一直留在部队里尽职尽责，我们不会让他提前回来哪怕一分钟的。过来听我读信吧。”

她们都围在火炉跟前，妈妈坐在那张宽大的扶手椅上，贝丝坐在她脚下，梅格和艾米坐在两旁的扶手上，乔靠在椅背上，这样一来，如果信碰巧催人泪下，也没人会看到她感情的流露。在那些艰难岁月里，人们写的信很少没有不催人泪下的，特别是爸爸寄回家的信。在这封信里，写信人对自己经历的困难、面临的危险及克制的思乡情说得很少。这是一封令人愉快的、充满希望的信，描述的都是军营生活、行军及部队见闻。只是在结尾处，写信人才流露出对家里女儿们的爱意和牵挂。

把我所有的爱捎给她们，替我吻一下她们。告诉她们，我白天想着她们，夜晚为她们祈祷。她们的爱始终是我最大的安慰。还要再等一年才能见到她们，这一年似乎很漫长，但是提醒她们，在等待期间，我们都可以去工作，这样才不会把这些艰难的日子荒废掉。我知道她们都会牢记我对她们说过的话，她们都是听你话的乖孩子，会尽心尽力地完成她们的职责，勇敢地同她们内心的敌人作斗争，战胜她们自己，这样当我回到她们身边时，我就会更爱我的小妇人们，更为她们感到自豪。

读到这一段时，每个人都哭了。大滴的泪珠滴落到乔的鼻尖上，她也顾不得羞耻了。艾米把脸藏在妈妈肩头，哭出了声，丝毫也不介意卷发被弄乱了。“我是个自私自利的女孩！但是我会努力完善自己，这样将来他才不会对我失望。”

“我们都会这样做！”梅格说，“我太注重自己的外表，不喜欢工作，但今后不会了，我会尽量改掉。”

“我会努力争取配得上他对我们的爱称，‘一个小妇人’，不再粗枝大叶、大大咧咧，在这里完成自己分内的事，而不是总想着去外地。”乔说，但她心里在想，耐住性子待在家里比去南方对付一两个叛乱者要难得多。

贝丝什么也没说，只是用蓝色军袜擦去泪水，然后开始一心一意地编织起来，分秒必争地完成眼前的活儿，同时暗下决心：等到来年爸爸荣归故里时，她一定成为爸爸希望看到的样子。

乔说完之后大家沉默了片刻，接下来马奇太太用愉快的声音问道:“你们还记得小时候模仿《天路历程》[①]中的情景吗?再也没有比那种活动更让你们开心的了。我把我的碎布袋捆在你们背上当包袱，发给你们帽子、手杖和几卷纸，让你们从地下室出发，也就是所谓的毁灭之城，穿过屋子，不断往上爬啊，爬啊，一直爬到房顶上，那里放着你们能收集到的各种可爱的小玩意儿，用来建一个天国。”

“那真是太有意思了,尤其是从狮子旁边经过,同恶魔搏斗,经过藏着妖怪的山谷的场景。”

“我喜欢包袱落地、滚下楼梯的场景。”梅格说。

“我最喜欢的场景是我们爬到屋顶平台上，那里盛开着鲜花，搭着藤架，还有其他好看的东西。我们站在那里，在阳光下歌唱。”贝丝笑着说，仿佛那美好时光又回到了她的身边。

“这件事我记不太清楚了，我能记得的就是我害怕地下室和黑咕隆咚的洞口，还有就是总喜欢屋顶上的蛋糕和牛奶。玩这类东西对我这么大的来说还不算太幼稚，我倒想再玩一次。”艾米说，虽说她才十二岁，却已经像个小大人似的说起丢下童年游戏的话了。

“这种游戏对我们来说永远不会变得幼稚，亲爱的，因为我们一直在以某种方式玩这种游戏。我们的包袱就在这里，我们的道路就在我们眼前。对美好事物和幸福的渴望就是向导，会引领我们战胜重重困难和错误，找到安宁。那才是真正的天国。我的小朝圣者们，我们再来一次这样的历程，不是玩游戏，而是认真去做，让我们看看等爸爸回来时你们能行进到哪里。”

---

① 《天路历程》:英国十七世纪作家约翰·班扬的长篇小说，讲述朝圣者一路与恶势力作斗争,最终到达天国的故事。本书中的“负担”“包袱”“狮子”“恶魔”均出自此书。

“真的吗，妈妈？我们的包袱卷在哪里？”艾米问，她是个只看字面意思的小姑娘。

“刚才你们每个人都描述了你们的包袱，只有贝丝没说。我宁愿相信她没有。”妈妈说。

“不，我有。我的包袱有盘子和抹布，还有对那些有漂亮钢琴的女孩们的忌妒，以及害怕见生人的毛病。”

贝丝的包袱太有趣了，大家都想发笑，但是没人笑，因为这样做会深深伤害她的自尊。

“让我们行动吧，”梅格若有所思地说，“这只是努力向善的另一种说法，这个故事也许会帮助我们，因为尽管我们确实想做好人，却不容易做到，而且我们常常会懈怠下来，不去竭尽全力。”

“今晚我们本来已陷入了绝望的泥沼，是妈妈来到我们身边，把我们拉了出来，就像书里[①]提到的那个叫‘帮助’的路人一样。我们应该像基督徒一样有一卷行动指南。这去哪儿弄呢？”乔问。这种想象给她平淡乏味的日常生活平添了几分浪漫色彩，她为此感到开心。

“圣诞节早晨看看你们的枕头下面，就会发现你们的行动指南了。”马奇太太回答。

趁汉娜清理餐桌之际，她们讨论着新计划。接着四个小针线袋被拿了出来，姑娘们开始飞针走线，为马奇婶婆缝制床单。这种缝纫活儿很单调，但是今晚无人抱怨。她们采纳了乔的提议，把长线缝分成了四部分，分别叫作欧洲、亚洲、非洲和美洲。这样一来，她们干得有滋有味，尤其是当她们一边从其中穿过，一边谈论不同国家的时候。

---

① 指上文中提到的《天路历程》

九点钟时她们停下手中的活儿，像往常一样，在临睡前唱会儿歌。只有贝丝能用那台破钢琴弹奏乐曲。她轻抚黄色琴键，弹奏出悦耳的琴声，为她们唱的简单歌曲作着伴奏。梅格的嗓音如笛声，她和妈妈负责领唱。艾米的嗓音像蟋蟀般尖细。乔则随心所欲地徜徉在自己的世界里，经常不合时宜地发出一声低沉沙哑的声音或颤音，破坏了十分哀伤忧郁的曲调。从她们牙牙学语时，她们就经常这么做：

一闪一闪亮晶晶，满天都是小星星。

这已经成了一个家庭传统，因为妈妈是位天生的歌唱家。早晨听到的第一个声音就是她的歌声。她一边忙进忙出，一边像百灵鸟一样唱着歌。夜晚听到的最后一个声音也是同样愉快的歌声，因为姑娘们无论长多大，都听不够那熟悉的摇篮曲。

第二章　快乐的圣诞节

在圣诞节灰蒙蒙的晨曦中，乔第一个醒来了。壁炉边没有挂长筒袜。有一瞬间，她感到非常失望，就像很久以前的那个圣诞节一样，不过那次是为一只小袜子里塞了太多点心而掉了下来感到失望。然后她想起了妈妈的承诺，于是把手伸到枕头下面，掏出了一本深红色封面的小书。她非常熟悉这本书，书中记载着最优秀的人所经历的古老而美好的故事。乔觉得，这本书对任何一个行进在漫漫征途中的朝圣者来说，都是一本真正的行动指南。她喊醒梅格，祝她圣诞快乐，让她看看枕头下面有什么。一本绿色封面的书出现在她们面前，里面带有同样的插图，还有母亲的赠言，这使她们的礼物变得弥足珍贵。不一会儿，贝丝和艾米也醒来了，都从枕头下面找到了各自的书——一本是浅灰色的，一本是蓝色的。四姐妹都坐下来，看着手中的书，热烈地谈论着。不知不觉中东方变成了玫瑰色，昭示着新的一天的到来。

玛格丽特虽然有些爱慕虚荣，但她天性温柔尽责，这无形中影响着她的妹妹们，尤其是乔——这个妹妹一心一意地爱着她，对她言听计从，因为她提出建议时总是和颜悦色的。

“姑娘们，”梅格严肃地说，先看看身边那个乱蓬蓬的头，又看看屋子另一端的两个戴着睡帽的小脑袋。“妈妈希望我们用心读这些书，并且牢记于心。我们得从现在做起。我们过去一直坚持读书，但自从爸爸离开后，战乱使我们难以安心，以至于丢下了很多事情。你们想怎么做随你们的便，但我要把书放在这张桌子上，每天早晨醒来后读一点儿，因为我知道这对我有好处，能够陪伴我度过每一天。”

接着她就打开自己的新书，开始读起来。乔用一只手臂搂住她，和她脸贴脸一起读起来，神情总是躁动不安的脸上现出少有的安静。

“梅格表现得真好！来，艾米，咱们也来学习她们的样子吧。遇到难单词我来帮你，如果我们有不明白的地方，她们会给我们解释的。”贝丝轻声说，她被漂亮的书和姐姐们的样子深深打动了。

“我很喜欢我的书的蓝色封面。”艾米说。房间里安静下来，只听到轻轻翻动书页的声音。冬日的阳光悄悄地爬进来，洒在她们闪烁着光泽的小脑袋和严肃面孔上，带来了圣诞的问候。

半小时后，梅格和乔跑下楼，她们想感谢妈妈送给她们的礼物。“妈妈去哪里了？”梅格问。

“老天才知道，一个穷人来讨东西吃。你妈妈就去他们家里看他们还有什么需要了。从没见过哪个女人像她这样热心，把吃的、喝的、穿的、用的通通送给人家。”老仆人汉娜回答。自从梅格出生后汉娜就一直住在她们家，姑娘们都把汉娜看成朋友，而不是仆人。

“我想她很快就会回来的，你快煎蛋糕吧，把所有吃的都准备好。”梅格说。她查看着放在沙发下面的篮子里的礼物，这些礼物要等机会合适时才拿出来。“咦，艾米的那瓶古龙香水呢？”她发现那个小瓶子不见了，就问道。

“她刚刚取出来拿走了，说要系根蝴蝶结或别的什么装饰。”乔说，她在房间里来回蹦跶着，为的是把脚上硬邦邦的新军用拖鞋踩软和。

“我的手帕看起来好漂亮啊，是不是？汉娜给我洗得干干净净，并且熨平了，上面的记号是我自己绣的。”贝丝说，她自豪地看着手帕上不怎么匀称的字母，绣上这些字母费了她不少工夫。

“可怜的孩子！这下糟了！她在上面绣了‘妈妈’，而不是‘M. 马奇’，这太滑稽了！”乔举起一块手帕嚷道。

“难道不对吗？我想这样做更好，因为梅格名字的首字母是‘M.M.’，除了妈妈，我不想让其他人用这些手帕。”贝丝不安地说。

“没关系，亲爱的，这是个不错的主意——也非常有道理，从现在起没人会用错这些手帕了。妈妈一定很高兴。”梅格冲乔皱皱眉头，又给了贝丝一个微笑。

“妈妈回来了，快把篮子藏起来！”乔喊道，她们听到门砰地被关上了，过道里传来一阵脚步声。

艾米急匆匆地跑进来，看到姐姐们都在等她，她显得很羞愧。

“你去哪儿了？身后藏的是什么？”梅格问，看到一向懒惰的艾米一大早就穿戴整齐地出去，她感到很意外。

“不要笑话我，乔！我不是故意瞒着大家，我只是想把那一小瓶香水换成大瓶的。为了买下它，我把所有的零花钱都花光了。我真的是不想再自私了。”

艾米说着就拿出一个漂亮瓶子给大伙儿看，这是用原先那瓶廉价香水换的。她努力去为他人着想，态度看起来既真诚又谦让。梅格当即给了她一个拥抱。乔说她用的是“杀手锏”，贝丝跑到窗前摘了一朵漂亮玫瑰装饰这个看起来很气派的瓶子。

“你们知道吗？今天早晨我从书中读到要做好人好事，也听大伙儿谈论这件事，我就为自己的礼物太廉价感到羞愧，所以就立刻起床跑到拐角处的商店换了一瓶。现在我非常高兴，因为就数我的礼物最漂亮了。”

临街的门又砰地响了，篮子再次被藏到了沙发下。姑娘们围坐在桌边，盼着享用早餐。

“圣诞快乐，妈咪！谢谢你送给我们那么多书，我们已经读了一些，而且打算今后每天都读。”她们异口同声地说。

“圣诞快乐，小姑娘们！我很高兴你们马上就开始读书了，而且希望你们坚持下去。不过，在我们坐下来吃早饭前，我有件事要告诉你们。离这里不远处躺着一个可怜的女人和一个刚刚出生的小婴儿。六个孩子挤在一张床上抱成团取暖，因为他们屋子里没有生火。他们的食物都吃光了。那个大孩子告诉我他们又冷又饿。我的小姑娘们，你们能把自己的早餐省下来，当圣诞礼物送给他们吗？”

姑娘们已经饿着肚子等了一个小时了，她们都没吭声——但这仅仅持续了一分钟，接着乔就性急地喊道：

“幸好你赶在我们开始吃饭前回来了！”

“我能帮忙把这些食物送给那些可怜的孩子们吗？”贝丝急切地问。

“我来拿奶油和松饼！”艾米豪气地放弃了自己最喜欢吃的食物。

梅格已经着手撒上荞麦片，把面包堆放在一个大盘子里。

“我知道你们会同意的。”马奇太太笑着说，似乎很满意，“你们应该都去，帮我拿东西。我们回来以后就吃面包和牛奶充饥，午餐时再好好吃一顿。”

她们很快就准备妥当了。队伍出发了。所幸时辰尚早，她们穿过后街时，没怎么遇见熟人，因此没人笑话这支奇怪的队伍。

那是一间何等破败、困窘、凄凉的屋子啊。窗户残缺不全，屋内没有生火。被子破破烂烂的，母亲生着病，婴儿啼哭不止，一群面色苍白、饥肠辘辘的孩子裹在一张破被子下面御寒。

当姑娘们走进房间时，那一双双眼睛瞪得那么大，发青的嘴唇露出的微笑又是多么开心啊！

“天哪！好心的天使来看我们了！”那个可怜的女人欣喜地喊道。

“是戴着头巾和连指手套的滑稽天使。”乔说，引起一片笑声。

的确像好心的天使降临到了这里来搭救他们，很快就能看出这一点了。汉娜用抱来的木柴生着了炉火，用破帽子和自己的斗篷堵住了窗户上的破洞。马奇太太给孩子的母亲送去茶和麦片粥，并答应她今后会继续帮助他们，让她放宽心。当马奇太太给小婴儿穿衣服时，动作轻柔得就像孩子是她亲生的一样。与此同时，姑娘们摆好了餐桌，让孩子们坐在炉火周围，喂他们食物，就像喂一群饥饿的小鸟。她们有说有笑，努力去弄明白孩子们说的很可笑的、不连贯的英语。

“太好了！”“好心的小天使！”可怜的小东西们一边吃，一边把手伸到温暖的火焰边取暖。

被人叫作小天使，这对姑娘们来说还是头一次。她们感到十分开心，尤其是乔，自出生时起她就被认为是圣徒[①]。这是一顿特别愉快的早餐，虽然她们滴水未进。她们离开了，把温暖留了下来。此时此刻，再也找不到比四个饿着肚子的小姑娘更快乐的人了。在圣诞节的早晨,她们送出了自己的早餐，只是吃些面包和牛奶填饱肚子。

“爱邻居比爱自己要好，我喜欢这样。”梅格说。此时她们的妈妈正在楼上为可怜的胡默尔一家寻找衣物，她们把送给妈妈的礼物摆放整齐。

这并非一幕豪华场景，只不过是几个小小的礼盒，但是饱含着她们的爱。餐桌中间摆着一只花瓶，里面插着红色玫瑰和白色菊花，一根藤蔓垂落下来，给餐桌增添了不少雅趣。

“她下来了！弹琴吧，贝丝！艾米，快去开门，为妈咪欢呼三次！”乔从容地指挥着，梅格跑过去领着妈妈来到贵宾席上。

贝丝弹奏起最欢快的进行曲。艾米打开门，梅格行使着护从的职责，神情极其庄重。马奇太太既惊喜又感动，她微笑着翻看女儿们送给自己的礼物，读着里面夹带的纸条，眼睛里充满了泪水。她马上就换上了新拖鞋，把一块新手帕塞进衣兜里，上面还洒着艾米送的香水。她胸前插着一朵玫瑰，称赞漂亮的手套“十分合手”。

屋子里充满了欢声笑语，洋溢着爱意，使得这样的家庭节日在当时是那么温馨，以后回忆起来又是那么甜蜜。接着大家又投入到了工作中。

上午的送爱心活动和送礼仪式花去了太多时间，剩下的时间只好全部用来准备晚上的庆祝活动。因为年纪尚小，没有

---

① 乔原名约瑟芬，和圣母玛利亚的丈夫约瑟夫名字相近。

机会经常去剧院看戏，加上生活不够富裕，请不起演员到家里演出，所以姑娘们充分发挥聪明才智，不管什么都亲手制作。“需要是发明之母嘛！”一些作品显示了她们的心灵手巧：纸板糊的吉他，用老式船形黄油碟做的仿古灯，上面盖着银纸，旧棉布做的袍子上缀着从泡菜工厂里讨的马口铁边角碎料，晶莹闪烁，显得无比华丽。盔甲上也覆盖着制作泡菜罐子盖时切下的碎片，像闪闪发亮的宝石。大客厅是舞台，这里曾举办过很多天真快乐的狂欢活动。

因为男士免入，乔便反串男角，这正合她心意。她对一个朋友送的一双褐色皮靴特别中意。这是那位朋友费好大周折从一位男演员那里讨来的。这双皮靴、一把旧花剑、一件某位画家曾穿过的男士开叉马甲——这些都是乔的宝贝，每次演出都能派上用场。因为“剧团”实在太小了，两个主要演员要同时扮演好几个角色。她们非常刻苦地排练不同角色，进进出出地不停更换服装,还要管理舞台。这种努力值得称道。这对她们的记忆力来说是很好的锻炼。这种无伤大雅的娱乐活动打发掉了很多时光,否则她们会感到无所事事,孤独寂寞,或者和对她们有不好影响的人交往。

圣诞节夜晚，一群姑娘挤在算作特等包厢的床上，面对着充当幕布的蓝黄交织的印花棉布窗帘，既感到荣幸，又充满了期待。窗帘后不停传来沙沙声和低语声，油灯飘散出少许青烟，还有艾米偶尔发出的咯咯笑声，每当这种激动时刻，她就容易变得兴奋过度。不久。开演的铃声响起来,幕布拉开,《歌剧式悲剧》开演了。

根据唯一的一份戏单上的介绍，“一片幽暗的树林”是用插在罐子里的几丛灌木、铺在地板上的绿色桌布和远处的一个“洞穴”构成的。“洞穴”顶部是一个晾衣架，衣柜充当洞壁，里面有一个燃烧得正旺的小火炉，上面放着个黑罐子，一个老女巫正弯腰伏在炉前。舞台变暗了，火炉的火苗制造出极佳的效果，尤其是当女巫揭开罐盖时，蒸气实实在在地从锅里冒了出来。观众席上发出一阵兴奋的尖叫。一分钟后，尖叫声退去。雨果，剧中的反角，神气活现地登上了舞台。他身上挂的宝剑咔啦作响，帽子低垂着，他蓄着黑胡子，披着神秘的斗篷，足蹬皮靴。他烦躁不安地来回走动几次后，摸了摸前额，突然大声唱起来，声音粗犷，充满野性，唱的是他对罗德里格的仇恨和对扎拉的爱，他决心杀掉前者，夺取后者。雨果粗哑的嗓音，夹杂着情不能自已时偶尔爆发出的一声呐喊，特别具有冲击力。他只要一停下来喘口气，观众席上就爆发出掌声。他带着对此习以为常的神态鞠了个躬，溜回到洞穴里，命令夏甲过来听命：“喂，小卒，我需要你！”

梅格走上台，她脸上挂着灰色马鬃，身披一件暗红色的袍子，手执一根手杖，斗篷上带有某种神秘符号。雨果需要一瓶能让扎拉爱慕他的魔药和毒死罗德里格的毒液。夏甲唱着动听的戏剧调子答应了下来，开始呼唤神灵送来魔药：

过来，过来，从汝家中，
快活的精灵，吾在召唤汝！
汝能酿出魔药和神药吗？
生于玫瑰，饱饮雨露，
速速送来，
吾需要的香甜神药。
可口、速效、强力，

精灵，快快回答吾。

一阵轻柔的音乐响起，从洞穴深处钻出一个小小的身影，它周身白云缭绕，翅膀闪闪发亮，金色头发上戴着个玫瑰花环。它挥舞着魔杖唱道：

我来了，
来自天宇，
来自遥远的银色月亮。
来取走魔咒吧，
务必惜用，
它的功效转瞬即逝。

精灵把一个镀金的小瓶子扔在女巫脚下，随即消失了。夏甲接着又唤出了另一个精灵，这个并不可爱。随着砰的一声响，一个丑陋的黑色小精灵出现了。它呱呱应着，把一个黑瓶子扔给雨果，发出一声嘲笑后消失了。雨果嘟囔一声“谢谢”，把瓶子塞进皮靴里，离开了舞台。夏甲告诉观众，雨果过去曾杀死她的几个朋友，她诅咒过他，准备毁掉他的计划，为朋友复仇。幕布落下，休息时间到了，观众们一边吃糖，一边兴高采烈地谈论着戏里的精彩之处。

幕布再次升起之前，一阵锤击声持续了很久。当大家发现这是一件多么了不起的杰作时，谁也没有抱怨它来得太迟。真是棒极了！一座塔楼直抵天花板，半中间开了一扇窗户，窗旁亮着一盏灯。扎拉从窗帘后出现了。她穿着漂亮的淡蓝色长裙，等待着罗德里格。罗德里格终于华丽现身。他头戴羽冠，身披红色斗篷，前额垂着一缕栗色卷发，怀中抱着吉他，当然，皮靴是标配。他跪在塔楼下，用动听的嗓音唱了一首小夜曲。扎拉也有所回应。一阵悦耳的对唱后，扎拉答应私奔。接着这场戏的高潮来了。罗德里格拿出了一个带有五个阶梯的绳梯，他把绳梯一端抛上去，请求扎拉下来。扎拉小心翼翼地爬出了格栅窗，把一只手放在罗德里格肩头，她正准备优雅地跳下来，突然“哎呀”一声，原来她忘记了身上的长裙，裙子被窗户钩住了，塔楼摇晃了几下，哗啦一声倒下了，把两个不幸的恋人埋进了废墟中。

尖叫声响成一片。那双褐色皮靴不停地抖动着，钻出了废墟。一个棕色脑袋探了出来，大喊：“我提醒过你的！我提醒过你的！”唐佩德罗，一位铁石心肠的父亲，泰然自若地冲到台上，麻利地把女儿拉了出来。

“不要笑！继续演，就当一切正常！”他命令罗德里格站起来，狂怒而鄙夷地把他逐出了王国。尽管罗德里格被倒下的塔楼砸得很惨，却公然反抗唐佩德罗，躺在地上不肯动弹。这种英雄行为鼓舞了扎拉，她也违抗起父命来。唐佩德罗把他们俩都打入了城堡的深牢里。一个矮胖的小家臣拿着链子上了场，把他们带走了，他表情惊惧，显然忘记了台词。

第三场是在城堡门厅里，夏甲出现了，她是来解救这对恋人，干掉雨果的。听到雨果靠近，她就躲了起来，看到他把魔药倒进两杯酒里，吩咐胆怯的小家臣：“把这两杯酒送到关押在囚室里的人手里，告诉他们我很快就到。”小家臣把雨果拉到一边，跟他说了些什么，夏甲趁机把这两杯酒调换成了两杯好酒。小家臣费迪南多把酒端走了。夏甲把下了毒的那杯酒放回了原处。唱了很久的雨果口渴了，端起来一饮而尽，立刻发了疯，一番抽搐后倒地而死。与此同时，夏甲用嘹亮动听的歌声告诉他她所做的一切。

这一幕场景相当引人入胜，虽说有人认为，一大团红色长发的突然滑落破坏了反角死亡的效果。观众呼唤他到台前露露脸，他就彬彬有礼地出来了，还领着夏甲。大伙儿认为，夏甲的唱功很是了得，其演唱比所有演出加起来都精彩。

第四场讲的是罗德里格听说扎拉抛弃了他，陷入绝望，险些刺死自己。正当他把剑对准心脏时，窗下传来一阵动听的歌声，告诉他扎拉遇到了危险。如果他愿意，他可以搭救她。一把钥匙从窗户扔了进来，他打开了门，挣脱了身上的枷锁，跑出囚室，找到心上人，并把她救了出来。

第五场在扎拉和唐佩德罗之间一场激烈的冲突中拉开了序幕。他希望她进修道院，但她不肯。一番催人泪下的哀求后，她快要昏倒了。正在这时罗德里格冲了进来，要求娶她。但唐佩德罗嫌他是个穷小子，拒绝了他。他们争吵起来，互不相让。罗德里格准备把筋疲力尽的扎拉带走，这时小家臣拿着夏甲送来的一封信和一个包裹走了进来。夏甲已经神秘失踪。她在信里说她把数不清的财富赠与这对情侣。如果唐佩德罗破坏他们的幸福，她饶不了他。包裹打开了，无数钱币像阵雨一样撒落在舞台上，舞台顿时变得金光闪闪。这完全软化了那位“严父”的铁石心肠，他毫无怨言地同意了。所有人都加入了快乐的合唱，这对情侣跪下来，无比优雅而浪漫地接受唐佩德罗的祝福，幕布降落在他们身上。

紧接着响起了雷鸣般的掌声，却被突发的意外事件打断了，原来是支撑“特等包厢”的吊床突然合起，罩住了热情的观众。罗德里格和唐佩德罗急忙跑过来救驾，所有观众都被拉了出来，均毫发未损，虽然其中一些笑得说不出话来。兴奋的潮水尚未退去，汉娜就来了，传话说马奇太太祝贺她们演出成功，让小姐们都下楼吃晚餐。

连演员们对此也感到吃惊。看到餐桌上摆放的食物，她们惊喜得面面相觑。妈咪为她们备了一顿小小的盛宴，自从好日子过去后，如此丰盛的食物她们见所未见。有冰激凌——实际上有两大盘呢，一盘粉色，一盘白色，还有蛋糕、水果和诱人的小糖果。餐桌中间是四大束从温室采的鲜花。

这让她们惊讶得屏住了气息，她们看看餐桌，又望望妈妈，马奇太太看起来好像特别开心。

“是仙女送的吗？”艾米问。

“是圣诞老人吗？”贝丝问。

“是妈妈做的。”梅格带着甜甜的笑容说，她还没卸下妆容，仍戴着灰色长胡子，描着白眉毛。

“马奇婶婆心血来潮，送来了晚餐。”乔灵感突现，喊道。

“你们都错了。是劳伦斯老先生送来的。”马奇太太解释说。

“小劳伦斯的祖父？他为什么要这样做？我们并不认识他！”梅格嚷道。

“汉娜把你们的早餐宴告诉了他的一个仆人。劳伦斯老先生的性格让人摸不透，不过对这件事很赞赏。多年前他认识你们的外公。今天下午他派人送来一封短信，语气很客气，说他希望我允许他送给我的孩子们一点儿礼物，以表达他的敬意和友善。我不好拒绝，因此你们今晚就有了这顿小小的盛宴，作为对‘牛奶加面包’早餐的补偿。”

“是那个男孩让他这么做的，我知道一定是他！他是个挺不错的小伙子，我希望能和他认识。他看起来好像想结识我们，可是他太腼腆了。而梅格又太矜持，我们从他身边经过时，她不让我同他讲话。”乔说。盘子在传递，冰激凌越来越少，赞叹声不绝于耳。

“你是指住在我们隔壁大房子里的人，是吗？”一个姑娘问，“我妈妈认识劳伦斯老先生，说他非常高傲，不喜欢和邻居们打交道。如果小劳伦斯不骑马或者不和家庭教师一起散步，他就把小劳伦斯关在屋子里，逼这个男孩用功读书。我们曾邀请小劳伦斯参加我们的聚会，但是他没去。妈妈说他很不错，虽然他从不和我们女孩子讲话。”

“有一次我们家的猫跑丢了，是他帮我们找了回来，我们隔着篱笆聊了一会儿，聊得很开心，全是关于板球之类的话题。但是当他看到梅格过来时，就走开了。我希望认识他，他需要乐趣，我确信他需要。”乔不容置疑地说。

“我喜欢他的举止，看起来像个小绅士，因此我不反对你认识他，如果有合适机会的话。花是他亲自送来的，要是我知道楼上的情形，就邀请他进来了。他听到了嬉闹声，显然他自己什么也没有，因此离开时显得郁郁寡欢。”

“幸亏你没这么做，妈妈！”乔看着自己的皮靴笑着说，“但我们将来会演一场他能看的戏，也许他可以帮忙演出。那样是不是很好玩呀？”

“我以前从没收到过这么漂亮的鲜花！真是太美了！”梅格兴致勃勃地打量着自己的那束花。

“这些花是很漂亮，但是对我来说贝丝的玫瑰更香。”马奇太太说着，低头嗅了嗅腰带上插的几近凋零的花束。

贝丝靠过去依偎着她，和她说着悄悄话：“我多希望能把我的花送给爸爸。恐怕他圣诞节过得没有我们这么开心吧。”

第三章　小劳伦斯

“乔！乔！你在哪里？”梅格在阁楼梯下面喊道。

“我在这里呢！”楼上传来一个沙哑的声音。梅格爬上阁楼，发现妹妹裹着被子坐在一张三条腿的沙发上，靠着洒满阳光的窗口，一边吃苹果，一边眼泪汪汪地读着《雷德克利夫的继承人》①。乔就喜欢躲在这里，旁边放着三五个青苹果，手里拿着一本书，享受清静时光。陪伴她的是一只住在附近、对她毫无顾忌的宠物鼠。看到梅格，老鼠“涂鸦”瞬间溜进洞里。乔抹掉腮上的泪水，等着听消息。

“太让人高兴了！快看！加德纳夫人的请柬，邀请我们明晚去她家！”梅格边喊边晃动手中珍贵的请柬，然后怀着少女的喜悦读起来。

“‘加德纳夫人诚邀马奇小姐和约瑟芬小姐参加除夕家庭舞会。’妈咪同意我们去，我们该怎么打扮呢？”

“问这有用吗？你明知道我们只能穿府绸衣裳，没有其他可穿的嘛。”乔一边嚼着苹果一边回答。

“我要是有件丝绸衣服该多好啊！”梅格叹息着，“妈妈说等我十八岁时也许可以做一件，但还要等两年啊，太难熬了。”

---

① 英国十九世纪小说家夏洛特·玛丽·扬（Charlotte Mary Youge）写的一本传奇小说。

“我相信我们的府绸衣裳看起来就像丝绸，这对我们来说够好的了。你的还新着呢，我的都烧坏了，还有扯破的地方，我差点儿忘了。这该如何是好？那块被烫的地方很丑，可我怎么也除不掉啊。”

“你可以尽量坐着不动，不让人看到后背。衣服前面没问题。我想买一条新发带，妈咪要把她的珍珠小发卡借给我。我的新鞋子很漂亮，手套也凑合，虽然不太让我满意。”

“我的手套上沾有柠檬汁，又没钱买新的，干脆不戴手套。”乔说，她从不太在意自己的衣着打扮。

“你一定得戴手套，不然我就不去了，”梅格断然说道，“手套比什么都重要。没有手套就跳不成舞。你要是不戴，我会感到丢脸的。”

“那我就一直坐着好了。我不太喜欢跳双人舞。转来转去很没意思。我喜欢无拘无束地到处玩耍。”

“你不能再让妈咪给你买新的了，太贵了，你总是不小心。妈咪说过，如果你再糟蹋新手套，今年冬天就不给你买了。你能用现在这副对付吗？”梅格急切地问。

“我可以把手套攥在手里，这样就没人看见有多脏了。只能这样了。不！我想出一个主意，我们每人戴只好的，把脏的拿在手里。你看怎么样？”

“你的手比我的手大，会把我的手套撑坏的。”梅格说，她把自己的手套看成宝贝。

“那我就不戴手套了。我才不管别人怎么说呢。”乔说着就抓起了书。

“戴我的吧，我答应你！只是别弄脏了。另外，一定要懂规矩。不要说‘老天爷！’不要背着手，也不要盯着一个人使劲看，也不要说‘乖乖’，行吗？”

“不要担心我，我会尽量管好自己，不去惹麻烦。赶紧去回复请柬吧，让我把这个精彩的故事读完。”

梅格下楼去回复请柬，准备着装。她表达了谢意，并表示接受邀请。她一边愉快地唱着歌，一边整理好唯一货真价实的花边装饰。与此同时，乔读完了想读的故事，吃了四个苹果，又和“涂鸦”嬉戏了一会儿。

除夕那天，客厅里空荡荡的，两个小妹妹扮演着贴身女仆的角色，大姐二姐一心一意忙活一件最重要的事情——为舞会做准备。她们的衣着打扮虽然简单，却也不停地跑上跑下，有说有笑的。有一阵子，屋子里弥漫着一股刺鼻的焦头发味。梅格想把刘海烫成卷，乔举着烧热的火钳，帮她烫裹了烫头纸的头发。

“烫头发会有这么多烟吗？”贝丝坐在床上问道。

“湿头发被烘干时就这样。”乔回答。

“气味好怪啊！就像羽毛被烧焦了。”艾米说，一边自豪地抚弄着自己的漂亮卷发。

“大功告成，我取下纸，你就会看到如云般飘逸的卷发了。”乔说着放下了火钳。

她取下了烫头纸，没有看到如云的卷发，却看到头发随烫头纸一起被扯了下来。这个业余美发师吓坏了，她把烫焦的小纸卷一溜摆放在那个倒霉人面前的柜子上。

“哎呀，不，天哪！你做了什么呀？把我的头发弄糟了！我去不成了！我的头发，噢，我的头发！”梅格号啕大哭，绝望地看着镜中她那残缺不全的卷曲刘海。

“都怪我！你不该让我做这活儿。我就是个废物。太抱歉了，火钳太烫了，我搞砸了。”可怜的乔解释着，噙着悔恨的泪水看着梅格头上小黑饼似的头发。

“你的头发没被弄糟，就让它这样打着卷儿，再系上你的发带，用蝴蝶结稍稍遮住额头，这样看起来就像眼下正时兴的样式。我看到很多女孩都这样打扮呢。”艾米这样安慰她。

“谁让我臭美呢，活该如此。我倒希望没有折腾过我的头发。”梅格气恼地哭着说。

“我也是这样想的，你的头发原本又光滑又漂亮，不过很快就会长出来的。”贝丝说，又过来吻了一下像刚剪了毛的绵羊似的梅格，安慰着她。

又克服了几个小麻烦之后，梅格终于打扮好了。在一家人的共同努力下，乔的头发也收拾妥当了，衣服也穿好了。她们虽然衣着朴素，但看起来很得体。梅格的裙子是银褐色的，头上系着有花边的蓝色天鹅绒发带，戴着珍珠发卡。乔穿着栗色裙子，裙子上缝着男式亚麻布立领，口袋里插着一两朵菊花，这是她唯一的饰物了。姐妹俩每人戴一只好手套，另一只脏的拿在手里，大家都说看上去“既随意又雅致”。梅格的高跟鞋有些夹脚，虽然她不承认这点。乔头上戴的十九根发卡像硬生生地扎进了她头皮里，让她感到极不自在。哎，先不管这些了，不优雅，毋宁死！

当姐妹两个姿态优雅地沿小路向外走时，马奇太太说：“玩得开心，宝贝们！别吃撑了。十一点钟时我让汉娜去接你们。”门在她们身后咣当一声关上了。一个声音从窗口飘了过来：“姑娘们，姑娘们！你们俩都带像样的手帕了吗？”

“带了，带了，很像样的，梅格还在她的手帕上洒了香水呢。”乔大声回答。她们继续往前走，乔取笑起妈妈来：“我敢打赌，哪怕我们正忙着从地震中逃生，妈咪也会这么问的。”

“这是她的贵族情趣之一。再说也有道理，因为对于一个真正的淑女来说，干净的靴子、手套和手帕是标配。”梅格说，她本人就有很多小“情趣”。

“别忘了，千万不要让人看到你衣服上烧坏的那一块，乔。我的腰带系得好看吗？我的头发看上去丑吗？”梅格坐在镜子前扭头问乔。她已经在加德纳夫人的梳妆室里打扮很久了。

“我可能会忘。你要是看到我有不当之处，就眨眨眼睛提醒我一下，行吗？”乔说。她扯扯衣领，又草草梳了梳头发。

“我不能眨眼,那样就不像淑女了。如果你做了不对的事情，我就挑挑眉毛,如果做得恰当,我就点点头。好了,把肩膀端正，迈着小步走,如果有人介绍你,不要主动去握手。这样不得体。”

“你怎么学到这么多规矩啊？我总是记不住。听，这首曲子是不是很欢快？”

她们下楼时有点儿胆怯，因为她们很少参加舞会，虽然这个小规模的舞会不太正式，但对她们来说算是一件大事。加德纳夫人——一位气质高贵的老夫人和蔼可亲地和她们打了招呼，把她们交给了她六个女儿中的大女儿。梅格本来就认识萨莉,因此很快就放松下来。乔并不热衷女孩子们的那一套，只好小心翼翼地靠墙站着，感觉别扭得像关在花园里的一匹小马驹。屋子另一端有六七个小伙子在兴致勃勃地谈论滑冰的话题。乔很想过去和他们一起聊，因为滑冰是她的一大爱好。她把自己的愿望用暗号传递给梅格，但是梅格的眉毛高高挑起，一副惊骇的模样，吓得她不敢再动弹了。没人过来和她聊天。她周围的人渐渐稀少,最后只剩她孤零零的一个了。她没有办法四处溜达，给自己找些乐子，那样的话衣服上被烧坏的那一块必将暴露无遗，所以这个可怜的姑娘只好远远地盯着那些跳舞的人看。舞会一开始就有人邀请梅格了。那双被鞋子夹痛的脚跳得多轻盈啊，谁能想到面带微笑的主人所承受的痛苦呢？乔看到一个大块头的红头发年轻人向她这边走来，担心他会请自己跳舞，急忙躲到了一个挂着门帘的小休息室里，打算在这里躲清静。不幸的是，另一个腼腆人已经先她一步躲在这里了。门帘在她身后落下后，她发现自己和小劳伦斯面对面站着。

“天哪，我不知道这里有人！”乔结结巴巴地说，准备拔腿开溜，来个来也匆匆，去也匆匆。

男孩虽然有点儿吃惊，却笑了，他愉快地说：“不要管我，你若愿意，就待在这里吧。”

“我不会打扰你吗？”

“一点儿也不。我来这里是因为我认识的人不多，一开始感到很别扭，你明白的。”

“我也是。请不要走开，除非你想走。”

男孩就重新坐下来，盯着自己的鞋子看。乔为礼貌起见，也为了把气氛搞轻松些，说：“我想我曾有幸见过你。你住在我家附近，是吗？”

“就在隔壁。”他抬起头，突然放声大笑，因为乔拘谨的模样和他记忆中的样子相比显得很滑稽，就是他把猫送到她家，他们聊板球的那次。

这让乔放松下来，也跟着笑了。她由衷地说：“你的圣诞礼物很棒，让我们非常开心。”

“是我爷爷送的。”

“是你提醒他的，不是吗？”

“你家的猫怎么样了，马奇小姐？”男孩问，他尽量装出一本正经的样子，虽然那双黑眼睛里的眼神很活泼。

“很好，谢谢你，劳伦斯先生。不过我不是马奇小姐，我是乔。”女孩解释道。

“我也不是劳伦斯先生，我只是劳里。”

劳里·劳伦斯——多么奇怪的名字啊！

“我名叫西奥多，不过我讨厌这个名字，因为伙伴们都叫我多拉，所以我就让他们喊我劳里。”

“我也讨厌自己的名字——太柔了！我希望大家都叫我乔，而非约瑟芬。你是怎么让男孩子们不再叫你多拉的呀？”

“我对他们动粗了。”

“我又不能对马奇婶婆动粗，因此我只好忍着了。”乔无奈地叹了口气。

“你喜欢跳舞吗，乔小姐？”劳里问道，好像觉得这个名字很适合她。

“如果地方足够大，大家都很热闹，我就喜欢。在像这样的地方，我肯定会添乱，踩了别人的脚趾呀，或者惹了祸呀之类的，所以我就避开麻烦，好让梅格自由自在地跳。你跳舞吗？”

“有时候跳。我在国外待了很多年，还没有完全融入这个社交圈里来，不知道该怎么做。”

“在国外！”乔惊呼，“快给我讲讲！我最喜欢听人们讲旅游见闻了。”

劳里似乎不知道该如何开始，但是乔急切的问题很快让他打开了话匣子。他给她讲了他在瑞士城市韦威上学的情形。那里的男孩子从不戴帽子。湖上有一排船，假期里就和他们的老师在瑞士各地观光。

“我多想去那里啊！”乔感叹道，又问，“你去巴黎了吗？”

“我们去年冬天就是在那里过的。”

“你会说法语吗？”

“在韦威，我们不允许说其他语言。”

“快说几句！我能看懂法语，但不会说。”

“Quel nom a cette jeune demoiselle en les pantoufles jolis ？”劳里和颜悦色地说。

“你说得太好了！让我想想……你说的是，‘那个穿着漂亮鞋子的年轻小姐是谁？’是不是？”

“Qui, mademoiselle.”①

“是我姐姐玛格丽特，你知道是她！她漂亮吧？”

“是的，她让我想起了德国女孩们，看起来那么清纯，那么文静，而且跳舞时像个小淑女。”

听到这种出自男孩之口的对姐姐的夸赞，乔很是开心，她把这句话牢记在心，以便讲给梅格听。接下来他们结成了同盟，一边偷偷往外瞧，一边小声做着评判，最后竟感觉像老熟人一样。劳里的腼腆很快消失殆尽，因为乔颇具绅士风度的举止让他感觉有趣，也不再拘谨。乔快乐的天性又回来了，她忘记了自己的衣着，再说也没人关注她。她愈发喜欢小劳伦斯，仔细瞧了他好几次，为的是能把他的外貌描述给姐妹们听。这都是因为她们没有兄弟，男性堂表亲也很少。对她们来说，男孩们是十分神秘的物种。

“卷曲的黑发、棕色皮肤、黑色大眼睛、漂亮的鼻子、整齐的牙齿、秀气的手和脚，比我略高，彬彬有礼，性格活泼。

---

① 法语，意思是“对，小姐。”

不知道他有多大年龄？”

这个问题就要从乔口中蹦出时，她及时管住了自己的嘴巴，一反常态地使用起策略来，试图采用曲线战术。

“我猜你很快就要去上大学了吧？我看到你总是啃书本，不，我的意思是学习很刻苦。”不小心用了“啃”这个不雅之词，乔感到脸红。

但是劳里没有表现出吃惊的样子，他笑了笑，耸了耸肩说：“一两年内不会上的。不管怎么说，我得等到十七岁。”

“你才十五岁？”乔问，看着眼前这个高挑的少年，她原本以为他已经十七岁了。

“下个月就十六岁了。”

“我多希望也上大学啊！你看起来好像不喜欢上。”

“我讨厌上大学，让人不是成为书呆子，就是成为浪荡公子。而且我也不喜欢这个国家人们的生活方式。”

“那你喜欢什么？”

“住在意大利，按我自己的方式快乐地生活。”

乔很想问他自己的方式是什么样的，但是他凝眉思索的样子看起来很吓人，因此她就转移了话题，一边用脚踏着拍子，一边说：“这是一支很棒的波尔卡舞曲[①]。你怎么不去试着跳跳呢？”

“如果你也去跳的话。”他答道，微微一鞠躬，向她发出了邀请。

“我不能去跳，因为我答应梅格我不跳舞，因为——”乔顿住了，一副犹豫不决的样子，不知道是该实话实说呢，还是一笑了之。

---

① 一种捷克民间舞蹈。

“因为什么？”劳里好奇地问。

“你不会告诉别人吧？”

“我保证不会！”

“是这样，我有个坏毛病，喜欢站在火炉边烤衣服，结果烧坏了连衣裙，把身上这件也烧焦了，虽说修补得很仔细，但焦痕还是能看得出来。梅格让我待在一个地方不动，这样就没人看见了。如果你想笑就笑吧。我知道很滑稽。”

但是劳里并没有笑，只是低头看了一会儿。接着他脸上现出令乔困惑的表情，轻声对她说：“不要介意这件事。我告诉你我们怎么办：那边有一道长廊，我们可以在那里痛痛快快地跳。没人会看到我们的。请跟我来吧！”

乔谢了他，高高兴兴地跟他去了，看到舞伴戴的漂亮的珍珠白手套，她多么希望自己也有一双干净手套啊。过道里空荡荡的，他们跳得特别尽兴。劳里跳得很棒，还教她德国舞步，不停地旋转和跳跃，这让乔很开心。一曲终了，他们在楼梯上坐下来歇息。劳里说起海德堡[①]的一个学生节庆活动。讲到一半时，梅格出来找妹妹了。她冲乔招招手，乔很不情愿地跟着她来到一间侧室里，梅格坐在沙发上，手抓着脚，脸色苍白。

“我崴着脚踝了。那只该死的高跟鞋打了滑，让我重重地扭了一下。痛得我都站不起来了。该怎么回家呀？”她痛苦地诉说着，晃动着身体。

“我就知道你穿这双倒霉的鞋子会弄伤脚。我很难过，但我想不出什么法子，除非找一辆马车，要不就在这里待一晚上。”乔边说边轻轻揉着姐姐可怜的脚踝。

---

① 德国著名旅游文化之都。

“去哪里找便宜的马车啊，我敢说根本就找不着，因为大多数人都是乘私家马车来的。这里离马厩太远了，没人会送马过来。”

“我去。”

“不行，绝对不行。已经过九点了，外面又太黑。我不能在这里住下，因为房间里已经住满人了。有几个女孩和萨莉一起住。我就在这里歇着，等汉娜来，到时候再尽力而为。”

“我去找劳里，他会去的。”乔说，想到这个主意，她松了口气。

“求你了，不要找他！不要求任何人，也不要跟人提起。去把我的胶鞋取来，把这双鞋收好。我不能再跳舞了，吃完晚饭后你就去等汉娜，她一来就告诉我。”

“他们就要出去吃晚饭了。我要留下来陪你。我宁愿这么做。”

“不要这样，乖妹妹，去吃饭吧，给我送杯咖啡来就行。我太累了，动不了了。”

梅格斜躺在沙发上，把换上了胶鞋的脚藏在暗处。乔跌跌撞撞地去找餐厅。她先是走进了一个瓷器陈列室，然后打开了一扇房门，加德纳老先生正独自在里面吃小点心。最后终于找到了餐厅。她冲到餐桌前，端起一杯咖啡，咖啡洒了出来，泼溅到了她衣服上，致使前襟变得和后背一样难看了。

“噢，天哪，我太莽撞了！”乔惊呼，把梅格的手套当成了抹布。

“要我帮忙吗？”一个声音友好地问。是小劳伦斯。他一只手端着一满杯咖啡，另一只手端着一盘冰激凌。

“我想取些吃的给梅格送去，她累坏了。有人碰了我一下，所以我就成了这副模样。”乔垂头丧气地看看弄脏的裙子和染了咖啡的手套，解释道。

“真糟糕！我正不知道该把这些东西送给谁呢。可以给你姐姐送去吗？”

“哦，谢谢你！我领你过去找她。我就不帮你拿了，那样只会再捅一个娄子。”

乔在前面带路，劳里好像习惯于为女士效劳似的，他拉过来一张小桌子，也给乔取了一杯咖啡和一盘冰激凌。他是那么体贴周到，连爱挑剔的梅格也夸赞他是个好小伙子。他们开心地吃着夹心软糖和甜格言[①]。后来又有两三个年轻人加入进来，他们正在玩一种名叫“嗡嗡”的游戏时，汉娜来了。梅格一时忘了脚痛，猛地站起，结果痛得大叫起来，多亏抓住乔，才没有摔倒。

“嘘，什么也不要说。”她对乔耳语，接着大声说，“没什么，只不过是扭了一下脚。”然后她一瘸一拐地去楼上穿外套。

汉娜把梅格训哭了，乔无计可施，最后决定自己去解决。她偷偷溜出来，跑下楼，找到一个仆人，问他能否帮她们找一辆马车。遗憾的是他只是临时受雇来帮忙的，对周围环境一无所知。正当乔左顾右盼寻求救援之际，劳里碰巧听到了她和仆人的对话，走过来，提出用他爷爷的马车送她们回家。他说这辆马车刚刚到，正准备接他回家。

“时间还早呢，你不是想现在就走吧？”乔说，她看上去松了口气，但对接受他的帮助还有些犹豫。

“我总是早早就回家了——真的是这样！请让我送你们回家吧。正好也顺路，他们说外面下雨了。”

---

① 一种糖纸上写着格言的糖果。

这件事就这么定了下来。乔向劳里讲述了梅格的不幸，万分感激地接受了他的帮助，跑上楼去通知她们家的另外两名成员。汉娜像猫一样讨厌下雨，因此也没再提出异议，她们就乘着这辆豪华而舒适的马车离开了，感到很开心，很享受。因为劳里坐在车厢前方的座位上，梅格可以把脚架高，两个姑娘毫无顾忌地聊着这场舞会。

“我感到非常开心。你呢？”乔问，她故意把头发弄乱，好让自己舒服些。

“我也是，直到我弄伤了脚。萨莉的朋友——安妮·莫法特很喜欢我，她邀请我和萨莉一起去她家住上一周。等春天剧团来演出时萨莉会过去。如果妈妈同意让我去，那就太棒了。”梅格说。这个想法让她感到振奋。

“我看到你和我躲开的那个红发小伙子一起跳舞了。他人好吗？”

“噢，非常好。他的头发是赤褐色的，不是红色。他还非常有礼貌，我和他一起跳了一曲欢快的雷多瓦舞[①]。”

“他跳新舞步时，看起来就像一只抽筋的蚂蚱。我和劳里忍不住大笑起来。你听到了吗？”

“没有，不过你们这样做很没礼貌。那段时间你在做什么，就躲在那里吗？”

乔给她讲述了自己的冒险经历，等她讲完后她们也到家了。她们反复向劳里致谢，又跟他道了晚安后，轻手轻脚地钻进屋里，希望没有打扰其他人。但是她们的房门刚吱呀一响，两个戴着睡帽的小脑袋就冒了出来，带着睡意的声音迫不及待地喊道：

① 一种19世纪流行的快三步波希米亚舞。

“把舞会讲给我们听听！把舞会讲给我们听听！”

乔给两个小妹妹偷偷带回来几颗夹心软糖，这种行为在梅格看来“极端没规矩”。听完今晚最激动人心的故事后，两个妹妹很快入睡了。

“我敢说，乘着马车从舞会上回家，穿着睡袍坐在椅子上，旁边有女仆伺候，这才真正像个富家大小姐的样子。”梅格说。此时乔正往她脚上涂山金车[1]霜，给她梳头。

“我不信富家大小姐能比我们开心多少，虽说我们烫焦了头发，穿着破衣服，戴着不配套的手套，穿着夹脚的鞋子，结果弄伤了脚踝。”乔说。我认为她说的在理。

① 一种草药，有治疗跌打损伤与抗瘀血的作用。

第四章　负担

“噢，天哪！又得背起包袱上路了，真难啊！”舞会后的第二天早晨，梅格感叹道。圣诞假期已经结束，尽情玩了整整一个礼拜，她不太适应本来就不喜欢做的那份工作。

“要是一年到头都是圣诞节或新年该多好啊！那样的话我们就开心死了！”乔无精打采地打着哈欠说。

“能像现在这么开心，我们应该知足才对，可是这样的生活真是好啊，聚餐啊，舞会啊，乘着马车回家啊，读闲书啊什么的，只玩耍不工作，就像有些人那样。你知道，我总是羡慕那些过这种生活的女孩。我太爱慕荣华富贵了。”梅格诉说着，想从两件破裙子里挑出一件好些的出来。

“别瞎想了，天上不会掉馅饼的。既然抱怨没有用，不如我们扛起我们的包袱卷，像妈咪说的那样，高高兴兴地继续往前走。没错，马奇婶婆的确是我难以摆脱的包袱，但是当我学会容忍，停止抱怨，带着这个包袱上路时，这个包袱要么自己掉下来，要么会变轻，这样我就不会再介意了。”

这个想法激发了乔的想象力，使她心情变得开朗起来，但是梅格仍然高兴不起来，因为她的负担——那四个娇生惯养的孩子，变得比以往更重了。她甚至连打扮自己的心情都没有了，没有像以往那样在脖子上系一条蓝丝巾，也没有梳漂亮的发型。

“好看有什么用？除了那几个小捣蛋鬼，没人看我，也没人在意我漂不漂亮。”她嘟囔着，赌气似的把抽屉往里一推。“我想我就是个劳碌命，一年到头辛苦操劳，只是偶尔遇到点儿开心的事，最后变老，变丑，变得性情古怪，都因为我穷，不能像其他女孩那样享受生活。真遗憾啊！”

梅格神情沮丧地下了楼，吃早饭时仍然是一脸不高兴的样子。所有人的情绪都很低落，而且总想发牢骚。贝丝头痛，躺在沙发上，想从一只老猫及三只小猫那里得到安慰。艾米有些抓狂，因为她没有温习功课，胶鞋也找不到了。乔吹起了口哨，临走前弄出很大动静。马奇太太忙着写一封急信。汉娜也发起牢骚，因为她不习惯晚起。

“从没见过这么坏脾气的一家人！”乔打翻了墨水瓶，扯断了两根鞋带，还一屁股压在了帽子上，最后她终于按捺不住了。

“脾气最坏的就是你！”艾米回敬道，她做的算术全错了，眼泪滴落在写字板上，冲刷掉了那些错误答案。

“贝丝，如果你不把这些该死的猫关进地下室里，我就淹死它们。”梅格生气地吼着，试图摆脱一只小猫的纠缠。那只小猫爬到了她背上，像颗刺果似的粘在上面，她想把它抓下来，却够不到。

乔哈哈大笑，梅格大发脾气，贝丝可怜巴巴，艾米放声大哭，她想不起来九乘十二是多少了。

“孩子们，孩子们，请安静一分钟，我必须赶早班邮车把这封信寄走，别再用你们的烦恼干扰我了。”马奇太太大声嚷嚷着，她写信时连连出错，已经画掉三个句子了。

屋子里出现了短暂的安静，但是很快被汉娜打破了。她大步流星地走进来，把两张热乎乎的小煎饼放在餐桌上，又大步流星地走了出去。这些煎饼是她们家的一道“特色菜”，姑娘们称之为“暖手筒”。在寒冷的早晨,她们没有别的暖手物件，唯有这种热乎乎的煎饼可以暖手。汉娜不管有多忙或是心情有多糟，从不会忘记做煎饼。外面天寒地冻的，姑娘们要走很远的路，午饭也没得吃，因为她们很少在两点之前回家。

“把猫咪搂在怀里头就不痛了，贝丝。再见，妈咪。今天早晨我们是一群小坏蛋，但回来时就变成可爱天使了。走吧，梅格！”乔走了出来,心想这些朝圣者开始出发时没按要求做。

姑娘们转过街角时总会回头张望一下，因为她们的母亲总是站在窗边冲她们点头、微笑、挥手，这似乎已经成为她们每天必不可少的一部分，支撑着她们度过每一天。不管她们自己的心情如何，母亲慈爱的面容和最后一瞥总会像阳光一样温暖着她们。

“如果妈咪对我们晃拳头，而不是给我们送飞吻，也是我们咎由自取，因为再也找不到像我们这样不懂感恩的捣蛋鬼了。”乔大声说，迎着寒风走在积雪覆盖的小路上让她有种赎罪的满足。

“不要用这么可怕的字眼。”梅格说，她裹着厚厚的头巾，宛如一个悲观厌世的修女。

“我喜欢说含义深刻的‘狠话’。”乔说，一把抓住就要随风飘去的帽子。

“你随便骂自己什么都行,但我既不是捣蛋鬼,也不是坏蛋，这两种叫法我都不喜欢。”

“你是一个颓废鬼，而且今天脾气特别糟，因为你对现实不满。可怜的宝贝，等我发迹了，你就可以乘坐马车、吃冰激凌、穿高跟鞋、手捧鲜花了，还有红头发的小伙子陪你跳舞。”

“你真是异想天开啊，乔！”乔的玩笑让梅格开心地笑起来，心情也变好了。

“你应该为有我这样的妹妹感到庆幸才对。如果我也摆臭架子，一副无精打采的样子，就像你这样，那可就惨了。谢天谢地，我总是能找乐子让自己振作起来。不要再哭丧着脸了，回家时高高兴兴的，乖乖。”

乔拍拍姐姐的肩膀，给她打气，姐妹俩就各奔东西了。她们抱紧充当小暖手筒的饼子，尽量让自己快乐起来，尽管天气寒冷，工作辛苦，还要克服年轻人追求享乐的欲望。

当年，马奇先生为了帮助一个不幸的朋友，葬送了家产。两个大女儿请求父母允许她们出去找份工作，这样至少能自食其力。考虑到该是锻炼她们的能力、勤奋和独立精神的时候了，她们的父母应允了。两个人都带着美好心愿投入了工作，虽然遇到了种种障碍，最后总算心想事成。玛格丽特找到一份家庭教师的工作，对这份微薄的收入感到很满意。正如她所说的，她“爱慕荣华富贵”，她的最大苦恼就是贫穷。她发现她比其他姑娘更受不了贫穷，因为她还记得家境好的时光，那时家里整洁漂亮，生活舒适安逸，东西应有尽有。她尽量不去羡慕他人或对现实不满，但是对年轻女孩来说，渴望过光鲜亮丽和富裕的幸福生活，渴望与快乐朋友相伴是很自然的事情。在金家，她日日能看到她渴望的东西，因为孩子们的姐姐们都到了可以外出社交的年龄。梅格时常能瞥见那些精致的晚礼服、漂亮的花束、芬芳的美酒，听到关于戏剧、音乐会、雪橇比赛以及各种娱乐消遣的热烈讨论，看到人们大肆挥霍钱财，购买一些他们认为毫无价值的东西，而这些东西对她来说却十分珍贵。可怜的梅格很少抱怨，但是当她感到生活不公时，有时就会乱发脾气，因为她还没懂得，在某些方面她是多么富有啊，这足以让她生活幸福了。

乔碰巧适合马奇婶婆。马奇婶婆下身残疾，需要一个精力充沛的人照顾她。这个老太太无儿无女，马奇家落难时，老太太提出收养他们家的一个女孩，但是遭到了拒绝，这让她很生气。有朋友告诉他们，这个有钱的老太太在遗嘱中对他们只字未提，他们失去了继承遗产的一切机会，但是安贫乐道的马奇夫妇只是说：

“我们不会用我们的孩子去换取财富的。富也好，穷也罢，我们一家人都要快快乐乐地在一起。”

老太太有段时间和她们断绝了来往。有一次在一位朋友家，她碰巧看到了乔。乔那富有喜感的脸庞和毛手毛脚的举止激起了老太太的好奇心，她提出让乔给她做伴。这个角色对乔来说根本不合适，但是乔答应了下来，因为她找不到比这更好的活儿。让大家颇感意外的是，乔和她这位脾气古怪的亲戚相处得很好。老太太偶尔会发脾气，但是一旦乔赌气回家，声称再也受不了时，老太太就会很快消气，然后急吼吼地差人把她喊回去，让她无法拒绝。在她心里，她还是很喜欢这个脾气暴躁的老太太的。

我怀疑真正吸引她的是那间装满了好书的大书房，自从马奇婶祖父过世后，书房里积了厚厚一层灰尘，结满了蛛网。乔还记得那个慈祥的老先生，他让她用他那些大块头词典搭铁路和桥梁，还给她讲他的拉丁文书上那些稀奇古怪的插图故事。当他在街上碰到她时，每次都给她买姜饼吃。在这个光线昏暗、满是灰尘的房间里，有几尊半身塑像从高高的书架上俯视着下方，此外还有几把很舒适的椅子，几个地球仪，最重要的是，她可以在知识的旷野里自由徜徉，这一切使得这间书房成了她的一块宝地。每当马奇婶婆午睡，或者接待来访者时，乔就躲到这个安静的地方，蜷缩在安乐椅上，如饥似渴地读书，诗集、传奇故事、历史、游记、图画书……她什么都读，好似一个彻头彻尾的书虫。但是，这种幸福和世上所有的幸福一样，总是不能长久。每当她读到故事的精彩之处、最优美的诗行或是游记中最扣人心弦的情节时，一个尖利的声音就会喊起来："约瑟——芬！约瑟——芬！"她就得离开她的天堂，去纺线，给狮子狗洗澡，或者朗诵贝尔舍姆的小品文[①]，一忙就是几个小时。

乔的理想是做一番非同寻常的事业。究竟是什么样的事业，她现在还没想出来，就等待时日告诉她吧。同时，最令她痛苦的是她无法尽情读书、痛快跑步和骑马。她本是个急性子，且伶牙俐齿，情绪上又躁动不安，这一切总是给她带来麻烦。她的生活就是由一连串的跌宕起伏构成的，既可笑又可怜。不过她在马奇婶婆那里接受的训练正是她需要的。做些事情养活自己，这个念头让她感到开心，不再介意那一声声呼唤："约瑟——芬！"

贝丝生性太腼腆，不能去学校读书。她曾经尝试过上学校，但是备受煎熬，最后只好作罢，就在家里跟着爸爸学习。爸爸离开后，妈妈又被召集到"士兵救助会社"帮忙，也顾不上教她了，贝丝就在家里坚持自学，同时做些力所能及的活儿。她就像个小家庭主妇，帮汉娜打扫卫生、整理房间、为在外

① 威廉·贝尔舍姆（1752—1827），英国政治作家和历史学家。

挣钱的家人把屋子收拾得整洁舒适，自己却从来不考虑任何报酬，只期望得到她们的爱。她安安静静度过漫长的一天又一天，但她并不感到孤独和无聊，因为她的小世界里充满了想象的朋友，而她天生是个忙碌的小蜜蜂。她有六个布娃娃需要照料，每天早晨还要给它们穿衣服。她毕竟还是个孩子，仍然像从前一样喜爱这些宠物。这些布娃娃没有一个是完整的，也没有一个是全新的，它们都是贝丝捡来的“弃儿”。姐姐们长大了，不再需要这些布娃娃时，就把它们传给了她。艾米是从来不要旧玩具或难看的玩具的，这反而让贝丝更加珍爱这些布娃娃。她还给残疾布娃娃建了个小医院。她从来不会把针扎进它们用棉花做的身体内，也不会打骂它们，哪怕最丑陋的布娃娃也得到了她的关爱，每个布娃娃都有吃有穿，她总是带着一颗慈爱的心护理和爱抚它们。其中一个残缺不全的布娃娃本来是乔的，它的“一生”可谓充满了惊涛骇浪，最后沦为一堆残骸,被抛弃在碎布袋里。是贝丝把它捡了回来，“收留”了它。布娃娃的头皮没了，贝丝在它脑袋上戴了一顶干净的小帽子。布娃娃的胳膊和腿也没了，她就把它裹在小毯子里，让人看不见它的瑕疵。她还把自己最好的床让给了这个“小残疾人”。若是人们知道贝丝花在这个布娃娃身上的精力，即使会感到很可笑，心也会为之所动的。贝丝还给它采花，读书给它听，带它到外面呼吸新鲜空气，把它揣在怀里，给它唱摇篮曲。每晚睡觉前，她都要亲吻一下它肮脏的小脸，温柔地对它低语：“晚安，可怜的小宝贝！”

和其他人一样，贝丝也有她的烦恼，她毕竟不是天使，而是一个人，一个小女孩。正如乔说的，她常常“哭一会儿”，因为她不能上音乐课，也没有一架好钢琴。她太喜欢音乐了，学得很刻苦，练琴时也很有耐心，可那毕竟是架吱扭作响的老钢琴啊。她觉得有人应该帮她一下（她没指望马奇婶婆），可是没人帮她。当她独自一人时，也没人看到她抹掉了滴落在发黄的琴键上的泪水，这些琴键总是不着调。她像一只小百灵鸟一样唱着自己编的歌，对妈咪和姐妹们从不说累，日复一日，她满怀希望地对自己说："总有一天我会实现我的音乐梦想，只要我足够好。"

人们看到的是另一个贝丝，她安静而害羞，静静地坐在角落里等着帮忙，她甘心情愿地为别人活着，以至于没人看到她的牺牲，直到壁炉上的小蟋蟀停止歌唱时，那个恬静、阳光的身影才消失，把寂静和阴影留在了身后。

如果有人问艾米她生命中最大的考验是什么，她会立刻回答："我的鼻子。"当她尚在襁褓中时，乔一不小心把她摔进了煤斗里。艾米坚持说这场小事故永远毁掉了她的鼻子。她的鼻子不像可怜的彼得雷亚[①]那样又大又红，只是十分扁平，无论怎么捏也不能让它变高，变得有贵族相。除了她自己，并没有人在意此事，而这个鼻子也在正常发育着。但是艾米特别渴望有一个古希腊人那样的鼻子，成天画一些美人来安慰自己。

"小拉斐尔"[②]——姐姐们都这么叫她，无疑在绘画方面拥有天赋。她最喜欢画花朵、仙女，或者用稀奇古怪的图样给故事画插图。她的老师抱怨说，她不在写字板上做算术，而是在上面画了满满的动物。地图册的空白页上被她描上了地图，她的每本书里都会出其不意地冒出一些滑稽可笑的漫画。

---

① 彼得雷亚：布娃娃的名字。

② 拉斐尔，意大利文艺复兴时期著名画家。

她尽量把功课学好，因为表现得很有淑女风范，也能躲过惩罚。她在伙伴中很受欢迎，因为她脾气好，天生会取悦他人。她的举止和优雅气质备受推崇，她的才能亦如此。因为除了绘画外，她还能弹奏十二首曲子，会钩边，读法语时出的错误也不算多。她总是忧伤地说："当爸爸有钱时，我们吃穿不愁。"这听起来很打动人。她喜欢使用拼写复杂的生僻词，同伴们普遍认为她"优雅极了"。

艾米很可能会被宠坏，因为大家都娇惯她。而她的那些小自负和自私的心理也在日益膨胀。然而有一件事总给她的这些自负泼冷水。她不得不穿表姐的旧衣服。表姐弗洛伦斯的妈妈没有一丁点儿品位，这让艾米痛苦不堪，她明明喜欢蓝色软帽，却不得不戴红色的，还有难看的裙子以及太花哨的围裙。这些衣物质量很好，做工精细，而且也很新，但这让艾米艺术家的眼光饱受折磨。今年冬天尤其如此，因为她上学穿的衣服是一件点缀着黄色点点的暗紫色裙子，而且没有饰物。

"唯一令我感到安慰的是，"她眼泪汪汪地对梅格说，"每当我淘气时，妈妈不会把我的裙摆折起来缝上。玛丽亚·帕克的妈妈就是那么做的。我的天哪，那太可怕了，有时她太不听话，裙摆都缝到膝盖以上了，这样她就无法去上学了。想到这样的'坠落'[①]行为，我的塌鼻梁和带有黄色焰火的裙子也算不上什么了。"

梅格是艾米的知心姐姐和保护神。"异性相吸"，乔则是性格温柔的贝丝的知心姐姐和保护神。这个害羞的孩子只对乔诉说心事，而且她在无意识中对这个强势的姐姐产生的影响超过了家中任何人。两个长姐彼此关系很好，但是又各自挑

---

① 本该是"堕落"，艾米滥用新词，却总是用错。

选了一个年幼的妹妹作为自己的保护对象，用自己的方式监管她们，临时妈妈——她们这么称呼自己，实际上是凭着小妇人天生的母性用妹妹们取代被丢弃的布娃娃的位置。

“有没有人讲些趣闻呢？今天烦死了，我得找些乐子。”晚上她们坐在一起做针线时，梅格说。

“今天我在马奇婶婆家过得不同寻常，因为我赢了，我就讲给你们听听吧。”乔说。她特别喜欢讲故事，“我正在读那本永无休止的贝尔舍姆，像平时一样糊弄，因为婶婆很快就会睡着的。这样我就可以掏出一本喜欢的书抓紧读，直到她醒来。但今天我也有些昏昏欲睡了，在她开始打盹之前，我打了个大大的哈欠。她问我为什么把嘴巴张那么大，是不是想一下子把书全部吞进肚里去。

“‘我希望我能做到这点，让它彻底消失。’我说，尽量显得礼貌。

“因此她就揪住我的错狠狠教训了我一通，接着她让我坐在那里反省，让她小睡片刻。她从来不会很快醒来的。当她的帽子开始像头重秆轻的大丽花一样开始上下摆动时，我从口袋里掏出《威克菲尔德的牧师》[1]，一边读一边留意着婶婆。读到他们都跌入水中那部分时，我忘乎所以，放声大笑起来。马奇婶婆醒了。睡过午觉后她不像原来那么凶了，让我把这本书读一点儿给她听，看看我为什么偏偏喜欢这种毫无价值的书，而不愿读有价值和有教育意义的贝尔舍姆。我读得很认真，她很喜欢听，不过她只是说：

① 英国十八世纪中叶的散文家奥利弗·哥尔德斯密斯的长篇小说。是英国感伤主义的名作之一，这部名作既是社会小说，又是家庭小说。小说主人公普里姆罗斯博士以第一人称的方式叙述了他一家的悲欢离合。

"'我没听懂这本书到底写的什么。从头开始读吧，孩子。'

"我就照办了，尽可能把普里姆罗斯读得生动有趣。读到最扣人心弦的情节时，我玩了个恶作剧，突然中断了朗读，假装乖巧地说：'婶婆，你累了吗？我可以停下了吧？'

"她抓起从手中滑落下来的毛线活儿，透过眼镜瞪了我一眼，用毋庸置疑的语气说：'读完这一章，要懂规矩，小姐。'"

"她承认自己喜欢这本书吗？"梅格问。

"噢，上帝保佑，没有。不过她终于让老贝尔舍姆'下岗'了。今天下午我跑回去取我的手套时，发现她正在读这本书。她读得太投入了，我兴奋得在过道里跳起了吉格舞，她都没有听到我的笑声。只要她愿意，她的生活该有多快乐啊！虽然她很有钱，但我也不怎么羡慕她，因为富人们的烦恼也不比穷人少，我想。"乔说。

"这倒提醒了我，"梅格说，"我也有事情讲。这件事虽不如乔讲的有趣，但是回家后我想了很多。今天在金家时，我发现他们一家人都显得慌里慌张的。一个孩子告诉我她大哥闯了大祸，她爸爸把他打发走了。我听到金太太在哭，金先生在大声嚷嚷。当格雷斯和埃伦从我身边经过时，都把脸扭向了一边，因此我没看到她们的眼睛有多红肿。当然，这种事情我也不便多问，但是我为他们感到难过，同时也庆幸我没有这样胡作非为的兄弟惹是生非，让全家人跟着丢脸。"

"我认为在学校里丢脸比坏小子做的任何事情都叫人难堪。"艾米摇着头说，好像她对生活的体验比别人更深刻似的。"苏西·珀金斯今天上学时戴着一个漂亮的红玛瑙戒指。我羡慕死了，特别想变成她。却没想到乐极生悲。她画了一张戴维斯先生的画像，把他的鼻子画得超级大，背是驼的。一个气球状的圆圈从他嘴里飘了出来，里面写着一句话：‘小姑娘，我的眼睛正盯着你！’大家都被这幅画逗乐了。这时戴维斯的眼睛突然盯住了我们，他命令苏西把写字板送到他面前。苏西吓傻了，但是服从了他的命令。天哪，你们能想象他做了什么吗？他揪着她的耳朵把她提了起来——耳朵啊！想象一下那是多么可怕！——然后他把她拉到了讲台上，让她举着写字板在那里站了半个小时，以便大家都能看到上面的画。”

“学生们有没有笑话那幅画？”乔问，她听得津津有味。

“笑话？没人敢！大家坐在那里一动也不动，活像一只只耗子。苏西号啕大哭。我知道她会这样。这时我不再羡慕她了。经过这件事之后，我觉得再多的玛瑙戒指也不能让我开心，这种奇耻大辱我将永生难忘。”艾米继续做作业，为自己的优点及一口气用了两个好词感到骄傲。

“今天上午我看到了令我感动的一幕，本想在晚饭时告诉大家的，但是我忘了。”贝丝边说边帮乔整理好凌乱的篮子，“我去为汉娜买牡蛎时，劳伦斯先生也在卖鱼的店里，但是他没看到我，因为我一直躲在鱼缸后面，而他正忙着和渔民卡特先生聊天。一个可怜的妇人走了进来，手里提着桶和拖把，问卡特先生能否让她做些擦地的活儿，好换些鱼，因为她的孩子们晚饭没有吃的了，她白天干了一天的活儿，也没挣几个子儿。卡特先生当时正忙着，直接就拒绝了她，态度相当粗暴。她只好走了，看起来既饥饿，又难过。这时劳伦斯先生用他拐杖弯曲的一头捞起一条大鱼，递到了她面前。她又惊又喜，立刻抱住了那条大鱼，一遍又一遍地感谢他。劳伦斯先生让她‘回家做了吃吧’，她就急匆匆地走了，别提有多高兴了！劳伦斯先生真好，是不是？噢，她的样子滑稽极了，怀里搂着滑溜溜的大鱼，对劳伦斯先生说着祝福话，祝愿他在天堂的床‘舒适软和’。”

听了贝丝的讲述大家都笑起来。接着她们又让妈妈讲一个。马奇太太想了一会儿，神情严肃地说：“今天我在裁缝铺里裁蓝色天鹅绒外套时，特别担心你们的爸爸。我想，要是他出了什么事，我们该多么孤独无助啊！我知道这么想不明智，但是我还是不由得担心。后来一位老人来预定一些布料。他在我旁边坐下来，我看到他一副可怜巴巴、疲惫不堪、焦灼不安的样子，就和他聊起来。

“‘你儿子在部队里吗？’我问，因为他拿来的纸条不是给我的。

“‘是的，夫人，我有四个儿子，两个在战场上牺牲了，一个被关在监狱里。我要去看另一个，他患了重病，住在华盛顿医院里。’他轻声回答。

“‘你为国家做了很大的贡献，先生。’我说，对他由同情变成了肃然起敬。

“‘这都是我应该做的，夫人。如果我能胜任，我就亲自去战场了。只是我去不了了，所以就把我的儿子们奉献出来，给他们自由。’

“他讲得那么愉快，看起来那么真诚，似乎心甘情愿付出一切。为此我感到自惭形秽。我只奉献出一个人，还整日忧心忡忡，而他却奉献了四个人也毫无怨言。我家里还有一群女儿给我安慰，可他只剩一个儿子在外地等着见他，说不定就要和他永别了呢！想到我拥有的一切，我感到特别富有和满足，就给他捆了个漂亮的包袱，还给了他一些钱，衷心感谢他给我上的一课。”

“再讲一个故事吧，妈妈，就像这种有教育意义的。过后我喜欢思考这些故事，如果是真实的故事，而且说教味不太浓的话。”乔沉默了片刻后说。

马奇太太笑了，马上又开始讲了起来。她已经给这群小听众讲了多少年的故事了，知道怎么哄她们开心。

“从前有四个小姑娘，她们吃穿不愁，生活得舒适安逸，有疼爱她们的父母，还有好朋友相伴左右，可是她们总是不满足。”（故事讲到这里时，听众们偷偷瞧瞧彼此，一心一意做起了针线活儿。）“这几个小姑娘急于有好的表现，她们制订了很多了不起的计划，但是不能持之以恒地坚持，而且总是不断地说：‘要是我们有这个就好了。’‘要是我们能做那个就好了。’全然忘了她们已经拥有了很多东西，也忘了实际上她们能做很多事情。因此她们就问一个老妇人，能用什么魔咒让自己快乐起来。老妇人说：‘当你们感到不满足时，想想你们享的福气，学会感激。’”（这时乔突然抬起头，似乎有话要说，但发现故事没有讲完，她就改变了主意。）

“这些姑娘们都很通情达理，她们决定试试她的建议。很快，她们吃惊地发现她们是多么富有啊。一个姑娘发现金钱不能把羞耻和悲伤阻止在富人家门外；另一个姑娘发现，尽管她很穷，却拥有青春、健康和好心情，因此比某个烦躁易怒、虚弱无力、无法安度晚年的老太太快乐得多；第三个姑娘本来不乐意帮忙煮饭，后来发现出去乞讨更难；第四个姑娘发现玛瑙戒指也没有美好行为有价值。因此她们决定不再抱怨，享受已经拥有的福气，好好珍惜，以免全部失去，而不是越来越多。我相信她们从来没为听从老妇人的建议而感到失望或后悔。”

“妈咪，你太狡猾了，拿我们自己的故事来对付我们，不给我们讲好听的故事，却给我们上了一堂‘教育课’。”

“我喜欢这样的‘教育课’，爸爸过去就常常这么做。”贝丝若有所思地说，把针插在乔的针垫上。

“我发的牢骚虽然不像姐姐们那么多，但是今后会更加小心，因为苏西的不幸已经给我警告了。”艾米懂事地说。

“我们需要上这一课，而且会牢记在心。如果我们忘了，你就提醒我们，就像《汤姆叔叔的小屋》中的老克洛伊说的：‘想想你们的幸运，孩子们！想想你们的幸运！’”乔补充说，再严肃的话题，她都能找出点乐子来，但是她记住的东西一点儿也不比其他姐妹们少。

第五章　好邻居

“你要去干什么呀，乔？”梅格问。一个飘着雪花的下午，乔脚蹬胶鞋，身披旧麻袋，头戴防风帽，急匆匆地穿过了过道。

“去锻炼。”乔调皮地笑着回答。

“我觉得今天上午的两次长途跋涉已经足够了。外面又阴又冷，你最好学学我的样子，待在炉火边取暖。”梅格说着打了个哆嗦。

“我不！白天我是坐不住的，我不喜欢像猫咪那样偎在炉火边打盹儿。我喜欢冒险，要出去碰碰运气。”

梅格重新回到火炉边，一边烤脚一边读《劫后英雄传》①，乔开始精神饱满地清理路上的积雪。雪很浅，她很快用扫把在花园周围清理出一条小径。太阳出来时，贝丝就要拿着那些残疾布娃娃们出来呼吸新鲜空气了。花园把马奇家的房子和劳伦斯家的房子隔开了。两座房子都坐落在市郊，这里看起来仍然像乡下，随处可见小树林、草地、大花园和安静的街道。两座房子之间有一道低矮的篱笆。篱笆的其中一边是一座灰蒙蒙的旧房子，看起来相当寒酸和衰败，夏天墙上覆盖着攀援植物，庭院周围盛开着鲜花，冬天则显得很荒芜。篱笆的另一边是一座很气派的石头宅院，各种舒适和豪华一目了然：

① 英国名著，作者是沃尔特·斯科特爵士（Sir Walter Scott）。

宽敞的马车房、光滑干净的地面、大大的温室、昂贵的窗帘，透过窗帘缝隙隐约可见房中漂亮的摆设。

然而这似乎是一座孤独的、死气沉沉的房子，没有儿童在草地上嬉闹，没有慈母的面容在窗前微笑，也很少有人进进出出，除了那位老先生和他的孙子之外。

在乔生动的想象中，这座漂亮宅院似乎是一座令人心驰神往的宫殿，金碧辉煌，充满了欢乐，却无人享受。她早就想一睹这些隐蔽在其中的荣光，想认识“小劳伦斯”。他看起来好像也想和她认识，只是不知道如何开口。自从上次舞会后，她的这个愿望愈加强烈了，曾经筹划过很多和他交朋友的途径，但最近他没露过面，乔推测他去了外地。后来有一天，乔看到他家楼上一扇窗边露出一张棕色的脸庞，一双满含渴望的眼睛盯着她们家的花园，当时贝丝和艾米正在里面打雪仗。

“那个男孩缺少人际交往和乐趣，”乔自言自语，“他爷爷不知道什么样的生活才对他有好处，就知道一天到晚把他关在家里。他需要一帮开朗的男孩一起玩耍，或者一个富有朝气的年轻人做伴。我想过去同老先生说说这事。”

这个主意让乔感到兴奋，她喜欢做冒险的事情，总是用出乎寻常的举动让梅格大吃一惊。她没有忘记“过去”的计划。当这个飘雪的下午到来时，乔决定去尝试一下能做些什么。她看到劳伦斯先生赶着马车离开了，就着手顺着篱笆铲出了一条小路。她在篱笆边停了片刻，观察了一下动静。一切都静悄悄的。楼下的窗户上挂着窗帘，不见仆人的踪影，一个人影也看不到，只有楼上窗边有一个满头黑色卷发的脑袋，靠在一只瘦瘦的手上。

“他在那里。”乔想，“可怜的孩子！在这样一个灰沉沉的日子里，他该多孤单多烦闷啊！真可怜！我要扔一个雪球过去逗他一下，再安慰安慰他。”

乔抓起一团雪扔了上去，那个脑袋立刻转了过来，露出一张脸，毫无生机的表情转瞬即逝，一双大眼睛焕发出神采，嘴边也露出了微笑。乔冲他点点头，大声笑着，挥舞着手中的扫把喊道：

“你还好吗？你病了吗？”

劳里打开窗户，声音沙哑得像一只乌鸦——

“好点儿了，谢谢你。我得了重感冒，被关了一周。”

“真为你难过。你是怎么打发这些无聊日子的？”

“什么也做不了。这里闷得像坟墓。”

“你看书吗？”

“不太多。他们不许我看。”

“有人读给你听吗？”

“爷爷有时读给我听，但是他对我的书不感兴趣，而我也不想总麻烦布鲁克。”

“有人来看你吗？”

“没有一个我想见的人。男孩子们太闹腾，我怕神经受刺激。”

“有没有可爱的女孩子给你读书，陪你玩耍？女孩子们都比较安静，而且喜欢照顾人。”

“我一个也不认识。”

“你认识我们呀。”乔说完哈哈大笑。

“我当然认识你们。你来好吗？”劳里大叫。

“我既不安静，也不可爱，不过如果妈妈允许，我就过来。我回家问问她。快把窗户关上吧，听话，等我的消息。”

乔说完就扛起扫把迈着大步走回家了，一边猜测着大家会怎么看待这件事。与此同时，劳里一想到马上就有伙伴了，兴奋不已，飞快地着手准备起来。正如马奇太太说的，他是一个“小绅士”，为了迎接客人，他梳理了卷发，换了件颜色鲜艳的衣服，又开始整理房间。尽管他们家有五六个仆人，但他的房间里仍旧乱得一团糟。没多久，门铃声大作，一个坚定的声音要求见“劳里先生”，一个满脸吃惊的仆人跑进来说是一个年轻小姐求见。

“好的，带她进来吧，是乔小姐。”劳里边说边走到他的小客厅门边去迎接乔。乔进来了，面若桃花，神态自然，一手端着一个盖着盖子的盘子，另一只手里抱着贝丝的三只小猫。

“我带着大包小包来了，”她愉快地说，“妈妈让我把她的问候捎给你。她很高兴我能为你做些什么。梅格让我给你带些她做的牛奶冻，这可是她的拿手好戏。贝丝认为她的猫咪能安慰你。让你见笑了，不过我不能拒绝她，她一门心思想为你做些什么。”

巧的是，正是贝丝的宝贝立了大功，因为劳里被这些猫咪逗得哈哈大笑，把腼腆抛到了一边，立刻变得健谈起来。

乔揭开盘子上的盖子，露出了牛奶冻，周围点缀着一圈绿叶，还有一朵鲜红的天竺葵花，这是梅格的最爱。

“这太漂亮啦，我都不忍心吃。”劳里开心地笑着说。

“这算不了什么，只是她们个个都是热心肠，都想表达一下自己的心意。让女仆放起来吧，留着当茶点。这东西一点儿都不腻，你可以吃，也很顺滑，不会刺激你肿痛的嗓子。这个房间真是太舒适了！”

“如果保持整洁，也许是，但是女仆们太懒，我也不知道该怎么提醒她们。虽然我很苦恼。”

“我几分钟就能把它收拾好，只需把壁炉扫一下，瞧，就这样——再把炉架上的物品摆放整齐，就这样——书放在这里，瓶子放在那里，把你的沙发转过来，背对阳光，枕头拍松，好了，你别动。”

他就待着不动，因为乔在说说笑笑间就让所有物品各得其所了，房间焕然一新。劳里对她肃然起敬。当她招呼他来沙发上坐时，他坐下来，满意地吁了口气，感激地说：

“你太好了！是的，我的房间就该是这个样子。请坐到那张大椅子上去，让我为我的伙伴做些什么开心一下。”

“不，我来是为了让你开心的。要不要我读书给你听？”乔热切地看向附近那一排排诱人的书。

“谢谢！这些书我全读过了，如果你不介意，我宁愿聊天。”劳里回答。

“一点儿也不介意，如果你让我打开了话匣子，我能说一天。贝丝说我从来不知道停下来。”

“贝丝就是那个面色红润的小姑娘吗？她大多数时候待在家里，有时挎着小篮子出来，是不是？”劳里很感兴趣地问道。

“是的，那就是贝丝。她归我管，也是一个标准的乖乖女。”

“长相靓丽的是梅格，卷头发女孩是艾米，我猜得没错吧？”

“你是怎么知道的？”

劳里脸红了，但是他坦言道：“你看，我时常听到你们相互喊对方的名字。当我一个人待在楼上的这个房间里时，会不由自主地向你们房间里张望，你们好像总是很开心。请原谅我的无礼，但有时你们忘记把窗帘放下了，就是摆着花瓶的那扇窗。灯点亮后，在炉火的映照下，你们的房间看上去就像一幅画。你们一家人都围坐在餐桌周围。你妈妈的脸正对着窗户，隔着花看起来是那么温柔，我总是情不自禁地看她。我没有妈妈，你是知道的。”劳里的嘴唇不由得抽动了一下，为了掩饰，他低头拨了拨火苗。

他眼睛里的孤独和渴盼直抵乔的心底。她是个热心肠的人，她接受的纯朴教导使她头脑里没有任何乱七八糟的杂念。在十五岁的年纪，她和所有孩子一样单纯天真。劳里又病又孤独，乔感到自己拥有的爱和幸福太多了，她很乐意和劳里分享。她的表情变得非常友好，平时的高嗓门也变得柔声细语：

“我们以后再也不拉上那扇窗帘了，我准许你看，爱看多久看多久。不过，我有一个请求，那就是不要再偷看了，你就大大方方地到我家来做客吧。我妈妈人特别好，她会对你好的。如果你让贝丝给你唱歌，她就会唱给你听。艾米会跳舞给你看。梅格和我会把我们滑稽可笑的舞台道具拿给你看，逗你开心，我们一定很快乐，你爷爷会让你去吗？”

“我想他会答应的，只要你妈妈提出来。他其实很和善，尽管看上去不像。他让我做很多我自己喜欢做的事情，只是担心我会麻烦别人。”劳里说，他心情越来越开朗了。

“我们不是陌生人，而是你的邻居，你不用担心给我们带来麻烦。我们想认识你，我老早就想这么做了。我们搬到这里的时间不长，这你知道。但我们已经认识所有邻居了，除了你们。”

“你看看，爷爷整天钻进书堆里，很少关注外面发生的事情。我的家庭教师布鲁克不住在这里。没人陪我到处转，我只好待在家里打发每一天。”

“那样不好。你应该多出去走动走动，多和人们交往，这样你才会有很多朋友，才有好玩的地方可去。性格腼腆没关系，只要你坚持出去，就会改掉。”

劳里的脸又红了，但是他并没有为乔说他“腼腆”而生气，因为乔这么说完全是出于好心，他不可能再误会她的快言快语。

之后出现了短暂的沉默，在此期间男孩盯着炉火，乔兴致勃勃地东瞅西看。随后男孩改变了话题，问道：“你喜欢你的学校吗？”

“不上学了，我现在做工。我的意思是女孩子做的工作，照看我婶婆，她也是一个有钱的、性情乖张的老太太。”

劳里张口想问另一个问题，但是这时他想起，向人们打听过多的私人问题不礼貌，就闭上了嘴巴，看起来很不自在。乔欣赏他的良好教养，因此也不介意拿马奇婶婆开涮，就用生动的语言给他讲那个爱发脾气的老太太的故事，还有老太太的胖狮子狗、会说西班牙语的鹦鹉，以及让她着迷的书房。劳里听得兴趣盎然。后来她又说起一个曾经上门追求马奇婶婆的古板老先生，老先生正滔滔不绝地说着甜言蜜语时，鹦鹉扯下了他的假发，令他大为恼火。劳里被逗乐了，笑得前仰后合，眼泪都出来了，惹得一个女仆探进头来看发生了什么事。

“噢！这对我非常有好处，请接着讲。”他把脸从柔软的沙发垫上扬起来说，快乐得脸颊通红，神采奕奕。

乔的成功使她大受鼓舞，果真接着讲了，内容无外乎她们上演的戏剧和计划、她们的希望、对爸爸的担心、姐妹们生活的小世界里发生的有趣事儿。接着他们又聊起了书。让乔欢喜的是，她发现劳里和她一样爱书，而且读的书比她读的书多。

“既然你那么爱看书，就来我们家看吧。爷爷出去了，因此你不必害怕。”劳里说着站了起来。

“我什么也不怕。”乔甩了一下脑袋说。

“我相信你什么也不怕！”男孩大声说，一脸崇拜地看着她，尽管他心里认为她有足够的理由害怕那位老先生，如果恰逢老人家心情不好的话。

整座房子的气氛就像夏天一般怡人，劳里领着乔逐个参观房间，遇到引起她好奇的事物，就停下来让她好好看看。最后他们终于来到了书房里。乔高兴得欢呼雀跃。每当特别兴奋时她就这样。书房里有一排排的书，有画和塑像，有装满了古币和古玩的漂亮的小储藏柜，还有躺椅、式样奇特的圆桌、铜镜等，最值得一提的是一个很大的敞口壁炉，四周贴着古雅的瓷砖。

“真豪华啊！”乔感叹道，她在一张天鹅绒面的椅子上坐下来，身体深深地陷了进去，她心满意足地环顾着四周。“西奥多·劳伦斯，你理应是世界上最幸福的孩子。”她由衷地说。

“人不能光靠书活着。”劳里坐在她对面的一张桌子上，摇摇头说。

他还没来得及再说什么，门铃响了，乔跳了起来，惊叫道：“大事不妙，是你爷爷！”

“若是他又如何？你什么都不怕，你刚才说过的。”男孩一脸调皮地说。

“我想我有点儿怕他，但我不知道为什么会这样。妈咪说我可以来，而我认为这对你没坏处。”乔说，她镇静了下来，但眼睛仍然盯着门口。

“你的来访对我大有裨益，因此我感激不尽。我只是担心陪我聊天会累着你。你停下来我就受不了。”劳里感激地说。

“先生，医生要见你。”女仆招招手说。

“你介意我离开一会儿吗？我得去见医生。”

“不要管我。我在这里像蟋蟀一样快乐。”

劳里走了，他的小客人只好自娱自乐。她正站在一张精美的画像前观察画上的老先生时，门再次被打开了。她没有回头看来人是谁，就快言快语地说：“我确信我现在不怕他了，因为他有一双和善的眼睛，虽然他的嘴巴显得冷酷，看起来好像是个意志坚定的人。他不如我外公帅气，但我喜欢他。”

“谢谢你，小姐。”一个粗哑的声音在她背后响起。她扭回头，沮丧地看到劳伦斯老先生站在那里。

可怜的乔脸红得不能再红了。想起刚才说的话，她的心剧烈地跳动起来，快得让她感到难受。有一瞬间，一个疯狂的念头攫住了她，那就是赶紧跑掉，但是她转念一想，那是懦夫所为，姐妹们会笑话她的，因此她决定留下来，见机行事。当她再看一眼时，发现他浓眉下的一双生动的眼睛比画上的更和善,眼睛里闪烁着一丝狡黠。这大大减少了她的畏惧。一段可怕的沉默后，老先生突然用更加粗哑的声音问：“你不怕我，是吗？”

“不怎么怕，先生。”

“你认为我没有你外公长得帅？”

“没有，先生。”

“我是个意志坚定的人，是吗？”

“我只是说我认为那样。”

“但不管怎么说你喜欢我？”

“是的，先生。”

这个回答让老先生很满意。他大笑一声，和她握了握手，用一根手指托起她的下巴，抬起她的脸，表情严肃地仔细端详了一会儿，拿开手，点点头说：“你继承了你外公的精神，尽管你没继承他的长相。他是个好人，孩子，最重要的是，他是个勇敢而诚实的人，作为他的朋友，我感到很自豪。”

“谢谢你，先生。”乔彻底放松了，因为这正适合她的个性。

“你对我孙子做了什么？”第二个问题提得很突然。

“只是想成为好邻居，先生。”乔向他讲述了她登门拜访的始末。

“你认为他需要振作点儿，是吗？”

“是的，先生。他好像有点儿孤独，年轻朋友也许会对他有好处。虽然我们只是女孩，如果能帮助他，我们会很乐意去做的，因为我们没有忘记你送给我们的漂亮的圣诞礼物。”乔热切地说。

“啧啧，那是那个男孩的主意。那个可怜的女人怎么样了？”

“她很好，先生。”乔开始滔滔不绝地讲起胡默尔一家人来，还说她妈妈已经说服几个富有的朋友来帮助这家人。

“她行善的方式和你外公如出一辙。你告诉你妈妈，我将择日去拜访她。喝茶铃响了，都是因为那个男孩我们才能提前喝茶。下来继续做好邻居吧。”

“我听你的，先生。”

“我邀请你。”劳伦斯先生用传统的礼节把手臂递给了她。

“梅格会如何评价这件事呢？”乔想。她一边向前走，一边想象回家后讲述这件事的情景，眼睛里闪动着喜悦。

“嘿，那个家伙是魔鬼附体了吗？”老先生说。劳里从楼上跑下来，看到乔和令人敬畏的爷爷臂挽臂的情景，他大吃一惊。

“我不知道你回来了，先生。”他说。乔得意扬扬地看了他一眼。

“从你冲下楼的速度能看出这点。来喝茶吧，年轻人，要有绅士样。”劳伦斯先生爱抚地拨弄了一下男孩的头发，接着往前走。劳里跟在他们后面，故意做出一系列滑稽动作，逗得乔差点儿笑出声来。

老先生喝了四杯茶，在喝茶过程中他的话不多，只是看着两个年轻人。他们很快就像老朋友一样聊开了。孙子身上的变化没有逃过老人的眼睛。男孩的脸变得红润了，焕发出光彩和活力。他的神态是快活的,笑声里充满了发自内心的喜悦。

“她说得没错，这小伙子太孤单。我倒要看看那群小姑娘能为他做些什么。”劳伦斯先生眼睛看着，耳朵听着，心里琢磨着。他喜欢乔，因为这个女孩奇怪而唐突的行事风格正合他心意，她非常理解这个男孩，仿佛她也曾经是个男孩一样。

如果劳伦斯祖孙俩真像乔说的那样“拘谨呆板、死气沉沉”，乔不可能和他们交往，因为在这样的人面前，她总是感到害羞和别扭。但是她发现他们很自由随和，而她自己也是这样的人，因此对他们产生了很好的印象。他们起身时，乔提出要回去,但劳里说他还有样东西要给她看。他带她来到温室里，里面专门为她点亮了灯。她沿着小径徜徉，借助柔和的灯光，欣赏着两边墙上盛开的鲜花、藤蔓和树木，呼吸着温润甜蜜的空气，感觉宛如仙境一般。而她的新朋友一直在忙着为她采摘最美的鲜花,直到两只手都满满的才作罢。他把花捆扎好，愉快地说:“请把这些花送给你妈妈，告诉她我很喜欢她送给我的良药。”乔喜欢看他那快乐的模样。

在大客厅内，他们发现劳伦斯先生正站在火炉前，乔的注意力完全被一架掀开的大钢琴吸引了。

“你会弹钢琴？”乔崇拜地看着劳里问。

“有时弹。”他谦虚地回答。

“现在请弹一曲吧！我想听，这样回去就可以告诉贝丝了。”

“你不先来吗？”

“我不知道怎么弹。太笨了，学不会，但是我非常喜欢音乐。”

因此劳里就开始弹起来。乔把鼻头埋进天芥菜和香水月季中，享受地听着。她对“小劳伦斯”的尊敬和仰慕大大增加，因为他弹得很棒，但并不妄自尊大。她希望贝丝能听他弹奏，但她没有说出来这个愿望，只是大大表扬了他一番，让他很不好意思。还是他爷爷给他解了围：“行了，行了，太多甜言蜜语对他没好处。他弹得不赖。不过我希望他在更重要的事情上也能做得这么好。准备走了？非常感谢你，希望下次再来。向你妈妈问好。晚安，乔医生。”

他和她亲切地握了握手，但是似乎有什么东西惹他不高兴了。他们走进过道里时，乔问劳里她是不是说错了什么。他摇了摇头。

“不，是因为我。他不喜欢听我弹钢琴。”

“为什么不喜欢？”

“以后我会告诉你的。既然我不能送你，就让约翰送你回家吧。”

“用不着，我又不是小姑娘，没有几步远。照顾好你自己，行吗？”

“我会的，但希望你还能来，好吗？”

“只要你答应病好以后来看我们。”

“我会的。”

“晚安，劳里！”

“晚安，乔，晚安。”

当乔把那天下午的冒险经历一股脑地讲出来以后，全家人都想集体去劳伦斯先生家拜访一次，因为人人都在篱笆另一边的大房子里发现了一件吸引她们的东西。马奇太太想和老先生一起聊聊她父亲，毕竟他还记得这位老友；梅格想参观温室；贝丝渴望见到大钢琴；艾米迫切地想看看那些精美的画和塑像。

“妈妈，为什么劳伦斯先生不喜欢劳里弹钢琴？”乔问，她天性好问。

“我不太确定，但我想可能是因为他儿子，也就是劳里的爸爸，劳里的爸爸娶了个意大利女人，一位钢琴家，老先生自尊心很强，这门婚事让他很生气。那个女人心肠好，长得也漂亮，而且很有成就，但老先生就是不喜欢她，儿子结婚后父子俩再也没见过面。劳里还很小的时候，他父母双亡，他爷爷就把他接回了家。这个男孩出生在意大利,体质不太好，老先生担心失去他，所以对他疼爱有加。劳里天生喜欢音乐，这点像他妈妈，我猜老先生一定担心他想当音乐家。无论如何，劳里在音乐方面的才华让他爷爷想起了那个他讨厌的女人，因此才‘吹胡子瞪眼睛’，像乔说的那样。”

“天哪，好浪漫啊！”梅格感叹道。

“真糊涂！”乔说，“如果他想当音乐家，就让他当好了，他既然讨厌上大学，就不要再把他送进大学了，这样只能毁了他的一生。”

“怪不得他有一双那么俊美的黑眼睛以及良好的教养，意大利人都这样。”梅格说，她有些多情。

“关于他的眼睛和教养，你知道什么呀？你几乎没和他说过话。”乔大声说。她才不是多情的人呢。

“我在舞会上见过他，再说，从你告诉我们的事情也能看得出他很懂礼貌。他说的关于妈妈送给他良药的话很恰当。”

“我猜他是指牛奶冻。”

“你真傻，孩子！他当然是指你。”

“真的？”乔瞪大了眼睛，好像从来没想到这一点。

“我从没见过这么傻的女孩，自己受到恭维都不知道。”梅格说，看她那神态，仿佛一个深谙世事的大姑娘。

“我觉得那是胡说八道，拜托别傻了，让人败兴。劳里是个不错的男孩，我喜欢他。不要再提关于恭维之类的话，太无聊了。我们都要对他好，因为他缺少母爱，他可以过来看我们，是吗，妈咪？”

“是的，乔，我们非常欢迎你的小朋友来做客，同时，我也希望梅格记住一点，小孩子应该有一颗童心。”

“我不认为自己是小孩子，虽然我还没到青春期。”艾米说，“你说呢，贝丝？”

“我在想我们的‘天路历程’，”贝丝回答，别人说的话她一句也没听，“我在想我们如何通过一心向善走出沼泽，穿过边门，爬上陡坡，也许那边那座充满漂亮东西的房子就是我们的‘丽宫’呢。”

“但我们首先要从狮子身边经过。”乔说，看起来一副心驰神往的样子。

第六章　贝丝发现“丽宫”

事实证明劳伦斯家的大房子的确是座“丽宫”，尽管大伙儿全部都进去费了些时间。另外，贝丝发现很难从狮子们身边经过。劳伦斯老先生算得上是最大的“狮子”了，但他事先已经登门拜访了，和每个姑娘都聊了几句逗趣或友善的话，后来又和她们的妈妈畅谈了过去。这样一来，大家就都不惧怕他了，除了胆小的贝丝以外。另一头“狮子”是摆在她们面前的一个事实：两家人贫富悬殊很大，这让她们羞于接受对方的恩惠，因为她们无以回报。但是，过了一阵子，她们发现劳伦斯先生反过来把她们视作恩人，对于马奇太太对孙子慈母般的关爱、她们家的快乐氛围以及他在她们的寒舍里得到的安慰，他觉得无论做多少都难以表达心中的感激之情。因此她们很快抛开了骄傲，以好意换好意，顾不上掂量谁付出的好意更多了。

那段时间发生了很多愉快的事情，因为新的友谊如春草般茂盛地生长起来。所有人都喜欢劳里，而他私下里对他的家庭教师夸赞“马奇家的姑娘个个都很不错”。凭着年轻人的快乐热情，她们把这个孤独的男孩带入了她们中间，对他呵护有加。他也发现这群心地纯良的天真女孩的陪伴让他难以割舍。因为既没有妈妈也没有姐妹，他很快感觉到她们给他带来的影响。而她们忙碌的、富有生机的生活方式让他为自己过的懒散生活而羞耻。他厌倦了读书，发现和人打交道非常有趣，因此他总是逃课，跑到马奇家去玩耍，布鲁克先生只好把他的所作所为汇报给劳伦斯先生。

“不要紧，就让他放个假吧，事后再补上。”老先生说，“隔壁那位好心的太太说他太用功了，这对他不利。他也需要和年轻人交往，需要娱乐和运动。我想她说得对。过去我一直扮演母亲的角色，把他护在我的羽翼下。就让他做他想做的事情吧，只要他开心就行。那边的一家就像一个修道院，他不会惹麻烦的，而且马奇太太能为他做的事情比我们能为他做的更多。”

还别说，他们过得多开心啊！一起演戏、滑雪橇、滑冰，一起在旧客厅里度过愉快的夜晚，在大房子里举办小规模的舞会。梅格可以随时去温室里赏花，乔贪婪地阅读新书房里的书，她的点评让老先生感到吃惊。艾米临摹艺术作品，尽情欣赏艺术之美，劳里用最令人愉快的方式扮演着“庄园主”的角色。

但是，尽管贝丝渴望在那部大钢琴上弹奏，却不能鼓足勇气去梅格所说的“极乐殿堂”。她曾和乔一起去过一次，但是那个老先生因为不知道她胆小如鼠，所以用浓眉下的一双眼睛狠劲地盯着她看，而且用很大的声音和她打招呼，这把她吓得双腿打战。她从没给妈妈讲过这件事，只是跑开了，声称她再也不会去了，哪怕是看在亲爱的钢琴的分上。无论大家怎么哄劝，都无法让她克服害怕心理。后来，这件事不知怎么传到了劳伦斯先生的耳朵里，他开始着手补救。在一次短暂的拜访中，他巧妙地把话题引向了音乐，大谈特谈他见过的著名歌手,他听过的出色的演奏。他讲的故事太吸引人了，贝丝发现不可能再躲在自己的那个远远的角落里，她靠得越来越近，仿佛着了魔一般。她在他背后停下了，站在那里听着，瞪大了眼睛，这个不寻常的举动令她双颊绯红。劳伦斯先生假装没看到她，继续聊劳里的功课和老师。突然，他好像刚刚想起了这个念头，对马奇太太说：

“这孩子现在撂下他的音乐了，我感到高兴，因为他原来对音乐太痴迷了。不过这样一来那部钢琴就废掉了。你这些姑娘里有没有愿意偶尔过去练练琴的，夫人？只是为了让钢琴不变调，你知道的。”

贝丝向前走了一步，双手紧紧贴在一起，差点儿激动地鼓起了掌，因为这是个令人难以抗拒的诱惑，一想到能在那部豪华钢琴上练琴，她激动得几乎停止了呼吸。马奇太太还没来得及作答，劳伦斯先生微微一点头，笑着说：

“她们可以随时过来，不需要见任何人，也不需要和谁打招呼，因为我总是关在房子另一端的书房里，劳里经常外出，仆人九点过后从来不靠近客厅。”

他站了起来，做出要走的样子，“请把我的意思转告给年轻小姐们，如果她们不愿意来，也没关系。”贝丝下定了决心，因为劳伦斯先生最后说的话太合她心意了。一只小手握住了他的手，贝丝扬起脸，充满感激地望着他，急切而怯懦地说：

“噢，先生，她们愿意，非常非常愿意。”

“你就是那个爱音乐的小姑娘？”他没有大声说那个吓人的“嘿”，而是慈祥地低头看着她说，“你好！”

“我叫贝丝，我特别喜欢弹钢琴。如果你保证没有人听到我弹琴，也没人会被干扰，我就去。”她说话时一边担心自己太鲁莽，一边为自己的勇敢激动得浑身颤抖。

“一个人影子也没有，小乖乖。我的房子有一半时间是空的，你就过来弹吧，想弹多久都可以，我还要谢谢你呢。”

“你真是太好了，先生！”

在他友好目光的注视下，贝丝羞红了脸，宛如一朵玫瑰，但是她不再害怕了，他给她的礼物太珍贵了，她不知道如何用言语表达她的谢意，只好感激地捏捏他的手。老先生轻轻撩起她额头上的刘海，弯下身吻了她一下，用几乎无人能听到的声音说：

“我曾经也有过一个小姑娘，长着这样一双眼睛。上帝保佑你，亲爱的！再见，夫人。”他说完就急匆匆地走了。

贝丝和妈妈分享了她的欢喜，然后又冲上楼把这个好消息分享给她的布娃娃们，因为其他姑娘们都不在家。那天晚上贝丝唱得多么开心啊，竟然趁艾米熟睡时把她的脸当钢琴来弹，惹得大家笑话了她一通。第二天，看到隔壁的祖孙二人都出门去了，贝丝试了两三次后，终于从侧门溜进了隔壁院子里，她像老鼠似的悄悄钻进客厅，里面矗立着她日思夜想的钢琴。当然是纯属无意，钢琴上放着一本漂亮而简单的乐谱。贝丝终于触碰了那架大钢琴，尽管一开始弹奏时她手指颤抖，同时一次又一次地停下来留意周围的动静。很快她就忘记了自己的胆怯，忘记了自身，忘记了一切，只剩下音乐带给她的无以言表的快乐，就像一个亲爱的朋友的声音。

她一直弹到汉娜来接她回家吃晚饭，但她没有食欲，只是坐在她的老位子上笑眯眯地望着大家。

自那以后，这个戴着棕色帽子的小女孩几乎每天都要悄悄越过篱笆，大客厅成了一个来无影、去无踪的音乐精灵的时常出没之地。可她永远不知道，劳伦斯老先生经常打开书房的门偷听他喜欢的老曲子。她从没发现劳里在过道里给她放哨，警告仆人们不要靠近。她从未想到过，她在架子上找到的那些练习乐谱和新歌是特地为她摆放的。当劳里在她们家和她聊音乐时，她只是想，他真好，给她讲那么多对她有益的东西。她一心一意陶醉在音乐中，发现她的愿望都能得到满足，这很反常。也许因为她对这个恩惠太感激了，以至于收到了一个更大的恩惠。无论如何，两者她都配得上。

劳伦斯先生的那次重要拜访发生两周后，贝丝说："妈妈，我打算为劳伦斯先生做一双鞋。他对我太好了，我必须感谢他，可我不知道其他表达感谢的方式。行吗？"

"可以，宝贝，这会让他非常开心的，也是一种感谢他的好方法，姐妹们会帮你做鞋，我来买布料。"马奇太太欣然应允，因为贝丝很少为自己提要求。

与梅格及乔慎重地讨论了很多次后，她们定下了鞋子的样式，布料也买了，贝丝开始缝制鞋子。深紫色的底色，上面绣着一簇既庄重又喜庆的三色堇，大家都认为既得体又漂亮。贝丝从早做到晚，只是遇到困难时才求大家帮忙。她是个心灵手巧的小缝纫女，不知不觉中鞋子就做好了。她写了个简短的便条，由劳里帮忙，趁老先生还没起床时偷偷放在他书桌上。

这阵忙碌过后，贝丝等着看它带来的结果。整整一天过去了，什么动静也没有。第二天又过了一半，隔壁还是没有传来任何消息。贝丝开始担心，会不会是她冒犯了她的坏脾气朋友。第二天下午，她有事出去了一趟，同时带可怜的乔安娜——也就是那个残疾布娃娃进行例行锻炼。当她沿着街道往回走时，看到有三个，不，是四个脑袋从客厅窗户时而缩进去，时而又探出来。她们一看到她，几只手同时挥动起来，几个声音快乐地喊叫着：

“这里有老先生的一封信！快来读信！”

“噢，贝丝，他送给你——”艾米疯狂地打着手势说，但是她没能继续说下去，因为乔啪地关上了窗户，把她的话挡了回去。

贝丝满腹狐疑地冲进家里。姐妹们在门口迎接她，以胜利的姿态排成一排，抓着她的手，把她拉进客厅里，纷纷用手指着，叽叽喳喳地说：“看那里！看那里！”贝丝跟着看去，惊喜得脸色都白了，一架小巧的竖式钢琴矗立在那里，油光发亮的琴盖上放着一封信，信封上醒目地写着：“伊丽莎白·马奇小姐亲启。”

“给我的？”贝丝惊呼。她紧紧抓住乔的手臂，生怕自己摔倒，幸福来得太突然了。

“是的，全是给你的，我的乖妹妹！他真是棒极了，你看他是不是这个世界上最可爱的老人呀？钥匙是放在信封里的。我们没有打开信，但是都急于知道他在信里说了些什么。”乔兴奋地搂住妹妹，把信递给她。

“你来读吧！我读不成，我太激动了！噢，太漂亮了！”贝丝把脸藏进围裙里，被她的礼物搞得晕乎乎的。

乔一展开信纸就哈哈大笑起来，因为她看到的前几个词是：

马奇小姐，

亲爱的女士——

“太好听了！我希望也有人给我写信，也这么称呼我！”艾米说，她认为这种传统称呼很高雅。

我这辈子有过很多双鞋，但是你给我做的这一双最合脚。

三色堇是我最喜欢的花，这些花会让我一直记住那位可爱的送礼人。我想偿还我欠你的情，因此请允许“老先生”把一样东西送给你，这样东西曾经属于他已经失去的小孙女。请接受我衷心的感谢和美好的祝愿，我始终是对你怀有感激之情的朋友和卑微的仆人。

詹姆斯·劳伦斯

“瞧，贝丝，这多荣耀！多值得自豪！劳里告诉我劳伦斯先生过去非常喜爱那个死去的孩子，把她所有的东西都珍藏着。想想吧，他竟然把她的钢琴给了你。这都是因为你有一双蓝色的大眼睛，又爱音乐。”乔边说边抚摸着贝丝，让她平静下来。贝丝显得比以往任何时候都激动，一直抖个不停。

“看，烛台多精致呀，绿丝绸多漂亮，打着褶皱，中间还绣着一朵金色的玫瑰。还有漂亮的乐谱架和琴凳，该有的东西一样也不少。”梅格说着就掀开了琴盖，露出了美丽的琴键。

“‘你的卑微的仆人，詹姆斯·劳伦斯’，就冲他给你写的这些词，我也要告诉其他女生。她们一定会认为很神奇。”艾米对那封信念念不忘。

“弹弹试试吧，乖乖。让大家都听听儿童钢琴发出的声音。”汉娜说，她总是和大家同喜同悲。

贝丝就试着弹奏了一曲，大家交口称赞，都说这是她们听过的最美妙的琴声。很显然，这架钢琴刚调过音，而且刚被保养过。但是，尽管它很完美，当贝丝珍爱地抚摸着那一排美丽的黑白色琴键，踩着明亮的踏板时，我想，它真正的魅力所在是那张伏在上面的脸庞。虽然所有的脸庞上都洋溢着幸福，但这张脸庞是最幸福的。

“你得去谢谢他。”乔开玩笑地说，她才不当真呢，这孩子哪有勇气去向人家当面致谢？

“是的，我也打算这么做，我现在就去，趁我还没被这个主意吓倒。”在全家人惊奇的目光中，贝丝坚定地走向花园，越过篱笆，跨进了劳伦斯家。

“天哪，我敢发誓，这是我见过的最奇怪的事情了！这架小小的钢琴让她换了个脑袋！以往无论如何她都不会去的。”汉娜盯着她的背影喊道。而姑娘们都被这一奇迹惊得哑口无言。

如果她们能看到贝丝接下来做的事情，她们会更惊讶的。她想都没想，径直走到书房门前敲了敲门。听到里面传来一个粗哑的声音：“进来！”她就走了进去，一直走到劳伦斯先生面前，似乎把后者吓了一大跳。她伸出一只手，用微微颤抖的声音说：“我是来感谢你的，先生，因为——”但是她没有说完，因为他看起来太友善了，让她忘记了自己要说的话，反而想起了他失去了他心爱的小姑娘，这让她伸出双臂，搂住了他的脖子，给了他一个吻。

哪怕是屋顶突然被风吹跑了，也不会让老先生比此时更吃惊，不过他喜欢这样——噢，天哪，是的，他又惊又喜！他被这个诚挚的、小小的吻打动了，也逗乐了，以至于所有的伪装瞬间消失殆尽。他一把抱起这个小姑娘，把她放在膝头，把他满是皱纹的脸贴着小姑娘粉嫩的面颊，以为他自己的小孙女又回到了他身边。从那一刻起贝丝就不再惧怕他了，她舒舒服服地坐在他膝头，和他聊起天来，仿佛她一直就认识他，这是因为爱赶走了恐惧，感激战胜了矜持。当她起身回家时，他一直陪她走到她家门前，和她友好地握了握手，还郑重其事地敬了个礼。当他转身迈着大步往回走时，身姿庄严而笔挺，就像一个帅气英武的老绅士，事实上他本来就是嘛。

告别的一幕被姑娘们看在眼里，乔兴奋地跳起了吉格舞，艾米惊奇得差点儿从窗户上掉下去，梅格则高举双手喊道："天哪，世道要大变啊！"

第七章　艾米蒙辱

“那个男孩十足是个基克洛普斯[①]，是不是呀？”一天，当劳里骑着马从她家门口经过，把马鞭甩得啪啪响时，艾米说。

“你怎么敢这么说呢？他明明长着两只眼睛，而且都是那么好看！”乔惊呼，她最恨人家贬低她朋友了。

“我没说他的眼睛啊，只是羡慕他骑马的样子，我搞不懂你为什么发那么大的火。”

“噢，我的神啊！原来这只小鹅想说的是塞道卢[②]，她却说成了基克洛普斯。”乔爆发出一阵大笑。

“你用不着那么刻薄，这只不过是个小小的‘口误’罢了，借用戴维斯先生的说法。”艾米仗着乔不会拉丁语，就引用了一个拉丁词反驳她，又接着说，“劳里用在马身上的钱能匀给我一点儿多好啊！”这句话一方面像是在自言自语，另一方面又希望姐姐们能听到。

“为什么呢？”梅格善解人意地问她，因为乔已经出去了。梅格觉得她这句话既唐突又好笑。

“我急需这点儿钱，因为我欠了一屁股债，而这个月又轮不到我领零花钱。”

---

① 基克洛普斯（Cyclops）：古希腊神话中的独眼巨人，塞道卢（Centaur）是希腊神话中的半人半马怪物。艾米把这两个词混淆了。

“欠债，艾米？你什么意思？”梅格的表情变严肃了。

“是这样，我欠了至少一打腌酸橙，我买不起啊，这你知道的，除非我有零花钱，因为妈咪不准我在店铺里赊东西。”

“说来给我听听，现在女孩子中流行腌酸橙吗？过去是在外面包一层橡胶做成球玩。”梅格尽量表现出一本正经的样子，因为艾米的表情特别认真，显得特别郑重其事。

“你看，女孩子们老是买呀买的，你要不想让人小看，你就也得买。现在不时兴别的，就是酸橙，因为人人在上学时都会在课桌下偷吃几口，在课间休息时还用酸橙换铅笔、珠串、贴纸之类的东西。如果一个女孩喜欢另一个女孩，就送她一个酸橙。如果和她翻脸了，就当着她的面吃掉一个，一口也不给她留。大家轮流请吃，我已经吃了很多别人送的酸橙了，但从没有回请她们。我应该还的，因为这是人情债，你懂的。”

“还清这笔债，恢复你的信誉需要花多少钱？”梅格一边问一边掏出了钱包。

“二十五分足够了，还会剩几分，留着给你买几只吃。你不是也喜欢吃酸橙吗？”

“不是太喜欢。剩下的留给你自己吧。给你钱，尽量省着花，我们家不富裕，你也知道。”

“噢，谢谢你！有零花钱的感觉一定很棒！我要大吃一顿，因为我这周一个酸橙也没尝。我不能老欠人情啊，所以就不好意思吃别人的，都快馋死了。”

第二天艾米虽然很晚才来到学校，但还是忍不住把那个潮湿的牛皮纸袋得意地显摆一番后，才又塞进了桌洞最深处。接下来的几分钟里，消息很快传开了：艾米·马奇买了二十四只美味的酸橙（她在路上吃掉一只），准备款待她的一帮朋友。

结果她的关注度噌噌地往上涨。凯蒂·布朗立即就邀请她参加她们家下一次举办的舞会。玛丽·金斯利坚持要把自己的手表借给她用直到课间。詹妮·斯诺——一个爱讽刺挖苦人的小姑娘,曾经在艾米“落魄”时当面取笑过她,现在也向她示好,主动提出给她提供一些算术难题的答案。但是艾米还记着斯诺小姐的那句伤人自尊的话:“有些人长着一只塌鼻梁,偏偏能闻到别人家的酸橙味,整天摆臭架子,却好意思向别人要酸橙吃。”于是艾米一句话就让那个斯诺小姐的希望彻底破灭了:“你用不着突然变得这么客气,因为根本没你的份。”

那天上午碰巧有一个大人物来学校参观,艾米漂亮的手绘地图受到了表扬,这让她的“仇敌”斯诺小姐越发感到痛苦,同时让马奇同学变得有些得意忘形起来。不过,老话说得对,“满招损,谦受益。”怀恨在心的斯诺小姐成功实现了“逆袭”,就在来宾说了几句老套的溢美之词后躬身而退之际,詹妮假装问一个重要问题,向她们的老师戴维斯先生举报了艾米在桌洞里藏酸橙一事。

戴维斯曾经宣布过酸橙是违禁物品,同时郑重发誓要严惩第一个被发现违反这条规定的人。经过一场持久而激烈的斗争,这位性格坚韧的老师成功地把口香糖从教室里清除了出去,把没收来的闲书和报纸付之一炬,打压了学生私设的一个“邮局”,并严厉禁止学生们做鬼脸、起外号、画漫画。总之,为了把班里的五十来名正处在叛逆期的女孩子管得服服帖帖,他把所有的招数都用上了。男孩子已经够磨人耐性的了,但天知道是怎么回事,女孩子们更是有过之而无不及,尤其是对那些神经紧张、性格霸道、教学能力却令人不敢恭维的先生而言。戴维斯先生通晓希腊语、拉丁语、几何以及各类科学知识，因此人们都称他为优秀老师，至于其言行举止、道德修养、思想素质和为人师表方面就被人忽略了。艾米今天要倒大霉了，詹妮很清楚这一点。据说戴维斯先生那天早晨喝了大量浓咖啡，加上东风助阵，加剧了他的神经痛。而学生们也没有给他带来他认为理应得到的荣耀。因此，借用一个女生说的一句话，这句话虽然有些损但很形象："他神经紧张得像巫婆，脾气暴躁得又像一头熊。""酸橙"一词像点燃了火药筒，戴维斯先生的黄脸唰地变红了，他猛地拍了一下讲台，把詹妮吓得一阵风似的逃回到了座位上。

"同学们，请安静！"

这声严厉的命令使嗡嗡声停了下来，五十双蓝色的、黑色的、灰色的以及棕色的眼睛都顺从地盯着他可怕的面容。

"马奇同学，请到讲台上来。"

艾米表面上镇定自若地站了起来，但内心充满了担忧，酸橙是她难以放下的心理重担。

"把你桌洞里的酸橙一起拿来。"这句命令如同晴天霹雳，让她惊呆在座位上。

"不要全拿去。"她的同桌小声说，这是个遇事非常沉着的小女孩。

艾米匆匆忙忙地抖出了六个，把其余的摆在戴维斯先生的面前，心里想，任何一个血肉之躯只要闻到这种鲜美的味道都会动心的。不幸的是，戴维斯先生特别讨厌眼下最流行的这种腌酸橙的怪味，这种厌恶加剧了他的愤怒。

"就这么多吗？"

"还有。"艾米结结巴巴地说。

"马上把其余的全都拿来。"

艾米绝望地看了一眼她的伙伴们，服从了。

“你确定再也没有了吗？”

“我从不说谎，先生。”

“我明白了。现在把这些恶心玩意儿全都扔到窗外去，一次扔俩。”

大家同时发出一声叹息，甚至汇成了一股小小的气流，最后的希望破灭了，送到嘴边的美食就这么飞走了。每当一对饱满多汁的酸橙被她不情愿地扔到窗外时，街道上就会响起一声欢呼，这使女孩子们的痛苦达到了极点，因为她们听出来了，她们的盛宴成了她们的死对头——也就是那几个爱尔兰小孩的“天上掉落的馅饼”。这——这太过分了，一双双眼睛都盯着铁石心肠的戴维斯先生，或流露出愤怒，或带着哀求，一个狂热的“酸橙爱好者”甚至哭了起来。

艾米完成最后一次“痛苦之旅”返回后，戴维斯先生发出一声不祥的轻咳，一字一字地说：

“同学们，你们一定记得我一周前说过的话。我很抱歉这种事情发生，但我从不允许我制定的规则遭到侵犯，而且我也从不食言。马奇同学，把你的手伸出来吧。”

艾米大吃一惊，她把两只手藏在身后，带着哀求的目光看着戴维斯先生，此时无声胜有声啊，因为艾米还是深得“老戴维斯”——大家都这么叫他——的喜爱的。我私下里认为，如果一个女孩没有不由自主地发出那一声“嘘”声，以表达愤慨，戴维斯先生也许就会食言。那个“嘘”声尽管极其微弱，但还是激怒了这位性情暴躁的先生，也决定了我们的小犯人的命运。

“把手伸出来，马奇同学！”这是艾米无声的哀求得到的唯一答复。艾米自尊心很强，她没有哭鼻子，也没有求饶，而是咬紧了牙关，倔强地把头向后一仰，毫不退缩地承受着落在小手掌上的几下击打。这几下击打不算太多，也不算太重,但对她来说没什么区别。因为这是她出生以来第一次挨打。在她看来，它所带来的屈辱和戴维斯先生把她击倒在地没什么两样。

“现在站到讲台上去，直到下课为止。”戴维斯先生说，既然已经无法收场了，他决心把事情做绝。

这太让人受不了了。原本回到座位上就已经够尴尬的了——她无法躲开好朋友们同情的目光，以及那几个仇敌幸灾乐祸的表情。更何况是带着从未有过的耻辱在全班面前“曝光”呢？有一瞬间艾米真想扑倒在地上痛痛快快大哭一场。但是两个因素支撑着她没有倒下，一是令她心痛的不公正感，二是她不愿输给詹妮·斯诺。她踏上了那个代表耻辱的位置，眼睛盯着高高的烟囱，对下面一片密密麻麻的面孔视而不见。她一动不动地站在那里，脸上一点儿血色也没有。面前站着这么个可怜虫，女孩子们发现很难再专心听讲了。

在接下来的十五分钟里，这个骄傲而敏感的小女孩遭受了她终生难忘的耻辱和痛苦。对其他人来说，这也许只是一桩滑稽可笑的小事，对她来说却是一次残酷的经历，因为在她十二年的生命历程中，她一直被爱包围着，这样的打击还从没遇到过。一个念头折磨着她，让她忘记了手上的痛和心头之痛：“我得把这件事告诉家里人，她们一定会对我失望的！”

十五分钟似乎像一小时一样漫长，好在终于熬完了。“下课！”这一声指令从没像现在这样受到艾米的欢迎。

“你可以走了，马奇同学。”戴维斯先生说，表情显得不太自然。

艾米临走时那怨恨的一瞥会让他记一阵子的。她一句话也没说，径直走进休息室，抓起她的东西，“永远”离开了这个地方，这也是她暗暗下的决心。回到家后她的情绪很低落，过了一段时间，姐姐们都回来了，全家人立刻开了一次抗议会。马奇太太说的话不多，只是用最温柔的方式安慰着她饱受折磨的小女儿，看起来忧心忡忡。梅格一边掉泪一边给她的手涂抹甘油。看到艾米伤心欲绝的样子，贝丝觉得就连她那些可爱的小猫咪也帮不上忙了。乔愤愤不平地宣称，应该马上逮捕戴维斯先生。而汉娜则冲那个想象中的“恶棍”直晃拳头，一边砰砰地捶打着晚饭用的土豆，仿佛在锤打戴维斯先生。

下午上课时，除了她的同桌，没人留意艾米旷课了，但是那几个目光雪亮的少女发现戴维斯先生的态度非常和蔼，而且超乎寻常的紧张。就在放学之前，乔出现了，她表情严峻地阔步走到讲台跟前，把她妈妈写的一封信递给他，收拾好艾米的书本和文具后就离开了，走到门口时在门垫上很仔细地蹭掉鞋子上的泥土，好像是生怕她的鞋子被玷污了似的。

“我答应你离开学校一段时间，但是你得坚持每天和贝丝一起学些知识。”马奇太太当晚说，“我不赞成体罚，尤其是对女孩子们。我也不喜欢戴维斯先生的教学态度，但也不觉得你交往的那些姑娘们对你有益，所以，在把你转到其他学校之前，我想征求一下你们的爸爸的意见。”

“这样最好！但愿所有女孩都转走，把他的破学校搞垮。一想到那些个诱人的酸橙我就要发疯。”艾米叹了口气，一副“我不牺牲谁牺牲”的气概。

“你损失掉那些酸橙，我并不觉得遗憾，因为你破坏了规定,理应受到惩罚。”马奇太太严厉地说。这让小姑娘特别失望,除了同情,她可不想听别的。

“你的意思是,你为我在全班同学面前受辱感到高兴?”艾米不满地说。

“我不会选择那种方式去纠正一个错误的,”她妈妈说,“但我不敢说它对你没有任何好处,尤其和一个更粗暴的方法相比。你变得越来越自负了,我的宝贝,该是着手改掉这些毛病的时候了。你有很多小的天赋和优点,但是没有必要在别人面前炫耀,因为自负会毁掉一个天才。真正的天赋和优点不会被长期埋没的。就算真被埋没,知道自己拥有那种天赋或优点,并好好地加以利用,这也会让人满足。谦逊是一切力量的魅力之源。”

“确实是这样!”劳里大声说,他正在角落里和乔下棋。“从前我认识一个女孩。她有超群的音乐天赋,但她自己并不知道。她从没意识到,当她独处时弹的那些小调要多动听有多动听。如果有人告诉她,她根本不相信。”

“我要是能认识那个可爱的女孩该多好啊,也许她还能辅导我呢,我太笨了。”贝丝说。她正站在劳里旁边用心听着。

“你认识她,她比任何人都能更好地帮助你。”劳里看着她回答,他那双快乐的黑眼睛里闪烁着调皮的神情,这让贝丝一下子明白了过来,小姑娘顿时脸羞得通红,她用软垫子蒙住脸,这个突如其来的发现几乎让她难以承受。

乔有意让了劳里一局,以感谢他对她心爱的妹妹贝丝的称赞。贝丝受到夸奖后,怎么劝说也不好意思出来为大家演奏了。因此劳里就主动请缨为大家献上一曲。他唱得非常开心,显得特别活泼,因为他极少在马奇一家人面前流露自己性格中忧郁的一面。他走后，郁闷了整整一晚上的艾米突然说:“劳里是个优秀的男孩吗？”好像她刚才一直在琢磨这件事似的。

“是的，他接受了良好的教育，也很有天分，如果不被宠坏，他会成为一个优秀的人。”她妈妈答道。

“他不自负，是吗？”艾米问。

“一点儿也不，这就是他为什么如此有魅力，而且人人都喜欢他的原因。”

“我明白了，既有才华又端庄优雅是件好事，但是不能沾沾自喜，扬扬得意。”艾米沉思着说。

“如果应用得当，这些优点总能在一个人的言行举止中得以体现，但没有必要显摆出来。”马奇太太说。

“正像你把所有的衣服、帽子和服饰都穿戴上，生怕人们不知道你有这些东西一样。”乔补充说，这堂“思想教育”课在一阵笑声中结束了。

第八章　乔遭遇亚玻伦[1]

“姑娘们，你们要去哪里呀？”一个礼拜六的下午，艾米走进两个姐姐的房间，发现她们正准备出去，表情显得很神秘，这引起了艾米的好奇。

“不要管我们。小女孩不应该问东问西的。”乔没好气地回答。

在我们小时候，如果说有什么东西会伤害我们的感情，那无非就是听到这句话了，而听到“走开，宝贝”对我们来说更具有考验性。艾米被这样的侮辱激怒了，下决心去揭开谜底，哪怕死磨硬缠一个小时。她转向了梅格，因为梅格心肠很软，从来不会长时间地拒绝她的要求。她撒娇地说：“告诉我嘛！我想你也许会答应让我也去，贝丝一心扑在她的钢琴上，我无事可做，孤独死了。”

“我不能带你去，因为你没受到邀请。”梅格刚一开口就被乔不耐烦地打断了，“好了，梅格，闭嘴吧，不然你就把我们的计划全破坏了。艾米，你不能去，别耍小孩子脾气了，也别再纠缠不休了。”

“你们要和劳里一起去什么地方。我知道是这样。你们昨晚就在沙发上一起嘀嘀咕咕、说说笑笑的，我进去时你们就不说话了。你们是要和他一起去吗？”

---

① 希腊神话中来自地狱的魔鬼，杀人恶魔。

“没错，我们就是和他一起去。闭嘴吧，别再闹了。”

艾米管住了自己的嘴巴，可是眼睛没有闲着。她看到梅格把一把扇子塞进了口袋里。

“我知道了！我知道了！你们是要去剧院看《钻石湖上的七座城堡》！”艾米叫道，又坚定地说，“我也要去，因为妈妈说我可以去看，而且给了我零花钱。你们却不及时告诉我，真差劲。”

“听我说几句，做个乖孩子。”梅格安慰着她，“妈妈不想让你这周去，因为你的眼睛还没有好，受不了这个神话剧里的强光的刺激。下周你可以和贝丝及汉娜一起去,开开心心地玩。”

“我不喜欢那样，远不如跟你们和劳里一起去有趣。我讨厌这么久被关在家里，成天冷冷清清的。我太想出去玩了。求你了,梅格！我会乖乖的。”艾米哀求着,拼命装出一副可怜相。

“假如我们带她去，我想妈妈不会介意的，只要我们给她穿暖和些。”梅格说。

“如果她去，我就不去，如果我不去，劳里就会不高兴。而且这样做也没礼貌，他只邀请了我们俩，我们却要拖着艾米去。我想她肯定不喜欢在不该出现的地方露脸。”乔没好气地说，她只想一个人痛痛快快地玩，照看一个不安分的孩子太麻烦。

艾米被乔的语气和态度惹恼了，她开始动手穿靴子，并且说:“我偏要去，梅格说我可以去，如果我自己花钱买票，劳里也不能怎么着我。”这一招着实令人恼火。

“你不能和我们坐一起，因为我们的位置是预定好的，而你又不能一个人单坐，劳里只好把他的位子让给你。这样就会败我们的兴。或者他再给你弄个座位，这样也不合适，因为你是不请自来的。你哪里也不能去，老老实实地待在家里吧。”乔数落着她，在匆忙中刺痛了手指，脾气变得愈加暴躁。

艾米已经穿上了一只靴子，她朝地上一坐，开始大哭起来。梅格正要给她讲道理，劳里已经在楼下喊了起来。两个女孩丢下号啕大哭的妹妹，匆匆奔下了楼。她们已经习以为常了，因为艾米偶尔就会把她那“小大人”的行为方式抛之脑后，表现得像个被宠坏了的孩子。正当楼下的三个人要动身时，艾米站在楼梯扶手旁用威胁的语气喊道：“乔·马奇，你会为你的所作所为后悔的，等着瞧吧！”

“无聊！”乔回应道，啪地关上门。

他们不虚此行，因为《钻石湖上的七座城堡》要多精彩有多精彩。那些搞笑的红色小妖精、闪亮的小精灵、漂亮的王子和公主们让乔感到快乐，但同时她也感到隐隐的不安。仙后的黄色卷发让她想起了艾米，在幕间休息时，她猜想着妹妹将如何让她为自己的行为感到后悔。在她们成长的过程中，她和艾米之间发生过很多激烈的小冲突，因为她们两个人都是暴脾气，一旦被激发，就容易失控。艾米戏弄乔，乔激怒艾米，“战争”偶尔会爆发，但过后两人都感到后悔。乔虽然年龄比艾米大，自控力却很差，她也想控制自己的暴脾气，但总是很难做到，这不断给她带来麻烦。她的火从来不会持续很久，虚心认错后，她会真诚地忏悔，并且会努力改正错误。她的姐妹们常常说，她们喜欢让乔发火，因为过后她就变成天使了。可怜的乔拼命想做个乖巧的女孩，但是她心中藏着的敌人总是一不小心就跳出来，把她击败。要战胜它需要数年的磨炼。

梅格和乔回来后，发现艾米正在客厅里读书。她们进屋时她摆出一副深受伤害的样子，眼睛都没从书本上抬一下，一个问题也没问。如果不是贝丝问了她们，而她们也给她绘声绘色地描述了那部戏，好奇心也许会战胜怨恨。乔去楼上把自己最好的帽子放起来时，目光首先落在了柜子上，这是因为她们上次吵架时，艾米为了泄愤，把乔的柜子最上层的抽屉底朝天扔在了地上。不过，这种场面今天并没有发生，所有一切都在原来的位置上。乔快速检查了一遍她的衣柜、包及箱子后，认定艾米已经原谅了她，并且忘记了她的不对。

但是乔的判断出错了，因为她在第二天有了新发现，并因此引起了一场轩然大波。傍晚，当梅格、贝丝和艾米坐在一起时，乔突然冲了进来，看上去情绪很激动。她气喘吁吁地问："有人拿走我的书稿了吗？"

梅格和贝丝立刻吃惊地说："没有。"艾米拨弄了一下炉火，什么也没说。乔看到她的脸变红了，瞬间扑向了她。

"艾米，你拿走了！"

"不，我没有。"

"那么你知道它在哪里！"

"不，我不知道。"

"你撒谎！"乔喊着，揪着她的双肩把她提了起来，看起来凶得能把一个比艾米还勇敢的孩子吓坏。

"不是撒谎。我没拿，不知道它在什么地方，也不关心。"

"你一定知道些什么，最好马上告诉我，不然你就死定了。"乔轻轻摇晃了她一下。

"爱怎么训就怎么训吧，你永远也不会见到你那该死的破书稿了。"艾米哭了起来，现在轮到她发飙了。

"为什么看不到？"

"我把它烧了。"

“什么！那是我好不容易写的，是我的最爱，本打算在爸爸回家之前写完的，你真把它烧了吗？”乔说，她的脸色变得异常苍白，眼睛里燃烧着怒火，双手颤抖着揪住艾米不放。

“是的，我就是烧了！我告诉过你，我会让你为昨天的粗暴态度付出代价的，我说到做到，所以——”

艾米没能说下去，因为乔的火气上来了，她使劲摇晃着艾米，咬牙切齿地发出又伤心又愤怒的咆哮——

“你这个邪恶的丫头！我再也不能写出来了，只要活着，我就永远不会原谅你！”

梅格跑过来救艾米，贝丝跑过来安慰乔，但乔的情绪完全失控了，她狠狠地扇了妹妹一耳光，跑出房间，向阁楼上的旧沙发冲去，一个人在那里生闷气。

楼下的风暴平息了，因为马奇太太回来了，听了事情的经过后，她让艾米明白了自己的不对。乔把她的这本书稿视为珍宝，全家人也把它看作她才华初露的象征。虽说里面只有六七篇小小的神话故事，但乔写得很用心，把全部心思都放进去了，并且希望有朝一日能够开花结果，付梓印刷。她仔仔细细地誊抄了一遍，就把草稿毁了，如此一来，艾米的一把火烧掉了她几年的心血之作。对别人来说这也许只是个很小的损失，但是对乔来说不啻灭顶之灾，让她感觉将永远无法释怀。贝丝的忧伤程度不亚于死去一只猫咪，而梅格也拒绝袒护她的保护对象了。马奇太太面色凝重，不苟言笑。艾米觉得再也没人爱她了，除非她为自己的错误行为请求宽恕。她现在肠子都悔青了。

喝茶铃敲响后，乔下来了，脸色阴沉冷漠得吓人，致使艾米不得不鼓足全部勇气胆怯地说——

“请原谅我，乔，我非常非常抱歉。”

“我永远不会原谅你的。”乔冷冷地说，然后就再也不理睬艾米了。

没人再提起这茬——包括马奇太太，因为大家根据经验得知，当乔心情不好时，所有的话都起不了作用，最明智的做法就是等待时机，可能是某个小事故，也可能是乔宽宏大量的天性，让她心头的怨恨得以消融，伤疤得以愈合。这天晚上没有了往日的欢声笑语，尽管姑娘们还像往常一样忙于针线活，她们的妈妈还像往常一样给她们读布莱默①、司各特②和埃奇沃斯③，但缺了一样东西，温馨和谐的家庭气氛被破坏了。到了唱歌时间时，她们更深切地体会到了这一点，贝丝只是弹琴，乔像石头一样沉默，艾米萎靡不振，只有梅格和妈妈两个人唱。尽管她们竭力表现出快乐的样子，但是她们美妙的嗓音似乎不如往日那样和谐，甚至跑了调。

临睡前，马奇太太吻别乔时柔声说：“乖乖，不要带着怒气入睡。要学会相互原谅、相互帮助，明天重新开始。”

乔很想依偎在妈妈怀中痛哭一场，把她的伤心和愤怒都哭出来，但是眼泪是懦弱的表现。而且她感到受伤害太深了，还不能做到原谅。因此她用力眨了眨眼，摇了摇头，粗声粗气地说（因为她知道艾米在偷听）：“这样做太卑鄙了，她不配得到谅解。”

说完她就上床睡觉了，那天晚上既没有愉快的卧谈，也没

---

① 弗莱德瑞卡·布莱默（1801—1865），瑞典小说家。

② 沃尔特·司各特（1771–1832)，英国著名历史小说家、诗人，生于苏格兰爱西堡市。

③ 玛利亚·埃奇沃思（1767—1849），英国–爱尔兰作家，以写富有想象、有道德教育意义的儿童故事和反映爱尔兰生活的小说闻名。

有亲密无间的悄悄话。

艾米主动求和却遭拒，这让她感到很生气，她开始为自己低三下四的道歉行为感到后悔，感到比以前更加受伤，并用一种特别令人恼火的方式为自己的品德沾沾自喜起来。乔看起来仍然像一团乌云，一整天都不顺心。早晨天特别冷，她一不小心把珍贵的“暖手筒”掉进了排水沟里，马奇婶婆总是烦躁不安。回到家后，梅格唉声叹气，贝丝一脸惆怅，艾米絮叨个不停，说有些人光说不做，整天把做好人的话挂在嘴边，当别人给她们树立一个好榜样时，却连试一下都不愿意。

“人人都怨气冲天的。我去找劳里滑冰去。他总是又和气又开朗，会让我恢复好心情的，我知道。”乔自言自语地说着出去了。

艾米听到了冰鞋的铿锵碰撞声，看看外面，不耐烦地说：“瞧！她上次答应带我去的，因为这是今年最后一次结冰了。可是不要指望这样一个‘火药包’带我去了。”

“不要这么说，你太顽皮了，毁了她的宝贝书稿，这让人很难原谅，不过我想她现在也许会原谅你，我猜她会的，如果你抓住恰当时机的话。”梅格说，“跟着他们，什么也不说，直到她和劳里一起有说有笑了，悄悄过去吻她一下，或者为她做点儿什么，我相信她会前嫌尽释的。”

“我试试。”艾米说，这个主意很合她心意。匆匆忙忙地完成准备工作后，她就去追乔和劳里了，他们的身影正要消失在小山的另一边。

河就在附近，但是艾米还没追上他们，他们就已经做好了冲刺的准备。乔看到艾米过来，就转过身背对着她。劳里没看到艾米，因为他正小心翼翼地沿着河岸向前滑，判断冰面的厚度，因为在这场寒流到来之前，天气曾一度很暖和。

“在我们开始比赛之前，我先滑到第一个弯道处看看情况。”艾米听到劳里说，看到他嗖地向远处滑去，外套和帽子边缘都镶着皮毛，看起来像个俄国人。

乔听到艾米呼哧呼哧地喘着粗气，跺着脚，往手指上哈着气，知道她正在费力地穿冰鞋，但乔没有回头，而是慢慢地沿“之”字形路线向远处滑去。妹妹遇到麻烦，她反而从中获得一种满足，但这是一种令她心痛、令她难以高兴的满足。她玩味着自己的愤怒，直到它变得越来越强烈，最后完全攫住了她，邪恶的思想和感情往往都是这样，除非被一下子释放掉。

“靠近岸边滑，中间不安全。”乔听到了劳里的这句提醒，但是艾米没听到，因为她只顾脚下了。乔回头扫了一眼，心中藏的小恶魔对她耳语道：

“不管她听没听到，随她便吧。”

劳里已经滑过了弯道，乔刚滑到弯道处，艾米远远地落在后面，正奋力向河中间较平滑的冰面滑去。有一瞬间，乔停下了，心里有一种异样的感觉，接着她决定继续往前滑。可是，鬼使神差地，她被什么东西挡了一下，身体转了过去，刚好看到艾米脚下的一块薄冰突然碎裂，艾米跟着沉了下去，溅起一片水花，河面上只能看到她伸出的手。她最后发出的一声尖叫把乔吓得心脏几乎骤停。乔想大声向劳里呼救，但她的喉咙发不出声音。她试图冲向前去，但她的双脚似乎没有一丝力气。有一秒钟，她只能一动不动地站着，满脸惊惧地盯着黑乎乎的水面上那顶小小的蓝色风帽。一个身影从她身边一闪而过，劳里的声音传了过来：

“快去取一根横木，快去！”

她是怎么做到的，她想不起来了。但是在接下来的几分钟里，她像丢了魂似的，盲目地听凭劳里的指挥。劳里相当镇定，他平躺着，手握溜冰杆伸向艾米让她抓着，乔从篱笆上扯下一根横木拉过来，两人一起将艾米从水中救了出来。小姑娘伤得倒不严重，只是被吓坏了。

“没事了，现在我们要尽快把她送回家。你把我们的衣服裹她身上，我先帮她脱掉乱成一团糟的冰鞋。”劳里说着就把他的外套裹在艾米身上，又动手撕扯缠在一起的鞋带。

他们把艾米送到了家里，艾米哭着，身上滴着水，一路不停地打战。一阵激动情绪过后，艾米裹着毯子在温暖的炉火边睡着了。在这阵忙碌过程中，乔很少说话，只是四处奔忙，面色苍白，神态狂乱。她的衣服已经脱下了一半，裙子被扯破了，手也被冰和横木以及难解的扣子割破了，变得青肿不堪。当艾米安然入睡时，房间里很安静。马奇太太坐在床边，喊乔过去包扎手上的伤口。

“你确定她没事了吗？”乔小声问，懊悔地看着那个金色的小脑袋，这颗小脑袋差点儿被无情的冰水永远从她面前卷走。

“没事了，乖乖。她没受伤，也没着凉，我想。你们做得对，知道给她裹住身子尽快送回家。”她妈妈赞赏地说。

“都是劳里做的，我当时只是由她去。妈妈，要是她死了，就是我的错。”乔扑倒在床边，一边流着忏悔的泪水，一边向妈妈讲述了事件的经过，她做了严厉的自我批评，说自己心肠太硬，同时感激上苍让她免受惩罚。

“都怪我脾气太差，我想克服这个毛病，认为自己已经做到了，却变得比以前更糟。噢，妈妈，我该怎么办呀？我该怎么办呀？”可怜的乔绝望地哭诉着。

“保持警惕，再加上祈祷，宝贝，永远不要停止努力，永远不要产生你会失败的想法。”马奇太太说。她把乔头发蓬乱的脑袋揽在怀里，温柔地亲吻她湿漉漉的面颊，这让乔哭得更伤心了。

“你有所不知，你想不到这有多严重！当我脾气上来的时候，好像什么事都能做得出来。我变得那么野蛮，可能会伤害任何人，而且还以此为乐。我真担心有一天我会做出什么可怕的事情来，毁了我的一生，遭到大家的忌恨。噢，妈妈，请帮帮我吧！你一定得帮帮我！”

“我会的，孩子，我会的。不要再哭得这么伤心了，但是要记住这一天，并下定决心今后不要再犯这样的错误。乔，宝贝，我们都会遇到诱惑，有些诱惑比你遇到的大得多。我们往往需要花费毕生的时间去战胜它们。你认为你的脾气是世界上最糟糕的，但我过去也像你这样。”

“你，妈妈？为什么，你可从来不发火的！”乔惊讶地暂时抛开了自己的懊悔。

“四十年来我一直在努力克服这个弱点，但现在只能控制不发火。我这辈子几乎每天都会生气，但是我学会了不发泄出来，我还希望能学会不生气，尽管这么做还需要花费我另外四十年。”

对乔来说，深爱的母亲脸上所表现出的忍耐和谦恭胜过最智慧的课堂和最严厉的谴责。这种来自母亲的同情和信任让她立刻获得了安慰。得知妈妈有和她一样的弱点，而且也在努力克服，这让她感觉到自己的弱点不那么可怕了，并且坚定了她克服这个弱点的决心。尽管对一个年仅十五岁的小姑娘来说，要警惕和祈祷四十年似乎相当漫长。

“妈妈，当马奇婶婆刁难你或者有人让你心烦的时候，我看到你有时嘴巴绷得紧紧的走出房间，你是在生气吗？”乔问，她感到现在和妈妈比从前更亲近了。

“是的，我已经学会把冲到嘴边的轻率言辞咽回去。当我感到这些话想违背我的意愿冲出来时，我就走开片刻，为自己的软弱和错误对自己进行小小的惩罚。”马奇太太叹了口气，接着又笑了，伸手抚平乔蓬乱的头发，给她扎好。

“你是怎么学会保持镇静的？这是困扰我的问题——因为在我还没明白怎么回事时，伤人的话就会脱口而出，我说的越多，情绪就变得越糟糕，直到说出难听的话，刺伤人家的感情给我带来快乐为止。告诉我你是怎么做的，亲爱的妈咪。”

“我的好妈妈过去常常帮我——”

“就像你帮我们——”乔打断了妈妈的话，感激地吻了她一下。

“但是在我比你现在的年龄稍大一点儿时，我失去了她。多少年来，我只得独自努力，因为我自尊心太强，不想向任何人承认我的弱点。我也曾有过一段难熬的日子，乔，经历很多失败，不知道流了多少眼泪，因为尽管我付出很多努力，但好像没有进步。后来你爸爸来到了我身边，我感到非常幸福，性情也很容易就变好了。不过，渐渐地，当我生了四个女儿，生活又拮据时，我的老毛病就又犯了，因为我天生缺乏耐心。看到我的孩子们的愿望得不到满足，我就感到痛苦。”

“可怜的妈妈！那么又是什么帮了你呢？”

“是你们的爸爸，乔。他从没失去过耐心——从不怀疑，不抱怨，而且一直充满希望地工作着，期待着，他是那么乐观，会让一个有其他想法的人感到羞耻。他帮助我，安慰我，让我明白，我想让我的女儿们拥有什么样的品德，我自己首先就必须努力培养这种品德，因为我是她们的榜样。为你们着想去努力比为我自己要容易些。当我出口伤人时，你们一个惊吓的眼神给我带来的谴责比任何言语都有力。我努力去做一个能成为孩子们榜样的人，孩子们给我的爱、尊敬和信任是我收到的最甜蜜的报偿。”

“噢，妈妈，如果我能有你一半好，我就心满意足了。”乔被深深地触动了。

“我希望你能远远胜过我，宝贝，但是你必须看管好你藏在内心深处的敌人，就像你爸爸说的，否则它可能会毁了你的生活，或者让你生活得不快乐。你已经经历了一次警告，你要记住这次警告，尽力学会控制坏脾气，以免将来给你带来更大的悲哀和遗憾。”

“我会尽力的，妈妈。我保证会。但是你必须帮助我，提醒我，阻止我爆发。我过去有时看到爸爸用手指压在嘴唇上，表情既和蔼又严肃地看着你，那时候你总是紧闭双唇躲开。他这么做是在提醒你吗？”乔轻声问。

“是的，是我让他这么帮我的，他从没忘记这么做，他用那个小小的动作和和蔼的表情救了我，那样我才没有说那么多伤人的话。”

乔看到妈妈讲这些事情时眼睛湿润了，嘴唇在颤抖，担心自己话说得太多，急忙说：“跟你当面说起这些事是不是不好啊？我不想无礼，但是想把心里话说给你听，我感到轻松很多，感到安全和幸福。”

“我的孩子，你可以对妈妈诉说任何事情，让我最快乐和自豪的就是我的女儿们信任我，知道我有多爱她们。”

“我还以为我惹你伤心了。”

“没有，宝贝。只是提起爸爸时，我才意识到我是多么想念他，意识到亏欠他的有多少，意识到我应该忠实地履行一个母亲的职责，为他照顾好、管好他的小女儿们。”

“可是，是你让他去前线的呀，妈妈。他走时你没有流泪，也从未抱怨过，也看不出你需要什么帮助。”乔不解地说。

“我把最好的东西献给我热爱的祖国，忍住泪水看着他离开。当我们两人只是尽了自己应尽的义务，而且最终换来更大的幸福时，我有什么理由抱怨呢？”

乔唯一的回应就是紧紧搂住妈妈。在接下来的寂静中，她做过的最虔诚的祈祷无声地从她心里飘了出来。因为在那悲喜交加的一个小时里，她不仅尝到了悔恨和绝望的苦酒，还品尝了自我否定和自我控制带来的甜蜜。

艾米在睡梦中动了一下，叹了口气。乔往天上看着，脸上现出了从未有过的表情，好像急于为自己的过错忏悔。

“我带着怒气入睡了，我本来没想原谅她，今天如果不是劳里，可能就铸成大错了！我怎么那么恶毒呀？”乔说，声音不算低。她靠近妹妹，轻轻抚摸着艾米摊在枕头上的湿漉漉的头发。

艾米好像听到了，她睁开眼睛，伸出双臂，脸上漾起微笑，似一股甘泉，直抵乔的心窝。两人一句话也不说，隔着毯子紧紧相拥，一个深情的吻让她们尽释前嫌。

第九章　梅格初入名利场

“那些孩子得了麻疹，我认为天底下最幸运的事情莫过于此了。”梅格说。这是四月的一天，她正站在房间里准备出门的行李，几个妹妹围着她。

“安妮·莫法特真好，说到做到。可以开开心心地玩上整整两周，太难得了。”乔说。她正用细长的手臂叠裙子，像风车一样忙得团团转。

“而且天气也这么好，真庆幸。”贝丝补充说，一边整理着箱子里的各式丝巾和发带。为了这一重大事件，她把自己最好的箱子借给了姐姐。

“我希望将来我也能遇到一次好机会，把自己打扮得漂漂亮亮的。”艾米含着满嘴的针说，她正灵巧地把这些针插进姐姐的针垫里。

“我希望你们都去，不过既然你们不能，我回来时一定把我的冒险经历告诉你们。至少我能为你们做这件事。你们对我这么好，不仅把东西借给我，还帮我打点行李。”梅格环视着房间里的行李说。这些行李虽然简单，可是在她们眼里几近完美。

“妈妈从她珠宝盒里拿什么给你了？”艾米问。当马奇太太打开那个杉木匣子时，艾米不在现场。马奇太太在那个木匣子里珍藏着几样过去生活富裕时留下的纪念品，留着在恰当时机作为礼物送给女儿们。

“一双长筒丝袜，一把很漂亮的雕花扇，还有一条漂亮的蓝色饰带。我喜欢那条紫罗兰色丝绸裙子，但是没时间改了，我就带原先的旧薄纱裙子将就吧。”

“穿在我的新棉布裙子外面一定很漂亮，有饰带衬托会更美。要是我的珊瑚手镯不打碎就好了,你也许能用得着。”乔说，她一贯不吝啬把自己的物品送给别人或借给别人，只是她的东西往往太破，派不上大用场。

“珠宝盒里有一套很漂亮的老式珍珠首饰，但妈妈说，对年轻姑娘来说，鲜花是最美丽的装饰品，劳里已经答应把我想要的所有花都送给我。”梅格说，“好了，让我看看，这是我的新灰色休闲装——贝丝，把我帽子上的羽毛卷起来——周末和家庭舞会穿的府绸衫——春天穿是不是有些厚啊？噢，要是有紫罗兰的丝绸裙子该多好啊！”

“不要紧，你可以穿着薄纱裙子参加人多的舞会，你穿白色衣服时总像个天使。”艾米说，这一小堆漂亮服饰让她眼花缭乱。

“这条裙子领口太高，下摆也不够飘逸，但还凑合。我的蓝色家居服翻新后又加了饰边，效果很不错，像新的一样。丝绸衫太老土了，帽子也没有萨莉的漂亮。我不想发牢骚，可是我的伞太让我失望了。我告诉妈妈给我买一把白色伞柄的黑伞，她却忘了，反而给我买了一把黄色伞柄的绿伞，这把伞既结实又小巧，我不该发牢骚的。可是和安妮的带金色伞端的丝绸伞相比，我就感到自惭形秽。”梅格叹了口气，带着一脸的不满意审视着她的小雨伞。

“那就另换一把吧。”乔提议。

“我不会那么傻，那样会让妈妈伤心的，她毕竟花了那么多工夫准备我用的东西。我只是说说而已，不会当真的。长筒丝袜和两双新手套给了我安慰。乔，你能把自己的手套借给我，真是我的好妹妹。一下子有两双新手套，我感到好富有，好高雅，旧的洗干净留着平时戴。”梅格欣喜地看了一眼她的手套盒。

“安妮·莫法特的睡帽上有蓝色和粉色的蝴蝶结。你能给我的睡帽上缝几个吗？”梅格问贝丝。贝丝刚好拿来一堆汉娜刚织好的雪白薄纱。

“不，我不同意，因为漂亮的睡帽和连花边都没有的普通睡衣不般配。穷人不应该穿盛装。”乔果断地说。

“我在想，如果我穿带花边的衣服，戴缝着蝴蝶结的帽子，那我是不是就非常知足了呢？”梅格烦躁地说。

“可前几天你明明说，只要你能去安妮·莫法特家，你就会知足的。”贝丝用一贯平静的语气说。

“我是说过！我要知足，不能烦躁，但是，好像一个人得到的越多，想要的也就越多。不说了，隔底匣备妥了，所有东西都装进去了，只剩下舞会礼服，等妈妈来装吧。”梅格说。她看看装得半满的箱子，又看看那件经过多次熨烫和修补的白色薄纱裙——也就是被她郑重地称作“舞会礼服”的裙子，心情变得愉快起来。

第二天天气晴朗，梅格一身盛装地起程了，去度过两周新奇而快乐的假期。马奇太太只是勉强答应她去，担心她回来时对现实会更加不满，但是经不住她苦苦恳求。再说萨莉已经承诺会照顾好她。另外，经过一冬天单调乏味的劳作之后，小小的乐趣令人渴望，因此妈妈就让步了，同意女儿初次品尝时尚生活的滋味。

莫法特一家确实很时尚，纯朴的梅格起初被他们家华丽的房子和高雅的主人吓得有些退缩。但是，尽管他们过着花天酒地的生活，人却很友好，很快让客人不再感到拘束了。梅格隐隐感觉到——她说不出原因——他们一家并不是特别有修养，也不是特别有头脑，他们表面上的豪奢并不能完全掩盖他们内心的庸俗。不管怎么说，享用美餐，乘漂亮的马车出行，天天穿盛装，除了享受什么也不用做，这种生活当然很惬意了。这太合梅格的心意了，很快地，她就开始模仿周围人的言行举止，摆出一副高傲的架子，用法语词汇，卷头发，把裙子改短，尽量谈论时尚话题。她见到的安妮·莫法特的漂亮东西越多，就越是羡慕，也越是渴望富贵。家在她心目中显得那么寒碜和凄凉，工作变得从没有过的辛苦。她觉得她就是一个内心被深深伤害了的灰姑娘，尽管她戴着新手套，穿着长筒丝袜。

然而，她并没有太多哀怨的时间，因为三个年轻姑娘正忙着“享受生活”呢。她们整天购物、散步、走亲访友、看戏或歌剧，有时晚上就在家里玩。安妮交游甚广，而且慷慨好客。她的姐姐们都是气质高雅的年轻女子，其中一个已经订了婚约，这在梅格看来是那么有趣和浪漫。莫法特先生长得很胖，整天乐呵呵的，他认识梅格的爸爸。莫法特夫人也长得很胖，也是整天乐呵呵的，和女儿们的态度一样，她也很喜欢梅格。大家都宠梅格，还给她起了个昵称——“戴茜”，这未免让她有些晕头转向。

举行家庭舞会的那天晚上，梅格发现她的府绸衫根本不管用，因为别的女孩都穿着薄薄的衣衫，把自己打扮得特别漂亮。

薄纱裙子也是如此，和萨莉簇新的裙子相比显得愈发破旧和寒酸。梅格发现其他女孩们都注意到了这一点，还相互交换了一下眼色。她的面颊开始发烫，因为尽管她性情温和，但是自尊心很强。虽然谁也没说什么，但是萨莉主动提出给她做头发，安妮给她系饰带。而贝尔，也就是那个订了婚的姐姐，夸赞她皮肤白皙。但是梅格从她们友善的态度中只看到了她们对她的怜悯。当其他人在谈笑风生，或者像花蝴蝶一样四处飞舞时，梅格独自站在一边，内心感觉特别沉重。她正感到越来越痛苦时，女仆端进来一盒鲜花。她还没开口，安妮就揭开了盒盖，看到中间点缀着石楠花和蕨叶的一盒漂亮玫瑰，大家都惊呼起来。

“当然是送给贝尔的，乔治总是送给她一些花，这次送这么多，真是太美了。”安妮把鼻子凑在花上深深地吸了口气，大声说。

“来人说这些花是送给马奇小姐的。这里有一张纸条。”女仆说着，把纸条递给了梅格。

“太有趣了！谁送的花和纸条？不知道你有心上人了。”姑娘们既好奇又吃惊地围在梅格周围叽叽喳喳地打听着。

“纸条是我妈妈写的，花是劳里送的。”梅格淡淡地回答，但很感激劳里没有忘了她。

“哦，是这样啊！”安妮扮了个鬼脸。梅格把纸条塞进口袋里，她要把它当作护身符，用来保护她免遭忌妒、自负、虚荣的伤害，因为那几句充满爱意的话救了她，美丽的花儿也让她振作起来。

梅格几乎忘却了烦恼，恢复了快乐的心情。她为自己留下一些蕨叶和玫瑰，麻利地把剩下的蕨叶和玫瑰扎成精巧的花束，别在她的朋友们的胸口、头发或裙子上。她的这个举动显得那么乖巧，以至于安妮的大姐克拉拉夸赞她是“曾见过的最可爱的小姑娘”。她的小小贡献不仅给她们增加了很多魅力，这一善举也给她自己带来了好处，使她不再自怨自艾。当其余的女孩都去莫法特夫人那里一展姿容时，她把蕨叶别在波浪起伏的头发上，把玫瑰花系在裙子上，她在镜中看到一张洋溢着幸福、眼神明亮的脸，感觉裙子也不像原来那么寒碜了。

梅格那天晚上玩得很开心，因为舞跳得很尽兴。大伙儿全都那么友好，她被表扬了三次。安妮让她唱首歌，她就唱了，有人夸她的嗓音非常美妙。林肯少校还问那个“长着一双美丽大眼睛的清纯小姑娘”是谁。莫法特先生执意要和她跳舞，因为她“舞步轻盈，富有弹性”，他咬文嚼字地说。因此，总的来说，她的心情很不错，直到在无意中听到了只言片语的闲聊，结果让她备受打击。当时她正坐在温室里，等着她的舞伴给她端一盘冰激凌来，这时她听到花墙另一边一个声音问道：

“他多大？”

“大概十六七岁的样子。”另一个声音回答。

“这对那些女孩子中的任何一个来说都是一件大好事，是不是？萨莉说他们现在非常亲密，那个老头也很溺爱她们。”

“马奇太太早有打算，我敢说，她会打一手好牌的，尽管早了些。显然这丫头还没想到这一步。”莫法特夫人说。

“她说纸条是她妈妈写的，那是在说谎，她似乎事先知道会收到花，当那么漂亮的花出现在她面前时，她的脸羞得通红。可怜的小东西，如果她打扮得入时，会要多漂亮有多漂亮的。如果我们礼拜四借给她一件衣服穿，你们觉得她会生气吗？”

另一个声音问。

“她的自尊心很强，但我想她不会介意的，因为那条寒酸的薄纱裙子是她唯一的行头。她今晚可能会把裙子撕破，这样我们就有理由借给她一件像样的了。”

这时梅格的舞伴来了，发现她脸涨得通红，情绪很激动。她自尊心很强，这样的自尊心此时反倒发挥了作用，帮她掩饰了她的屈辱、愤怒以及她所听到的话给她带来的厌恶情绪。因为，尽管她很单纯，对人毫无戒备，但是朋友的闲言碎语仍旧令她心有感触。她努力去忘记，但是做不到，耳边反复响起“马奇太太早有打算”“她撒了谎”“寒酸的薄纱裙子”这些话语，她几乎要哭出来，想立刻跑回家诉说她的苦恼，向大家讨主意。不过，这是不可能的，所以她只好努力装出开心的样子，显得非常兴奋。她伪装得特别成功，以至于人们做梦也想不到她为此付出了多大力气。舞会终于结束了,她松了口气。夜里，她安静地躺在床上，一时间思绪万千，怒火中烧，直到她脑袋发痛，并且畅快地流下几串泪水，使发烫的脸颊凉了下来。那些愚蠢的但并无恶意的话给梅格打开了一扇门，让她看到了一个新世界，也搅乱了那个旧世界的宁静，那个她一直像孩子一样快乐地生活在其中的世界。她和劳里之间单纯的友情被她无意中听到的无稽之谈玷污了。她对妈妈的信任被莫法特夫人强加给她妈妈的所谓“世俗打算”微微动摇了一下，因为莫法特夫人自己就是这样的人。她曾坚定地认为穷人的女儿应该满足于过简单朴素的生活，现在这种信念被一群无端怜悯她的女孩们削弱了，在她们眼里，寒酸的衣服是天底下最大的灾难。

可怜的梅格在辗转反侧中过了一夜，早晨起床后昏昏欲睡、闷闷不乐，对朋友们怀有五分怨恨，同时还有五分后悔，后悔自己没有开诚布公地说出心里话，还原事情的真相。那天早晨大家都拖拖拉拉的，直到中午女孩子们也打不起精神头做女工。梅格立刻察觉到朋友们态度中的变化。她发现，她们对她更客气了，对她说的话表现出浓厚的兴趣，看她时眼睛里流露出显而易见的好奇。这一切既让她吃惊，又让她沾沾自喜，虽然她不明就里，直到正在写信的贝尔小姐抬起头来，略带伤感地说：

“戴茜，亲爱的，我已经给你的朋友劳伦斯先生送了一份请柬，邀请他参加礼拜四的舞会。我们很想认识他，这完全是看在你的分上。”

梅格脸红了，但她突然产生一个念头，想戏弄一下这些女孩们，于是她一本正经地说：“非常感谢你的好意，但恐怕他不能来。”

“为什么不能，亲爱的？”贝尔小姐问。

“他年纪太大了。”

“我的宝贝，你是什么意思？他多大年纪？请告诉我！”克拉拉吃惊地说。

“差不多七十了，我想。”梅格说，为了掩饰眼中的笑意，她低头数着针脚。

“你这个狡猾的东西！我们当然是指那个年轻人。”贝尔小姐被她逗得哈哈大笑。

“没有什么年轻人，劳里只是个小男孩。”当梅格这么描述她的所谓“心上人”时，那几个姐妹相互交换了一下不解的眼神，这引得梅格笑了起来。

“和你差不多大吧？”楠说。

“和我妹妹乔差不多大。我到八月份就十七岁了。”梅格抬起头来说。

“他真好，知道送花给你，是不是呀？”安妮说，一脸懵懂无知的样子。

“是的，他经常送花，送给我们所有人，因为他们家种的花太多了，房子里都放不下了，而且我们都很喜欢他。我妈妈和劳伦斯老先生是朋友，因此我们小辈们就很自然地在一起玩了。”梅格希望这个话题到此为止。

“很显然戴茜还没有社交经历。”克拉拉小姐冲贝尔点点头。

“一身天真无邪的乡土味儿。”贝尔小姐耸耸肩说。

“我准备外出一趟，给我的姑娘们买些小物件儿。年轻姑娘们，你们有需要的东西吗？”莫法特夫人进来问道。她走路迟缓而笨重，像一头披着绸缎的大象。

“不用了，谢谢你，夫人。”萨莉回答，“我礼拜四穿我新做的粉色丝绸裙子，什么都不需要了。”

“我也不——”梅格说，但是她没说完就停下了，因为她想起确实需要几样东西，自己却买不起。

“你穿什么？”萨莉问。

“我的旧白色裙子，如果我能把它补好的话，昨晚撕破了。”梅格说，她想尽量说得轻松，但是感觉很别扭。

“你为什么不派人回去给你另取一条来？”萨莉问，她是个不善于察言观色的女孩子。

“我没有别的了。”梅格好不容易才说出这句话，但是萨莉没有看到这点，毫无恶意地惊呼：“就那一条？太好笑了——”她的话没有说完，因为贝尔冲她摇摇头，打断了她，和气地说：

“没什么好笑的，既然她还没有参加社交，要那么多衣服做什么？戴茜，就算你家里还有一打衣服，也没必要派人去取，因为我有一条很可爱的蓝色丝绸裙子，现在穿不上了，你穿行吗，亲爱的？我会感到荣幸的。”

“谢谢你，但是我不介意我的旧衣服，如果你不介意的话，对于像我这样的小女孩来说，那件衣服就不错。”梅格说。

“就给我一次打扮你的机会吧，好让我开心一下。我渴望有这样的机会，只要稍加修饰，你就会变成一个十足的小美人。我要把你打扮好后再去见人。那时我们就会像参加舞会的灰姑娘和她的教母一样突然出现在大伙儿面前。”贝尔劝说着。

梅格无法拒绝这么好心的提议，她很想看看，自己经过一番打扮之后是不是个“小美人”，这个愿望促使她接受了贝尔的提议，原先对莫法特一家人怀有的不满也烟消云散。

礼拜四傍晚，贝尔把自己和女仆关在屋子里，两人合力把梅格变成了一个时髦女郎。她们把她的头发烫成卷，往她的脖子和手臂上抹上香粉，嘴唇上涂上唇膏，看上去更红润，若不是她拒绝了，霍顿斯还要给她涂胭脂呢。她们给她套上一条天蓝色的紧身裙子，紧得她几乎透不过气来。这条裙子的领口开得也很低，纯朴的梅格看到镜中的自己时羞红了脸。她们又给她戴上各种银饰，手镯、项链、胸针，甚至耳环，霍顿斯把耳环用粉红丝线不露痕迹地系在她耳朵上。梅格顺从地由着她们在她胸前别上一簇香水玫瑰，腰间系上一条褶带，显得愈发楚楚动人。白色披肩、一双高跟丝绸靴子满足了她最后一个心愿。然后用一块蕾丝手帕、一把羽毛扇以及一簇用银托架托着的花把梅格打扮妥当。贝尔小姐带着满意的表情欣赏着她，就像小女孩欣赏她打扮一新的布娃娃。

“小姐真迷人，真漂亮，是不是呀？”霍顿斯欣喜地拍手赞叹着。

“过来亮亮相吧。”贝尔小姐领着梅格向聚集着很多人的房间走去。

梅格跟在她身后，拖地长裙沙沙作响，耳环叮叮当当，卷发飘飘，她心跳加速，感觉到她的开心时光终于开始了，因为镜子明明白白地告诉她，她是个“小美人”。朋友们热情地重复着溢美之词，有几分钟，她站在那里，像寓言故事里的寒鸦，享受着她借来的羽毛，而其他人则像一群叽叽喳喳的喜鹊。

“我去打扮了，楠，你教她怎么当心裙子或高跟鞋，不然她会绊倒的。克拉拉，把你的银蝴蝶卡子拿来，卡住她左边的那一缕长卷发。你们谁也不许破坏我亲手创造的杰作啊。”贝尔说着就急匆匆地走开了，看得出她对自己的成功相当满意。

“我好紧张啊，有些头晕目眩，我是不是穿得太暴露啊？”梅格问萨莉。此时响起了赴宴的铃声。

“你看起来像换了个人，但是非常漂亮，我和你没法比，因为贝尔非常有品位，你看起来很洋气，我向你保证。把你的花垂下来，不要太在意。另外一定不要绊倒了。”萨莉说，尽量不在乎梅格比她美的事实。

玛格丽特牢牢记住这句告诫，很安全地下了楼，优雅从容地步入客厅，客厅里坐着莫法特夫妇和几位早到的客人。她很快发现，华美的服饰有其魅力，能够吸引某个阶层的人，赢得他们的尊敬。几个以前从没留意过她的年轻小姐突然变得特别殷勤。几个年轻先生在上一次舞会上只是看了她一眼，现在不仅盯着她看，还请求和她结识，说些毫无意义但很中听的恭维话。几个年纪较大的女士坐在沙发上，一边对别人评头论足，一边颇有兴趣地询问她的来历。梅格听到莫法特夫人对其中一位说：

“戴茜·马奇——父亲是部队里的一名陆军上校——是我们的世交之一，可惜时运不济。她们家也是劳伦斯家的密友。她绝对是个讨人喜欢的小姑娘。我家的内德很迷她。”

“天哪！”这位老夫人说，她戴上眼镜，仔细观察着梅格。梅格尽量表现出什么也没听到的样子，但是对于莫法特夫人的谎言很震惊。

那种“头晕目眩的感觉”没有消失，梅格把自己想象成在扮演一位高贵小姐的角色，因此很快就适应了，尽管紧身裙子勒得她两肋发痛，裙裾屡次被踩在脚下，她还一直担心耳环会甩飞出去、弄丢或者摔破。一个年轻人为了表现自己的诙谐，给她讲了几个蹩脚的笑话，她一边轻佻地扇着扇子，一边哈哈大笑。突然她的笑声戛然而止，脸上现出困惑不解的表情，因为在她对面，她看到了劳里。他盯着她，毫不掩饰内心的吃惊，当然还有不赞成。她能感觉到这点，因为尽管他面带微笑地鞠了一躬，但他诚实的眼睛里的某种神情让她脸红了，她希望现在穿的是自己的旧衣服。让她更加困惑不解的是，她看到贝尔用手肘推了一下安妮，她们两人瞅瞅她，又瞅瞅劳里。劳里是她愿意见的人，他现在看起来既稚气又害羞。

“无聊的家伙，想让我难堪。我不会在乎的，也不会让自己的心情受到丝毫影响。”梅格想着，快步穿过房间去和她的朋友握手。

“真高兴你也来了，我还担心你不会来呢。”梅格尽量模仿大人的语气说。

“乔想让我来，她想让我看看你在舞会上的样子，回去给她讲讲，所以我就来了。”劳里说，眼睛不敢直视她，尽管她那副成人腔让他想发笑。

“你怎么给她讲呢？”梅格好奇地问，她一方面想知道他对她的评价，另一方面又想躲开他。

“我要说我都不认识你了，因为你看起来那么成熟，和原来的你太不像了，我有些怕你。”他摩挲着手套上的扣子说。

“你胡说！那些女孩子们为了好玩才把我打扮成这样，我很喜欢。如果乔看到我，会目瞪口呆吗？”梅格逼着劳里说出他的想法。

“是的，我想她会这样。”劳里严肃地说。

“你不喜欢我这样吗？”梅格问。

“不，我不喜欢。”劳里直率地回答。

“为什么不呢？”这句问话中带着焦灼。

他看看她烫得卷卷的头发、裸露的肩和花里胡哨的裙子，脸上的表情比任何言语更令她无地自容。他往日的彬彬有礼哪里去了？

“我不喜欢花枝招展。”

这句话从一个比她小的男孩口里说出来，也未免太过分了。梅格烦躁地说：“你是我见过的最无礼的男孩子。”说完就走开了。

梅格闷闷不乐地离开人群，站在一个安静的窗户边吹着凉风，给发烫的面颊降降温。由于裙子过紧，她的脸憋得通红。她正站在那里时，林肯少校从她身边走了过去。一会儿，她听到他对他母亲说：

“她们在耍那个小姑娘，我本来想让你见见她，可是她们把她整个儿毁掉了。今晚她就是一个布娃娃而已。”

“噢，天哪！”梅格叹口气，“我要是长点脑子，穿我自己的衣服就好了，这样就不会让别人反感了，自己也不会感到不自在和害臊了。”

她把脑袋靠在冰凉的窗户上，一半身体躲在窗帘后面，最喜欢的华尔兹已经开始了，她也无动于衷。这时有人碰了她一下，她转过头，看到是劳里。他看起来充满歉意。他颇具绅士风度地鞠了一躬，伸出一只手说：

“请原谅我的无礼，来和我跳支舞吧。”

“我恐怕会让你丢丑。”梅格说，她想装出余怒未消的样子，但是根本做不到。

“怎么会呢？我求之不得呢。来吧，我会好好跳的，虽然我不喜欢你的着装，但我认为你——确实很靓丽。”他挥了挥手，好像语言不足以表达他对梅格的赞赏。

梅格微微一笑，心变软了。在他们站着等待合上音乐节拍时，她小声说：“当心我的裙摆把你绊倒。这是我这辈子遇到的最难堪的事情，穿得像只呆头鹅。”

“你可以把裙摆绕着脖子围一圈，然后别住，这样还能起些作用。”劳里风趣地说，他低头看看梅格穿的蓝色小靴子，显然很是欣赏。

他们敏捷而优雅地跳着向远处移去。因为在家练习过，他们配合得很默契，这对无忧无虑的年轻人看起来赏心悦目。他们快乐地转了一圈又一圈，一场小小的口角反而增进了他们的友谊。

“劳里，我想请你帮我一个忙，行吗？”梅格说。此时劳里正站在梅格身边给她扇扇子。梅格没跳多久就气喘吁吁，但是她不愿承认原因。

“当然可以！”劳里爽快地说。

“请不要告诉家里人我今晚的打扮。我只是想开个玩笑，可她们不会明白的，反而会让我妈妈担心。”

“那你为什么还这么做？”劳里的眼神明显在问。梅格急忙补充说——

“我自己会向她们和盘托出的，我还会向我妈妈坦白我做的傻事，但我宁愿自己亲口告诉她。因此你就不要告诉她们了，行吗？”

“我向你保证我不会的，可是当她们问我时，我该如何回答呢？”

“就说我看起来很漂亮，玩得很开心。”

“前面那半句我一定说，但是后半句呢？你看起来不像开心的样子，是吗？”劳里一脸关切地看着她，让她无法再回避，只得小声答道：

“是，我是不开心。不要认为我不识好歹。我只是想找点乐子，但是发现这种形式的玩乐没意思，我感到厌倦了。”

“内德·莫法特来了，他想要做什么？”劳里说，他的黑色浓眉簇成一团，好像并不认为这位年轻男主人的到来能给舞会增加愉快气氛似的。

“他预订了我跳三支舞，我想他现在就是为此而来的。真讨厌！”梅格说，她摆出一副懒洋洋的架势，把劳里逗得乐不可支。

劳里直到吃晚饭时才再次见到梅格。当他看到梅格正和内德以及他的朋友菲舍尔一起喝香槟酒时，心里暗骂他们“像一对傻瓜”，他感觉自己就像马奇家姐妹的兄弟，有义务照看她们，在她们需要保护时挺身而出。

看到内德转身想再次把梅格的杯子斟满，菲舍尔正弯腰帮她捡扇子，他探过身子凑近她的座位，悄声对她说：“如果你喝过多的香槟酒，第二天就会头痛欲裂。我就不多喝，梅格，你妈妈也不喜欢这样，你知道的。”

“今晚我不是梅格，是个疯疯癫癫的‘布娃娃’，明天我就收起我的‘花枝招展’，重新变好了。”她矫揉造作地哈哈笑着说。

“但愿明天已经到了啊。”劳里喃喃低语着走开了，看到她的变化，他心里很不是滋味。

梅格一边跳舞一边和舞伴打情骂俏，还叽叽喳喳说个不停，就像其他女孩子一样。晚饭后她又跳起了德国华尔兹，跳得跌跌撞撞的，差点儿用长裙子把她的舞伴绊倒。她的放纵行为让站在一边旁观的劳里震惊了。他在心里酝酿着一篇劝诫稿，但始终没有机会发表，因为梅格始终躲着他。舞会结束时，他过去对她道晚安。

“记住！”她说，努力挤出一丝微笑，因为剧烈的头痛已经开始发作了。

“死也不说。”劳里用法语回答，他夸张地挥挥手，就走开了。

这一幕富有戏剧化的情景勾起了安妮的好奇心，但是梅格太累，没有精神闲聊，很快上床睡觉了，感觉就像去参加了一场假面舞会，但是玩得并没有所期待的那么尽兴。第二天一整天她都感到病怏怏的，礼拜六就回了家，两周的寻欢作乐弄得她身心俱疲，同时让她感觉“在奢侈的环境中”待得太久了。

礼拜六晚上，梅格和妈妈及乔坐着闲聊。“这种清清静静的生活好像的确不错，不用一天到晚迎合应付别人。家是最愉快的地方，虽然它并不富裕。”梅格表情安详地环顾着四周说。

“我很高兴你这么说，亲爱的。我原本担心外出度假两周会让你嫌这个家太糟糕、太贫穷呢。”马奇太太说。那天她担忧地看了梅格好多次，因为母亲的眼睛很快就能发现孩子们脸上的变化。

梅格已经兴高采烈地讲述了她的冒险经历，并且反复强调她过得无比开心，但是似乎仍有某样东西压在她心头。当两个小妹妹上床睡觉以后，她若有所思地盯着炉火，话变少了，看起来心事重重的样子。九点的钟敲过以后，乔提议睡觉。梅格突然离开自己的座椅，在贝丝的小凳上坐下来，把手肘支在妈妈的膝头，鼓足勇气说：

“妈咪，我想‘坦白’。”

“我看出来了。是什么，孩子？”

“要我回避吗？”乔小心地问。

“当然不要。我不是从不向你隐瞒任何事情吗？当着小孩子的面我羞于开口，不过我想让你们知道我在莫法特家里做的所有荒唐事情。”

“我们有思想准备。”马奇太太说。她虽然面带微笑，但看起来有点儿不安。

“我告诉过你们她们为我打扮的事情了，但是没告诉你们她们给我涂脂抹粉，烫发束腰，弄得我看起来像个时髦女郎。劳里认为我不够得体，我知道他会这么想，尽管他嘴上没这么说。有个人称我为‘布娃娃’。我知道这样很傻，但他们都恭维我，说我是个美人，还有很多胡说八道的话，因此我就由着他们耍弄我。”

“就这么多吗？”乔问。马奇太太默默看着貌美如花的女儿那忧郁的脸庞，不忍心责怪她的小过错。

“还有，我喝香槟酒了，玩得很放纵，还打情骂俏，总之令人作呕。”梅格自我检讨道。

“一定还有其他事，我想。”马奇太太抚摸着女儿柔软光滑的面颊，现在这张面颊突然变成了玫瑰色的。梅格吞吞吐吐地答道——

“是的，这件事很荒唐，但我想说出来，因为我恨人们议论我和劳里，把我们往那方面想。”

然后她就讲了她在莫法特家听到的各种闲言碎语。梅格说话时，乔看到妈妈双唇紧闭，似乎在为梅格单纯的头脑受到这种负面思想的影响而痛苦。

“我相信这是我听到过的最垃圾的话了。”乔愤慨地说，“你为什么不冲出来，当场说清楚？”

“我不能，那样做太难堪了。我一开始禁不住想偷听，后来就感到特别生气和羞耻。以至于忘记当时应该走开了。”

“就等着我见到安妮·莫法特的那一天吧。我要教你如何对付这样的无稽之谈。说什么‘早有打算’，对劳里好是因为他有钱，将来可以娶我们？如果我把这些无聊的家伙对我们这些穷苦孩子的诬蔑告诉他，他不发火才怪呢。”乔说到这里大笑起来，似乎是回头想想又觉得这件事很可笑似的。

“如果你告诉劳里，我永远不会原谅你！她一定不能这么做，是不是，妈妈？”梅格神情紧张地说。

“不，永远不要再重复那些蠢话，尽快忘掉吧。”马奇太太严肃地说，“都怪我考虑不周，让你进入那群我一无所知的人中间去——他们心眼不坏，我敢保证，但是世故、缺乏教养，而且对年轻人怀有如此不堪的想法。对于这次做客可能给你带来的伤害，我非常非常抱歉。梅格。”

“不要担心，我不会让自己受到伤害的。我会把不好的东西通通忘掉，只记住美好的，因为我确实享用了一顿大餐，而且非常感谢你让我去。我再也不自怨自艾或抱怨了，妈妈。我知道我是个傻丫头，我会一直待在你身边，直到我有能力照顾自己为止。但是被人称赞和仰慕的感觉确实很好，我不得不说我很喜欢这种感觉。”梅格说，承认这点让她感到有些不好意思。

“这是很自然的，而且也无害，只要这种喜欢不变成一种狂热的爱好，从而导致一个人去做傻事或者做出不光彩的事情来。学会辨别和珍惜应该得到的赞美，通过美丽的外表和谦逊的美德去激发优秀人士的仰慕之情。梅格。”

玛格丽特坐在那里思索了片刻，乔站在旁边，手背在身后，看上去既饶有兴致，又有点儿困惑，因为看到梅格红着脸说什么仰慕啊、心上人啊之类的话题是一件新鲜事。乔感觉到，在那短短两周里，姐姐突然长大了，渐渐远离了她，进入了一个她无法进入的世界。

“妈妈，你有‘打算’吗？就像莫法特夫人所说的？”梅格羞怯地问。

“是的，我有很多打算。所有妈妈都有，不过我想我的打算和莫法特夫人的有所不同，让我来告诉你一些，因为该是谈论这类严肃话题的时候了，这时候一句忠告会对你这颗充满浪漫思想的小脑袋和心思有好处。梅格，你虽然很年轻，但不至于听不懂我的话，对像你这样的丫头来说，妈妈的嘴是最适合说这些事情的。还有你，乔，也许过段时间就会轮到你，因此，你也听听我的打算，帮我完成这些打算，如果可以的话。”

乔走过去坐在安乐椅的一侧扶手上，似乎觉得她们要一起做某种非常庄严的事情似的。马奇太太握住两个女儿的手，殷切地望着两张年轻的脸庞，语调郑重而愉快地说：

“我希望我的女儿漂亮、优秀、善良，受到仰慕、爱和尊敬，拥有快乐的青春年华，婚姻顺心美满，生活得愉快而有意义。承蒙上帝之恩，尽量不要经历忧愁和悲伤的磨难。对女孩来说，最好的、最幸福的事情就是遇到一个如意郎君，受到他的爱和呵护。我真诚地希望我的女儿拥有这种美好的经历。考虑这种事是很自然的，梅格，憧憬和期待它的到来，明智地为之做准备，这样当幸福时刻到来之际，你就会觉得已经做好准备，有能力承担责任，值得拥有那份快乐。亲爱的女儿们，我对你们寄予厚望，但不希望你们胡来——仅仅因为一个人有钱、有豪宅就嫁给他，豪宅不是家，因为缺少爱。金钱是很有用而且很宝贵的东西——如果使用得当的话，也是一样很高贵的东西——但我不希望你们把它看成人生的首要目标或者唯一追求。我宁愿你们嫁给穷人，只要你们生活幸福，拥有爱，婚姻美满，这胜过没有自尊、缺乏安全感的皇后。”

“穷人家的孩子没有任何机会，贝尔说，除非她们主动出击。”梅格叹了口气。

“那么我们都做老处女好了。”乔坚定地说。

“对的，乔。做快乐的老处女比做不快乐的妻子好，也比那些整天忙着找丈夫的不正经姑娘们强。”马奇太太坚定地说，“不要烦恼，梅格。贫穷很少会把真诚的恋人吓跑。我认识的一些非常优秀、受人尊敬的妇女都是穷苦人家出身，但是因为她们值得拥有一份爱，因此都没有落单。把这些事情交给时间去解决吧。把我们的家变成一个快乐的家，这样如果命运让你将来拥有自己的家，你就能称职。如果没有，你也能心满意足地继续住在这里。孩子们，有一点你们需要记住，妈妈随时愿意做你们的知己，爸爸随时愿意做你们的朋友。无论你们是出嫁还是未嫁，我们俩都希望并深信我们的女儿是我们的骄傲和安慰。”

“我们会的，妈咪，我们会的。”两个女儿认真地答应着，和妈妈互道晚安。

第十章　匹克威克俱乐部和邮箱

春天来了，一套新的娱乐方式流行开来。白天越来越长，下午有大把的时间用来从事各种劳作和休闲活动。花园有待修整，四姐妹每人分得一小块地用来种自己喜欢的东西。汉娜常说："打眼一瞧，我就知道哪块地归谁管了。"她说得很有道理，因为姑娘们的品位和她们的性格一样迥然不同，梅格种的是玫瑰、天芥菜、桃金娘和一棵橘子树。乔的花圃从来没有哪两个季节是重样的，因为她总喜欢尝试新花样，今年她种的是向日葵，这是一种"给点儿阳光就灿烂"的植物，种子可以用来喂鸡妈妈和一群鸡仔。贝丝花园里种的是传统的香味浓郁的花——香豌豆、木樨草、飞燕草、石竹、三色堇、青蒿，还有为鸟儿们种的卷耳，为猫咪种的猫薄荷。艾米在地里搭了个凉亭，虽然才巴掌大，且显得很造作，但看上去很漂亮——忍冬花和牵牛花那绚丽的小喇叭和小铃铛编织的花环优雅地垂挂在四周，高高的白百合，雅致的蕨……各种花朵恣肆开放，五彩缤纷，绚丽夺目。

晴朗的日子里，姑娘们就侍弄花圃、散步、在河上划船或采花。阴雨天里，她们就进行室内娱乐活动——有些是老一套，有些是新花样，多多少少带着点儿创意。其中的一种活动叫"P.C."，也就是"匹克威克俱乐部"。私人社团在当时是一种风尚，姑娘们认为她们也可以成立一个。因为她们都崇拜狄更斯[①]，就给自己的社团起名为匹克威克俱乐部，简称“P.C.”。除了少数几次中断外，俱乐部活动已经坚持了一年。每个礼拜六晚上，姑娘们就在大阁楼上碰头，活动情况如下：一张桌子前并排摆着三把椅子，桌上放一盏灯，有四条写着“P.C.”徽章的白色绶带，每个徽章的颜色有所不同，还有一份她们自己创办的报纸，名为《匹克威克周报》，每个人都要给报纸撰稿。酷爱文学的乔担任编辑。七点钟时，四个成员爬到阁楼上，把各自的徽章系在头上，神情庄重地各自就座。梅格因为年龄最大，就扮演塞缪尔·匹克威克；乔因为具有文学兴趣，就是奥古斯都·斯诺德格拉斯；贝丝因为圆圆胖胖、粉粉嫩嫩的，就是特蕾西·塔普曼；还有艾米，因为她经常做些不靠谱的事情，所以就是纳塞尔·温克尔。部长匹克威克负责读报，报上有原创故事、诗歌、当地新闻、有趣的广告和提醒彼此的错误和缺点的善意提示。匹克威克先生戴上一副没有装镜片的眼镜，敲打着铺着花边台布的桌子，使劲瞪着斜躺在椅子上的斯诺德格拉斯，直到后者坐得规规矩矩才开始读报：

① 英国十九世纪著名作家，代表作有《匹克威克外传》《雾都孤儿》《双城记》等。

匹克威克周报

18×× 年 5 月 20 日

诗人角

周年纪念颂

今晚我们再次相聚，
在匹克威克礼堂。
头戴徽章，举行庄严仪式，
庆祝我们的第五十二周庆。

我们个个身体康健，
无人从我们的小小团队中缺席；
再次看到了一张张熟悉的面孔，
友好的手紧紧相握。

我们的匹克威克总是忠于职守，
带着敬意，我们和他寒暄问好，
他鼻梁上架着眼镜，读着
我们内容精彩的周报。

尽管他身患感冒，
我们仍乐于听他的谈吐，
因为他道出的都是智慧之语，
尽管声音粗哑难听。

六英尺高的斯诺德格拉斯赫然耸立，
行动迟缓而优雅，
他冲大家粲然一笑，
棕色脸庞笑容可掬。

他眼睛里闪烁着诗的火苗，
与他的命运抗争着。
他眉宇间凝聚着智慧，
还有他鼻子上的一点墨迹！

接下来是我们文静的塔普曼，
如此红润、丰满和甜蜜，
他被俏皮话呛住了嗓子，
不幸滚下了座位。

端庄的小温克尔必然出现，
头发梳得纹丝不乱，
堪称行为得体的典范，
尽管洗脸最令他讨厌。

斯年已去，我们仍然团聚，
一起欢笑、一起读报，
踏着文学之路，
开启辉煌之旅。

愿我们的报纸繁荣兴旺，

我们的俱乐部永不消亡，
愿来年人们把恩赐撒在
有用而快乐的“P.C.”上。

奥古斯都·斯诺德格拉斯

假面婚礼

（威尼斯传说）

一艘又一艘的平底船迅捷地驶过水面，停泊在大理石台阶下，衣着光鲜的乘客们下了船，纷纷拥进阿德龙伯爵庄严气派、人声鼎沸的大厅。武士、贵妇人、小精灵、男侍、僧侣和卖花女，全都加入了跳舞的人群中。空气中飘荡着甜美的嗓音和醇厚的旋律，假面舞会在音乐和欢笑中进行着。

“尊贵的殿下，你今晚看到维奥拉小姐了吗？”一位殷勤的游吟诗人问倚在他臂弯里顺着大厅滑动着舞步的仙后。

“看到了，她真可爱啊，尽管那么悲伤！她的衣服也是精挑细选的，因为一周后她就要和安东尼奥伯爵成婚，可她特别恨他。”

“说真的，我忌妒他。他从那边过来了，打扮得像新郎的样子，除了黑色面具外。面具揭下时，我们就会看到，他将怎样面对那位他无法赢得芳心的姑娘，虽然她严厉的父亲把她许配给了他。”游吟诗人说。

“有传闻说她爱上了那位年轻的英国艺术家，艺术家也倾心于她，但被老伯爵轻蔑地拒绝了。”仙后说。他们融入了跳舞的人群中。

狂欢进行到高潮时，一个牧师出现了，把这对年轻人拉到一个壁龛前，壁龛外面悬挂着紫色天鹅绒幕帘。狂欢的人群安静下来，只听到喷泉哗哗的水声和月光下的橘子林里的沙沙声。这时阿德龙伯爵的声音打破了宁静：

“各位嘉宾，请原谅我用此小计把你们召集到这里，以见证我女儿的婚礼。神父，我们等候着仪式的开始。”

所有目光都转向了这对新人，人群中响起一阵惊奇的窃窃私语声，因为新郎和新娘都没有摘下面具。所有的心都充满了好奇和困惑，但出于尊敬，人人都管住了自己的嘴巴，直到这神圣的仪式结束。接着心急的观众围住了伯爵，要求他做出解释。

“如果可能，我非常乐意给大家一个解释，但我只知道这是我羞怯的维奥拉的突发奇想，我答应了她。好了，我的孩子们，游戏结束了，该是揭下面具，接受我祝福的时候了。”

但新人没有鞠躬，当新郎摘下面具时，所有的人都惊呆了，因为出现在他们眼前的是斐迪南·德弗罗，也就是那位年轻艺术家的尊贵面孔。他胸前佩戴着闪闪发亮的英国伯爵徽章，可爱的维奥拉靠在他胸前，面孔散发着喜悦和幸福的光芒。

“大人，你曾轻蔑地对我说，当我有幸拥有像阿德龙伯爵一样的头衔和一样多的财富时，就可以娶你女儿。现在我拥有的不止这些，因为当德弗罗和德韦尔伯爵用他的古代名号和无尽财富来换取这位女士——现在已是我妻子的爱时，即使像你这样野心勃勃的人也无法拒绝。”

伯爵呆立在原地，仿佛变成了一个石头人。斐迪南转头面向困惑的人群，带着胜利和喜悦的微笑补充说：“至于你们，我勇敢的朋友们，我只希望你们的求婚也像我一样心想事成，祝福你们都能通过这样的假面婚礼娶到一位和我妻子一样美丽的新娘。”

塞缪尔·匹克威克

为什么“P.C.”就像通天塔？因为里面充满了具有反叛精神的社员。

南瓜的故事

从前，一个农夫在菜园里撒了一粒小小的种子。过了一段时间，种子发了芽，长出了藤蔓，结了很多南瓜。十月的一天，南瓜成熟了,他摘下一个拿到了市场上。一个店主买下了南瓜，摆进自己的商店里。同一天上午，一个头戴棕色帽子、身穿蓝色裙子、脸蛋圆圆、鼻头扁扁的小姑娘来到店里，为妈妈买下了南瓜。她把南瓜拖回家，切开，在大锅里煮熟，把其中一些撒上盐，和着黄油捣烂留着晚饭时吃。其余的加了一品脱牛奶、两个鸡蛋、四勺糖、一些肉豆蔻和饼干，放进一个深盘子里烤，烤得色泽诱人，香气扑鼻，第二天被姓马奇的一家人吃掉了。

特蕾西·塔普曼

尊敬的匹克威克先生：

我想和你说说一个人的罪行这个人叫温克尔他在俱乐部里不守规定不是大笑不止就是不给报纸写文章我希望你能原谅他的错误让他投一篇法国寓言因为他有那么多功课要做以至于什么也写不出来我会抓住时间之马的蹄子准备些像样的东西原谅我的匆忙因为上学时间快到了。

纳塞尔·温克尔敬上

（上文是对以往所犯错误的深刻检讨。如果我们的这位小朋友认真学习标点符号，结果就会更好。）

一次事故

上礼拜五，我们被地下室里传来的一声巨响吓了一跳，接着是凄厉的号叫声。我们一起冲到地下室里，发现我们敬爱的社长先生趴在地板上，原来是他去取木柴时绊了一跤。出现在我们眼前的是一幕惨不忍睹的场面，因为匹克威克先生摔倒时脑袋和肩膀都扎进了水桶里，打翻了一小桶肥皂液，还撕破了他的衣服。从这个凶险场景中逃脱后，我们发现他除了几处小擦伤外，并无大碍。在此补充一句，他现在很好。

编者

讣告

尽管我们很痛心，但出于责任的考虑，必须把我们珍爱的朋友雪球太太突然而神秘的失踪记录下来。这只可爱的猫是一大群热情朋友的爱宠。我们都爱慕她，因为她的美丽吸引着所有的目光，她的优雅和美德让每一颗心都宝贝她，整个社区都为她的失踪感到痛心。

有人最后一次看到她时，她正坐在大门前，盯着卖肉人的马车。大家担心某个恶棍被她的魅力所诱惑，卑鄙地偷走了她。一连几周过去了，她仍杳无踪影。我们放弃了所有希望，在她篮子上系了根黑丝带，收起了她的盘子，为她哭泣，就当永远失去了她。

一位富有同情心的朋友作了一首小诗送给她：

致雪球的挽歌

我们为失去我们的小宠物而哀痛，
为她不幸的命运叹息，
她再也不会坐在炉火前，
也不会在古老的绿色大门边玩。

她的幼儿长眠的坟冢就在
胡桃树下。
但是我们不会在她坟冢上哭泣，
因为我们不知道她在哪里。

她空空的卧床，她闲置的球，
将永远不会再见到她；
轻柔的拍击声，可爱的喵喵声，
再也不会从客厅门边传来。

另一只猫追捕她的老鼠，
一只面孔肮脏的猫，
但她再也不会像我们的爱宠那样寻找猎物，
玩耍时也不如她那么快活和优雅。

她偷偷摸摸的爪子踩在雪球过去玩耍的过道里，
但她只是冲着那只被我们的爱宠

勇敢驱走的狗吐口水。

她能干而温和，尽职尽责，
可惜不中看，
我们不能让她取代你的位置，
也不会像崇拜你一样对她顶礼膜拜。

奥古斯都·斯诺德格拉斯.

广告

奥兰西·布拉琪小姐，一位才华横溢、意志坚定的演说家，将于下礼拜六晚上例行演出之后，在匹克威克礼堂发表她著名的演讲——妇女及其地位。

周会将在厨房举行，向年轻姑娘传授厨艺。会议由汉娜·布朗主持，所有人均被邀请出席。

簸箕协会将于下礼拜三碰头，在俱乐部上层举行列队表演。所有成员均需身着正装，肩扛扫把在九点整到场。

贝丝·邦斯尔太太将于下周举办新式玩偶女帽展。最新巴黎时装已到货，欢迎订购。

伯恩斯维尔剧院将于今后几周内连续上演一部新戏，该戏将成为美国戏剧史上绝无仅有的精品。这部令人激动的戏剧的名称为《希腊仆人》或《康斯坦丁复仇记》。

提示

1. 如果塞缪尔·匹克威克洗手时不用那么多肥皂，吃早餐时就不会迟到了。

2. 恳请奥古斯都·斯诺德格拉斯在大街上不要吹口哨。

3. 特蕾西·塔普曼，请不要忘记艾米的餐巾。

4. 纳塞尔·温克尔，不要因为裙子上没有九道褶皱就动怒。

每周总结

梅格——良。

乔——差。

贝丝——优。

艾米——中。

部长读完了报纸（请允许我向读者保证，当年确有其人，确有其事），随即响起一片掌声，斯诺德格拉斯先生站起来发言。

“尊敬的部长，各位先生，”他模仿着议会议员的架势和语调说，“我提议批准一位新成员加入我们的俱乐部——这项殊荣他当之无愧，对此他将不胜感激。他的加入将会为俱乐部注入无穷的活力，提高报纸的文学价值，他本人也会永远快乐和友好。我提议西奥多·劳伦斯为匹克威克俱乐部的尊贵成员，请大家务必批准。”

乔语气的突然变化让姐妹们笑起来，但大家都显得有些顾虑。斯诺德格拉斯落座后没有人发言。

“我们投票吧！”部长说，“赞成这项提议的请说‘同意’。”

斯诺德格拉斯大声说出了这个词，紧接着，让所有人吃惊的是，贝丝也怯懦地说了出来。

“持反对意见的说‘不’。”

梅格和艾米持反对意见。温克尔先生站起来，十分优雅地说：“我们不希望任何男生加入，因为他们只知道玩笑嬉闹。这是女生俱乐部，我们希望私密和得体。”

“我担心他会笑话我们的报纸，过后再取笑我们。”匹克威克说，他扯了扯额头上的一小缕卷发。每当他有疑虑时总是这么做。

斯诺德格拉斯站起来，十分急切地说：“先生，我用人格担保，劳里绝不会做那种事。他喜欢写作，因此会为我们的稿源增添一抹色彩，使我们远离无病呻吟。你们难道看不出来吗？我们能为他做的很少，而他却为我们做了很多，我想我们至少可以为他在这里提供一席之地，如果他来就欢迎他。”

这一席关于所受裨益的巧妙暗示让塔普曼站了起来，似乎已经下定了决心。

“是的，我们应该这么做，即使我们有所担心。我同意他加入，他爷爷也可以加入，如果爷爷愿意的话。”

贝丝的坚决态度震惊了俱乐部的其他成员。乔离开自己的座位，赞许地握着她的手说：“好了，现在重新投票。大家都记住劳里是我们的劳里，请说‘同意’！”斯诺德格拉斯激动地说。

“同意！同意！同意！”三个声音立刻响起。

“好极了！上帝保佑你们！现在，让我们借用温克尔富有个性的说法，‘抓住时间之马的蹄子’，请允许我介绍新成员。”让其余人惊慌的是，乔猛地拉开壁柜门，现出了坐在一条碎布袋上的劳里，他的脸憋得通红，眼睛里闪烁着笑意。

“你这个淘气鬼！叛徒！乔，你怎么能这么做？”三个女孩嚷嚷着。与此同时，斯诺德格拉斯得意地把他的朋友领到台前，递给他一把椅子，又把徽章系在他头上。

“你们这两个坏蛋的冷静让人惊讶。”匹克威克先生说。他本想拉长脸，反倒不由自主地笑了起来。但新成员毫不怯场，他面对部长感激地鞠了一躬，用迷人的声音说：“部长先生，各位女士——对不起，各位先生——请允许我做自我介绍，我是山姆·韦勒，甘当诸位最谦卑的仆人。”

“很好！很好！”乔斜倚着破长柄炭炉，用手指敲击着桌子喊道。

“我的忠实朋友和尊贵的恩主，”劳里挥挥手继续说，“那个举荐我的人不应该为今晚的花招受指责。这件事是我一手策划的，她只是在我的再三央求下答应了而已。”

“得了吧，不要全揽在自己身上。你知道是我提出让你躲在柜子里的。”斯诺德格拉斯打断了他。

“不要在意他说的话。我才是罪魁祸首，先生。”新成员说，冲匹克威克先生点了点头，像真正的韦勒一样，“但是我以我的名誉担保，今后再也不会做这样的事情，而且从此以后把自己献给这个不朽的俱乐部。”

“听到了！”乔喊道，像敲打铙钹一样撞击着长柄炭炉的盖子。

“继续说，继续说！”温克尔和塔普曼催促着，而部长只是和蔼地鞠了一躬。

“我只想说，为了表达我的感激之情，同时也作为促进邻里之间友好关系的一种手段，我在花园下方角落的篱笆丛里安了个邮箱，既美观又宽敞，门上挂着锁，为存取邮件提供了一切便利——也为女士提供了一切便利，请原谅我用这种表达方式。这是一座废弃的紫崖燕的房子，不过我已经把房门封死啦，在房顶上开了个天窗，这样就能存放各种物品，从而节省我们宝贵的时间。信件、手稿、包裹都可以投进去。两家各配一把钥匙，这一定很棒，我想。请允许我把钥匙递上去，非常感谢各位的恩惠，我的话说完了。”

当韦勒先生把一把小钥匙放在桌上并退下后，一阵掌声响起，长柄炭炉疯狂地撞击着，挥动着，一段时间过后俱乐部才重新恢复秩序。接下来是长时间的讨论，每个人都语出惊人，因为每个人都在尽力而为，因此，这是一场异常活跃的会议，一小时后才休会。接着响起三声欢呼，邀请新成员发言。

没人为接纳韦勒感到后悔，因为再也没有像他这样乐于奉献、遵守规定、性格欢快的成员了。他的确为会议注入了活力，为报纸增添了色彩，因为他的口才震撼了他的听众，他的稿子也非常优秀：爱国的、古典的、喜剧的、戏剧的，但从不无病呻吟。乔认为他的作品可以与培根①、弥尔顿②、莎士比亚的大作比肩，认为对自己的作品也产生了正面的影响。

邮箱成了一个非常重要的设施，呈现出一派繁忙景象，因为通过它传递的物品几乎和真正的邮局一样多：悲剧和领带、诗歌和泡菜、花种和长信、音乐和姜饼、橡皮和请柬、投诉信和小狗。劳伦斯老先生也喜欢这种游戏，常常送来稀奇古怪的包裹、神秘的信息、滑稽的电报，以此寻开心。而他的

---

① 弗朗西斯·培根（1561—1626），英国文艺复兴时期的散文家、哲学家。

② 约翰·弥尔顿（1608—1674），英国17世纪诗人、政论家、民主斗士，英国文学史上伟大的六大诗人之一。代表作品有长诗《失乐园》《复乐园》等。

园丁被汉娜的魅力所吸引，竟写了一封由乔代收的情书。当这个秘密公之于众时，他们都被逗乐了，而且做梦也想不到这个小小的邮箱在未来的岁月里会接收多少情书啊。

第十一章　试验

六月的一个温暖的日子，梅格回到家里，发现乔疲惫不堪地躺在沙发上。“六月一号,金家明天要去海边度假,我自由了。整整三个月的假期——太开心了！”梅格喊道。贝丝帮她脱下了沾满尘土的鞋子，艾米为全家人备好了提神的橙汁。

“马奇婶婆今天也外出了，我也好开心啊！”乔说，“我本来担心得要死，害怕她让我陪她去。如果她真提出这种要求，我也不好意思拒绝，但梅园就像教堂墓地一样冷清，我宁愿被赦免一次。我们为老太太的出行忙活了一阵子，每次她和我说话时我都提心吊胆的。为了早点把她打发了，我表现得特别贴心和乖巧,这反而容易让她依赖我。直到她坐进马车后，我才放心。马车上路后她从车窗探出头来，说：‘约瑟芬，你愿不愿意——’我没有再听下去，因为我不顾体面地转身逃掉了，实际上我是在狂奔，直到绕过街角，我的心才完全放下来。”

“可怜的老乔！她进家时就像有熊在后面追她似的。”贝丝说，一边心疼地揉着姐姐的脚。

“马奇婶婆就十足是个海蓬子，对不对呀？”艾米说，她品了品新调的果汁。

“她的意思是吸血鬼，不是海草[①]，不过这句话太温暖了，用词方面的错误可以忽略。”乔嘀咕着。

“你们打算怎么过假期？”艾米问，机智地换了话题。

“我要躺在床上睡懒觉，什么也不做。”梅格躺在深陷下去的摇椅上说，“整个冬天我天天早起，给别人干活，现在该是我好好休息、尽情享受的时候了。”

“我不想这样，”乔说，“那种安逸的方式不适合我。我已经攒了一大堆书要看，我要爬到苹果树上我的那个老地方，当我不玩——”

“不要说‘云雀’！”[②]艾米哀求着,作为对乔纠正她用词错误的还击。

“那我就用‘夜莺’好了！和劳里一起，这样说既合适又准确，况且他歌唱得也不赖。”

“咱们也先抛开功课，贝丝，只是休息和玩耍，像姐姐们打算的那样。”艾米提议。

“我愿意，只要妈妈不介意。我想学些新歌，我的娃娃们也需要添置夏装。它们都乱成一团了，而且急需衣服。”

“行吗，妈妈？”梅格转头问马奇太太。马奇太太正坐在被孩子们戏称为“妈咪角”的地方做针线。

“你们可以试验一个礼拜，看看是不是喜欢。我猜到礼拜六晚上，你们就会发现只玩乐不工作和只工作不玩乐一样糟糕。”

“噢，天哪！不，我确信这一定很爽。”梅格满足地说。

---

① 海蓬子是一种海草，英文是“samphire”，和吸血鬼“vampire”读音相近，此处是艾米的一个口误。

② 英文单词“lark”既有玩乐，又有云雀之意。

“我提议我们一起干杯，正如我的朋友和宽恕者赛丽·甘普[①]说的，永远玩乐，不再干活。”乔喊着，举着杯子站了起来。

她们一饮而尽，接着就开始了只玩乐不干活的试验，在百无聊赖中消磨掉了当天剩下的时光。第二天上午，梅格直到十点才起床，一个人吃早餐感到很无聊，房间里看起来又冷清又凌乱，贝丝也没给花瓶换上鲜花。除了“妈咪角”和往日一样外,没有一样东西是整洁而舒心的。梅格在那里坐下来，看着闲书，一边哈欠连连地琢磨用自己的工资添置什么款式的漂亮夏装。乔和劳里在河边玩了一上午，下午坐在高高的苹果树上读《辽阔大世界》[②],边读边哭。贝丝把她“全家”占据的大壁橱翻了个底朝天，但是整理了一半就累了，丢下一堆乱七八糟的东西，去练琴了，同时为不用洗盘子暗自窃喜。艾米整理了她的凉亭，穿上最漂亮的白色连衣裙，梳理了卷发，坐在忍冬树下画画，一边盼着有人看到她，并打听这位年轻艺术家的名字。但是除了好奇的长脚蜘蛛兴趣盎然地观察着她的作品外，没有一个人出现。她扔下画笔，出去散了会步，遇到一场雷阵雨，结果浑身滴着水回到了家。

喝下午茶时，她们交换了一下心得体会，一致同意这一天过得非常愉快，尽管显得超级漫长。下午梅格去购物了，买了一块“漂亮的蓝色薄棉布”，裁开之后发现掉色，这个不幸事件让她有几分恼火。乔划船时鼻子晒脱了皮，又因为读书太久，弄得头昏脑涨的。贝丝为混乱的壁橱和同时学三四首歌而焦虑不堪。艾米为她的连衣裙被淋湿而深深懊悔，因为凯蒂·布

---

① 甘普是英国作家狄更斯小说《马丁·翟述伟》中的人物，手持大布伞。

② 美国作家苏珊·沃纳的作品，著于1850年。

朗的舞会就在第二天，而现在她就像花神麦克弗林赛[①]一样“无衣可穿”。但这些都是小事，她们向妈妈保证，试验进行得不错。马奇太太笑而不语，在汉娜的帮助下做完了她们丢下的活儿，使得家里像平时一样舒适，家庭机器正常运转。让人吃惊的是，这种“休息加娱乐”的模式带来了一种奇特而令人难受的感觉。白天变得越来越长，天气异常多变，人的脾气也异常多变，一种不安定的情绪笼罩着每个人，魔鬼撒旦总能给闲人找到些坏事做。作为一种极度奢侈的享受，梅格把一些针线活拿出去让别人做，结果发现时间多得不知该如何打发，于是就拿起剪刀，模仿莫法特的衣服式样改起了衣服，结果改坏了。乔毫无节制地读书，看得眼睛模糊，一见书就想吐，烦躁到了极点，以至于连好脾气的劳里也和她吵了一架。她的情绪跌到了低谷，甚至有些后悔没跟马奇婶婆一起去度假了。贝丝的情况不错，不过她总是忘记这是“只玩乐，不工作”的时间，时不时就回到从前，但是空气中隐隐有什么在影响着她，屡次扰乱她内心的平静。有一次竟然冲可怜的乔安娜宝贝发火，叫它“鬼东西”。艾米的情况最糟糕，因为她可娱乐的资源很少，当姐姐们丢下她一个人自娱自乐时，她很快发现，她的优秀和自视甚高其实是一大负担。她不喜欢布娃娃，童话故事太幼稚了，一个人又不能时时刻刻画画。茶会也没多大意思，野炊也是，除非组织得力。“如果能有一座漂亮的房子，房子里全是可爱的女孩，或者去旅行，那样过夏天才开心。现在整天和三个自私自利的姐姐和一个大男孩待在家里，波阿斯[②]

① 神仙，其雕像一丝不挂。

② 波阿斯是圣经中的一个人物，但是与艾米此处要表达的情绪无关，所以她只是在乱用典故。

也会烦的。”一连几天的玩要让她感到既烦躁又无聊，于是错用典故抱怨起来。

没人愿意承认她们厌倦了试验，但是到礼拜五晚上时，每个人都在暗自庆幸这一周终于接近尾声了。幽默的马奇太太为了强化这堂课留给孩子们的印象，决定用一种恰当的方式结束这次试验，因此她就给汉娜放了一天假，让姑娘们充分体验“玩乐制度”带来的后果。

礼拜六早晨，姑娘们起床后发现厨房里没有生火，客厅里没有早餐，妈妈也不知去向。

“上帝保佑！出了什么事？”乔沮丧地环顾着客厅喊道。

梅格跑到楼上，很快又下了楼，看上去松了口气，但神情很困惑，还有点儿不好意思。

“妈妈没有生病，只是累坏了。她说打算在房间里安静地待一天，让我们自己看着办。她这次真奇怪，像换了个人似的。可她说她这一周太累了，所以我们就不要发牢骚了，好自为之吧！”

“这太容易了，我喜欢这个主意，我渴望有事可做——也就是说，只是换个玩法而已，你知道的。”乔快言快语地说。

事实上，做点活儿对她们每个人来说都是一种巨大的解脱，她们努力想做好，但很快意识到汉娜的名言的确在理：“家务活不是闹着玩的。”食品柜里有足够的食物，贝丝和艾米摆放餐桌，梅格和乔做早餐，她们一边做一边纳闷，为什么仆人们总抱怨家务活辛苦。

“我应该送些早餐上去给妈妈，虽然她说不要我们管她，说她能照顾好自己。”梅格说，今天她当家，站在水壶后面俨然一位家庭主妇。

因此在所有人进餐之前先备好了一托盘食物，托盘带着厨师的问候被送到了楼上。茶苦得要命，鸡蛋煎煳了，饼上撒着苏打粉，但马奇太太还是很感激地收下了这份早餐。等乔下楼后，她冲着那份早餐会心地笑了。

“可怜的小东西们，我知道她们会吃些苦头的，但不至于遭罪，而且这对她们有益。”她边自言自语，边拿出了自己预先备好的食物，把那份难以下咽的早餐偷偷倒掉了。她这么做是不想让孩子们伤心——孩子们知道后一定会对这种出自慈母的小小欺骗大为感动的。

楼下免不了有很多抱怨，主厨对自己的失败深感懊恼。“没关系，午饭我来做，我侍候你们，你们只管当大小姐好了，不用插手做任何事，只管会友，或者下达命令。”乔说。尽管她的厨艺还不如梅格。

这个好心的提议受到了欢迎。玛格丽特回到客厅里，匆匆把客厅收拾了一下：把杂物塞到沙发底下，拉上百叶窗，这样就省去了除尘的麻烦。乔怀着对自己能力的充分信心和希望重归于好的愿望，在邮箱里放了张纸条，邀请劳里来家里吃午餐。

“你最好先看看有什么可吃的，然后再考虑请朋友吃饭的事情。”梅格得知此事后提醒乔，认为她的好客行为太鲁莽。

“哦，家里有水煮咸牛肉和足够的土豆，我再去买些芦笋和一只龙虾用来‘提味’，借用汉娜的说法。我准备用莴苣做盘沙拉。虽然我不知道怎么做，但可以看着菜谱做嘛！我还可以用牛奶冻和草莓做甜点，还有咖啡，如果你想玩高雅的话。”

“不要尝试太多新花样，因为你除了做姜饼和糖果外，什么也不会做。我反正不会插手，只等着吃现成的。既然邀请劳里是你的主意，你就来招待他吧！”

“我不需要你做什么，只要你对他客气些，我做布丁时教教我就行了。如果我弄不好，告诉我怎么做，行吗？”乔问，梅格的话让她感到很受伤害。

“可以，不过我除了会做面包和几类小点心外，懂得也不多。你去采购之前最好告诉妈妈一声。”梅格慎重地说。

“我当然会了，我又不傻。”乔不满梅格对她能力的怀疑，气哼哼地出去了。

“你想买什么就买什么吧！不要打扰我。我出去吃饭，不想操心家里的事情。”马奇太太对乔说，“我从来不喜欢料理家务，今天要给自己放一天假，放松一下。”

终日忙个不停的妈妈一大早却惬意地躺在摇椅上读书，这非同寻常的一幕让乔感到仿佛某种超自然的现象发生了，无论是日食、地震或火山喷发都比不上这件事奇怪。

“好像什么都乱套了，”乔边下楼边嘟嘟囔囔地说着，“贝丝哭了，这个家里一定出了什么问题。要是艾米来惹我，我绝不轻饶她。”

乔本来就已经够心烦意乱的了，当她匆匆下楼来到客厅时，发现贝丝正在为金丝雀皮普哭泣。皮普一动不动地躺在笼子里，小爪子可怜巴巴地伸展着，似乎在哀求给它些吃的。它是被饿死的啊！

“全是我的错——我忘了它——它的盘子里连一粒米、一滴水都没剩下。噢，皮普！噢，皮普！我怎能对你如此狠心啊？”贝丝哭着说，把可怜的小东西握在手里，想让它死而复生。

乔往它似睁非睁的眼睛里面瞧瞧，又摸摸它的小心脏，发现它的身子已经变僵变冷了。她摇摇头，把自己的多米诺骨牌盒贡献出来给它做棺材。

“放在炉子里烤烤，也许就能复活了。”艾米满怀希望地提议。

“它是被饿死的，现在既然已经死了，再烤也没有用。我要给它做一块裹尸布,然后埋在花园里。以后我再也不养鸟了，永远不养了。我的皮普啊！我太坏了，不配养鸟。”贝丝坐在地板上，双手捧着她的宠物，絮絮叨叨地说。

“今天下午举行葬礼，我们都会参加的。不要再哭了，贝丝。这事确实令人遗憾,但是这一个礼拜没有一件事让人顺心。皮普是这次试验的最大受害者。你去做裹尸布吧，把它放进我给你的盒子里，吃过午饭后我们要举办一场像样的小小葬礼。”乔说，她似乎开始感觉到身上的重担了。

留下其他人安慰贝丝，乔向厨房走去，发现里面一片狼藉，令人泄气。她系上一条大围裙，撸起袖子干起来。她先摞好脏盘子，这样便于清洗。这时她发现炉火熄灭了。

“真是个‘好兆头’。”她嘀咕着，啪地打开炉门，使劲拨弄里面的灰渣。

炉火终于重新燃起来了。乔打算趁烧水的工夫去趟市场。走路的过程使她焕发了精神，她买了一只小龙虾、一些老芦笋和两盒酸草莓，然后艰难地向家走去，一边为自己讨了个好价钱而沾沾自喜。等她把厨房收拾干净后，午饭时间已到。炉火烧得很旺，汉娜原先和了一盆用来做面包的面等着发酵。梅格一大早往里面加了发酵粉，揉了揉，放在炉子上继续发，但后来把这件事忘得一干二净。此刻她正在客厅里招待萨莉·加德纳，客厅的门突然被推开，门口出现一个“幽灵”：蓬头垢面、衣衫不整、满脸通红。“幽灵”语气严厉地问道：

“我说，面粉都从盆里溢出来了，还没发好吗？”

萨莉哈哈大笑，但梅格只是点点头，把眉毛挑得要多高有多高。她的这副表情驱走了“幽灵”，发酸的面包粉立即被放进了烤炉里。马奇太太进来四处瞧瞧，发现一切正常，就出去了。她临走前看到贝丝正坐在那里做裹尸布，死去的宠物鸟庄严地躺在多米诺骨牌盒里，就安慰了贝丝几句。当妈妈的灰色帽子消失在房子拐角后，姑娘们心头冒出一种从未经历过的无助感。几分钟后克罗克小姐来了，说是来吃午饭的。这令姑娘们绝望到了极点。克罗克小姐是个老处女，身材干瘦、脸色发黄、鼻子很灵、眼睛很尖。她的眼睛不会放过一切，而且无论看到什么都喜欢宣扬出去。姑娘们都不喜欢她，但是妈妈教导她们要对她友好，因为她又老又穷，还没有朋友。所以梅格就招呼她坐在安乐椅上，尽量去款待她，而她要么问这问那，指手画脚，要么就扯别人的闲话。

乔那天上午的经历是无法用语言来描述的：焦灼、劳累、艰难。她辛辛苦苦做的午餐成了家人时常挂在嘴边的笑柄。因为没有勇气请教别人，她一个人付出了最大的努力，结果却发现，在做饭这件事上，光有干劲和美好愿望是不够的。她把芦笋煮了一个小时，伤心地发现笋头被煮掉了，根茎硬得无与伦比。面包被烤焦了，沙拉酱把她折磨得干脆放弃。龙虾于她而言是一团深红色的谜，她又是拍打又是翻炒，直到龙虾脱了壳，剩下一点虾肉都藏进了莴苣叶子里。土豆要尽快煮熟，不然芦笋就凉了，结果直到最后也没煮透。牛奶凝成了一坨。由于卖家在包装上做了手脚，草莓只是表面上的一层是熟的。

“要是他们饿了，可以吃牛肉和抹着黄油的面包，只是白忙活了一上午，好遗憾。”乔想。她比平时推迟半小时敲响了午餐铃声，然后面红耳赤地立在餐桌边等大家入座，看上去一副疲惫不堪、垂头丧气的模样。她审视着摆放在两位客人面前的饭菜，不知道吃惯了各种美味佳肴的劳里会有什么想法。还有克罗克小姐，这个长舌妇会把这次家宴宣扬得人尽皆知的。

可怜的乔恨不得钻到桌子底下去，因为大家对每样食物都只是尝了一口就失去了再尝第二口的兴趣。艾米咯咯笑个不停，梅格愁眉苦脸，克罗克小姐双唇紧闭，劳里不停地说笑，努力营造愉快的氛围。果盘是乔的得意之作，因为糖拌得不多不少，她还往里面倒了一罐奶油。当漂亮的玻璃盘子在餐桌上传递时，大家都笑容可掬地望着那座漂浮在奶油的大海中的“粉色小岛”。乔长长地舒了口气，发烫的面颊凉下去一点点。克罗克小姐率先尝了一口，马上露出龇牙咧嘴的表情，急忙喝了些水。乔没有品尝，因为她担心草莓不够大家分的。她向劳里望去，发现他正大口吃着，不过他的嘴角也在微微抽动，而且眼睛始终盯着盘子。喜欢精致甜品的艾米舀了满满一勺送进了嘴里，结果被呛住了，用餐巾捂住脸，小跑着离开了餐桌。

“哎呀，这是怎么了？”乔问道，嗓音在打战。

“你撒的是盐，不是糖，而且奶油变馊了。”梅格答道，做了个悲剧动作。

乔痛苦地呻吟一声，瘫坐在椅子上。厨房的桌子上放着两只盒子，她记得临完工前匆匆抓起其中一只，从中倒出一些粉状物撒在了果盘里。还有，她忘记把奶油冷藏了。她害臊得满脸绯红,眼泪几乎要掉下来。这时她的目光和劳里的相遇了,他正狼吞虎咽地吃着，看起来十分享受的样子。这个事件富有戏剧性的一面突然激发了乔的幽默细胞，她放声大笑起来,笑得眼泪都流下来了。大家也都前仰后合地笑起来,甚至连“嘎嘎”——姑娘们给老处女克罗克起的绰号——也不例外。最后,大家啃着抹了黄油的面包，嚼着橄榄，在欢声笑语中结束了这顿午餐。

“我现在没有心情清理餐桌，让我们为鸟儿的葬礼收起笑容吧。”大家起身离席时乔提议。克罗克小姐急于把这个新故事在别人家的餐桌上讲出来，不愿再逗留。

看在贝丝的面子上，大家确实都收起了笑容。劳里在树林里的蕨丛中挖了个坑，小皮普被放了进去，心肠柔软的小主人哭得肝肠寸断。他们用苔藓盖住小鸟的尸体，又在它墓碑上挂了个用紫罗兰和卷耳编的花环。墓碑上刻着乔在做午饭的同时拟的碑文：

墓主皮普·马奇，
卒于六月七日；
人皆爱之，为之痛惜；
永存吾心。

葬礼结束后，贝丝的情绪十分低落，但她没有机会躺下来休息，因为床上乱糟糟的。当她拍打枕头，整理物品时，发现心中的哀痛大大得到了纾解。梅格帮乔清理餐后垃圾，花去了半下午的时光，把她们累得疲惫不堪，两人同意晚餐就用茶和吐司将就。劳里带着艾米出去兜风了。这是一桩善举，因为发馊的奶油让艾米的心情变得很不爽。马奇太太下午三四点钟时回来了，发现三个姐姐都在各忙各的。她向壁橱那边瞄了一眼，知道试验已经成功了一半。

家庭主妇们还没顾上休息，又来了几位客人。为了接待他们，大家手忙脚乱了一阵子。然后要准备茶水，出去买东西，一两件非做不可的针线活儿一直拖到最后一刻。当暮色降临，露珠晶莹、万籁俱寂时，姑娘们一个接一个地聚到了门廊上，这里的玫瑰开得正艳。她们坐下来后，每个人不是呻吟就是叹息，好像是累得不轻，或是烦得要命似的。

“多么可怕的一天啊！”乔照例是第一个开口的人。

“今天好像比平时短，但是感觉很难熬。”梅格说。

“一点儿也不像家的样子。”艾米补充说。

“没有妈咪和小皮普就不像家。”贝丝叹了口气，眼泪汪汪地望着头顶上空空的鸟笼子。

“妈妈在这里，宝贝。明天你可以再养一只鸟，如果你想养的话。”

贝丝话音刚落，马奇太太就来了，看上去好像她的假期过得也不怎么开心。

“对试验满意吗，孩子们？想不想再试验一周啊？”马奇太太问。此刻贝丝正依偎在她身边，另外几个女儿都喜悦地转头看着她，就像花儿向着太阳。

“我不要。”乔毫不犹豫地说。

“我也不要。”其余几个随声附和道。

“那么，你们认为担点儿责任，为别人做些贡献更好，是吗？”

“游手好闲太没劲。”乔摇摇头说，“我厌倦了，想马上找些事情做。”

“如果你学会了做家务，那也是一样很有用的本领。这项本领每个妇人都需要掌握。”马奇太太说。想起乔操办的家宴，她心里直乐。回家之前她遇到了克罗克小姐，后者给她描述了一番。

“妈妈，你把所有事情放下，躲到外面，只是想看看我们是怎么对付过去的，是吗？”梅格已经怀疑一整天了。

“是的，我想让你们明白，只有每个人尽心尽力做好自己分内的事，大家才能过得舒坦。平时有我和汉娜替你们干活，你们过得很好，但我认为你们并不是非常满意和感激。所以我就想，得给你们一个小小的教训，我要让你们看看，如果每个人只想着自己，结果会怎样。现在你们是不是觉得，大家只有相互服务，完成每天的义务，充分享受闲暇时光，这样的生活才更快乐呢？只有每个人学会担当和容忍，家才会成为所有成员舒适温暖的港湾。”

“是的，妈妈，我们就是这么想的。”

“那么就让我提议，你们再次扛起你们小小的包袱吧，虽然这些包袱有时显得很沉重，但对我们有好处。另外，如果方法得当，就会觉得轻松了。工作有益健康，而且分量足够。它让我们远离无聊和无事生非，有益身心。比起金钱和时装，工作更能给我们带来成就感和自信。”

“我们要像蜜蜂一样勤劳，热爱工作，你就等着瞧吧。”乔说，“我要利用假期学做家常饭，下次家宴一定会成功。”

“我要替你给爸爸做一套衬衫，妈妈。我会做，而且一定要做，虽然我不喜欢做针线活。这比把我自己的衣服改来改去的好，我那些衣服本来就很漂亮。”梅格说。

“我要每天温习功课，而不是把很多时间花在练琴和布娃娃身上。我很笨，应该勤奋学习，而不是玩耍。”这是贝丝的誓言。艾米也学着姐姐们的样子，郑重其事地宣布：“我要学会锁扣眼，还要留心用词错误。”

“很好！我对这次试验非常满意。希望今后不用再重复这个试验，只是不要走向另一个极端，变成工作狂就行了。要劳逸结合，让每天过得既有意义又愉快。懂得时间的珍贵，有效地利用时间，这样，年轻时才开心，年老时也不会后悔。这样的生活，即使物质上贫穷，也是美好和成功的。”

“我们记住了，妈妈。”姑娘们齐声说。她们确实也记住了。

第十二章　劳伦斯营地

贝丝是女邮政局长，因为她大部分时间都待在家里，可以经常光顾邮局，而且她也特别喜欢每天把邮箱的小门打开，接收邮件。六月的一天，她两手拿着满满的邮件走进家里，像个小小邮差一样四处走动，把信件和邮包送到大家手里。

“这是你的鲜花，妈妈！劳里从不会忘记给你送花。”贝丝说着，把鲜花插进摆放在“妈咪角”的花瓶里。花瓶里的鲜花长年不断，都是那个贴心的男孩送的。

“梅格·马奇小姐，这里有你的一封信和一只手套。”贝丝把这两样东西交给大姐。梅格正坐在妈妈身边缝衬衫袖口。

“奇怪，我明明在那里落下了一副手套，怎么只剩一只了呢？”梅格看着那只灰色棉手套问，“你是不是把另一只掉在花园里了？”

“没有，我敢保证，邮箱里确实只有一只。”

“我讨厌戴不配套的手套。不过没关系，另一只也许还能找到。信封里只是一首从德语翻译过来的歌曲。我猜是布鲁克先生所为，字体不是劳里的。”

马奇太太瞧瞧梅格，这丫头看起来既秀丽又端庄，她身着条纹棉布晨褛，弯弯的刘海随风轻轻飘动。她正坐在自己的小缝纫台前忙着。上面整整齐齐地摆放着雪白的线卷。她一边飞针走线，一边哼着歌儿，脑子里充满了少女天真纯美的幻想，一点儿也没觉察妈妈心里的想法。马奇太太满意地笑了。

“乔博士的两封信、一本书，还有一顶式样滑稽的破草帽，把邮箱都塞满了，外面还露出了半截。”贝丝走进书房，笑着对正坐在桌边奋笔疾书的乔说。

“劳里真够逗的。我前几天告诉他，要是时兴大檐帽就好了，因为天一热，我的脸就被晒得火辣辣的。他说：‘为什么在乎时兴不时兴呢？就戴大檐帽好了，怎么舒服怎么来嘛。’我说，如果有我就戴。他还真送给我一个，想考验我。我就要戴着玩，也证明给他看，我是不在乎时尚潮流的。”乔说完这番话，把这顶老古董大檐帽挂在一尊柏拉图半身像上，开始读信。

其中一封是妈妈写给她的，这封信让她激动得脸颊发烫，热泪盈眶。信的内容如下：

我的宝贝，

我写这封短信是想告诉你，看到你为了不让自己发脾气所做的种种努力，我感到特别满意！你对自己的尝试、失败或成功从不提起，也许是觉得除了你每天求助的那位“朋友”外，没人看到你的努力。你那本封面已磨破的指导手册使我看到了这一切。同时，我完全相信你的决心是诚心诚意的，因为你的努力已经开花结果了。继续努力吧，宝贝！坚持不懈、勇往直前。要始终相信，没有人更理解你，支持你，除了爱你的——

妈妈

“这封信对我有益！比一大堆金钱和表扬都宝贵。噢，妈咪，我确实在努力，而且会坚持下去，永不疲倦，因为有你在帮助我。”

乔把脑袋枕在手臂上，流下几滴幸福的泪水。她原以为没人看到，也没人欣赏她为改变自我所做的努力。来自妈妈的宽慰弥足珍贵，也更能鼓舞人，一方面是因为出乎意料，另一方面是因为妈妈的表扬是她最看重的。乔感觉更有力量面对和战胜恶魔亚玻伦了，为了提醒自己时刻留意这个敌人，她把纸条别在她的睡裙里。接着，她打开了另一封信，准备迎接好消息或是坏消息，是劳里大大咧咧、潇洒飘逸的字迹——

亲爱的乔，

天大的惊喜！

明天有几个从英国来的朋友来看我，有男生，也有女生。我想痛痛快快地玩玩。如果天公作美，我打算在长草地那里支起帐篷，全体人员划船去野餐，打槌球——生火做饭，模仿吉卜赛人，进行各种娱乐活动。我的朋友们都很可爱，一定会喜欢这类活动的。男生这边由布鲁克当领队，女生这边由凯特·沃恩带头。我想让你们都参加，无论如何不要让贝丝落单，不会有谁吓唬她的。吃的用的你们都不用操心，一切事宜由我来安排，你们只要来就足够了。听话！

劳里匆匆落笔

“太棒了！”乔欢呼着，飞奔着去告诉梅格这个消息。

“我们当然能去，是吧，妈妈？这样也能帮帮劳里，我可以帮着划船，梅格可以帮着做饭，两个妹妹多多少少也能帮些忙。”

“我希望沃恩家的人不是一本正经的成年人。你了解他们吗，乔？”

“我只知道他们一行四人，凯特比你年纪大；弗雷德和弗兰克是双胞胎兄弟，年纪和我差不多大；还有一个叫格雷丝的小女孩，大概十来岁。劳里是在国外认识他们的，他对两个男孩的印象不错，但我猜他不太喜欢凯特，说起她时，他总是撇嘴。”

“幸亏我的法式印花棉布裙子很干净，正好派上用场。”梅格满足地说，又问乔，“你有什么体面些的衣服吗，乔？”

“对我来说，那套深红色搭配灰色的划船服就够了。我要划船，还喜欢到处走动，不想穿太正式的衣服。贝丝，你也得去。”

“你不能让男孩子和我讲话。”

“我发誓！”

“我想让劳里开心，也不怕布鲁克先生，他特别和气。不过我不想玩耍、唱歌或聊天，我要好好干活，不给别人添乱。乔，你要是照看我，我就去。”

“这才是我的乖女孩。你确实在努力克服害羞的弱点。我很欣赏你的勇气。我知道同弱点做斗争不容易，鼓励的话就像珍贵的礼物。谢谢你，妈妈。”乔在妈妈憔悴的面颊上献上一个吻。对马奇太太来说，这个吻比让她重新拥有脸颊红润丰满的青春更可贵。

“我收到一盒黑色巧克力，还有我想临摹的一幅画。”艾米说着，举起她的邮件让大家看。

“我收到劳伦斯先生的一张纸条，让我今晚点灯前去给他弹琴。我得走了。”贝丝说，她和老先生之间的友谊之花开得欣欣向荣。

“来，赶快行动起来，今天做两份活儿，明天就可以轻轻松松地玩了。”乔说着，就准备放下钢笔，拿起扫帚。

第二天一大早，太阳公公悄悄往姑娘们的闺房里窥探，向她们保证今儿是个好天。“他”看到了一幕喜剧场景：姑娘们都在为郊游做着精心准备。梅格额头上悬挂着一排油纸卷儿；乔给自己饱受摧残的脸上涂了厚厚的一层防晒霜。贝丝搂着乔安娜躺在床上，做着临别前的安抚工作。艾米的做法掀起了这幕喜剧的高潮：她在鼻梁上夹了个衣夹，以提升她的自我形象。这个衣夹本来是画家用来夹画板上的画纸的，因此现在用作这个目的也算是物尽其用了。这滑稽的一幕似乎把太阳公公逗乐了，露出了灿烂的笑容，唤醒了乔。乔看到妹妹鼻头上的装饰物，她开怀大笑，惊动了姐妹们。

阳光和欢笑是吉兆，预示着一个快乐的聚会。很快地，两座房子里开始出现一派手忙脚乱的景象。贝丝头一个做好了准备，她趴在窗边，观察着隔壁的情形，不停地向正在梳洗打扮的姐妹们汇报着，使屋子里的气氛显得更加活跃。

“一个人拿着帐篷出来了！我看到巴克太太把午餐放进了食盒和一个大篮子里。劳伦斯先生抬头望望天，又看看风向标。我希望他也能去。劳里出来了，打扮得像个水手——好帅的小伙子！噢，天哪！来了一辆马车，里面坐满了人——一个身材高挑的姑娘、一个小女孩、两个可怕的男孩子。其中一个腿是跛的，好可怜啊！还拄着拐杖。劳里没告诉我们呀。快点儿，姑娘们，我们要迟到了。怎么回事，还有内德·莫法特？我敢保证是他。梅格，他是不是我们有天买东西遇到的那个给你行礼的人呀？”

“就是他。真奇怪，他怎么来了？我还以为他去山里了呢？还有萨莉，真高兴她按时回来了。我这样打扮行吗，乔？”梅格不太自信地问。

“像雏菊一样美。把裙子提起来，帽子戴正，歪戴帽子显得太造作，而且风轻轻一吹就会飞走。快点儿！走吧！”

乔把一根红丝带系在劳里开玩笑送给她的那顶旧的大檐帽上。“噢，乔！你能不能不戴那顶臭帽子呀？太难看了。你不该打扮得像个男的。”梅格责怪道。

“我偏要戴，这顶帽子太实用了——又大又轻，还能挡光。当然，一定会有人笑话我，不过我只管舒服，不管别的，也不介意看起来像个男的。”乔说着就带头昂首阔步走了出去，姐妹们尾随其后——一支由少女组成的小小队伍，个个身着夏日盛装，遮阳帽下是一张张洋溢着快乐的脸庞。

劳里跑出来迎接她们，热情洋溢地把她们介绍给他的朋友们。草坪就是会客室。几分钟后气氛就活跃起来。看到凯特小姐虽然年过二十，但穿着简单随意——这样的打扮值得美国女孩效仿，梅格松了口气。另外，内德先生信誓旦旦地告诉她，他是特地来看她的，这让她倍感荣幸。乔终于明白为什么劳里提起凯特时会撇嘴了，因为这位年轻姑娘总摆出一副拒人千里的“高冷”架势，和其他女孩随和平易的态度形成了鲜明对比。贝丝观察了一下两个陌生男孩，认为那个跛腿男孩一点儿也不可怕，而是一副温和羸弱的模样。鉴于此，她决定对他友好。艾米发现格雷丝是个举止文雅、性格活泼的小女孩，两个人傻傻地对视了几分钟，迅速变成了十分要好的朋友。

帐篷、午餐和槌球器具已经提前送走，一队人马很快就出发了，两艘小船同时离开了河岸，留下劳伦斯先生站在岸边挥舞着帽子与他们告别。劳里和乔划一条船，布鲁克先生和内德划另一条船。弗雷德·沃恩——双胞胎兄弟中比较闹腾的那个男孩，独自划一条小船到处乱窜，活像一只躁动不安的水蝽，拼命想搞翻另两条船。乔滑稽可笑的帽子值得称颂，因为它立了大功。刚开始时它激起了一阵笑声，缓解了生人初次见面时的尴尬气氛。后来，在乔划桨的过程中，它不停地上下摆动，给她带来丝丝凉风。乔说，如果突降阵雨，它还能当雨伞哩，让船上的人得到庇护。凯特小姐给她的评价是“古灵精怪”，然后远远地望着她笑。

梅格开开心心地坐在另一条船上，对面是两个一边划桨一边欣赏着佳丽的划桨人，他们划桨的技术非同寻常，动作无比娴熟。布鲁克先生是位表情严肃、沉默寡言的年轻人，有一双俊美的棕色眼睛和一副浑厚动听的嗓音。梅格喜欢他安静的性格，认为他知识面很广，堪称一部“活百科全书”。他和梅格交谈虽不多，但常常看她，让她觉得他至少不反感她。内德正在上大学，理所当然地摆出一副大一新生认为该摆的臭架子。他虽然不怎么机智，但脾气很随和，总之是理想的郊游伙伴。萨莉·加德纳一门心思要保护好她的白色凸纹布连衣裙，同时和弗雷德聊着天。弗雷德似乎无处不在，用恶作剧把贝丝吓得一直提心吊胆。

长草地并不远，不过等他们划到地方时，帐篷已经提前支好，三柱门也摆好了。一片绿草如茵的场地中间有三棵枝繁叶茂的大橡树，一片平坦光滑的长条形草地当槌球场。

他们兴高采烈地下了船。“欢迎来劳伦斯营地。”年轻的主人说。

“布鲁克是总指挥，我担任总监，其他男生是参谋，女生是客人。帐篷是你们的专属，那棵橡树下面是客厅，这棵大橡树下面是食堂，剩下的那棵橡树下面是厨房。现在，趁天气不算热，我们先玩一局，然后再准备午餐。”

弗兰克、贝丝、艾米和格雷丝坐下来观看另外八个人比赛。布鲁克挑选了梅格、凯特和弗雷德组成一队。劳里收下了萨莉、乔和内德组成另一队。英国人打得很好，美国人打得也不赖，双方互不相让，寸土必争，仿佛受到了1776年精神[①]的鼓舞。乔和弗雷德之间发生了几次小冲突，险些恶语相向。事情的经过是这样的：乔要通过最后一道门时没有击中球，她感到很恼火。因为弗雷德就在她后面，所以接着就轮到他击球了。他击了一下，球打在了门柱上，然后又滚到了界外一英寸处。见附近无人监督，弗雷德就用脚趾偷偷推了一下球，使球回到了界内。

“我通过了！乔小姐，我赢你了。”这个小伙子挥动着槌棒，准备继续击球。

“你用脚推了一下球。我看到了。现在该轮到我击球了。”乔直言不讳地说。

“我发誓，我绝对没动球，可能球滚动了一点儿，但那是允许的。所以，请你站远些，我该夺标了。”

“我们美国人是不作弊的，不过，如果你能作弊，就请便吧。”

“美国佬最狡猾了，人人都知道。去你的吧！”弗雷德回敬道，一槌击飞了乔的球。

乔张口想爆粗口，但及时压住了心中的怒火。她呆立了一会儿，憋得脸红脖子粗，发狠地砸了一下门柱。与此同时，

① 1776年美国颁布了《独立宣言》，宣告摆脱英国殖民统治。

弗雷德击中了标杆，高兴得手舞足蹈。乔怏怏地去远处取回自己的球，花了好长时间才在灌木丛中找到。等她回来时，看上去既冷静又镇定，很有耐心地等着轮到她击球的机会。她击中了好几次后才重新收复失地。这时对方已经快要赢了，凯特的球就在标杆附近，而凯特比她领先一名。

“好极了，我们全赢了！再见，凯特。乔小姐，你还欠我一个球呢，你完蛋了。”弗雷德兴奋地喊着，大家都围过来看最后结果。

“美国人聪明，懂得宽容他们的对手。”乔说，她脸上的表情让那个小伙子的脸变红了，“尤其是在打败对手的时候。”她补充道。她竟然凭借聪明的一击，躲开了凯特的球，赢得了这场比赛。

劳里把帽子高高抛起，然后想起为客人的失败欢呼没礼貌，所以欢呼到一半就停下了。他悄悄地对乔说：“你真棒，乔！他确实作弊了，我看到了。我们不能揭发他，但他肯定会下不为例，相信我的话。”

梅格把乔拉到旁边，假装给她卡住一根松散的辫子，赞成地说：“确实让人生气，不过你忍住了脾气，我真为你感到高兴，乔。”

“别夸我了，梅格，因为我现在还想去扇他一耳光呢。要不是在荨麻地里一直待到把火气压了下去，能管住自己的嘴巴了，我肯定会大发雷霆的。现在还是一触即发呢，所以我希望他最好别来烦我。”乔说。她咬着下唇，一双眼睛从大檐帽下面怒视着弗雷德。

“用餐时间到了。”布鲁克先生看看手表说，“总监，你负责生火和汲水，行吗？我和马奇小姐、萨莉小姐摆放餐桌。

谁擅长煮咖啡呢？”

“乔会。”梅格很高兴把妹妹举荐出来。乔觉得自己最近上的烹饪课就要给她争光了，于是欣然领命。两个小女孩捡干柴，男孩子们把火生着，从附近的泉眼里汲了一些水。凯特小姐写生，贝丝边用灯心草编吃饭用的盘子，边和弗兰克聊天。

总指挥和助手摊开桌布，很快摆上了吃的喝的，中间点缀着绿叶，琳琅满目，分外诱人。乔宣布咖啡煮好了，全体人员都安坐下来，开始享用一顿丰盛的午餐。年轻人很少会食欲不振，运动后更是胃口大开。这是一顿令人非常开心的午餐，因为一切都显得新鲜和有趣。不时爆发的阵阵笑声惊动了在附近吃草的一匹老马。由于餐桌放置不稳，杯子和盘子频频相撞，屡遭厄运，令人忍俊不禁；松果掉进了牛奶里；小蚂蚁不请自来，也要尝一口小点心；毛毛虫倒挂在树上，想看看树下正在发生的一幕；三个长着浅色头发的小孩隔着篱笆往这边窥探；一只凶猛的狗在河对岸冲他们狂吠不止。

“盐在这里。”劳里说，并递给乔一碟草莓。

“多谢，我偏爱蜘蛛。”乔边说边从奶油里捞出两只因“误入歧途”而丧命的小蜘蛛。“你怎敢提醒我去回想那场丢人的家宴，就算你的如此完美？”乔接着说。他们俩同时哈哈大笑，一边吃着同一个盘子里的东西——瓷盘子用完了。

“那天我异常开心，至今还没忘记。今天的午餐不是我的功劳。我什么也没做。是你、梅格以及布鲁克操办的，我对你们感激不尽。吃完饭后我们干什么？”劳里问，他觉得用罢午餐后就没什么可安排的了。

“我们可以做游戏呀，等温度降下来再回去。我带来‘猜作者’卡片了，我猜凯特小姐一定知道时兴有趣的游戏。去问问她吧，她是客人，你应该多陪陪她。”

“你们不也是客人吗？我觉得她适合布鲁克，但他一直在和梅格聊天。凯特只是透过她那副滑稽的眼镜盯着他们看。我这就去，免得你总给我上礼仪课，而你自己却做不到。”

凯特小姐确实知道几种新游戏。这时女生们不想吃了，男生也吃不下去了，大家就都聚集在客厅里玩故事接龙游戏。

“某个人开始讲一个故事，随便讲什么，想讲多长就讲多长，只要记住讲到让人揪心处必须停下来。第二个人如法炮制。如果进行得顺利，这种游戏会非常有趣，可以引出一堆悲喜交加的笑料。布鲁克先生，你先来吧。”凯特用命令的语气说，这让梅格很吃惊，因为她对这位家庭教师一直非常尊敬，像对其他绅士一样。

布鲁克先生躺在两位年轻小姐脚下的草地上，俊美的眼睛一直望着洒满阳光的河水，开始讲起来：

“很久以前，一名武士外出闯荡，想寻找发财的机会，因为他除了身上的剑和盾以外一无所有。他闯荡了很久，接近二十八年，历尽艰辛，来到一个心地善良的老国王的宫殿。老国王有一匹心爱的小良马，只是这匹马未经驯服，性子有些烈。老国王正在出重金悬赏一位能驯服小马的人。武士决定试试看，训练工作进行得缓慢而稳定。这是一匹很勇敢的小马，它很快喜欢上了新主人，尽管它性情暴躁，反复无常。武士每天训练国王的这匹宠物马时，都要骑着它从城里穿过。他一边骑马，一边四处寻找他多次梦见的一张美丽脸庞，但始终没找到。一天，当他骑马行走在一条安静的街道上时，在一座破败的城堡的窗边看到了那张可爱的脸。他高兴极了，就向人们打听住在这座旧城堡里的人是谁。人们告诉他，几个被俘的公主中了魔咒，被关在里面，需要不停地纺纱，以积攒钱财赎回自由。武士迫切希望能够救这几位公主，但是他身无分文，只能每天路过那里，看看那张甜美的脸，渴望着有一天能在阳光下看到它。最后，他鼓足勇气走进城堡，想问清楚他怎么帮助她们。他走到城堡门前，敲了敲门，看到——”

“一位美艳绝伦的小姐，她喜出望外地喊着：‘终于来了，终于来了！’”凯特接着说。她读过法国小说，很欣赏这种体裁的故事。“‘这就是她！’古斯塔夫伯爵欣喜若狂地拜倒在这位小姐的脚下。‘噢，请起！’她说，向他伸出一只像大理石般光滑白皙的手。‘永不！除非你告诉我怎么把你救出来。’武士发誓说，依然跪在地上。‘唉，我命中注定要待在这里，直到暴君被毁掉为止。’‘那个恶棍在哪里？’‘在淡紫色大厅里。去吧，勇敢的心，把我从绝望中救出来。’‘我绝对服从，要么凯旋，要么死掉！’说完这一番豪言壮语后，他策马飞奔而去，撞开了淡紫色客厅的大门，正准备进去——”

“却被一个身穿黑袍子的老家伙用一本希腊词典打得晕头转向。”内德说，“这位不知姓甚名谁的先生很快恢复了镇定，把暴君扔出了窗外。他以为大获全胜，转身想抱得美人归，却锁起了眉头，因为他发现门被上了锁。他扯下窗帘，做了个绳梯，从窗口滑落下去。滑到中途时，绳梯断了，他头朝下栽进下方六十英尺深的护城河里。他像鸭子一样用脚掌划着水，绕着城堡游了一圈，找到了一扇小门。小门两边有两个壮汉把守。他抓起这两个人的脑袋，摁在一起啪啪相撞，像撞核桃一样把它们撞得粉碎。这个大力士又不费吹灰之力撞开了小门，爬上两段石阶，台阶上落着一尺厚的灰尘，拳头大的癞蛤蟆到处乱爬，巨大的蜘蛛能把人吓得魂飞魄散。爬到台阶顶端时，他迎头撞上一幕情景，吓得呼吸暂停，血液凝固——”

“那是一个全身裹着白袍子、脸上蒙着白色面纱、个子很高的鬼,骨瘦如柴的手里举着一盏油灯。”梅格接着讲下去,“她冲武士招招手，一声不响地领着他沿着像坟墓一样阴冷黑暗的过道向前滑行。过道两边站立着身披盔甲的幽灵，死一般的寂静笼罩在周围，油灯上跳动着蓝幽幽的火苗。那个鬼不时回头看看他，一双可怕的眼睛透过白色面纱闪着亮光。他们来到一扇挂着帘幕的门边，门后传来动听的音乐。武士正要冲进去,鬼一把抓住了他,恐吓地在他面前挥动着一个——”

“鼻烟盒,”乔接着讲,阴森森的声音让听众心头一颤,“‘多谢。’武士彬彬有礼地说，对着鼻烟盒吸了一小撮，接连打了七个喷嚏，脑袋随之滚落下来。‘哈！哈！’鬼纵声大笑，透过锁孔看到公主们正在为自由卖力地纺着纱。鬼抓起死去的武士，把他装进一个铁皮箱子里，箱子里还装着另外十一名武士的无头尸体，像沙丁鱼罐头。突然，他们全都齐齐地立了起来，开始——”

“跳角笛舞,”弗雷德趁乔停下来喘气时插嘴说，“他们跳着跳着，那座破城堡突然变成了一艘全速前进的战舰。‘升起三角帆，收上桅帆吊索，背风掌舵，准备开炮！’船长咆哮着。一艘葡萄牙海盗船出现在远处海面上，桅杆上飘动着一幅漆黑如墨的旗帜。‘前进，战胜它，我的勇士们！’船长吼着。一场激战打响了。当然，最后英国人赢了——他们总是打胜仗。”

“不，他们不是！”乔加了句旁白。

“他们俘虏了海盗船长，战舰向海盗船撞过去，船甲板上堆满了死尸，血流成河，因为他们的口号是‘拿起武器拼到底！’‘大副，如果坏蛋不立刻招供，就用帆布条把他勒死。’英国船长说。葡萄牙船长却像砖头一样沉默，咬紧牙关就是不招，于是被拉到了甲板上示众，水手们为之欢呼雀跃。但是狡猾的老狐狸跳进了海里，钻到战舰下，凿穿了甲板，战舰就在扬帆前进中沉了下去，沉入了海底，海底，海底，在那里——”

“哎呀！我讲什么呀？”萨莉着急地问。弗雷德的讲述冗长而杂乱，他从爱读的一本书里借用了很多航海术语和情节，胡乱搅和在一起。“他们沉到了海底，一个可爱的美人鱼出来迎接他们。但是当美人鱼发现装着武士无头尸体的箱子时，非常伤心。她好心地把这些尸体泡在卤水里，希望能发现关于它们的秘密，因为她是一个好奇心很强的姑娘。不久来了一个潜水者。美人鱼说：‘如果你能搬动这个箱子，我就给你一盒珍珠。’她想让这些可怜的武士死而复生，但是自己搬不动这么重的箱子。因此那个潜水者就把箱子托出了水面，打开一看，发现里面根本没有珍珠，失望之余，他把箱子丢在了一块又大又荒僻的地里，有人发现了它，是一个——”

“小鹅女，她在这块地里养了一百只大肥鹅。”萨莉的故事讲完后，艾米说，“小女孩为这些武士感到难过，她问一个老妇人该如何帮助他们。‘你的鹅会告诉你，它们什么都知道。’老妇人说。因此她就问那些鹅，她该用什么做武士的脑袋，因为他们的脑袋都丢了。一百只鹅都张开了嘴巴，一起尖叫——”

“‘大头菜！’”劳里立刻接了话茬，“‘正合适。’小女孩说，她从菜园子里摘了十二棵大头菜。她把这些大头菜安在那些尸体脖子上，武士们马上复活了，谢过她之后，他们就高高兴兴地上路了，根本不知道他们的脑袋已经变了样。因为世界上还有很多人长着和他们一样的脑袋，所以谁也没多想。我的主人公回去找那位佳丽，得知几乎所有的公主都通过辛苦纺纱赢得了自由，离开城堡嫁人了，只剩下了一个。听到这个消息他激动万分，纵身跃上那匹始终伴随着他的骏马，奔向城堡，去看看里面还剩下谁。透过篱笆往城堡里窥探，他看到他爱慕的姑娘正在花园里采花。'能给我一朵玫瑰吗？'他问。'你必须自己来采摘。我不能给你。这样不合适。'她说，声音像蜜一样甜。他试图翻越篱笆，但篱笆好像在不断升高。他又试着去推，但篱笆变得越来越密，他陷入绝望中。他耐心地把枝条一根根折断，弄出了一个小孔，他透过小孔向里窥探，哀求道：'让我进去！让我进去！'但是美丽的公主好像没听懂，她安静地采着玫瑰，任由他独自折腾。至于他有没有成功，弗兰克会告诉你。"

"我不会。我没玩过，我绝不讲。"怎样才能把这对荒唐的情侣从困境中救出来，弗兰克感到很为难。乔讲完后贝丝就溜掉了，格雷斯正在睡觉。

"这么说那可怜的武士就被困在篱笆丛里了，是吗？"布鲁克问，他还在望着河水，一边把玩着插在扣眼里的一朵野玫瑰。

"我猜，过了一会儿公主给了他一束花，打开了门。"劳里说，他微微一笑，向他的老师扔着松果。

"我们编的故事真荒唐！通过练习，我们可以做更聪明的事情。你们听说过'真话'吗？"大家对刚才的故事都笑过之后，萨莉问。

“我希望知道。”梅格认真地说。

“是游戏吧？”

“怎么玩？”弗雷德问。

“是这样。大家把手摞在一起，然后选出一个数字，再依次把手抽出来，抽到那个数字的人得老老实实地回答别人提的任何问题。这非常有趣。”

“那我们试试吧。”乔说，她喜欢新花样。

凯特小姐、布鲁克先生、梅格和内德拒绝了，但是弗雷德、萨莉、乔和劳里把手摞了起来，然后依次抽出，劳里“中奖”了。

“你崇拜的英雄是谁？”乔问。

“爷爷和拿破仑。”

“在场的女生你认为谁最漂亮？”萨莉问。

“玛格丽特。”

“你最喜欢的是哪一位？”弗雷德问。

“当然是乔了。”

“你们问的问题真无聊！”乔轻蔑地耸耸肩。而其他人都被劳里实事求是的态度逗得哈哈大笑。

“再试试，‘真话’是个不错的游戏。”弗雷德说。

“对你来说很好。”乔低声反驳他。下面轮到她了。

“你最大的缺点是什么？”弗雷德问，顺便测试一下乔是否具备他自己也不具备的品质。

“急性子。”

“你最希望得到什么？”劳里又问。

“一对鞋带。”乔说，猜中并粉碎了他的目的。

“没讲真话。你必须说你最想要的。”

“天赋。你是不是希望你能给我啊，劳里？”乔冲着他脸上不满意的表情狡黠地笑着。

“你最欣赏男人的什么品德？”萨莉问。

“勇气和诚实。”

“现在轮到我了。”弗雷德说，因为他的手是最后一个抽出的。

“咱们把球抛给他吧。”劳里小声对乔说。乔点点头，马上问道：

“你在打槌球时作弊了吗？”

“唔，是的，一点点。”

“好！你的故事是出自《海狮》吗？”劳里问。

“差不多。”

“你认为英国人在各方面都完美无瑕吗？”

“如果我不这么认为，我就会为自己感到羞耻。”

“他是个地地道道的约翰牛[1]。好了，萨莉小姐，你应该也有个机会，不用再抽签了。我先问你一个问题让你预热一下，你是否认为你是个爱调情的姑娘？”劳里说。另一边，乔冲弗雷德点点头，作为宣布和解的暗示。

“你这个莽撞无礼的家伙，我当然不是！”萨莉带着一种她绝非那种姑娘的神态大声抗议。

“你最恨什么？”弗雷德问。

“蜘蛛和米布丁。”

“你最喜欢什么？”乔问。

“跳舞和法国手套。”

“唔，我觉得‘真话’是一种很无聊的游戏，咱们来玩‘猜作者’这种智力游戏提提神吧。”乔提议。

---

① 英国人的绰号。

内德、弗兰克和两个小女孩都加入进来。游戏进行的同时，三个年龄较大的伙伴坐在一边聊天。凯特小姐又拿出她的写生本，玛格丽特看她画画，布鲁克先生手捧一本书躺在草地上。不过他并没有看书。

“你画得太美了！真希望我也会画。”梅格说，声音里既有羡慕又有遗憾。

“你为什么不学呢？我想你有这方面的兴趣和天资。”凯特小姐客气地说。

“我没空。”

“我想，你妈妈一定是希望你有其他方面的才华。我妈妈也是，但我私下里上了几节美术课，向她证明我是有这方面的天资的，这样她就痛痛快快地答应我继续学下去了。你也可以让你的家庭教师教你啊！”

“我没有家庭教师。”

“我忘了，美国的年轻姑娘比我们上学的机会多，而且也是很好的学校，我听爸爸说过。你上的是私立学校吗？”

“我不上学。我自己就是家庭教师。”

“哦，真的？”凯特小姐说，但她还不如说，“天哪，太可怕了。”因为她的语气就是这么暗示的，而她脸上的表情也让梅格脸红了，为自己的直率感到后悔。

布鲁克先生抬起头，不假思索地说：“美国的年轻姑娘像她们的祖先一样喜欢追求独立，她们会因自食其力受到钦佩和尊敬。”

“哦，是的，她们这么做当然很可贵，也无可非议。我们也有很多备受尊敬的、杰出的年轻女性做家庭教师，受雇于贵族家庭，这是因为她们出身于绅士家庭，具有良好的教养和成就。”凯特自视高人一等的语气伤了梅格的自尊心，使她的工作不仅显得愈发无趣，而且低贱了。

“你喜欢那首德语歌吗，马奇小姐？”布鲁克先生问，打破了令人难堪的沉默。

“是的！那首歌非常好听。我很感激那个为我翻译的人。”说到这个话题，梅格的脸“多云转晴”了。

“你看不懂德语吗？”凯特小姐略显吃惊地问。

“看不太懂。是我爸爸教的，他现在不在家，我一个人学得不是太快，因为没人给我纠正发音。”

“现在来试一下。这里有席勒的《玛利亚·斯图亚特》，还有一个好为人师的家庭教师。”布鲁克先生把书放在梅格膝盖上，带着热情的微笑望着她。

“太难了，我不敢试。”梅格说，她很感激布鲁克，但当着一个才华横溢的年轻姑娘的面，她不好意思读。

“我先读一点儿，给你开个头。”凯特小姐说完，用最标准的发音面无表情地读了其中最美的一段。

当她把书还给梅格时，布鲁克先生没作任何评价。梅格天真地说：“我觉得很像诗歌。”

“有些是。来试试这一段。”

当布鲁克先生把书翻到“玛利的悲叹”一章时，嘴角出现一抹狡黠的笑。

梅格顺从地跟着她的新家庭教师用来引导她往下读的一片长草叶，读得又慢又小心，不知不觉中用她甜美柔和的嗓音把那些难读的语句读成了诗。绿草叶继续往下引，很快地，梅格就完全沉浸在那悲哀场景中了，以至于忘了她的听众。她仿佛独自一人在读，给伤心皇后说的话增添了一丝悲剧色调。

如果她看到了那双棕色的眼睛，一定会马上停下来。但是她没有抬头，这堂课因此也没有遭到破坏。

“非常棒！”当她停下来时，布鲁克说，有意忽略了她的很多错误，而且给人的印象是他真的“好为人师”。

凯特小姐摘下眼镜，欣赏着自己的作品，然后收起写生本，居高临下地说：“你的声音很美，今后会成为一个更出色的朗读者的。我建议你学习德语，因为对教师来说，会说德语也是很有用的本领。我得去照看格雷丝了，她玩疯了。”凯特小姐说完就走开了，边走边耸了耸肩，心里想：“我不是来陪一个女家庭教师的,虽说她年轻漂亮。这些美国人太奇怪了。我担心劳里跟她们混在一起会变坏。”

“我忘了，英国人是瞧不起女家庭教师的，对她们的态度不像我们那么好。”梅格看着那个远去的背影生气地说。

“据我所知，男家庭教师的日子在那里也不好过，真可悲。不像在美国，英国没有我们劳动者的一席之地，玛格丽特小姐。”布鲁克先生看起来是那么满足和快乐，让梅格羞于再为自己的不幸命运哀叹了。

“我很高兴生活在美国。虽然我不喜欢我的工作，但从中获得很大的满足，因此我不会抱怨的。我只希望能像你一样喜欢教书。”

“我想如果你有劳里这样的学生，你也会爱上教书的。可惜明年我就要失去这个学生了，真让人难过。”布鲁克说，手不停地在草皮上挖着坑。

“他要去上大学，是吗？”梅格的嘴巴在问这个问题，眼睛却追问着，“你要做什么？”

“是的，他早该上大学了，因为他已经准备好了。他一走我就去当兵，国家需要我。”

“我很高兴你这么做！”梅格开心地说，“我认为每个年轻人都应该去当兵，虽然这对家中的母亲和姐妹们来说很残酷。”说到这点她有些伤心。

“我两者都没有，也没有朋友关心我是死是活。”布鲁克先生悲哀地说，一边漫不经心地把一朵枯萎的玫瑰放进他挖的坑里，用土掩埋上，像一座小小的坟墓。

“劳里和他爷爷会非常关心的，万一你受了伤，我们也会非常难过的。”梅格真诚地说。

“谢谢你，这听起来让人欣慰。”布鲁克先生说，重新转忧为喜。他的话还没说完，内德就骑着一匹老马慢吞吞地过来了，想在女生们面前卖弄一下他的骑术，接下来他们就再也不得安生了。

“你喜欢骑马吗？”格雷丝问艾米。她们刚刚在内德的带领下骑马绕田野跑了一圈，现在正站着休息。

“我喜欢得不得了。过去爸爸有钱时，我姐姐梅格骑过马，但是我们现在不养马了，只有‘埃伦树’。”艾米笑着说。

“给我讲讲埃伦树吧，是头驴子吗？”格雷丝好奇地问。

“不是。我和乔都喜欢骑马，但是我们只有一副破旧的马鞍，没有马，我们家花园里有一棵苹果树，树上有一个又低又安全的树杈，乔就把马鞍放在上面，在那根向上伸展的树枝上系几段缰绳，我们坐在上面模仿纵马驰骋的样子。”

“太好玩了！”格雷丝说，“我有一匹小马，差不多每天我都和弗雷德和凯特一起去公园里骑马，每次都很开心，因为朋友们也去。骑马道上到处是人，先生和女士们都有。”

“哎呀！真有趣！我希望有一天我也能去国外，但我想去罗马，而不是罗欧[①]。”艾米说。她对格雷丝提到的那个地名一无所知，也不好意思问。

弗兰克就坐在两个小女孩后面，他听到了她们的交谈，再加上他只能看着那几个朝气蓬勃的小伙子做各种有趣的体育运动,心情变得很烦躁,赌气地把拐杖扔出很远。正在整理‘猜作者’卡片的贝丝抬起头，腼腆而友好地问：“你烦了吧，我能帮你做些什么呢？”

“请陪我聊天吧，一个人枯坐闷死了。”弗兰克说，他显然习惯了在家里被宠着。

即使弗兰克要她发表拉丁语演说，贝丝都觉得比这个任务容易完成。但她现在已无路可逃，身后也没有乔帮她一把。而且可怜的男孩正眼巴巴地望着她。她决定尝试一下。

“你想聊什么呢？”贝丝问。她手里摆弄着卡片，本想把它们捆扎好，结果撒了一半。

“我想听板球、划船和打猎的话题。”弗兰克说。他还没学会“量力而玩”。

“要命啊！我该怎么办？我对那些事一无所知呀。”贝丝心想，在慌乱中忘记了男孩的不幸。为了引他说话，她说：“我从没见过打猎的情形，我猜你对打猎很了解吧？”

“我去打过一次，但再也不能去了，因为我在跃过一扇该死的五栅门时摔伤了。现在对我来说，无论是马还是猎犬都没有意义了。”弗兰克叹着气说，让贝丝为自己的鲁莽后悔不迭。

“你们国家的鹿比我们国家的水牛好看多了，水牛太丑了。”

---

① 骑马道英文为“row”，与罗马“Rome”发音近似，艾米不知道“row”是何意，所以就认为和罗马一样是地名。

贝丝机智地把话题转到了大草原上，庆幸她读过一本乔最喜欢读的适合男孩子读的书。

事实证明水牛的话题让对方得到了安慰和满足，贝丝只顾着让对方开心，讲得太投入了，都没有发觉姐妹们看到这种罕见的场面时的惊喜表情——她和一个她感到畏惧、想躲开的男孩聊得多愉快啊！

“上帝保佑她！她同情他，所以才对他好。”乔站在槌球场上笑望着贝丝说。

“我一直认为她是个小圣人。”梅格说，仿佛是在强调这一点毋庸置疑。

“我很久没听到弗兰克笑得这么开心了。”格雷丝对艾米说。她俩坐在地上，一边讨论着洋娃娃的话题，一边用橡果壳做茶具。

“我姐姐贝丝是个很‘挑剔’(fastidious) 的女孩，如果她愿意的话。”艾米说，很为贝丝的成功开心。她想说的是“迷人”(fascinating)，不过既然格雷丝对这两个词的确切含义都不理解，那“fastidious”听起来更顺耳，会给人留下好印象。

下午他们即兴玩了“狐入鹅群”的游戏，又打了一场皆大欢喜的槌球赛，一天的活动就结束了。夕阳西下时，他们收起帐篷，收拾好食篮，拔掉三门柱，把东西全都装上船。船儿顺流而下，船上歌声嘹亮。内德变得多愁善感起来，幽幽地哼起了一首小夜曲。副歌为——

孤单，孤单，啊！唉，孤单！

主歌为——

我们都年轻，我们都有一颗心，

为何彼此那么冷淡？那么疏远？

他一脸幽怨地望着梅格，让梅格忍不住大笑起来，打断了他的歌声。

“你怎能对我如此残忍？”他在众人欢快的说笑声的掩护下小声对她说，“你一整天都和那个古板的英国女人形影不离，现在又冷落我。”

“我不是故意的，你的样子看起来太滑稽了，我忍不住想笑。”梅格说，有意回避他的前半部分指责。事实上她就是在躲着他，因为她还记得莫法特家舞会上的不愉快。

内德生气了，转向萨莉寻求安慰，十分孩子气地说：“那个女孩太不解风情了，是不是？”

“的确是，不过她是个小可爱。”萨莉回敬他，即使在承认朋友缺点的时候也不忘为她辩护。

“反正不是个受惊的小鹿[①]。”内德想幽默一把，和很多同龄人所擅长的一样，他成功了。

在他们早上集合的草坪上，这一小群人互道晚安，依依惜别，因为沃恩一家要去加拿大。四姐妹穿过花园回家时，凯特小姐望着她们的背影，真诚地说：“虽然美国女孩感情外露，但是当你认识她们以后，就会发现她们很可爱。”

“我完全赞成。”布鲁克先生说。

---

① 萨莉称梅格为“小可爱”时，用了“dear”一词，和鹿“deer”同音。

第十三章　空中楼阁

九月的一个阳光和煦的下午，劳里慵懒地躺在吊床上晃来晃去。他很想知道邻居一家在忙什么，但是又懒得过去查看。他正闷闷不乐呢，因为他这一天过得毫无收获，也没有意思，好想重新再过一次。炎热的天气使他无精打采，远远地躲着不想做功课，这让布鲁克先生大伤脑筋。后来，他又弹了半下午的钢琴，让他爷爷很不高兴。他谎称一只家犬发了疯，把女仆吓得魂儿掉了一半；又冲马夫发了一通火，责怪对方没有照看好他的马；之后他就扑进了吊床里，一个人生闷气，认为全世界都在跟他过不去。后来，风轻云淡的好天气使他平静了下来。他仰望着头顶上苍翠浓郁的七叶树的树冠，做起了各种各样的白日梦，想象着他正在漂洋过海，环游世界。突然，一阵说话声把他拉回到现实世界。透过吊床的网眼，他看到马奇家的姑娘们走出了家门，好像要去远足的样子。

“这些女孩子们又要搞什么鬼？”劳里想着，就睁开了惺忪的睡眼，想看个究竟，因为邻家姑娘们今天的装扮很特别。她们头戴大宽边帽，肩背棕色亚麻布口袋，手里拿根长棍子。梅格拿着坐垫，乔拿着一本书，贝丝挎着篮子，艾米拿着画夹。她们静悄悄地穿过花园，从小后门走了出去，爬上了坐落在房子和河之间的小山。

“她们还挺会玩，”劳里自言自语，“瞒着我偷偷去野炊。她们划不了船，因为钥匙在我手里，也许她们忘了吧。我要把钥匙给她们送去，看看她们搞什么名堂。”

劳里虽说足足有半打帽子，但花了一些时间才找到一顶。钥匙也是一阵好找,最后还是在他的衣兜里找到了。这样一来，当他跃过篱笆去追赶那几个姑娘时，她们已经没了踪影。他抄近路来到船屋里，等着她们出现，但是没人过来。他就爬到山顶瞭望，一面山坡上覆盖着一片松树林，在这片绿树丛中传来一阵比松林的轻叹和蟋蟀的絮语稍大的声音。

“此处自有美景啊！”劳里想，一边透过灌木丛观察着。他现在已然是神清气爽、精神焕发了。

这是一幅相当迷人的小小画面，四姐妹围坐在一个阴凉的僻静处，斑驳的阳光洒在她们身上。风携着花香掀起她们的秀发，吹凉了她们热乎乎的面颊。林中小动物各忙各的，仿佛这群姑娘不是陌生人，而是老朋友。梅格坐在坐垫上，一双灵巧的玉手正飞针走线，她身着粉色衣裙，又清新又甜美，宛如绿树丛中的一朵玫瑰。贝丝正在挑拣附近的铁杉树上掉下的一层厚厚的杉树果，用来做各种漂亮的手工艺品。艾米正在画蕨丛。乔正一边大声读书一边织袜子。劳里看着她们，脸上掠过一道阴影，他一方面觉得既然没有受邀就应该走开，另一方面又恋恋不舍，因为家让他感觉非常孤单，而林中这支安静的小队伍强烈地吸引着他那躁动不安的灵魂。他呆呆地站着，一只忙着采松果的松鼠从附近的松树上溜下来，突然发现了他，受惊而逃，叫声非常尖利。贝丝听到动静抬起头，看到了躲在桦树后面的一双渴望的眼睛，甜甜一笑，冲他招招手。

“请问我可以过去吗？有没有打扰你们？”他问，脚步有些迟疑。

梅格扬扬眉毛，但乔抗议地瞪了她一眼，赶紧说：“当然可以，我们本来应该提前邀请你的，只是怕你不喜欢这种女孩子的游戏。”

“你们玩的游戏我都喜欢，但如果梅格不同意我参加，我就走开。”

“你如果有事做，我就不反对。我们的规定是不能在这里无所事事。”梅格严肃但和蔼地说。

“不胜感激，只要你们肯接收我，我做什么都成，因为家里闷得就像撒哈拉沙漠，要我做什么？是做针线活、读书、捡杉树果，还是画画或做其他事情？提要求吧，我准备好了。”劳里坐下来，低三下四的表情令人忍俊不禁。

“我织袜子后跟的时候你把这篇故事读完。”乔说，递给他一本书。

“是，小姐。”劳里唯唯诺诺地答应着，然后就开始读起来。他很感激这个“忙人社”接纳他。为了表示自己的感激之情，他读得十分认真。

故事并不长，读完之后，他鼓足勇气问了几个问题，作为他读书的回报。

“小姐，请问这个既有教益又有趣的制度是新设的吗？”

“你们愿意告诉他吗？”梅格问几个妹妹。

“他会笑话的。”艾米警惕地说。

“谁在乎？”乔说。

“我猜他会喜欢的。”贝丝说。

“我当然会！我发誓不会笑话。快说，乔，不要害怕。”

“怎么可能怕你！你知道，我们过去玩过‘天路历程’的游戏，今年我们一直都在认认真真地‘做’这个游戏，从冬到夏。”

“是的，我知道。”劳里心领神会地点点头。

“谁告诉你的？”乔问。

“神灵。”

“不，是我。有天晚上你们都不在家，我想哄他开心，就告诉了他，因为他那天情绪不好。他的确很喜欢这个游戏，所以不要责怪他了，乔。”贝丝可怜巴巴地说。

“你守不住秘密。不过没关系，这倒省事了。”乔面色有点不悦，全神贯注地做起活来。

“请说下去。”劳里说。

“哦，她难道没告诉你我们的新计划吗？是这样，我们想充分利用我们的假期，每人都分配一个任务，然后努力去完成，假期接近尾声了，我们的任务都完成了。大家都为没有荒废时间感到高兴。”

“是的，我想是这样。”劳里为自己的无所事事感到后悔。

“妈妈想让我们尽可能多地进行户外活动，所以我们就把活儿拿到这里，开开心心地做。为了增添乐趣，我们把东西装在袋子里，戴着旧帽子，拄着棍子爬山，扮演朝圣者，就像我们多年前做的那样。我们把这座山叫作‘快乐山’，因为站在山顶向远处眺望，能够看到我们向往的乡村图景。”

劳里坐下来，顺着乔指着的方向望过去。透过林中的一个缺口，首先映入眼帘的是那条碧波荡漾的宽阔河流，接着是河对岸的草地，再往远处是这座大城市的郊区，最后是与天相接的绿色山丘。夕烟西下，落日余晖映红了天空。金紫色的云霞在山顶流连，连绵起伏的银白色山峰笼罩着红霞，熠熠生辉，宛若仙境中的塔尖。

“太美了！”劳里轻声说，他善于发现和感受美。

“经常是这样，我们喜欢到这里观赏，因为看到的美景总是在不断变化，蔚为壮观。”艾米说，她希望能把美景画下来。

“乔刚才说起我们向往的乡村，她的意思是真正的乡村，有猪有鸡还有晒干的草。那样的乡村一定很美。我希望远处的那个美丽乡村是真实的，我们能有机会去。”贝丝沉思着说。

“还有一个比那更美的乡村，只要我们多做好事，将来都能去。”梅格用最动听的嗓音说。

“可是那要等好久啊，太难了。我真想像燕子一样有双翅膀，立刻飞过去，飞进那道辉煌灿烂的大门里去。”

“贝丝，你早晚都能去那里的，不要害怕。”乔说，“我才需要奋斗和努力、攀登和等待，也许永远都到不了。”

“你有我做伴呢，希望这对你是个安慰，在我看到你的天国之前，我要做长途旅行，如果我来晚了，你能为我说句好话吗，贝丝？”

劳里脸上的某种神情让他的小朋友感到有些为难，但她用她那双平静如水的眼睛望着不断变化的云彩，愉快地说：“如果人们真想去，而且一生都在努力，我想他们会进去的。我不相信那道门上有锁或有守门人把守。我一直想，它应该和我们在画中看到的一样，当可怜的基督从水中走出来时，光芒四射的天使伸出双手迎接他。”

“如果我们造的所有空中楼阁都变成现实，我们也能住在里面，那一定很有趣，是不是？”乔停顿了一会儿，说。

“我造的空中楼阁太多了，都不知道该选哪个了。”劳里平躺在地上，朝那只让他暴露了行踪的松鼠扔着杉树果。

“那你就挑选你最喜欢的那个。是什么呢？”梅格问。

“如果我说出我的，你会说出你的吗？”

“会的，如果妹妹们也都说出来的话。”

“我们会的。快说吧，劳里。”

“我想去世界各地看看，然后定居在德国，尽情享受音乐带给我的快乐。我要成为著名的音乐家，让所有人都跑来听我演奏。我不用为金钱或事务烦恼，而是无忧无虑地按自己喜欢的方式生活。这就是我最喜欢的空中楼阁。你的是什么，梅格？”

梅格似乎有点儿难以开口，她手拿一根欧洲蕨在面前晃动着，似乎要驱散一团想象中的小昆虫，然后缓缓地说：“我想要一座漂亮的大房子，好东西样样有——好吃的食物、漂亮的衣服、好看的家具、快乐的人们，还有很多很多钱。我是房子的女主人，按自己的想法打理房子，仆人足够用，因此我无须自己动手。我该会多么开心啊！我不会无所事事的，而是要做善事，让大家都喜欢我、亲近我。”

“你的空中楼阁里有男主人吗？”劳里害羞地问。

“我说‘快乐的人’了，你明白的。”梅格低头认真系着鞋带，好不让人看到她的脸。

“你为什么不说你会有一个英俊潇洒、聪明能干的好丈夫和一群天使般的小孩子呢？要是没有他们，你的楼阁不会完美的。”乔直率地说。她既没有浪漫的幻想，也见不得别人的浪漫想法，除非是书上看到的。

“你的空中楼阁里只有马、墨水台和小说吧？”梅格生气地回敬她。

“难道不行吗？我要有一个马厩，里面全是阿拉伯良种马，还要有一间书房，里面堆满了书。我要有一个神奇的墨水台，有了这样的墨水台，我就能写出像劳里的音乐一样有名的作品。在住进这样的楼阁之前，我想做一番惊天动地的大事——英雄壮举或轰轰烈烈的事情，总之是我死后不会被忘记的事情。我现在还想不出是什么，但我在留意，在等待，打算某一天让你们大吃一惊。我想我要写书，成为名利双收的作家，这很适合我，因此是我最大的梦想。”

“我的梦想是安安稳稳地待在家里，陪着爸妈，帮助料理家务。”贝丝心满意足地说。

“你没有别的愿望吗？”劳里说。

“自从有了自己的小钢琴，我就知足了。我只希望我们所有人都健健康康地在一起，没别的了。”

“我的愿望太多了，但是最渴望的是成为一名艺术家，到罗马去，画出名画，成为全世界最好的艺术家。”这是艾米的小心愿。

“我们是一帮野心勃勃的家伙，是不是？除了贝丝，每个人都想家财万贯、名扬四方、出类拔萃，我在想，我们当中有没有人最后能如愿以偿。”劳里嘴里嚼着一根草说，像一头沉思默想的小牛犊。

“我已经有了进入空中楼阁的钥匙，但是否能打开，现在还是个未知数。”乔神神秘秘地说。

“这是我的！”艾米晃动着手里的铅笔。

“我什么也没有。”梅格沮丧地说。

“不，你有。”劳里马上说。

“在哪里呢？”

"你脸上。"

"胡说，那没有任何用处！"

"等着瞧吧，它会给你带来好运的。"劳里说。想到他发现的一个浪漫的小秘密，他偷偷笑了。

梅格用树叶遮挡着的脸变得绯红，但她什么也没说，只是满怀期待地眺望着河面。那天布鲁克先生讲武士的故事时，脸上也是那样的表情。

"如果我们十年后都活着，就在这里相见，看看有几个人实现了自己的愿望，或者说看看那时比现在离愿望近了多少。"乔马上想出了一个计划。

"饶了我吧！那时我该多大了啊——二十七了！"梅格惊呼。虽说她刚到十七岁，但已经感觉长大了。

"特迪[①]，咱们俩那时是二十六岁，贝丝二十四岁，艾米二十二岁。多么德高望重的一群人啊！"乔说。

"我希望到那时我能做些值得骄傲的事情。我太懒了，担心会虚度年华的，乔。"

"我妈妈说你需要动机。一旦你有了动机，她保准你能成就一番大事业。"

"她这么说了？啊！我会的，只要我得到机会！"劳里喊道，精神一振坐了起来，"本来只要能让爷爷高兴，我就应该心满意足了，我确实在努力，但这违背我的意愿，因此感觉很难，他想让我成为一名从印度进口货物的商人，就像他本人一样，但我宁愿去死。我讨厌茶叶、丝绸和香料，讨厌他的破船带来的所有垃圾一样的东西。如果这些船都归我所有，我才不管它们会不会沉到海底呢。我去上大学，他该满意了吧，

---

① 对劳里正式的名字西奥多的昵称。

因为我为他牺牲了四年的光阴，他应该不会让我插手生意了。可是他太固执了，非让我步他的后尘，除非我离家出走，自己寻开心，就像我父亲那样。如果有人留在家里陪他，我说走就走。”

劳里说得很激动，看上去不满情绪已经到了一触即发的地步，因为他正在快速长大，尽管他平时懒洋洋的，但同样具有年轻人的血性和敢闯敢干的精神，讨厌受人摆布，渴望自己去闯天下。

“我想，你可以乘你们家的大船离开，闯荡一番再回来。”乔说。劳里的大胆想法激发了她的想象力，他所受的“委屈”也勾起了她的同情心。

“这是不对的，乔。你不能这么说，劳里也不能听你的歪主意。你应该做你爷爷希望你做的事情，乖孩子。”梅格用慈母般的语气语重心长地说，“好好上大学，当他看到你在努力让他开心时，我相信他就不会对你苛刻或不公正了。正如你说的，没有其他人可以陪着他、爱他，如果不经他允许你就离开他，你永远不会原谅自己。不要沮丧，也不要烦躁，尽你的义务，你就会有回报，就像好人布鲁克先生那样，受到尊敬和爱戴。”

“你对布鲁克了解多少？”劳里问，他对梅格好心的建议很感激，但是不服气她的教导。一番言词激烈的发泄后，很高兴把话题引到别处去。

“我只是从你爷爷那里听说过他的一些事情——他精心照看他的母亲，直至她死去。因为他不能离开母亲，就放弃了去国外给富人家做家庭教师的机会。现在他还供养着一个护理过他母亲的老太太，从来不告诉别人，只是努力去做一个慷慨、耐心、仁慈的人。”说到这里，梅格显得又激动又恳切，脸都红了。

“他确实是这样，一个大好人！”劳里由衷地赞叹，“爷爷似乎是瞒着他把他的情况摸得一清二楚，并且到处宣扬他的美德，让大家都喜欢他。布鲁克还不明白为什么你妈妈对他那么好，邀请他和我一起去你家玩，大方得体、热情友好地招待他。他认为你妈妈完美无瑕，多少天对这件事念念不忘，对你们几个也赞不绝口。如果我能实现自己的愿望，我一定要为布鲁克做些事情，你们就等着看吧。”

“就从现在做起吧，不要折磨他了。”梅格一针见血地说。

“你是怎么知道的，女士？”

“我能从他离开时的脸色看出来，如果你表现得好，他就会面带笑容，步伐轻快。如果你折磨他，他就会脸色阴沉，脚步迟缓，似乎想回去重新教你一遍。”

“我是那样吗？看来你一直在通过观察布鲁克的脸色给我打分呀，是吗？我只看到他从你窗前经过时会躬身微笑，但我不知道你还能读出别的信息。”

“不是那样的。别生气。不要把我说的这些告诉他！我这么说只是因为关心你的情况，我们在这里说的一切都是悄悄话，你知道的。”一想到她的无心快语可能带来的后果，梅格就急了。

“我不会泄密的，”劳里说，摆出了一副像乔所说的“高冷”架势，他脸上偶尔会挂着这种表情，“只是既然布鲁克要当气象预报员，那我就必须小心，保持晴朗天气，好让他预报。”

“请不要误会。我不是想讲大道理，也不是想搬弄是非或自作聪明，我只是想，乔在鼓动你做你将来会后悔的事情。你对我们太好了，我们觉得你就是我们的兄弟，所以才直言不讳。请原谅我，我完全是出于好意。”梅格把手递过去，动作既亲切又腼腆。

劳里为一时的赌气感到不好意思了，他握住那只传递善意的小手，坦率地说：“我才是应该请求被原谅的人。我今天心情不好，已经闹腾一整天了。我喜欢听你指出我的缺点，像姐姐一样教导我。所以，如果我有时脾气不好，请不要介意。无论如何谢谢你。”

接下来劳里一心想表明自己没有生气，竭尽所能地当大家的好帮手：为梅格绕棉线，背诗给乔听，为贝丝摇落杉树果，帮艾米画画，以此证明他是“忙人社”的合格人选。正当他们热烈地讨论着水龟（从河里爬出来的一只和蔼可亲的小动物）的驯养习性时，远处传来一阵微弱的铃声，通知他们汉娜已经备好茶点，他们该回家吃晚饭了。

“我还能再来吗？”劳里问。

“当然，如果你表现得好，而且喜欢读书的话，就像童书里的男宝宝们被教导的一样。”梅格笑着说。

“我会尽力的。”

“那你就可以来，我会教你学编织，像苏格兰男子一样。现在袜子正缺货呢。”当他们在大门外分手时乔补充说，一边晃动着手里的袜子，像挥动着一面蓝色旗帜。

当天晚上，贝丝在星光下为劳伦斯先生弹琴时，劳里站在窗帘的暗影中聆听这个小“大卫”①的弹奏，她那清新质朴的琴声总能让他浮躁的情绪归于平静。他望着爷爷，老人一手托着白发苍苍的脑袋，沉浸在温馨的回忆中——他想起了死

① 指圣经中的大卫，据说他擅长音乐。

去的宝贝孙女。劳里回想着下午的交谈，决定毫无怨言地做出牺牲，“我会放弃我的空中楼阁，在亲爱的爷爷需要我的时候永远陪着他，因为我就是他的一切。”

第十四章　秘密

十月的天气已经有了丝丝凉意，下午也变短了。乔正躲在阁楼上忙个不停。有两三个钟头，温暖的阳光可以透过天窗洒进来。乔坐在一张破旧的沙发上飞快地写着，面前的箱子上摊放着她的稿纸。宠物鼠涂鸦正在房梁上溜达，身边跟着它的长子——一个长得很漂亮的小家伙，这孩子显然很为他的小胡子感到自豪。乔写得非常投入，一直写满最后一页，然后大笔一挥签上自己的名字，把笔一搁，感慨道：

“行了，这已经是我的最高水平了。如果这次还不被看中，那就只好等以后有所提高再说了。”

她仰躺在沙发上，仔细检查了一遍手稿，不时地添加个破折号，或状若小气球的惊叹号。检查完毕，她给稿纸扎上一根漂亮的红丝带，坐着端详了一会儿，表情既严肃，又显得有几分不舍，可见她对待这件事是非常认真的。乔的书桌是一个挂在墙上的旧铁皮箱子，里面存放着她的稿纸和几本书。她不让涂鸦靠近，因为涂鸦似乎也和她一样对文学感兴趣，若有书搁在它的必经之路上，它就喜欢嚼碎书页，然后撒得到处都是,宛如一个流动书屋。乔从铁皮箱子里拿出另一篇稿子，把两篇都装进口袋里，悄悄下了楼，留下她的朋友啃笔、品墨。

她轻手轻脚地戴上帽子，穿上外套，走到后窗，从窗口爬到了低矮的门廊顶上，又摆动双臂，纵身跳到了绿草如茵的河岸上，然后绕远路来到大路上。这时她才镇定下来，拦住一辆过路的公共马车，坐上车，车轮滚滚，直奔城里。她看起来既开心，又有几分神秘。

如果有人一直在观察她，一定会认为她的举动很奇怪。下了车以后，她就急匆匆地离开了，径直来到一条很热闹的街道上。她颇费周折找到了一个门牌号，走进门洞，抬头看看肮脏的楼梯，迟疑了片刻，突然一转身又回到街道上，飞快地向远处走去，速度之快不亚于来时。这样的举动她重复了好几次，让对面楼上窗边站着的一位黑眼睛小先生哑然失笑。第三次返回时，乔甩甩脑袋，拉下帽子遮住眼睛，向楼上爬去，看上去就像要把满嘴牙都拔光似的。

门洞外面挂着几块招牌，其中一块是牙医的：一副假颌一张一合，突出了里面的一副洁白整齐的牙齿。刚才的那位年轻先生盯了这块招牌几分钟，穿上外套，拿起帽子，下了楼，穿过街道来到这处门洞里，笑着自言自语道："看来她是一个人来的，不过如果她吃了苦头，一定需要有人把她送回家。"想到这里他打了个寒战。

十分钟后乔从楼上冲了下来，她脸色绯红，看起来像刚刚经历了某种痛苦折磨似的。看到小先生后她一脸的不悦，对他点点头就走开了，可他跟在她身后，同情地问："你受罪了吧？"

"不算受罪。"

"很快就结束了？"

"是的，谢天谢地！"

"你为什么一个人去？"

“不想让其他人知道。”

“从没见过你这种怪人。拔掉了几颗？”

乔看着她的朋友，仿佛没听懂他在说什么，接着就放声大笑起来，好像听到了天大的笑话。

“两个，但必须等一周才能知道结果。”

“你笑什么？一定在搞什么恶作剧，乔。”劳里满脸困惑地说。

“你也是啊。先生，你在楼上的台球室里做什么？”

“恕我直言，女士，那可不是台球室，而是健身房，我在学击剑。”

“很高兴听到这个消息。”

“为什么？”

“你可以教我呀，今后演《哈姆雷特》时，你就可以演雷欧提斯，我们一定会把击剑那一幕演得非常棒。”

劳里爆发出一阵爽朗的笑声，引得几个过路人也不由得笑起来。

“不管我们演不演《哈姆雷特》，我都教你。这种运动特别有意思，还能让你的身材变得挺拔。但我认为这不是你果断地说‘很高兴’的唯一理由，是吗？”

“是的。我很高兴你没有去打台球，因为我希望你永远不要去那种地方。你平时去吗？”

“不常去。”

“我希望你不要去。”

“这没害处，乔。我在家也打台球，但如果没有好对手，打起来很没劲。因此，要是我想打了，有时就过来和内德·莫法特或者别的人一起打。”

“噢，天哪，这太让我难过了，因为你会打上瘾的，不仅浪费时间和金钱，而且会跟着那些男孩学坏。我希望你永远做一个正派的人，不要让你的朋友们失望。”乔摇摇头说。

“一个人难道不能在不失正派的同时参与一些无伤大雅的娱乐活动吗？”劳里被惹恼了。

“那就看他怎么参与，在什么地方参与了。我不喜欢内德那帮人，希望你离他远些。妈妈不让我们邀请他去我们家玩，尽管他很想来。如果你变成他那样，她就不允许我们像现在这样一起玩了。”

“是吗？”劳里着急地问。

“是的。她受不了时髦的年轻人，宁愿把我们关在帽盒子里，也不愿意我们和他们交往。”

“唔，她还用不着拿出她的帽盒子。因为我不是个讲时髦的人，也不打算成为那种人，我有时的确有些贪玩，不过没害处，你不也是吗？”

“是的，没人会介意那些玩乐，尽管玩好了，但是不要玩疯了，记住了吗？不然我们的好时光就到头了。”

“我是一个纯洁如水的圣人。”

“我受不了圣人。做一个简单、诚实、正派的男孩，我们就永远不会抛下你。我不知道如果你像金先生的儿子那样，我该怎么办？他很有钱，但不知道怎么花，整天酗酒、赌博、离家出走，还假冒他爸爸的名义，总之十分可怕。”

“你觉得我会做那种事？拜托！”

“不，我不是——噢，天哪，不！——但我听说金钱的诱惑力太大了，我有时希望你是个穷人，这样我就不用担心了。”

“这么说你在为我担心，乔？”

"有点儿。有时候你变得情绪低落、牢骚满腹，这时我就担心。因为你特别固执，一旦走上了错路，恐怕就很难拦住你了。"

劳里默默地走了几分钟，乔看着他，后悔自己没有管住嘴巴，因为尽管劳里对于她的警告似乎报以微笑，眼睛里却流露出了愤怒。

"你打算一路上一直说下去吗？"他问。

"当然不。为什么这么问？"

"因为如果你这样，我就去乘公共马车；如果不呢，我就和你一起走，告诉你一件很有趣的事情。"

"我不说了，我想听新闻。"

"很好，那么，来吧。这是秘密。如果我告诉你了，你必须把你的秘密告诉我。"

"我没有任何秘密。"乔说，突然又闭上了嘴巴，因为她想起她是有秘密的。

"你知道你有——你什么也藏不住，所以赶紧招了吧。不然我也不告诉你。"劳里大声说。

"你的是好消息吗？"

"哦，肯定是！和你认识的人有关，而且非常有趣！你应该听听，我早就想说出来了。快点儿，你先开始。"

"那你要保证回家后一星半点都不要透漏，行吗？"

"只字不提。"

"你也不能私底下取笑我。"

"我从来不取笑的。"

"不，你会的。你能让人对你掏心掏肺。我不知道你是怎么做到的，只知道你天生会哄人。"

“谢谢夸奖。快说吧。”

“是这样的。我把我写的两篇小说投给一家报社的编辑了，他说他下周给我答复。”乔在知己的耳边小声说。

“美国著名的女作家马奇小姐万岁！”劳里高呼着，把帽子抛向空中，又一把抓住，惊动了两只鸭子、四只猫、五只鸡以及六个在城外玩耍的爱尔兰小孩。

“不要声张！我想不会有结果的，但是不试试我就不甘心。另外我没跟大家提起过这事，因为我不想让别人失望。”

“不会落空的，乔。和那些每天发表的一堆垃圾相比，你的小说可以和莎士比亚的作品比肩。在报纸上读到这些故事一定很有趣，难道我们不该为我们的女作家感到自豪吗？”

乔的眼睛亮了，因为得到别人的信任总是令人愉快的，朋友的表扬胜过报纸上的大肆吹捧。

“你的秘密呢？公平行事，特迪，不然我就再也不相信你了。”乔说。劳里的鼓励让她心中燃起了希望的火焰，现在她试图把火扑灭。

“说出这个秘密可能会给我带来麻烦，但是既然做了承诺，我就一定兑现，因为我无论得到什么消息，都想告诉你，不然就心神不宁。我知道梅格丢的那只手套去哪里了。”

“就这件事？”乔有些失望。劳里点点头，又机智又神秘地眨眨眼睛。

“这就够了，因为我说出来以后，你会赞同的。”

“说吧。”

劳里弯下腰，在乔耳边嘀咕了三个字，乔听后的反应颇具戏剧性：她站住了，瞪了他一会儿，看起来又惊讶又生气，接着她继续赶路，同时没好气地问道：“你是怎么知道的？”

“我亲眼看到的。”

“在哪里？”

“口袋里。”

“一直在？”

“是的，是不是很浪漫啊？”

“不，很可怕。”

“你不喜欢这样？”

“我当然不喜欢。这太荒唐了，决不允许。天哪！梅格会怎么想？”

“不能告诉别人，你得记住。”

“我没有承诺。”

“可你心里明白，再说我也信任你。”

“好吧，我暂时不会说出去的，不过我感到恶心，真希望你没有告诉我。”

“我以为你会开心呢。”

“为有人过来把梅格抢走开心？拜托，我不会的。”

“如果有人来把你抢走，你就不会感觉那么糟了。”

“我倒想看看谁敢。”乔凶巴巴地吼道。

“我也想看看。”这个想法让劳里嘿嘿直乐。

“我想我是藏不住秘密的，听了这件事以后，我一直心乱如麻。”乔毫不感激地说。

“和我一起冲下山坡，你就没事了。”劳里提议。

四处无人，平坦的下坡路诱人地摆在她面前。发现这个诱惑难以抗拒，乔就撒开腿往山下冲去，不久帽子和发梳都掉了下来，发卡撒得一路都是。劳里先到终点，看到自己的疗法见效了，颇感满意，因为他的阿塔兰塔[①]跑得气喘吁吁、头发蓬乱、眼神明亮、脸色红润，不满的迹象一扫而光。

“我希望自己是一匹骏马，可以在广阔的天地里任意驰骋。太爽了，不过看看我成什么样子了！去把我的东西捡回来，像小天使一样，你本来就是天使。”乔说，随即在河岸边的一棵枫树下坐下来，树下铺了一层鲜红的落叶。

劳里慢悠悠地去捡回乔丢掉的玩意。乔一边盘着头发，一边希望在她收拾整齐之前不要有人路过。不过事与愿违，确实来了一个过路人，不是别人，而是梅格，她穿着一身很正式的节日盛装，看上去非常有淑女范儿，因为她去拜访朋友了。

“你在这里做什么？”梅格望着披头散发的妹妹惊讶但不失风度地问。

“捡树叶。”乔底气不足地回答，假装挑拣刚刚抓到手里的一把树叶。

“还有发卡。”劳里补充道，把半打发卡丢在乔的腿上。“路上长发卡了，还有梳子和草帽。”

“你刚才在疯跑，乔。怎么能这样呢？你什么时候能不再这么顽皮啊？”梅格一边批评乔，一边帮她整理好衣袖和被风吹乱的头发。

“等我老得走不动，得拄拐杖的时候吧。不要让我提前长大，梅格。你突然长大已经够让人难受的了，只要有可能，让我一直做个小女孩吧。”

乔说到这里，弯下身子用树叶挡住颤抖的双唇，因为近来她感觉到玛格丽特正在迅速变成一个妇人。而劳里讲的秘密

---

① 希腊神话中著名的女猎手，一位美丽的希腊公主，以风驰电掣的速度和英勇无畏而著称。

使她害怕和姐姐分开，虽然这迟早要发生，但现在似乎近在眼前了。劳里看到了她脸上的痛苦，为了把梅格的注意力引开，他急忙问道："你穿这么正式，去谁家里了？"

"加德纳家，萨莉给我讲了贝尔·莫法特的婚礼，特别豪华，他们去巴黎度蜜月了，该有多快乐啊！"

"你羡慕她吗，梅格？"劳里问。

"恐怕是。"

"太好了！"乔嘀咕着，用力系好帽子。

"为什么？"梅格吃惊地问。

"因为如果你看重钱财，就永远不会和穷人结婚。"乔说，同时冲劳里皱皱眉头，因为对方正在无声地警告她当心说漏嘴。

"我不会和任何人结婚的。"梅格说，继续往前走，姿态非常端庄。另外两个跟在她后面，不是大笑就是窃窃私语，还往水里扔石子，就像梅格说的，"活像小孩"。其实若不是身着盛装，梅格也许会抵抗不住诱惑，和他们一起嬉戏的。

接下来的一两周，乔表现得特别古怪，让姐妹们困惑不已。邮差一按门铃她就冲到门边开门，一见到布鲁克先生就冲他瞪眼睛。她常坐在那里满面愁容地看着梅格，有时会突然跳起来，抓住梅格晃一晃，然后又凑过去亲她一下，让人感到莫名其妙。她和劳里之间总是打手势，还不停地谈论什么"展翼鹰"，姐妹们说他俩神经都出问题了。乔从窗户爬出去后的第二个礼拜六，梅格正坐在窗边做针线活，看到乔在花园里狂奔，劳里跟在后面到处追，最后在艾米的凉亭里把她抓住了。梅格被这一幕情景震惊了。那里究竟发生了什么事，梅格看不到，但是她听到了嘎嘎的大笑声，以及随后的窃窃私语，还有拍打报纸的噗噗声。

“我们该拿那个丫头怎么办呢？她永远没有淑女样。”梅格皱着眉头看着花园里的赛跑，唉声叹气道。

“但愿她不要变成淑女，这样就好，又有趣，又可爱。”贝丝说。看到乔和她之外的人分享秘密，她有点儿难过，但没表露出来。

“这太难了，恐怕我们怎么也不能把她调教成淑女的。”艾米补充说。她正坐在那里为自己缝制一些新花边，卷发扎成了很流行的发辫——两条活泼的小辫子使她自我感觉特别温婉优雅。

几分钟后乔蹦蹦跳跳地进来了，往沙发上一躺，假装看报。

“报纸上有什么趣闻吗？”梅格高姿态地问。

“只是一篇小说，我觉得写得很一般。”乔说，尽量不让梅格看到报纸上的名字。

“你最好大声读出来，既能让我们开心一下，也能防止你捣乱。”艾米用一副小大人的语气说。

“小说的题目是什么？”看到乔用报纸遮住脸，贝丝感到奇怪。

“棋逢对手的画家。”

“听起来不错，读吧。”梅格说。

乔大声咳了一声，又深吸了口气，开始快速读起来，姑娘们听得很认真，因为故事很浪漫，而且有些伤感，因为大部分主人公最后都死了。“我喜欢描写那幅杰作的情节。”乔停下来后，艾米夸赞道。

“我喜欢情侣那部分。维奥拉和安吉拉是我们最喜欢的两个名字，这不是很奇怪吗？”梅格说着抹了抹眼睛，因为“情侣部分”写得催人泪下。

“谁写的？”贝丝瞥见了乔藏在报纸后的面孔，问。

读报者突然坐起来，抛开报纸，露出了一张红彤彤的面孔，用既庄重又激动的滑稽腔调大声说：“你姐姐。”

“你？”梅格惊呼，放下了手中的针线活。

“非常精彩。”艾米评判道。

“我早想到了！我早想到了！噢，我的乔姐姐，我为你骄傲！”贝丝跑过去抱住姐姐，为这个辉煌的成功欣喜不已。

天哪，她们个个多么高兴啊！梅格直到亲眼看到了作者的名字“约瑟芬·马奇小姐”后才相信。艾米对小说中关于绘画的情节做了中肯的点评，并且为续集提供了线索——遗憾的是，由于男女主人公均已作古，这已是不可能了。贝丝激动万分，又唱又跳。汉娜也来凑热闹，对“乔的大作”吃惊之余，高呼“天哪！沙翁复活了！”马奇太太知道后也无比自豪。乔笑得合不拢嘴，她眼里噙着泪水，宣布自己简直要得意忘形、一命呜呼了。报纸被传来传去，简直可以说这份《展翼鹰》报真的快展翅翱翔于马奇府的上空了。

“快给我们讲讲。”“报纸什么时候出的？”“你赚了多少稿费？”“爸爸会怎么说？”“劳里会笑话吗？”一家人围着乔七嘴八舌问个不停，因为这一家人喜欢傻乐，又相亲相爱，每遇到一桩小小的家庭喜事都要庆贺一番。

“别闹了，姑娘们，我把什么都告诉你们。”乔说。她在想，《伊芙琳娜》给伯尼小姐[①]带来的荣耀是否比得上《棋逢对手的画家》带给她的荣耀大。讲完她投稿的经过后，乔接着说：“我去询问结果时，那个编辑说两篇小说他都喜欢，但不付给

① 范尼·伯尼（1752—1840），英国女作家，《伊芙琳娜》是其代表作。

初学者稿酬，只是让他们的作品见报，并给予点评。他说这是很好的锻炼，当初学者水平提高后，自然就会有人付稿酬了。因此我就把两篇小说都给他了。今天邮差把这份报纸送来了，劳里看到了，执意要看。我就给他看了，他说写得不错，并且鼓励我多写，他要安排下一篇获得稿酬。我太开心了，因为我很快就能自食其力，还能帮助姐妹们了。”

说到这里乔哽咽了，她用报纸包住头，流下了几滴不能自已的泪水，弄湿了她的小小作品。自立自强，同时又赢得亲人的赞扬是她心底最大的愿望，而这次成功似乎是迈向那个幸福目标的第一步。

第十五章　电报

“十一月是一年里最讨厌的月份。”一个阴沉沉的下午，玛格丽特站在窗前，看着寒霜覆盖的花园说。

“所以我才出生在这个月。”乔闷闷不乐地说，没有意识到鼻头上抹了墨迹。

“如果现在有好事发生，我们就不会认为这是个讨厌的月份了。”贝丝看待任何事情都很乐观，即使是十一月。

“我觉得这个家永远不会有好事发生。”梅格说，她今天的心情糟透了，“我们日复一日地操劳，没有带来任何改变，也没乐趣而言，和驴子拉磨有什么区别呀？”

“哎呀，别这么消沉！”乔喊道，“这也不奇怪，可怜的乖乖，因为你总是看到别的姑娘活得光鲜亮丽，而你却一年到头地转啊转。噢，要是我能像安排我的女主角一样为你安排好一切该多好！你长得漂亮，人又好，我就安排一位阔亲戚给你留下一大笔意外之财。这样你的腰杆就粗了，就可以对那些曾经瞧不起你的人嗤之以鼻，去国外逍遥，然后以某个贵妇人的身份荣归故里，珠光宝气，仪态万方。”

“现如今人们不会遇到这样的好事了，男人辛苦工作，女人为钱嫁人，没有公平可言。”梅格尖刻地说。

“我和乔出去为你们大家挣钱，你们只需要等上十年，到时候就看我们的吧。”艾米说。她正坐在角落里做泥塑，汉娜称她捏的那些水果啊、马啊、人脸啊为“泥巴派”。

“我等不及了，再说我对墨水和泥巴也没有信心，虽然我很感激你们的好意。”

梅格叹口气，再次转过身面对着寒霜覆盖的花园。乔也叹了口气，手肘支在餐桌上，一副无精打采的模样。艾米拍打泥巴的动作却很欢快。坐在窗边的贝丝笑着说：“马上就要来喜事了，而且是两件。一件是妈咪从街上过来了，另一件是劳里穿过花园走了过来，好像有好消息要讲。”

马奇太太和劳里都走了进来。马奇太太像往常一样问道：“姑娘们，有爸爸的信吗？”劳里则连哄带劝地说：“有没有人想去兜风啊！我刚才一直在做数学题，脑子都变成糨糊了。想出去溜一圈，提提神。虽然天气不好，但空气并不差。我打算送布鲁克回家。马车外面可能冷，但里面很舒适。来吧，乔，你和贝丝愿意去吗？”

“当然愿意。”

“不胜感激，不过我很忙。”梅格拿出了针线篮。她已经答应妈妈，最好少跟劳里乘马车出去。

“我们三个马上就准备好。”艾米嚷着，跑开去洗手。

“我能为你做什么，母亲大人？”劳里用和平时一样关切的眼神和语气俯身问坐在椅子上的马奇太太。

“不用，谢谢。不过如果你愿意，去一趟邮局吧，孩子。今天该有我们的信，但邮差还没出现。爸爸一向像太阳一样守时的，不过也可能是信件在路上耽搁了。”

刺耳的门铃声突然响了起来，打断了马奇太太的话。不久，汉娜拿着一封邮件走了进来。

“是一封吓人的电报，太太。”汉娜说。她手捏电报的样子仿佛是担心它会爆炸或造成其他严重后果。

听到“电报”两个字，马奇太太站起来一把抓了过去。她压住内心的慌乱读了两行，一下子跌坐进椅子里，脸色变得煞白，就仿佛那张薄薄的小纸片向她的心脏发射了一颗子弹。劳里急忙为她倒了杯水，梅格和汉娜搀扶着她，乔用颤抖的声音大声读道：

马奇太太，

你丈夫得了重病。速来。

华盛顿布兰克医院

S·黑尔

他们屏住气息听着，房间里变得极其安静。奇怪的是，外面的天光也突然暗淡下来，整个世界仿佛发生了什么变化。孩子们围在妈妈身边，感觉就像生命中所有的愉快和依靠都要被带走了。马奇太太很快恢复了镇定，又把电报读了一遍。她伸出双臂抱住女儿们，用一种令她们永远难忘的语气说：“我马上动身，但也许太晚了。噢，孩子们，孩子们，帮妈妈渡过难关吧！”

有一阵子，屋子里只能听到啜泣声，混杂着断断续续的安慰之语、体贴的承诺，还有轻轻的鼓励，但鼓励者的声音越来越低，最后以眼泪收场。老汉娜是第一个恢复理智的人，她在不经意间用自己的人生智慧为他人带了个好头。因为对她来说，工作是治疗所有痛苦的灵丹妙药。

“上帝会留住大好人的！我不能只顾着哭了，得抓紧给你准备行李，太太。”她真诚地说道，而后用围裙擦干眼泪，用她那温暖有力的手握了一下女主人的手，走开去干活了。真是一人顶三人。

“汉娜说得对，现在不是悲伤的时候。冷静下来吧，孩子们，让我想想下一步该怎么做。”

她们就努力冷静下来，可怜的小东西！她们的妈妈坐直了身子，面色虽然苍白，但很平静。她收起悲伤，开始着手为一家人考虑下一步的计划。

“劳里去哪里了？”马奇太太理清思路，决定了当务之急后问。

“我在这里，太太。安排我做些事情吧！”劳里急忙从隔壁房间走出来。他刚才是特意回避的，因为他觉得刚才那悲伤的一幕对这家人来说太神圣了，虽然他是她们的朋友，也不便目睹。

“去拍一封电报，就说我立刻动身。下一班火车明早发车。我就乘那班车。”

“还有别的吗？马已经备好了，我哪儿都可以去，什么都能干。”劳里看起来像准备飞到地球另一端去。

“去给马奇婶婆送封短信，乔，给我笔和纸。”

乔从她刚誊抄好的文稿上撕下空白的边缘，把小桌拉到妈妈跟前。她清楚，这次漫长而伤心的旅途的所需费用得向别人借，只要能为爸爸看病的费用添点儿钱，她觉得做什么事都可以。

“去吧，宝贝，骑马要当心，别像疯了似的。没必要那样。”

马奇太太的嘱咐显然被劳里当成了耳旁风，因为五分钟后就见他快马加鞭从窗外一闪而过，速度快得像是在逃命。

“乔，你去车间跑一趟，告诉金太太我不能去上班了。路上买这些东西，我记在纸上，都是必需品，我得做好护理你爸爸的准备。医院的商店总是不太好。贝丝，去向劳伦斯先生讨要几瓶陈年葡萄酒来。为了爸爸，我也顾不了面子了。不管什么我都会给他最好的。艾米，让汉娜把那个黑色行李箱取下来。梅格，过来帮我找我的东西，我现在有些犯糊涂。”

写信、思考、指挥，突然同时做这些事情有可能会把这个可怜的妇人搞糊涂。梅格求她去她卧室里安静一会儿，把工作交给她们来做。大家像被狂风吹起的落叶一样四散开去。这封电报如同邪恶的符咒，把这个安宁祥和的家庭破坏了。

劳伦斯先生和贝丝一起匆匆赶过来，这位善良的老先生为病人带来了所有他能想到的好东西，他还许下了最友好的承诺——母亲不在时由他来保护孩子们。这让马奇太太倍感安慰。他愿意把一切贡献出来，甚至包括他自己的睡衣以及他本人当护送。但后者是不可能的，路途遥远，马奇太太不能让老先生遭那样的罪。然而，他说出心意后，马奇太太的表情看起来有所放松，毕竟焦虑是旅行之大忌。他注意到了马奇太太表情的变化，粗眉毛蹙了起来，搓了搓手，急匆匆地走了，说一会儿再来。后来，谁也没顾上再想起他，直到梅格一手拿双胶鞋，另一只手端杯茶，在门口突然撞见了布鲁克先生。

“听到这个不幸的消息我很难过，马奇小姐。”他用温和安静的语气说。梅格正心神不定,这样的声音听起来很顺耳。“我来是想当你母亲的护送人。劳伦斯先生委托我去华盛顿处理事务，我万分乐意为马奇太太效劳。”

梅格扔下胶鞋，茶杯也差点儿跟着掉在地上。她伸出一只手，脸上流露出无尽的感激，让布鲁克先生觉得，他只做出这么点小小的牺牲，得到的报偿却多得多。

“你们个个真是太好了！妈妈一定接受的。我相信，知道有人照顾她，我们也可以放心了。万分感谢！”

梅格说得很真诚，把自己全然忘了，直到在那双棕色眼睛的提示下，她才想起已经变凉的茶。她领着他进入客厅，说去喊妈妈。

等到劳里拿着马奇婶婆的一封信返回后，一切都安排妥当了。信封里装着马奇太太需要的钱，还有一封短信，说的还是老太太过去经常重复的那几句话，大意是她早就提醒她们不该让马奇家的男人去参军，她早预料不会有好结果，希望她们下次能接受她的建议。马奇太太把纸条扔进火中，把钱装进衣袋，继续做临行前的准备。她紧咬双唇，如果乔在现场，就会明白是怎么回事。

短短一下午眼看过去了。所有其他杂事都办完了，梅格和妈妈忙着做必要的针线活，贝丝和艾米在备茶，汉娜砰砰啪啪地完成了熨烫工作，但乔还没回来。大家开始担忧起来，因为没人知道乔脑子里会想出什么怪念头。劳里出去找她，却错过了她。她进来时的表情十分古怪，开心、担心、满意、遗憾，种种表情掺杂在一起，让一家人感到困惑不解，同样让大家困惑不解的还有她放在妈妈面前的一卷钱。她说话时声音有些哽咽：“这是我为爸爸康复、安全归来做的贡献。”

“我的乖乖，你从哪里弄来的钱？二十五块！乔，你没做什么冒失的事吧？”

“没有，确实是我自己的。我没讨、没借，也没偷。是我挣来的。我想你不会责怪我的，因为我只是把自己的东西卖了。”

乔说着就摘下了帽子，这个动作引起一片惊呼声，因为她一头浓密的长发不见了。

“你的头发！你的漂亮头发！”“噢，乔，你怎能这样？这可是你的一大亮点啊！”“亲爱的，你不需要这样的。”“她看起来不像我的乔了，但我会因此更爱她。”

大家感叹着，贝丝温柔地抱着乔被剪成了短发的脑袋，乔装出一副满不在乎的神态（这丝毫骗不了任何人），揉乱棕色灌木丛似的头发，努力表现出喜欢的样子。她说：“不要哭了，贝丝，这又不会影响国家命运，反而对我改掉虚荣的毛病有好处。我太为我的长发得意了，剪掉这个‘拖把’有益智作用，现在我的头脑感到特别轻松和冷静。理发师说不久后我可以做个平头烫，那种发型既有男孩气，又时尚，还容易打理，所以我很满意。妈妈，你就收下这笔钱吧，然后我们吃晚饭。”

“给我讲讲经过吧，乔。我不是太满意，但我不能责怪你，因为我知道，你为了深爱的爸爸牺牲掉你所说的‘得意之物’，完全是心甘情愿的。不过，话又说回来，宝贝，你没必要这么做。我怕过段日子你会后悔的。”马奇太太说。

“不，我不会的！”乔回答，她感到轻松不少，毕竟妈妈没怎么责怪她的胡来。

“你怎么想起来这么做的？”艾米问，她认为剪掉自己的一头秀发就等于割掉脑袋。

“唔，我急于想为爸爸做些什么，”乔说，此时她们正围坐在餐桌边，身体健康的年轻人即使在烦恼当头时也有胃口，“我和妈妈一样不喜欢向别人借钱，而且我知道马奇婶婆又要唠叨。哪怕问她借九分钱，她也会这样。而梅格的季度工资都用来付房租了，我挣的钱都用来给自己买衣服了，因此我感到特别自责，一定要想办法赚些钱，哪怕把鼻子从脸上割下来去换钱。”

“孩子，你不必自责。你没有冬装，只是用你辛苦赚的钱买了几件最便宜的衣服而已。”马奇太太说话时的眼神温暖了乔的心。

“一开始我一点儿也没想起来把头发卖掉，只是边走边琢磨我能做什么，就差要冲进某个有钱的店主那里抢了。在一家理发馆的橱窗里，我看到了标着价位的长辫子，其中一条黑辫子标价四十块，看上去还不如我的头发厚实呢。这样，我才突然想到我有一样东西可以用来换钱。于是，我毫不犹豫地冲进了理发馆里，问他们是不是收购头发，我的头发能换多少钱。”

“我想不通你怎么敢让人剪掉头发。”贝丝用敬畏的语气说。

“店主是个小个子，头发抹得油光发亮，似乎就为这事活着。一开始他只是瞪大眼睛望着我，大概是不习惯看到女孩子突然冲进来问他买不买她的头发。他说不喜欢我的头发，因为颜色不是流行色，而且他从来没出很高的价钱购买头发，要经过大量加工后才能卖出好价钱，等等。天越来越晚了，我担心如果不当机立断，这笔生意就会泡汤，而且你们也知道，我一旦开始做一件事，就不会放弃，所以我就求他买下我的头发，还告诉他我为什么这么着急。我知道这样做很犯傻，却让他改变了主意。因为我的情绪变得相当激动，讲得语无伦次，碰巧他妻子听到了，她非常和气地说：‘买下吧，托玛斯，帮帮这个小姑娘。我也愿意为我们的吉米把头发卖掉，如果我还有头发可卖的话。’”

“吉米是谁？”艾米问，她喜欢问些节外生枝的问题。

"她说是她儿子，现在也在部队里，这样的事情能拉近陌生人之间的距离，是不是？她丈夫给我剪头发的过程中她一直在讲儿子的事情，成功地转移了我的注意力。"

"第一剪你感到害怕了吗？"梅格提问时打了个寒战。

"趁那人准备工具时我看了我的头发最后一眼，然后就再也不想了。我从不会为这种小事哭鼻子的。不过，我得承认，看到自己心爱的头发放在桌子上，我感觉怪怪的，再摸摸头，只有又短又糙的发根了。那种感觉就像是被卸掉了一只胳膊或一条腿。那个老妇人发现我盯着我的头发看，就从里面给我挑了一绺长发留存。妈妈，我把它送给你，只是为了纪念过去的辉煌。我感觉短发就很舒服，我想今后不会再留长发了。"

马奇太太把那绺打着波浪的栗色长发折好，和另一绺灰色短发一起放进了书桌抽屉里。虽然她只说了句"谢谢你,宝贝"，但她脸上的神情让姑娘们转移了话题，尽量去聊些快乐的事情：布鲁克先生是个大好人；明天是个好天气；等爸爸回家养病时一家人在一起该是多么开心。

十点钟了，大家都毫无睡意。马奇太太做完了最后一件活儿，说："来吧，姑娘们。"贝丝走到钢琴前弹奏起爸爸最爱听的一首圣歌。大家跟着唱起来，一开始表现得都很勇敢，但唱着唱着就撑不下去了，最后只剩下贝丝自己在全心全意地唱着，因为对她来说，音乐就是最好的安慰剂。

"上床睡觉吧，不许再聊天，明天要早起，因此今晚必须保证充足的睡眠。晚安,宝贝们！"圣歌弹奏完毕,马奇太太说，因为没人有心思再尝试唱第二首。

姑娘们安静地吻别妈妈，悄无声息地睡觉去了，仿佛亲爱的爸爸就躺在隔壁房间里。尽管大难当头，贝丝和艾米仍然很快就睡着了。但是梅格睡不着，她在进行着有生以来最严肃的思考。乔静静地躺着，梅格以为妹妹睡着了，直到她听到了一声压抑的抽泣，还摸到了一张湿润的面颊，于是惊呼道：

“乔，宝贝，怎么了？你是为爸爸的事情哭吗？”

“不，现在不是。”

“那是什么？”

“我的——我的头发！”可怜的乔放声大哭，为了压抑激动的情绪，她把头埋进枕头里，结果是徒劳。

梅格一点儿也不觉得这很可笑，她用最温柔的方式安抚着痛苦的女英雄。

“我并不后悔，”乔哽咽着辩解，“如果明天还有机会，我仍然会这么做。只是我身上那个虚荣分子冒了出来，非要哭一哭。不要告诉任何人。现在都过去了，我以为你睡着了，所以才自私了一下，为我的一大亮点哭两声。你怎么也没睡着？”

“睡不着，我非常担心。”梅格说。

“想想愉快的事情，很快就会入睡的。”

“我试了，反而感觉更清醒了。”

“你都想到什么了？”

“英俊的面孔——尤其是眼睛。”梅格说，一边在黑暗中暗自发笑。

“你最喜欢什么颜色的眼睛？”

“棕色的——有时候喜欢，蓝色的也很漂亮。”

乔哈哈大笑，梅格厉声命令她停止说话，然后又好声好气地答应为她把头发烫成卷儿，接着就进入了甜美的梦乡。

子夜的钟声敲响了，房间里寂静无声。一个身影轻手轻脚地从一张床移到另一张床，扯平这张床上的被子，放好那张床上的枕头，又驻足而立，温柔地凝视每一张熟睡的面孔，把嘴唇凑上去吻一下，无声地为她们祝福，用母亲独有的方式为她们作最热烈的祷告。她撩起窗帘，向阴沉沉的黑夜望去，月亮突然从云层后面钻了出来，像一张和蔼可亲的明晃晃的面孔，把光辉洒在她身上。它似乎在和她耳语：“请放心，亲爱的人！云层总是遮不住光明。”

第十六章　信件

冷飕飕的清晨，天色灰蒙蒙的，姐妹们点亮灯，比以往更加急切地读着她们的小书，现在真正的困难已经降临了，小书里充满了帮助和鼓励。她们穿衣服时，商量好要和妈妈高高兴兴、充满希望地告别，不要让妈妈带着她们的泪水和抱怨伤心地起程，她本来就已经心急如焚了。她们来到楼下时，感到一切似乎非常陌生——外面是那么朦胧和安静，里面却灯光明亮、热火朝天。时辰尚早，现在吃早饭似乎感觉怪怪的。汉娜戴着睡帽在厨房里奔走忙碌，连她那张熟悉的面孔看起来都有些陌生。那只大行李箱已经放在过道里整装待发了。妈妈的披风和帽子放在沙发上，妈妈本人正坐在餐桌边力图吃下几口饭，但因为缺乏睡眠和过度焦虑，脸色看上去是那么苍白和憔悴。姑娘们发现很难遵守她们事先的约定。梅格想克制自己，可眼睛里不知不觉就盈满了泪水。乔不止一次被迫把脸埋进餐巾里，两个小女孩脸上挂着严肃和痛苦的表情，仿佛悲伤对她们来说是一种新体验。

大家都没多说什么，但是当告别的时间越来越近，她们等待马车到来的时候，姑娘们把妈妈团团围住，一个给她围好围巾，另一个给她戴好帽子，第三个给她套上套鞋，第四个给她系好旅行包。这时妈妈说：

“孩子们，我把你们交给汉娜和劳伦斯先生照看。汉娜一贯忠诚，而我们的好邻居会像保护自己的孩子一样保护你们。我不担心你们，但希望你们能正确面对这次不幸。我不在家时不要悲伤和焦急，也不要通过虚度光阴、自我放纵去寻求安慰。要照常工作，因为工作是最好的安慰剂。永怀希望，保持忙碌，不管发生什么，记住一点，你们不会没有父亲的。”

“是的。妈妈。”

“梅格，宝贝，要多加小心。看管好妹妹们，多向汉娜请教。遇到问题就去找劳伦斯先生。要学会忍耐，乔，不要灰心或去做鲁莽的事情，常给我写信，做个勇敢的女孩，当好姐姐的帮手，多给大家加油打气。贝丝，难过时就弹弹琴，唱唱歌，把家里的小活儿做好。还有你，艾米，尽你所能去帮助姐姐们，要听话，安心在家待着。”

“我们一定做到，放心吧！妈妈！”

由远及近的马蹄声惊动了她们，她们站起来静静聆听。那是十分艰难的一刻，但姑娘们表现得都很棒，没有人哭鼻子，也没有人跑开或者唉声叹气。当她们让母亲把祝福捎给爸爸时，心里沉甸甸的，因为她们担心她们的祝福送得太迟了。她们静静地吻别妈妈，深情地拉着她的手。当马车出发时，她们强颜欢笑地和妈妈挥手告别。

劳里和爷爷也过来给马奇太太送行了，布鲁克先生看起来身体很结实，人又通情达理、心地善良，女孩子们当场给他取了个外号：心宽先生。

“再见，我的宝贝们！上帝会保佑我们，留下我们的！”马奇太太小声说，一一吻别那一张张可爱的小脸，匆匆钻进马车。

滚滚车轮驮着马奇太太渐渐离去，太阳也冉冉升了起来。她回头望去，看到金灿灿的阳光洒在门前的一群送行者身上，像是在预示好兆头。她们也看到了阳光，露出了笑容，使劲地挥手。当马车转过街角时,她最后看到的是四张灿烂的面孔，她们身后站着劳伦斯老先生，俨然她们的保镖，还有忠诚的汉娜和可爱的劳里。

“大家对我们太好了！”她转头对身边的年轻人说，在他脸上发现了恭敬和同情的表情，对此更加深信不疑。

“我不明白她们是怎么忍住不哭的。”布鲁克先生笑着说。他的笑非常具有感染力，马奇太太也不由自主地笑了。他们就这样带着吉兆上路了：阳光、微笑和欢声笑语。

两个邻居回家吃早饭，留下姑娘们在家休息和调整心情。“我感觉像发生了一场地震。”乔说。

“好像半座房子都空了。”梅格幽幽地说。

贝丝想张口说话，却什么也说不出，只是用手指着放在妈妈桌上的一堆修补得很漂亮的长筒袜，这说明妈妈即使在临行前的紧张时刻，还一心想着她们，还在为她们做活儿。这虽说只是小事，却如一股暖流直抵她们的心田。尽管她们下定决心要勇敢起来，可还是集体崩溃了，哭成一团。

汉娜很明智，她没有劝阻她们，而是让她们把悲伤尽情地释放出来。当“雨过天晴”的迹象出现时，她提着咖啡壶来救驾了。

“好了，亲爱的小姐们，记住你们的妈妈的话。不要愁，都过来喝杯咖啡吧，然后投入工作，为全家增光。”

咖啡是难得的享受，再说这次汉娜使出了绝活儿，把咖啡煮得很香。无人能抵挡她的盛情邀请以及咖啡壶嘴里冒出的诱人的香味。她们聚拢在桌前，把手帕换成了餐巾，十分钟后愁云便消散了。

"'满怀希望，保持忙碌。'这是我们的座右铭，让我们看看谁记得最牢。我要照常去马奇婶婆家。噢，但愿她不要再给我训话了。"乔呷了几口咖啡，恢复了精神头。

"我要去金先生家，尽管我很想待在家里料理家务。"梅格说，心里但愿自己没变成红眼圈。

"不用你在家。我和贝丝能把家打理得妥妥帖帖。"艾米郑重地说。

"汉娜会交代我们怎么做，等你们回家时我们会把所有事情都做好的。"贝丝说，当即拿起了拖把和洗碗盆。

"我觉得焦虑蛮有意思的。"艾米说，一边忧郁地吃着糖。

姑娘们不由得笑起来，心情也好受多了，梅格对这个只能从糖罐里找安慰的小妹妹无奈地摇摇头。

看到煎饼后乔的表情再次变凝重了。当姐妹俩走出家门去上班时，她们伤心地回头向那个总是能看到母亲的脸庞的窗口望去。现在妈妈的脸庞消失了，但贝丝记得这个小小的家庭仪式，她的脸出现在窗口，像一颗红润的橘子，冲她们远远地点着头。

"贝丝妹妹真善解人意！"乔说，一边感激地冲她挥动着帽子。"再见，梅格，但愿金家今天不会太折磨人。别为爸爸担心，亲爱的。"姐妹俩分手之际，乔说。

"但愿马奇婶婆不要唠叨个没完。你的头发很时尚，看起来既潇洒又漂亮。"梅格说，一边尽量忍住不发笑，因为妹妹肩宽个高，把留着一头短短卷发的脑袋衬托得又小又滑稽。

"这是我唯一的安慰。"乔把手举到帽檐来了个"劳里式"

敬礼后就走开了，看起来像一头在冬天被剪了毛的绵羊。

从爸爸那里送回来的消息让姑娘们备感欣慰。尽管马奇先生病得很重，但在两个最优秀、最体贴的护理人员的精心照看下，他的病大有起色。布鲁克先生每天都要发来一封快信。作为临时家长，梅格坚持每封信亲自读给大家听。一个礼拜下来，这已经成了生活中的一大乐趣。一开始，每个人都急于写回信，写好后由其中一个姑娘小心翼翼地把装得鼓鼓囊囊的信封塞进邮筒里，她们都为担任华盛顿信使一职感到荣幸。因为信封里装的信各具特色，我们在此就一一展开赏读一番：

亲爱的妈妈：

你上一封信带给我们的快乐是用语言所无法描述的。这真是一大好消息，我们都忍不住开怀大笑，喜极而泣。布鲁克先生真是个好人！多亏劳伦斯先生的事务让他逗留在华盛顿这么久。他对你和爸爸太有帮助了。妹妹们表现得都很乖巧。乔帮我做针线活，辛苦活儿抢着做。幸亏我知道她的“道德冲动”长不了，才不至于担心她劳累过度。贝丝对待工作像闹钟一样守时，她从不会忘记你叮嘱她的话。她很为爸爸担心，总是满面愁容，除了坐在她的小钢琴前以外。艾米很贴心，我也特别照顾她。她自己梳头扎辫子，我教她锁扣眼，补长筒袜。她学得很努力，你回来时一定会为她的进步感到开心的。劳伦斯先生像老母鸡护小鸡一样护着我们——借用乔的比喻。劳里非常热心友好。因为你不在身边，我们有时感觉就像孤儿，心情特别郁闷，这时劳里和乔就设法逗我们开心。汉娜是个大圣人，她从不训斥我们，总是称我“玛格丽特小姐”，你知道，这种称呼很给人面子。她也很尊敬我。我们都很好，很忙碌，但日夜盼着你回来。把我最深情的爱送给爸爸，相信我吧！

永远属于你的梅格

这是一封用娟秀字体写在香味扑鼻的信纸上的信，和第二封信形成了鲜明对比。第二封信用的是狂草，写在一大张进口薄纸上，上面点缀着点点墨迹、各种花式字体和拖着长长尾巴的字母。

亲爱的妈咪：

为亲爱的爸爸欢呼三声，布鲁克真是好样的，每天准时发来快信，让我们随时了解爸爸的病情。一收到邮件我就跑到阁楼上，试图感谢上帝对我们如此眷顾，可是我只会哭着说："我太高兴了！我太高兴了！"这是不是和真正的祷告效果一样呢？因为我在心里是祷告了无数次的。我们的日子过得很有趣味，我现在很开心，因为每个人都好得不得了，大家就像生活在一个温暖的斑鸠窝里。梅格现在是家里的总管，总试图摆出一副长姐如母的架势，你要是看到她的样子一定会发笑。她一天比一天漂亮，我有时都会爱上她。两个妹妹表现得都像大天使。而我呢——唔，我是乔，还是老样子。噢，我得向你坦白一件事，我差点儿和劳里大吵一架。我把一个傻念头告诉了他，他听了很生气，我的想法没错，只是表达方式不对。他怒气冲冲地回家了，说我要是不道歉他就再也不来我们家了。我说那是不可能的，而且气得要死。我们僵持了一天。我感到心情糟透了，特别想念你。我和劳里都太骄傲了，很难向对方低头认错。但我想他最终会回心转意的，因为那不是我的错。结果他并没有来。晚上，我想起艾米落水那次你对我说过的话。我读了那本小书，感觉好受了些，决心不带着怒气过夜，就跑去找劳里道歉，竟然在门口和他撞了个满怀，他也是为同一目的而来。我们一笑泯恩仇，相互请求谅解，又和好如初了。

昨天我帮汉娜洗衣服时，胡编了一首小诗。因为爸爸喜欢我写的小玩意儿，我就放进来逗他开开心。把我最深情的拥抱送给他，也替我好好吻一下你自己。

马大哈乔

肥皂泡之歌

我是洗衣女王，快乐地歌唱，
看那洁白的泡沫高高泛起；
我用力揉搓衣服，再漂洗、拧干；
挂起晾晒，
衣服在新鲜空气中随风轻舞，
天上晴空万里。

但愿我们能洗净心和灵魂中
过去一周留下的污渍，
让水和空气施展魔法，
把我们变得纯洁如斯；
地球上就会真正出现，
一个光荣的洗衣日！

沿着一条有意义的生命之路，

愿三色堇四季常开；
忙碌的头脑无暇顾及
悲哀、担心和忧愁；
焦虑也许会一扫而光，
在我们勇敢地挥舞笤帚的时候。

有活儿做真开心，
每天忙东忙西，
劳动带来健康、力量和希望，
我要愉快地说——
“头用来思考，心用来感受，
而手呢，就是要不停地干活！”

亲爱的妈妈：

信封空间有限，只够我把爱送给你们了。奉上几朵干三色堇花，是从我为爸爸种的那株三色堇上采摘的。我每天都读书，努力做个好孩子，晚上唱着爸爸喜欢听的圣歌入眠。但我现在不唱《天国》了，因为一唱就哭。大家都很友好，没有你在，我们尽量过得开心。艾米要用剩下的信纸，我得搁笔了。我没有忘记把置物架盖好，坚持每天给钟表上发条，给房间通风。

替我吻一下爸爸的脸颊吧。噢，一定要早日回到你亲爱的孩子们身边。

小贝丝

亲爱的妈妈：

我们都很好，我每天做功课，从来不和姐姐们起“冲动”，梅格说我的意思是起“冲突”，我就把这两个词都用上吧，你看哪个合适就是哪个。梅格很关照我，每天晚上用茶点时都让我用果酱。乔说这样能让我保持好心情。劳里还是把我看成小孩，对我不够尊重，我已经十多岁了，他还管我叫“黄毛丫头”。当我像海蒂·金那样用法语说“多谢”和“你好”时，他就故意叽里咕噜地说很快的法语刺激我。我的蓝裙子的袖口都磨破了，梅格给我换上了新的，但是整个袖口都很别扭，显得比裙子颜色深。我心情很糟，但没有发火，因为我的承受力变好了，但我希望汉娜能给我的围裙多加些浆，每天都用荞麦粉。她能这么做吗？这个问号用对了吧？梅格说我的标点符号和拼写太丢人，我很惭愧。可是，天哪，我有那么多事情要做，实在停不下来。再见，把我无尽的爱意送给爸爸。

你心疼的小女儿

艾米·柯蒂斯·马奇

亲爱的马奇太太：

我写信是想告诉你我们都很好。姑娘们聪明能干。马奇小姐有望成为一名好管家，她对这方面感兴趣，学本领的速度快得惊人。乔事事领先，但不会事先盘算，谁也说不准她会突然弄出什么名堂来。星期一她洗了一大盆衣服，但是没等拧干就上浆了，还把一条粉色棉布裙子染成了蓝色的，差点儿没把我笑死。贝丝表现得最乖，又勤俭又可靠，是我的好助手。她什么都想学，还能像大人一样去市场上买东西呢。在我的指点下，她还学会了记账。到现在为止，我们的开支都很节俭。按照你的意思，我每周只让姑娘们喝一次咖啡，坚持吃粗粮。艾米没有发牢骚，吃穿都不挑。劳里先生还像往常一样喜欢胡闹，经常把家里折腾得底朝天。但他能让姑娘们开心，我就由着他们折腾。老先生送来很多东西，简直让人心烦，但他心意是好的，我不宜多说什么。面包面要发了，我不再啰唆。向马奇先生问好，希望他早日告别肺炎。

汉娜·莫莱特敬上

二号病房的护士长：

拉帕汉诺克河畔很平静，军队状态良好，军粮供应部指挥得力。由特迪上校带领的保安队忠于职守。总指挥劳伦斯每天检阅部队。军需官莫莱特负责维持军营秩序。狮子上校负责夜间执勤。收到来自华盛顿的佳音后，我军特鸣放二十四门礼炮祝贺，总部还举办了阅兵典礼。总指挥致以最美好的祝愿。

特迪上校同祝

亲爱的女士：

小姑娘们都很好。贝丝和我孙子每天都向我汇报。汉娜是个模范佣人，像龙一样守护着美丽的梅格。所幸天气一直晴好。请吩咐布鲁克为你效劳。倘若开支超出预算，务必告知我。不要让你的丈夫有什么短缺。感谢上帝他正在康复。

你真诚的朋友和仆人

詹姆斯·劳伦斯

第十七章　忠实的小姑娘

一周来，马奇家的老房子里美德四溢，足以惠及邻里。每个人似乎都拥有一颗圣人的心，忘我之风盛行，简直令人称奇。但是，当她们为爸爸的头一阵担忧解除后，姑娘们不知不觉地稍稍有所松懈，开始故态复萌。她们并没有忘记自己的座右铭，但是“满怀希望，保持忙碌”似乎变得越来越容易做到。在付出了巨大的努力后，她们感到这种努力应该换来一个假期，于是大休特休起来。

乔忘了把剪成了短发的脑袋包好，结果患了一场感冒，遵命在家休养，因为马奇婶婆不喜欢听患感冒的人的读书声，这很合乔的心意。她把家里从阁楼到地下室翻了个底朝天，之后躺在沙发上捧着书本聊以自慰。艾米发现家务活和艺术不能同时兼顾，又回头做她的“泥巴派”了。梅格每天照常外出做家庭教师，回来时做针线，或者说她自以为在做，但其实大量时间都耗在了给妈妈写长信上，或者翻来覆去地读华盛顿那边来的邮件。只有贝丝一如既往，只是偶尔偷懒或忧伤一下。

她每天不仅忠实地完成分给自己的琐碎家务活，还把姐妹们忽略的很多工作也都做了，但家依旧像一个缺了根针的闹钟。每当她为思念妈妈或担心爸爸而变得心情沉重时，她就躲进壁橱里，用一件熟悉的旧睡袍蒙住脸，偷偷哭泣，默默祷告。没人知道“风雨”过后她是怎么振作起来的,但大家一致认为，贝丝是那么和善，那么友好，因此遇到小事都习惯找她寻求安慰或让她出主意。

没人意识到这种经历其实是对品格的考验，当最初的躁动过去之后，她们都觉得自己做得很好，应该受到表扬。事实也的确如此，她们的错误在于没有贯彻始终。这导致了后来的诸多焦虑和遗憾，给了她们一个很好的教训。

“梅格，希望你能去胡默尔家看看，妈妈嘱咐我们不要忘了她们。”马奇太太离家十天后，贝丝说。

“我太累了，今天下午就不去了。”梅格说，她正舒舒服服地躺在摇椅上做针线。

“你能去吗，乔？”贝丝问。

“我感冒了，顶不住那么大的风。”

“我觉得你的感冒好得差不多了。”

“和劳里出去玩是没问题的，但还不能去胡默尔家。”乔笑着狡辩道，同时为自己的前后矛盾微微感到羞愧。

“你为什么不自己去呢？”梅格问。

“我每天都去，但是那个小婴儿病了。我不知道该怎么办。胡默尔太太要外出工作,由洛特照看小婴儿。他病得越来越重，我想你或汉娜应该去看看。”

贝丝说得很急切，梅格答应明天去。

“让汉娜备些小点心拿过去,贝丝。户外空气对你有好处。”乔说，又带着歉意补充说，“我很想去，但是我的故事还没写完。”

“我头痛，还感到浑身无力，你们看看谁能过去一下。”贝丝说。

“艾米一会儿就回来，她可以替我们跑一趟。”梅格提议。

因此贝丝就在沙发上躺下来，梅格和乔继续做自己的事情，把胡默尔家的事情抛到了九霄云外。一小时过去了，艾米还没回来，梅格走进房间去试穿新衣服了，乔沉浸在自己的故事中，汉娜在厨房里的炉火前呼呼大睡。贝丝轻手轻脚地裹上头巾，用篮子为那几个可怜的孩子装了些吃的，头脑昏昏沉沉地走进凛冽的寒风中，那双善于隐忍的眼睛里流露出一丝哀愁。她很晚才回来，没人留意她爬到了楼上，把自己关进妈妈的房间里。半小时后，乔去妈妈的小房间找东西，才看到小贝丝坐在药箱上，双眼通红，神色黯然，手里拿着个樟脑瓶。

“老天爷啊！你怎么了？”乔惊呼。贝丝朝她摆摆手，示意她不要靠近，并急急地问道：“你得过猩红热，是吗？”

“很多年前得过。梅格传给我的。怎么了？”

“我告诉你吧，乔。婴儿死了。”

“什么婴儿？”

“胡默尔太太的。她还没回来，婴儿就死在了我怀里。”贝丝哭着说。

“可怜的乖乖，这对你来说太可怕了！我应该去她家的。”乔说着，在妈妈的大椅子上坐下来，满脸悔恨地把妹妹搂在怀里。

“不可怕，乔，只是太让人伤心了！我看到那会儿他的病情在加重，洛特说她妈妈去喊医生了，我就替洛特抱着婴儿，让他休息一会儿。婴儿好像睡着了，突然他轻轻哭了一声，抖了一下，然后就一动不动了。我试着给他暖脚，洛特喂他牛奶喝，但他毫不动弹，我就知道他死了。”

“不要哭，宝贝！你接着又是怎么做的？”

“我只是坐在那里，轻轻抱着孩子，直到胡默尔太太带着医生赶来。医生说婴儿已经死了。海因里希和胡娜的嗓子也发痛，医生看了看，生气地说：‘是猩红热，太太，你应该提前叫我的。’胡默尔太太说家里穷，就尝试着自己给婴儿治病，结果误了病情。现在她只好求他把其他孩子的病治好，指望好心人捐钱好付给他报酬。医生笑了，变得和气了些。但是这种场面太悲惨了。我正和他们一起哭着，医生突然转身让我赶紧回家服颠茄片，不然就会得猩红热。”

“不，你不会得的！”乔大惊失色，紧紧抱着她喊道，“噢，贝丝，你要是病了，我永远不会原谅自己。我们该怎么做？”

“不要害怕，我想我病得不重。我已经把妈妈书里写的和我的症状对照了，书上说猩红热最初的症状是头疼、嗓子疼、浑身不舒服，就像我现在这样。所以我就服了些颠茄片，感觉好受了些。”贝丝把冰凉的手放在发烫的额头上，强打精神说。

“要是妈妈在家该多好啊！”乔哀叹道。她抓起那本书，感觉到华盛顿仿佛遥不可及。她读了一页，看看贝丝，摸摸她的头，又仔细瞧瞧她的喉头，然后郑重其事地说：“你这一个多礼拜天天去看婴儿，还和那几个即将患病的孩子在一起。贝丝，我担心你也会被传染上。我去叫汉娜来看看，她对各种病都了解。”

“不要让艾米过来，她没得过猩红热，我不能传染给她。你和梅格还会再得吗？”贝丝担心地问。

“我想不会得了。不要管我，得了也活该。我太自私了，派你去胡默尔家，自己却待在家里写一堆垃圾。”乔嘟嘟囔囔地说着，急忙去找汉娜。

汉娜一听，睡意全无，立刻赶了过来。她安慰她们说不必担忧，人人都会得猩红热，只要治疗得当，没人会死——这些话乔通通信以为真，松了口气，两人又一起去喊梅格。

“我来告诉你们我们该做什么。”汉娜查看了贝丝的身体状况，又问了她几个问题，说，“我们得去请班斯医生，小乖，只是让他给你看看，确保万无一失。然后再把艾米送到马奇婶婆家避避，以免被传染。你们两个人留下一个在家里陪贝丝一两天。”

“当然我得留在家里，毕竟我是老大。”梅格说。她现在又担忧又懊悔。

“还是我留在家里吧，贝丝生病全怪我。我答应过妈妈去胡默尔家的，可是没去。”乔坚决地说。

“你想让谁留下来，贝丝？一个人就够了。”汉娜说。

“请乔留下吧。”贝丝一脸满足地把头靠在乔的身上，这就解决了谁留下的问题。

“我去告诉艾米。”梅格说。虽然贝丝的选择让她感到有点儿受伤，但实际上松了口气，因为她不喜欢侍候病人，而乔喜欢。

艾米的反应很过激，情绪激动地宣布她宁愿得猩红热，也不去马奇婶婆家。无论梅格是给她讲道理，还是苦苦哀求，或者发号施令都无济于事。艾米就是不肯去。梅格陷入绝望，丢下她去找汉娜求助。她还没回来，劳里已走进客厅，发现艾米正用坐垫蒙着脑袋抽泣。艾米向劳里讲述了事情的经过，希望得到他的安慰。但劳里只是把手插在衣兜里，轻轻吹着口哨在房间里踱来踱去,眉毛凝成一团苦苦思索着。没过多久,他就在艾米身边坐下来，用甜言蜜语哄劝道:“做个通情达理的小妇人，照她们安排的去做。不要再哭了。我想出一个绝妙的计划。你听听如何。你只管去马奇婶婆家。我每天带你出去，赶马车兜风或者散步。我们一定会很开心。这岂不是比在这里擦地好？”

“我不愿像一块绊脚石似的被打发走。”艾米委屈地说。

“上帝保佑,孩子,这是为了你好啊。你不想染上病,是吧？”

“是的，我确定不想染上，但我想会染上的，因为我整天和贝丝泡在一起。”

“所以你才应该立刻躲出去，这样你就能逃脱了。我想换换空气，小心预防对你会有好处的。即使不能完全避免，你也不会病得很重。我建议你尽快离开，因为猩红热可不是闹着玩的。小姐。”

“但待在马奇婶婆家太无聊了，她的脾气又那么古怪。”艾米愁眉苦脸地说。

“你不会无聊的。我每天都会去告诉你贝丝的情况，带你出去玩。那个老太太喜欢我，我会尽量哄她开心。这样一来，不管我们做什么，她都不会挑刺了。”

“你愿意带我乘帕克赶的马车吗？”

“我以绅士之名发誓。”

“每天都来？”

“那是肯定的。”

“贝丝一好就带我回家？”

“不差一分一秒。”

“真去看戏？”

“去很多次，如果有的话。”

“那么——我猜——我愿意。”艾米缓缓地说。

“好姑娘！快叫梅格，告诉她你屈服了。”劳里赞成地在艾米的脑袋上拍了拍，这个动作比“屈服”一词更让艾米讨厌。

梅格和乔冲下楼看刚刚发生的奇迹。艾米答应，如果医生说贝丝生了病，她就去外面躲躲，她感觉自己很了不起，像做出什么重大牺牲似的。

“小乖乖怎么样？”劳里问。贝丝是他最喜欢的小姑娘，他表面上看起来很镇静，但心里的担心要多得多。

“她在妈妈床上躺着呢,感觉好些了。婴儿的死让她很难过，但我觉得她只是患了感冒。汉娜也这么认为。但贝丝满面愁容，把我弄得也心神不宁。”

“这日子太煎熬了！”乔说，她心烦意乱地揉皱一头短发，“一波未平,一波又起。妈妈不在身边,我就总觉得没着没落的，像漂浮在大海上。”

“好了，别把自己弄成一副刺猬的模样。现在不流行这种发型。把头发弄平吧，乔。告诉我要不要给你妈妈拍电报，或者做其他事情。”劳里说。他对乔失去一大亮点之事始终耿耿于怀。

“这也是让我苦恼的问题,”梅格说,“我想如果贝丝真病了，我们就应该告诉妈妈。但汉娜说我们不能这么做，因为妈妈不能离开爸爸，告诉她只能让她干着急。贝丝不会病太久的，汉娜知道该怎么做。妈妈让我们听汉娜的，我想我们必须听她的，但我又觉得不大对劲儿。”

“唔,我也说不好。要不等医生来看过以后问问我爷爷吧。”

“我们会问的。乔，快去请班斯医生。”梅格吩咐道，“医生不来我们什么也定不了。”

“待在原地不要动，乔。跑腿的事都交给我吧。”劳里说着就抓起了帽子。

“我怕你太忙了。”梅格说。

“不忙，我已经做完了今天的功课。”

“你假期还学习？”乔问。

“我的邻居给我树立了好榜样，我这是跟她们学的呀。”劳里边说边飞奔而出。

“我很看好我的小伙子。”乔微笑着目送劳里飞过篱笆，赞成地说。

“他做得确实很不错——对于一个男孩来说。”梅格的回应不太热情，因为她对这个话题不感兴趣。

班斯医生来了，说贝丝有猩红热症状，但病情很轻。不过，当他听了胡默尔家的事情之后，表情变得十分凝重。艾米被命令立刻回避，医生给她开了一些预防药物带着。艾米在乔和劳里的护送下，隆重地出发了。

马奇婶婆以平时的待客之道接待了她们。

“你现在是怎么打算的？”她问，眼睛从镜片上方严厉地盯着他们。鹦哥站在她椅背上大叫——

“走开。不许男孩过来。”

劳里退到窗边，乔讲了事情的经过。

“我早料到会这样，跟那些穷鬼打交道就会落得这个下场。艾米如果没生病，可以留下来帮忙做事。不过我确定她会生病——现在看起来就像。不要哭了，孩子，我讨厌听人吸鼻子。”

艾米眼看要哭了，劳里偷偷扯了扯鹦哥的尾巴，吓得它大喊一声：“保佑我的靴子！”它的模样太滑稽了，艾米破涕为笑。

“你妈妈那边有什么消息？”老太太板着脸问。

“爸爸好多了。”乔尽量用严肃的口气说。

“哦，是吗？我想应该好景不长，马奇家的男人都短命。”马奇婶婆愉快地断言。

“哈哈，永远别说死，闻闻鼻烟，再见，再见！”鹦哥尖叫着，在椅背上跳个不停。劳里扯扯它的尾巴，它便把爪子伸向了老太太的帽子。

“闭嘴，你这个不懂规矩的破鸟！乔，你最好马上回家。这么晚了，还和一个傻小子四处瞎逛，成何体统啊！”

“闭嘴，你这个不懂规矩的破鸟！”鹦哥喊道，从椅背上跳下来，跑去啄那个“傻小子”。劳里被逗得大笑不止。

“我想我要受不了了，但我会尽力的。”剩下艾米只身一人和马奇婶婆待在一起时，艾米想。

“走开，胆小鬼！”鹦哥尖叫起来。听了这句骂人的话，艾米忍不住抽泣起来。

第十八章　暗无天日

贝丝确实得了猩红热。只有汉娜和医生清楚，她的病情比姑娘们料想的要严重得多。姑娘们对这种病一无所知。医生不允许劳伦斯先生过来探望，因此所有事情都由汉娜做主。班斯医生虽然很尽力，但他太忙了，只好把很多事情交给汉娜这个好护士。梅格怕把病传染给金家，就留在家里料理家务。她给妈妈写信时，对贝丝的病情只字未提，为此她感到焦虑不安，而且有些愧疚。她认为不该瞒着妈妈，可是妈妈嘱咐她听汉娜的话，而汉娜不想让马奇太太为这点小事担心。乔日夜看护着贝丝，这项工作并不算太辛苦，因为贝丝很坚强，能忍则忍，从不乱发脾气。但是一旦发高烧，她就会变得嗓音沙哑，断断续续地说胡话，在被子上模拟弹琴的动作，好像那是她心爱的小钢琴。她还试图用肿胀的喉咙唱歌，却发不出任何声音。有些时候她连周围熟悉的面孔都认不出来了，喊错她们的名字，还可怜巴巴地要妈妈。这种时候乔就会感到特别恐惧。梅格请求汉娜允许她写信告诉妈妈真相，汉娜也动摇了，答应“会考虑的，尽管还没有危险”。一封来自华盛顿的信如同雪上加霜，信里说马奇先生的病情出现了反复，近来不可能出院回家。

这样的日子多么黯淡无光啊，屋子里是多么冷清凄凉啊！

姑娘们怀着沉重的心情在劳作中期待着，而死亡的阴影正笼罩着这个曾经快乐的家庭！看看玛格丽特！她孤零零地坐着，泪水时常滴落在手中的针线活上。她现在才意识到，她曾经是那么富有，拥有爱、呵护、宁静、健康，这些都是真正的天赐之福，再多金钱也买不来。再看看乔吧！她守在那间昏暗的屋子里，眼前是饱受疾病折磨的小妹妹，可怜巴巴的声音总在她耳边回响。她终于发现了贝丝天性美好善良，赢得了大家的喜爱，在每个人心目中占据着一席之地。她也意识到了，贝丝的可贵之处在于无私为他人奉献，凭着那些人人都能拥有的朴素美德，为家人带来快乐。那些美德胜过才干、财富和美貌，值得受到所有人的珍爱和重视。寄人篱下的艾米特别渴望回家，渴望为贝丝工作。她现在感觉到为家人服务不累也不苦，贝丝的一双助人为乐的手替她做了多少她忘记做的工作啊！想到这里她就感到悲伤和懊悔。劳里每天都光顾，像个躁动不安的鬼魂。劳伦斯先生把大钢琴锁了起来，因为他害怕触景生情，一看到钢琴就会想起小女孩在黄昏里为他弹琴的情景。每个人都想念贝丝，送奶工、面包师、杂货店老板、肉店老板都询问她的状况。可怜的胡默尔太太来了，请她们原谅她的疏忽，顺便为米娜讨了块裹尸布。邻居们送来了各种安慰和美好祝愿，甚至那些最了解贝丝的人也吃惊地发现，这个腼腆的小姑娘朋友真多啊！

与此同时，贝丝躺在床上，身边仍放着她的布娃娃乔安娜，即使在她神志恍惚的时候，也没忘记她那些可怜的布娃娃。她也很想念她的猫，但是因为怕把病传染给它们，就不许它们靠近。神志清醒的时候，她反倒为乔担心。她还给艾米写信送去问候，让姐姐们转告妈妈，她不久就会给妈妈写信的，还时常央求要铅笔和纸，硬撑着写几句话，免得爸爸认为她不惦记他。可是，不久她的病情进一步恶化，连这些断断续续的清醒时刻也没有了。她躺在床上，辗转反侧，嘴里说着胡话，要么陷入昏睡状态，要么醒来时依然精神恍惚。班斯医生每天来看两次，汉娜负责夜晚的看护。梅格拟好一封电报放进抽屉里，随时准备寄走。乔守在床边寸步不离。

十二月一日对她们来说是真正的寒冬，寒风呼啸，大雪纷飞,仿佛这一年在为自己的末日唱着挽歌。上午班斯医生来了，他久久地观察着贝丝，用两只手攥住她滚烫的小手握了几分钟，轻轻放下后，他低声对汉娜说:“要是马奇太太能从丈夫身边脱开身，最好现在通知她回来。”

汉娜只是点头，因为她的嘴唇抖个不停，说不出话来。梅格跌坐进椅子里，好像全身的力量一下子被掏空了。乔脸色变得煞白，呆立了一分钟，冲进客厅，抓起电报，穿上披风，就冲进了暴风雪中。她很快就回来了，正默默地脱着披风，劳里拿着一封信来了，说马奇先生已经度过了危机。乔感激地读着信，但是压在心头的重担并没有减轻。看到她满脸痛苦的样子，劳里急忙问:“出什么事了？贝丝情况不好吗？”

“我已经通知妈妈了。”乔边说边耷拉着脸撕扯着鞋带。

“好样的，乔！这件事是你自己做主的吗？”劳里问。他扶乔在过道椅子上坐下来，帮她脱下靴子，这才发现她的手抖得有多厉害。

“不，是医生让我们这么做的。”

“噢，乔，不至于那么糟糕吧？”劳里吃惊地问。

“非常糟糕。她都不认识我们了，甚至连绿鸽子群，也就是墙上的那些葡萄藤的话题也不提了。她看起来一点儿也不像我的贝丝了。没人来帮我们承受这种痛苦。爸爸妈妈都不在身边，上帝好像太遥远，我找不到他。”

可怜的乔此时已是泪流满面，她无助地伸出手，似乎在黑暗中摸索。劳里把那只手抓进自己手里，哽咽着对乔耳语:“我在这里呢，抓住我吧，乔，亲爱的！”

乔说不出话来，但她的确“抓住了”那只友好的手，它传递的温暖抚慰了她痛苦的心。劳里本想说些体贴和宽慰的话，但想不出合适的词，所以就那么默默无语地站着，轻轻抚摸着她低垂的头，像她妈妈过去常做的那样。他这么做最合适，比任何动听的语言更能抚慰人心。乔感受到了无声的同情，在默默无语中体会到了爱化解悲伤时带来的甜蜜的安慰。眼泪让她感觉好受些，她很快擦干眼泪，抬起头感激地说：

“谢谢你，特迪，我现在感觉好些了，不那么绝望了。如果悲剧发生，我会尽量承受。”

“尽量往好处想，这会对你有好处的，乔。你妈妈很快就回来了，那时一切都会好起来的。”

“很高兴爸爸病情好转。这样妈妈离开爸爸时也不会太难过。噢，天哪！真好像是所有麻烦都接踵而至，而我肩上的担子有千斤重。”乔叹了口气，把湿手帕摊在膝盖上晾干。

“梅格不管吗？”劳里愤慨地问。

“管，她也很尽力，但是她对贝丝的感情不如我深，不像我那么怕失去她。贝丝就是我的心肝，我不能放弃她。不能！不能！”

乔用湿手帕蒙住脸，绝望地大哭起来。先前她一直勇敢地挺着，从不轻易掉眼泪。劳里也伤心得说不出话来，只是用手擦着眼睛。后来，他终于把堵在嗓子眼的哽咽压了回去，控制住了颤抖的双唇。尽管哭哭啼啼的显得太女孩气，但是他由不得自己。过了一会儿，乔安静了下来，劳里充满希望地说："我想她不会死的。她太好了。我们都很爱她。我不相信上帝现在就要把她带走。"

"好人不长命。"乔嘀咕着，但是在朋友的劝慰下，她已经停止了哭泣，尽管她自己仍有怀疑和担心。

"可怜的丫头，你累坏了。悲观绝望不是你的风格。放松一下吧，我马上就能让你打起精神来。"

劳里一步两个台阶地向楼上冲去。乔把疲惫的头靠在贝丝的棕色小帽上，自从小主人把帽子放在这里以后，还没人想起过动它。这帽子一定具有某种魔力，小主人温和恭顺的性格似乎进入了乔的体内。当劳里举着一杯葡萄酒下来时，乔微笑着接过来，勇敢地说："我喝下去——为我的贝丝的健康干杯！你是一名良医，特迪，也是一位非常贴心的朋友。我该如何报答你呢？"乔一饮而尽，葡萄酒让她恢复了体力，正如友善的言辞安抚了她痛苦的精神。

"以后我把账单送来，你替我支付。今晚我要给你看样东西，它比葡萄酒更能温暖你的心。"劳里冲她粲然一笑，脸上洋溢着难以抑制的满足。

"是什么？"乔问，好奇心让她一时间忘记了悲痛。

"我昨天就给你妈妈发了电报，布鲁克回电说她立刻回来，今晚就能到家，这样一切都好了。我这么做你高兴吗？"

劳里语速飞快地讲着，刹那间兴奋得脸颊发红。因为担心姑娘们失望或者伤害贝丝，他的计划一直是秘密进行的。乔的脸色变得煞白，他刚一讲完，她就从椅子上跳了起来，扑过去搂住他的脖子，发出快乐的欢呼："噢，劳里！噢，妈妈！

我太高兴了！”这一举动让劳里像受到电击似的一惊。她没有再流泪，而是狂笑起来，浑身颤抖着，死死抓住朋友的手，好像被这个突如其来的消息弄得失控了。

尽管劳里对此感到吃惊不小，但是表现得相当镇定。他安抚地拍拍乔的背，发现她正平静下来，就腼腆地吻了吻她，这让乔一下子清醒了过来。她一手抓住楼梯扶手，一手把他轻轻推开，气喘吁吁地说："噢，不要这样！这不是我的本意，我太可怕了。只因为你不顾汉娜的反对，去拍了电报，所以我才身不由己扑向你的。快给我讲讲，别再给我喝葡萄酒了，酒让我失态。"

"我不介意，"劳里笑着说，伸手摆正领带，"你知道，我和爷爷都为贝丝的病担心。我们认为汉娜在越俎代庖。你妈妈应该知道这件事，万一贝丝有个三长两短，她永远不会原谅我们的，所以我就说服了爷爷，跟他提出我们不能再坐等了。昨天，我看到医生的脸色特别阴沉，就提议给你妈妈发电报，汉娜一听差点儿把我的脑袋拧下来。我最受不了"受人摆布"，汉娜的态度让我下了决心，然后就行动了。你妈妈一定会回来，我知道，晚班火车是凌晨两点到。我去接她，你只需管好你自己，不要大喜过望，安顿好贝丝，静候尊贵的母亲大人的到来。"

"劳里，你真是个天使！我怎么谢你呢？"

"再扑到我身上吧，我喜欢这样。"劳里开着玩笑。他已经有两周没开过玩笑了。

"不，谢谢你，我要通过你爷爷这个代理人做这件事。不要再开玩笑了，赶紧回家休息吧，因为你得半夜起床。上帝保佑你，特迪，上帝保佑你！"

乔刚才已经退到了墙角，对劳里说完那番话后，她一头扎进厨房，在一个碗柜上坐下来，对着一群围在身边的猫说："我好高兴啊，特别高兴！"与此同时，劳里心满意足地告辞了，觉得这件事情自己干得漂亮。

"没见过这么好管闲事的小伙子，不过我可以原谅他，因为我的确希望马奇太太立刻回来。"当乔公布了这个好消息后，汉娜明显松了口气。

梅格心里也很欢喜，但表面上很镇静，把那封信看了一遍又一遍。乔整理了病房，汉娜煎了些饼，怕万一有客人来访。房间里宛如一阵清风拂过，一种比阳光更灿烂的东西照亮了安静的房间。一切似乎都发生了可喜的变化。贝丝的鸟儿又开始唱歌了，窗台上艾米种的玫瑰有一朵正含苞待放。炉火燃烧得也似乎特别欢快。两个女孩只要碰面，必定会相互拥抱，苍白的脸庞绽放出微笑，小声鼓励对方："妈妈就要回来了，宝贝！妈妈就要回来了！"人人都兴高采烈，除了贝丝以外。她躺在床上，陷入昏睡中，好像既感受不到希望和欢乐，也觉察不到怀疑和危险。这是一副楚楚可怜的景象——曾经红润的面颊变得毫无血色，曾经忙碌的双手变得虚弱无力，曾经含笑的嘴唇变得呆滞，曾经梳得整整齐齐的秀发变得枯槁凌乱。她一天到晚就这么躺着，只是偶尔醒来喃喃地喊着："水！"嘴唇干得几乎连这个词也说不出来了。乔和梅格终日围着她转，她们在观察，在等待，在盼望，在祈祷，把希望寄托在上帝和妈妈身上。一整天雪一直在下，风声呼啸，时间在慢慢流逝。夜幕终于降临了。每当时钟敲响时，分坐在病床两侧的两姐妹都会眼神一亮，相互看看，因为时间每过去一小时，就意味着救援近了一步。医生已经来看过了，说半夜时分很可能就会见分晓，贝丝要么熬过去，要么没救了，到时候他再来。

汉娜累坏了，躺在床头沙发上很快睡着了。劳伦斯先生在客厅里踱来踱去，他现在宁愿去面对叛军的炮台也不愿面对马奇太太走进家门时脸上挂着的焦虑神情。劳里躺在地毯上假装休息，但一直若有所思地盯着炉火，黑色眼眸显得愈发清亮柔和。

姑娘们永远不会忘记这个夜晚，她们毫无睡意，一颗心始终悬着，那种无能为力的可怕感挥之不去。遇到这种时刻我们都会有这种感觉啊。

“如果上帝放过贝丝，我今后再也不抱怨了。”梅格热切地低声发誓。

“如果上帝放过贝丝，我会一生爱他，侍奉他。”乔同样热切地回应。

“要是没有心就好了，现在痛得难受。”过了一会儿梅格感叹道。

“如果生活总是这么艰难，我不知道我们怎么才能熬过去。”妹妹失望地继续说道。

钟敲了十二下，姐妹俩一心关注着贝丝，把自己都忘了。她们似乎觉得贝丝苍白的脸庞发生了一丝变化。房间里仍然死一样岑寂，只有呜呜的风声打破了深沉的寂静。疲倦的汉娜还在熟睡中，除了姐妹俩，无人看到似乎有一个白色幽灵落到了贝丝的小床上。一小时过去了，除了劳里悄悄去车站接人外，什么事也没发生。又一小时过去了——仍然没有人来。可怜的姑娘们产生了种种担心：火车因大雪延误了；路上出了交通事故；最可怕的是，华盛顿那边出事了。

凌晨两点已过，乔站在窗边望着铺天盖地的大雪，心想，这个世界是多么晦暗啊！这时她听到床边传来一点儿动静，猛地转过头，看到梅格捂着脸跪在妈妈的安乐椅边。可怕的恐惧感倏地传遍她全身，让她浑身一激灵，心想："贝丝死了，梅格不敢告诉我。"

她立刻回到自己的位子上，激动地发现贝丝身上似乎发生了很大的变化：发烧引起的潮红和痛苦的表情消失了，那张可爱的小脸安静地睡着，看起来是那么苍白和安详，让乔不想再哭泣或悲伤。她向最亲爱的妹妹俯下身子，深情地吻着她潮湿的额头，轻轻地说："再见，我的贝丝，再见！"

汉娜好像被这个动静惊醒了，她醒过来，冲到床边，摸摸贝丝的手，又凑过去在她嘴唇上听了听，突然向摇椅上一坐，把围裙甩过头顶，前后晃动着身子，压低嗓子欢呼着："烧退了，她睡得很香，身上在出汗，呼吸也正常。感谢上帝！噢，天哪！"

没等姑娘们接受这个幸福的事实，医生就赶到了，并证实了这件事。他用慈父般的眼神望着她们，笑着说："没错，亲爱的孩子们，我想这次小姑娘挺过来了。注意保持安静，让她好好睡一觉，当她醒来时，给她——"他虽然是个相貌平凡的男人，但此刻在她们眼里显得如此超凡脱俗。

她们该给什么，两人都没听到，因为没等医生说完她们就悄悄来到了漆黑的过道里，在台阶上坐下来，紧紧拥抱在一起，满心的话不知如何开口。之后她们回到床边，又和忠实的汉娜亲吻拥抱，发现贝丝像往常一样躺在那里，脸颊枕在手上，可怕的苍白消退了，呼吸均匀，仿佛只是睡着了。

"要是妈妈现在到家多好啊！"乔说。冬夜正在悄然离去。

"看，"梅格拿着一朵半开的玫瑰走了进来，"我原以为要是贝丝——离开我们，这朵花明天放进贝丝手里时可能也开不了。没想到它竟然在今晚开放了，我现在就插进花瓶里。这样当亲爱的妹妹醒来时，最先看到的就是这朵小玫瑰花，还有妈妈的脸庞。”

梅格和乔熬过了漫长而悲伤的一夜。早晨，她们睁着疲倦的双眼眺望着窗外，发现日出格外壮丽，世界如此美好。

“真像个童话世界。”梅格站在窗帘后面，望着雪后绚丽夺目的景象说。

“听！”乔猛地站了起来。

是的，楼下响起一阵门铃声，还有汉娜的呼喊，然后是劳里快乐的低语：“姑娘们，她来了！她来了！”

第十九章　艾米的遗嘱

当家里发生上述事件时，艾米正在马奇婶婆家度日如年。她深深体会到寄居在外的悲哀，生平第一次意识到，在家时大家是多么宠爱她啊！马奇婶婆从来不宠孩子，因为她不赞成这样，但她是出于善意，不过这个守规矩的小女孩很讨她欢心。另外，年事已高的马奇婶婆在心里还是疼爱几个侄孙女的，尽管她认为这种事情不宜说出来。她确实在竭尽所能让艾米开心，可是，天哪！她犯了怎样的错误啊！有些老人尽管满头白发、满脸皱纹，但是有一颗年轻人的心，能够理解孩子们的喜怒哀乐，让他们无拘无束，懂得寓教于乐之道，用最巧妙的方式给予和获得友谊。但马奇婶婆没有这种才能。她用各种条条框框、死板的方法、冗长而单调乏味的说教把艾米折磨得痛苦不堪。发现这个小姑娘比她姐姐更乖巧可人，老太太就感觉自己有义务根除无拘无束的家庭氛围和溺爱给艾米带来的恶果。于是她就手把手地教艾米她自己六十年前学的东西。这只能让艾米苦不堪言，感觉像一只坠入蜘蛛网里的苍蝇。

她每天早晨要刷洗杯子，把老式银汤匙、圆肚银茶壶以及几面镜子擦得光可鉴人。接着再打扫房间。这是多么劳神的工作啊！一粒灰尘也逃不过马奇婶婆的眼睛。所有家具都有爪型腿脚和各种雕花，灰尘怎么也擦不净。然后还得喂鹦哥，给宠物狗梳毛，楼上楼下跑十来次——取东西或者传达指示，因为老太太腿脚不灵便，很少离开她的大椅子。做完这些乏味的活儿后，艾米必须做功课。这是每日对她的所有美德的一个考验。然后她才被准予一个小时的锻炼和玩耍时间。她是多么享受这一个小时啊！劳里每天都过来，用甜言蜜语哄老太太开心，直到她准许艾米和他一起出去玩、散步或乘马车，这时艾米才可以放松一下。午饭后，她要给老太太读书听，在老太太打瞌睡时安静地坐着，通常一坐就是一小时，因为她刚开始读第一页时老太太就犯迷糊了。接下来是针线活，艾米要一直缝到黄昏，虽然她外表上很顺从，内心却在反抗。直到用茶时间，她才可以自由玩耍。晚上是一天中最难熬的时候，因为马奇婶婆喜欢讲她年轻时的故事，这在艾米听来特别乏味，总想躲开去睡觉，打算为自己的苦命哭一场，但往往没挤一两滴眼泪就睡着了。

要不是劳里和女仆埃斯特，艾米觉得她不可能熬过这段痛苦的时光。光鹦哥就够她心烦意乱了。这只鸟儿很快发现艾米不喜欢它，就尽其所能通过各种恶作剧来报复艾米。艾米一靠近它，它就扯她的头发；艾米刚把笼子刷干净，它就故意打翻它的面包和牛奶，以此折磨艾米。它还趁老太太打瞌睡时用嘴啄狗，让狗狂吠，甚至还当着客人的面骂艾米，总之无论从哪方面都表现得令人深恶痛绝。艾米还无法容忍那只狗——一个又肥胖、脾气又暴躁的家伙。当艾米给它洗澡时，它就冲她龇牙咧嘴地咆哮。想要东西吃时就四腿朝天躺在地上耍赖，这个动作它每天都要做十多次。厨师脾气很坏，老马车夫耳朵背，埃斯特是唯一关心这个小女孩的人。

埃斯特是法国人，她跟随“太太”（她用的是法语）已经很多年了。老太太离开她，日子就没法过，因此埃斯特对老太太相当“专制”。她真名叫埃斯特拉，但马奇婶婆命令她把名字改了，她就服从了，但提出一个条件，那就是不能改变她的宗教信仰。她喜欢上了“小姐”（她用法语这么称呼艾米）。当艾米和她坐在一起看她整理太太的花边时，她就给艾米讲她在法国遇到的有趣经历，这让艾米很开心。她还允许艾米在大房间里到处参观，欣赏存放在大衣柜和旧箱子里的各种稀奇漂亮的玩意儿，因为马奇婶婆爱好收藏。艾米最喜欢看的是一个印度匣子，里面到处是古怪的抽屉、小分类架和各种暗道和机关，装满了各种各样的首饰，有些很昂贵，有些只是稀奇，多多少少都有些年头了。摆弄这些玩意儿给艾米带来巨大的满足感，尤其是珠宝盒子，天鹅绒衬垫上静卧着各种首饰：一对马奇婶婆初入社交场合时戴的石榴石套件，出嫁时她父亲送给她的珠宝，情侣钻戒，墨黑的哀悼戒，发卡，式样古怪的盒式挂链，里面装着亡友的肖像和用头发做的小枕头。这些首饰四十年前曾装点过一个美人。还有她的独生女小时候戴的婴儿手镯、马奇伯伯的大怀表和一个货真价实的印章，上面留下了多少孩子的指纹。马奇婶婆的婚戒单独放在一个盒子里，现在她那粗胖的手指已经戴不上了，但还是和其他珍贵的东西一样小心翼翼地珍藏着。

“如果让小姐来挑选，你喜欢挑哪一样？”当艾米摆弄这些首饰时，埃斯特总是坐在一边盯着，并把贵重物品锁好。

“我最喜欢钻戒，可惜这里面没有项链。我喜欢漂亮的项链。如果可能，我挑这一个。”艾米艳羡地望着一串黄金乌木珠链说，链子下面挂着一个同样质地的沉甸甸的十字架。

“我也喜欢那个，但不想用来做项链。啊，不，对我来说它就是一串念珠，作为一个虔诚的天主教徒，可以用它来做祷告。”埃斯特渴望地看着那串美丽的珠子说。

“你是打算把它和那串你挂在窗玻璃上的香木珠串一样使用吗？”

“是的，祷告时用。如果用这么精美的念珠做祷告，而不是作为一种虚有其表的饰物佩戴在身上，圣徒们一定会高兴的。”

“你好像从祷告中得到很多安慰啊，埃斯特。每次你祷告完毕下楼时，都显得特别平静和满足。我希望我也能这样。”

“如果小姐是天主教徒，就能从中得到真正的安慰。但既然不是天主教徒，如果每天去冥想和祷告一会儿，也有好处。我在侍奉太太之前侍奉的那个好小姐就是这样的。她摆了个小圣堂，遇到烦恼时就能从中得到安慰。”

“我这么做也行吗？”艾米问，她在孤独寂寞中感到需要某种帮助，而且她发现没有贝丝在身边提醒她，她快把自己的小书给忘了。

“这是个好主意，如果你喜欢，我乐意把那间小更衣室给你布置一下。别和太太提这件事，她睡着的时候，你就可以进去坐一会儿，念叨一下自己的心愿，祈求仁慈的上帝保佑你姐姐平安。”

埃斯特是个真正虔诚的教徒，也是真心实意提出这个建议的，因为她宅心仁厚，能深切体会姑娘们的忧愁。艾米喜欢这个主意，就让她把卧室隔壁的那间小更衣室布置了一下，希望对自己有好处。

“我纳闷，马奇婶婆死后这些漂亮的首饰都送到哪里呢？”

艾米慢吞吞地把闪光的珠串放回原处，把珠宝盒一一关上。

“给你和你姐姐。我知道的，太太给我透漏过。我看过她的遗嘱，就是这么写的。”埃斯特笑着悄声说。

“太好了！我多希望她现在就给我们啊！拖延可不是好事。”

“小姑娘戴这些东西还为时过早。第一个订婚的姑娘会得到这些珍珠——太太说的。另外，我猜你回家时，那颗绿松石小戒指会送给你，因为太太很喜欢你，觉得你又乖巧又可爱。”

“真的吗？如果能得到那颗漂亮的戒指，我一定做个乖孩子。这比吉蒂·布赖恩特的戒指漂亮多了。我还是很喜欢马奇婶婆的。”艾米喜形于色地试戴了一下戒指，决心把它争取到手。

从那天起艾米就成了一个典型的乖乖女，老太太欣赏着自己的训练成果，颇为自得。埃斯特在那间小室里摆了一张小桌子，桌前放了张脚凳。桌子上方挂着一幅画，是埃斯特从其中一间平时锁着门的屋子里取的。她认为这幅画没有多大价值，但因为画面合适，她就借了过来，她很清楚太太永远不会知道这件事，就算知道也不会太介意。然而，她有所不知，这是一幅世界名画的珍贵摹本，画的是圣母。艾米的一双爱美的眼睛永不疲倦地望着那张恬静的脸庞，各种美好心愿汇集于心。她把她小小的圣约书和赞美诗集放在桌上，旁边放着一个花瓶，里面插着劳里给她采摘的最漂亮的玫瑰。她每天都进来“独坐片刻，想想美好心愿，祈求仁慈的上帝保佑姐姐”。埃斯特送给她一串挂着银十字架的黑色珠串，但是艾米不确定这个珠串是否适合新教徒用，所以并没有用它，只是挂了起来。

小姑娘对这件事表现得非常虔诚。离开了安全温暖的家，独自寄居在外，她强烈地感觉到需要有一双善意的手拉她一把，因此就本能地对那位强大而慈爱的朋友产生了信任，这个朋友用慈父般的爱拥抱着他的孩子们。虽然没有妈妈帮助她理解和约束自己，但有人已经给她指了方向，她就努力找到那条路，并坚定地迈开了步伐。但是，艾米毕竟是个年轻的朝圣者，现在她身上的担子相当重。她努力忘掉自我，保持乐观心态，乐于做好事，虽然没人看到她的表现，或为此表扬她。在她努力想完善自我的时候，她决定立一个遗嘱，就像马奇婶婆那样，这样如果她生病死去了，她的财产就能公正慷慨地分给其他人。在她眼里，她的这些家当和老太太的首饰一样珍贵，一想到要放弃它们，她就一阵心痛。

她费尽心思，利用一小时的玩耍时间拟出了那份重要文件。对于一些法律术语，埃斯特帮她把了关。之后，这个热心的法国女人又签上了自己的大名。艾米如释重负，把遗嘱收了起来等着给劳里看，想让劳里当遗嘱的第二位见证人。因为那天下雨，她就爬到楼上，抱着鹦哥在一个大房间里玩。房间里有一个大衣柜，里面装满了旧式戏服，埃斯特让她随便穿着玩。这是她喜欢的娱乐活动之一。她身披褪了色的织锦，在高高的镜子前走来走去，郑重其事地行屈膝礼，把长长的衣摆弄得簌簌作响，觉得这种声音十分悦耳。那天她玩得太专注了，既没有听到劳里的门铃声，也没有留意他在探头探脑地往里看。只见她头上顶着一大块粉色头巾，手中挥舞着扇子，摇头晃脑、煞有介事地踱着方步。那块粉色头巾和蓝色织锦上衣以及黄色棉裙子形成了鲜明对比。因为穿着高跟鞋,她走路不得不小心翼翼的。正如劳里后来跟乔描述的一样,那副情景太滑稽了:她身着华服忸怩前行,鹦哥摇摇摆摆地紧随其后,全力以赴去模仿她,偶尔停下来大笑一声或高喊:"我们这不是很好吗?继续走,胆小鬼!闭嘴!亲我一下,乖乖!哈!哈!"

劳里费了好大劲才忍住大笑,以免触怒女王陛下。他敲敲门,得到了女王的亲切接见。

"你先坐着休息一下,我把这些东西放好。然后我有个重要问题想咨询你。"展示完自己的光彩,并把鹦哥赶到角落里后,艾米说。"这只鸟就是我的索命鬼。"她接着说,一边从头上摘下那堆"红色小山丘",劳里则跨坐在一张椅子上。"昨天,婶婆睡着了,我尽量像耗子一样安静,鹦哥却在笼子里闹腾起来,所以我就把它放了出来,发现笼子里有一只大蜘蛛。我把它戳了出来,它却钻到了书架下面。鹦哥追到跟前,低头看着书架下面,翻着眼睛,模样滑稽地说:'出来散步呀,小乖。'我忍不住笑出了声,惹得鹦哥骂了起来,把婶婆吵醒了,训斥了我们俩一通。"

"蜘蛛接受那个老家伙的邀请了吗?"劳里打着哈欠问。

"是的,它钻了出来,可是把鹦哥吓得半死,仓皇逃窜到婶婆的椅子上。我去追蜘蛛,它就在一边大喊:'抓住它!抓住它!抓住它!'"

"她在撒谎!噢,劳里!"鹦鹉抗议道,啄了一下劳里的脚趾。

"如果你是我养的,我就把你的脖子拧断,你这个老东西。"劳里冲鹦鹉晃着拳头喊道。鹦鹉歪着脑袋,严肃地嘎嘎叫着:"哎呀呀!上帝保佑,乖乖!"

“好了。”艾米关上大衣柜，从口袋里掏出一张纸说，“请读读这上面的内容，看看有没有什么问题，是否合法。我觉得应该做这件事，因为人生无常，我不想死后留下什么遗憾。”

劳里咬住嘴唇，微微偏过身子斜对着这位多愁善感的朋友，带着值得赞赏的认真劲头，努力克服拼写上的错误，读起了以下的遗嘱：

我的遗嘱

我，艾米·柯蒂斯·马奇，在头脑清醒之际，将全部遗产作如下安排：

给父亲：我最好的绘画、素描、地图以及其他艺术作品，包括画框。另外赠与一百元任父亲自由支配。

给母亲：诚挚奉送我所有的衣服——带口袋的蓝围裙除外，以及我的相片和奖章。

给亲爱的姐姐玛格丽特：送上我的绿松石戒指（如果我得到的话）、那只上面画着鸽子的绿箱子、那条上好的花边丝巾，还有我给她画的肖像，以纪念她的“小女孩”。

给乔：我给她那个用蜂蜡修补过的胸针，以及我的铜墨水台——盖子被她弄丢了——还有我最珍爱的石膏兔子，因为我很后悔烧了她的小说。

给贝丝：（假如我先她而去）送上我的洋娃娃和小衣柜、扇子、亚麻布衣领和新拖鞋——如果她病好后脚变瘦的话。在此，我为过去取笑老乔安娜向她道歉。

给我的朋友和邻居西奥多·劳伦斯：赠与我的文件夹、泥塑马（虽然他说这匹马没有颈），以及他看中的任何一幅绘画作品（最好是《圣母玛利亚》），以报答他在我们遇到困难时给予的好心帮助。

给我们尊敬的恩人劳伦斯先生：留给他我那个盖子上镶镜子的紫盒子，可以用作漂亮的笔盒，还能让他记住那个对他心怀感激的辞世的小姑娘。多谢他对我们全家的帮助，尤其是对贝丝。

我希望最要好的伙伴吉蒂·布赖恩特获赠那条蓝绸缎围裙和我的金珠戒指，并奉上一吻。

给汉娜：给她那个她想要的装帽盒和我留下的全部拼布，希望她能睹物思人。

我所有最贵重的财产都已处理完毕，希望大家满意，不要责怪死者。我原谅所有人，并相信号角吹响时我们会见面的。阿门！

此份遗嘱已经加盖本人的手印，即日起生效。

公元一八六一年十一月二十日

艾米·柯蒂斯·马奇

见证人：

埃斯特拉·瓦尔诺

西奥多·劳伦斯

最后一个名字是用铅笔写的，艾米解释说劳里需要用钢笔重写一遍，再帮她把遗嘱妥善密封好。

“你是怎么想起立遗嘱的？有人告诉你贝丝要赠与她的东西了吗？”劳里看着艾米把一段红色绸带、封蜡、一根细蜡烛和一个墨水瓶摆在他面前，严肃地问。

艾米解释了缘由，担心地问：“贝丝怎么样了？”

“本不该提起贝丝的，但既然已经开始说了，就索性说完吧。一天，她病得特别重，就对乔说她想把小钢琴送给梅格，把猫送给你，把那个可怜的旧布娃娃送给乔。乔看在她的分上会爱那个布娃娃的。她说很抱歉，可赠与的东西太少了，只能给我们其余人赠送一绺头发，把最深情的爱送给爷爷。不过她从没想过立遗嘱。”

劳里一边说着，一边在遗嘱上签上名字，抹上封蜡。他一直没有抬头，直到一大滴眼泪砸落到了纸上。艾米的表情痛苦不堪，但她只是问道：“遗嘱上可以补充附言吗？”

“可以的。人们把这叫作‘补充遗嘱’。”

“那就给我加一条，我希望把所有卷发都剪下来分给我的朋友们。我刚才没想起来，但这是我的心愿，虽然这样做会毁掉我的容貌。”

劳里把这条加了进去，艾米的这个最后心愿和巨大牺牲令他为之一笑。然后他陪艾米玩了一个小时，耐心十足地听她讲各种磨难。临别之际，艾米拦住他，嘴唇颤抖着问：“贝丝真的很危险吗？”

“恐怕是这样，但我们得往好处想，别哭，乖。”劳里伸出一只手臂，像哥哥一样拥着艾米说，让艾米得到了极大安慰。

劳里走后，艾米走进那间小小圣堂，在黄昏为贝丝祷告。此时她泪流满面，心如刀绞，觉得如果失去可爱的小姐姐，再多的绿松石戒指也不能抚慰她的心。

第二十章　推心置腹

我想母女们见面的情景我就不必赘述了。这样的时刻很动人，但很难用语言描述，所以就留给读者充分发挥想象力吧。我只想说，房子里洋溢着真正的幸福，梅格的美好心愿也实现了。当贝丝从漫长的昏睡状态中苏醒过来时，首先映入眼帘的是那朵小玫瑰花和母亲的笑脸。她的身体仍然很虚弱，没有体力发出赞叹或欢呼，只是微微一笑，依偎在身边充满爱意的臂弯里，感觉到渴念的东西终于得到了满足。接着她又睡着了。那只瘦弱的小手在睡梦中还紧紧抓着妈妈的手不放，妈妈不忍心把它放下，只好靠姑娘们在旁边侍奉了。

汉娜为归来者做了一顿特别丰盛的早餐，因为她发现激动的心情唯有通过这种方式才能得以发泄。梅格和乔殷勤地给妈妈喂饭，拳拳孝心犹如乌鸦反哺，同时听着妈妈轻声讲述爸爸的病情。妈妈说布鲁克先生答应留在医院照顾爸爸，她归途中遇到大雪，延误了火车。她还说刚下火车时又累又急又冷，劳里那张充满希望的面孔给她带来了难以言表的安慰。

真是一个又奇怪又开心的日子啊！屋外银装素裹，分外妖娆，似乎全世界的人都出来迎接第一场雪了。屋子里一片安宁祥和，因为大家都在补觉，安息日特有的静谧笼罩着整座屋子。汉娜守在门边打瞌睡。梅格和乔有一种如释重负的幸福感，姐妹俩闭上了疲倦的双眼，躺着休息，宛如两艘遭遇了风暴袭击的船只，终于安全停靠在了安静的港湾里。马奇太太不愿从贝丝身边走开，就坐在那张宽大的安乐椅上小憩，不时醒来看看床上的小女儿，伸手摸一下，或是盯着她思索，俨然一个守财奴守着失而复得的珍宝。

与此同时，劳里又匆匆赶去安慰艾米，他把故事讲得太感人了，连马奇婶婆也抽了几下鼻子，而且一次也没有说："我早料到会这样。"艾米这次表现得特别坚强，我想可能那个小圣堂的作用初见成效了。她很快就擦干了眼泪，按捺住急于见母亲的愿望。当劳里称赞她像个"优雅的小妇人"，老太太也表示赞许时，她根本没想起来是因为手上的那个绿松石戒指。就连鹦哥似乎也有体会，称她为"好姑娘"，为她祝福，用最动听的嗓音请她"出来散散步，小乖"。她本来非常乐意去外面观赏雪霁初晴的景象，但发现劳里坐在椅子上睡着了（尽管他竭力掩饰这个事实，但还是露了马脚）。艾米说服劳里去沙发上休息，并利用这段时间给妈妈写了封信。这封信她写了很久，回来时发现劳里脑袋枕着双臂，睡得正香。而马奇婶婆拉下了窗帘，无所事事地坐着，显得特别和蔼可亲。

过了一阵子，劳里还没醒，她们想他可能要一觉睡到天黑了。如果不是艾米看到妈妈后发出的欢呼声把他吵醒，不知道他最终会不会如此。那天城里城外或许有很多幸福的小姑娘，但是没人能和艾米相比。她坐在妈妈腿上,讲述着自己的磨难，妈妈用赞许的微笑和温柔的爱抚去安慰她、补偿她失去的母爱。母女俩单独待在小圣堂里，艾米把设小圣堂的目的给妈妈做了解释，妈妈不反对她这么做。

"相反，我支持你这么做，宝贝。"马奇太太看看落了灰尘的珠串、翻破的小书和那幅用常青藤装点的美画。“当我们遇到烦恼或忧伤时，找个地方安静一下是个不错的主意。我们一生中会遇到很多困难时刻，但只要找对了方法，就能承受这些困难。我想我的小女儿就要明白这一点了。”

“是的,妈妈。回家时我打算把那个小房间的一角布置一下，摆上我的小书和我临摹的这幅画。我没画好圣母的面孔——这张脸太美了，我画不出来——不过圣婴画得比较好。我非常喜欢。我常想，耶稣曾经也是个小孩，这样我就感觉离他不那么遥远了，这对我大有帮助。”

当艾米指着圣母怀里幸福的小耶稣时，马奇太太看到了她举起的手上戴的一样东西，会心地一笑。她什么也没问，但艾米看懂了她的表情，过了片刻，她严肃地说:“我本来想跟你解释这件事的，可是一时忘了。今天马奇婶婆给了我这个戒指。她把我叫到跟前，亲了我一下，把戒指戴在了我手上。她说我让她感到骄傲，想一直把我留在身边。她把这个滑稽的护戒也给我戴上了，用来固定绿松石，因为绿松石太大了。我想都戴在手上，行吗，妈妈？”

“戒指确实很漂亮,但我想你年纪还小,不适合戴这些首饰，艾米。”马奇太太看着艾米胖乎乎的小手说。只见那只手的食指上戴着一圈天蓝色钻石，还有一个由两只相扣的小金手组成的护戒。

“我会努力戒除虚荣心的。”艾米说，“我想我不只是因为戒指漂亮才戴它，而是因为它会给我提醒，就像故事里那个戴手镯的女孩一样。”

“你的意思是马奇婶婆吗？”妈妈笑着问。

“不是，会提醒我不要自私。”艾米的态度显得极其热切和真诚，马奇太太止住笑声，认真听她的小小计划。

“最近我常常反思我的很多坏毛病，其中最大的一个毛病是自私，因此我会尽量去改掉这个毛病。贝丝不自私，所以人人都爱她，害怕失去她。如果我病了，人们就不会感觉那么难过，而且我也不配他们这么对我。但我也渴望有很多朋友喜爱我、怀念我，因此我会努力向贝丝学习。不过，我容易忘记我下的决心，但如果身边有东西时时刻刻提醒我，我想我会做得更好。我可以尝试一下这种方式吗？”

“可以，但我对你布置小房间角落的想法更有信心。你就戴着你的戒指吧，宝贝，尽力而为。我想你一定会有所进步，心诚则灵嘛。我得回到贝丝身边了。保持快乐，小丫头，我们很快就会接你回家的。”

那天晚上，当梅格给爸爸写信，汇报妈妈安全到家的消息时，乔悄悄上楼，走进贝丝的房间，发现妈妈正坐在老地方。乔默默地站了一会儿，用手指绞着头发，表情犹豫，忧心忡忡。

“什么事，乖乖？”马奇太太料想她一定有心里话要说，向她鼓励地伸出一只手。

“我想跟你说件事，妈妈。”

“关于梅格吗？”

“你猜得真准。就是关于梅格，虽然只是一件小事，却让我很烦。”

“贝丝睡着了，小点儿声，告诉我怎么回事。但愿不是莫法特家的那个又来纠缠了吧。”马奇太太严肃地问。

“没有，如果他来，我会把他拒之门外的。”乔说，一边在妈妈脚下的地板上坐下来。“去年夏天，梅格把一副手套落在劳伦斯家里了,结果只找回了一只。我们都没把这事放在心上。

后来，特迪告诉我是布鲁克先生拿走了另一只手套，他承认喜欢梅格，但是不敢向她表白，因为她年纪太小了，他自己又太穷。你看看，这是不是一件很可怕的事情？”

“你认为梅格喜欢他吗？”马奇太太担忧地问。

“我怎么知道啊！我对爱呀情呀之类乱七八糟的东西一无所知！”乔喊道，表情中既有几分好奇，又带着不屑，显得很滑稽。“小说里，姑娘们如果爱上了别人，就会脸红心跳、神思恍惚、形容憔悴、举止可笑。现在这样的事情梅格一样也没有，吃、喝、睡都很正常。当我提起那个人时，她也敢直视我的眼睛。只是当特迪拿情人们打趣时，她才微微红一下脸。我不许他开这类玩笑，可他不听。”

“那你认为梅格对约翰没兴趣？”

“谁？”乔瞪着妈妈问。

“布鲁克先生呀，我现在喊他‘约翰’，在医院里时我们养成了这么称呼他的习惯。他喜欢这种称呼。”

“噢，天哪！我就知道你会支持他。他对爸爸那么好，你不会拒绝他的，如果梅格愿意，就让她嫁给他。卑鄙的东西！他对爸爸好，又帮你，都是为了讨你们欢心。”乔又气愤地用手指绞起了头发。

“乖乖，别生气，我来告诉你事情的原委。约翰陪我去照看你爸爸是受劳伦斯先生的委托，他把你可怜的爸爸照顾得很周到，让我们不由得喜欢上了他。他在梅格的事情上很坦诚，也很得体。他告诉我们他爱梅格，但得先给她一个舒服的家，再向她求婚。他只是想得到我们的准许，让他爱梅格，为她效劳，去赢得梅格对他的爱，如果可能的话。他是个真正优秀的年轻人，他的诚意让我们难以拒绝，不过我不会同意梅格这么早就和他订婚的。”

“当然不能，这样做太蠢了！我知道这其中正在酝酿一个阴谋。我感觉到了，但没想到这么可怕。我真希望自己能和梅格结婚，让她安全地留在家里。”

听到这个奇怪的想法，马奇太太不由莞尔，但是她严肃地说：“乔，我对你说了实情，但希望你现在不要告诉梅格。等约翰回来，他们俩见面以后，我就能更好地判断她对他的感觉了。”

“她一看到自己惦记的那双漂亮眼睛，就会被迷上的。她的心太软了，如果有人那么含情脉脉地望着她，她的心就会像太阳下的奶油一样融化掉。她读他的便笺比读你的信更上心，还不让我提这事。她喜欢棕色眼睛，而且不认为约翰这个名字难听。她会坠入爱河，这样我们一家人平静、快乐的日子就到头了，我能预见到。他们会在家里到处谈情说爱，我们都得躲开。梅格会只顾谈恋爱，不会再对我好了；布鲁克会挣上一笔钱，带她远走高飞，让我们家不再齐全；我会为此而心碎，一切都会变得别扭。噢，天哪！为什么我们不全是男孩子，这样就不会有这种烦恼了。”

乔把下巴搁在膝盖上，神情忧郁地对着“该死的约翰”晃着拳头。马奇太太发出一声叹息，乔抬起头来，略微松了口气。

“你不喜欢这样，是吧妈妈？那太好了，咱们就把他打发走吧，对梅格只字不提，一家人还像从前一样，快快乐乐地在一起。”

“我不该叹息，乔。将来你们都要有自己的家，这是自然的，也是对的，但我总想把你们多留在身边几年。我很难过这件事发生得这么快，因为梅格刚刚十七岁，要等上几年约翰才能给她一个家。我和你爸已经商定，梅格在二十岁之前不能出嫁，也不要定下终身大事。如果她和约翰彼此相爱，他们可以等待，通过这种方式检验彼此的爱。她是有良心的，我不担心她会对他不好。我的美丽善良的姑娘！我希望她过得幸福。”

“你难道不想让她嫁给一个富人吗？”乔听到妈妈说最后几个字时声音有些颤抖，于是问道。

“金钱是好东西，也很有用，乔。我希望我的姑娘们永远不要为金钱所困，也不要受其诱惑。我希望约翰有份可靠的好职业，能够收入稳定，没有债务，让梅格过得舒坦。我不奢求我的女儿们将来家财万贯、地位显赫、声名远扬。如果地位和金钱能够伴随着爱和品质，我当然会感激地接受并分享你们的财富，但我凭经验知道，有多少真爱是在普通的小户人家找到的！房子的主人虽然每天需要为生活操劳，但很知足甜蜜。我很满意梅格从低微起步。如果我没看错的话，约翰是个好人，梅格会因为拥有他的爱而幸福，这比物质上的财富更宝贵。”

“我很理解，妈妈，也很赞成，但我为梅格感到失望，因为我本来计划让她将来嫁给特迪的，一辈子过锦衣玉食的生活。这不是很好吗？”乔仰着脸问，脸上多了些神采。

“你知道，他比梅格小。”马奇太太刚开始解释，乔就打断了她。

“只小一点儿，他很成熟，个头也高。只要他愿意，举止也能像大人样。再说他既有钱，又慷慨，心地又好，而且和我们相处得都很融洽。我的计划被破坏了，感觉真遗憾。”

“我想，对梅格来说，劳里不够成熟。另外，就目前来看，他变数太大，无论对谁来说都不可靠。不要再做计划了，乔，让时间和你朋友的心来决定他们的伴侣吧。这种事情不是我们说了算的，最好不要让你所说的‘罗曼蒂克的垃圾’进入我们的大脑，免得破坏邻里和睦。”

“我不会的，但我不喜欢看到本来很容易理清的事情变得越来越复杂，像一团乱麻。要是在头上压上熨斗能阻止我们长大就好了。但花蕾终究要绽放，小猫咪要变成大猫——真遗憾啊！”

“你们在说什么呀，又是熨斗，又是猫的？”梅格手里捏着写好的信走进来，问。

“我随口说的疯话。我要去睡觉了。来吧，佩琪[①]！”乔伸了个懒腰，像个会动的猜字谜拼图。

“写得不错，字体也美，附上我对约翰的问好。”马奇太太看了一下梅格写的信，又还给了她。

“你叫他‘约翰’？”梅格睁着一双天真无邪的眼睛低头看着妈妈的眼睛，问。

“是的，他对我和你爸爸来说就像我们的儿子，我们都很喜欢他。”马奇太太充满爱意地看着梅格回答。

“我很高兴你们这么待他，妈妈。他太孤单了。晚安，亲爱的妈妈。有你在家里，一切都是那么惬意。”梅格说。

妈妈给了她一个深情的吻。她走开后，马奇太太既满意又遗憾地说：“她还没爱上约翰，但不久就会的。”

① 玛格丽特的昵称。

第二十一章　劳里恶作剧，乔当和事佬

第二天，乔的表情显得高深莫测，因为那个秘密压在心头，她发现要装作若无其事的样子很难。梅格看在眼里，但并不急于打听，因为对付乔的最好办法就是反着来。她料想，如果她不去打听，乔一定会和盘托出。因此，见乔一直保持沉默，她感到很吃惊。另外，乔还摆出一副高人一等的架势，这让梅格很恼火，于是也相应地摆出一副矜持高傲的架势，全心全意侍候妈妈，丢下乔一个人琢磨心事。马奇太太取代乔担任了护理。贝丝生病后乔就长期困在家中，马奇太太让她去休息、锻炼、玩乐。艾米不在家，劳里是她唯一的避难所，虽然她喜欢劳里的陪伴，但这时很怕他，因为他太爱玩恶作剧了，乔担心他会哄骗她把那个秘密说出来。

她的担心是对的。这个爱恶作剧的小伙子一猜到乔心里有秘密，便一门心思要把秘密打探出来，让乔苦不堪言。他软磨硬泡、软硬兼施、威逼利诱，又假装一副无所谓的样子，实则是想让乔出其不意地说出真相。后来他又说自己什么都知道，只是不在乎。最后，凭借这种死缠烂打的手段，他满意地发现是关于梅格和布鲁克的秘密。他的家庭教师这么不信任他，他感到颇为愤慨，觉得受到了轻视，于是开动脑筋琢磨出一种报复办法来。

与此同时，梅格显然忘了这件事，专心地为爸爸的归来做着各种准备，但是，突如其来地，她好像发生了某种变化，有两天简直像换了个人：一听到有人喊她，她就大吃一惊，一发现有人一看她，她就脸红；她突然变得特别安静，一个人默默做着针线活，脸上带着羞怯的、心事重重的表情。妈妈问她怎么了，她回答说没事。乔问她，她也不说，只说不要管她。

“她感受到了它的存在——我指的是爱情——而且进展得很快。现在她大多数症状都有了——喜怒无常、食欲不振、失眠、一个人躲在角落里黯然神伤。我还听到她在唱他给她翻译的那首歌。有一次我还听到她喊了声‘约翰’，随即羞红了脸。我们该怎么办呢？”乔说着，摆出一副准备采取任何手段的样子，不管这种手段有多激烈。

“什么也不用做，等着就行了。不要打扰她，要友好而耐心地对她。等爸爸回来，一切都将迎刃而解。”妈妈说。

“这里有你的一封信，梅格，信封是密封的。好奇怪啊！特迪给我的信从来不封口。”第二天，乔分发邮箱里的邮件时说。

马奇太太和乔正专心忙着各自的事情，梅格突然发出一声惊呼。她们都抬起头看着她，发现她一脸惊惧地盯着她的信。

“孩子，怎么了？”妈妈跑过去问。乔想把那封惹了祸的信夺过来。

“一定是弄错了。不是他写的。噢，乔，你怎么能这么做？”梅格以手掩面，哭得像是心都碎了。

“我！我什么也没做啊！她在说什么呀？”乔迷惑不解地问。

梅格从口袋里掏出那张揉成一团的信纸扔给乔，原本温和的眼睛里燃烧着愤怒的火苗。“是你写的，也有那个坏小子的份。你们怎么能对我们这么无理、卑鄙、残忍？”

乔几乎没听到她在说什么，因为她和妈妈正在读那封信，信的内容非同寻常。

我亲爱的玛格丽特：

我再也控制不住自己的感情了，必须在返回之前知道我的命运。我还不敢告诉你的父母，但我想如果他们知道我们彼此爱慕，一定会同意的。劳伦斯先生会帮我找份好工作；你，我可爱的姑娘会让我幸福。我求你不要和你家人提起这事，只需通过劳里给我捎句话，让我看到希望。

爱你的
约翰

“天哪！这个小坏蛋！他这是在报复我，因为我向妈妈保证严守秘密。我要好好教训他一顿，让他过来跟你道歉。”乔生气地喊着，要立刻伸张正义。但妈妈脸上呈现出异常严肃的表情，伸手拦住她说：

“停下，乔。你必须先澄清你自己。你太喜欢恶作剧了，我怀疑这件事你也插手了。”

“我向你发誓，妈妈，我没有插手。我从没见过这封信，对它一无所知，千真万确！”她说得那么恳切，她们都相信了她。“如果我插手这件事，会做得比这好，会写一封更加得体的信。我想，你应该清楚布鲁克先生不会写这类垃圾一样的东西的。”乔说，鄙夷地把信纸扔在地上。

“看起来像他的笔迹。”梅格声音颤抖地说，把这封信和她手中的信做着比较。

“噢，梅格，你没回信吧？”马奇太太赶紧问。

“我回了！”梅格再次以手掩面，羞愧得抬不起头来。

“这太不像话了！让我去找那个可恶的家伙过来解释清楚，狠狠教训一下。不抓住他我不得安宁。”乔说，又向门口冲去。

“等等！让我来处理这件事，事情比我想象得严重。玛格丽特，给我讲讲事情的经过。”马奇太太在梅格身边坐下，同时一手抓住乔，防止她冲出去。

“第一封信是劳里转交给我的，他看起来好像对信里的内容一无所知。”梅格低着头说，“我一开始有些担心，想告诉你，但我想起你很喜欢布鲁克先生，因此我想你不会介意我把这个小秘密藏几天。我太傻了，以为没人知道。当我思忖着该如何回信时，觉得就像小说里的女孩子遇到这种情形时一样。原谅我，妈妈，我为自己的愚蠢付出了代价，今后再也没脸见他了。”

“你跟他说了什么？”

“我只是说我太年轻了，谈这种事为时过早，还说我不希望瞒着妈妈，而且他也必须告诉爸爸。对于他的心意我很感激，愿意和他做朋友，仅此而已，其他事情以后再说。”

马奇太太笑了，似乎很满意。乔鼓鼓掌，笑着说：“你简直就是卡罗琳·珀西[①]，堪称谨言慎行的典范！说下去，梅格。他是怎么回复的？”

“他写信的语气完全不同，说他根本没写什么情书，一定是我淘气的妹妹乔冒用了我们的名字，他很遗憾。他的语气虽然友善可敬，但想想对我来说多丢人啊！”

---

① 小说《黄金法则》里的人物，出版于1846年。

梅格靠在妈妈身上，一副万念俱灰的样子。乔在房间里走来走去，咒骂着劳里。突然她停了下来，抓起两封信，仔细对照之后，果断地说："我认为这两封信布鲁克都从没见过，都是特迪所为，并且留下你写的那封信，用来向我炫耀，因为我没有告诉他我的秘密。"

"不要留任何秘密，乔。告诉妈妈吧，免得惹麻烦，不要像我现在这样后悔不迭。"梅格提醒她。

"上帝保佑你，孩子！是妈妈告诉我的。"

"行了，乔。我来安慰梅格，你去找劳里。我要把这件事一查到底，立刻终止这种恶作剧。"

乔跑开了。马奇太太悄悄告诉了梅格布鲁克先生的真实感情。"宝贝，你自己是怎么想的？你爱他吗？愿意等他为你营造一个家吗？还是暂时不想涉足感情？"

"我吓坏了，害怕极了，现在不想考虑感情的事情，也许永远不会考虑了。"梅格烦躁地说，"如果约翰对这场恶作剧一无所知，千万不要告诉他，让乔和劳里都闭嘴。今后我再也不会被人欺骗、折磨和愚弄了。太丢人了。"

看到恼人的恶作剧把一向脾气温和的梅格激怒了，伤害了她的自尊心，马奇太太为了安慰她，承诺为她严守秘密，并慎重考虑她的未来。这时过道里传来劳里的脚步声，梅格急忙躲进了书房里，马奇太太独自接待了"犯人"。乔怕他不愿意过来，就没有告诉他马奇太太找他的原因，但他一看到马奇太太的脸色，立刻就明白了，羞愧不安地站在她面前转着帽子，这个动作立刻证实了他的行径。乔被打发了出来，但她不愿离开，而是像哨兵似的在过道里踱来踱去，防止"犯人"跑掉。客厅里的声音忽高忽低，持续了半小时。这期间究竟发生了什么事，女孩子们不得而知。

听到妈妈喊她们进去，她们回到客厅。劳里一脸忏悔地站在妈妈身边，看到他这副模样，乔当场就原谅了他，不过，她认为暂时不表露出来是明智之举。梅格接受了他谦卑的道歉，得知布鲁克对这个玩笑并不知情，她感到轻松很多。

“我至死也不会告诉他的——野马也不能把这个秘密从我嘴里拽出来。原谅我吧，梅格。我愿意为你做任何事情，以表示我深深的懊悔。”劳里满脸羞愧地说。

“我试试吧。不过你这么做太没绅士风度了，我没想到你会这么顽皮和恶毒，劳里。”梅格说。她尽量用严肃的语气责备劳里，以掩饰少女的不安。

“我太可恶了，你一个月不搭理我也是我活该。不过你会原谅我的，是吗？”劳里双手抱拳，做出哀求的动作，恳切的语气十分打动人,让人不可能再计较他的过错。梅格原谅了他。听到他发誓愿意用各种惩罚来赎罪，看到他在受伤的少女面前表现得如此低三下四，马奇太太虽然想保持严肃，但板着的面孔还是舒展开了。

乔在一边站着，竭力对劳里硬起心肠，结果只是脸上呈现出一本正经的表情。劳里看了她一两次，但是她没流露出任何缓和的迹象，他感到受了伤，就转身背对着她。等其他人都原谅他以后，他向她微微鞠了一躬，一句话不说就走开了。

劳里刚走，乔就后悔了，自己刚才对劳里太冷淡了。梅格和妈妈上楼后，她感觉很孤单，特别想见特迪。抗争了一会儿后，她屈从了内心的愿望，拿着一本要还的书，来到了邻居家。

“劳伦斯先生在吗？”乔问一个正在下楼的女仆。

“在，小姐，不过我想他现在不想见人。”

“为什么不想？他病了吗？”

“没有，小姐，他和劳里少爷吵了一架，少爷好像在为什么事发脾气，让老先生很生气，所以我不敢靠近他。”

“劳里在哪里？”

“关在自己房间里，我敲门他也不回应。我不知道晚饭该怎么办，我已经做好了，可没人过来吃。”

“我去看看出了什么事。他们俩我谁也不怕。”

乔上楼后用力敲劳里小书房的门。

“不要再敲了，不然我就不客气了！”劳里用威胁的语气喊叫着。

乔继续敲门，门猛地被拉开了，趁劳里还没回过神来，她就钻进了屋子。看到他真的在发脾气，乔知道如何对付他，她摆出一副后悔不迭的表情，夸张地跪下来，温顺地说：“请原谅我刚才怪罪你。我是来道歉的，不达目的我就不走。”

“没关系。站起来吧，别像只蠢鹅似的，乔。”劳里傲慢地说。

“谢谢你，我会的。我能问出了什么事吗？你看起来情绪好像很激动。”

“我被人推了一下，咽不下这口气。”

“谁推的你？”乔问。

“爷爷，要是换作别人，我早就——”受到伤害的少年举起右臂做了个打人的动作。

“这算什么。我经常推你，你也不介意的。”乔安抚他说。

“哼！你是女孩，都是闹着玩的。我不允许男人推我！”

“如果你当时也像这样大发雷霆，我想谁也不会推你的。你为什么受到这样的待遇？”

“只是因为我不肯说出你妈妈找我的原因，既然我已经承诺不说出来，就不能违背诺言。”

“你能用其他方式满足你爷爷吗？”

“不能。他要的是真相，全部真相，只要真相。如果不把梅格牵扯进来，我愿意把我做的坏事告诉他，但既然做不到，我只好保持沉默，任由老头训斥我，直到他抓住我向后一推。我就冲了出去，害怕自己做傻事。”

“这样不好，不过他一定很后悔，我知道的。下楼和解吧。我帮你。”

“死也不去。我只是开了个小玩笑而已，每个人都想教训我，恨不得痛打我一顿，我受不了。我对不住梅格，我已经像个男子汉一样道过歉了，所以我决不会再道歉，因为我并没有做错什么。”

“他不知道。”

“他应该信任我，而不是总把我当成孩子。没用的，乔。他必须懂得我已经能够照顾好自己了，不需要再抓着谁的围裙系带。”

“你真是个火药桶。”乔叹了口气，“这件事你打算如何解决呢？”

“他应该向我道歉。还有，我既然不能告诉他实情，他应该信任我。”

“你想得倒好！他不会道歉的。”

“那我就不下楼。”

“得了吧，特迪，理智些。让这件事过去吧，我会尽力去跟他解释。你不可能一直待在这里。这么闹有什么意思？”

“我没打算在这里久留。我会偷偷溜出去，到远方去。爷爷想我的时候，他很快就会回心转意了。”

“我想是这样，但你不能一走了之，让他担心。”

“不要劝阻我了，我去华盛顿找布鲁克去，那里很好玩，我要抛开烦心事，好好玩玩。”

“你一定开心死了！我希望我也能离家出走。”乔说。她脑海里生动地想象着华盛顿的战争场面，把自己劝导者的身份都忘了。

“那就一起去吧！为什么不呢？你给你爸爸送去一个惊喜，我去骚扰老布鲁克，这个玩笑太妙了。咱们就这么做吧。我们可以留下一封信，让他们放心，然后立刻起程。我有足够的钱。这对你只有好处，没有坏处，因为你是去看你爸爸。”

有一阵子，乔看起来似乎同意了，这个计划尽管很疯狂，但是正合她的心意。她厌倦了做温室里的花朵，渴望变化。对爸爸的思念和军营、医院、自由、乐趣这些新奇事物具有的魅力融合在一起吸引着她。她渴望地望着窗外，双目显得特别有神。但是，当她的目光落在对面的老房子上时，又摇了摇头，做出了一个伤心的决定。

“如果我是男孩子，我们就可以一起出走，痛痛快快玩一场。不幸的是，我是个女儿身，必须守规矩，安分守己待在家里。不要再怂恿我了，特迪，这个计划太荒唐了。”

“所以才有意思嘛。”劳里的任性劲儿上来了，一心想冲破束缚。

“闭嘴！”乔用手捂住耳朵，“我注定要‘装腔作势’下去。我来这里是为了开导你，不是来听那些我想都不敢想的事情的。”

“我知道梅格会给这样的提议泼冷水，不过我认为你比她有胆识。”劳里开始奉承她。

“坏小子，安静！坐下来好好反思你自己的罪过吧，不要再把我拖下水了。如果我让你爷爷为他动手推你道歉，你会放弃离家出走的打算吗？”乔严肃地问。

“会，但你不会这么做的。”劳里回答。他希望和解，但又觉得必须先平息自己的怒气。

“既然我能对付小的，就也能对付老的。”乔嘀咕着走开了，丢下劳里一个人双手托着脑袋盯着一张铁路地图看。

“进来！”听到敲门声，劳伦斯先生原本粗哑的嗓音听起来更粗哑了。

“是我，先生，我是来还书的。”乔语气平静地说着，走进了房间。

“还想看别的书吗？”老先生问。他看上去脸色阴沉，心情烦躁，但想尽量掩饰。

“是的。我太喜欢老山姆①了，想读第二卷。”乔说，希望通过借书之名来平息他的怒火。老先生曾向她力荐鲍斯韦尔②生动传神的作品——《约翰逊传》。

劳伦斯先生把梯子推到放约翰逊系列作品的书架跟前，紧锁的浓眉略微舒展了些。乔跳上去，坐在梯子顶上，假装在找书，实则在想着如何开口引出自己此行的目的。劳伦斯先生似乎猜到了她脑子里在酝酿什么想法。他在房间里快步转了几圈后，转脸面对着她，他问得那么突然，把乔吓了一跳，《拉塞拉斯王子传》③封面朝下掉在地上。

---

① 指英国作家塞缪尔·约翰逊（1709-1784）。

② 詹姆斯·鲍斯韦尔（1740—1795），英国作家，现代传记文学的开创者。

③ 约翰逊的小说。

“那个小伙子惹什么乱子了？不要包庇他。他回家时我就看出他又胡闹了。我从他嘴里问不出一个字，就威胁说要动手逼他说出真相，他就冲到了楼上，把自己锁进了房间里。”

“他确实做了错事，但我们原谅了他，而且都承诺不要对任何人提起一个字。”乔不情愿地说。

“这不行，他不能把你们这些软心肠的丫头的承诺当挡箭牌。如果他做了错事，就要勇于承认、去道歉，并且接受惩罚。说出来吧，乔，不能把我蒙在鼓里。”

劳伦斯先生的表情非常吓人，语气十分严厉，乔宁愿溜之大吉，如果可能的话。可是她仍然坐在高高的梯子上，劳伦斯先生站在梯子下，像一只拦路虎。乔无路可逃，只有勇敢地面对。

“真的，先生。我不能说出来，妈妈不允许。劳里已经认错了，道了歉，受的惩罚也足够了。我们不想声张不是为了包庇他，而是为了其他人好。要是你过问，只会更麻烦，所以请不要再管了。这件事我也有错，但是现在已经没事了。忘了它吧，让我们聊聊《漫步者》[①]或其他开心的事情。”

“《漫步者》以后再聊。你得向我保证，我的这个冒失鬼没做什么忘恩负义或失礼的事情。如果他做了，不管你们对他多包容，我仍然要亲手狠揍他一顿。”

这个威胁听起来很可怕，但是没有吓着乔，因为她知道老先生虽然脾气暴躁，但从不舍得动他孙子一根指头，不管他说得多么吓人。乔顺从地下了梯子，尽可能轻描淡写地讲了劳里的恶作剧，既没有暴露梅格，又符合事实。

“哈——哈——好，如果这小子是因为要信守诺言才保持

---

① 约翰逊的作品集。

沉默，而不是因为固执，那我会原谅他的。他是个任性的家伙，不好管教。”劳伦斯先生一边说，一边揉搓着头发，直到头发乱得像刚被一阵狂风吹过一样。因为松了口气，他紧皱的眉头也舒展开了。

“我也是这样，不过我吃软不吃硬，一句好话就能降服我。”乔说，想为她的那个总是麻烦不断的朋友说句好话。

“你认为我对他不好，是不是？”老人严厉地反问。

“噢，天哪，不是，先生。有时反而太好了。只是当他考验你的耐心时，你有些操之过急了。你觉得是这样吗？”

乔决定直言不讳，而且尽量装作平静的样子，尽管大着胆子说完后她微微有些颤抖。让她既感到释然，又颇为吃惊的是，老先生只是咣当一声把眼镜往桌子上一扔，坦言道：“你说得对，丫头。我就是这样。我爱这个孩子，但是他一再考验我的耐心，超出了我的忍耐力。我知道如果再这样继续下去，我们的结局会怎样。”

“我来告诉你吧，他会跑掉。”话一出口乔就后悔了。她的本意是想告诫老人，劳里受不了太多管束，希望老先生能对这个孙子宽容些。

劳伦斯老先生红润的脸庞突然变了色，他坐下来，痛苦地看着悬挂在书桌上方的一张英俊的年轻人的照片。这是劳里的父亲，年轻时就离家出走了，违背这位霸道的老人的意愿结了婚。乔猜想老人是想起了过去，并且为之感到懊悔。她后悔没有及时闭嘴。

“要不是特别心烦，他不会这么做的，只是说出来吓唬吓唬人罢了，就像他书读厌了的时候一样。我也常常有这种想法，特别是剪了头发以后。因此，如果你想念我们，可以登广告寻找两个男孩子，去开往印度的船上找找。”

乔说完哈哈大笑。劳伦斯先生看上去也松了口气，显然认为她只是在开玩笑。

“你这个鬼丫头，怎么敢这么和我说话？你对我的尊敬哪里去了？还有你的教养呢？保佑这些姑娘小伙吧！不管他们多折磨人，我们就是不能没有他们。”劳伦斯先生愉快地捏了捏乔的面颊说，“去喊那个小伙子下来吃饭。告诉他没事了，在爷爷面前别再摆出一副苦瓜脸。我受不了。”

“他不愿意下来，先生。他现在的心情很糟，因为当他说不能说出真相时，你却不相信他。我想你动手推了他，也让他很受伤。”

乔努力装出一副伤心的样子，不过一定装得不像，因为劳伦斯老先生竟然哈哈大笑起来。乔知道她今天大获全胜了。

“我很抱歉。另外还应该感谢他没有推我一把。那个家伙还想怎样？”老先生看起来有点儿为自己发脾气感到羞愧。

“我要是你，就给他写封道歉信，先生。他说，只有收到道歉他才下来。他还说起要去华盛顿，想法很荒唐。正式的道歉会让他明白他是多么愚蠢，而且会心悦诚服地下来吃晚饭的。试一下吧。他喜欢开玩笑。这种方式比用嘴巴说出来有意思。我给他送上去，教教他做晚辈的义务。”

劳伦斯先生瞪了她一眼，戴上眼镜缓缓说道：“你是个狡猾的小姑娘，不过我不介意受你和贝丝的摆布。给我一张纸，让我们赶紧写这无聊的东西吧。”

道歉信的用词非常正式，就像一位绅士给另一位绅士道歉时写的一样。乔在劳伦斯先生的光头上吻了一下，跑到楼上，把纸条从门缝里塞进屋里，又透过锁孔规劝劳里，如要学会让步、要孝敬老人等，虽然好听，但对劳里来说都是废话。听到门在里面反锁了，她丢下纸条听之任之，自己打算悄悄走开，却发现年轻人已经顺着楼梯扶手溜了下来，正在楼梯口等她。他带着那种最明理的表情说：“你真好，乔！他有没有冲你发脾气？”他笑着说。

“没有，总的来说相当温和。”

“啊！我想通了，连你都把我丢在那里不管了，我都准备下地狱了。”他内疚地说。

“不要这么说。翻开新的一页，从头开始，特迪，乖孩子。”

“我不停地翻开新的一页，又不停地糟蹋掉，就像过去糟蹋掉写字本一样。我开始的次数太多了，看不见终点。”劳里悲哀地说。

“去吃晚饭吧，吃过饭你就会感觉好些了。男人挨饿时就喜欢发牢骚。”说完乔就从前门走了出去。

“这是给我的‘派系’贴的标签。”劳里引用着艾米的话，去和爷爷共进和解餐了。接下来一整天老人像圣人一样好脾气，像谦谦君子似的态度和蔼。

人人都认为阴云散去，事情终结了。但是伤害已经造成，尽管别人已经忘了，梅格却没忘。有个人她从来不提，却常常想起他，而且更爱做梦了。有一次，乔在姐姐的桌子里翻找邮票，发现了一张小纸条，上面写满了“约翰·布鲁克太太”。乔悲叹一声，把纸条扔进了火里，感觉到劳里的恶作剧加速了那可怕的一天的到来。

第二十二章　宜人芳草地

风雨之后就会有阳光，接下来的几周马奇家呈现出一派安宁祥和的气氛。病人康复得很快，马奇先生在信里提起了年初回家的打算。不久贝丝就能下床了，她白天躺在沙发上，一开始只是和心爱的猫儿们玩耍，后来就拿起了丢下很久的针线活儿，为布娃娃们缝缝补补。她那曾经充满活力的四肢变得僵硬无力，乔就用力量强大的双臂抱着她在房子周围呼吸新鲜空气。梅格晒黑了，但心情很愉快，为了给“小乖乖”做可口的饭菜，竟把一双白皙的手烫伤了。艾米就像大家的一位忠实仆人，为了庆祝自己的归来，她费尽口舌劝说姐姐们收下她赠送的礼物，差不多把所有的宝贝都送了出去。

随着圣诞节的临近，和往年一样，屋子里又弥漫起一种神秘气氛。为了庆祝这个不同寻常的圣诞节，乔总提出一些完全不可能做到或是极端荒谬的庆祝方式，惹得全家人哄堂大笑。劳里也同样有很多不切实际的想法，要燃起篝火，放烟花，搭彩虹门。屡遭反对和冷落之后，这对雄心勃勃的伙伴看上去似乎终于消停了，在众人面前摆出一副郁郁寡欢的表情，但两人一碰头就笑声不断。

圣诞节前的几天，天气异常温暖，预示着将会迎来一个美好的节日。汉娜从骨子里感到这一定会是个好日子，事实证明她是真正的预言家，因为大家个个心想事成、事事如意。首先，马奇先生来信说，他很快就要和大家团聚了；其次，贝丝那天上午的状态特别好。她裹着妈妈送给她的礼物——一件柔软的深红色披肩——被隆重地送到窗前接受乔和劳里送给她的礼物。这对号称“打不败”的朋友为了配得上这个“雅号”，宛如小精灵附了体，连夜鼓捣出了一个奇迹：花园里站着一个模样尊贵的雪小姐，头上戴着冬青枝条编的皇冠，一只手提着一篮子鲜花和水果，另一只手里拿着一卷厚厚的乐谱，冰雪剔透的肩上裹着一条如彩虹般绚丽的阿富汗毛毯，一条粉色纸飘带正从她口中飘出来，上面写着一首圣诞颂歌：

高山少女致贝丝

上帝保佑你，亲爱的贝丝女王！
在这个圣诞节里，
愿你永无哀愁，
只有健康、和平和幸福。

水果送给我们勤劳的小蜜蜂品尝，
鲜花送给她嗅芬芳；
乐谱送给她用小钢琴弹奏，
毛毯送给她温暖双足。

看，乔安娜的一幅画像，
出自拉斐尔第二之手，
她可谓心血耗尽，

以求画得栩栩如生。

请接受这条红丝带，
用来装点猫夫人的尾巴；
还有可爱的佩琪做的冰激凌，
宛若桶装勃朗峰。

我的塑造者们把一腔深情，
揉进了我凝雪的心胸：
请接受吧，连同这阿尔卑斯山少女，
从劳里和乔的手中。

这个雪人让贝丝开心得合不拢嘴。劳里跑进跑出运送礼物，忙得不亦乐乎。乔一面发表滑稽可笑的致辞，一面把礼物摆在贝丝面前。

等贝丝的兴奋心情平静下来后，乔把她送到书房里休息，吃些“高山少女”送的葡萄提提神。“我太高兴了，要是爸爸在这里，我就没有遗憾了。”贝丝满足地感叹着。

“我也是。”乔拍拍口袋说，口袋里放着她渴望已久的《水中女神》。

“我想我也是。”艾米凝视着那幅装在精美画框里的《圣母与圣婴》版画说。画是妈妈送给她的。

“我当然也是啊！”梅格抚平她的新丝绸裙子上银光闪闪的皱褶说。这是她有生以来的头一件丝绸裙子，是劳伦斯先生坚持送给她的礼物。

“我又何尝不是呢？”马奇太太感激地说。她看看丈夫的信，又看看贝丝的笑脸，轻轻抚摸着姑娘们刚刚给她戴的胸针，胸针是用四种颜色的头发做的：灰色、金色、栗色和深棕色。

在这个平凡的世界里，小说里描述的那种激动人心的场景偶尔的确会发生，这是多么令人欣慰啊！半小时前大家还在说她们非常幸福，只剩下唯一的遗憾。半小时后，意想不到的事情发生了。劳里打开客厅的门，悄悄把脑袋探了进来。他或许是刚翻了个大筋斗，或是像印第安人打仗时那样大声呐喊过，因为他的脸上洋溢着难以抑制的兴奋，兴奋得嗓音发抖，让大家都跳了起来，但他只是气喘吁吁、高深莫测地说："这里还有一件送给马奇家的圣诞礼物。"

这句话一出口他就退到了一边，取代他位置的是个高个头男子，脑袋用围巾遮得严严实实的，只剩下两只眼睛。他身边的另一个高个头男子搀扶着他，他想张口说话，但什么也说不出。大家蜂拥而上，有一阵子像发了疯一样，做出了最稀奇古怪的事情，可谁也不说话。马奇先生被四双带着浓浓爱意的手臂层层围住了。乔真够"丢脸"的，竟然险些昏倒，只好由劳里搀扶着到瓷器储藏室里"接受治疗"。布鲁克先生吻了梅格一下，他说完全是出于误会，可这个解释听起来前后矛盾。一向稳重的艾米竟被凳子绊倒了，而且再也没爬起来，就地搂着爸爸的靴子放声大哭，样子特别感人。马奇太太第一个恢复理智，她举起手警告大家："大家静一静！还有贝丝呢。"

不过这话说得太晚了，书房的门被迅速打开，披着红色披肩的小人儿出现在门口——快乐给虚弱的双腿注入了力量——贝丝径直扑进爸爸怀里。此后发生的事情已经无关紧要，因为满满的欢喜漫过心坎，溢了出来，冲走了过去的痛苦，只留下眼前的甜蜜。

这情景并不浪漫。一声由衷的大笑让大家重新回到了现实中，汉娜躲在门后，捧着一只大火鸡啜泣着。她从厨房里冲出来迎接男主人时，忘了放下手中的火鸡了。笑声停下后，马奇太太感谢布鲁克先生对丈夫的精心照料。这让布鲁克先生突然想起，马奇先生需要休息，就拉着劳里匆匆离开了。两个病人被命令休息，他们都服从了，只是休息的方式比较特别：两人挤在一张大椅子上尽情地聊天。

马奇先生说，他早就想给她们一个惊喜，趁天气晴朗，医生就允许他出院了。他夸赞布鲁克为人真诚，是个正直可敬的小伙子。说到这里马奇先生暂停了一会儿，瞟了一眼正在用力拨火的梅格，冲妻子探询地抬抬眉毛。他为什么这么做，留给读者自己想象吧。马奇太太轻轻点点头，突然问他是不是想吃点儿东西。她这样做又是何故，也留给读者猜想吧。乔看懂了她的表情，于是阴着脸大步流星地去厨房取葡萄酒和牛肉汤。她砰地带上门，嘴里嘀咕着："还可敬呢！我讨厌棕色眼睛的人！"

如此丰盛的圣诞大餐对他们来说还是第一次。汉娜把大火鸡端了上来，火鸡肚子里塞满了佐料，外皮烤得焦黄，周围还有漂亮的点缀，看上去就让人直流口水。葡萄干布丁入口即化，果酱也差不多，艾米欢喜得像钻进蜜罐里的蜜蜂。所有的食物都那么可口，这真是万幸。汉娜说："太太，我激动得昏了头，差点儿把布丁当面包烤了，在火鸡肚子里塞上葡萄干，用布包住火鸡烤。"

劳伦斯先生和孙子受邀和他们一起共进圣诞大餐，同来的还有布鲁克先生。乔黑着一张脸冲他吹胡子瞪眼睛，让劳里乐不可支。餐桌一端并排摆着两把安乐椅，贝丝和爸爸坐在上面，只吃了几小口鸡肉和一点儿水果。他们祝酒，讲故事，唱歌，还像老年人似的回忆过去，过得十分开心。本来劳里还安排了滑雪橇活动，但姑娘们不愿离开爸爸，因此客人们就早早回家了。夜幕降临了,欢乐的一家人围坐在火炉边谈天。

“一年前的圣诞节时,我们还抱怨倒霉呢。你们还记得吗？”大家滔滔不绝地聊了很多事情，短暂的沉默之后，乔率先说。

“总体上是很愉快的一年！”梅格望着炉火笑着说，为自己没有在布鲁克面前失态感到高兴。

“我想是相当艰难的一年。”艾米用思索的眼神望着被火光照亮的戒指说。

“终于熬过去了，我真高兴，因为我们又在一起了。”贝丝坐在爸爸的膝头小声说。

“我的小朝圣者们，这对你们来说是一条相当坎坷的路，尤其是后半段，但你们都勇敢地走过来了，我想你们的包袱很快就可以卸下了。”马奇先生慈爱地望着围在身边的四张年轻面庞，满意地说。

“你怎么知道的？妈妈告诉你了吗？”乔问。

“她说得不多，草动知风向。我今天有几个发现。”

“哦，快告诉我们是什么发现。”坐在他身边的梅格问道。

“这里就有一个。”马奇先生拿起梅格放在椅子扶手上的那只手，指指那根变粗糙了的食指，又指指手背上的一处烫伤和掌心的两三处硬茧。“我记得这只手曾经又白又嫩，你的头等大事就是保养它。它那时很美，但在我眼里现在更美——因为透过表面的瑕疵，我看到了过去发生的事情。把虚荣送去当燔祭品，这变硬的手掌换来的不仅仅是水泡，这些挨过针扎的手指缝的东西一定很耐用，因为那么多美好心愿也被一起缝进了针脚里。梅格，乖孩子，和白皙的双手、时髦的才艺相比，我更看重勤俭持家的美德。握着这只勤劳能干的小手，我很骄傲，但愿不要有人不久就请求我把它交出去。”

爸爸爱抚地握着她的手，冲她赞许地笑着。耐心操劳多日，如果梅格希望得到什么报偿，那么现在她得到了。

“乔呢？请表扬表扬她吧，因为她非常辛苦，对我特别特别好。”贝丝在爸爸耳边说。

马奇先生笑了，向坐在对面的那个高个子女孩望去，发现她脸上的表情异常温和。

“虽然她现在留着短短的鬈发，但在她身上我看不到一年前我离开时的那个‘乔儿子’的影子了。”马奇先生说，“我看到一个文静的小姑娘，衣领扣得严严实实，鞋带系得整整齐齐，既不吹口哨、说粗话，也不像过去那样随便躺在地毯上了。由于辛苦照看病人，加上担心，现在她的脸看上去又瘦又苍白，不过我喜欢看这张脸，因为它变柔和了，她说话时也不那么高声大气了。过去她总是蹦蹦跳跳的，现在她举止端庄文静，而且像慈母般照看某个小朋友，令我很欣慰。尽管我很怀念过去的那个疯丫头，但是如果有一个坚强能干、心地善良的妇人取代她的位置，我也会心满意足的。我不知道这头黑绵羊有没有为剪毛而忧伤，我只知道，就是找遍整个华盛顿，也找不到一样东西，值得花掉我的好女儿送给我的二十五元买下来。”

听了爸爸的表扬，乔的一双明亮的眼睛模糊了片刻，瘦瘦的脸颊在火光中变得绯红，觉得自己有几分配得上这种表扬。

“现在轮到贝丝了。”艾米说，尽管她渴望得到表扬，可还是愿意等。

“她可说得很少，我真怕说得太多，她整个人会偷偷溜掉，虽然她不像过去那么害羞了。”马奇先生愉快地说。想起差点儿失去了贝丝，他紧紧地搂住了她，和她脸贴着脸，轻轻地说：“你平安了，我的贝丝，我要请求上帝永保你平安。”

稍稍停顿了一下后，马奇先生低头看着坐在脚边矮凳上的贝丝，抚摸着她闪亮的头发说：

“我观察到，艾米在用餐时肯吃鸡腿了，一下午都在帮妈妈跑腿，晚上又给梅格让座，耐心友好地照顾其他人。我还发现她变得心平气和了，也不喜欢照镜子了，甚至没有提起她手上戴的那枚漂亮的小戒指。因此我敢肯定：她已经学会了多为别人考虑，少为自己考虑，已经下定决心，要培养自己的优秀品格，就像捏她的那些泥人一样用心。我为此感到高兴。我为她塑造的优雅雕像感到自豪，更为有这样一个可爱的女儿，一个拥有为己为人美化生活的天赋的女儿而自豪。”

艾米谢过爸爸，讲了戒指的来历后，乔问贝丝：“你在想什么呢，贝丝？”

“我今天在《天路历程》里读到，基督徒经历了重重困难，来到一片美丽的芳草地，那里终年盛开着百合花，他们在那里愉快地歇息，就像我们现在这样，然后继续走向目的地。”贝丝说着从爸爸的怀里钻了出来，走到钢琴前。“现在是唱歌时间，我想回到我的老位子，试唱一下朝圣者们听到的那首牧羊曲。我为爸爸谱了曲子，因为他喜欢这首诗歌。”

这样，贝丝就在心爱的小钢琴前坐下来，轻抚琴键，用他们以为再也听不到的甜美嗓音，开始自弹自唱起这首动听的歌，歌词对她来说再合适不过了。

位卑者何惧跌落，
卑贱者无需自尊，
谦恭之人，
自有上帝指引。
心常知足，
无谓贫富；
主啊！我求知足之乐，
只因此乐你珍惜。
重担身上挑，
继续朝圣路；
此生渺小，来世极乐，
世世代代最欢乐！

第二十三章　马奇婶婆促成好事

第二天，母女几个围着马奇先生团团转，如同蜜蜂追随着蜂王。她们把所有事情都放下了，只管一心一意照顾这个新来的病人,端详着他,服侍他,听他讲话。这几乎让他招架不住了。他靠在一张大椅子上，挨着贝丝躺的沙发，被剩下的三个姑娘包围着，汉娜不时探进头来看一眼亲爱的先生。他们的幸福很圆满，似乎什么也不缺了。可还是缺一样东西，做父母的都感觉到了，虽然他们谁也不愿承认。马奇先生和太太的目光追随着梅格的身影，又转过头来交流了一下焦躁的眼神。乔突然拉长了脸，冲着布鲁克先生丢在过道里的伞晃了晃拳头。梅格看起来有些心不在焉、羞羞答答的，话也少了，听到门铃响就一惊，听到有人提起约翰的名字就脸红。艾米说："大家怎么都显得坐立不安的，似乎在等待什么事情发生，好奇怪啊，爸爸已经回来了，还会有什么事呢？"天真的贝丝纳闷，为什么邻居不像往常那样来串门了。

下午劳里路过时，看到梅格坐在窗边，他突然像中了什么邪似的，猛地单膝跪地，又是捶胸脯，又是揪头发，还哀求地抱紧双拳，像是乞求什么恩典。梅格让他不要淘气，叫他走开，他假装用手帕擦眼泪，然后趺趺撞撞地走了，一副伤心欲绝的样子。

“那个傻小子是什么意思啊？”梅格装作一无所知，笑着问道。

“他是在给你表演你的约翰以后的样子。很感人，是不是？”乔讥讽地说。

“不要说‘我的约翰’，这不礼貌，也不是事实。”梅格说。不过，那几个字她说得慢悠悠的，似乎是在回味。“请不要再烦我了，乔。我对你说过我不太喜欢他，没什么可说的。不过我们会友好相处的，就像从前一样。”

“我们做不到，有些话已经说出口了，而且，对我来说，劳里的恶作剧也把你给毁了。我看出来了，妈妈也看出来了，你一点儿也不像从前的你了，好像离我很远很远。我不想烦你，会像男子汉一样挺过来的。但我希望这件事尽快定下来。我讨厌等待，所以，如果你想拒绝，那就抓紧时间结束这一切。”乔性急地说。

“他要是不提，我什么也不能说，但是他不会提的，因为爸爸说我太年轻了。”梅格低头做着活儿，说到这里神情微妙地笑了笑，说明她在这点上并不赞成父亲的说法。

“要是他说了，恐怕你也不知道说什么，只知道哭鼻子，或者红着脸不说话，而不是坚定利索地拒绝他，反而让他得逞。”

“我没有你想得那么傻，那么软弱，我知道该说什么，因为我已经打算好了，免得措手不及。会发生什么事，谁也不知道。但愿我有所准备。”

梅格不由自主摆出一副郑重其事的表情，让乔忍俊不禁。这种表情和她脸上的红云一样美丽动人。

“你介意告诉我你会说什么吗？”乔换成更加尊敬的语

气问。

“一点儿也不介意。你已经十六岁了，这个年龄足够做我的知己了，而且我的经验今后对你也会有用，你今后总会遇到这种事情的。”

“我不想遇到这种事情。看到别人谈情说爱很有趣，但轮到自己时，我感觉自己就像个傻瓜。”乔说。想到这事她不免心惊肉跳的。

“我不这么认为，如果你很喜欢一个人，而他也同样喜欢你的话。”梅格像在自言自语，同时向窗外的小路望去，夏日的黄昏，她经常看到恋人们在那里携手漫步。

“我想你是准备把这话告诉那个男的吧。”乔粗暴地打断了姐姐的遐想。

“哦，我会非常平静、非常坚决地说：‘谢谢你，布鲁克先生，你是个好人，但是父亲说我太年轻，目前还不宜谈婚论嫁，我同意他的说法，所以请不要再提了，让我们还像过去一样做朋友吧。’”

“哼！这话听起来太生硬冰冷了！我不相信你能说得出口。我知道，即使你说了，他也不会轻易放弃，而是穷追不舍，就像书里写的那些遭到拒绝的追求者一样，那时你就会屈服，因为不忍心伤害他的感情。”

“不，我不会的。我会告诉他我已经铁了心，然后矜持地离开。”

梅格说着就站了起来，想模拟一下那种矜持离开的场面。突然，过道里传来一阵脚步声，吓得她赶紧坐进椅子里，拿起针线飞快地缝起来，就像她的命完全取决于能否在规定时间完成这件活儿似的。看到梅格的这种突然转变，乔差点儿笑出了声。她听到有人轻轻敲门，便板着面孔打开了门，态度绝非友好。

“下午好，我来取我的伞，顺便看看令尊今天感觉如何。”布鲁克先生说。他瞧瞧这个，望望那个，对姐妹俩带着敌意的表情有些丈二和尚摸不着头脑。

“很好，它（他）在架子上，我去取（喊）它（他），告诉他你在这里。”乔的回答巧妙地把爸爸和伞搅和在了一起，接着她就溜出了房间，把机会留给梅格，让她表明态度，展示尊严。不过，乔的身影刚一消失，梅格就转身向门口走去，一边低声说：

“我妈妈想见你。请坐，我去叫她。”

“不要走开。你怕我吗，玛格丽特？”布鲁克的表情显得很受伤，梅格还以为她做了什么特别无礼的事情呢，脸唰地红到了额头上，因为他以前从没喊过她“玛格丽特”。她吃惊地发现他对她的这种称呼听起来又自然又动听。因为急于表示自己的友好和轻松，梅格信任地伸出一只手，感激地说：

“你对我爸爸那么好，我怎么会怕你呢？只是希望能好好谢谢你。”

“我来告诉你怎么谢我好吗？”布鲁克先生说，双手紧紧抓住梅格的小手。他低头看着梅格，棕色眼睛里充满了爱意。梅格的心突突直跳，既渴望赶紧跑开，又渴望留下来听他说下去。

“噢，不要这样，请不要这样——我不想听。”梅格面露惊恐之色，边说边试图把手抽出来。

“我不会为难你的，梅格，只想知道你对我是否有几分好感。我太爱你了，宝贝。”布鲁克先生深情款款地说。

此时是平静而得体地表明态度的最佳时刻，但梅格并没说，她把词儿忘得一干二净，只是低着头回答："我不知道。"声音那么弱，约翰只好弯下腰才听清这一小句傻话。

他满意地笑了，似乎认为这个回答让他没白费工夫。他感激地握着那只丰满的小手，用最诚挚的口吻说："你愿意找到答案吗？我太想知道了。只有确定我最终能否得到回报，我才能安心工作。"

"我太年轻了。"梅格支支吾吾地说，不明白自己为什么那么紧张，同时又很享受这种感觉。

"我愿意等待。同时，你可以学着喜欢我，这对你来说很难学吗，亲爱的？"

"如果我愿意学，应该不难，但是——"

"那就请学吧，梅格。我愿意教你，这比德语容易。"约翰打断了她，同时抓住她的另一只手，这样他低头看她的眼睛时，她的脸便无处可躲了。

虽然他用的是恳求的语气，但当梅格羞怯地偷偷瞧他时，却发现他的眼睛里闪烁着愉快而温柔的光芒，脸上挂着志得意满的微笑。这惹恼了她，她想起了安妮·莫法特给她讲的如何卖弄风情的蠢话。沉睡在大部分少女心底的对爱情的支配欲望突然醒来，攫住了她。她感到又激动又惊奇，不知道还能做些什么，只好任性地抽出手，赌气地说："我不想学。请回吧，让我静静。"

可怜的布鲁克看起来就像被突然倾塌的爱的城堡砸蒙了，他还从没见过梅格发脾气，因此感到很不解。

"你真是这么想的吗？"见梅格要走开，他追在后面着急地问。

“是的，我就是这么想的。我不想为这种事情烦恼。爸爸说我不用着急，这事来得太早了，我不想这样。”

“我可否抱有这样的希望：你将来会改变主意？我以后再也不提了，给你时间多考虑考虑，等你考虑清楚再说。别捉弄我，梅格，我想你不是那种女孩。”

“不要对我有任何想法，希望以后也不要这样。”梅格说，她这样既考验了情郎的耐心，又耍了一下自己的威风，心中得到一种捉弄对方带来的满足感。

布鲁克的脸色变得凝重而苍白，看起来酷似她崇拜的小说里的男主人公，不过他既没有像他们那样狠拍脑门，也没在屋子里走来走去。他只是呆呆地站在那里，含情脉脉地望着她，让她身不由己心变软了。要不是马奇婶婆在这有趣的时刻突然造访，接下来可能会发生什么，就不好说了。

马奇婶婆是来看侄子的。她出去透气时见到了劳里，听说马奇先生回家了，特别想看看他，所以就乘马车直接过来了。此时一家人都在屋子后面忙碌着，所以她就蹑手蹑脚地走了进来，希望让他们大吃一惊。她的举动确实产生了效果，梅格吃惊得像见了鬼，布鲁克先生急忙溜进了书房里。

“上帝保佑，你们在做什么？”老太太看看面色苍白的年轻绅士，又看看满脸通红的年轻小姐，用手杖敲击着地板质问道。

“他是爸爸的朋友，你让我太惊讶了！”梅格吞吞吐吐地说，预料到又要挨训了。

“这明摆着。”马奇婶婆坐下来说，“不过，你爸爸的朋友说什么了，让你的脸红得像朵牡丹似的？这里面一定有鬼，我一定要弄清楚。”老太太又敲了一下地板。

“我们只是在闲聊。布鲁克先生是来取雨伞的。”梅格解释着。她多么希望伞和主人一起平安离开啊！

“布鲁克？那个男孩的家庭教师？啊，我现在明白了，我什么都知道。乔在读你爸爸的一封信时，不小心说漏了嘴，我就让她说了实情。你还没有答应他吧，孩子？”马奇婶婆生气地嚷道。

“小点儿声！他会听见的。我们去见妈妈如何？”梅格为难地说。

“不用着急。我有话对你说，现在必须一吐为快。告诉我，你打算嫁给这个库克[①]吗？如果那样，我的钱你就一分也得不到，记住了，学明智些。”老太太咄咄逼人地说。

马奇婶婆熟练掌握了一门技巧：轻易就能激起那些看似柔顺的人的逆反心理，而且以此为乐。我们大多数人骨子里都有那么一点儿反叛心理，恋爱中的年轻人更是如此。如果马奇婶婆恳求梅格接受约翰·布鲁克，她也许就会拒绝。但现在老太太专横地命令她不要喜欢布鲁克，她当即下定决心，她偏偏要这么做。爱和任性同时起作用，梅格轻易地做出了决定。加之她本来就很激动，因此以超乎寻常的勇气拒绝了老太太。

“我高兴和谁结婚就和谁结婚，你的钱爱给谁就给谁吧。”梅格态度坚决地点着头说。

“放肆！这就是你接受我的建议的方式，小姐？你将来会后悔的，寒舍里是找不到爱的。”

“不会比住在豪宅里的人过得更糟吧。”梅格反驳道。

马奇婶婆戴上眼镜，仔细瞧着梅格，像不认识她一样。连

① 这里马奇姑婆由于生气，忘了布鲁克的名字，说成了库克，下文的鲁克、布克也是如此。

梅格自己也不认识自己了，她表现得那么勇敢、那么独立，心甘情愿为他辩护，并且坚持自己爱他的权利。马奇婶婆意识到一开始的方式不对，停了一会儿，她换了一种新方式，尽可能温和地说：“梅格，乖孩子，理智些，听我的吧。我是好心的，不想让你一开始就酿成大错，毁了自己的一生。你应该找个有钱人结婚，帮帮家里，和富贵人家联姻是你的责任，你应该记住这一点。”

“我父母不这么想。他们都很喜欢约翰，虽然他很穷。”

“你父母，天哪，他们对人情世故的了解不比一个婴儿多。”

“我很高兴他们这样。”梅格语气坚决地说。

马奇婶婆没留意她这句话，而是继续她的说教：“这个鲁克很穷，也没有有钱的亲戚，是吗？”

“没有，但他有很多热心朋友。”

“你不能靠朋友生活，他们会变得越来越冷淡的，你试试就知道了。他也没有稳定工作，是吗？”

“还没有，但劳伦斯先生会帮他的。”

“那不是长久之计。詹姆斯·劳伦斯是个反复无常的老家伙，靠不住的。如果你听我的，就可以舒舒服服地过一辈子，可你非要嫁给一个一无所有的人，继续操劳下去，比现在还要辛苦！我劝你不要感情用事，梅格。”

“如果我肯等下去，一定会有好结果的！约翰既善良又聪明，很有才华，他有志气，一定会成功的。他精力充沛，又有胆识，受到大家的喜爱和尊敬。他喜欢我，我感到荣幸，因为我既没有钱，也不聪明，又不成熟。”梅格认真地说，显得愈发楚楚动人。

“他知道你有有钱的亲戚，孩子。我想这是他喜欢你的原因。”

“婶婆，你怎么能这么说？约翰没有你想得那么差劲。如果你再这么说下去，我就不理你了。”梅格愤愤不平地说。老太太对布鲁克的猜疑和不公让她什么也顾不上了，一心只想为布鲁克辩护：“我的约翰和我一样，不会为金钱结婚的。我们愿意努力和等待。我不惧怕贫穷,因为到现在为止我很幸福。我要和他在一起，因为他爱我，我——”

说到这里梅格突然停下了，她突然想起还没有做最后的决定，还让“她的约翰”走开，他可能偷听到了她前后矛盾的话。

马奇婶婆很生气，因为她一门心思想让漂亮侄孙女结一门好姻缘。梅格年轻幸福的脸上的某种神情让这位孤独的老太太感觉既伤心又失望。

“好，这件事我再也不插手了，你是个一意孤行的孩子，你的这种荒唐行为会让你吃大亏的。不，我待不下去了。我对你失望透了，也没有心情见你父母了。你出嫁时不要指望从我这里得到任何东西。你的布克先生的朋友会关照你的。我和你永远没关系了。”

老太太当着梅格的面摔门而出，怒气冲冲地扬长而去。这好像把梅格的全部勇气也带走了，她一个人独自站着，不知道是该哭还是该笑。没容她想好，布鲁克先生就一把抱住了她，一连串地说：“我都听到了，梅格，谢谢你为我辩护。还要感谢马奇婶婆，是她证实了你还是有点儿喜欢我的。”

“要不是她攻击你，我也不知道我喜欢你有几分。”梅格说。

“这么说我就不需要走开了，可以开开心心地留下来，是吗，亲爱的？”

这个好机会梅格本来可以利用的，但她既没有发表决定性的声明，也没有矜持而退，而是羞怯地小声说："是的，约翰。"并且把脸藏进了布鲁克的马甲里。这一幕恰巧被乔撞见了，这使得她在乔面前永远抬不起头来。

马奇婶婆离开一刻钟后，乔悄悄下了楼，在客厅门边停了片刻，听到客厅里没有动静，便满意地笑着点点头，自言自语道："她已经像我们计划的那样把他打发走了，事情也解决了。我来听听这件趣事，开心一把。"

可怜的乔失算了，眼前的一幕使她惊呆在门边，嘴巴张得几乎和眼睛一样大。她进去时本来是要庆祝仇敌的落荒而逃，称赞姐姐意志坚定，把一个讨厌的情郎赶走，不料却看到仇敌安然坐在沙发上，意志坚定的姐姐则坐在他腿上，脸上挂着无比温顺的表情。乔惊骇得不由倒吸一口凉气，好像突然遭冷水浇身一样，这种意想不到的巨变几乎让她喘不过气来。听到她发出的奇怪声音，那对情侣转过身来，看到了她。梅格跳了起来，神情看起来既骄傲，又害羞，但是乔口中的"那个男的"却哈哈大笑,他吻了一下受惊的闯入者,平静地说:"乔妹妹，恭喜我们吧。"

这太过分了，无异于雪上加霜。乔恼怒地摆动着双手，一句话也没说就消失了。她跑到楼上，冲进房间里，悲哀地喊道："噢，你们快下楼看看吧！约翰·布鲁克太可恶了，梅格竟然还喜欢！"她的喊叫把两个病人吓了一跳。

马奇先生和太太急忙下楼去看怎么回事。乔扑倒在床上放声大哭，一面恶狠狠地骂着，一面把这个坏消息讲给贝丝和艾米听。然而，两个小姑娘认为这是一件非常有趣的大好事。乔从她们那里得不到丝毫安慰，只好爬到阁楼上她的避难所里，把她的烦恼讲给宠物鼠听。

没人知道那天下午客厅里发生了什么事，但平时寡言少语的布鲁克先生说的话真不少，他不仅求了婚，还讲了自己的计划，并且说服他们按照他的想法安排一切。其口才和勇气让朋友们刮目相看。

布鲁克还没来得及描述完自己打算为梅格建造的天堂，用餐铃就拉响了。他自豪地牵着她的手走到餐桌旁，两个人看起来那么幸福，连乔也不好意思再忌妒和伤心了。贝丝远远地看着他们笑。马奇先生和太太慈爱地端详着这对年轻人，显得那么心满意足，充分证明了马奇婶婆的评判是准确的——像婴儿一样不谙世事。大家吃得都不多，但是每个人看起来都很快乐，家里有人开始恋爱了，连这座老房子都给人焕然一新的感觉。

“你现在不能再说家里不会发生好事了吧，是不是呀，梅格？”艾米一边盘算着如何把这对情侣双双放在一张图中，一边说。

“不，我相信不会再这么说了。从我说了这句话后，发生了多少事情啊！好像是在一年前吧。”梅格说，她现在正陶醉在幸福的梦中，离人间烟火很遥远。

“这次是喜事紧跟着伤心事而来，但愿从此以后会有转机。”马奇太太说，“大多数家庭都会偶尔遇到多灾的年份。今年对我们家来说就是这样，不过结局还不错。”

“但愿明年结局会更好。”乔嘀咕着。梅格当着她的面和一个陌生人亲热，她感到很难接受。她太爱几个姐妹了，害怕失去她们的爱，或者她们之间的情分减少。

“我希望从现在算起的第三年会有更好的结局，我的意思是一定会更好，只要我努力去实现我的计划。”布鲁克先生对梅格笑着说，仿佛一切都胜券在握似的。

“等三年是不是太长了？”艾米问，她盼着姐姐早日举办婚礼。

“我还没准备好，要学的东西太多了，还嫌三年短呢。”梅格幸福的脸上有一种从没有过的严肃劲儿。

“你只需等待，我来做事。”约翰说着就开始行动起来，帮梅格捡起了餐巾，脸上的表情让乔大摇其头。这时前门砰的一声被推开了，乔松了口气，自言自语道：“劳里来了，我们可以冷静地聊聊这件事了。”

可惜乔想错了，劳里精神抖擞、昂首阔步地走进来，手里捧着一大束新娘捧花，说是送给“布鲁克太太”，误以为这桩好事归功于他的精心安排。

“我知道，布鲁克一定会心想事成的，他总是这样，只要他下定决心去做一件事，就一定能做成，哪怕天塌下来。”劳里献过花，表达过祝贺后接着说。

“承蒙夸奖。我把这看成是一个好兆头，诚邀你参加我们的婚礼。”布鲁克一向待人随和，即使是他这个淘气的学生也不例外。

“哪怕我在世界尽头也会赶来参加的，哪怕就是为了看一眼乔在那天的脸色，也值得我不远千里过来。女士，你好像看起来不开心，怎么了？”劳里问。此时大家都转移到客厅迎接劳伦斯先生，劳里跟在乔后面来到客厅一角。

“虽然我不赞成这桩亲事，但还是决定容忍它，不说一句反对的话。”乔严肃地说，“你无法想象，对我来说放弃梅格有多么艰难。”她说，声音微微有些颤抖。

“你没有放弃她，只是和另外一个人分享而已。”劳里安慰她。

“再也不会一样了，我失去了最亲爱的朋友。”乔叹了口气。

“不管怎么说，你还有我呢，我虽然没有多大能耐，我很清楚，但我会一直支持你的，乔，一辈子都支持你。我一定说到做到。”劳里说得非常真诚。

“我知道你会的，我感激不尽。你总能给我很大的安慰，特迪。”乔感激地握着劳里的手说。

“好了，不要再伤心了，听话。一切都会顺心如意的。梅格很幸福，布鲁克四处奔走一阵子后，很快就会稳定下来，爷爷会关照他。看到梅格有了自己的小家，该是多么开心的事情啊。她走后我们也一定很快乐，不久我就大学毕业了，然后我们就去国外旅行。这还不足以安慰你吗？”

“但愿能，可是谁也不知道三年后会发生什么。”乔若有所思地说。

“这倒是真的。你不希望展望一下未来，看看我们那时会怎样吗？我希望能。”劳里说。

“我不想展望未来，因为害怕看到伤心事，现在人人都这么高兴，我不信将来还能比这好多少。”乔慢慢把房间环顾一圈，眼睛不由得一亮，因为这场景太美妙了。

爸爸妈妈坐在一起，静静地重温发生在二十年前的浪漫爱情故事。艾米正在给那对情侣画像，他们坐在一边，沉浸在自己的浪漫世界里，脸上闪烁着超凡脱俗的光彩，这是小画家难以描摹的。贝丝躺在沙发上，和她的老朋友愉快地聊着天。劳伦斯先生握着她的小手，觉得这只小手似乎拥有一股力量，能带他进行一场平静之旅。乔懒洋洋地躺在她喜欢坐的那把矮椅上，表情既庄重又安静。这种表情正符合她的性格。劳里靠在她的椅背上，下巴贴着她的卷发，笑眯眯地望着对面落地镜中他们俩的影像，冲镜中的乔点点头。

人已聚齐，可以落幕了，梅格、乔、贝丝和艾米暂且退下。帷幕还能否升起，就看这部名为《小妇人》的家庭剧的第一幕的受欢迎程度了。

Little Women

Louisa May Alcott

小妇人

【美】路易莎·梅·奥尔科特◎著
秦红梅◎译

（下册）

華中科技大學出版社
http://www.hustp.com
中国·武汉

下册

第二十四章　闲聊

为了能够重新开始我们的故事，头脑轻松地去参加梅格的婚礼,还是先聊些关于马奇家的闲话为好。这里我先澄清一下，如果有年长的读者认为故事里甜蜜浪漫的成分太多了，我担心他们会有这种想法（我倒不怕年轻人提出异议），那我只能借用马奇太太的话反驳他们:“我家里有四个快乐的丫头，对面还有一个劲头十足的小伙子做邻居，你们还能指望怎样？”

三年一晃而过，这个宁静的家庭几乎没发生什么变化。战争结束了，马奇先生平安回到家里，整日不是埋头看书，就是忙于小教区的事务。他的性格和风度都让人觉得，他天生适合做牧师——性格文静，勤劳踏实，富有从书本上学不到的智慧、仁慈和博爱，认为四海之内皆兄弟，生性虔诚，让人既敬畏又爱戴。

虽然贫穷和严谨诚信的为人把他拒于世俗名利之门外，但他的品德吸引了很多好人，宛如芳草吸引蜜蜂般自然。同样，他给予人们的是用五十年来饱经风雨的经历酿成的蜜汁，没有一滴是苦的。虔诚的年轻人发现这个头发灰白的学者有一颗和他们一样年轻的心；怀有心事或遇到麻烦的妇人总是本能地找他倾诉，相信能得到最抚慰人心的同情和最睿智的建议；有罪的人带着罪孽向这位心地纯洁的老人忏悔，既受到了谴责，又得到了救赎；有天赋的人视他为知己；有抱负的年轻人在他那里看到了更加高尚的抱负；甚至那些凡夫俗子也承认，他的信仰美好而真实，虽然不会给他带来物质上的实惠。

在外人看来，马奇家当家做主的似乎是五个充满活力的女人，在很多事情上也的确如此。但是这位整天埋头看书、沉默寡言的学者仍然是一家之主，是她们的靠山和安慰者。遇到麻烦时，这几个忙碌着急的女人总会向他求助，发现“丈夫”和“父亲”这两个称呼的神圣之处在他身上最能体现出来。

姑娘们把心交给妈妈保管，把灵魂交给爸爸保管。父母为她们辛苦劳作，无私奉献，她们唯有用爱来回报二老。随着年岁的增长，这种爱也与日俱增，如同一根甜蜜的纽带，把他们温柔地连在一起，呵护生命，超越死亡。

和过去相比，马奇太太多了不少白发，不过还像从前一样精力充沛、乐观开朗，现在她正一心一意忙于操办梅格的婚事，无暇顾及其他，医院和收容所里的伤员以及阵亡士兵的遗孀们都十分渴望她去拜访他们。

约翰·布鲁克英勇无畏地服了一年兵役，受了伤，被送回了家，部队没再把他召回。他既没有领到军功章，也没有得到提拔，但他配得上这些荣誉，因为他不顾一切地上了战场。在生命和爱情之花开得正艳时，这非常可贵。他完全服从退役的安排，专心养伤，并准备找一份行当，给梅格一个家。他的特点是富有理智，又坚定独立，因此他谢绝了劳伦斯先生更加慷慨的帮助，只是接受了记账员的职位，觉得开始起步时，踏踏实实地挣一份工资比借钱冒险投资更让人放心。

梅格一边做活儿一边等待，女人味越来越足，管家的本领大有长进，容貌也更加漂亮了，因为爱情本身就是一个伟大的美容师嘛。她心中充满着少女的美好向往和希望，可一想到新生活开始时一定很简朴，就未免感到些许失望。内德·莫法特和萨莉·加德纳结了婚，梅格不由得把他们的豪宅香车、丰盛的礼物及华丽的服饰和自己的相对比，暗暗希望她也能拥有这一切。不过，一想到约翰为未来的小家不辞劳苦，付出那么多爱，她的羡慕和不满就立刻烟消云散。当他们坐在暮色中，谈论着他们的小小计划时，未来总是变得如此美好和灿烂，她就会忘记萨莉家的富贵荣华，觉得自己是天底下最富有、最幸福的姑娘。

乔再也没回到马奇婶婆的身边，因为老太太迷上了艾米，为了笼络她，提出为她找最好的老师教她画画。看在这个好处的分上，艾米豁出去了，甚至愿意侍奉比婶婆更刁难的老太太。她上午做活，下午玩乐，日子过得倒也逍遥自在。乔则全身心地扑在文学创作上，兼照顾贝丝。猩红热过去很久后，贝丝的身体仍然很孱弱，虽然算不上病人，但再也不像从前那样面色红润、健康了，不过她总是满怀希望、快乐而安详，整天忙于她热爱的那些小活儿，做每个人的朋友，似家里的天使。那些深爱她的亲人很久以后才慢慢体会到这一点。

只要《展翼鹰》按照一栏目一美元的稿酬使用被她自己称为“垃圾”的作品，乔就觉得自己是个有钱人，同时继续勤奋地编织着她的小小浪漫故事。同时她忙碌的头脑里雄心勃勃地酝酿着一个个宏伟计划。阁楼上的旧铁箱里，墨迹斑斑的手稿越来越厚，可以预见终有一天会把马奇这个姓载入名人录。

劳里为了让爷爷高兴，老老实实地上了大学。同时，为了让自己开心，他的大学生活过得尽量轻松洒脱。由于为人大方、风度翩翩、天资聪明，加上有一颗善心，他人缘很好。可是他的善心在让别人摆脱麻烦的同时，总是让自己陷入困境。像很多有前途的年轻人一样，他面临着被宠坏的危险，而且，若不是拥有一个辟邪的护身符，他很有可能已经被宠坏了。这个护身符就是：他不能愧对那个对他寄予厚望的慈祥老人及那位把他视作亲生儿子的慈母般的朋友，更不能愧对那四个善待他、敬仰他、信任他的天真姑娘。

但劳里毕竟是一个很有魅力的平常小伙，免不了受大学里各种流行风尚的影响，慢慢学会了嬉闹调情、追逐时尚及附庸风雅。他戏弄别人，也被别人戏弄，满嘴俚语，不止一次险遭留级甚至开除。但由于这些恶作剧都是源于心血来潮或喜欢逗乐的天性，所以他总能坦诚地认错，体面地悔过自新，或者用一副好口才去说服对方，从而化险为夷。事实上，他很为自己的有幸脱险自鸣得意，经常给四个女孩绘声绘色地描述他的种种战绩，讲他是如何战胜愤怒的导师们、威严的教授们还有那些灰溜溜的仇敌的，让姑娘们听得一惊一乍的。在她们眼里，“我班的男人”都是英雄，对劳里口中的“我们那帮哥们儿”的事迹永远听不够。当劳里把这帮哥们儿带回家时，她们常常有机会一睹这帮了不起的家伙的风采。

艾米尤其享受这份荣耀，成了他们中间的女神级人物，因为她小小年纪就颇具淑女风范，而且懂得如何利用自己天生的魅力。梅格太过迷恋只属于自己的约翰，对其他异性毫无兴趣。贝丝太腼腆，只是偷偷地瞥他们几眼，同时还纳闷，艾米怎么敢对他们呼来喝去。乔却感到如鱼得水，总是控制不住地想去模仿他们的绅士派头、用词和举止，对她来说，这比那些淑女礼仪带劲多了。男孩子们都非常喜欢乔，但没人爱上她。

尽管如此，在艾米的神坛面前，他们大多数人也只能深情地叹息一两声，落荒而逃。说到深情一词，我们便顺理成章地被带到了“斑鸠窝”的话题上。

这是布鲁克先生为梅格准备的小家的名字，是一座棕色的小房子。名字是劳里起的，他说这个名字很适合这对深情款款的恋人，说他们像一对斑鸠双宿双飞，先是相互碰碰嘴唇，然后叽叽咕咕地说情话。这是一座面积很小的房子，房后有一个小园子，房前一片手帕大小的草坪。梅格打算在这里弄个喷泉，栽上灌木，种一大片漂亮的花，虽说眼下喷泉只是一个久经风霜的破瓮，很像一个残缺不全的泔水碟；灌木林只是几棵落叶松幼苗，看起来半死不活的样子；所谓一大片鲜花，眼下只是几排棍子，用来标记种子撒落的位置。但屋子里面是很迷人的，从阁楼到地下室，幸福的新娘认为一切都无可挑剔。当然，过道太窄了，多亏他们没有钢琴，因为整架钢琴根本抬不进去。餐厅太小了，坐六个人就拥挤不堪。厨房的台阶相当陡，似乎专门为了方便把仆人连同瓷器一股脑地扔进煤仓而设。但是一旦习惯了这些小瑕疵，就会觉得再也没有比这更完美的家了，因为房间的摆设取决于高尚的情趣和优雅的品位，结果自然令人极为满意。小客厅里没有大理石台面的桌子、宽大的玻璃镜和蕾丝窗帘，只有朴素的家具、大量的书籍和一两幅好画。窗台上摆放着一株鲜花，四处随意摆放着朋友们送的各种漂亮礼物，因为带着深情的祝福而弥足珍贵。

劳里送的是一尊白色大理石普赛克[1]雕塑，约翰把它搁在支架上，这丝毫无损于它的美。艾米用一双巧手把普通的棉

---

① 古希腊罗马神话中的美女，后来与爱神丘比特成婚。

布窗帘挂得雅致无比，任何家具商都会自叹弗如的。当乔和妈妈把梅格的几只箱子、水桶和包袱放进储藏室里时，把美好祝愿、快乐祝辞和幸福希望也一起放了进去，谁家的储藏室如此富有呢？要不是汉娜把盆盆罐罐摆了一遍又一遍，把炉子和木炭准备妥当，只等着“布鲁克太太”回家点火的那一刻，我确信，这崭新漂亮的厨房无论如何也不会这么舒适、整洁。我也怀疑，有哪个年轻的主妇在开始新生活时会有那么多抹布、容器和碎布袋，贝丝准备的这些东西足够他们用到银婚纪念日的。她还发明了三种洗碗布，专门用来擦新娘的银器。

那些雇人做这些事情的人永远不会明白他们失去了什么。当饱含爱意的手做这些家庭琐事的时候，这些琐事会随之变得无比美好。梅格在她小窝里的每一样东西上都能找到很多这样的证据。从厨房里的餐巾卷到客厅桌子上的银花瓶，样样都体现着家人的厚爱和体贴周全。

她们一起筹划，度过了多少快乐时光啊！购置物品时又是多么认真！当然，其间也犯过很多可笑的错误，而劳里买的不靠谱的便宜货总是引起她们的哄堂大笑。这个爱开玩笑的年轻人尽管已经快大学毕业了，但表现得仍然像个长不大的男孩。他最近突发奇想，每周来拜访时都要为梅格带来一件实用的新发明，这次是一包神奇的衣夹，下次是神奇的肉豆蔻粉碎机，只是这台粉碎机在一开始试用时就散架了。此外还有把所有刀具都破坏了的磨刀器；能拔光地毯上的绒毛却除不去灰尘的吸尘器；能把手洗脱皮的省力肥皂；什么都粘不住，却能牢牢粘住被坑的买主的手指头的强力胶；还有五花八门的锡器：从保存分币的玩具存钱罐到奇妙的煮锅，这种煮锅能用蒸气洗东西，只是整个过程中随时有爆炸的可能。

梅格央求他停止这种荒唐行为，可没用。约翰取笑他，乔喊他“再会先生”。他像着了魔似的，热衷于资助美国佬的创造发明，喜欢看到朋友们家里一应俱全。因此每个礼拜都会有滑稽可笑的新鲜玩意出现。

终于一切准备就绪了，艾米甚至为不同颜色的房间准备了颜色相配的肥皂。贝丝连第一次用餐的餐桌都摆放好了。

“你满意吗？这看起来像个家的样子吗？住在这里你觉得幸福吗？”马奇太太问。她和梅格正手拉手视察这个新王国。此时她们似乎比以往更加亲昵了。

“是的，妈妈，绝对满意。感谢你们大家，我幸福得都说不出话来了。”梅格回答。脸上的表情比言语更能表达她此刻的心情。

“要是她能有一两个仆人就好了。”艾米从客厅里走出来说。她刚才一直在琢磨墨丘利[①]铜像是摆在古董架上好，还是放在壁炉架上好。

“妈妈和我聊过这件事，我决定先试试她的办法。有洛蒂给我跑腿，随时帮帮我，要做的活儿就没多少了。再说我也得有事可做，不然会变懒，还会想家。”梅格心平气和地解释。

“萨莉·莫法特有四个仆人呢。”艾米说。

“梅格要是有四个仆人，屋子里就住不下了，先生和太太只好在花园里露营了。”乔插嘴说。她系着一条蓝色大围裙，正在对门把手进行最后的擦拭。

“萨莉不是穷人的妻子，她的豪宅配得上那么多女仆。梅格和约翰起步低微，但我感觉小房子里会有与大房子里同样多的幸福。对于梅格这样的年轻姑娘来说，如果什么事都不做，

① 古希腊罗马神话中众神的使者，罗马十二主神之一。

只是一味打扮、发号施令、闲聊，那就大错特错了。我刚结婚时，总是盼着新衣服赶快穿烂或撕破，这样就可以享受缝缝补补的乐趣了，因为我特别不喜欢做钩编活儿或者摆弄手帕。”

“你怎么不进厨房‘搞破坏’？萨莉说她就是这么寻开心的，尽管她总是弄得一团糟，让仆人们笑话。”

“有段时间我就是那么做的，但不是‘搞破坏’，而是跟汉娜学习厨艺，这样仆人们就不会笑话我了。当时只是觉得好玩，但后来就感觉到这样做的好处了，因为我不只是有心愿，还有能力为我的小女孩们做健康的美食。当我雇不起帮手的时候，也能够自食其力。你和我正好反过来，梅格。不过，等将来约翰富有了，你现在学习的东西同样有用。对家庭主妇来说，不管家里多么富有，要想让仆人们尽心尽力地为自己效劳，首先自己得懂治家之道。”

“是的，妈妈，我相信是这样。”梅格说，她一直在认真聆听妈妈的教导。大多数妇女一说起管家的话题都会滔滔不绝。不久，她们来到楼上。“你知道吗，妈妈？我最喜欢这间屋子。”梅格看着装满亚麻布品的壁橱说。

贝丝在房间里，正一边把一卷卷雪白的布品整齐地码放在架子上，一边冲着这些好看的陈列品赞叹不已。梅格的话让她们三个人都笑了起来，因为这个装满亚麻布品的壁橱其实是个笑话。还记得吧，马奇婶婆当时曾放过狠话，要是梅格嫁给“那个布鲁克”，就休想从她那里得到一分钱。但是，当时间平息了她的怒气之后，她为自己的誓言后悔不迭，陷入了两难境地。她从不食言，便绞尽脑汁想办法如何绕过自己的誓言，最后想出了一个让自己满意的计划。她偷偷委托弗罗伦斯的妈妈购买并缝制了一大批装饰房间和桌子的亚麻布品，还在上面做了专门标记，借后者之手送给梅格作为新婚礼物。一切都是严格按照她的意思办的，但不知怎么走漏了风声，把全家都逗乐了，因为马奇婶婆仍假装一副毫不知情的样子，声称她只能送给梅格那串她早就承诺要送给第一位新娘的老式珍珠项链。

“这说明你有家庭主妇的品位，是我乐意看到的。我曾经有个年轻朋友，成家时虽然只有六张床单，却有洗指碗[①]，这让她心满意足。”马奇太太带着十足的女性鉴赏力，拍拍花面台布说。

“我连一只洗指碗也没有，但汉娜说这套家当够我用一辈子的。”梅格看起来很知足。

“‘再会先生’来了。”乔在楼下大喊。她们便一起下楼迎接劳里。对于她们平静如水的生活来说，劳里每周一次的来访是件大事。

一个身材高挑、肩膀宽阔的小伙子大踏步地沿着大路走了过来，他理着平头，头戴一顶大毡帽，身着宽大的衬衫，没有停下脚步去打开院门，而是直接跃过低矮的篱笆跳进了院子里。他径直走到马奇太太面前，伸出双手诚挚地喊道——

“我来了，妈妈！是的，平安无事。”

后一句话是针对马奇太太慈祥而疑问的眼神回答的。劳里那双漂亮的眼睛毫不躲闪，显得很坦诚。像往常一样，马奇太太送上慈母般的一吻，小小的迎接仪式就这样结束了。

“这是送给约翰·布鲁克太太的，连同制作人的恭贺。上帝保佑你，贝丝！乔，你今天看起来让人眼前一亮啊。艾米，你越来越漂亮了，不适合做单身小姐了。”

---

① 西餐正式场合上用来洗手指的碗。

劳里说着就递给梅格一个牛皮纸包。他扯扯贝丝的红发带，盯着乔的大围裙看了一会儿，冲着艾米装出陶醉的模样，然后和众人一一握手，接着就聊了起来。

“约翰呢？”梅格焦急地问。

“他停了手头的所有事情，为明天的婚礼办结婚手续去了。”

“最后一场比赛哪边赢了，特迪？”乔问，尽管已经十九岁了，她对男人的运动仍然很热衷。

“当然是我们球队了，你要是在场就好了。”

“可爱的兰德尔小姐怎么样了？”艾米意味深长地笑着问。

“更加残忍，你没看见我日渐憔悴吗？”劳里把宽阔的胸膛擂得咚咚响，夸张地叹息着。

“今天又带来了什么可笑的东西？快打开包裹看一看，梅格。”贝丝好奇地盯着那个疙疙瘩瘩的包裹说。

“要是家里失了火，或者进了贼，这东西能派得上用场。”在姑娘们的哄笑声中，劳里拿出一个看门人用的铃铛。

“约翰不在家时，梅格太太，你要是害怕，只要冲前窗外摇一摇，瞬间就会惊动邻居。很实用，是不是？”劳里示范了一下其威力，大家不由得捂住了耳朵。

“感谢各位的合作。说到感谢，我想起你们应该感谢汉娜，是她保护了婚宴蛋糕免遭破坏。我路过时刚好看到汉娜端着蛋糕进屋，要不是她勇敢地保护着蛋糕，我就要吃上一口了，因为它看上去太诱人了。”

“真不知道你还能不能长大，劳里。”梅格用长姐的口气说。

“我尽力而为，太太，但恐怕长不了多少了。在这个世风日下的年头，六英尺大概是所有男人能长到的极限了。”劳里回答。他的脑袋快碰到那盏小枝形吊灯了。

“我想，在这个布置一新的婚房里吃饭是对它的亵渎。我饿极了，因此提议我们转移地点。”劳里说。

“我和妈妈要等约翰，还有最后几件事要处理。”梅格说着就匆忙走开了。

“我和贝丝要去吉蒂·布赖恩特家为明天的婚礼多准备些鲜花。”艾米说。她把一顶华美的帽子扣在漂亮的卷发上，和大家一样觉得效果不错。

“来吧，乔，不要把一个可怜的家伙撇下。我累惨了，没人帮忙是回不了家的。无论如何不要取下你的围裙。你戴着它很别致。”劳里说。乔将那件他特别反感的东西放进大口袋里，伸出胳膊让他搀扶着，好支撑他虚弱的双腿。

“听着，特迪，我想和你郑重其事地说说明天的事情。”他们一起离开时乔开口说，“你要保证守规矩，不要搞恶作剧，以免破坏我们的计划。”

“不搞恶作剧。”

“严肃场合不要说笑话。”

“我从来不说。你才说呢。”

“我恳求你在举行婚礼仪式期间不要看我，你要是看我，我会忍不住笑的。”

“你不会看到我的，到时候你会涕泪横流，泪水会模糊你的视线。”

“除非万分伤心，我从来不哭。”

“是不是像某个男孩子上大学这样的事情呀？”劳里暗示地笑着插嘴说。

“别得意了，我只是陪姐妹们呜咽了几声。”

“确实是。我说，乔，爷爷这周怎么样？脾气温和吗？”

“非常温和。你为什么要问这个？是不是又惹什么麻烦了，想知道他的态度？”乔尖刻地问。

“喂，乔，当我直视着你母亲的眼睛说‘平安无事’时，你难道认为我在撒谎吗？”劳里突然停下来，带着受伤的神情说。

“不，我没这么想。”

“那就别再疑神疑鬼了。我只是需要些钱而已。”劳里说。乔真诚的语气平息了他的不满，于是便继续走路。

“你花钱太大手大脚了，特迪。”

“拜托，我没花钱，是钱自己在花自己，我还没察觉，钱就花光了。”

“你太大方，心肠太好，总是把钱借给别人，而且从来不会拒绝任何人。我们听说了亨肖的事以及你为他做的一切。如果你一直像那样花钱，没人会怪你。”乔热情地说。

“噢，他言过其实了。他一人顶一打我们这样的懒家伙。你总不至于让我眼睁睁看着这个好人因为缺少一点帮助就累死吧，是不是？”

“当然不是，但是你有十七件马甲，无数条领带，每次回家都要戴一顶新帽子。我看不出这样做的好处。我以为你已经过了爱赶时髦的阶段了，但是这个毛病时不时就换个地方冒出来。现在又流行把自己往丑里整了——把头发弄得像板刷，穿紧身夹克，戴橙色手套，脚蹬笨重的方口皮鞋。如果这种丑陋的打扮花不了多少钱，我没什么可说的，可事实上花钱并不少。而且我一点儿也不受用。”

听了这番攻击，劳里仰起脸，开心地大笑起来，结果毡帽掉到了地上，乔故意在上面踩了一脚。这个侮辱只是给他提供了一个机会，让他大谈特谈粗糙实用衣服的好处，一边折叠起惨遭虐待的帽子，塞进了口袋里。

“行行好，不要再说教了！整整一个礼拜已经够我受的了，回家只想轻松快活一下。明天我还是要不惜代价把自己打扮一下，好让我的朋友们满意。”

“只要你把头发留长些，我们就能和平共处。虽然我不是贵族，但也不愿被看到和一个貌似年轻职业拳击手的人在一起。”乔严肃地说。

“这种低调的发型能促进学习，所以我们才剪成这样的。”劳里回答。他自愿牺牲一头漂亮的卷发，只留下四分之一英寸长，你当然不能指责他爱慕虚荣。

“顺便说一下，乔，我真觉得那个小帕克被艾米迷住了。他不停地念叨她，为她写诗，神思恍惚，态度可疑。他最好把他的这点小激情掐灭在萌芽状态，是不是？”沉默了片刻，劳里以长兄的语气推心置腹地说。

“当然。我们不希望家里最近几年有姑娘嫁出去。天哪！这些孩子整天在想什么啊？”乔一副气急败坏的样子，仿佛艾米和小帕克还是儿童。

“时代发展得太快,我不知道我们以后会是什么样子。小姐，虽然你现在还是个孩子，但下次就轮到你了，丢下我们伤心悲叹。”劳里边说边失望地摇着头。

“别担心，我不是那种讨人喜欢的人，没人会娶我的，这也是好事，一个家庭中总要留下一个老处女的。”

“是你不给任何人机会，”劳里瞥了她一眼说，晒黑的脸上泛起些许红晕，“不让别人看到你性格里温柔的一面。假如有人碰巧窥视到了，不由自主向你表达爱慕之情，你就会像古米治太太[①]对她的情人那样——对他泼冷水，浑身长刺，以至于没人敢碰你，甚至连看你一眼都不敢。”

“我对那种事情没兴趣，我太忙了，没空为那些乱七八糟的事烦恼。我觉得以那种方式把完整的家庭破坏掉是很可怕的。好了，别再提这事了。梅格的婚礼把我们所有人的脑子都搅乱了，整天说的就是情呀爱呀之类的荒唐话题。我不想发脾气，让我们换个话题吧。”乔强忍住火气，看上去一触即发的样子。

不管劳里心情如何，他找到了发泄的办法——在门口分手时，他低低地吹了一声长长的口哨，同时作了如下可怕的预言：“记住我的话，乔，下一个出嫁的就是你。”

① 狄更斯小说《大卫·科波菲尔》中的人物。

第二十五章　第一个婚礼

六月的一个清晨，天空万里无云，门廊里的玫瑰花早早醒来了，满怀喜悦地绽放在灿烂的阳光下，犹如一个个友好的小邻居，事实上也是如此。它们随风摇曳，小脸激动得通红，相互低声谈论着看到的一切。有些透过餐厅的窗口窥探到里面已经摆好了盛宴；有些爬到窗口上，冲着正在打扮新娘的几个妹妹点头微笑；还有些花儿对那些在花园、门廊和过道里来来往往的人们挥手致意。所有玫瑰——无论是那些怒放的鲜艳花朵，还是颜色较浅的、含苞待放的蓓蕾，都把自己的美丽和芬芳献给温柔的女主人，感谢她长久以来对它们的关爱和照料。

这天梅格自己看上去也像一朵玫瑰，因为她心中充满了幸福和甜蜜，不知不觉洋溢在了脸上，使她变成了一朵绽放的花朵，显得格外漂亮和温柔，充满魅力。她既不要绸缎礼服和花边，也不要香橙花。“我不要时髦的婚礼，只想和我爱的人在一起，希望人们看到的是他们熟悉的那个我。”

所以，她的结婚礼服是她自己做的，一针一线中把少女心中温柔的希望和天真浪漫的向往都缝了进去。妹妹们盘起她的秀发，她戴的饰品仅有铃兰花，这是世上万花当中她的约翰最喜爱的花。

“你看起来的确就是我们熟悉的亲爱的梅格，如此甜美和可爱，要不是怕把你的婚纱弄皱，我真想抱抱你。”打扮停当后，艾米打量着姐姐，高兴地嚷嚷着。

“那我就心满意足了。不过，请大家都来抱我、吻我吧，不要管我的衣服。我今天想收集你们的拥抱带来的大量皱褶。”梅格向妹妹们张开双臂，她们和她幸福地依偎在一起，觉得新爱并没有改变往日的亲情。

“好了，我得去帮约翰打领带了，然后去书房里静静地陪爸爸坐会儿。”梅格说完就跑下楼去履行这些小礼节，之后一直寸步不离地陪着妈妈。她心里清楚，虽然妈妈面带微笑，但背后隐藏着忧伤，第一只鸟儿就要离巢了，能不伤心吗？

当妹妹们站在一起，为简朴的打扮进行最后的修饰时，要想描述一下过去三年的时光给这几个姑娘的外表带来的变化，此时也许时机正好。

乔的棱角已经磨平了许多，她也许算不上优雅，但举止大方自然。卷曲的短发已经长长了，盘成浓密的一团挂在脑后，致使她的小脑袋和高个子更为和谐。棕色脸颊上闪烁着健康的光泽，双眸里荡漾着柔和的光波，原先的那张利嘴现在吐出的都是温和的话语。

贝丝的身材变得更苗条，面色更苍白，性格更文静。她那双美丽、和善的眼睛变得更大了，眼神楚楚可怜，但并不幽怨。她年轻的脸庞上留下了痛苦的阴影，但她很少抱怨，总是满怀希望地说“很快都会好起来的”。

艾米被封为“家族之花”，这确实名副其实。尽管只有十六岁，她却已经拥有了成熟女人的气质和仪态。她不算漂亮，但具有一种无可言喻的魅力，那就是优雅。她身体的曲线、举手投足、扬起的裙角、垂下的秀发，无不体现出这一点——虽没有刻意修饰，却十分和谐，这和美本身一样具有魅力。鼻子仍然是她的心病，因为不可能长成希腊人那样的高鼻梁了。令她苦恼的还有那张阔大的嘴巴和线条硬朗的下巴。这些突出的特征使她的整张脸别具特色，但她从来都看不到。幸好她有令她感到慰藉的东西：光滑白皙的肌肤、敏锐幽蓝的眸子和日益浓密的金色卷发。

这三个女孩都穿着轻薄的银灰色连衣裙（她们夏季最好的裙子），头发和胸前别着红玫瑰。她们的样子尽显天然本色——那种脸上洋溢着青春、心里无忧无虑的少女，在步履匆匆的人生旅途中歇歇脚，用渴望的眼神读着女性浪漫的人生故事中最甜蜜的一章。

没有繁文缛节，一切尽可能自然和亲切。因此，当马奇婶婆到来时，被看到的一幕幕惊呆了：新娘竟跑出来迎接她，新郎忙着系紧掉落的花环。她还瞥见身为牧师的父亲双臂下各夹一瓶酒一脸庄重地往楼上走。

“天哪，这成何体统！”老太太吃惊地喊着，在专门为她准备的贵宾席位上坐下来，放好淡紫色波纹绸裙打着褶皱的裙摆，弄出沙沙的声音，“你该到最后一刻才能露面啊，孩子。”

“婶婆，我不是展品，不是供人观瞻的，也没有人会挑剔我的打扮，或是估算婚宴的费用。我太幸福了，不介意别人怎么说或怎么想，只想按照自己喜欢的方式举办一场小小的婚礼。约翰，亲爱的，给你锤子。”梅格说完就走开去帮“那个人”做那件非常不合时宜的活儿了。

布鲁克先生甚至连声“谢谢”也没说，但是，当他弯腰去接那毫无诗意的工具时，在折叠门后吻了一下他的小新娘。

他脸上的表情让马奇婶婆那双敏锐的老眼里突然涌出一滴泪，她赶忙掏出手帕擦了擦。

随着一声咔嚓、一声喊叫和一声大笑，劳里闯了进来，完全不顾场合地嚷嚷道："我的神啊！乔又把蛋糕打翻了。"这声嚷嚷立刻引起一阵骚乱。骚乱尚未平息，一帮表亲拥了进来，正像贝丝小时候常说的："大部队来了。"

"别让那个大高个小伙子靠近我，他比蚊子还让我心烦。"老太太悄声对艾米说。此时屋子里挤满了人，劳里的黑脑袋高出了一截。

"他已经答应今天不添乱，如果他用心，能表现得非常优雅。"艾米说。她走过去警告"赫拉克勒斯"[①]当心火龙，结果只是导致劳里冲老太太大献殷勤，几乎把她惹烦了。

虽没有迎亲的队伍，但当马奇先生和一对新人在绿色拱门下各就各位时，母亲和姐妹们紧紧相拥，好似舍不得放走梅格似的。爸爸的声音屡次哽咽，这非但没有破坏婚礼仪式，反而使之显得越发美好和庄严。新郎的手明显在颤抖，回答问题时的声音甚至让人听不清。可是梅格直视着丈夫说："我愿意！"神情和声音既温柔，又饱含着信任，让母亲心中充满喜悦，马奇婶婆却不屑一顾地哼了一声。

乔没有哭。有一阵子她快要憋不住了，是劳里救了她，因为她意识到劳里在盯着她看，一双顽皮的黑眼睛里流露出欢喜和激动交织的可笑神情。贝丝把脸伏在妈妈肩头，艾米却笔直地站着，一束迷人的阳光洒在她白皙的额头和头上戴的花上，使她看起来像一尊优雅的塑像。

---

① 古希腊神话中最伟大的英雄。是主神宙斯与阿尔克墨涅之子。火龙暗指马奇婶婆。

事情恐怕并非那么简单。婚礼仪式一结束，梅格就哭了起来：“第一个吻献给妈妈！”说完就转过身，给了妈妈一个深情的吻。在接下来的一刻钟里，梅格越发显得像一朵玫瑰了。每个人都充分利用这一特权和梅格拥抱亲吻，不管是劳伦斯先生还是老汉娜。汉娜围着一条精心编织的漂亮头巾，在过道里就扑到梅格身上，喜极而泣：“祝福你一百次，宝贝！蛋糕完好无损，一切都很好。”

随后大家的心情都开朗起来，尽可能聊愉快的话题，很快把气氛渲染得特别热闹，因为只要心情轻松，就不愁没有欢声笑语。礼物没有摆出来，因为已经提前放进新人的婚房里。早餐很简单，但午餐很丰盛，有蛋糕和水果，还有鲜花点缀。劳伦斯先生和马奇婶婆发现三位“赫柏”[①]端给人们的琼浆玉液只有水、橙汁和咖啡，两人不约而同地耸耸肩，相视一笑。对此谁也没说什么，最后还是劳里揭开了谜底。他端着装满食物的托盘出现在新娘面前，坚持要服侍新娘吃些东西，同时一脸困惑地小声问道：

“是不是乔不小心把酒瓶全打碎了？或者是我猜错了？早晨我看到地上撒着一些碎瓶子。”

“不是的，你好心的爷爷把最好的酒送给了我们，婶婆也送来一些，但爸爸除了给贝丝留了一点儿之外，把其余的都送到军人之家去了。他认为只有生病时才能喝酒，妈妈也说她和女儿们绝不会在自己家用酒招待年轻人。”

梅格郑重其事地说着，以为劳里会皱眉或报之一笑，结果竟出乎她的意料。劳里快速地瞥了她一眼，以惯用的直率语

① 古希腊神话中负责司掌青春的女神，相传为宙斯和赫拉的女儿，她也是奥林匹斯山诸神的斟酒官。这里指的是三姐妹。

气说："我喜欢那样！因为我看了太多喝酒带来的危害，希望别的女人也和你一样想。"

"这不会是你的经验之谈吧？"梅格的语气中有些担心的成分。

"不是的，我向你保证。但也不要把我想得太好了，对我而言酒不是诱惑。由于是在一个把酒当水喝的国度长大的，我并不馋酒。但如果有美女献酒，我就不会拒绝了，你说是吧？"

"可你一定要拒绝，即使不为自己，也要为别人着想。来，劳里，答应我，就算让我多一个理由证明今天是我一生中最幸福的一天。"

一个如此突然而郑重的请求使年轻人踌躇了片刻，因为嘲弄往往比克己更难忍受。梅格知道，一旦劳里许下承诺，就会不惜一切代价去遵守的。她感觉到了自己的力量，为了朋友好，她以女人独有的方式运用了这种力量。她没有说话，只是抬头看着他，脸上洋溢着幸福的微笑，似乎在说："今天谁也不能拒绝我的请求。"劳里当然也不能了。他心领神会地点点头，诚心诚意地说："我保证，布鲁克太太。"

"非常非常感谢。"

"为你的'决心永在'干杯，特迪。"乔喊道，手指蘸了点橙汁在劳里脑门上画了个十字给他洗礼，然后晃晃杯子，冲他赞许地笑笑。

他们以饮料代替酒行了祝酒仪式。一言既出，驷马难追，尽管有很多诱惑，劳里还是信守了诺言。凭着本能的智慧，姑娘们抓住这一幸福时刻帮了朋友一把，为此劳里将感激她们一辈子。

午饭后，人们三三两两在房子周围或花园里散步，享受着院里院外的阳光。梅格和约翰碰巧一起站在草地中央。这时劳里突然灵感来袭，给这场本不时髦的婚礼最后加上了精彩的一笔。

“所有已婚人士请拉起手来，绕着新婚夫妇跳舞，就像德国人那样，而我们单身汉和小姑娘们在外围两两对跳！”劳里说着就和艾米一起沿着小路缓缓向远处跳去。他们的精神和行动极具感染力，其他人毫无异议，都学着他们的样子跳起来。马奇夫妇、卡罗尔叔叔和婶婶首先响应，别的已婚男女也快速加入进来。甚至连萨莉·莫法特在犹豫片刻之后也把裙裾往臂上一搭，拉起内德快步进入舞圈里。最可笑的是劳伦斯先生和马奇婶婆这对老年舞伴。当老先生庄严地滑着舞步来到老太太跟前时，老太太把拐杖往腋下一夹，欢快地加入进了跳舞的人群中，和大家一起绕着新人转起来。年轻人则像盛夏时节的蝴蝶，花园里到处都是他们的身影。

大家累得气喘吁吁时即兴舞会才结束。随后人们开始纷纷动身离去。

“希望你能过得好，孩子，我打心眼里希望你能过得好。但我想你将来会后悔的。”马奇婶婆对梅格说。当新郎把她送上马车时，她又对新郎说：“小伙子，你得了个宝贝，可要确保配得上她。”

“这是我这几年来参加过的最美好的婚礼，内德，我不知道为什么，虽然婚礼一点儿也不时尚。”莫法特夫妇驾车离开时，莫法特太太对丈夫说。

“劳里，我的孩子，要是你想享受这种幸福，在那几个小姑娘中挑一个帮你，我绝对满意。”兴奋了一上午后，劳伦斯先生在安乐椅上坐下来说。

“我争取让你满意，爷爷。”劳里异常顺从地回答，一边小心翼翼地拔下乔在他衣服上别的花朵。

小房子不远，梅格和约翰的蜜月旅行就是安静地从老房子里走到新房子里。她身穿鸽灰色套裙，头戴系着白丝带的草帽下了楼，看上去像一位美丽的贵格会[1]女教徒，全家人都聚在一起与她告别，仿佛她要出远门似的。

“不要觉得我和你们分开了，亲爱的妈咪。也不要认为我只爱约翰，不爱你们了。”她搂住妈妈热泪盈眶地说。过了一会儿又对爸爸说：“我每天都会过来看你们的，爸爸。虽说我结了婚，但希望你们在心里还给我保留着原来的位置。贝丝会经常过来陪陪我，另外两个妹妹也会经常过去，看我手忙脚乱做家务的笨模样。谢谢你们，让我有一个幸福的婚礼。再见，再见！”

他们站在那里，脸上挂着爱、希望和自豪，目送着梅格离开。梅格倚靠在丈夫肩头，双手捧着满满的鲜花。六月的阳光照亮了她幸福的脸庞——梅格的婚姻生活就这样开始了。

---

① 西方国家的一种教派。

第二十六章　艺术尝试

一个人要弄清才能和天赋的区别，往往需要花很长时间，尤其是对那些雄心勃勃的青年男女来说。艾米在经历了很多磨难之后才明白了二者的区别。因为错把热情当成了灵感，她凭着年轻人的闯劲尝试过各种艺术门类。“玩泥巴”消停了很长一段时间后，她又全身心地投入到钢笔画上。她的这种艺术作品体现出了她的品味和才能，既赏心悦目，又能带来收益。不过，由于眼睛感到过度疲劳，她又把钢笔和墨水抛开了，大胆尝试起烙画[①]来。

在她从事烙画创作的那段时间，全家人一直提心吊胆的，唯恐火灾发生。房子里无时无刻不弥漫着焦木炭的臭味，烟频频从阁楼和工作间里冒出来。烧得发红的火钳随处乱放，汉娜临睡前总要备好一桶水，并把用来通知开饭的铃铛放在门边，以防失火。画神拉斐尔的头像赫然出现面板的背面；酒神巴克斯则被烙在了啤酒桶盖上。糖桶盖上点缀着一个唱歌的小天使。后来，她又开始尝试画罗密欧和朱丽叶，烟火随之又持续了一段时间。

因为烫伤了手指，火顺理成章地让位给了油。艾米又带着同样的热情扑到了油画创作上。一位画家朋友把淘汰的调

① 用火烧热烙铁在物体上熨出烙痕作画。

色板、画笔和颜料送给了她，她随手胡乱涂抹起来，画出的田园风光陆上难找，海上风景也是水上难寻。她笔下的牛都是畸形的，足以在农展会上斩获大奖。画船时她全然不管造船和索具安装的普遍规则，船只都危险地倾斜着，航海经验丰富的人看一眼就会笑掉大牙，更别说冒险去乘这样的船了，非得晕船不可。黑皮肤的男孩和黑眼睛的圣母在画室一角盯着你，暗示着牟利罗[①]的风格；油亮的棕色脸庞上笼罩着阴影，加上错位的血红线条体现着伦勃朗[②]的影子；丰满的女子、水肿的婴儿是受鲁本斯[③]的影响；而透纳[④]的艺术则体现在包括蓝色响雷、橙色闪电、褐色雨水和紫色云层的暴风雨中，中间涂抹了一片番茄色染料，可能是太阳、浮标、水手的衬衫或者国王的御袍，究竟是什么，观者请自行想象。

接着艾米的兴趣又转向了木炭肖像画，于是全家人的画像在墙上挂了一排，看上去粗鄙不堪，仿佛刚从煤箱里挖出来似的。三分钟热度冷却后，她又爱上了油画棒素描。这些素描作品有所提高，画得很像，大家都称赞艾米的头发、乔的鼻子、梅格的眼睛画得很妙。但是，过后她又回到老路上，又摆弄起陶土和石膏来。熟人的塑像幽灵似的分散在房间的各个角落，有些会从橱柜上掉下来，砸中人们的脑袋。孩子们被她引诱进来当模特，当他们把她的神秘行为颠三倒四地描述给大人们听时，艾米在这些大人眼里成了小妖女。然而，一次突发

① 牟利罗（1617—1682），十七世纪巴洛克时期西班牙画家。

② 伦勃朗（1606—1669），欧洲十七世纪前伟大的画家之一，也是荷兰历史上最伟大的画家。

③ 鲁本斯（1577—1640），17 世纪佛兰德斯画家，早期巴洛克艺术杰出代表。

④ 透纳（1775—1851），19 世纪上半叶英国学院派画家的代表，是英国最为著名，技术最为精湛的艺术家之一。

的不幸事件最终结束了她在这一行的努力，也浇灭了她的热情之火。有一阵子，她对别的模特都不满意，就用自己的美足铸模。一天，全家人被一阵怪异的碰撞声和喊叫声所惊动，急忙跑去救援，发现这个小狂热分子正在工作室里单脚狂跳不止，另一只脚被牢牢卡在一满盆已经迅速凝固的石膏浆里。最终她的脚好不容易被挖了出来，在这一过程中经历了一定的危险，因为乔在援救过程中笑得太厉害，结果把刀插得太深，划破了艾米可怜的脚，给这种艺术探索留下了一个永久的纪念。

这次事故之后，艾米就打了退堂鼓，直到她又对写生产生了狂热的激情——在这种激情的推动下，她整天流连于河边、田间和林中，学习画风景，渴望有名胜古迹供她描摹。由于总坐在潮湿的草地上“记录”那些可爱的小景——石头、树桩、蘑菇、折断的毛蕊花梗等，她总是感冒。她画出的天上大团的云朵看起来就像展览的各种精美羽绒被。为了观察光和影，她顶着盛夏的炎炎烈日在河上漂流，也不怕晒黑脸蛋。为了找到所谓的视点，她又是侧目，又是眯眼的，以至于鼻梁上起了皱褶。

如果真像米开朗基罗所断言的，天赋就是持之以恒，那艾米敢说是具备些天赋的，因为无论遇到多少障碍、失败和挫折，她总是坚持不懈，并且坚定地相信，总有一天她会创作出上乘之作。

与此同时，艾米也在学习、尝试和欣赏其他东西，因为她决心要做一个魅力十足、多才多艺的女子，即使成不了画家。在这点上她比较成功，因为她是那种天生具有亲和力的女孩，能够轻而易举地得到别人的喜爱，到哪儿都能交上朋友，生活得优雅随意，轻松自在，以至于那些不太走运的人认为她是天生的幸运儿。大家都喜欢她,因为她最大的优点就是圆通。她天生会取悦人，懂的见什么人说什么话，做事既得体又合时宜。而且她总是一副从容淡定的样子，以至于姐姐们常说："即使艾米毫无准备地走上法庭，她也不会乱了阵脚。"

她的一个缺点是总渴望进入上流社会，虽然她对上流社会究竟是什么样的并不很清楚。在她眼里，金钱、地位、时髦的才艺和优雅的举止是最令人羡慕的东西。她喜欢和拥有这些东西的人交往，不过常常看走眼，仰慕那些一钱不值的人。她始终认为自己生来就是贵妇命，因此刻意培养自己的贵族品位和贵族感觉，以便机会降临时她能够有所准备，立刻粉墨登场。目前只是因为贫困她才被拒之门外。

"我的贵妇"，朋友们这么称呼艾米，她强烈渴望着有朝一日成为真正的贵妇人，而且内心也认为自己就是贵妇人。但是她还不懂，金钱买不来天生的气质，高贵并不总是和地位相伴而生，良好的教养会自然体现出来，不管外表上有什么缺陷。

"妈妈，我想请你帮个忙。"一天，艾米从外面回来，一脸严肃地说。

"小丫头，什么事？"母亲问道，在她眼里这位仪态高贵的年轻小姐还是个孩子。

"我们的美术班下礼拜就要放暑假了，放假前我想邀请女生们来咱家玩，她们特别想看看咱们这里的河，画画那座断桥，临摹些我画册里她们看中的画作。她们在很多方面都很关照我，我对她们心存感激。尽管她们家里都很富有，咱们家穷，但她们从没对我另眼相看。"

“为什么要另眼相看？”马奇太太带着那种被女儿们称为“玛丽娅·特蕾莎”[①]的神态问道。

“你我都清楚，几乎每个人都会瞧不起穷人。因此，要是你的小鸡仔们受到比她们强大的鸟儿的欺负，不要像愤怒的老母鸡似的竖起毛来。你要相信，丑小鸭会变成白天鹅的。”这些话艾米是笑着说的，因为她天性开朗乐观。

马奇太太笑了，她放下护犊心切的戒备心理，问：“那么，我的小天鹅，你有什么计划呢？”

“我想邀请那些女孩下周来家吃顿午餐，然后带她们乘马车去她们想看的地方转转，也许还要在河上划划船，再为她们举行一个小小的艺术游乐会。”

“听起来可行。午餐吃什么呢？蛋糕、三明治、水果和咖啡就够了吧？”

“哎呀，根本不够。我们还得有牛舌和鸡肉、法国巧克力和冰激凌。那些女孩习惯吃这些东西。我希望为她们准备的午餐既体面又高雅，尽管我得自己赚钱谋生。”

“有多少女孩呢？”母亲问，神情变得严肃起来。

“班里总共有十三四人，但我敢说她们不会全来的。”

“天哪，孩子，你要带这么多人出去转，那非得租辆公共马车才行。”

“噢，妈妈，你怎么会这么想？真正来的人大概只有六到八个，我只要租辆沙滩马车，再借劳伦斯先生的乐蹦车[②]用用就行了。”

“总共算下来要花不少钱呢，艾米。”

---

① 匈牙利女王，神圣罗马帝国皇后（1717—1780），以文治武功著称。

② 汉娜口中的敞篷大马车。

“不会很多，我算过费用了，就让我自己来支付吧。”

“乖乖，你有没有想过，那些女孩对这些早就司空见惯了，我们就是做得再好，她们也不会感到新鲜，而简单朴素的东西也许更令她们开心。不说别的，至少可以换换口味，而且这对我们也好得多，不需要花钱去买或者去借我们不需要的东西，不用强撑与我们家状况不符的派头。”

“如果不能按我的想法办，那还不如不办。只要你和姐姐们稍稍搭把手，这件事我绝对能办好。我不明白，为什么我自己花钱还不行？”艾米决心已定，越是遭到反对越是坚决。

马奇太太明白，经验是最好的老师。如果有可能，她就放手让孩子们自己去吸取教训。当然，这是在她的忠告遭到她们强烈反对的情况下，就像在她们反对吃泻盐和通便剂时一样。

“好吧，艾米，如果你决心已定，又能保证不会花太多的钱、时间和精力，我就不再多说了。和姐姐们商量一下，不管你决定怎么做，我都会尽力帮你的。”

“谢谢你，妈妈，你总是这么好。”艾米说着就去告诉姐姐们她的新计划了。

梅格立刻表示赞成，并且答应帮忙，乐意奉献出自己的所有东西，大到自己家的小房子，小到一把最漂亮的盐匙。可是乔对整个计划持反对态度，一开始还想和它撇清关系。

“你为什么要浪费自己的钱，麻烦全家人，把房子折腾得底朝天去侍候那帮对你不屑一顾的丫头？我本以为你那么骄傲、那么矜持，不会因为她们穿法国靴、乘豪华马车，就去讨好那些庸俗不堪的女人的。”乔说。她正在酝酿一篇悲情小说的高潮部分，没有心情参与社交娱乐活动。

“我没讨好谁，我也和你一样讨厌被人瞧不起！”艾米气冲冲地反驳道。遇到这种问题姐妹俩总要争吵几句。“这些女孩们很喜欢我，我也喜欢她们。她们大多数都是好姑娘，通情达理，多才多艺，虽然在你眼里那只是些无聊的时髦东西。你不介意别人是否喜欢你，不想进入上流社会，也无意于培养你的气质和品位，可我想。我想充分利用到手的一切机会。你愿意自个儿单打独斗，挤破胳膊肘，鼻子翘上天，还管那叫自立，就随你的便吧。我可不想这样。”

艾米一有机会畅所欲言，就能表达得淋漓尽致，因为她说得合乎常理，鲜有理屈词穷的时候。乔过于崇尚自由、愤世嫉俗、思想偏激，争论时自然处于劣势，常常张口结舌、无言以对。不过，艾米给乔的自立观下的定义太妙了，两人都不由得大笑起来，缓和了剑拔弩张的气氛。虽然心里不情愿，乔最终还是同意牺牲一天时间给格伦迪夫人[1]，帮妹妹完成一件在她看来十分无聊的事情。

请柬发了出去，几乎所有的人都接受了。盛大活动定在下礼拜一举行。汉娜心情很不爽，因为这把她一礼拜的工作都搅乱了。她还预言：如果衣服的洗烫不能按时完成，一切都会乱套，意思是说，家庭机器的主要部件要是出了故障，会影响全局。但艾米的格言是“不言放弃”，她只要下决心想做一件事，就会克服一切困难进行到底。首先，汉娜把吃的做得一团糟，鸡肉太老，牛舌太咸，巧克力不能正常起泡。接着，蛋糕和冰激凌的开支超出了艾米的预算，马车和其他杂七杂八的开支也是如此。这些起初看起来都是小事，后来发现加

---

① 十八世纪英国剧作家托马斯·默顿在 1798 年塑造的舞台形象，后用来形容特别保守、死板的人。

在一起的费用惊人。贝丝感冒了，只好卧床休息；梅格家来了很多客人，使她难以脱身；乔尤其心猿意马，导致事故不断，错误连连，而且很严重，让人哭笑不得。

“要不是妈妈帮忙，恐怕我根本收不了场。”艾米事后感叹。当大家早已把那个“本季度最好的笑话”忘得一干二净时，艾米还记忆犹新，对母亲满怀感激。

若是礼拜一天气不好，艾米的客人们要推迟到礼拜二来——这种安排让乔和汉娜到了崩溃的边缘。礼拜一早晨，天气诡谲多变：飘了一阵细雨，太阳露了一会儿脸，又刮了一阵阴风，这种状况还不如直接来场倾盆大雨痛快，让人下不了决心。等到天气稳定下来时，再下决心已经迟了。天刚破晓时艾米就起床了，把其他人都搅和了起来，早餐吃得很匆忙，为的是有更多时间整理房间。她审视了一下客厅，突然觉得太寒酸了，但她并没有停下来抱怨，而是就地取材，巧妙地利用现成的东西，在地毯磨破的地方摆上椅子，用自做的塑像挡住墙壁上的污点。乔还在四处摆上插着鲜花的漂亮花瓶。塑像和花瓶给房间增添了一些艺术氛围。

午餐看起来赏心悦目，她审视着满桌的食物，真心希望它们的味道也能香甜可口，同时希望那些借来的玻璃杯、瓷器、银餐具都能安然回到主人身边。马车已经安排好了，梅格和妈妈随时准备尽地主之谊，贝丝虽然不宜抛头露面，也能在厨房给汉娜打打杂。乔尽管心不在焉，头昏脑涨，但答应尽量做到精神抖擞、和颜悦色。艾米一边疲倦地打扮着，一边兴奋地期待着那个愉快的时刻。午餐顺利结束后，她将和朋友们一起驱车去野外度过一个充满艺术享受的下午。“乐蹦车”和断桥是整个活动的两大亮点。

接下来就是令人揪心的等待时刻。在这几个小时里，艾米在走廊和客厅之间荡来荡去，而大家的看法也像墙头草一样变来变去。十一点时下了一阵大雨，显然浇灭了小姐们的热情，说好十二点来的，结果没有一个人来。熬到了下午两点，疲惫不堪的一家人在灿烂的阳光中坐下来吃掉了易变质的那部分食物，以免造成浪费。

翌日清晨，阳光唤醒了艾米。“今天保准是好天气，她们一定会来，所以我们得快点儿做准备。”艾米说得很轻松，但内心里希望自己当时压根就没和朋友们提起过礼拜二，因为她的兴致如同她的蛋糕一样，已经有点儿变味了。

“我没能买到龙虾，你今天就不要做沙拉了。”半小时后，马奇先生回来了，温和的脸上略带失望地说。

“那就用鸡肉代替吧，鸡肉虽老，但做沙拉没关系。”他太太建议道。

“汉娜把鸡肉放在厨房餐桌上一会儿，被小猫吃掉了。我很抱歉，艾米。”贝丝说，她一直很爱猫。

“那就一定要有龙虾，光牛舌是不行的。”艾米坚决地说。

“要不我去镇上向人讨一只来？”乔带着一副殉道者的语气问。

“你会不包纸袋就夹在胳膊下带回家的，只是为了烦我。我自己去得了。”艾米说，情绪开始变得烦躁起来。

裹上厚厚的面纱，提着个雅致的旅行篮，艾米出发了，希望乘车外出一趟能让她冷静下来，平息心中的烦躁，以适应当天的劳动。费了一些周折，她终于把想要的东西弄到手了，还顺手买了一瓶调料，以防在家里再浪费更多时间，然后就又乘车回去了。她为自己的先见之明很是得意。

除了艾米，公共马车里只有一名乘客，是个昏昏欲睡的老太太。艾米取下面纱塞进口袋里，为了打发途中的无聊时光，开始合计起钱的去向来。她一心只顾计算纸片上横七竖八的数字，竟未留意马车在行驶过程中跳上来一位新乘客。直到听到一个男性的声音响起来："早上好，马奇小姐。"艾米这才抬起头来，原来是劳里的一个非常有气质的大学同学。艾米一下子慌了神，全然顾不上脚下的篮子了，只盼着他能在她之前下车。她一边暗自庆幸自己穿的是簇新的裙子，一边热情洋溢地回答了年轻人的问候，让人听不出和往日的区别。

他们相谈甚欢。艾米获悉这个年轻人会先于她下车，一颗悬着的心便放了下来。她正就一些特别高雅的话题侃侃而谈时，那个老太太要下车了。她步履蹒跚地向车门走去，不小心撞翻了艾米的篮子。哎呀，糟糕——那只长相恶心、色彩俗艳的大个头龙虾一览无余地暴露在一位都铎王室后裔的尊贵目光之下。

"哎呀，她忘记她的午餐了！"不知内情的年轻人说，用手杖把那只猩红色的大怪物拨回原位，准备追过去把篮子递给已经下车的老太太。

"请停下——那是——是我的。"艾米难为情地说，脸红得和那只龙虾差不多。

"真的吗？对不起，这只龙虾很棒，是不是呀？"都铎说道，显出一副若无其事、兴趣十足的样子。这应该归功于他的良好教养。

艾米很快恢复了镇定，把篮子大大方方地摆在座位上，笑着说："难道你不想品尝一下用龙虾做的沙拉，再看看要把它吃掉的迷人姑娘吗？"

这正是艾米的机智之处。男人骨子里的两个典型小癖好被勾了起来：龙虾立刻被罩上了一圈美好的光环，而对“迷人姑娘”的好奇分散了他对这个尴尬小事故的注意力。

“我猜他一定会把这当成笑话讲给劳里听的。不过，反正没当着我的面讲，这好歹算个安慰。”当都铎躬身离去时，艾米心里想。

到家后艾米没提这次遭遇（尽管她发现翻倒的篮子使调料流了出来，沾到了她的新裙子上，正顺着裙摆滴落下来），而是继续准备午宴，只是兴致减少了不少。十二点时，和昨天一样，一切又都准备就绪了。艾米能感觉到邻居们都很关心她的这次活动，她希望今天能一举成功，从而抹去昨天失败的记忆。她喊来了“乐蹦车”，载着她隆重地去迎接客人赴宴。

“我听到车轮声了，她们来了！我去门廊迎接她们，这样才显得我们好客。可怜的孩子费了那么大劲，我要让孩子玩得高兴。”马奇太太说到做到。但她向门口望了一眼后，又退了回来，脸上带着一种难以描述的表情，因为宽大的车厢里只坐着艾米和一个姑娘，以至于几乎看不见人影。

“贝丝，快去帮汉娜把餐桌上的东西撤下来一半。在一个女孩面前摆十二人吃的饭菜，这太荒唐了。”乔见状大喊道。她怕憋不住笑，赶紧躲进了地下室里。

艾米进家时脸色很平静，对唯一信守诺言的客人招待得十分热情。家里的其他成员也都具有戏剧天分，把自己的角色扮演得不错。艾略特小姐发现这是一个充满欢乐的家庭，个个都喜不自禁的样子，仿佛浑身充满了幽默细胞。他们愉快地分享了调整后的午餐，参观了艾米的画室和花园，还热烈地讨论了艺术方面的话题。之后，艾米叫了一辆轻便马车（可惜了那辆高雅的“乐蹦车”），带着女友安安静静地在家附近转悠了一阵子，落日时分，聚会结束。

艾米走进家门时看上去十分疲惫，但神态照样镇定自若。她发现这个可悲宴请的所有痕迹都消失得无影无踪了，只有乔的嘴角可疑地撇着。

“宝贝，你们下午兜风时天气不错。”妈妈一本正经的语气宛如十二位客人都到齐了。

“艾略特小姐是个讨人喜欢的女孩，我觉得她像是玩得很开心。”贝丝接着母亲的话茬说，语气显得异常热情。

“分给我一些蛋糕好吗？我太需要了，客人一波一波地来，我自己又做不出这么好吃的蛋糕。”梅格认真地请求道。

“都拿去吧。家里只有我一个人喜欢吃甜点，恐怕没能吃完就发霉了。”艾米说，心里却在哀叹：早知如此，何必当初！

“可惜劳里不在，要不还能帮我们吃些。”当一家人坐下来开吃今天剩下的冰激凌和沙拉时，乔开口说。这是两天来他们第二次吃这些甜品。

妈妈用警告的眼神看了乔一眼，把她剩下的话挡在了肚子里。一家人默不作声地大嚼大咽着，像赌气似的，直到马奇先生打破沉默，温和地说：“沙拉是古人最爱吃的一道菜，伊夫林[①]——”他关于沙拉历史的高见刚说到这里，女士们突然爆发出一阵哄堂大笑，让这位博学多才的绅士颇为惊讶。

“把所有东西全装进篮子，给胡默尔家送去。德国人喜欢吃杂烩，我看到这些就反胃，没有理由因为我的愚蠢就把你们撑死。”艾米擦着眼泪大声说。

“看着你们两个小姑娘坐在——你管它叫什么来着——车

---

① 英国作家（1620—1706），英国皇家学会的创始人之一。

里摇摇晃晃，像一个大果壳的两粒果仁，而妈妈则郑重其事地等在那里准备迎接一群客人，我差点儿笑死了。”乔叹息道，她笑得过了火，到现在还肚子疼。

“宝贝，我知道你很失望，也替你难过，可我们大家为了让你满足，都尽心尽力了。”马奇太太遗憾地安抚着女儿。

“我很满意，计划要做的都已经做了。办砸了不是我的错，我以此来自我安慰。”艾米的声音有点儿颤抖，“非常感谢大家的帮助，如果能在今后的一个月里不提此事，至少一个月，我会更加感激。”

后来的几个月里，果真没人再提此事，但是“聚会”一词总能引起大家会心的微笑。劳里送给艾米的生日礼物是一个小小的珊瑚龙虾，可以用来装饰她的挂表链。

第二十七章　文学课

幸运之神突然间对乔抛出了橄榄枝，并在她的人生道路上丢下一枚幸运币，虽说不是金币，不过，我们可以断定，以这种方式得到一小笔钱，带给她的快乐一定超过白送给她五十万块钱带来的快乐。

每隔几个礼拜，乔就把自己关在房间里，穿上那套起稿工作服，全身心地投入到小说创作中，直到写完才安心。她称此为“跌进旋涡里”。她的起稿工作服包括一条黑色大羊毛围裙和一顶同样材质的帽子，帽子上点缀着一个俏皮的红色蝴蝶结。围裙供她在写作时随意擦拭笔尖，帽子供她约束散乱的头发。当她把写字台面清理干净、准备投入行动时，就把头发塞进帽子里。在家人一双双好奇的眼睛里，这顶帽子就是信号灯。当她戴上帽子时，大家都跟她保持距离，只是偶尔探进半个头关切地问一声：“灵感来了吗，乔？”就连这个问题他们也不敢随便问，而是通过观察帽子做出相应的判断。如果这件善于表情达意的行头低低压在前额，说明主人正在苦思冥想；若是帽子歪戴着，说明她正处在高度亢奋状态；要是帽子被取下来丢在地板上，说明她正陷入绝望中。在这种时候，擅自闯入者就会默默地退出，等看到红色蝴蝶结在天才的额头快乐地抖动时，大家才敢和乔说话。

乔并不认为自己是天才，但是当创作激情奔涌而来时，她就会不顾一切地投入进去，进入一个极乐世界。这个假想的世界里充满了对她来说真实而亲切的朋友，让她感到安全而幸福，忘记了贫困和忧愁，甚至意识不到恶劣的天气。她享受着这种独有的快乐，感觉到此时活得最有价值，只恨时光太短暂，以至于废寝忘食、夜以继日，即使其他方面毫无收获也值。天赐灵感通常会持续一两周，然后她才能钻出“旋涡”——带着饥饿和困倦，变得脾气暴躁、怏怏不乐。

一次，乔正处在这样的恢复期时，被克罗克小姐成功说服陪她去听一场讲座。好心换来了好报，乔不虚此行，一个新的主意被催生了出来。这是一场为教区信徒举办的讲座，内容是关于埃及金字塔的。乔不明白为什么偏偏要给这群听众选这样的主题，只能主观臆断，听众们脑子里整天想的是煤价和面粉价，一辈子消耗在试图破解比狮身人面像更难解的谜语中，向他们揭示法老的荣耀有利于纠正某些重大社会弊端，满足人们的某种高层次需求。

她们去得比较早，趁克罗克小姐整理袜跟的功夫，乔饶有兴趣地观察起同排座位上的听众来。她左边坐着两个主妇，宽大的额头上戴着软帽，一面讨论着女权问题，一面忙着梭织。再过去坐着一对卑微的恋人，他们朴实地握着彼此的手。一个神情忧郁的老处女正从纸袋里掏薄荷糖吃。一个老先生脸上蒙着一块黄色扎染大手帕闭目养神。乔的右边坐着一个看起来勤奋好学的小伙子，正在专心读报。

那是一份带插图的报纸，乔无所事事，就乘近水楼台之机扫了一眼那些画面，看到了一个全副武装的印第安人被一匹狼逼到了悬崖边缘；两个火冒三丈的年轻绅士正在附近决斗，双脚出奇的小，眼睛特别大；一个衣衫不整的女人正在后面奔跑，嘴巴张得老大。乔心里纳闷，不知是什么样的机缘巧合把这些画面连缀在了一起。小伙子读完一页后翻下一页时看到乔在看报，就好心地递给她半份，直截了当地问道："想看吗？这可是一流的故事。"

乔微笑着接受了，无论长多大她都喜欢和小伙子打交道，接着很快发现自己陷入了爱情、悬疑和凶杀构成的寻常迷宫中。故事属于激情泛滥的通俗文学，当作者的创作思路卡壳时，就安排一场大灾难发生，其中一半人被清场，剩下的一半为对手的毁灭而欢呼。

"非常精彩，是不是？"当她读到报纸的最后一段时，小伙子问道。

"我觉得只要努力，你我都可以写这么好。"乔回答。小伙子对这种垃圾作品竟如此赏识，让她感到可笑。

"如果我能写这么好，那就太幸运了。据说她就是靠写这类故事发财的。"他指着题目下方的作者名字说。只见那个名字是：S.L.A.N.G. Northbury。

"你认识她吗？"乔问，突然来了兴趣。

"不认识，不过她的所有作品我都读过。我有个熟人在这家报纸的印刷部门工作。"

"你是说她靠写这类故事发了财？"乔更加认真地看着画面上那些紧张不安的人和点缀在版面上的密密麻麻的惊叹号。

"我猜是的！她知道人们喜欢看什么，就投其所好，赚取丰厚的稿酬。"

这时讲座开讲了，但是乔几乎没听。当桑兹教授大谈特谈贝尔佐尼[①]、胡夫国王[②]、圣甲虫和象形文字时，乔偷偷记下了报社的地址。报纸专栏里登着有奖征集传奇故事的广告，她大胆地决定去为那百元奖金赌一把。等到讲座结束，听众们醒来时，乔已经在脑海中为自己积累了一笔数目可观的财富（这不是她从报纸上获得的第一笔稿酬），而且正为情节的安排深深地纠结：决斗是安排在私奔之前还是谋杀之后呢？

回到家以后乔只字未提自己的计划，但第二天就投入了工作，这令母亲惴惴不安。每当乔“灵感燃烧”时，母亲难免有些替她焦虑。乔以前从未尝试过写此类风格的故事，只是满足于为《展翼鹰》写那种温和平淡的浪漫爱情故事。她演戏的经历和庞杂的阅读这下可派上了用场，不仅让她对戏剧性效果有所了解，还提供了情节、语言和服饰。她把故事背景定在里斯本，尽可能地利用自己对那些复杂不安的情绪的有限理解，努力营造剑拔弩张、充满绝望的氛围，结局安排了一场大地震，既惊心动魄，又合情合理。稿件被偷偷地寄了出去，并附了一张纸条，上面用谦虚的口吻写道：作者不敢奢望故事获奖，如若被认为有发表价值，钱多钱少她都乐意接受。

六个礼拜是一段漫长的等待，对一个心中有秘密的姑娘来说更显得度日如年，但是乔都忍下来了。就在她要放弃希望，以为再也见不到自己手稿的时候，她收到了一封信，这封信几乎让她背过气去，因为她刚一打开信封，一张百元支票就飘落在她膝头。她愣愣地盯着支票，仿佛那是一条蛇似的。然后她开始读信，边读边哭了起来。如果那位写信的仁慈先生

① 贝尔佐尼（1778—1823），意大利人，埃及古迹的早期发掘者。

② 埃及第四王朝第二位法老，他的坟墓就是胡夫金字塔。

得知，他友善的回函给一位姑娘带来多么强烈的幸福感，我想他只要有空,定会乐此不疲的。而乔则把信看得比奖金还重，因为它能振奋人心。经过多年的努力，她发现自己终于掌握一技之长了，尽管只是写一篇传奇故事。这真令人快慰。

乔稍稍平复心情后，一手举着信，一手举着电报出现在家人面前，宣布她得了奖。那自豪的样子真是世上难寻。全家人都激动不已，为之欢呼雀跃。故事登报后，每个人都读了一遍，并且都说了表扬话。然而，她爸爸在总结了故事的优点，如语言优美、故事新奇感人、悲剧情节紧张刺激之后，摇了摇头，用一种超凡脱俗的语气说：

“你可以做得更好，乔。树立更高的目标，不要在乎钱。”

“我倒认为这件事情的最大好处就是钱。你打算怎么花这一大笔钱呢？”艾米用敬慕的眼神盯着那张支票问。

“送妈咪和贝丝去海边度一两个月的假。”乔不假思索地回答。

“噢，太棒了！不行，我不能接受，亲爱的姐姐，这样太自私了。”贝丝喊道。她拍拍瘦弱的手，深吸一口气，仿佛在呼吸新鲜的海风，然后弯下身，推开了姐姐在她眼前晃动的支票。

“不行，你必须去，这件事我决心已定。我努力的目的就是为这个，这也是我成功的动力。当我只想着自己时，永远不可能把一件事干好。另外，妈妈也需要出去散散心，她又离不开你，因此你必须去。等你回来时又变成了从前的样子，脸蛋胖乎乎的，红扑扑的，难道不好吗？乔医生万岁！她总是手到病除。”

经过反复讨论之后，贝丝和妈妈还是去了海边。虽然贝丝回来时不像预期那样丰满红润，但健康多了。而马奇太太则宣布自己年轻了十岁。因此，乔对这笔奖金的支出很满意，又精神饱满地投入了工作，只为赚取更多这类令人欢欣的支票。那年她的确赚了好几笔稿费，并开始感觉到自己在家中的影响力。通过一支魔笔,她写的“垃圾”变成了全家人的福利。《公爵的女儿》的报酬付了肉店的账单,《幽灵之手》的报酬换来了一张新地毯,《考文垂家的诅咒》给马奇一家人增添了食物和衣服。

财富当然是最值得拥有的东西,但贫穷也有其光明的一面。逆境最难得的功效之一就是让人们从脑和手的诚实劳动中获得真正的满足感。我们在这个世界上享用的聪明、美好和有用的东西，有一半要归功于需求激发的灵感。乔愉快地体会着这种满足感,不再羡慕富家女。想到自己终于能够自食其力,不再需要向别人伸手要钱，她感到莫大的欣慰。

她的小说没怎么引起关注，却找到了市场，这使她大受鼓舞，决心大胆朝名利双收的目的地进军。她把自己的长篇小说誊抄了四遍，又给所有知心朋友读了一遍之后，才战战兢兢地把小说稿投给了三个出版商。小说最后终于得以出手了，条件是她得把小说压缩三分之一，删掉所有她最看好的片段。

“我要么得把书稿收回来放进铁皮箱里发霉，要么自己掏腰包印刷出版，要么按照出版商的要求进行削减，尽量多赚些稿费。出名对全家人来说固然是好事，但金钱更便利。所以我希望就这个重要问题征求一下大家的意见。”乔召集了一个家庭会议，对大家这么说。

“别糟蹋你的书，孩子，你还没完全意识到这部书稿蕴含的价值。小说构思很精巧，咱们先等等，待成熟后再出版。”

这是父亲给女儿的建议。他言行如一,对自己的布道身体力行。为了让自己栽种的果实成熟，他已经耐心等待了三十年，甚至于到现在也不急于收获，尽管果实已经变得甘美香醇。

“依我看,接受检验比单纯等待对乔更有利。”马奇太太说,“读者的评论是对这类书稿最好的检验，会揭示本人意识不到的优缺点，有助于下次提高。我们的看法难免带着偏颇，外界的毁誉对她有好处，即便赚不了多少稿费。”

“是的,”乔皱着眉头说,“妈咪说得在理，这部小说我折腾好久了，确实不知道它是好，是坏，还是不好不坏。让头脑冷静、不偏不倚的人看看，说说自己的看法，对我会大有裨益的。”

“我主张不要删掉一个字，不然就把它糟蹋了，因为小说吸引人之处在于人物的思想，而不是人物的行动。如果不加阐释，任由情节自行发展，就会让读者感到糊涂。”梅格说。她坚信这部小说是有史以来最出色的小说。

“可艾伦先生说:‘删掉阐释部分，从而使小说既简洁又富有喜剧性，让故事中的人物自己讲故事。’”乔看着出版商的信函，打断了梅格的话。

“就照他说的做吧。他知道卖点在哪里，而我们不知道。先弄出一本精彩的通俗小说，尽量多赚钱。慢慢的，当你有了名气以后，就有资格做到汪洋恣肆，小说中就可以有思想家和哲学家了。”艾米说，她是个务实主义者。

“噢,”乔笑了起来,“如果我的人物是思想家和哲学家,那也不是我的错，因为我对这些东西一无所知，只是有时听爸爸说过。如果我能把爸爸的真知灼见融入我的故事里，对我来说就再好不过了。好了，贝丝，该轮到你来发言了。”

“我想看到小说尽快出版。”贝丝面带微笑，只说了这么一句，但无意识中强调了“尽快”一词。她那双始终像孩子一样率真的眼睛里流露出渴望，让乔霎那间产生一种不祥的恐惧，心里打了个激灵，促使她决定尽快去做一次大胆的尝试。

因此，这位年轻的女作者怀着斯巴达人的刚毅，把处女作摆在桌上，大刀阔斧地进行了删减改造，其残酷程度不亚于一个食人魔。为了让大家都满意，她采纳了每个人的建议。结果却像寓言中的老人和驴子，没有一个人中意。

父亲喜欢她无意中给作品涂上的一抹哲学思想，因此这点就保留了下来，尽管她持怀疑态度。母亲认为细节描述太多，她就删去了大部分，结果把很多必要的过渡也砍掉了。梅格喜欢悲剧，乔就特地堆砌痛苦去满足她。而艾米讨厌搞笑的情节，于是乔就怀着善意扼杀了那些活泼嬉闹的场面，而这原本有助于缓解故事中的忧郁气氛。然后，她一不做二不休，又把剩下的内容砍掉了三分之一，这才满怀期待地把这部可怜的小故事寄走，就像放飞一只拔了毛的知更鸟，让它去纷纷扰扰的广阔天地里碰运气。

还好，书确实出版了，乔拿到了三百元的稿酬，随之而来的还有大量的褒扬和批评，让她猝不及防，困惑得像跌进云里雾里，过了一段日子才恢复过来。

“妈妈，你说过评论对我有帮助，可怎么帮啊？这些评论彼此间太矛盾了，我都不知道我是写了本前途无量的书呢，还是违反了十大戒律？”可怜的乔哭着说。她翻动着一堆读者来信，信的内容让她时而感到自豪和欣喜，时而感到愤怒和沮丧。“这封信上说：‘这是一部精品，故事真实，语言优美，感情真挚，思想内容美好、纯洁、健康。’”困惑的女作者接着说，“另一封信上说：'这本书用的理论很糟，充满了病态的幻想、唯心论观点和反常的人物。'可我没用任何理论，也不相信唯心论，人物原型都来自现实生活。我想这种评论纯粹是无稽之谈。还有一个人说：'这是美国近年来出版的最好的小说之一。'我比他更了解自己几斤几两。还有一位这么断言：'尽管它有独创性，写得很有气势，感情充沛，但这是一本危险的书。'可不是嘛！有些人取笑它，有些人过度赞美它，几乎所有人都强调说我有深厚的理论功底。可我只是为娱乐和金钱而写作。真后悔当初没有把全部书稿都付梓印刷，或者干脆不出，因为我讨厌被人这么曲解。"

家人和朋友给予她大量的安慰和鼓励，然而，对敏感而骄傲的乔来说，这是一段难熬的时光，她的出发点是好的，结果却把事情搞砸了。不过这对她有好处，因为那些具有独到见解的评论家提出的批评对作者来说是最好的教育。等到最初的痛苦过去之后，她也能嘲笑自己这本可怜的小书了，但她仍然相信它是有价值的。经历了这次风波之后，她感到自己更睿智、更坚强了。

"我不是像济慈[①]一样的天才，这件事不会置我于死地的。"她语气坚决地说，"再说，我也发现了他们的可笑之处：明明是直接取材于现实生活的内容，却被指责为虚假和荒谬；而我愚蠢的脑袋编造出来的东西却被称赞为'迷人、自然、温柔、真实'。那么我就以此安慰自己，等我准备好了，会重新站起来，再写一本。"

---

① 济慈（1975—1821），英国杰出的诗人、作家，浪漫派的主要成员，与雪莱、拜伦齐名。

第二十八章　家务体验

像大多数年轻的家庭主妇一样，梅格开始她的婚姻生活时，就下决心要成为一个模范主妇。她要让约翰感觉到家像天堂一样，看到的她总是笑意盈盈的，每天都丰衣足食，衣服上绝不会少一粒纽扣。她很乐意做家务，干得生龙活虎，并融入了自己浓浓的爱意，尽管会遇到些麻烦，但总能心想事成。但她的天堂并不宁静，因为这位小妇人总是无事自扰，想讨好丈夫的心情过于急切，忙忙叨叨的像个真正的马大[①]，有一大堆的操心事。有时她也累得不行，甚至都笑不出来了。由于顿顿美味佳肴，竟把约翰吃得消化不良了，他毫不感激地要求来点清淡的。至于纽扣，梅格很快发现它们总是不知去向。男人的粗心大意令她直摇头，于是威胁约翰说，今后他的纽扣他自己缝，看看他做的活儿是不是比她做的更好，更能经得起那双毛毛糙糙的笨手的折腾。

他们很幸福，哪怕在他们发现生活不能光有爱情之后。虽然梅格的笑脸被熟悉的咖啡壶遮挡了，但约翰发现她的美丽丝毫未损。两人每天分别时的浪漫仪式从未省略。丈夫吻过她之后还会温柔地问："亲爱的，需要我派人送些牛肉或羊肉做备饭吗？" 小房子不再是一个美美的凉亭，而是一个温馨

---

① 圣经中的人物，善于理家，是乡里闻名的女主人。

的家了，这对年轻夫妇发现这是一个更好的转变。起初，他们把家务活当作游戏来做，做得像孩子一样开心。后来，约翰的工作渐趋稳定，他意识到了自己作为一家之主所担负的养家重任。梅格则脱下了麻纱外套，系上了大围裙，像前面说的那样，生龙活虎地投入到家务活中，只是干劲有余，细心不足。

烹饪热情持续期间，梅格认认真真地把科尼利厄斯太太的《食谱》过了一遍，就像解数学难题一样耐心和用心。有时她做的饭菜很成功，又做的太多，就请全家人过来一起消灭掉。有时做砸了，她就打个包，避开所有人的眼睛，悄悄差洛蒂送到胡默尔家供他们果腹。假如哪天晚上她和约翰一起看了账本，烹饪热情就会出现暂时的消退现象，引发一阵节衣缩食的冲动。这期间可怜的男主人只能吃面包布丁和大杂烩，喝反复加热的咖啡，这是在折磨他的心哪，尽管他有着值得称道的坚韧的忍耐力。在找到中庸之道之前，梅格给家里添置了一样年轻夫妇不能长期缺少的物件——腌制罐子。

和所有家庭主妇一样，梅格渴望看到自家的储藏室里存放着自制蜜饯。怀着火一般的热情，她开始动手酿制自己的醋栗果冻。她吩咐约翰采购一打左右的小罐子和大量的糖，因为他们自己的醋栗成熟了，得马上处理。约翰坚信，任何事情“我夫人”都能胜任，并且对她的手艺颇感自豪，所以决定满足她的心愿，把他们家唯一的果实以最合意的形式储存起来等过冬时食用。他带回家四打漂亮的小罐子、半桶糖以及一个帮着摘醋栗的小男孩。年轻的主妇把漂亮的头发塞进小帽子里，袖子挽到胳膊肘，系上一条虽有护胸但看起来依旧娇艳的格子围裙,然后干了起来。她对自己的成功信心满满，她不是曾数百次地见汉娜做过吗？起初，那一大片罐子列队让她有些发怵，但想到约翰特别爱吃果冻，可爱的小罐子摆在架子上一定很漂亮，梅格就决定一定把它们全部装满，于是花了一整天的时间采摘、熬煮、过滤、捣碎她的果冻。她尽了最大的努力，还向科尼利厄斯太太的书请教，绞尽脑汁地回忆汉娜是怎么做的，然后再煮、再加糖、再过滤，可是那讨厌的东西就是不结冻。

她很想立刻跑回家求母亲帮帮她，但约翰和她事先有约定：不管他们遇到什么问题，烦心事也好，某种尝试也罢，还是口角争吵，他们都不会打扰任何人。当时说到最后一个词时，他们俩都笑了，仿佛这种事情对他们来说绝不可能发生。他们坚守这个约定，只要能自己解决的问题绝不求助于人。其他人也不干预他们，因为这是马奇太太的建议。所以，在这个炎热的夏日里，梅格独自一人折腾了整整一天，可是果肉怎么也融化不了。到了下午五点，她坐在乱糟糟的厨房里，绞着沾满果汁的双手，大声哭起来。

两人刚开启美好新生活时，梅格常常说："只要老公乐意，他随时可以带朋友来家里。我一直都会有所准备的，不会措手不及，不会责怪，也不会不舒服。客人会看到一个整洁的家、一个快乐的妻子和一桌丰盛的美餐。约翰，亲爱的，用不着征得我允许，喜欢请谁就请谁，我肯定是欢迎的。"

这听起来实在是太诱人了！约翰自豪得心花怒放，深感拥有一个能干的妻子真是一大幸事。然而，尽管不时有客人来访，但没有一个是在意料之外。到现在为止，梅格也没有一显身手的机会。尘世间总有类似的不可避免的事情发生，我们只能感到惊异，为之叹息，并尽可能去承受。

一年中有那么多天，可约翰偏偏挑这天突然带朋友来家吃饭，如果他没有全然忘记果冻的事情，这样做真是无可饶恕。他一边为早上提前预订了美食暗自庆幸，一边怀着年轻男主人和年轻丈夫特有的抑制不住的满足感陪朋友走进了宅邸。他对宴请所带来的迷人效果充满期待，确信饭菜已经准时备好，漂亮的妻子定会跑出来迎接他。

约翰走进“斑鸠窝”时，发现一切令他大失所望：那扇通常好客地敞开着的门，现在不仅关上了，还上着锁。台阶上还点缀着昨天留下的泥浆。客厅窗户关着，遮挡着窗帘。看不到漂亮的妻子身穿白裙，头上戴着个迷人的蝴蝶结，坐在廊下做女工的身影。也不见眼睛明亮的女主人腼腆地微笑着出来迎接客人。什么也没有，除了一个长相凶狠的男孩在醋栗树丛下睡觉外，其余一个人影也看不见。

“恐怕出什么事了。斯科特，你去花园里散散步，我去看看布鲁克太太。”约翰说，对眼前的寂静和冷清感到震惊。

他闻到了一股糖被烧焦后散发出的刺鼻味道，在这种味道的引领下，他匆匆靠近了房子。斯科特先生好奇地、不紧不慢地跟在后面。当布鲁克的身影消失不见时，斯科特先生知趣地隔着一段距离停下了脚步，但是他的眼睛和耳朵都没有闲着。作为一个单身汉，他料到有好戏看了。

厨房正处于一种惨不忍睹的状态。一批果冻被倒进了罐子里，另一批在地上摆着，还有一批正在火炉上欢快地煮着。洛蒂不愧具有日尔曼人的血统，像没事人似的吃着面包，喝着醋栗酒。果冻仍旧处于毫无希望的液态，而布鲁克太太正用围裙蒙着头，坐在那里绝望地哭泣。

“亲爱的姑娘，出了什么事？”约翰叫着，急忙冲进厨房。

他既担心看到妻子被烫伤的双手，害怕听到不好的消息，想到花园的客人时又感到惊慌。

“噢，约翰，我快累死、热死、烦死、担心死了！一直捣鼓这破东西，彻底累垮了。快来帮帮我，不然我就会死掉的。”疲惫的主妇一头扑进约翰怀里，给了他一个名副其实的甜蜜欢迎，因为她的围裙和地板一样受到了醋栗汁的洗礼。

“什么惹你伤心了？出了什么可怕的事情吗？”约翰担忧地问道，又温柔地吻了一下梅格小帽子上的蝴蝶结，帽子已经歪了。

“是的。”梅格绝望地抽泣着说。

“那就快告诉我吧，别哭了。除了你的哭，我什么都能忍受。快说出来，亲爱的。”

“果——果冻不能凝固，我不知道该怎么办？”

约翰·布鲁克听了忍不住哈哈大笑起来，不过以后他再也不敢笑得这么放肆了。爱冷嘲热讽的斯科特听到他那洪钟般的笑声也不由得莞尔一笑。但这位客人的到来对可怜的梅格来说无异于雪上加霜。

“就这事？通通扔到窗外去吧，以后不要再为这事麻烦了，你要想吃，我就给你买好多回来。看在上帝的分上，别再哭了。我今天邀请了杰克·斯科特来吃晚饭——”

约翰没能说完，因为梅格一把推开了他。她双手一拍，做出一种悲哀的手势，一下子跌坐进椅子里，大声斥问道：

“请人吃饭？你没看家里有多乱吗，约翰·布鲁克，你怎能做出这种事情呢？”语气里夹杂着愤怒、责备和沮丧。

“嘘，你小点儿声，他在花园里！我忘了这该死的果冻了，现在已经无可挽回了。”

“你应该差人送个话来，或者今天早上告诉我。你应该记得我有多忙。”梅格任性地说。斑鸠急了也会啄人的。

“早上我还不知道要请客，也来不及差人送话，因为我是在出来的路上撞到他的。我从没想过要征得你同意，你总是说可以随便请人来。我以前从没试过，今后保证不会再有第二次。”约翰委屈地解释道。

“但愿不要！现在就把他打发走，我不想见他，也没有晚饭吃。”

“可我想！我让人送来的牛肉和蔬菜在哪里？还有你答应做的布丁呢？”约翰边喊着边冲到食品柜跟前。

“我没有时间做饭，原打算去妈妈家吃饭的。对不起，我太忙了。”梅格的眼泪又流了出来。

约翰是个性格温和的男人，但他也是普通人。辛苦工作了一整天，他又累又饿，满怀希望地回到家里后，却发现眼前一团糟，餐桌上空空荡荡，妻子情绪暴躁，这可不利于头脑冷静、保持风度，然而他克制住了自己。若非不幸说错了一个词，这场小风波也就平息了。

“我知道这有些麻烦，但只要你肯帮我一把，我们就能对付过去，开开心心地吃顿晚餐。不要哭了，亲爱的，快加把劲给我们弄点儿吃的。我们俩都饿坏了，吃什么都无所谓。给我们弄些凉熟肉、面包和奶酪就可以，不会要果冻的。”

他本意只是想开个善意的玩笑，但最后那个词让他倒了大霉。梅格认为他是在暗讽她可悲的失败，这么做未免也太残忍了。他说完之后，梅格的最后一点儿忍耐力也消失了。

“有本事你自己解决麻烦吧。我力气耗光了，没办法为任何人‘加把劲’。只有男人才会想到用肉骨头、粗面包和奶酪招待客人。我不会让这种事发生在我家里。带那个斯科特去妈妈家里吧，告诉他我不在，或者病了，死了——随你怎么说。我不想见他。你们俩可以尽情地嘲笑我，嘲笑我的果冻。在这里你们没有任何可吃的。”梅格一口气说完这些赌气的话，扔下围裙，冲出厨房，去自己的房间里独自伤心了。

梅格上楼后两个男人究竟做了什么，她不得而知，但她知道斯科特先生并没有被带到妈妈家去。他们一起离开后，梅格下了楼，惊讶地发现餐桌上一片狼藉，是大杂烩晚餐留下的。洛蒂汇报说，他们吃了很多，而且非常开心，男主人还让她把所有果冻原料扔掉，把罐子藏起来。

梅格特别想去向妈妈诉说这件事，但认识到自身错误所带来的羞耻感和对约翰的忠诚阻止了她，“他也许残酷了点，但不宜宣扬出去。”简单打扫了一下房间后，她把自己打扮得漂漂亮亮的，坐下来等约翰回家请求原谅。

不幸的是，约翰并没有回来，他有别的看法。当时他急中生智，把这件事当作笑话给斯科特解释了一通，尽可能为小妻子开脱，又尽地主之谊盛情款待了自己的朋友。即兴的晚餐让朋友吃得很开心，答应改日再来。但约翰心中怒火在燃烧，尽管没有流露出来。他觉得梅格在紧急关头抛弃了他。“嘴上说我可以随时带朋友来家里，当我信以为真时，她却大发脾气，还指责我，让我难堪，被人嘲笑和怜悯。这不公平！就是不公平！梅格必须知道这一点。”用餐过程中他心里就窝着火，当忙乱过去，送走斯科特，他一个人溜达着往回走时，心中涌起一股柔情。“可怜的小东西！为了让我开心，她费了那么大工夫，这太难为她了。她有错是真的，不过她还小，我必须耐心地引导她。”他希望她没回娘家——他不喜欢人家说闲话或干涉他们的家事。但一想到刚才的不愉快，他的火气又上来了。不过这只是一瞬间的情绪，随后他开始担心梅格会哭过了头，心随之变软了，就加快了步伐，下决心要心平气和，但态度一定要坚定不移，一定要让梅格明白她在哪些地方没有尽到妻子的义务。

梅格同样下决心要“心平气和、坚定不移”，要让约翰明白他做丈夫的义务。她很想跑过去迎接他，请求他的原谅，接受他的亲吻和安慰（对此她确信无疑）。但是她并没有这么做。看见约翰来了，她故作自然地哼起小调来，一边做针线一边在摇椅上摇晃着，宛如惬意的贵妇人坐在豪华的客厅里。

没有看到一个柔弱的尼俄伯[①]，约翰感到些许失望，但他觉得自己的尊严需要她先道歉，所以他没有主动道歉，而是气定神闲地走进来，躺在沙发上，说了一句颇为含蓄的话：“亲爱的，我们要迎来一轮新月了。”

“我不反对。”梅格以同样平静的语气说。

布鲁克先生扯了几个大众话题，都被布鲁克太太泼了冷水，谈话陷入了冷场。约翰走到一扇窗前，翻开报纸，埋头看了起来。梅格走到另一扇窗前继续做针线，仿佛拖鞋上的玫瑰花状的新图样是生活的必需品。两人都不说话，看上去都很“心平气和”，但都感到别扭得要命。

“天哪，”梅格想，“婚姻生活真不容易，确实需要无穷的耐心和爱心，正像母亲说的。”“母亲”一词让她想起了很久以前母亲给她的其他忠告，那时她根本听不进去。

“约翰是个好人，但也有他的缺点，你要学着了解这些缺点，容忍这些缺点，还要留心自己的缺点。他是个说一不二的人，

① 希腊神话人物，现在常用来指因丧失子女而悲伤度日的妇人。

只要你和气地跟他讲道理，而不是不耐烦地与他对抗，他就不会固执己见的。他喜欢较真，过分看重事实——这是一大优点，但也可以说是‘死板’。切记不要有欺骗他的言行，梅格，他会给你相应的信任和你需要的支持。他有脾气，但不像我们发一通火就没事了。他的怒火多数时候处于休眠状态，很少发作，可一旦熊熊燃烧起来就很难扑灭。当心，务必要当心，不要激怒他，你的家庭和睦和幸福就取决于保持对他的尊重。管好你自己，如果你俩都错了，你要主动道歉，警惕怄气、误解和口不择言，这些往往会导致痛苦和悔恨。”

当梅格坐在夕阳下做针线时，这些话涌进她脑海里，尤其是最后一句。这是他们俩之间迄今为止最严重的一次分歧。她回想着那一幕，觉得自己口不择言的话听起来又蠢又狠，而自己的愤怒现在看来也很孩子气。想到可怜的约翰回到家时看到的是那样一幕，她的心软了。她泪眼婆娑地瞥了他一眼，可他没有反应。她放下手中的针线活，站了起来，心里想:“我得主动道歉。”“原谅我吧。”她说，但他似乎没有听到。她强咽下自尊，慢慢穿过房间，站在他旁边，但他没有扭头。有一阵子，她几乎要打退堂鼓了，但随后又想:“这才刚开始。我要尽到自己的责任，做到问心无愧。”这样想着，她就俯下身轻轻吻了一下丈夫的额头。结局当然是“一吻定音”。悔过的吻胜过所有语言。约翰立刻把她揽过来坐在膝头,温柔地说:

“嘲笑可怜的小果冻罐太不应该了。原谅我，亲爱的，以后再也不犯了。”

但他后来仍旧嘲笑，天哪，怎么说也有好几百次吧。而梅格也开始自嘲起来。同时，两人都承认，这次的果冻是他们做的最甜的果冻，因为那个小小的罐子把家庭和睦储存下来了。

后来，梅格特地邀请斯科特来共进晚餐，为客人准备了丰盛的美食款待他。席间她表现得活泼开朗、落落大方，把气氛搞得十分愉快。连斯科特先生都说，约翰是个幸运的家伙。回家途中，他一直在摇头叹息，单身汉的日子不好过啊。

那年秋天，新的磨难和经历又来考验梅格了。萨莉·莫法特和她重续友情，经常跑到她的小房子里来闲聊，或者邀请“这个小可怜”去自家的大房子里做客。梅格很乐意这么做。天气不好时，她常常感到孤单。家里人都很忙，约翰直到夜晚才回家，她除了做针线活、看看书或者散散步以外，往往无事可做，因此自然而然养成了和朋友一起逛逛街、聊聊天的习惯。看到萨莉的漂亮东西，她渴望自己也能拥有，并为自己的寒酸感到自怜。萨莉很友好，经常送她一些她喜欢的小东西，但都被梅格拒绝了，因为她知道约翰不喜欢这样。然而，傻傻的小妇人还是做了令约翰更反感的事情。

她知道丈夫的收入，令她欢喜的是，丈夫很信任她，不仅把自己的幸福交给了她，还把有些男人更为看重的东西——金钱交给了她。她知道约翰的钱放在哪里，可以随意花，他只要求她把花出去的每一分钱都记下来，每月付一次账单，还有就是不要忘了她是穷人妻。到现在为止她做得都很好，平日里精打细算，小账本的账目记得清清楚楚，一丝不苟，每个月交给他过目时都心安理得。但是那年的秋天，毒蛇爬进了梅格的天堂，像诱惑很多现代夏娃那样诱惑她，不是用苹果，而是用衣服。梅格不喜欢受到别人的怜悯，弄得自己感觉很穷酸。贫穷令她心烦意乱，但她又羞于承认，于是就不时买些漂亮玩意儿，一是用来安慰自己，二来也能在萨莉面前维护自尊。事后她总是感到有负罪感，因为这些花里胡哨的玩意很少是必需品。不过这些东西花的钱很少，不值得她忧心。于是，不知不觉中小玩意越积越多，逛街的时候，她也不再是只看不买了。

然而，那些小玩意总的花销超出了梅格的想象，月底结算时，总数目把她吓了一跳。那个月约翰很忙，把账目的事全交给了她，第二个月他不在家，但是到第三个月时，他搞了个季度大核算，令梅格永远难忘。几天前，她做了一件很可怕的事情,这件事让她良心上感到惴惴不安。萨莉一直在买丝绸，梅格也渴望添置一件新丝绸裙子——一件漂亮的浅色丝绸裙子，用来参加舞会。她那件黑丝绸裙太普通了，薄绸晚装只适合未出阁的小姑娘。马奇婶婆过新年时通常会给四姐妹每人二十五美元的压岁钱，再等上一个月这笔钱就有了。这里刚好有一块正在削价的漂亮紫罗兰色丝绸布，她还是能付得起这笔钱的。约翰经常说他的就是她的。但如果是既要花掉还没到手的二十五美元，还要从家庭基金里另外拿出二十五美元，他还会赞成吗？这值得怀疑。萨莉撺掇她买，并且要借钱给她，一番好意把梅格诱惑得失去了控制力。就在那危险的一刻，店主举起了那块华丽夺目的绸缎布说："很划算，我向你保证，太太。"她回应道："我买。"于是布就裁了下来，钱也付了。萨莉很高兴，梅格也笑了，仿佛这根本不算回事。随后两人乘马车离开，梅格有种做贼的感觉，好像警察正在身后追她似的。

到家以后，梅格把丝绸布摊开，试图以此缓和内心的阵阵懊悔，但是它现在看起来不那么银光闪闪了，而且也不适合她。"五十美元"几个字似乎像图案一样被印满了整块布料。她把布收了起来，可它还是缠住她不放，这带给她的不是要穿新衣的喜悦，而是像一个摆脱不掉的可怕幽灵。那天晚上，当约翰拿出账本时，梅格心里一沉，结婚以来破天荒地害怕起丈夫来。他那双和善的棕色眼睛现在看起来很严厉。尽管他看起来异常快乐，梅格却感觉他已经发现了，只是不想让她知道。家里的账单都付清了，账本记得井井有条，约翰夸赞了她。正当他要打开被他们称为“银行”的旧皮夹子时，很清楚里面一无所有的梅格慌了神，按住他的手，紧张地说：

“你还没看我的个人开销账本呢。”

约翰从没主动提出要看梅格的个人开支账目，但她总是执意要让他看，常常被他对女人用的稀奇古怪的东西表现出的男子汉气的讶异逗乐。她还让他猜“绲边”是什么，逼着他猜“抱紧我”是什么，或者拿这个问题考他：为什么由三朵玫瑰花蕾、一小块天鹅绒和两根绳子组成的东西可以是一顶软帽，还值六美元。那天晚上，他看上去好像乐于查看她的账目，假装一副被她的奢侈吓坏了的神情。这是他的拿手好戏，因为他特别为精明能干的妻子感到自豪。

小账本被慢慢拿了出来，摆在了约翰面前。梅格立在他的椅子后面，假装为他抚平疲倦的额头上的皱纹。她站在那里开始坦白，每吐出一个字惊慌就增加一分：

“亲爱的约翰，我很惭愧给你看我的账本，因为我最近奢侈过度了。你知道，我经常外出，难免要买些东西。萨莉建议我买，我就买了，尽管我新年的红包可以支付一部分花销。但买过以后我很后悔，因为我知道你会认为我大手大脚。”

约翰哈哈大笑，他把她拉到身边，愉快地说：“不要遮遮掩掩的。即使你买了一双天价靴子，也不会挨打。我为妻子的脚感到自豪，不会介意她花八九美元买一双靴子，只要靴子好就行。”

那双靴子是她上次买的一件“小玩意”，约翰说话时目光恰巧落在这笔开支上。“噢，他看到那笔糟糕的五十美元会说什么？”想到这里梅格心头一颤。

“比靴子更糟，是丝绸。”梅格带着孤注一掷的镇静说，希望最糟糕的局面赶快结束。

“那么，亲爱的，就像曼塔里尼先生①说的，‘该死的总数’是多少？”

这听起来不像约翰一贯的口气。梅格意识到约翰正抬起头直视着她。以前她总是时刻准备着迎接他的这种目光，并报之以同样坦率的目光。她翻过去一页，同时转过头，手指着不含那五十美元就已经够糟糕的总数，加上那笔钱更让她惊愕。一瞬间屋子里安静极了。接下来约翰慢慢说话了——她能感觉到他正竭力克制自己的不满。

“我不知道花五十美元买一件裙子是不是太贵了，加上那些附带的花边裙饰。”

“衣服还没做，更没装花边。”梅格低声叹了口气，突然想到还要花钱，几欲崩溃。

“用二十五码丝绸裹一个小女人似乎多了些，但我毫不怀疑，我妻子穿上它会和内德·莫法特的妻子一样漂亮。”约翰冷冷地说。

“我知道你生气了，约翰，但我是身不由己啊。我不想浪费你的钱，可没想到那些小玩意儿加起来会那么费钱。看到萨莉想买什么就买什么，我不买她就可怜我，我就控制不住

① 狄更斯小说《尼古拉斯·尼克尔贝》中的人物，是一个乱花钱的角色。

了。我努力想做到知足常乐，可那太难了，而我也厌倦过穷日子了。”

说最后一句话时她的声音很低，以为他没听到，但是他听到了，而且深受伤害，因为他为了梅格已经牺牲了很多享乐。话一出口梅格就恨不得把自己的舌头咬掉。约翰推开账本，站了起来，声音有点儿颤抖地说：“我怕的就是这一点。我会尽力的，梅格。”哪怕他责骂她，甚至推搡她，也没有这两句话更令她心碎。她跑到他身边，紧紧抱着他，流着悔恨的泪水说：“噢，约翰，我亲爱的、善良的、勤奋的男孩。我不是这个意思！这太恶毒、太不忠诚、太忘恩负义了，我怎能说出口！天哪，怎能说出口！”

他很宽容，当即原谅了她，没说一句指责的话，但梅格知道，她做过的事，说过的话，他不会很快就忘掉的，尽管他也许再也不会提起。她已经承诺要永远爱他，无论富有还是贫穷，可是现在身为他妻子的她在草率地花掉了他赚来的钱之后，还责怪他贫穷，这太可怕了。最糟糕的是，约翰从此变得沉默寡言，好像什么事也没发生过，只是他在镇上待得更晚，工作到深夜，丢下她独自饮泣，直至入睡。懊悔了一个礼拜，梅格几乎病倒，雪上加霜的是，她发现约翰取消了给他订制的新大衣。这使她陷入绝望，看着都可怜。当她吃惊地问约翰这么做的原因时，他只是回答：“我买不起，亲爱的。”

梅格没再说什么。几分钟后，他发现她在过道里用他的旧大衣蒙住脸，哭得伤心欲绝。

当晚他们进行了一次推心置腹的长谈，梅格明白了一个道理：丈夫越是贫穷，她反而要更加爱他，因为贫穷使他成为一个真正的男子汉，给他力量和勇气去拼搏奋斗，教会他用温柔的耐心去承受他所爱的人的物质欲望，在她遭遇失败时给予安慰。

第二天，梅格收起自尊去找萨莉，把事情告诉了她，请她帮忙买下那块丝绸。好心的莫法特太太欣然买下，周到地打算过段日子再把它作为礼物送给她。梅格把那件大衣买了回去。约翰回家之后，她穿上大衣，问他是否喜欢她的新丝绸袍子。我们可以想象约翰当时的反应以及他是怎样接受这件礼物的，也可以想象随之而来的是怎样幸福的场面。约翰回家早了，梅格不再到处闲逛。早晨，丈夫美滋滋地穿上大衣，晚上，体贴的小妻子亲手把它脱下。时光流转，仲夏时节，梅格迎来了新体验——女人一生中最深切最温柔的体验。

一个礼拜六，劳里满脸兴奋地悄悄溜进斑鸠窝的厨房，迎接他的是一阵铙钹般的撞击声，汉娜正一手持锅、一手持锅盖相击表示欢迎。

“小妈妈好吗？大家都去哪里了？我回家之前为什么不告诉我呀？”劳里低声问。

“幸福得像皇后，那乖乖！大家都在楼上探望呢。我们得避开风口，你去客厅等着吧，我把他们叫下来。”汉娜一面唠唠叨叨地回答着，一面欣喜若狂地哈哈笑着转身离开了。

很快地，乔下来了，自豪地捧着一个用大枕头托着的法兰绒包袱。她神情镇静，但眼睛发亮，由于某种压抑的情绪，声音听起来怪怪的。

“闭上眼睛，伸出双臂。”她命令道。

劳里急忙退到一个角落里，把双手放在背后，做出哀求的姿势，说：“不行，谢谢你，我不敢抱，会掉在地上摔破的。”

“那就不让你看你外甥。”乔坚决地说，转身就要走。

“我抱，我抱！只是损坏了你得担责。”劳里服从命令，闭上了眼睛，勇敢地伸出双臂，等着东西放进他怀里。听到乔、艾米、马奇太太、汉娜和约翰发出一阵哄堂大笑，他睁开眼睛，发现怀里有两个小宝宝，而不是一个。

难怪他们会大笑，他脸上的表情太滑稽了，都能把一个贵格会的教徒逗笑。他站在那里，先是瞪着两个懵懂无知的小生命，又看看狂欢的众人，那副惊讶的样子让乔干脆坐在地上笑个痛快。

“双胞胎，我的天哪！”劳里愣了半天只说出这么一句话，接着他向女人们哀求道，“谁快来抱走，我要忍不住笑了，会摔到地上的。”表情显得又滑稽又可怜。

约翰接过自己的宝贝，一手抱一个，在房间里踱来踱去，好像已经掌握了育婴技巧，而劳里则笑得眼泪都流了出来。

“这是本赛季最棒的玩笑，是不是？我是故意不告诉你的，好让你大吃一惊，结果成功了。”乔平静下来后说。

“我这辈子都没这么吃惊过。太有趣了。都是男孩吗？打算起什么名字？让我再看一眼。扶我一把，乔，我惊喜得快受不了了。”劳里说着，再次注视着婴儿，神态活像一只温和的纽芬兰大狗看着一对小猫。

“一个男孩一个女孩，很漂亮吧？”爸爸自豪地说，含笑望着两个红扑扑、肉乎乎的小东西，仿佛他们是羽翼未丰的天使。

“是我见过的最棒的孩子。哪个是男孩，哪个是女孩？”劳里像吊桶杆一样弯腰观察着两个神奇的宝贝。

“为了把他们区分开，艾米给男孩系了根蓝丝带，给女孩系了根粉丝带，这是跟法国人学的。另外，一个是蓝色眼睛，一个是棕色眼睛。特迪舅舅，快亲亲他们。”乔调皮地说。

“恐怕他们不喜欢吧。”劳里说，在这种事情上他表现得特别羞怯。

“他们当然喜欢，已经习惯被人亲了。现在就亲，先生！”乔命令道，偏要缠住他不放。

劳里听话地撮起嘴巴，小心翼翼地在每张小脸上亲了一下，结果又引起一阵哄笑，却把宝贝们吓哭了。

“看吧，我就知道他们不喜欢！这个一定是男孩，看他拳打脚踢的样子还挺像回事儿。好了，小布鲁克，去和同级别的男子汉较量，行吗？”他兴奋地说，脸上被一只胡乱挥舞的小拳头捅了一拳。

“男孩名叫约翰·劳伦斯，女孩名叫玛格丽特，随妈妈和外婆的名字。我们打算喊她戴茜，这样就不会有两个梅格了。在没找到更好的名字之前，我想男孩的小名可以叫杰克。”艾米带着初当姨妈的兴致说。

“叫他戴米约翰，简称‘戴米’。”劳里说。

“戴茜和戴米——很顺口！我就知道特迪能行。”乔拍着手喊道。

这一次特迪当然行了，因为两个孩子直到最后还叫戴茜和戴米。

第二十九章　走亲访友

“快来，乔，时间到了。”

“做什么？”

“你的意思不是说把答应的事情忘了吧？说好今天要陪我去拜访六户人家的。”

“我这辈子是做过很多鲁莽的傻事，但还不至于疯狂到答应一天做六次拜访的地步，一次就够我懊恼一个礼拜了。”

“可是你的确是答应了的。这是我们俩的一项交易。我给你画好贝丝的蜡笔画像，你乖乖陪我去回访邻居。”

“如果是好天气——协议中有这句话，我一字不差地按照协议去做，讨债鬼。看，东边有一堆云，天不好。我不去。”

“你这是在找借口。天好着呢，没有下雨的迹象。何况你总是夸口自己能信守诺言，所以还是理智些，来尽你的义务，这样才能换得半年的安心。”

此时此刻乔正一心一意地做衣服。她是家里的外套总管，而且特别为此居功自傲，因为她的针线功夫和笔头功夫一样出色。正要做成试穿之际被中途打断着实令人恼火，更何况是在七月的一个大热天里盛装进行拜访。乔讨厌那种拘谨正式的拜访，如若不是艾米软磨硬泡，用糖衣炮弹诱惑她，她是绝不去的。眼下她已经没有退路了，只好极不情愿地合上剪刀，一边不满地说她听到雷声了，一边做出了让步。她放下活儿，顺从地抓起帽子和手套，对艾米说，她这个牺牲品已经做好了准备。

“乔·马奇，你太犟了，圣人也会被惹恼的。我想你不至于穿成这样去走亲访友吧？”艾米吃惊地打量着她。

“为什么不行？我穿得整洁、凉爽、舒适，很适合在一个大热天里步行外出。如果人们更在乎我的着装，而不在乎我本人，我宁愿不见他们。你喜欢打扮得既漂亮又可爱，而且想怎么优雅就怎么优雅，所以你这么做值得。对我来说不值，那些个累赘只能让我心烦。”

“天哪！”艾米叹道，“她现在逆反劲儿上来了，恐怕还没能把她打扮好，我就被逼疯了。我今天也不高兴出去，但是我们欠了人情债，除了你和我，家里没人能还。乔，只要你打扮得漂亮些，帮我完成这些礼节，我为你做什么事都行。只要你用心，你完全可以做到谈吐优雅、气质高贵、举止迷人，我会为你感到自豪的。我不敢一个人去，陪我去吧，也好照顾一下我。”

“你真是个鬼精灵的小丫头，竟然用这样的花言巧语来恭维和哄骗你这个倔脾气的姐姐。说什么我气质高贵，你不敢一个人出去，真荒唐！好了，既然躲不掉，我就去，然后尽力而为。你来当出行的指挥官，我只管盲目服从，这你满意了吧？”乔说，态度突然发生了一百八十度大转变，从一条犟驴变成了一只温顺的小绵羊。

“你真是个完美的小天使！穿上你最漂亮的衣服吧，每去一处我会告诉你该如何表现，这样就能给人留下好印象。我想让人们喜欢你，只要你表现得稍微和气些就行。给头发梳个漂亮发型，再在帽子上插一朵粉色玫瑰花。效果不错，不过你穿素色衣服看起来太严肃了。换上浅色手套和绣花手帕。咱们在梅格家停一下，借她的白色遮阳伞用用，你就可以用我这把灰色的了。”

艾米一边忙着穿衣打扮，一边对乔发号施令。乔尽管都照办了，但免不了要抗议几句。她唉声叹气地穿上新麻纱衣服，眉头紧锁着把帽子上的带子系成无可挑剔的蝴蝶结，动作粗鲁地拉扯着别针戴上饰领，又一脸苦相地扯出手帕，上面的刺绣对她鼻头的刺激一如眼前的使命对她情绪的刺激。最后一道优雅的工序是把手塞进钉着三粒纽扣和一条流苏的手套里。打扮妥当之后，她一脸懵懂地望着艾米，怯怯地问：

“折腾死我了，不过，如果你认为我这样可以见人了，我就是死了也开心。”

“非常令人满意，慢慢转一圈，让我仔细瞧瞧。”乔服从了。艾米扯扯这里，拽拽那里，又后退几步，歪着脑袋，内行地审视着，“行，可以见人了。头上修饰得正合我意，白色帽子配上粉色玫瑰花相当迷人。挺直脊背，手放自然些，不要管手套是不是太紧。有一样东西很适合你，乔，那就是披肩——我不适合穿披肩，但是你穿上好看。很高兴婶婆送给你这条可爱的披肩，虽然很素净，但很漂亮，臂上的褶皱很雅致。看我的斗篷穿得正不正？裙子上的褶打得均匀吗？我想把靴子露出来，因为我有一双美足，尽管我的鼻子不漂亮。”

“你永远都是一个讨人喜欢的小美人。”乔带着鉴赏家的神态观察着艾米金色头发上的蓝羽头饰，“请问小姐，我是身着盛装拖地而行呢，还是把它提起来？”

“走路时提起来，进屋后就放下。裙摆拖地的风格最适合你，你得学会优雅地拖曳裙摆。你的一个袖口还没有扣好，赶快扣。一个人要是不注意细节，看起来就总是有缺陷，因为赏心悦目的整体就是由细节构成的。”

乔叹了口气，扣袖口时差点儿弄掉了手套上的扣子。最后两人终于准备就绪，翩然出行了。汉娜从楼上窗口探头望着她们说：“美得像画中人一样。”

“听我说，亲爱的乔姐姐，切斯特一家以高雅自居，所以我想让你把最好的仪态表现出来。不要乱说乱动，行吗？只要平静、冷静、安静——这样最安全，也最有淑女风范，很容易做到的，坚持一刻钟就好了。”快走到第一户人家时，艾米说。她们已经从梅格家借到了白阳伞，并接受了两手各抱一个婴儿的梅格的审查。

“让我想想，‘平静、冷静、安静’——行，我想我能做到。我曾在舞台上扮演过装腔作势的小姐，今天就在台下试试看。我的表演能力很强，这一点你也会发现的，所以就放心吧，孩子。”

艾米看上去像是真放了心，可调皮的乔在执行过程中故意死抠字眼。拜访第一家时，她坐在那里，手脚优雅地摆放着，每道裙褶都规规矩矩地垂着，平静得像夏天的海面，冷静得像冬天的雪人，安静得像石头人。不管主人谈及什么话题——切斯特太太提起了她迷人的小说，切斯特小姐们说到了晚会、野餐、歌剧和时装，她均用微笑、鞠躬和简单的“是”或“不是”应答，让人感觉冷冰冰的。艾米给她打手势，暗示她说话，千方百计引她开金口，还偷偷用脚踢她，均以失败告终。乔娴静地坐着，好像一点儿也没意识到这一切，表情如同莫德[①]

① 英国诗人丁尼生的诗歌《莫德》中的人物。

的脸，“冰冷而端庄，呆滞而夺目”。

“那个年长的马奇小姐真是个傲慢、无趣的丫头！”主人刚把她们送出门，一个姑娘就在门后议论道，不幸被客人听到了。她们俩穿过门廊时，乔一直在无声地发笑，艾米却因教导失败而感到心烦，自然就数落起乔来。

“你怎能这么曲解我的意思？我只是让你表现得适度端庄和稳重，可你把自己搞成了一个完完全全的石头人。在兰姆家要尽量活泼些，像其他女孩一样聊聊天，对她们说的服饰、调情之类的无聊话要假装感兴趣的样子。他们经常出入上流社会，认识他们对我们有好处，我无论如何也要给他们留下好印象。”

“我一定对人友善，一定谈笑自如，对你喜欢的任何小事都表现出惊喜万分的样子。我喜欢这样，我将模仿所谓的‘迷人姑娘’。我能做到这点，因为有梅·切斯特给我做榜样，而且我还能赶超她。你就等着看兰姆家说：‘乔·马奇多么活泼可爱啊！’”

艾米担心起来了，这种担心并不多余，因为乔一旦彻底放开，就无法预料她会在何处停下来。看到姐姐轻盈地走进隔壁的客厅，热情地亲吻所有的姑娘，大方地冲年轻男士们微笑，兴致勃勃地参与聊天，艾米脸上现出复杂的表情。此时她正被颇喜欢她的兰姆太太拉着，滔滔不绝地讲一个令她摸不着头脑的故事。三个嘻嘻哈哈的年轻男士在附近盘桓，想趁故事暂停之际冲过来把她救走。在这种情形下，她无法脱身去制止乔，而乔似乎被调皮的精灵附了体，和兰姆太太一样口若悬河。她被一群脑袋包围着，艾米侧耳倾听，想弄清她在说些什么，却只能听到只言片语，反而愈发好奇。听到不时传来的阵阵笑声，艾米急于分享他们的乐趣。当她听到下面这些谈话的片断时，可想而知有多么痛苦。

“她擅长骑马——谁教的她？”

“没人教。她把一个旧马鞍绑在树上，用来练习上马、勒马和骑马。现在她什么马都骑，胆子大得很。她驯马有一套，那些马对女士都很温顺，马夫收费时就给她优惠。她对马太痴迷了，我经常对她说，如果她其他事都干不成，可以当驯马师以维持生计。”

听到这些有损自己形象的话，艾米实在受不了，因为这些话给人造成的印象是，她艾米是个风风火火的丫头，而这点正是她讨厌的。可是她又能怎么样呢？老太太的故事刚讲了一半，离结束还早呢。乔又开讲了，披露出更多可笑的事情，犯了更加可怕的错误。

“是的，那天艾米陷入了绝望，因为所有的好马都被骑走了，剩下的三匹一匹跛足，一匹瞎眼，还有一匹特别懒惰，要想让它迈开腿，你得把土塞进它嘴里。这种马郊游正合适，是不是？”

“她挑了哪一匹呢？”一个哈哈大笑的男士问。他对这类话题很感兴趣。

“哪匹也没挑。她听说河对岸的农场里有一匹小马驹，虽然从没有女士骑过，她还是决定试一试，因为那匹马长得膘肥体壮，显得精神抖擞。她的斗争可谓悲壮，还不曾有人给那匹马套过鞍，所以她就扛着一副马鞍去找那匹马了。我的天哪！她简直是用马鞍划过河的，然后把它架在头上昂首阔步向马棚走去，把老头惊呆了。”

“她骑那匹马了吗？”

“当然骑了，而且超级开心。我原以为她会摔得遍体鳞伤地被送回家，结果她把马驯得服服帖帖，成为那次郊游的活跃分子。”

“唔，她真勇敢！”兰姆公子赞许地瞥了艾米一眼，心里犯起了嘀咕，母亲到底说了什么，居然让这个姑娘脸涨得通红，而且显得很不安。

片刻之后，当聊天的话题突然转向了服饰时，艾米的面孔变得更红，人更加不安了。一个姑娘问乔，上次野餐时她戴的那顶漂亮的土褐色帽子是在哪里买的。傻乎乎的乔不提两年前买帽子的地方，而是毫无必要地坦言：“哦，帽子的颜色是艾米画的，那些柔和的颜色根本买不到，所以我们喜欢什么颜色就涂什么颜色。有一个懂艺术的妹妹真是一大幸事。”

“这不是很有创意的想法吗？”兰姆小姐发现乔很有趣。

“和她的某些卓越才能相比，这不值一提。那孩子简直无所不能。呵，有一次她想穿蓝色靴子参加萨莉的聚会，于是就把她那双脏兮兮的白色靴子涂成了天蓝色的，看起来特别漂亮，像真正的蓝色绸缎一样。”乔继续说着妹妹的才华，脸上洋溢着自豪的神情，却把艾米气得咬牙切齿，恨不得拿名片盒砸向她。

“前几天我们读了你的作品，非常喜欢。”兰姆家的大女儿说，意在恭维这位才女。必须承认，眼下这位才女表现得有些假。

一听到提起她的作品，乔的情绪就会受到负面影响，要么表情突然变僵硬，像是受到了冒犯；要么唐突地改变话题，就像现在这样。“很遗憾你没有找到更好的东西读。我写那些垃圾是因为卖得好，普通老百姓喜欢。你今年冬天打算去纽约吗？”

由于兰姆小姐“喜欢”她的作品，所以乔的这番话显然不算中听，也不够客气。话一出口她就意识到了错误，担心把事情弄得更糟，她突然想起该她先提出告别，此举甚为唐突，把三个人还没说出的一半话堵在了嘴里。

“艾米，我们该走了！再见，亲爱的，一定来看我们，我们渴望朋友来访。我不敢邀请你，兰姆先生，不过你要是来了，我想我一定不忍心把你打发走。”

乔说话时模仿着梅·切斯特过分热情的做派，显得十分搞笑。艾米尽可能快地冲出了房间，感到哭笑不得。

“我表现得不错吧？”两人走出去后，乔不无得意地问。

“不能再糟了。”艾米无情地给出了否定回答，“你中了什么邪，偏要讲我的马鞍呀、帽子呀、靴子呀之类的事情？”

“哦，这类事情有趣，能让人们开心。他们知道我们穷，所以没必要假装我们能雇得起马夫，一季能买三四顶帽子，能像他们那样随心所欲地买东西。”

“你没必要告诉他们我们的小秘诀，完全没必要用那种方式把自家的穷揭出来。你一点儿正常的自尊心都没有，永远学不会该说的说，不该说的不说。”艾米绝望地说。

可怜的乔一副羞愧难当的样子，用浆硬的手帕默默用力擦着鼻头，仿佛在为自己的过错进行自我惩罚。

“在这家我该怎么做？”走近第三家府邸时乔问。

“你自便吧，我不干涉你了。”艾米简短地回答。

“那我会玩得很快活。那些男孩子们都在家，我们会相处得十分融洽。上帝知道我需要来点儿新花样，优雅对我的健康不利。”乔闷声闷气地说。社交方面受挫令她心烦意乱。

三个大男孩和几个活泼可爱的小孩的热情欢迎迅速安抚了乔的烦躁情绪。她丢下艾米去陪女主人和同样来访的都铎先生聊天，自己一头扎进年轻人的圈子中，发现这新花样很新鲜。她兴趣盎然地听他们讲大学里的故事，大胆地抚摸大型猎犬和鬈毛小狗，欣然同意“汤姆·布朗是个大好人”[①]，全然不顾这种赞扬并不恰当。当一个小伙子提议参观自己的海龟池时，她爽快地跟去了，把女主人都逗笑了。这位慈爱的贵妇整整被子女们的拥抱弄乱了的帽子，这样的拥抱对她来说比心灵手巧的法国女郎设计的完美发型更宝贵。

艾米任由姐姐自己去玩，自己也尽情地享受眼前的乐趣。都铎先生的叔叔与一位英国小姐缔结了姻缘，这位小姐是一位在位勋爵的第三代表亲，艾米非常崇敬他们的家族。尽管生在美国长在美国，但艾米对爵位深怀敬意，就像我们大多数人一样——是对早期君主信仰的不自觉的忠诚。若干年前，随着一个皇家金发男孩的到来，这种忠诚曾经在这个阳光下最民主的国家引发了骚动。这种忠诚也与年轻国家对脱胎其中的古老国家的敬爱有很大关系。就像大儿子对专横的小母亲的爱，母亲有能力时就把他留在身边，但当儿子有违抗行为时，就一顿责骂后不再管他了。虽然与英国贵族的远方亲戚的攀谈令人满意，但艾米没有忘记时间。安排的逗留时间已经结束，艾米十分不舍地抽身离开这个贵族家族，去寻找乔，热切地希望她那无可救药的姐姐不会处在给马奇姓氏蒙羞的境地。

情况原本可以更糟，但艾米已经受不了了。只见乔坐在草地上，被一群男孩子包围着，一条爪子脏兮兮的狗趴在她节日盛装的裙摆上，而她正给那些深怀钦慕的听众讲劳里的

---

① 托马斯·休斯小说里的人物。

恶作剧故事。一个小孩正在用艾米珍爱的阳伞拨弄海龟，另一个正伏在乔最好的帽子上吃姜饼，还有一个正在用她的手套玩球。所有人都玩得很痛快。当乔收拾起她被损坏的财物，准备离开时，她的一群陪同者请求她下次再来："听你讲劳里的那些乐子太有趣了。"

"他们都是很不错的男孩子，是不是？现在我感到特别年轻，充满了活力。"乔把手背在身后悠然地走着，这样做一半是出于习惯，一半是为遮掩弄脏的雨伞。

"你为什么总是躲开都铎先生？"艾米问，她明智地克制住了自己，不去评论乔已经毁掉的妆容。

"我反感他，他爱摆臭架子，怠慢姐妹，给他父亲惹麻烦，不尊敬他母亲。劳里说他轻浮，我认为他不值得结识，所以就不搭理他。"

"至少应该对他礼貌吧。你对他只是冷冷地点点头，可刚才对汤米·张伯伦却非常礼貌，又是鞠躬，又是微笑的。他爸爸只是个开杂货店的呀。如果你把对待他俩的态度调换一下，就对了。"艾米批评道。

"不，那样做不对。"乔说，"我既不喜欢都铎，也不尊敬他，更不仰慕他，尽管他祖父的叔叔的侄子的侄女是一位勋爵的第三代表亲。汤米虽然家里穷，性格腼腆，但他善良，而且很聪明。我对他印象不错，愿意向他表示友好和尊敬，因为他是个真正的绅士。"

"和你争论没用的。"艾米说。

"一点儿用也没有，亲爱的。"乔打断她的话，"所以就别自寻烦恼了，在这里留张名片吧。金家的人显然外出了，谢天谢地。"

留了家庭名片后，姐妹俩继续去下一家。到了第五家时，她们被告知小姐们今天没空见客人。乔再次说了句“谢天谢地”。

“咱们回家吧，今天就不要去马奇婶婆家了。我们随时可以去的。一路上的尘土把我们这么好的礼服都糟蹋了，太可惜了。再说我们现在也累了，心情也不好。”

“随你怎么说吧。婶婆喜欢我们打扮得漂漂亮亮的，正式登门造访，这对我们只是小事一桩，却能给她带来快乐。我认为这对你衣服的损坏程度连几条脏狗和一群野孩子损坏的一半都不如。弯腰，让我摘掉你帽子上的碎屑。”

“艾米，你真是个好姑娘！”乔夸赞道，她懊悔地看看自己被弄坏的衣服，又看看妹妹依旧鲜亮簇新的行头，“我希望也能像你一样，轻轻松松做些小事就能取悦他人。我也想过做这些小事，但觉得太浪费时间了，所以就等待时机，想做件大好事，结果就让小事溜掉了，但我看还是小事最见人品。”

艾米笑了，怒气随即平息，还以母亲的口吻语重心长地说：“女人应该学会随和，尤其是贫穷的女人，因为没有其他方式回报别人的善意。如果你能记住这点，并照着去做，会比我更招人喜欢的，因为你的长处更多。”

“我就是个古板迂腐的东西，而且本性难移，但我愿意承认你说得对。只是对我来说，宁肯为一个人送命，也不想违心地去取悦他。我这种爱憎分明的性格很不幸，是不是？”

“如果你不能掩饰你的情绪，那才是更大的不幸。实话告诉你吧，我和你一样不赞成都铎的为人，但没必要非得告诉他。你也一样，用不着因为讨厌他，就摆出一副冷冰冰的样子。”

“但我认为，女孩不赞成男孩的时候，就应该表露出来。

除了通过举止，还怎么表现呢？说教是没用的，自从熟悉特迪以后我就发现了这一点，真可悲。但是可以从很多小的方面去潜移默化地影响他。我觉得，如果可能，对其他人我们也可以这么做。”

“特迪是个百里挑一的男孩，不可用来例证其他男孩。”艾米语调严肃而肯定地说。这话若被那个“百里挑一的男孩”听到，他定会笑岔气。“如果我们是美女，或者有钱有地位，也许能做些什么。但是，倘若我们因为不赞成某些青年，就对他们怒目而视；因为赞成另一些，就笑脸相迎，这不会有半点儿效果，反而让人觉得我们古怪，不近人情。”

“所以我们就得认可自己厌恶的人和事，只因为我们不是美女和百万富翁，是吗？真是不错的道德准则。”

“我辩不过你，我只知道这是处世方式，违背它就会吃苦头，遭人耻笑。我不喜欢改革家，希望你不要尝试去当改革家。”

“我的确喜欢改革家，如果可能，我要当改革家。尽管会遭人耻笑，但没有改革家，这个世界就不会进步。在这点上我们的看法是无法统一的：你属于旧派，我属于新派。你将过一种舒适惬意的生活，而我将拥有激动人心的生活。我想，我宁肯遭受攻击和谩骂。”

“得了，快镇静下来吧，不要用你的新观念去烦婶婆。”

“我尽量做到。可在她面前我总像中了邪似的，不由自主就会蹦出一些难听话，或者什么激进的看法。注定要这样，我无能为力。”

她们发现卡罗尔婶婶和老太太在一起，正兴致勃勃地谈论着某个有趣的话题。见姐妹俩进屋，她们就不说了，表情有些尴尬，这说明她们刚才正在谈论侄女们。乔心情不好，倔脾气又上来了，但艾米正处在天使般的心境中。她礼节性地尽了自己的责任，控制住了情绪，让大家都开心。她的这股讨喜劲儿立刻产生了效果，两位长辈都亲切地称她为“我的乖乖”，眼神里流露出她们后来又用语言加以强调的意思：“这孩子每天都在进步。”

“你要去交易会帮忙吗，乖乖？”当艾米在卡罗尔太太身边坐下时，卡罗尔太太问。艾米表现出的那种亲昵的神情是长辈们最喜欢的。

“是的，婶婶。切斯特太太问我去不去，我提出照看一张桌子，因为我除了时间，没别的可以贡献了。”

“我不去。”乔突然插嘴说，“我讨厌受人恩惠。切斯特一家让我们去她们那高朋云集的交易会帮忙，认为是给我们一个莫大的恩惠。我奇怪你怎么会答应，艾米，他们只是想让你去干活。”

“我愿意干活，既是为了自由民，也是为了切斯特，我很感谢他们让我分享劳动和快乐。我不会拒绝善意的恩惠。”

“非常正确。我喜欢你的感恩之心，乖乖。帮助那些懂得感激我们的付出的人是一件乐事，但有些人不懂，就没办法了。”马奇婶婆一边说，一边从眼镜的上方看着乔。乔和她隔着一段距离，闷闷不乐地坐在摇椅上摇着。

倘若乔知道一件大喜事正在她们俩之间徘徊，寻找一个落脚点，她马上就会变得像只鸽子。可惜不幸的是，我们的心里没有窗户，看不到朋友的脑子里在想些什么。在普通事情上，也许看不到更好，但偶尔能看到的话，对我们会是一个莫大的安慰，也能节约时间，少发脾气。乔接下来的话剥夺了她几年的快乐，同时也让她及时接受了一个教训，让她后悔没有管住自己的嘴巴。

“我不喜欢接受别人的好意，这会让我有种压迫感，感觉像个奴隶。我宁愿一切事情都靠自己，完全独立。”

“啊哼！”卡罗尔婶婶轻轻咳了一声，瞧了马奇婶婆一眼。

“我说得没错吧？”马奇婶婆说，一边冲卡罗尔婶婶果断地点点头。

幸好乔并不清楚自己做了什么，她目空一切地坐在那里，脸上带着革命者的表情，那种表情无论如何算不上动人。

“你会说法语吗，乖乖？”卡罗尔太太把手放在艾米的手上问道。

“相当好，多亏了马奇婶婆，只要我不烦，她就让埃斯特和我用法语交谈。”艾米感激地回答，使得老太太脸上乐开了花。

“你的外语怎么样？”卡罗尔婶婶问乔。

“一个单词也不认识。我学什么都很笨。受不了法语，觉得是一种又模糊又愚蠢的语言。”乔唐突地回答。

两位太太再次交换了一下眼神。马奇婶婆对艾米说：“乖乖，你现在身体很棒，很健康，是吧？眼睛没问题了吧？”

“完全没有，谢谢你，夫人。我很好，今年冬天打算干些大事情，以便可以随时去罗马，只等那快乐时光的到来。”

“真是个好姑娘！你配得上这样的机会，我相信你会心想事成的。”婶婆说。当艾米低头给她捡线团时，她赞许地拍拍艾米的头。

哭丧脸，拉门闩，
坐到炉边纺纱去。

鹦哥尖叫道。它栖息在乔的椅背上，歪着脑袋低头瞅着乔的脸，仿佛在质问她。那种咄咄逼人的滑稽神态令人忍俊不禁。

“这鸟儿真会察言观色。”老太太说。

“来散步去，乖乖？”鹦哥叫着，向瓷器柜跳去，示意想吃糖。

“好的，谢谢。走，艾米。”乔结束了这次拜访，更加强烈地意识到拜访的确对她的健康不利。她像绅士似的握手道别，而艾米行的是吻别礼。两个女孩走了，留下的印象像阴影和阳光。当她们的身影消失时，马奇婶婆说：

“玛丽，你最好去做吧，钱我出。”卡罗尔婶婶则果断地回答：“我当然会，只要她父母同意。”

第三十章　后果

切斯特太太的交易会非常精致、讲究，附近的年轻小姐们若是受邀负责一个展台，都感到莫大的荣幸，因此表现得都很上心。艾米受到了邀请，但乔没有，这对各方来说都是好事，因为乔正处于目中无人的人生阶段，只有多栽几个跟头，她才能学会如何与人打交道。这个“傲慢、无趣的家伙”大大受到冷落。由于艾米负责自己擅长的艺术品展台，其天赋和品位得到了充分的赏识，而她也全身心地投入进准备工作中，以确保这个展台有合适且有价值的作品出现。

直到交易会开幕的前一天，一切进展顺利。但就在这一天发生了一场小冲突。老老少少不少于二十五个太太小姐在一起工作，各人有各人的脾气和偏见，冲突可以说是难以避免。

梅·切斯特相当忌妒艾米，因为后者比她更有人缘。就在此时，出现了几个小状况，而这加重了她的这种情绪。艾米精巧的钢笔画使梅描画的花瓶相形见绌，这是第一根刺。在最近的一次舞会上，所向无敌的都铎四次邀请艾米跳舞，却只邀请了梅一次——这是第二根刺。但最令她怀恨在心，同时也让她的不友好行为有了理由的是，某个多嘴多舌的家伙把一个流言传给了她，说马奇家的小姐在兰姆家嘲笑了她。这件事本该全怪乔，因为当初乔那淘气的模仿太惟妙惟肖了，旁人一看便明白。爱逗乐子的兰姆家把这个笑话传了出去。切斯特太太听说后当然咽不下这口气。然而,两个“罪魁祸首”还蒙在鼓里。交易会的头天傍晚，艾米正给漂亮的展台做最后的修饰时，语气温和但态度冷淡的切斯特太太对艾米说了下面一番话，可以想象艾米听了以后会多么吃惊。

“乖乖，我把这个展台给了别人，却不给自己的女儿，小姐们对此有些想法。这个展台位置最突出，还有人说它是所有展台中最具吸引力的一个。因为她们才是这次交易会的主要操办者，所以这个展台最好给她们用。很抱歉，但我知道你对这个交易会一片诚心，因此不会计较个人的小小得失。如果你愿意，可以给你安排其他展台。”

切斯特太太事先想象，说出这几句话轻而易举，但真到张口说的时候，她发现很难自然地说出口，更何况艾米还用一双信任的眼睛直视着她，流露出惊讶和苦恼。

艾米感到这件事背后一定另有原因，但她猜不出是什么。感到受了伤害，她毫不掩饰自己的情绪，轻轻地说:“也许你更希望我一个展台也不用？”

“别这样，乖乖，不要闹情绪，求你了。你瞧，这只是权宜之计。我家的姑娘们自然要带头，大家认为这个展台最适合她们,不过,我认为也适合你。非常感谢你为之付出的努力,把它布置得那么美，不过，我们当然得牺牲个人心愿，我保证给你换个好位置。你愿意去花卉展台吗？是几个小姑娘负责布置的,但她们没信心了。你一定能布置得很出彩,你知道,花卉展台向来很吸引人。”

“尤其是男士。”梅补充说，她的表情给了艾米启发，使她明白了突然失宠的原因。她气得涨红了脸，但没有理会那种酸溜溜的讽刺，而是用出人意料的友善语气答道：

“由你来安排，切斯特太太。如果你喜欢，我马上放弃这个展台，去照管花卉展台。”

“如果你愿意，可以把你的东西移过去放在你自己的展台上。”梅说。她看着艾米巧手慧心绘制并布置的漂亮的置物架、色彩绚丽的贝壳、小巧古雅的灯饰，感到有点儿过意不去。她本意是好的，但艾米误解了，脱口而出道：

“哦，当然得拿走，免得碍你的事。”她说着就把自己的东西一股脑地用围裙一兜走开了，感到自己和自己的艺术作品都受到了令人无法原谅的羞辱。

“唉，她气疯了。天哪，真后悔让你提这件事了，妈妈。”梅愁眉苦脸地看着空荡荡的展台说。

“女孩们之间吵几句嘴，很快就会过去的。”做母亲的说。但她对自己在其中扮演的角色感到有些羞愧，这也在情理之中。

艾米和她的宝贝受到小姑娘们的热烈欢迎，在某种程度上平息了她烦躁的情绪。她立刻投入了工作，既然不能在艺术上取得成功，她决心在花卉上取得成功。但所有的事情似乎都在与她作对。时间很紧张，她很疲惫，大家都在忙自己的事情，顾不上帮她。而这群小姑娘们只能帮倒忙，她们忙中添乱，叽叽喳喳的像一群喜鹊。为保持最完美的秩序，她们下了很大工夫，却因为缺乏技巧而导致了很多的混乱。艾米把常春藤拱门竖起来后，拱门却站立不稳，悬挂在上面的花篮装满花后，拱门就变得扭曲走样，摇摇晃晃，像是要朝她的头砸过来。她最好的瓷砖画溅上了水，结果在爱神丘比特的脸上留下一滴黑色眼泪。她用锤子时误伤了手，在穿堂风口干活时引发了感冒，这一切都使她对明天的交易会更为忧虑。任何一个有类似遭遇的女读者都会对可怜的艾米产生恻隐之心，祝愿她顺利完成任务。

那天晚上，当艾米把白天的经历讲给家里人听时，大家都义愤填膺。母亲说确实是个耻辱，但告诉艾米她做得对。贝丝宣布她绝对不去看交易会。乔责问艾米，为什么不带上她所有的漂亮东西一走了之，丢下那些卑鄙小人自己瞎折腾。

“不能因为她们卑鄙我也跟着卑鄙。我讨厌这种事情。尽管我认为自己有权表现出受了伤害，但不想这么做。这比愤怒的言行更有力量，是吗，妈咪？”

“你这种想法很对，宝贝。以德报怨永远是最好的办法，尽管有时候很难做到这一点。”母亲说，神态上表明她对“说到容易做到难”深有感触。

尽管有着各种怨恨和报复的自然诱惑，但第二天艾米始终坚持自己的决定，全心全意用善良去征服对方。她开局不错，多亏一个意想不到却非常及时的无声提示。那天上午，她在布置展台，小姑娘们在前庭装花篮，她拿出自己最珍爱的作品——一本小书。书是爸爸在他的宝贝中找到的，封面古色古香，牛皮纸书页上被她根据不同的主题画上了装饰插图。当她带着那种情有可原的自豪翻看画满了精美图案的书页时，目光落在一行诗句上，这行诗使她停止翻书，思索起来。诗句周围是用红、蓝、金三色笔画的涡形装饰边框，看上去十分鲜艳，插图中善良的小精灵在荆棘和花丛中上下飞舞，相互帮助。诗句的内容是：“像爱自己一样爱邻居。”

“我应该这样，但并没有做到。”艾米想着，目光就从鲜艳的书页转向了大花瓶后面梅那张不满意的脸上，因为那些大花瓶遮掩不了艾米的可爱玩意儿被取走后留下的空缺。艾米站了一会儿，翻看着手中的书页，每一页都有一些对忌妒和刻薄品性的温和指责。每一天，随时随地都会有一些无意中行使牧师职责的人，向我们宣讲很多智慧而实在的训诫——在街上、学校、办公室或者家里。如果交易会上的展台能宣讲永不过时的善良有益的道理，也能成为讲道坛。艾米受到了那本小书的启发，心里悟出了一个训诫，并且立即做了我们很多人不常做的事情——把那个训诫铭记在心，并立刻付诸行动。

一群姑娘正站在梅的展台周围，欣赏着漂亮的东西，议论着调换女销售员的事。尽管她们把声音压得很低，但艾米知道她们在议论她，而且也知道她们只根据听到的一面之词来判断是非。这当然让人感觉不舒服，但艾米心里产生了一个与之抗衡的信念。不久，验证这种信念的机会来了。她听到梅发愁地说：

“糟糕透了，没时间制作别的东西了，我又不想用零碎东西充数。当时展台已经布置好了，可现在全毁了。”

“我敢说，如果你开口问她要，她会物归原位的。”一个姑娘建议。

“经过那一番折腾，我怎么开得了口？”梅说。她的话还没说完，艾米就在展厅另一边和气地说：

“如果你想要，不用开口，尽管拿走好了。我刚才还在考虑要不要把它们放回原位呢，因为它们属于你的展台，而非我的展台。我拿来了，请收下吧，原谅我昨晚快手快脚地把它们撤走了。”

艾米说着就把自己的宝贝送了回去，她微笑着冲梅点点头，就匆匆走了，因为她觉得做一件好事比留下来等人道谢更容易。

“我认为她很可爱，你呢？”一个姑娘喊道。

梅是怎么回答的，艾米没听到。但另一个小姐冷笑着，酸溜溜地加了一句，“是很可爱，因为她知道这些东西在她那里卖不出去。”这姑娘的情绪里显然混入了一些柠檬汁。

这太残忍了。当我们做出小小的牺牲时，总是希望得到理解和赞赏——至少如此吧。有一瞬间艾米甚至感到后悔了，觉得好心未必会有好报。但好心终究会有好报，这一点不久将得到验证。不管怎么说，艾米的心情又开始好起来，展台在她一双巧手的布置下变得花团锦簇，小姑娘们都很友好，那小小的善举似乎奇异地搞活了气氛。

这一天对艾米来说漫长而难熬，她坐在桌子后面，常常感到很孤独，小女孩们很快就坐不住了，夏季里很少有人买花，早在天黑前她的花束就打蔫了。

艺术品展台果然人气最旺，从早到晚买家络绎不绝。服务员满脸神气地抱着咔嗒咔嗒响的钱箱跑来跑去。艾米不时羡慕地望望对面，渴望自己能参与其中，那样可能会感到自在，感到快乐，而不像现在这样缩在角落里无事可做。这对我们一些人来说也许不算事儿，但对一个朝气蓬勃的漂亮姑娘来说，她不仅会感到沉闷，而且感到备受煎熬。再想到可能会被劳里以及其他朋友耻笑，她觉得还不如死了的好。

艾米直到晚上才回家。家里人看她脸色苍白，无精打采，就知道这一天她吃了苦头，尽管她没有抱怨，也没告诉他们自己做了什么。母亲额外给她沏了一杯热茶。贝丝帮她换衣服，还编了个漂亮的小花环戴在她头发上。而乔一反常态，精心打扮起自己来，让家里人大跌眼镜。她还威胁地暗示要把桌子掀翻[①]。

“求求你，乔，不要做鲁莽的事情。我不想小题大做，就让事情这么过去吧,你老实待着。”艾米哀求道。她要早些出发，希望能补充些鲜花来拯救她那可怜的小展台。

“我只是想把自己打扮得中看些，让认识的人喜欢，以便让他们尽可能长时间地留在你的展台前。特迪和他的伙伴们也会给你助力，我们会很开心的。”乔说。她倚在门旁留心着劳里。不久，暮色中传来熟悉的脚步声，她跑过去迎接他。

“是我的小伙子吗？”

“就像你是我的小姑娘一样确定！”劳里拉过来乔的手夹在手臂下，看上去一副心满意足的样子。

“噢，特迪，想不到会这样！”乔带着当姐姐特有的热心讲述了艾米受到的不公。

“我的那帮伙计马上就驾车过来了，要是我不能让他们把她所有的花都买走，并在她的展台前驻扎下来，我就去死。”热心支持的劳里信誓旦旦地说。

“艾米说，那些花根本不好看，新鲜的花也可能不能及时送到。即使新鲜的花永远送不到，我也不会觉得奇怪。不是我想冤枉别人，也不是多疑，只是一个人做了一件卑鄙的事情以后，很可能接着做另一件。”乔用厌恶的口吻说。

“难道海因斯没有采下我家花园里最好的花送给你们？我吩咐过他的。”

“这事儿我不知道，我想他可能忘了。我本来想去要一些的，

① 对应的英文是“turn the table”，该词还有“扭转局势之意”，因此此处是一语双关。

但因为你爷爷身体不好，我怕打扰他，就没去要。”

“乔，你怎么还会有顾虑？完全没必要。花是我的，也就是你的，我们不是什么东西都共享吗？”劳里的这种说话语气总是会惹恼乔。

“算了吧，但愿不要这样！你的有些东西根本不适合我。我们不要站在这里开玩笑了。我得去帮艾米,你回家打扮打扮。要是你真这么好心，就叫海因斯送些漂亮的花到展厅来，我会永远为你祈福的。”

“难道你现在不为我祈福？”劳里问。这句话问得太露骨，把乔惹急了，她毫不客气地把他关在了大门之外，透过栏杆喊道:“走开，特迪，我忙着呢。”

多亏这两位同谋者，那天晚上，局势真的扭转过来了。海因斯送来好多鲜花，还精心制作了一个漂亮的花篮，摆在展台中央。马奇一家全体出动了，乔全力以赴，目标明确，吸引了很多顾客的光临，有些人还久久停留，被她的胡言乱语逗得哈哈大笑，并对艾米的品位赞不绝口，显然很满意。劳里和他的伙伴们仗义地挺身而出，不仅买光了所有花束，还在展台前驻扎下来，使那个角落变成了展厅里最热闹的地方。此刻的艾米正如鱼得水，抛开别的因素，就是出于感激之情，她也尽可能做到热情活泼、春风满面。大约就是在此时她得出了结论:好心终究会有好报。

乔的表现特别恰当，可圈可点。当艾米被她的仪仗队幸福地簇拥着时，乔在展厅里四处转悠，听到了各种闲言碎语，终于明白了切斯特一家改变初衷的原因。她责怪自己连累了艾米，决心尽快为艾米开脱责任。她已经了解到艾米上午就这件事的所作所为，认为妹妹堪称宽宏大量的典范。经过艺术展位时，她朝展台扫了一眼，想看看妹妹的东西，但这些东西已经杳无踪影。“我敢说一定是藏起来了,怕人看见。”乔想。她可以不计较自己受的委屈，但对家人受的侮辱深恶痛绝。

“晚上好，乔小姐，艾米那边进展怎么样？”梅用和解的语气问，想向人证明她也可以做到宽宏大量。

“她已经卖完所有值得卖的东西，现在正惬意地玩着呢。花卉展台总是很吸引人的，你知道的，‘尤其是男士’。”

乔忍不住刺了对方一下，但梅的反应很平淡，致使乔马上后悔了，于是便把那几个没卖掉的大花瓶大大褒扬了一番。

“艾米的灯饰还在吗？我想给我爸爸买下。”乔问。她急于弄清妹妹作品的命运。

“艾米的东西早就卖光了，我特意把它们放在显眼的位置，为我们赚了一笔不小的钱呢。”梅回答道。她那天也和艾米一样，克服了种种小诱惑。

乔听了非常兴奋，连忙回去告诉大家这个好消息。艾米听了乔关于梅的言行的汇报，既感动又吃惊。

“听着，先生们，我想让你们去别的展台尽些义务，就像对待这个展台一样慷慨大方——尤其是艺术品展台。”乔对“特迪的家丁”下达了命令——姑娘们总这么称呼劳里的大学同学。

“‘冲啊，切斯特，冲啊！’是那个展台的口号。要像男子汉一样尽你们的义务，从艺术品的角度讲，你们用钱换来的东西绝对物有所值。”当忠心耿耿的队伍准备开拔时，激动不已的乔说。

“听到命令就得服从。但马奇比梅漂亮多了。”小帕克说，他拼命想表现得既风趣又温柔，却被劳里泼了冷水：“好了，孩子，你还小！”劳里像慈父般摸摸他的头，送他走开了。

“把花瓶买下来吧。”艾米悄悄对劳里说，想最后再以德报怨一次，让对手羞愧。

令梅大喜过望的是，劳伦斯先生不仅买下了那对花瓶，还用两支手臂夹着在展厅里到处溜达。其他几位绅士也盲目效仿他，鲁莽地买下了各种易碎的小玩意儿，然后手捧蜡花、手绘折扇、金银丝文件夹和其他一些物美价廉的物品，在展厅里瞎逛。

卡罗尔太太也来了，听说这件事以后，她显得很高兴，把马奇太太拉到一个角落里嘀嘀咕咕说了些什么，马奇太太听了满意地笑了，脸上呈现出既自豪又焦虑的表情。但几天后她才说出个中缘由。

大家一致认为交易会举办得非常成功。梅和艾米道晚安时，没有像往常那样滔滔不绝，而是给了她一个友好的吻，脸上的表情似乎在说：“请原谅，别计较。”这让艾米心满意足。回到家以后，她看到那对大花瓶摆在客厅的壁炉架上，每个花瓶里插着一大束鲜花。“奖给宽宏大量的马奇小姐。”劳里夸张地宣布。

“艾米，你拥有的美德大大超过了我过去所了解的：无私、慷慨、高尚，举止又那么优雅，我真心佩服你。”夜晚，姐妹俩一起梳头时，乔由衷地说。

“是的，我们都佩服她，都爱她，因为她能心甘情愿地去宽容别人。做到这一点一定很难，毕竟是累了那么久，还得想着卖掉自己的漂亮东西呢。我不相信我自己能做得像你那么好。”贝丝躺在床上说。

“得了吧，姑娘们，用不着这么夸我。我只是做了自己认为该做的事情。每当我说要做一名淑女时，你们都笑话我。可我指的是内外兼备、名副其实的淑女。虽然我说不清到底怎样才算真正的淑女，但尽量按照自己的理解去做，我想摆脱小气、愚蠢、挑剔之类的小毛病，有多少女人是被这些小毛病毁掉的呀。我现在做得远远不够，可我在尽力而为，希望有朝一日能像妈妈一样。”

艾米说得很认真，乔给了她一个火热的拥抱，说：“我现在懂你的意思了，以后不会再笑话你了。你进步得很快，不要低估了自己。我要虚心向你学习，因为我相信你已经找到了秘诀。继续努力吧，乖乖，终有一天你会得到回报的。到那时我会比谁都开心。”

一个礼拜以后，艾米确实得到了回报，可怜的乔却发现很难开心起来。卡罗尔婶婶来信了。马奇太太看信的时候，脸上洋溢着喜不自胜的神采。正在她身边的乔和贝丝就问是什么高兴事。

“卡罗尔婶婶下个月出国，她想——”

“让我和她一起去！”乔插嘴说，她抑制不住狂喜，从椅子上跳了下来。

“不，宝贝，不是你，是艾米。”

“噢，妈妈！她太小了，应该先轮到我。我盼望已久了。这对我大有好处，总之太棒了——我非去不可。”

“恐怕不行，乔。婶婶说让艾米去，态度很坚决。既然是她给的这样一个恩惠，那就由不得我们。”

“每次都这样。艾米享受，我吃苦。这不公平，噢！这太不公平了！”乔激动地嚷嚷着。

“恐怕这有一部分是你自己的错，乖乖。那天婶婶对我说，你说话太直率，性格太独立，她感到很遗憾。这里她是这么写的，好像直接引用了你说过的话——起初我打算让乔去，但因为‘恩惠给她压力’，她‘讨厌法语’，我就不敢邀请她了。艾米更听话，会成为弗洛的好伙伴的，也会心怀感激地接受这次旅行带给她的任何帮助。”

“噢，我的舌头，我这可恶的舌头！为什么我就不能学会闭嘴呢？”乔想起了那些坏了自己好事的话，懊悔不迭。听了乔对那几句被引用的话的解释，马奇太太伤心地说：

“我希望你能去，但这次是没有希望了，学会愉快地承受吧。别责怪，也别后悔，那样会让艾米扫兴的。”

“我会尽力的。”乔使劲眨眨眼，跪下去捡起刚才因兴奋而碰翻的针线篮子。“我要学她的样子，不光看上去高兴，而且发自内心的高兴，一分一秒也不会妒忌她的幸福。可这要真做起来也不容易。这次的打击太大了。”可怜的乔掉下了几滴伤心的眼泪，打湿了手里鼓鼓的针垫。

“亲爱的乔姐姐，我太自私了，舍不得放你走，真高兴你暂时走不了。”贝丝一边小声说着，一边伸出双臂把乔和篮子一起抱住。贝丝紧紧的拥抱和洋溢着爱意的脸庞让乔得到了安慰，尽管乔仍旧深感悔恨，恨不得扇自己几个耳光，宁愿低声下气地恳求卡罗尔婶婶施加给她这个恩惠，然后看她如何感激地去承受。

等到艾米回家时，乔已经能够做到和家人同庆了，尽管也许不像平时那么畅快，但也没有抱怨艾米的好运气。艾米本人也把这个消息当作特大喜讯，心中虽然狂喜，表面却很镇定，当天晚上开始整理颜料和画笔，把收拾衣服、准备钱和护照之类的小事情留给那些不像她那么专注于艺术理想的人去整理。

“姑娘们，这次旅行对我来说不仅仅是一次游乐。”艾米一边刮着她那块最好的调色板，一边郑重其事地说，“它将决定我的事业，如果我有任何天赋，在罗马就会发掘出来，而且我会想办法证实它。”

“假如你没有天赋呢？”乔问，她红着眼睛，正在缝制准备送给艾米的饰领。

“那我就回家，靠教绘画为生。”这个渴望成名的女孩像哲人一样沉着地回答。但她对这种假设扮了个鬼脸，并继续刮她的调色板，仿佛要在放弃希望前全力以赴拼一把。

“不，你不会这样的。你讨厌做苦力，你会嫁给某个有钱人，整日坐在家里享清福。”

“你的预言有时会成真，但我不信这个预言会这样。我倒希望它真能实现，这样一来，如果我自己成不了艺术家，那就希望能够帮助那些真正的艺术家们。”艾米笑着说，仿佛一个富太太的角色比一个贫穷的绘画老师更适合她。

“唉！”乔叹口气说，“如果你有这个愿望，就一定会实现的，因为你总是心想事成，我的却从来不成。”

“你想去吗？”艾米问，用刮刀拍拍自己的鼻子。

“非常想！”

“那好，一两年后我来接你，我们在古罗马广场挖掘文物，然后实现我们想过好多次的所有计划。”

“谢谢，如果真有那么一天，当那个快乐日子到来的时候，我会提醒你你的承诺的。”乔十分感激地接受了这个虽渺茫但宏伟的提议。

没有太多时间做准备，艾米动身前，家里一直乱哄哄的。

分别的时刻终于到了，乔坚强地挺住了，但当那飘动的蓝丝带再也看不见时，她就躲进自己的避难所，也就是阁楼上哭了个痛快。艾米表现得也很坚强，直到汽船起航。就在舷梯就要收起之际，她突然意识到，波涛滚滚的大海就要把她和她深爱的家人分开了。她抓住最后一个送行者劳里，啜泣着说：

“噢，替我照顾好他们，万一出什么事——”

“我会的，乖乖，万一出什么事，我会去安慰你的。”劳里轻轻地说，只是他做梦也没想到，后来他真被叫去履行诺言了。

于是艾米就乘船去寻找那个旧世界[①]了，在年轻人眼里，它总是那么新奇和美丽。父亲和朋友在岸上目送着她，热切地希望唯有好运才会降临到这个天性快乐的女孩身上。他们看到她在冲他们拼命挥手，直至再也看不见了，只剩下夏日的阳光洒在海面上，闪烁着光芒。

---

① 指的是欧洲，因为在欧洲人眼里美国是新世界。

第三十一章　海外来信

最亲爱的家人：

我此刻正坐在位于伦敦皮卡迪利大街的巴斯酒店的前窗边。酒店并不时髦气派，但因为叔叔多年前在这里下榻过，因此不想再另找他处。但我们并不打算在这里久留，因此这算不了什么。噢，我太喜欢这里的一切了！真不知道该如何跟你们描述——恐怕永远也做不到，因此只能从我的日记本里零零碎碎地摘取一些片段。自从起程后，我除了画了些素描和胡乱写了点儿东西外，什么也没做。

我曾在哈利法克斯港寄过一封短信，当时我感觉特别难受，不过后来就没事了，很开心，很少生病，整天在甲板上玩，有很多有趣的人逗我开心。每个人都对我很友好，尤其是那些军官。乔，不要笑，在船上男士们真的是必不可少的，可以供你倚靠或是服侍你。因为他们无所事事，把他们派上用场是善举，不然，恐怕他们会抽烟至死的。

婶婶和弗洛一路上身体都不舒服，喜欢清静，所以为她们做了我能做的事情以后，我就出去自得其乐：在甲板上悠闲地散步，欣赏灿烂的落日和壮观的海浪，呼吸新鲜空气，这一切的一切都如此惬意！太刺激了！简直就跟我们当初骑在马上纵情飞奔是一样的感觉。我希望贝丝能来，这会对她大有好处的。至于乔，她一定会爬上去坐在主桅楼上的三角帆上，或者不知什么名堂的高高的东西上，和轮机师交朋友，把船长的传声筒当喇叭吹，她会像这样欣喜若狂的。

一切都那么美。我很喜欢看爱尔兰海岸，发现它太可爱了，绿草如茵，阳光灿烂，处处点缀着棕色小木屋，一些小山上残留着遗迹，山谷里有绅士们的乡间宅邸，自然保护区里有鹿在吃草。时辰尚早，为欣赏美景而起早我觉得很值。海湾里停满了小船，岸上风景如画，头顶是玫瑰色的天空。这种美景我将永生难忘。

在皇后镇，一个新认识的朋友下了船，与我们分手了。他名叫伦诺克斯，当我说起基拉尼湖时，他看着我，惆怅地吟诵起了一首诗：

噢，你可曾听说过凯特·基阿尼？
她就住在基拉尼湖畔；
若是她眼睛冲你一瞥，
赶快逃离，
因为凯特·基阿尼的目光是致命的。

这不是一派胡言吗？

在利物浦我们只逗留了几个钟头。那地方又脏又乱，我很高兴很快就离开了。叔叔匆匆跑下船，买了一副狗皮手套、几双丑陋厚重的鞋子和一把伞，还剃了个络腮胡子，他说这是头等大事。然后他自吹自擂，说自己看起来像真正的英国人了。但是他第一次去擦鞋时，擦鞋童一眼就看出他是个美国人，笑着对他说：“好了，先生。我用的是新出的美国佬的鞋油。”

把叔叔逗得乐不可支。哦，一定得告诉你们那个荒唐的伦诺克斯做了什么！他让他那个继续和我们同行的朋友沃德在岸上为我买了一束花，我进屋后一眼就看到了那束漂亮的鲜花，卡片上写着“罗伯特·伦诺克斯诚献”。是不是很有趣啊，姑娘们？我太喜欢旅游了。

如果一直不慌不忙，恐怕我永远也到不了伦敦。我们就像从一道长长的画廊里穿过,美景无处不在。农舍就是一道风景：茅草屋顶，格子窗户，墙上爬满了常春藤，门口站着身体结实的女人和面颊红润的儿童。牛站在齐膝的苜蓿草中吃着草，看起来比咱们这边的牛安静。母鸡咯咯的叫声听起来很满足，仿佛它们从不会像美国的小鸡那样发神经。我从没见过如此完美的颜色——草绿绿的，天蓝蓝的，谷物黄灿灿的，森林郁郁苍苍——我一路上都陶醉在美景中。弗洛也和我一样。当轮船以六十英里的时速行驶在海面上时，我们不停地从这边跳到那边，不想放过任何一处风景。婶婶感觉累，总是睡觉。叔叔在读旅行指南，对什么都无动于衷。我们是这么做的：我在窗前跳起来大喊——“噢，看那绿树掩映的一片灰色，一定是凯尼尔沃斯！”弗洛也冲过来——“太美了！我们一定得去那里，是吗，爸爸？”叔叔平静地欣赏着自己的靴子——“不行，宝贝，除非你想喝啤酒，那是个酿酒厂。”

停了一会儿——弗洛又叫起来：“天哪，那里有个绞刑架，一个人正在往上爬。”“哪里？哪里？”我尖叫着，望向远处，只见竖着两根高高的柱子，中间是横梁，梁上挂着一些链条。“那是煤矿。”叔叔眨眨眼睛说。“这里躺着一群可爱的绵羊。”我说。“看，爸爸，它们是不是很美啊？”弗洛感叹着。“那是鹅群，小丫头。”叔叔回答。他说话的语气让我们不好意思再嚷嚷了。后来,弗洛开始沉下心来看《卡文迪什船长调情记》,而我独享美景。

到伦敦时天正在下雨，这太正常了，除了雾和雨伞以外，什么也看不见。我们下榻后，打开行李，利用阵雨间歇之际去买了点儿东西。婶婶给我买了些新衣物，因为我走得太急，准备得不够充分。一顶装饰着蓝色羽毛的白色帽子，配一件棉布裙子，还有一件披风，从没见过这么漂亮的披风。在摄政街购物的感觉太爽了。物价似乎超级便宜——漂亮的丝带一码才花六便士。我买了一些备用，但手套要到巴黎买。听起来是不是很高雅，像个有钱人?

趁叔叔婶婶出去的时候，我和弗洛为了寻开心，叫了一辆双轮双座马车，出去兜了一圈。不过我们后来才得知，这里不流行年轻小姐单独乘马车外出。乘马车的经历太逗了!我们被木挡板关在车厢里，车夫驾车一路飞奔，弗洛吓坏了，她让我叫车夫停下来。可是车夫坐在车厢外面高高的座位上，背对着我们，我看不到他。他也听不到我的喊声，看不到我向前面挥动雨伞。我们很无奈,只好听天由命。马车一路狂奔，拐弯时的速度几乎要折断人的脖子。终于，我在绝望中看到顶棚上有一扇小门，于是就捅开了，上面出现了一只发红的眼睛，一个带着醉意的声音问:

“怎么了，小姐?”

我尽可能严肃地提出了要求,又砰地关上门。“好的,好的,小姐。”他让马放慢了步子，慢得就像去参加葬礼。我再次捅开小门，说:“稍微快点儿。”结果他故态复萌，又放马飞奔起来，我们只好听天由命。

今天天气很好，我们去了附近的海德公园散步，因为我们的内心比外表上看起来更像贵族。德文郡公爵住在附近。我常看到他的随从在后门闲逛。惠灵顿公爵的宅邸离这里也不远。天哪，这样的景象真是妙不可言！就像《笨拙》杂志上的漫画一样好看。胖胖的富孀坐在红黄两色的马车里出行；衣着华丽的仆从穿着丝绸长袜和天鹅绒外套坐在后面；抹了粉的马车夫坐在前面；精干的女佣带着脸色粉嫩的孩子；标致的姑娘们看上去半睡半醒；戴着古怪的帽子、穿着淡紫色山羊皮衣的公子哥儿懒洋洋地闲逛着；穿着红色上衣的高个子士兵，头上斜扣着松饼帽子，模样十分滑稽，我特别想给他们画张素描。

“罗腾街”在法语中叫“Route de Roi”，意思是国王之路，不过现在更像一所骑术学校。这里的马很棒，男士们骑术很高，尤其是马夫。但是女士们骑术不行，她们僵直地骑在马背上，身体不停地弹跳，和我们的规则不同。我很想给她们演示一下美国式的狂奔，因为她们只是表情严肃地骑着马来回小跑，身穿单薄的马服，戴着高帽，像玩具诺亚方舟里的女人。这里人人都会骑马，包括上了年纪的男士、矮胖的妇人和儿童。这里的年轻人喜欢调情，我看到过一对情侣在交换玫瑰花蕾，因为这里流行在纽扣眼里插一朵玫瑰花。我认为这是个相当不错的小创意。

下午去了威斯敏斯特大教堂。不要指望我描述它，那是不可能的——我只能说它气势恢宏。晚上我们要去看费希特[①]的戏，以此方式完美地结束我生命中最幸福的一天。

午夜

夜已经深了，但不告诉你们昨晚发生的事情，明天一早就

① 费希特（1762—1814），德国作家、哲学家、爱国主义者，古典主义哲学的主要代表之一。

无法把信寄出。你们能猜到我们喝茶时邂逅谁了吗?是劳里的那对英国双胞胎朋友,弗雷德·沃恩和弗兰克·沃恩。我太吃惊了,要不是看了名片,我根本认不出他们。他们都长成了高个头小伙子,留着腮须。弗雷德是英国式的英俊。弗兰克身体好多了,只是轻微有点儿跛,不再用拐杖了。他们听劳里说我们到了伦敦,特地邀请我们去他们家。但叔叔不愿意去,所以我们以后得尽量找时间回访他们。他们还陪我们去看戏了,大家都很开心。弗兰克一心一意陪弗洛聊天,弗雷德和我聊起了过去、现在和将来的趣事,聊得非常投机,好像我们认识已久似的。告诉贝丝,弗兰克向她问好呢,听说她身体不好,他很难过。当我说起乔时,弗雷德笑了,并向"大帽子乔"致以诚挚的问候。他们俩都没忘记劳伦斯营地,也没忘记我们在那里度过的快乐时光。好像是很多年前的事了,是不是?

婶婶又在第三次敲墙壁了,所以我必须搁笔了。真感觉自己像个无所事事的英国贵妇人,坐在一个满是漂亮东西的房间里写信到深夜,满脑子都是公园、剧院、新衣服和殷勤有礼的男士。他们总爱说"啊!"然后用手捻着金黄色的胡子,显示出地道的英国贵族派头。我渴望见到你们大家,尽管废话连篇。我永远是你们疼爱的——

艾米　　于伦敦

亲爱的姐姐们:

在上一封信中,我给你们讲了我们的伦敦之旅——沃恩一家太友好了,为我们举办了特别愉快的晚会。我最喜欢参观的是汉普顿宫和肯辛顿博物馆——在汉普顿宫看到了拉斐尔的漫画，博物馆的展厅里挂满了特纳、劳伦斯[1]、雷诺兹[2]、贺加斯[3]等巨匠的作品。在里士满公园度过的一天特别快乐，我们举办了一个正宗的英国式野餐，我看到了很多高大的橡树和成群的鹿，多得都画不完了。我还听到了夜莺的歌唱，看到了云雀直冲云霄。多亏弗雷德和弗兰克，我们尽情“消受”伦敦，要走的时候很难过。英国人尽管在交友方面比较慢热，但是一旦决定接受你了，我想他们就是天底下最好客的了。沃恩一家希望冬天在罗马见到我们，要是他们不去，我肯定会非常失望，因为格雷丝和我已经成了好朋友，男孩们也很好——尤其是弗雷德。

我们刚找地方住下，他就又来了，说是要去瑞士度假。婶婶一开始的态度比较冷淡，但他对此毫不介意，她也就不好说什么了。现在我们相处得很融洽。多亏他来了，因为他的法语说得特别流畅，和当地人没什么区别。我都不知道若没有他，我们会怎么样。叔叔认识的单词不足十个，他坚持大声讲英语，好像这样别人就能听懂了。婶婶的发音太土，弗洛和我本来还自鸣得意，以为我们懂得很多，结果发现我们的法语并不怎么样。有弗雷德给我们当翻译，我们真是万分感激。

我们度过了多少美好时光啊！从早到晚一直在观光，中午在温馨的小餐馆里吃顿可口的午餐，经历了各种有趣的奇遇。雨天我就去卢浮宫，尽情地欣赏名画。对其中的一些极品，乔可能会淘气地嗤之以鼻，因为她缺少艺术细胞。但我有，我要尽快培养我的眼力和品位。乔会更想看伟人的遗物，我

---

① 劳伦斯（1769—1830），英国肖像画家，英国皇家艺术院院长。

② 雷诺兹（1723—1792），英国18世纪伟大的学院派肖像画家。

③ 贺加斯（1697—1764），英国画家和版画家。

已经看到了她爱看的拿破仑的三角帽和灰色大衣，他儿时的摇篮和老年时用的牙刷，还看到了玛丽·安托瓦内特[1]的小鞋，圣但尼[2]的指环，查理大帝的剑，还有很多有趣的东西。回家后可以给你们讲几个小时，但现在来不及写了。

皇宫是个像天堂一样华丽的地方，到处是珠宝首饰和可爱的东西。我又买不起，只能看着干着急，弗雷德要给我买一些，我当然不能接受。布洛涅森林和香榭丽舍大街“tres magnifique”（法语单词，意思是非常壮美）。我见过几次皇室成员。皇帝相貌丑陋，看上去凶狠冷酷；皇后很美，但脸色苍白，而且在我看来衣着打扮很没品位——紫色裙装、绿色帽子、黄色手套。小拿泊[3]是个英俊的男孩，他坐在四匹马拉的豪华马车上，一边与家庭教师聊天，一边向路上的人群献飞吻。御者穿着红色绸缎上衣，马车前后各有一个骑马的卫兵。

我们经常在怡人的杜伊勒里公园里散步，但我觉得古色古香的卢森堡公园更适合我。拉雪兹神父公墓很特别，很多坟墓看上去像一个个小房间。若探头往里看，可以看到一张桌子，上面摆着死者的照片或画像，桌子周围还有几张椅子，是供前来凭吊者坐的。这是很具有法国特色的事物。

我们的房间在里佛利大街，坐在阳台上，可以把这条繁华的长街一览无余。晚上，当我们在外面玩了一天，累得不想再出去时，就坐在阳台上聊天，这真是一种享受。弗雷德很有趣，是我见过的最和气的年轻人——劳里除外，劳里的举止更有

① 玛丽·安托瓦内特（1755—1793），法国国王路易十六的妻子，死于法国大革命。

② 圣但尼，公元二世纪基督教殉道士，法国的最高圣人。

③ 小拿泊，法国国王拿破仑三世的儿子。

魅力。我希望弗雷德的肤色和发色都能暗一些，我不喜欢肤色浅的男人。不过，沃恩家很富有，出身名门望族，因此我能接受他们的黄头发，再说我自己的头发更黄。

下周我们就要起程去德国和瑞士。由于要赶路，只能给你们匆匆写一点了。遵照爸爸的建议，我每天都记日记，尽量准确地记录和清楚地描述所见所闻。这对我也是个很好的练习。日记加上写生本，能比短信使你们更好地了解此次旅行的情况。

再会，把深情的拥抱送给你们！

你们的艾米　　于巴黎

亲爱的妈妈：

趁我们动身去伯尔尼之前的一点空闲时间，我要告诉你发生的事情，有些很重要，你很快就会明白。

沿莱茵河溯流而上太爽了，我坐着尽情欣赏，并拿出爸爸的旧旅行指南，读读有关的介绍。景色之美令我难以用语言描述。在科布伦茨我们过得非常愉快。弗雷德在船上认识的一些来自波恩的学生竟然给我们唱了小夜曲。那是个月亮皎洁的夜晚，一点钟左右，弗洛和我被窗下的歌声唤醒了，听起来无比动听。我们飞速爬起来,躲在窗帘后面偷偷瞧了一眼，发现弗雷德和那些学生正在窗下唱着。这是我有生以来见过的最浪漫的情景——河流、浮桥、河对岸的硕大堡垒，满地的月光，还有能把石头融化掉的音乐。

他们唱完后，我们扔下去一些花，看到他们纷纷抢花，还给看不见的姑娘送来飞吻，之后就说说笑笑地走了，我猜可能是去抽烟喝啤酒了。早晨，弗雷德从他背心口袋里掏出一朵压扁了的花朵，拿给我看，看上去很动情。我取笑了他，并告诉他我没有扔花，是弗洛扔的。他听了露出厌恶的神情，把花扔出了窗外，恢复了冷静。恐怕我跟这个男孩会有麻烦，现在已经有苗头了。

拿骚的温泉浴场很棒，巴登巴登也一样。在巴登巴登，弗雷德输了钱，我骂了他一顿。弗兰克不在时，他需要有人管着点，凯特曾说，希望他早点成家，我同意她的看法，结婚对他有好处。法兰克福令人赏心悦目，我参观了歌德故居，看了席勒的雕像和丹尼克[①]的著名雕像《阿里阿德涅骑豹》。雕像真心不错，我如果了解一点儿背景知识，就可以更好地欣赏了。我不想请教，因为这故事人尽皆知，也有人可能不懂装懂。希望乔能把故事给我讲一遍。我发现自己很无知，为此感到苦恼，后悔自己没有多读点书。

现在该说正事了——事情就发生在这里，弗雷德刚刚离开。他那么友好，那么开朗，大家都很喜欢他。在小夜曲事件发生之前，除了旅伴友谊，我从来没想过别的。但自那晚以后，我开始感觉到月光下漫步、阳台交谈、每天的探险，对他来说不仅仅是好玩了。我没有卖弄风情，妈妈，真的，而是牢记你的叮嘱，并尽力而为。可如果人们喜欢我，我也没办法呀。我又没有刻意让他们这么做。如果我不关心他们，会过意不去的，尽管乔说我没心没肺。我知道妈妈看到这里会摇头。姐姐们会说："噢，这个唯利是图的家伙！"但我已决定，如果弗雷德向我求婚，我就接受，尽管我自己并没有疯狂地爱上他。我喜欢他，我们在一起感觉很愉快。他年轻英俊，头脑聪明，家境优渥——比劳伦斯富有得多。我想他家不会反对的。我

① 德国雕塑家。

将会很幸福，因为他们都很善良，有教养，为人大方，而且他们喜欢我。弗雷德是双胞胎中的哥哥，我想他会继承房产的。那房产太阔气了！坐落在市区的一条时尚大道上，表面上不像我们这里的豪宅花哨，但要舒适得多，里面全是货真价实的奢华用品，英国人就信奉这样的风格。我也喜欢这种风格，因为它实实在在。我见过金银餐具、传家珠宝、老仆人，还有乡间别墅的图片，里面有狩猎场、大房子、漂亮的花园和骏马。哦，这些都令我心驰神往。我宁肯拥有这些东西，也不愿要很多女孩子们拼命想争到手的爵位，因为那常常只是徒有虚名罢了。也许这是唯利是图，但我痛恨贫穷，几乎到了忍无可忍的地步了。四姐妹里面必须有一个人嫁得好。梅格没做到，乔不愿意，贝丝还不能，所以我来吧，这样就能把一切都打点好。我不会和自己不喜欢或瞧不上的人结婚的。这一点你们尽管放心。尽管弗雷德不是我理想的伴侣，但他各方面也很出色。如果他喜欢我，并且对我好，总有一天我会爱上他的。因此，上周我在脑子里一直反反复复考虑这个问题，因为我不可能注意不到弗雷德喜欢我。他虽然没说什么，但这能从他做的点点滴滴的小事上看出来。他从来不跟弗洛一起外出，无论是坐马车、就餐，还是散步，他总是挨着我。我们俩独处时，他总是显得深情款款的样子。看到有人和我搭讪，他就会皱眉头。昨晚用餐时，一个奥地利军官盯着我们看，然后对他的朋友——一个相貌潇洒的男爵说了句什么，大意是“美艳金发女郎”。弗雷德脸色骤变，宛如一头愤怒的雄狮，狠狠地切割着盘中的肉，因用力过猛，肉差点儿从盘中飞了出去。他不是那种冷静拘谨的英国人，反而脾气相当火爆，因为他有苏格兰人的血统，单看他那双漂亮的蓝眼睛，就能猜出这点来。

昨天傍晚大概落日时分我们去了城堡——除弗雷德外的所有人都去了，弗雷德要先去留局待领处取信，再来与我们会合。我们玩得很开心，逛了各处的遗址，参观了存放大酒桶的地窖和很久以前选帝侯[1]为英国妻子建造的美丽花园。我最喜欢那个大露台，因为风景那边独好。其他人进屋参观房间时，我就坐在那里画墙上的灰色石狮子头，狮子头周围覆盖着红色的紫茎忍冬藤蔓。不知不觉中，我感到自己仿佛坠入了浪漫的梦境中：坐在那里，远望着内卡河的滔滔河水流入山谷，听着城堡下面奥地利乐队演奏的乐曲，就像故事书中的女孩一样，等着情郎的到来。我感觉到有什么事要发生，而我已经准备好了，脸颊没有发烫，心儿也没颤抖，而是相当冷静，只是稍微有些激动。

后来，我听到弗雷德的声音，看到他匆匆穿过大拱门向我走来。他看上去显得特别烦躁，我立刻忘了自己的心事，忙问他出了什么事。他说刚收到家里的一封信，家人让他火速回家，弗兰克患了重病。我为他感到难过，也为自己感到失望。但这种失望只持续了一瞬间，因为他握住我的手说："我很快就会回来，你不会忘了我吧，艾米？"他说这话时语气和神态让我不可能误解了他的心意。

我没作口头上的承诺，但用眼神表达了我的意思，他似乎很满意。除了说说情况，道声再见以外，他来不及多说什么了，因为一小时后他就起程了。我们都很想念他，我知道他有话要说，但根据他曾经的暗示，我猜想他可能答应过父亲暂时

① 德国历史上的一种特殊现象。被用于指代那些拥有选举"罗马人的皇帝"权利的诸侯。

不做求婚之类的事情。他有些冒失，而老先生又害怕他娶一个外国媳妇。不久我们就会在罗马见面，到那时如果我还没改变主意，如果他问“你愿意吗？”我会说：“愿意，谢谢。”

当然这是很私密的事，但我希望你能了解情况。不要为我担心，别忘了我是你的“谨慎的艾米”。放心吧，我不会鲁莽行事的。尽管给我忠告，我会尽量遵命。真希望能和你见面好好聊聊，妈咪。一定要爱我，相信我。

你的永远的艾米于海德堡

第三十二章　温柔的烦恼

“乔，我为贝丝担心。”

“为什么，妈妈？自从梅格有了两个宝宝后，贝丝的身体似乎特别健康。”

“让我放心不下的不是她的身体，而是她的内心。我肯定她有心事，想让你弄清楚她究竟在想什么。”

“你怎么会有这种想法，妈妈？”

“很多时候她一个人独坐着，跟你爸谈话也不像以前那么多了。有一天，我发现她看着两个宝宝偷偷抹眼泪。她还总是唱忧伤的歌，有时我在她脸上看到一种我琢磨不透的表情。她不像以往的贝丝了，我很担心。”

“你有没有问过她怎么了？”

“我试过一两次，她要么回避我的问题，要么看起来特别痛苦，我只好作罢。我从不强迫你们向我袒露心事，而是耐心地等待，而且等待时间通常不会太长。”

马奇太太说着，瞥了乔一眼，可从对方脸上看不出任何了解贝丝心事或为贝丝担忧的迹象。乔做着针线，想了想说：“我想她是长大了，到了做梦的年龄了，有希望、担心、不安，可又不知道为什么，也不能解释清楚。是啊，妈妈，贝丝已经十八岁了，可我们并没有意识到，还把她当作孩子，忘了她已经是个妇人了。”

“还真是，宝贝儿，你们一转眼都长大了。”母亲微笑着感慨道。

“这由不得我们，妈咪，所以你必须学会放下所有的担心，让你的小鸟一只只飞出巢，但我保证绝不飞远，但愿这能给你带来些许安慰。”

“是莫大的安慰，乔。你在家我总感到很有底气。现在梅格已经出嫁了，贝丝身体太弱，艾米太小，还靠不上。遇到吃苦受累的活儿，你总是乐意帮我做。”

“哎呀，妈妈，你知道我不怕干累活儿，一个家庭中总要有根顶梁柱的。艾米擅长做细活儿，可我做不好。每当所有地毯需要清理的时候，或者全家人有一半都病倒的时候，我就觉得特别能大显身手。艾米在国外表现很出色，家里如果出什么乱子，我就是你的帮手。”

“那么，我就把贝丝交给你了，因为和其他人比起来，她会首先对她的乔敞开她那柔弱的小心灵。你一定要做到贴心，别让她认为有人在偷偷观察她或者背后谈论她。只要她能恢复健康和快乐，我在这个世界上就再也没什么心愿了。”

“多么幸福的女人！我可有一大堆心愿呢。”

“宝贝，都是哪些心愿？”

“我要先解决贝丝的麻烦，然后再告诉你我的。都不算太大的麻烦，所以可以先放一放。”乔机智地冲妈妈点点头，继续做针线，让妈妈至少暂时对她放了心。

乔一边在表面上装作专心做自己的事情，一边在偷偷观察贝丝。经过很多相互冲突的推测后，最后确定了一个似乎能解释贝丝变化的推测。一件细微的小事给了乔解开谜团的线索，她想，接下来的工作可是需要活跃的想象和爱心去完成了。一个礼拜六的下午，她和贝丝单独在一起。她一边装作忙着写东西，一边留心观察着妹妹。此时贝丝看起来出奇的安静。她坐在窗边，头斜靠在一只手臂上，手里的活儿掉落在膝头，双眼呆呆地注视着外面毫无生机的秋景，神情十分黯然。忽然有人从窗下走了过去，嘴里吹着口哨，听起来像一只歌喉婉转的画眉鸟。接着响起了一个声音："月上柳梢头，人约黄昏后。"

贝丝吃了一惊，她把身子探到窗前，冲着下面微笑着点点头，目光追随着那个过路人，直到他急促而沉重的脚步声消失在远处。之后她轻轻地，像是自言自语地说："那个亲爱的小伙子，看上去是多么强壮、健康和快乐啊！"

"嗯！"乔应了一声，继续专注地观察着妹妹的脸色，只见贝丝脸上兴奋的神采已经退去，就和突然出现时一样迅速。微笑消失了，接着一颗晶莹的泪珠滴落在窗台上。她匆匆将它抹去，忧虑地瞥了一眼乔，看到乔正在奋笔疾书，显然正全神贯注于她的新作《奥林匹亚的誓言》。贝丝刚把头扭过去，乔又开始观察她，看到她不止一次地悄悄抹眼泪，并且从她偏向一边的脸上读到一种温柔的哀伤，这让乔的眼睛也湿润了。她担心暴露自己的行为，就嘀咕着说去取纸，赶紧溜掉了。

"天哪，贝丝爱上了劳里！"乔坐在自己房间里自言自语，被自认为的一个新发现惊得脸色煞白，"我做梦也想不到会有这种事。妈妈会怎么说呢？不知道她的——"说到这里乔猛然停住了，一个突然出现的想法使她脸涨得通红。"如果他不回报她的爱，那会多可怕。他必须爱她。我要让他爱她！"她威胁地冲着挂在墙上的男孩的照片晃着脑袋，照片上的男孩正顽皮地对着她笑。“噢，我们不知不觉都长大了。梅格已经结婚，并当上了妈妈，艾米远在巴黎乐而忘返，贝丝也有了心上人，只有我有足够的理智，不去胡闹！”乔眼睛盯着照片，开动脑筋思索片刻，然后舒展眉头，冲着对面那张脸坚定地点点头：“不用了，谢谢你，先生。尽管你很有魅力，但你并不比风向标稳定。因此你不必写动人的纸条，也不必露出暧昧的微笑，这没有多大用处，我不会接受的。”

她叹口气，接着做起了白日梦，然后迷迷糊糊地睡了过去，直到黄昏时分方才醒来，然后下楼重新开始观察。结果仅仅证实了她的猜测。尽管劳里过去总是喜欢和艾米逗趣，和乔开玩笑，可他对贝丝的态度却总是格外和蔼温和，不过每个人对贝丝都这样呀，因此，没人会认为他喜欢贝丝要比喜欢其他人多几分。实际上，最近全家人普遍产生的印象是，“我们的小伙子”越来越喜欢乔了，而乔却不愿听到关于这类话题的哪怕一个字。如果有人胆敢暗示一下，她就会怒骂一通。如果他们知道，劳里曾向乔眉目传情，或者说刚有这种动机，就被扼杀在了萌芽状态，他们就会非常满意地说：“我早就跟你说过的。”乔讨厌“滥情”，绝不会允许这种事情发生，总是在危险初露迹象的时候，就用玩笑和微笑把它拦下。

劳里刚上大学那阵子，大约每个月都要坠入情网一次，但这些小火花炽热却短暂，而且不会造成任何伤害，反而成了乔的日常笑料。乔带着极大的兴致听他讲从满怀希望到陷入绝望，最后全身而退的恋爱故事。这都是劳里在他们每周一次的见面中向她坦白的。但是有一阵子，劳里停止了对众多女神的朝拜，暗示出专一的激情，有时候沉浸在拜伦式的忧郁里。那时，他避而不谈温情的话题，却给乔写起了富有哲理的便条，甚至开始用功起来，声称他要“钻研”，打算风风光光地毕业。这比黄昏时分的知心话、温柔的牵手和意味深长的眼神更合乔的胃口，因为她的脑子比心成熟得早。她更喜欢想象中的英雄，而非真实的英雄，因为当她对想象中的英雄感到厌倦的时候，可以把他们关进铁皮箱子里，需要的时候再招出来。真实的人物就不太好对付了。

有了重大发现后，形势就成这样了：当天晚上，乔以前所未有的眼光观察着劳里。要不是脑子里有了那个所谓的新发现，她从眼前的事实中肯定看不出任何异样。贝丝非常安静，劳里对她非常友善。乔松开了想象之马的缰绳，任它自由狂奔。由于长期撰写虚构的故事,她的一般性常识反而被削弱了，因而此时没能来救驾。和往常一样，贝丝躺在沙发上，劳里坐在旁边的一张矮椅上东拉西扯，逗贝丝开心。贝丝对他每周一次的“胡编”已经产生了依赖，而他也从没令她失望过。但那天晚上，乔似乎觉得，当贝丝盯着那张富有朝气的深棕色脸庞时，眼神显得特别快乐。她饶有兴趣地听他讲某场激动人心的板球赛事，尽管“抢断贴板球”“击球手撞柱子出局”“左外场中三球”之类的术语对她来说就像梵语似的晦涩难懂。乔又仔细观察劳里，似乎觉得他的举止更温柔了，偶尔还放低声音，他笑得比平时少，有时有点儿心不在焉。当他把阿富汗羊皮袄盖在贝丝脚上时，显得特别体贴细心。

“天晓得，比这更奇怪的事情也发生过的。”乔一边在屋子里瞎忙活，一边想，“贝丝会把他变成一个真正的天使，他会让亲爱的贝丝生活得舒适快乐，只要他们彼此相爱。我看他会忍不住的，只要我们其他人不挡道，我确信他会的。”

因为除了她自己，其他人并没有挡道，乔开始意识到，应该尽快把自己处理掉。但去哪儿呢？心中燃烧着为姐妹情谊献身的热情，她坐下来，着手解决这个难题。

现在来说说客厅里的那张旧沙发，这张堪称是沙发界的祖师爷，它又长又宽，低矮舒适，看上去有点儿破旧，这是自然的。因为姑娘们婴儿时期曾在这沙发上睡觉、滚爬；孩提时期，她们曾伏在它靠背上，伸手够地上的东西，在扶手上骑马，在沙发下养宠物；到了少女时期，她们在沙发上歇息疲倦的脑袋、做美梦、倾听温柔的话语。她们都爱它，因为它是家庭的庇护所，有一个角一直是乔最钟爱的位子。在装点这张老沙发的众多枕头中，有一个用马鬃做面的枕头，圆圆硬硬的，有点儿扎人，两端各有一个球形纽扣。这个不讨人喜欢的枕头是专属乔的财产，她用这个枕头作防卫武器，也用它来设置障碍，或者把它用作防止自己过度睡眠的严苛手段。

劳里很熟悉这个枕头，有理由对它深感厌恶，因为在尚可随意嬉戏打闹的少年时代，他遭受过它的无情痛击；现在，它又经常阻拦他坐到沙发角上那个让他垂涎的，紧挨着乔的位子。如果这个被他们称为“香肠”的枕头竖在那里，暗示着他可以挨着它坐下休息；但如果它平躺着横在沙发上，不管是男是女还是小孩，看谁敢动它一下！这天晚上，乔居然忘了封锁她那个沙发角，她坐下来还没到五分钟，一个大块头便出现在她身边。劳里把两只手臂摊开伸到沙发背上，把两条长腿舒展开，满足地叹口气，说：

“啊，好爽啊！”

“不准说俚语。”乔脱口而出，砰地把枕头放倒。但她这个动作太迟了，沙发上已经没有空间了，枕头滚落到地上，并非常神秘地消失了。

“得啦！乔，不要这么浑身带刺了。某人用功了整整一周，累得只剩下一把骨头，也该得到宠爱了。”

“贝丝会宠爱你的。我没空。”

“不，她不愿意我去烦她，而你却喜欢，除非你突然失去了兴趣，是吗？你讨厌你的小伙子了，所以就朝他扔枕头？”

尽管乔很少听到比这更能令人心动的恳切请求，但她用一个严肃问题熄灭了“她的小伙子”的热情。“你这周给兰德尔小姐送了几束花？”

“一束也没送，我发誓。她订婚了，行了吧？”

“我感到高兴。你愚蠢的挥霍行为之一，就是给那些你丝毫不在乎的姑娘们送花送礼物。”乔继续训他。

“我真正在乎的聪明姑娘，不让我送花送礼物，我能怎么办？我的感情需要一个发泄‘出口’嘛。”

“妈妈不赞成调情，即便是开玩笑，而你却拼命调情，特迪。”

“假如可以用‘你也是’来回答，我愿意付出一切。正因为不可以，我只有说，我觉得这种快活的小游戏没有什么害处，如果大家都明白只是开玩笑。”

“好啦，这种玩笑确实显得令人开心，但我实在学不会。我试过，因为一个人在人多时不随大流就会觉得难堪，但我似乎毫无长进。”乔说，一时竟忘记了自己身为导师的角色。

“向艾米学习，她在这方面颇具天赋。”

“是的，她在这方面确实做得漂亮，而且从来不会做过头。我想，有些人不用努力就天生讨人喜欢，而有些人总是在错误的地方说错话做错事。”

“我很高兴你不会调情。见到一个又聪明又率直的姑娘，她不用出丑就可以做到快活、和善，实在令人耳目一新。不瞒你说，乔，我认识的一些姑娘确实做得过火，我都替她们感到害臊。我相信她们没有恶意，但是如果她们知道我们男孩事后是怎么议论她们的，我想她们会有所改变的。”

“她们也同样对待你们呀，因为她们的舌头最刻薄，所以被损得最惨的往往是你们。原因是你们和她们一样愚蠢，不差分毫。如果你们举止很得当，她们也会照办。但是她们知道你们喜欢听她们的废话，所以就大肆说废话，而你们又反过来怪她们。”

“你知道得还真不少，小姐。”劳里带着高傲的语气说，“我们并不喜欢嬉戏和调情，有时候只是装作喜欢而已。我们绅士间从不议论漂亮谦和的姑娘，就算提起她们也带着敬意。你太天真了！要是处在我的位置一个月，你就会看到一些让你吃惊的事情。说实话，每当看到那些个轻浮冒失的女孩，我总是要模仿我们的朋友知更鸟的声调说：‘走开，呸呸，厚脸皮的贱货！’”

劳里在对待女人问题上表现得十分自相矛盾：一方面，他对女性具有侠骨柔肠，不愿意说她们的坏话；另一方面，他又本能地讨厌那些在时髦社会比比皆是的不贤淑的愚蠢行为。他的这种自相矛盾让人觉得很滑稽,忍不住要笑话他。乔知道，“小劳伦斯”在世俗的妈妈们眼里是最合格的女婿人选，她们的女儿们对他笑脸相迎，各种年龄的太太都捧着他，使他成了个花花公子。因此，乔怀着忌妒心理旁观这一切，生怕他被宠坏了。当她发现他依旧信任谦和的女孩时,内心十分欣喜，只是不愿承认而已。她突然又变回到了劝诫的口吻，压低声音说：“如果你必须有个‘出口’，特迪，那就去把你的爱奉献给一个你真正敬重的漂亮谦和的女孩吧，别把时间浪费在愚蠢的女孩身上了。”

“这是你的真心话？”劳里看着她，表情怪怪的，既有欢喜又有担心。

“是的，真心话。但最好等你读完大学再说，一般来说是这样的。这期间你还得努力为胜任这个角色做准备。你还远不够好，配不上——不管这个谦和的女孩是谁。”乔的表情也有点儿怪，差点儿把一个名字说出来。

“我确实不够好！”劳里承认了，脸上呈现出从未有过的谦卑表情。他垂下眼帘，漫不经心地用手指缠绕着乔围裙上的穗子。

“天哪！这绝对不行。”乔心想，于是大声说：“去给我唱首歌听吧。我很想听歌，而且总是喜欢听你唱。”

“谢谢你，可我宁愿待在这里。”

“你不能挤在这里，没空地了。去做些有用的事吧，你块头太大了，当不了装饰物。我记得你不是说过讨厌系在女人的围裙上吗？”乔引用劳里自己说过的“独立宣言”来对付他。

“哦，那得看穿围裙的人是谁！”劳里说着，厚着脸皮拧了一下穗子。

“你去不去？”乔逼问道，同时跳起来去抓枕头。

他立刻逃了，刚刚唱起“快活邓迪掀起帽子”，她就溜走了，再没露面，直到年轻人怒气冲冲地离开。

那天晚上，乔躺在床上很长时间睡不着，刚有点儿犯困，就听到了一声压抑的哭泣，她冲到贝丝床边，焦急地问：“出什么事儿啦，乖乖？”

“我还以为你睡着了。”贝丝抽泣着说。

“是老毛病又犯了吗，宝贝？”

“不，是新的，但我能忍受。”贝丝努力忍住泪水。

“快给我说说。让我给你治好，就像我平常治那个毛病那样。”

“你治不了，没法治的。”贝丝再也忍不住了，抱着姐姐绝望地哭起来，乔被吓坏了。

“哪里疼？我去叫妈妈好吗？”

“不，不，别叫妈妈，不要告诉她。我一会儿就好，你躺下来，轻轻抚摸我的头，我会安静下来睡着的，真的。”

乔答应了，当她的手轻柔地来回抚摸贝丝滚烫的前额和沾满泪水的眼帘时，心里感到堵得难受，很想一吐为快。但是尽管乔还年轻，却已经懂得，心灵就像花朵，不能粗暴地对待，而是要让它自然地开放，所以，虽然她自信知道贝丝的病因，但她只是用最柔和的声音说：“有什么事让你感到难过吗，乖乖？”

“是的，乔。”贝丝犹豫了一阵子才回答说。

“告诉我是什么，难道这样不会让你好受些吗？”

“不是现在，还没到时候。”

“那我就不问了，但你要记住，贝丝，我和妈妈会永远乐意听你诉说的，也会乐意帮助你的，只要我们能做到。”

“我知道，我以后会告诉你的。”

“现在疼痛好些了吗？”

“哦，是的，好多了，你真体贴，乔！”

“睡吧，乖乖。我在这里陪着你。”

她们就这样脸贴着脸睡着了。第二天早晨，贝丝似乎恢复了正常。十八岁的年纪，头疼心痛都不会持续太久，一句爱意浓浓的话就可以医好大多数病症。

但乔决心已定，考虑了几天后，她向母亲透露了自己的计划。

“你那天问我有什么心愿，妈咪，现在就告诉你一个。”乔和妈妈单独在一起时，乔开口了，“今年冬天我想到别的地方去，换换环境。”

“怎么了，乔？”母亲吃惊地抬起头，隐隐觉得乔话里有话。

乔眼睛盯着手中的活儿，冷静地答道：“我想做些改变，我总感到烦躁不安，渴望出去见见世面，学些本领。我盘算个人的小事情太多了，需要开阔一下心境。再说，今年冬天我能抽出时间，所以我想离开家一段距离，试着飞一飞。”

“你要去哪里呢？”

“去纽约。昨天我想到一个好主意，听我跟你说。你知道，柯克太太曾给你写过信，要找一个正派的年轻人给她的孩子做家教，并做些针线活。要找到合适的人选还真没那么容易，可我想我合适，只要我想去。”

“天哪，你要去那个大膳宿公寓里做用人？”马奇太太满脸惊讶，可没有不悦之色。

“未必就是做用人。柯克太太是你的朋友——世上最善良的人非她莫属——她不会亏待我的，我知道。她家和其他房间隔开，那里没人认识我。即便有人认识也没关系，我是诚实地在劳动，不用感到难为情。”

“我也不会感到难为情。可你的写作怎么办？”

“换个环境会更好。我能耳闻目睹一些新事物，获得新的灵感，即使在那里的空闲时间不多，有朝一日也可以带回家大量素材，写我的那些垃圾。”

“这点我不怀疑，但你突然想起要走，就这一个原因吗？”

“不，妈妈。”

“能告诉我其他的原因吗？”

乔抬头看看妈妈，又垂下眼帘，她突然变得满脸绯红，慢吞吞地说：“我这么说也许是虚荣心作祟，也许是我看错了，可——恐怕——劳里变得过于喜欢我了。”

“他开始喜欢你了，这显而易见，你不喜欢他吗？”马奇太太担忧地问。

“天哪，当然不是！我一如既往地喜欢这个可爱的男孩，而且特别为他感到自豪，可至于别的什么是完全不可能的。”

“乔，听你这么说，我感到高兴。”

“为什么？请告诉我。”

“因为，乖乖，我认为你俩不般配。做朋友，你们会很开心，尽管经常吵架，但很快也就没事了。可我怕你们要是成为终身伴侣，就会发生冲突。暂且不管你们脾气都暴躁，个性都很强，你们俩性格太相似，太喜欢自由，所以在一起不可能幸福，因为在婚姻这种关系中，不仅需要爱情，还需要无限的耐心和自制。”

“这正是我的感觉，虽然我不能表达出来。你也认为他刚刚开始喜欢我，为此我感到高兴。虽然惹他不开心令我十分难过，但我不能仅仅出于感激就去爱上这个亲爱的老伙计，是不是？”

“你敢确定他对你怀有的感情吗？”

乔脸颊上的红晕更深了，神情中混杂着幸福、自豪和痛苦，这是年轻姑娘说起初恋情人时的通病。她回答说：“恐怕是这样，妈妈。虽然他没说什么，但他的表情说明了很多。我想我最好在事情没发生之前躲开。”

“我赞成。如果这样做有用的话，你就去吧。”

乔看上去松了口气，停了一会儿，她笑着说：“莫法特太太要是知道了，一定会对你这么管教孩子感到奇怪，同时她也会为楠仍然存在希望感到欣喜的。”

“是啊，乔，尽管母亲们管教孩子的方法有所区别，但愿望是一样的——都希望看到自己的孩子幸福。梅格很幸福，我为她的成功感到满意。至于你，我让你去享受你的自由，直到有一天你厌倦了。只有到了那个时候，你才会发现还有比自由更甜蜜的东西。现在，我主要关心的是艾米，但她有头脑，这将对她大有帮助。至于贝丝，我不奢望别的，只希望她身体好转。顺便说一下，她最近两天似乎开朗些了。你跟她谈过了？”

“是的，她承认有点儿烦恼的事，答应以后告诉我。我没再说什么，我想我已经猜到了。”乔讲起了她的所见所想。

马奇太太摇摇头，并没把事情想得这么浪漫，表情反而很严肃，她重申了自己的建议：为了劳里，乔应该离开一段时间。

“在计划落实下来以前，先不要告诉他。然后在他还没反应过来，还来不及悲伤的时候，我就已经离开了。贝丝肯定以为，我是为了寻开心才离开的，其实我本来也是。我不能对她说起劳里。可等我走后，她会安慰他的，并为他消除这种不切实际的念头。这种小挫折他经受得多了，也习惯了，很快就会熬过失恋带来的痛苦。”

乔充满希望地说着，可心中摆脱不掉那不祥的预感，因为这个“小挫折”会比其他的更难克服，劳里将无法像以前那样轻松地摆脱“失恋”的痛苦。

家庭会议讨论并通过了这个计划。柯克太太很乐意地接受了乔，答应给她安排舒适的住处。家教的收入够她自食其力，闲暇时间还可以写作赚钱，新的环境和社交圈子既对她的写作有用，又令人愉快。乔憧憬着美好的前景，迫不及待地想出发，因为她天性不安分，具有冒险精神，家在她看来变得越来越狭小了。一切准备就绪后，她胆战心惊地把这件事告诉了劳里。让她吃惊的是，他竟然很平静地接受了。他最近变得比平时严肃了些，但很快乐。当大家开玩笑说，他要翻开新的一页，重新做人时，他认真地回答："是的，我要让这一页永远翻开着。"

乔感到如释重负，劳里的这个成人之美的情绪来得正是时候，这使她得以轻轻松松地做临行前的准备工作。而贝丝似乎也更开朗了。乔希望自己正在为所有的人尽力。

"有件事我要拜托你特别关照。"临行的前一天晚上，乔说。

"你是说你的那些稿件吗？"贝丝问。

"不，是我的小伙子。请你善待他，行吗？"

"我当然会的，但我代替不了你，他会非常想念你的。"

"这伤不了他，所以请记住，我把他交给你照看，你要去烦扰他，还要宠爱他，管着他。"

"看在你的分上，我会尽力的。"贝丝答应着，不明白乔为什么如此奇怪地看着她。

劳里和乔告别时，他意味深长地低声说："这样做一丁点儿好处也没有，乔。我的眼睛盯着你呢，所以你要当心你的行为，否则，我会追过去把你带回家的。"

第三十三章　乔的日记

纽约，十一月

亲爱的妈咪和贝丝：

我打算给你们写上一整本书，因为我有好多好多话要说，虽然我不是一个在欧洲大陆游玩的时髦女郎。那天，当爸爸那亲切的脸庞渐渐模糊时，我感到有点儿伤感，若不是一个爱尔兰妇女带着的四个小孩一路上不停地哭闹，分散了我的注意力，我可能会掉下几滴眼泪来。每当那几个小孩张开嘴巴哭号时，我就在座位上扔姜糖饼玩，自娱自乐。

不久太阳出来了，我把这看成是好兆头，心情也随之开朗起来，开始尽情地享受旅途的快乐。

柯克太太特别亲切地欢迎我的到来，让我有种回家的感觉，尽管这个大房子里住满了陌生的人。她让我住在阁楼的起居室里，房间很小很温馨，顶楼就这么一间，里面有一个炉子，向阳的窗下摆放着一张不错的书桌，这样我就能随心所欲地坐在这里写东西。窗外景色很美，对面有个教堂塔楼，这弥补了需要爬楼的不足，我立刻就喜欢上了我的小窝。我教书兼做针线的育儿室是个舒适的房间，挨着柯克太太的起居室。两个小女孩都是漂亮孩子，我觉得她们被宠坏了。但是，当我给她们讲了《七只坏猪》的故事后，她们就喜欢上了我，我毫不怀疑自己能成为模范女家庭教师。

如果我不想在大桌子上用餐，可以跟孩子们一起吃。我宁愿这么做，至少目前喜欢这样，因为我感到害羞，尽管没人会相信。

“噢，乖乖，不要拘束，就像在自己家一样。”柯克太太慈爱地说，“为了管好这么大一个家，我从早到晚忙个不停，这你可以想象。但要是我知道孩子们跟你在一起很安全，心里的担忧就会减轻很多。我所有的房间都随时对你开放，我也会尽量把你的房间弄得舒适些。如果要和人交往，这房子里有一些很随和的人。你晚上不用工作,如果有什么问题就跟我讲，尽量让自己开心。喝茶铃响了，我得赶紧去换帽子。”她匆匆离开了，丢下我在新窝里安顿休息。

很快我就下楼了，看到了令我欣喜的一幕。这座高大的房子有长长的楼梯，当我站在第三段的平台上，等着一个小女佣吃力地上楼时，看见她身后来了个男士，他从她手里接过沉甸甸的煤炭桶，一直拎到上面，放在附近的一扇门边，走开时还友善地点点头，带着外国口音说：“这样好一点。这弱小的身板是经不起这样的重负的。”

他是不是很善良呀？我喜欢这样的事情。正如爸爸所说，小事见人品。那天晚上，当我跟柯克太太提起此事时，她笑着说：“肯定是巴尔教授，他总是干这种事。”

柯克太太告诉我，他来自柏林，非常博学、善良，但穷得像教堂里的耗子，靠讲课养活自己和两个父母双亡的小外甥。他姐姐嫁的是美国人，根据其遗愿，两个孩子得在美国接受教育。这并非一个浪漫故事，但我被吸引了。我很高兴听到柯克太太把起居室借给他的几个学生使用。客厅和育儿室之间有一扇玻璃门，我要偷看他一眼，然后告诉你们他的长相。他都快四十岁了，所以对我不会有害的，妈咪。

晚餐后我把两个小女孩哄上床，又整理了大针线篮。整个晚上我都在静静地和这个新朋友对话。我会给你们以日记的形式写信，每周一封。晚安，明天再聊。

星期二，傍晚

今天上午的课气氛很活跃，孩子们吵得像《堂吉诃德》中的桑丘，有一阵子我真想把她们全都用武力教训一通。或许是某个好心的天使在帮我，我突然灵机一动，想到了教她们体操。我让她们不停地做体操动作，直到最后她们高高兴兴地坐下来，而且一直保持安静。午饭后，女佣带她们出去散步了，我开始做针线活，像小保姆梅贝尔一样心甘情愿。我正在庆幸以前学过锁漂亮的扣眼，忽然听到起居室的门打开又关上了，接着听到有人开始哼唱：

“Kennst du das Land①.”

声音听起来像大黄蜂的嗡嗡声。我掀起玻璃门前的门帘一角，往里面偷看。我知道这样做极不得体，可我挡不住这个诱惑呀。巴尔教授在里面，趁他整理书籍时，我好好地打量了他一番。标准的德国人——矮胖身材，蓬乱的棕色头发，浓密的胡子，鼻子很漂亮，眼睛特别和善，我以前从没见过这么和善的眼睛。听腻了咱们那边要么刺耳，要么含混不清的美国腔后，就觉得他的声音特别洪亮悦耳。他的衣服很旧，

① 德语，意思是“你熟悉这个国家吗”。

手很大，除了一口整齐的牙齿，其他面部特征并不算帅气。但我喜欢他，因为他有智慧，亚麻布衬衫很整洁，看上去很有绅士风度，尽管外套上少了两粒纽扣，一只鞋上打了个补丁。虽然他嘴里哼着曲子，表情却很严肃。他走到窗前，把风信子球转到朝阳的方向，然后摸摸猫，那只猫像老朋友似的迎接他。他露出了笑容，此时传来了敲门声，他声音洪亮、语调轻快地喊道：

“Herein!”①

我正要逃开，却看见一个抱着本大书的小不点儿。于是我停住了，想看看接下来的一幕。

“宝宝要巴尔。”小不点儿说，砰地扔下书，向他跑去。

“给你的巴尔。来吧，让他好好地抱抱，我的蒂娜。”教授说。他笑着抱起她，高高地举过头顶，她只好弯下身子去亲他。

“宝宝要上课了。”可爱的小不点儿说。于是，他把她放到桌子边，打开她带来的大词典，给她一张纸和一支铅笔，她就在纸上乱涂乱画起来，还不时地翻一页词典，胖嘟嘟的小手指在页面上移动着，俨然在查一个词。她那一本正经的模样逗得我几乎笑出声来，差点儿暴露形迹。巴尔教授站在一旁，爱抚地撩撩她柔软的头发，他那慈父般的神态让我觉得那一定是他的亲生女儿，虽然她更像法国人，而不像德国人。

敲门声再次响起，出现了两位小姐，于是我便回去做自己的活儿。虽然我一直很规矩地坐着，但仍然能听到隔壁的嘈杂声和说话声。一个女孩子总是发出很做作的笑声，并且卖弄风情地说：“喂，教授。”另一个小姐的德语发音很糟糕，我猜这一定使他很难保持冷静。

---

① 德语，意思是“进来”。

两位小姐似乎都在无情地考验他的忍耐力，我不止一次听到他用强调的语气说:“不，不，不是这样，你没注意听我讲。”有一次还响起一声很大的敲击声，好像是他在用书猛敲桌子，接着听到一声绝望的感叹:“该死！今天全乱套了。”

可怜的人，我同情他。两个女孩子离开后，我又偷看了一眼，想看看他有没有被气死。他靠在椅子上，闭着双眼，似乎已经筋疲力尽了，直到时钟敲了两下，他才猛地跳起来，把书放到口袋里，好像又要上课了。小蒂娜在沙发上睡着了，他轻轻抱起她走了出去。我猜想他的生活有些艰难。晚饭时间是下午五点。柯克太太问我愿不愿意下楼与大家一起用餐，我有点儿想家，心想还是去吧，也看看同一屋檐下住着的都是些什么人。我打扮了一下，看起来还算得体，然后跟在柯克太太后面，想悄悄溜进去。但是，由于柯克太太个头矮，我个头高,藏身的努力宣告失败。她让我坐在她旁边的位子上。脸上的灼热消退后,我鼓起勇气看看四周。长桌子上坐满了人，每个人都在专心吃饭——男士们尤其专注，那模样仿佛是在计时吃饭，完全符合“狼吞虎咽”一词，吃完马上就消失了。这些人通常包括两耳不闻窗外事的小伙子，眼里只有对方的小夫妻，心里只想着自己孩子的已婚妇女，还有满脑子想的都是政治的老头。我想我不会跟他们多打交道的，除了一个长相甜美的单身女子，她看上去有点儿不同寻常。

教授被冷落在末座，一侧坐着个耳朵虽然有点儿背，但喜欢问问题的老头，另一侧坐着位法国人。他大声地回答着老头的问题，还跟法国人谈论哲学话题。要是艾米在这里，她将会别过脸去永远不看他一眼，因为——很遗憾地说——他的胃口大得惊人，那大口吞饭的样子会吓着我们家这位娇小姐的。而我不在乎，因为我喜欢“看人家津津有味地吃饭”，汉娜是这么说的。教了傻瓜们一整天，可怜的人肯定需要大吃大喝。

我吃完饭上楼的时候，看到两个小伙子正在门厅的落地镜前整理帽子，听到其中的一个低声问另一个：“那个新来的女孩是谁？”

“家庭教师之类的吧。”

“她为什么和我们一起用餐？”

“是老妇人的朋友。”

“头脑聪明，但没有风度。”

“一点儿也没有。借个火，走吧。”

起先，我很生气，后来就不在乎了，家庭女教师跟职员一样体面。根据那两位爱饶舌的、烟鬼似的“雅士”的评论，就算我没有风度，但有见识，这是有些人所不具备的。我讨厌庸俗的人！

星期四

昨天很平静，教书、做针线，然后在自己的小房间里写东西。小房间很舒适，有灯又有火炉。我听到了一些新闻，还被介绍给教授认识了。蒂娜的妈妈好像是在这里的洗衣房熨烫衣服的法国人。那个小不点儿喜欢上了巴尔先生，只要他在家，她就像小狗似的黏着他。这让他很开心，因为他很喜欢小孩，尽管他是个“光棍汉”。柯克家的基蒂和明妮也很喜欢他，跟我讲了有关他的各种故事：他发明的游戏，他送给她们的礼物，他讲的好听的故事。小伙子们好像很喜欢戏弄他，叫他“老弗里茨”“德国窖藏啤酒”“大熊星座”，用他的名字取各种绰号。但他像个小孩似的，不仅不恼，反而觉得这些称呼好玩。柯克太太说，因为他脾气好，所以大家都喜欢他，尽管他是个外国人。

那位单身女子叫诺顿小姐——有钱，有教养，也很友善。今天她在餐桌上跟我说话了（我又去大桌子吃饭了，因为我觉得观察人很有趣），她邀请我去她房间里玩。她有一些好看的书籍和画作，认识些有趣的人，而且显得很友好。我也要让自己变随和，因为我也很想进入上流社会，只是我说的上流社会与艾米喜欢的那个上流社会不一样。

昨天傍晚，我在小起居室里上课时，巴尔先生进来给柯克太太送报纸。她不在，明妮却像个小大人似的，很可爱地把我介绍给巴尔先生："这位是妈妈的朋友，马奇小姐。"

"是的，她很开朗，我们很喜欢她。"基蒂补充说，她说的话常常令大人下不了台。

我们互相鞠个躬，都笑了起来，因为前面古板的介绍和后面直率的补充形成了滑稽的反差。

"啊，对了，我听到这两个小淘气在惹你生气，马奇小姐。如果她们还这样的话，叫我一声，我就来。"他说着，故意吓唬人似的皱了一下眉头，把小坏蛋们逗乐了。

我答应说可以，他就离开了，但似乎命中注定我会反复见到他。今天出来路过他的房间时，我不小心把伞柄撞到了他房门上。房门马上被撞开了，只见他穿着晨衣站在那里，一只手捏着一只蓝色大短袜，另一只手里举着针线。他似乎一点儿也没觉得不好意思。当我做了解释，匆匆离开时，他挥挥手，手里的东西依旧拿着，大声而愉快地说——

“今天好天气，适合散步。Bon voyage, Mademoiselle。”[①]

我一路笑着走下楼梯，但一想到这可怜的人还要自己补衣服，不禁有点儿伤感。德国男人会刺绣，这我知道，但织补袜子则是另一码事，而且算不上多么优雅。

星期六

没什么可写的，就写写拜访诺顿小姐的事吧。她的房间里全是些漂亮的东西，她本人也很有魅力。她把宝贝都拿给我看，还问我想不想偶尔跟她一起去听讲座和音乐会，给她作个伴儿——如果我喜欢的话。她这是在施恩于我，我敢肯定，柯克太太把我们的情况告诉她了，她这么做是出于善意。我虽然自尊心特别强，但来自这些人的恩惠我觉得不是负担，所以感激地接受了。

回到育儿室时，我听到起居室里特别喧闹，就朝里面看了一眼，只见巴尔先生正四肢着地爬着，蒂娜骑在他背上，基蒂拉着一根跳绳在前面牵着他，明妮在给两个小男孩喂芝麻饼。他们三个在椅子围成的笼子里又叫又跳。

“我们在玩动物游戏。”基蒂解释说。

“他是我的大向（象）！”蒂娜抓住教授的头发说。

“礼拜六下午，弗兰茨和埃米尔来了以后，妈妈总是让我们随便玩喜欢的游戏，是不是，巴尔先生？”明妮说。

“大向”坐起来，神情看上去和孩子们一样认真。他一本正经地对我说：“我保证是这么回事。如果我们弄出的声音太吵了，你就‘嘘’一声，我们会轻一点的。”

我答应了，只是让门开着，跟他们一样开心地看他们玩——

① 法语，意思是“一路顺风，小姐。”

还从没见过这么欢快的游戏呢。他们玩捉迷藏，玩打仗游戏，又跳舞又唱歌。天色渐渐暗了下来，孩子们都爬上了沙发，挤在教授周围，听他讲一个个迷人的童话故事。比如鹳落到烟囱顶上啦，小精灵乘着雪片下凡啦。要是美国人能像德国人那样淳朴自然就好了，你们说呢？

我太喜欢写信了，要不是顾及经济方面的问题，我会一直唠叨下去的。尽管我用的是薄信纸，字体也很小，可一想到这封长信要花去的邮票费，我就禁不住发抖。艾米的来信你们看过后请尽快转寄给我。跟她的辉煌游记比起来，我的小消息显得平淡无奇，但我知道你们会喜欢的。特迪是不是学习非常用功，没时间给他的朋友们写信了呢？替我好好照顾他。贝丝，并请告诉我宝宝们的情况。把一大堆的爱送给你们每一个人。

你们忠实的乔

另及：看一遍这封信后，吃惊地发现关于巴尔的内容占了很大篇幅，但我一贯对奇怪的人充满兴趣，再说也确实没别的东西可写，上帝保佑你们！

十二月

我的宝贝贝丝：

因为这是一封信手涂鸦的信，我就直接寄给了你，一来可能会逗你开心，二来会让你了解我的一些情况，尽管事情很平淡，但也相当有趣。就为这一点，快乐起来吧！通过智力和道德上的辛勤耕耘，付出了艾米所谓的“赫库兰尼姆”[①]般的努力后，我播撒的思想的种子开始发芽，小小的嫩枝开始

---

① 意大利古城，艾米把它的发音和大力神赫拉克勒斯混淆了。

如我所愿，向我屈服了。她们虽然没有蒂娜和那两个小男孩那般有趣，但我尽到了责任，她们也喜欢我。弗兰茨和埃米尔是一对快乐的小家伙，德国人和美国人个性的融合造就了他们一贯兴高采烈的性格，十分合我心意。礼拜六下午是狂欢时间，不管是在室内还是在户外。天气好的时候他们都要出去散步，像是在修道院里一样。教授和我要维持秩序，特别好玩！

我们现在已是很好的朋友，我已经开始跟他上课了。我完全是身不由己，事情的发生非常好笑，我非告诉你不可。从头开始讲起吧。一天我路过巴尔先生的房间，柯克太太把我叫住了，她正在里面翻箱倒柜。

“你见过这样的窝吗，乖乖？进来帮我把这些书整理一下。我前不久给了他六块新手帕，为了弄清都被他用来做什么了，我把所有东西都翻了个底朝天。”

于是我便进去了，一边和她一起整理东西，一边打量周围，这可真是“一个窝”。满屋子的书和纸；壁炉架上放着一根烂海泡石烟斗和一根旧笛子，像是废了；一只没有尾羽、模样可怜的鸟在一边窗台上叽叽喳喳地叫着，一箱小白鼠装点着另一边窗台；稿子上搁着半成品的船只模型和几根绳子；壁炉前烘着脏兮兮的小靴子。房间里到处是两个备受宠爱的小男孩的痕迹——教授把自己变成了他们的奴隶。我们花了很大工夫搜寻，才找到三条手帕，一条盖在鸟笼上，一条沾满了墨水，第三条被用作了垫布，烤得发黄。

“这么个人！”性格温和的柯克太太笑着说，把这些破手帕通通扔进了碎布袋，“我猜想别的手帕可能被撕成布条做了船索，也可能用来包扎割破的手指了，或者做了风筝的尾巴。

这很让人恼火，但我又不能责备他。他粗心大意得很，脾气却非常温和，让那两个男孩骑在头上作威作福。我答应给他洗洗补补，可他总是忘记把东西拿来，我也忘了去找，有时候他的境况很悲惨。”

“我来给他补吧。”我说，“我不在乎，他也没必要知道。我是自愿的——他那么友善，经常帮我拿信，还借给我书看。”

于是，我把他的东西整理好，还织补了两双短袜的后跟——它们被他奇怪的织补弄得走了形。我什么也没跟他说，也希望他不会发现，但上个礼拜的某一天，我却被他抓了个“现行”。蒂娜进进出出时，喜欢把门开着，所以我能听见他给人上课。我觉得听他上课非常有趣，简直就是一种享受，因此也想跟着学。那天我坐在门边，一边缝补着最后一只袜子，一边在努力理解他说的意思。他正给一个和我一样笨的新学生讲课。女孩走了，我以为他也走了，因为周围变得十分安静。我坐在椅子上正摇头晃脑、叽里咕噜念着一个动词，模样十分滑稽，这时我忽然听到一阵窃笑声，抬头发现巴尔先生正站在那里看着我，他不出声地笑着，一边给蒂娜打手势，叫她别暴露他。

“好吧！”他说。我连忙停下来，像只呆鹅似的瞪着他。“你偷看我，我偷看你，这很公平。只是，我这么说话不会让人开心的，你想学德语吗？”

“想，可是你太忙了，我又太笨了，学不会。”我慌乱地说，脸红得像朵牡丹花。

“咳！我们总会挤出时间，总会找到聪明的办法。很高兴在傍晚的时候可以给你上点课，马奇小姐，因为我要还你这笔债。”他指指我手里的活儿说，“那些所谓善良的女士传来传去地说：‘是的，他是个傻老冒，不知道我们都做了什么，他发现不了袜跟不再有洞，还以为衣服扣子掉了会重新长出来，并且相信带子会自己系上去。’哈！可是我有眼睛，看的可不少。我有一颗心，对此很感激。来吧，不时上点课，不然——就不要给我和我的孩子们做童话般的好事了。”

既然这样，我当然无话可说了。再说，这也确实是个好机会，我答应成交，我们就开始了。上了四次课后，我陷进了语法的泥沼。教授对我很有耐心，但这对他肯定是痛苦的折磨。他不时用一种微微绝望的表情看着我，弄得我不知是哭好，还是笑好了。我哭过，也笑过，眼看着要恼羞成怒，他却把语法书往地上一扔，冲出了房门。我感到很丢脸，感到被永远地抛弃了，但一点儿也不怪他。正当我匆匆抓起散落的草稿纸，想冲上楼狠狠教训自己一通时，他又回来了，表情轻松愉快得仿佛我取得多大荣耀似的。

“现在我们来试试新方法。咱们一起读这些令人愉快的小‘Märchen’[①]，不要再啃那本枯燥的书了，它总给咱们添乱，扔到墙角里去好了。”

他说话时的语气特别友善，说着就打开了安徒生童话，充满诱惑地摆在我面前。我感到更羞愧了，于是就顾头不顾尾地读起来，这似乎把他乐坏了。我忘了害羞，尽最大努力锲而不舍地（没别的词来形容）坚持往下读，长单词读得仓促含混，有些发音全靠当时的灵感自作主张。当我竭尽所能读完第一页，停下来喘口气时，他拍着双手，由衷地叫起来：“Das ist gut![②]进展很不错，接下来该我念了。我用德语念，你听着。”接着他就朗读开了，用低沉有力的声音吐出一连串的单词，读

① 德语，意思是“童话”。

② 德语，意思是“很好”。

得有滋有味，声音悦耳，神态悦目。幸运的是，这个故事是《坚定的锡兵》，你知道的，故事很可笑，所以我可以笑——我真笑了——尽管有一半我听不懂。我实在憋不住笑，因为他的神态是那么认真，我是那么激动，这整件事又是那么滑稽。

自那以后，我们相处得更好了。现在我课文读得相当好，因为这种学习方法适合我。我能看出故事里及诗歌里含着语法，就像人们把药丸裹进果冻里服用一样。我很喜欢这种教学方法，他似乎也乐此不疲——他真是个大好人，是不是？我打算送他圣诞礼物，因为不敢给他钱。妈咪，请告诉我送什么好。

劳里似乎过得特别快乐充实，我真高兴。听说他还把烟戒了，头发也留了起来。瞧，你把他管得比我好。我不妒忌，乖乖，你尽力而为吧，只是别把他改造成圣人。如果他没有一点儿平常人的淘气，我恐怕就不会喜欢他了。把我的信给他读一点，我没时间多写，这样做也可以了。愿上帝保佑贝丝继续健康快乐。

一月

祝你们新年快乐，我最亲爱的家人！这个家当然也包括劳伦斯先生和那个叫特迪的小伙子。我无法表达收到你们寄来的圣诞包裹时的欣喜，因为直到晚上才收到，当时我都已经放弃希望了。你们的信是上午收到的，但里面对包裹只字未提。虽然你们想给我一个惊喜，但当时我有点儿失望，因为我有一种感觉，你们不会忘记我。晚饭后我坐在房间里，情绪有点儿低落，就在此刻，这个沾着泥巴、饱经摔打的大包裹送到了我面前。我抱住它高兴地跳起来。它是那么亲切，那么抚慰人心。我坐在地上读啊，看啊，吃啊，笑啊，哭啊，就像我平时常有的那种滑稽相。礼物都是我正想要的,更可贵的是，全都是你们亲手制作的,而不是买来的。贝丝的新“擦墨围兜”特别棒，汉娜的那盒硬姜饼我会视如珍宝。妈咪，我肯定会穿你送的漂亮的法兰绒衣服，肯定会仔细阅读爸爸标注过的书籍。谢谢大家，千恩万谢!

说到书，我认为自己在这方面正变得富有，因为新年那天巴尔先生送给我一部精致的莎士比亚。他很珍视这部书，把它与他所珍惜的德语圣经、柏拉图、荷马、弥尔顿的书籍摆在一起。我的目光经常被它所吸引。因此，你可以想象，当他把这本书取下来，掀开封面，把我的名字指给我看时，我是一种怎样的心情。上面还写着“朋友弗里德里希·巴尔赠”。

“你经常说希望拥有一个图书室，我就送给你一个，因为夹在这两个盖子之间（他的意思是封面）的是部合订本。好好读莎士比亚吧，它会对你有很大帮助的，书中对人性的探讨会帮助你读懂现实生活中的人物，然后用你的笔来刻画性格。”

我向他表达了由衷的谢意。现在谈“我的图书室”，好像我有一百本书似的。以前我从来不知道莎士比亚的内容有多么丰富，不过那时候没有一个巴尔跟我解释。不要笑话他那可怕的名字。它的发音既不是“拜尔”，也不是“比尔”，（虽然人们通常这样叫他），而是介于两者之间，这种音只有德国人才发得出来。我很高兴你们都喜欢有关他的故事，希望有一天你们能认识他。妈妈会欣赏他的热心肠，爸爸会欣赏他的聪明头脑。我二者都欣赏，有新朋友“弗里德里希·巴尔”，我感到自己很充实。

因为我没有多少钱，也不知道他的喜好，所以就买了好几样小东西摆在他房间里，他发现时一定会感到意外的。这些东西要么实用，要么漂亮，要么好玩——一个新墨水台摆在桌上，一个小花瓶给他插花。他总是在玻璃杯里插一朵花，或者一点绿色植物，他说这能使他保持年轻；还有一块垫布供他搁吹火桶，这样他就不会把艾米称作“mouchoirs”①的东西烤焦了。我把垫布折成一个大蝴蝶的形状，像贝丝发明的那种，胖胖的身子，黑黄相间的翅膀，毛纱触须，珠子眼睛。他非常喜欢，竟把它当作艺术品摆在壁炉台上，可见它终究不能物尽其用。尽管很穷，但他没忘记这栋公寓里的每一个人，包括仆人和小孩。也没有任何人会忘记他，从法国洗衣女佣到诺顿小姐。为此我感到高兴。

除夕夜他们举办了化装舞会，大家玩得很开心。我本来没打算下楼，因为没有晚礼服穿。但在最后一刻，柯克太太记起来有些旧锦缎衣服还留着，诺顿小姐又借给我一些花边和羽毛。因此我打扮成错别字太太②，戴了个面具滑入舞池。没有人认出我，因为我用了假声，他们做梦也想不到文静而傲慢的马奇小姐（因为他们中的大多数人认为我很呆板很冷漠，而我对那类自以为了不起的小人就是这个态度）居然会化装跳舞，会突然迸出“乱七八糟的墓志铭，就像尼罗河边的寓言”那样的话。我玩得很开心，大家摘下面具后，全都诧异地瞪着我，那种情景真有趣。我还听到一个小伙子对另一个说，他知道我当过演员，更荒谬的是，他想起了在某个小剧院看

① 法语，意思是“手帕”。

② 英国剧作家谢里丹（1751—1816）创作的人物。

过我演戏。梅格会喜欢这类笑话的。巴尔先生装扮成尼克·博顿[①],蒂娜装扮成提泰妮娅[②]——巴尔先生怀里的一个完美小仙女。看他们跳舞，是“一道很美的风景”，借用特迪的话说。

不管怎么说，我过了一个很愉快的新年。回到房间后，我用心想想这段经历，尽管有许多失败，但我感觉自己还是有了一点儿长进。我现在一直都很快乐，很努力，对他人比以前关注得多了，这一切令人满意。上帝保佑你们！

永远爱你们的乔

① 莎士比亚剧作《仲夏夜之梦》里的人物，纺织工。

② 莎士比亚剧作《仲夏夜之梦》里的人物，仙后。

第三十四章　一个朋友

尽管乔对所处的人际氛围感到非常满意，尽管那份工作使她整日里忙忙碌碌，不仅能够糊口，还让辛苦付出换来的劳动成果变得更加香甜，可她仍然挤出时间进行文学创作。那个占据她身心的创作目的对于一个虽贫穷但很有抱负的女孩来说，是十分自然的。但她为了达到目的而采取的手段却不是最可取的。她发现金钱可以带来权力，于是，就下决心拥有金钱和权力，不仅仅是为自用，而且为了给那些她最爱的人享用。

给家里添置舒适的用品，满足贝丝的一切需求——从冬天的草莓到卧室里的风琴，自己出国，永远有花不完的钱，以便可以尽情地施舍，这些梦想就是乔多年来憧憬的空中楼阁。

写故事赚奖金的经历，似乎为她开通了一条道路。沿这条路前行，经过长途跋涉和努力攀登，便可抵达这令人欣喜的“西班牙城堡”。但是那部长篇小说引起的灾难一度夺去了她的勇气，因为公众舆论是个巨人，曾经吓坏了比她更胆大的杰克[①]们，而且他们攀爬的豆茎要比她的粗壮。和那个不朽的英雄一样，首次尝试后她休息了一阵子。如果我记得准确的话，那次的结果是跌了一跤，并且赢得了巨人的珍宝中最不

① 童话故事，杰克顺豆茎攀登至仙境，抢夺了巨人的珍宝。

可爱的一份。但是乔与杰克都有“爬起来再干”的拼劲，因此，这次她是从背阴的一面往上爬的，获得了更多的战利品，但差一点丢失了远比钱袋更宝贵的东西。

她着手写轰动性小说了，因为在那个黑暗的年代，就连最优秀的美国人都在读垃圾。她编造了一个惊悚故事，然后亲自带上稿件，斗胆去找《火山周报》的编辑达什伍德先生，没把这件事告诉任何人。她从来没看过《旧衣新裁》[①]这本书，但具有女人的直觉，知道服饰对许多人的影响力，要比性格的价值或者风度的魔力强大得多。所以她穿上盛装，表现出一副从容淡定的样子，勇敢地爬上两段又暗又脏的楼梯，来到了一间乱糟糟的房间。房间里弥漫着雪茄烟的云雾，眼前坐着三位先生，他们的脚架得比他们的帽子还要高。她出现后，他们中无一人去费神脱帽致敬。这种接待方式让乔感到有些气馁，她在门槛上犹豫着，很尴尬地低声说：

“劳驾，我找《火山周报》编辑部，想见见达什伍德先生。”

那双架得最高的脚放了下去，那位抽烟最凶的先生站了起来。他手指间小心地夹着雪茄，点点头，往前走了几步，脸上除了睡意毫无表情。不知怎的，乔觉得自己必须把这件事办成，便拿出稿子，慌乱地说出了事先精心准备好的话，说得断断续续，越说脸变得越红。

“一个朋友希望我帮着递交——一篇小说——仅仅是尝试——想聆听高见——如果合适，会乐于再写。”

就在她红着脸结结巴巴说着的时候，达什伍德先生已经把稿子接了过去，用两根肮脏的手指翻动着稿纸，用挑剔的目

---

① 英国作家托马斯·卡莱尔（1795—1881）的散文作品，阐述了对唯心主义的信仰。

光上下扫视着整洁的页面。

“我猜不是第一次尝试了吧？”他注意到稿纸已经标了页码，单面誊写，没有用丝带捆扎——那是新手的明显标记。

“是的，先生。她写过一些，有一篇故事在《布拉尼石旗帜》杂志上获过奖。”

“哦，是吗？”达什伍德先生迅速扫了乔一眼，这一眼似乎把她看了个遍——从帽子上的蝴蝶结到靴子上的扣子，“好吧，愿意的话，可以留在这里。我们现在手头此类稿子积压太多，都不知道该怎么处理了。但是我会看一遍，下礼拜给你回话。”

此刻乔倒不想把稿子留下来了，因为达什伍德先生一点儿也对不上她的胃口。可是，眼下她别无选择，只能鞠一躬后离去，样子显得特别高傲，恼羞成怒的时候她总是这样。此刻，这两种状况她都有，很显然，根据几位男士相互会意的眼神，她杜撰的“我的朋友”被他们当成了大笑话。那个编辑关上门后说了句什么，引起一阵哄笑，让乔感到狼狈到了极点。回家的路上，她甚至产生了今后再也不会来的决心。到家后她发疯地缝制围裙，以发泄心中的愤怒。一两个小时后，她冷静了下来，能够做到笑对往事，并且渴望下礼拜的到来。

她再去的时候，只有达什伍德先生一人在，她为此感到高兴。达什伍德先生比上次显得精神多了，这让乔很中意。他也没有只是一味地抽雪茄，对自己的举止比较在意了，所以第二次见面比第一次要舒服得多。

“如果你不反对做些修改，我们将刊用（编辑们从来不说‘我’）。故事太长了，如果把我标了记号的段落删去，长度就比较合适了。”他以公事公办的口气说。

乔几乎认不出自己的稿子了，一页页都弄得皱巴巴的，还有很多段落下面划了线，感觉就像一位慈母被要求锯断自己孩子的腿，以便能放进新摇篮里。她看了看标有记号的段落，惊奇地发现，所有道德反省的段落——这些段落都是她精心安插进去的“压舱物”——都被勾掉了。

“可是，先生，我认为每一个故事都需要有某种道德教化，所以才刻意让故事中的一些负罪人物忏悔。”

达什伍德先生职业化的严肃面孔转换成了一副笑脸，因为乔忘了她的“朋友”，说话的口气完全符合一个作者的腔调。

“你知道，人们要娱乐，不要说教。道德教化如今是没有销路的。”顺便提一下，他的这种说法不太对。

“那么，你认为做这些改动就行了？”

“是的，情节很新颖，构思很巧妙——语言也不错，还有其他方面。”达什伍德先生和蔼可亲地回答道。

“你们给什么——也就是，什么稿酬？”乔说，她并不完全知道该怎么表达。

“哦，对了，我们付这类稿件的稿酬通常是二十五到三十美元，一发表就付。”达什伍德先生回答说，似乎是刚才遗漏了这一点。据说，这类小事儿，编辑们的确经常遗漏。

“很好，你们就用吧。”乔神情满意地把小说递了回去，和报纸专栏上一栏支付一美元比起来，二十五美元也算是好报酬了。

“我是否可以告诉朋友，如果她有更好的故事，你们愿意再刊用一篇？”乔问道，成功给她壮了胆，根本没意识到自己刚才已经说漏了嘴。

“哦，我们得先看看稿子。现在不能保证用，告诉她要写短篇，来点儿猛料，不要管什么道德教化了。你朋友喜欢在上面用什么名字？”编辑漫不经心地问。

“请不要署名，如果可以的话。她不喜欢出现自己的名字，也没有笔名。”乔说，脸不由自主变红了。

“当然可以，就按她的意思办。故事下周可以刊出，是你过来取稿费呢，还是给你汇过去？”达什伍德问，他很自然地想知道他的新撰稿人是谁。

“我过来取。再见，先生。”

乔离开后，达什伍德先生把脚架到桌子上，发表了一句雅评：“老一套，穷酸高傲，但她能行。”

按照达什伍德先生的指示，把诺斯伯里太太当作原型，乔一头扎进了煽情文学泛着泡沫的海洋里，多亏一个朋友扔下救生衣，她才又浮了上来，没有因为沉入水中被淹着。

像大多数年轻的小文人一样，她也把目光瞄向国外，去寻找故事的人物和场景。匪徒、伯爵、吉卜赛人、修女和公爵夫人都出现在她的舞台上，担任着各自的角色，真实而生动，尽可能不负众望。读者们对语法、标点和可能性之类的小事不是很挑剔。达什伍德先生仁慈地以最低价让她担任他的专栏作者，并认为没必要告诉她个中原因——他原先雇佣的一个作者被别人以更高的价码挖走了，卑鄙地把他丢在了困境里。

不久，乔就对自己的工作产生了兴趣，因为她那瘪瘪的钱包鼓起来了。随着时间一周一周地过去，明年夏天带贝丝到山区度假的小积蓄在缓慢而稳定地增长着。但有一件事让她在感到满意的同时也感到不安，那就是她始终没把这件事告诉家里。她感觉到爸爸妈妈不会赞同她的做法。但她宁可先按照自己的想法去做,以后再请求原谅。保守这个秘密是容易的,因为故事没有署名。达什伍德先生当然很快发现了这个秘密,但承诺保持沉默，奇怪的是他竟然没有食言。

她认为这样做对她没有坏处，因为她内心并不想写此类让自己感到羞耻的东西。但一想到奉上自己所赚的钱，笑谈这个被严守的秘密的那一幸福时刻，内疚之心就平静下来了。

但是，除了惊悚故事以外，投到达什伍德先生那儿的别的作品一律退稿，因为除非去折磨读者的灵魂，不然是达不到刺激效果的。为了实现这个目的，乔不得不在历史与传奇、陆地与海洋、科学与艺术、警察局档案与疯人院里到处搜罗素材。不久，乔发现，她的单纯经历只能让她对构成社会基础的悲剧世界稍稍瞥上几眼。因此她开始从商业角度出发，凭借特有的干劲来弥补自己的不足。她急于为故事寻找素材，一心追求故事情节的独特新颖（写作技巧先不管了），因此就在报纸上搜寻事故、事变和犯罪案件。她打听有关毒药的书，结果引起了公共图书馆职员的怀疑。她观察街上行人的脸，研究周围的人物，不管是好人、坏人，还是不好不坏的人。她钻进尘封的故纸堆里寻找或真实或虚构的故事，由于这些故事年代久远，所以和新的一样有价值。她利用自己有限的机会去接触人间的荒唐、罪过和苦难。她以为自己混得很成功，却在不知不觉中开始亵渎女性特有的某些珍贵品质。她生活在坏人成堆的世界里，尽管这是她虚构的世界，但对她产生了影响，因为目前她精神和想象的食粮是危险和虚无。而且，由于过早地接触了生活的阴暗面，她本性中天真无邪的青春气息很快就被抹去了，尽管我们每个人迟早都会遭遇这种经历。

过多地描写他人的爱恨情愁，使她研究和反思起自己的情感来。她开始感觉到，而不是看到，自己正热衷于一种病态的娱乐活动，而这种娱乐活动健康的年轻人是不会主动参与的。做了错事总会得到惩罚，在最需要惩罚的时候，乔得到了。

不知道是对莎士比亚的研究帮助了她去读懂人性，还是缘于女人天生具有识别诚实、勇敢和坚强的本能，在把阳光下所有的完美品质赋予故事中的英雄的同时，乔发现了一个现实版的英雄，这个英雄引起了她的兴趣，尽管他身上有许多和平常人一样的不完美之处。在他们的一次谈话中，巴尔先生建议她去研究淳朴、真实、可爱的人们，作为一种提高写作水平的有益训练，不管她在哪里发现他们。乔听从了他的建议，冷静地转身研究起他来。他要是知道她在这么做的话，肯定会很惊讶，因为这位可敬的教授认为自己是非常卑微的。

起初，让乔困扰的一个问题是，为什么大家都喜欢他。他既不富有也不伟大，不年轻也不潇洒，无论从哪方面看都称不上风采迷人，仪表堂堂，也算不上才华横溢。可他却像一团温暖的火一样吸引着人们，人们喜欢围在他身边，正如喜欢围在暖和的火炉边一样自然。他很穷，但似乎总把东西送给别人；他虽是个外国人，可好像每个人都是他的朋友；他并不年轻，可心情开朗得像个孩子；他相貌平平，还有点儿古怪，可在很多人眼里，他的面容无可挑剔，看在他的分上，人们都愿意原谅他的怪癖。乔常常观察他，试图找出他的魅力所在，最终断定是仁慈善良创造了这一奇迹。他若是有什么伤心事，也是“头埋在翅膀下”，只把阳光灿烂的一面示人。他额头上有一道道皱纹，可时间之神似乎记得他待人是多么善良，所以只是轻柔地摸了他一下。他嘴边亲切的曲线记录了多少友好话语和开怀大笑啊。他的眼睛从不冷漠，也不吓人。他那双大手温暖有力，比语言更具有表现力。

他穿的衣服似乎也具有主人热情好客的天性。这些衣服看起来都很随意，意在让主人舒服。宽大的马甲，暗示着里面宽广的胸怀。褪色的上衣有一种行走江湖的气息。松垂的口袋清楚地表明那几双小手经常空手进，满手出。他那双靴子给人一种亲切感，衣服的领子也从不像别人的那样僵硬挺括。

“原来如此！”乔心想。她终于发现，真诚地善待自己的同类居然美化了这位德国胖老师，使他变得尊贵起来，尽管他大口吃饭，自己缝补袜子，还得为巴尔这个名字所累。

乔非常珍惜善良，对才智也怀有女性特有的尊重之情。不久后的一个关于这位教授的小发现，使她更加敬重他。他从来不提自己，也没人知道，他在家乡的城市非常受尊敬，因为他学识渊博，诚实正直。直到一个同乡来看他，在和诺顿小姐聊天时，才透漏了这件令人高兴的事。乔从诺顿小姐那里知道了此事，让她更加高兴的是，巴尔先生自己从没提过。他在美国只是位寒酸的语言教师，可在柏林却是位受人尊敬的教授，乔得知此事后很为他感到自豪。这个发现给他的生活增添了一抹浪漫色彩，他那朴实、勤奋的生活也被大大美化了。

教授的另一种比才智更好的天赋以非常意外的方式展现给了乔。诺顿小姐有出入名流圈的资格，要是没有她，乔也没有机会去见这样的世面。这位孤独的女士对这个有抱负的姑娘产生了兴趣，于是把许多类似的恩惠友善地施与了乔和教授。一天晚上，她带着两人参加了一个特地为几个名流举办的高雅聚会。

乔去的时候是准备向这些大人物鞠躬致敬的。远在家乡的时候，她就已经带着年轻人的一腔热情崇拜这些人了。可是，那天晚上，她对天才的敬仰受到了沉重的冲击。她发现这些大人物只不过是凡夫俗子，这个发现令她的情绪过了好久才平静下来。她怀着仰慕的心情，羞怯地偷看了一眼那位诗人——诗人的诗句里描写过以“精神、火和露水”为食的天神，却看见他正狼吞虎咽地吃着晚餐，对美食的热情烧红了他那知性的脸庞。此时乔的沮丧可想而知。偶像落地了，她转过头，又有别的发现，这些发现迅速驱散了她的罗曼蒂克的错觉。那位大小说家在两个大酒杯之间流连忘返，像个钟摆似的有规律地摆动着；那位著名的神学家公然与一个当代的斯塔尔夫人[①]调情，而这位女士却对另一个温和地讽刺她的科琳[②]怒目而视，因为科琳在吸引深刻的哲学家的注意时战胜了她；而哲学家则像约翰逊一样高雅地饮着茶，一副无精打采的模样，因为那女士的喋喋不休让他失去了说话的机会。科学界名流们忘记了他们的软体动物和冰川时期，一边聊着艺术，一边以特有的干劲投身于牡蛎和冰激凌的美食世界。那个堪称俄耳甫斯[③]第二，曾迷倒了整座城市的年轻音乐家正在吹牛；那个英国贵族的现场标本，恰恰是这次聚会里最普通的人。

聚会还未过半，乔就感到完全幻灭了。她在一个角落里坐下来，努力平复失望的心情。不久，巴尔教授也坐了过来，看起来与现场气氛格格不入。很快，几位大哲学家聊起了各自的业余爱好，他们缓步来到休息室，当场展开了一场智力

① 法国评论小说家，法国浪漫主义前驱。

② 一个英国女诗人，在此借代女诗人。

③ 希腊神话中的人物，诗人和歌手。他的琴声可使猛兽俯首，顽石点头。

竞赛。他们的谈话远远超出了乔的理解，可她喜欢听，虽然她不知道康德和黑格尔是何方神仙，“主观”和“客观”对她而言也是艰涩难懂的术语。这一切结束以后，“她内在意识产生的”唯一产物是剧烈的头痛。她渐渐明白过来，世界正在被拆解成碎片，然后按照新的原则重新组合，根据这些谈话者的说法，这些新原则远远比旧的优越。乔对各种哲学和玄学均一无所知。但是她听着听着，感到自己飘到了时空之间，就像节日里放飞的小气球，心里涌出一阵不可名状的激动情绪——一半是快乐，一半是痛苦。

她回过头想看看教授的态度，发现他也在看着自己，脸上带着她不曾见过的严肃神情。他摇摇头，示意她走开。可她当时对自由的思辨哲学着了迷，继续坐在那里，想知道这些智者推翻了一切旧的信仰之后，打算用什么作依靠。

相比之下，巴尔先生是个谦虚谨慎的人，不轻易发表己见，但这并非因为他拿不定主意，而是因为观点太真诚、执着，所以不想轻率地讲出来。他的目光从乔移到另外几个年轻人身上，他们都被各种如烟花般绚丽的哲学论调所吸引。他皱起眉头，渴望着发言，因为他担心一些血气方刚的年轻人会被烟花引入歧途，等到烟花秀收场后才发现，只剩下一根空空的烟花棒，或者是烧焦的手。

他尽量忍耐着，可等到有人呼吁他发言时，他义愤填膺，雄辩使他蹩脚的英语变得动听起来，相貌平平的面孔也显得格外迷人。他战斗得很艰苦，因为那些智者能言善辩，而他永不言败，像铮铮铁汉一样坚守着阵地。不知怎的，听着他的发言，乔感到世界重新恢复了正常。她又感到脚踏实地了。虽然巴尔先生的演讲没赢过别人，但信仰绝没有动摇，等他停下来时，乔想鼓掌以示感谢。

她没有这么做，但记住了这一幕，并向教授表达了她最由衷的敬意。她明白，在此时此地直抒胸臆，确实需要很大的勇气，是良知让他不能保持沉默。她开始意识到，品德比金钱、地位、才智和美貌更可贵；她开始感到，要是伟大果如一位智者所定义的“真理、尊严和善意”，那么她的朋友弗里德里希·巴尔不仅善良，而且伟大。

这一信念日益增强。她重视他的看法，渴望得到他的尊敬，希望自己配得上他的友谊。就在她的这个愿望最诚挚的时候，她几乎失去了一切。事情起源于一顶三角帽：有天傍晚教授来给乔上课时，头上戴了顶报纸做的士兵帽，是蒂娜为他戴上的，而他忘了取下来。

“很显然他下楼前不照镜子。”乔想，不由地微微一笑。教授说了声：“晚上好！”便严肃地坐下，要给她朗读《华伦斯坦之死》[①]，完全没意识到他的主题与他的头饰形成了滑稽的对照。

一开始乔什么也没说，因为，当有趣的事情发生时，教授就会开怀大笑，而她喜欢听他这么笑，因此她就想把这件趣事留给他自己去发现。然而，不久她就把这事全忘了，听德国人读席勒的作品是相当引人入胜的。阅读之后便是讲课，这节课上得很活泼，乔那晚的心情很愉快，那顶三角帽让她的眼睛闪烁着快乐的神采。教授不知道她开心的原因，终于忍不住了，他停下来，带着稍许的惊讶之情问她：

“马希[②]小姐，你当着老师的面笑什么？你不尊重我，所以

---

① 德国作家席勒的戏剧。

② 即“马奇”，巴尔教授说英语不标准。

才表现得这么不好，是不是？”

“你忘了取下帽子了，要我怎么尊重呢，先生？”乔说。

粗心大意的教授严肃地把手举到头上，摸到了那顶小三角帽，他把它拿下来，看了一会儿，然后把头一仰，放声大笑起来，笑声像是从一把欢快的大提琴里发出来的。

“啊！我看到了，是那个小淘气鬼蒂娜，用这顶帽子把我变成了傻瓜。哦，这没什么，但你得注意，要是这堂课你学得不好，你也要戴帽子。”

但是有一阵子，上课完全停了下来，因为巴尔先生看到了帽子上的画，把它打开来，非常厌恶地说：“我希望这类报纸不要进这幢房子，这不适合孩子们看，也不适合年轻人读。这种东西很不好，我不能容忍制造这些危害的人。”

乔扫了一眼那张纸，看到了一幅抢人眼球的插图，图上有一个疯子、一具尸体、一个恶棍和一条毒蛇。她不喜欢这样的插图，但内心的一股冲动促使她把报纸翻了过来，这冲动不是出于厌恶，而是出于担心，因为这一刻她想到报纸可能是《火山周报》。好在它并不是《火山周报》，她的恐慌平息了下去，同时也想起，即使是《火山周报》，上面有自己的小说，也不会有她的署名，她不会暴露。可是她的眼神和突然变红的脸庞出卖了她，因为教授虽说是个漫不经心的人，可是他看到的要比人们想象的多得多。他知道乔在写东西，也曾不止一次在报社碰到她。尽管他很想看看她的作品，但因为她从来不提，所以他也没问。现在他明白了，她正在做她自己羞于承认的事情，这让他很不安。他不像许多人那样对自己说：“这不关我的事，我无权做出评判。”他只记得她是个贫穷的小姑娘，远离父母的关爱，这让他产生了帮她一把的冲动，这冲动来得既快又自然，就像要伸手从污水坑里救一个婴儿。所有这些念头瞬间在他头脑里闪过，但他脸上没显露一丝痕迹。报纸又翻过去了，乔正在穿针引线，他却开口说，语气相当自然但又很严肃：

“对，你做得很对，是应该远离这些东西。我认为好女孩是不应该看这类东西的。它们是用来取悦一部分人的，但我宁肯让我的外甥玩火药，也不会给他们看这些害人的垃圾。”

“并不是所有这类东西都是害人的，只是无聊而已，你也知道。如果有需求，我认为提供这些东西也没什么坏处，许多非常体面的人也写这种所谓的煽情小说，作为一种正当的谋生手段。”乔一边说，一边用针在皱褶上划拉着，由于用力过猛，留下了一道道小裂痕。

“威士忌有需求，但我想你我都不愿意去卖它。如果体面的人知道自己造成的伤害，就不会认为这种谋生手段是正当的。他们没有权力在糖球里包毒药，再让小孩子吃。不，他们应该想一想，在做这种事情之前先清扫大街上的泥巴。”

巴尔先生热切地说着，用手把报纸揉成一团，朝火炉的方向走去。乔静静地坐着，那顶小三角帽变成了烟，毫无害处地沿着烟囱飘走了。可她的脸还在燃烧，仿佛火已烧到她的身上，而且还烧了好一会儿。

“我真想把所有剩下的都烧光。”教授咕哝着，转身回到乔身边，脸上带着宽慰的神情。

乔心想，她楼上那堆报纸若是燃烧起来，火焰会有多大啊，此刻她那辛辛苦苦赚来的钱沉重地压在她的良心上，然后她又自我安慰地想：“我的跟那些不一样，我的那些故事只是无聊，绝对不会害人，所以我不必烦恼。”想到这里她拿起书本，带着一副勤勉的表情问："我们还要继续上课吗，先生？我现在很乖，很有礼貌了。"

"希望如此。"他只是这么说，但其含义比她想象的要多。他看她时的那种严肃而慈祥的目光让她感觉，"火山周报"这四个大字似乎就印在她脑门上。

乔一回到自己的房间，就拿出发表她文章的所有报纸，细细地重读了一遍自己所写的每一个故事。巴尔先生有点近视，有时要戴眼镜。乔曾经试戴过一次，可笑地发现她书上小小的字放大了。此刻，她似乎戴上了教授的精神眼镜，或者说道德眼镜，因为这些低劣故事中的瑕疵可怕地盯着她，让她惊慌失措。

"确实是垃圾，如果继续写下去，过不了多久，会产生更垃圾的东西，因为一篇比一篇低俗。我这么盲目地写着，损人不利己，仅仅是为了钱。我知道是这样，因为只要我静下心来读，就会感到羞愧难当，无地自容。要是家里人看到了，或者被巴尔先生抓到了，我该怎么办？"

这么一想，乔的脸变得火辣辣的，她把整捆报纸都塞进了火炉里，火焰差一点要把烟囱烧着了。

"是的，火炉是这些易燃垃圾的最好去处。我宁肯把整栋房子烧掉，也不愿意叫人家用我的火药来炸飞他们自己。"她一边想，一边看着《侏罗纪的魔鬼》迅速燃烧，最后化成一堆闪烁着火星的黑色灰烬。

三个月的辛劳只留下一堆灰烬和搁在腿上的钱了。乔坐在地上，冷静地思考怎么来处置这笔收入。

"我想自己还没造成太多危害，可以保留这笔钱，作为我付出时间的补偿。"经过长时间的沉思后，乔自言自语地说，又不耐烦地补充道：“我甚至希望自己没有良心，这要方便得多。如果我不在乎做好事还是坏事，那么，做了坏事就不会感到不安，就会活得很好。有时候真希望爸爸妈妈对这种事情不要要求太严格。”

哦，乔，千万不能这么想，而是应该感谢上帝让你拥有这么严格的父母，还要从内心深处可怜那些没有这样的好监护人的孩子。监护人用原则约束着他们，对焦躁不安的年轻人来说，这或许像是监狱的高墙，但结果证明是塑造子女性格的可靠基础。

乔不再写煽情小说了，她认定金钱补偿不了她所承受的情感上的耻辱。但是，她走向了另一个极端，这是她那一类人通常的做法。她走上了舍伍德太太[①]、埃奇沃思小姐[②]和汉娜·摩尔[③]的道路，然后写了一篇小说，与其说它是小说，不如说是随笔，或者说是布道词更为恰当，因为满篇都是慷慨激昂的道德教义。她从一开始就心存疑虑，因为她活跃的想象力和女孩子特有的浪漫情感和这种新的风格很不搭，就像她穿着上世纪呆板而累赘的服装去参加化装舞会。她把这篇说教极品送去好几家报社，结果却发现没有买主，于是，她倾向于接受达什伍德先生的观点了——道德说教行不通。

接着，她开始尝试写一篇儿童故事，如果不是那么唯利是图，想要得到几个臭钱的话，这个故事是很容易脱手的。唯一愿意给她付足稿酬，使她感到青少年文学值得尝试的人，是位可敬的先生。这位先生觉得，让全世界皈依他笃信的信仰

---

① 舍伍德太太（1775—1851），英国女作家。

② 埃奇沃思（1767—1849），英裔爱尔兰女作家。

③ 汉娜·摩尔（1745—1833），英国女作家。

是自己的使命。但是，虽然乔很愿意为儿童写作，但她不情愿让自己笔下的所有淘气男孩，因为不去某个主日学校上学而落入熊口，或者遭疯牛袭击，而所有去上学的好孩子则得到各种各样的福佑，从金色的姜饼到他们离开人世时的护送天使，口齿不清的舌头依然吐出圣歌或者布道词。因此，这样的尝试也无疾而终，乔把墨水瓶盖旋上，突然变得谦虚起来，是一种有益健康的谦虚。她说：

“我什么也不懂。得等到有见识以后再尝试。这期间，如果我不能做得更好，就清扫大街上的泥巴，这至少是正当的。”这个决定证明，第二次从豆茎上掉下来，对她有益无害。

这些内心的革命在进行的同时，她的外部生活和往常一样忙碌、平静。假如有时她显得严肃或者有点儿悲伤的话，那么除了巴尔教授，其他人都不会觉察。他默默地关注着她，看她有没有接受他的责备，并从中受益。乔蒙在鼓里，但她经受住了考验，他满意了。尽管他们之间从不提此事，但他知道她已放弃了写作。他猜到这一点不只是因为她右手的食指上不再沾有墨渍了，还因为她晚上总是待在楼下，他也不再在报社里碰见她了。另外，她学习的时候也有顽强的毅力了。这些事实都让他坚信，她正专心考虑着什么，虽说也许不那么令人愉快，但一定有用。

他多方面帮助她，用行动证明自己是她真正的朋友。乔感到非常幸福，尽管钢笔闲置下来了，但她还学了德语以外的课程，这些为撰写自己人生的动人故事打下了基础。

这个冬天过得很愉快，也很漫长，乔一直在柯克太太家待到六月才准备离开。分别的时候，大家都依依不舍。几个孩子极为伤心，巴尔先生的满头毛发都竖了起来，遇到烦心事时，他总把头发弄得乱七八糟。

离别前夜，她举办了一个小小的告别晚会。“准备回家？啊，你有家可回，真幸福。”当她告诉他自己要回家时，他这么说，然后就默默地坐在一个角落里，不停地扯着长胡子。

她一早就要动身，所以头天晚上提前和大家一一道别。轮到他时，她热情地说：“到你了，先生，如果你旅行路过我们那里，不要忘了来看我们，好吗？如果你忘了，我永远不会原谅你的。因为我想让他们都认识我的朋友。”

“真的吗？我可以去？”他低下头看着她问，她没看出来他脸上带着一种渴望的表情。

“是的，下个月来吧。劳里下个月毕业，你可以参加他的毕业典礼，作为生活的调剂。”

“你是指你那个最要好的朋友吗？”他的语气变了。

“是的，我的小伙子特迪。我很为他骄傲，想让你见见他。”

乔抬起了头，什么也没注意到，只顾沉浸在快乐的憧憬中——介绍他们俩认识的情景。巴尔先生脸上的某种神情突然让她想起，劳里在她心目中可能不只是“最要好的朋友”。正因为她特别希望不要表现出什么异样，她的脸反而不知不觉地红了起来，她越是努力克制，脸越是红。要不是蒂娜坐在她腿上，她真不知道该怎么应对了。幸好这孩子要拥抱她，于是她顺势把脸藏了起来，希望教授没看见。但他看见了，他自己的神态也再次发生了变化，从瞬间的焦虑变成了正常的表情，他诚恳地说：

“恐怕我没时间参加毕业典礼，但我祝愿你这个朋友取得很大成功，希望你们大家幸福。上帝保佑你们！”说完他跟乔热烈地握握手，把蒂娜驮到肩上，转身离去。

但是，当两个男孩入睡之后，他久久地枯坐在火炉前，脸上呈现出一副倦容，心里因思念故乡而变得沉甸甸的。有一阵子，他回忆起临别时的情景：乔抱着蒂娜坐在那里，脸上露出一种过去不曾有过的温柔表情。他双手托着头坐了一会儿，然后站起来，在房间里踱着步子，好像在寻找某件丢失的东西。

“那不是我的，现在不能有这种奢望。”他自言自语道，叹了口气，听起来近似呻吟。然后，仿佛在为无法克制这种渴望而自责似的，他走到床前，亲了亲枕头上两个头发蓬乱的小脑袋，又拿起那根很少派上用场的海泡石烟斗，翻开了他的柏拉图。

他已尽了最大的努力，表现得很有气度。但读者一定想，他不会觉得两个调皮男孩、一个烟斗，或是那本神圣的柏拉图，能够代替妻子和孩子的。

第二天早上，时辰虽然还早，可他还是赶到车站来为乔送行了。也多亏了他，乔才带着愉快的回忆开始了寂寞旅途——她忘不掉临行前那张熟悉的笑脸。陪伴她的是一束紫罗兰花。最难得的是，此刻她还怀着一个幸福的想法：“冬天过去了，我 没写书，二没发财，可我交了个值得拥有的朋友，我要一生都与他为友。”

第三十五章　心痛

不管劳里是出于何种动机，那一年，他的学业有了明显长进，毕业时成绩骄人，发表拉丁语演说时，他就像菲利普斯[①]一样从容优雅，像德摩斯梯尼[②]一样口若悬河，他的朋友们如此评价。他们都出席了，他的爷爷——啊，老人太自豪了！——还有马奇夫妇、约翰、梅格夫妇，以及乔和贝丝。他们都带着由衷的钦佩为他欢欣鼓舞。当时，男孩子们通常对此殊荣满不在乎，然而日后要在世上获得这样的成功就很难了。

“我得留下来吃那顿讨厌的散伙饭，明天一大早会赶回家。姑娘们，你们会像以往那样迎接我吗？”当天的欢庆仪式结束后，劳里把几个姐妹一一送上车厢时说。虽说他喊着“姑娘们”，但心里指的是乔，因为她是唯一保持老习惯的姑娘。对于她那优秀而成功的小伙子，她一贯有求必应，所以态度热情地回答：

“我会来的，特迪，风雨无阻，在你前面开路，用单簧口琴吹《欢迎英雄凯旋》。”

劳里用目光表达了谢意，使她心里一阵恐慌，“唉，天哪！

---

① 菲利普斯（1811—1864），当时的美国改革家、演说家、废奴主义的著名倡导者。

② 德摩斯梯尼（公元前 384—公元前 322），雅典雄辩家、民主派政治家。

我知道他要开口了，我该怎么办呢？”

经过夜里的思考和上午的工作，乔心里的恐慌减轻了。她断定，既然她已经做出充分的解释，对方已经能预料到她的回答是什么，如果还认为对方会向她求婚，那未免也太自作多情了。于是，她按照约定的时间出发了，希望特迪不会做出异样的事情，让她去伤害他那脆弱的感情。她顺便去梅格家坐了一会儿，抱抱亲亲令人振作的戴茜和戴米之后，进一步增强了与特迪面对面交谈的底气。但是，当她看见一个健壮的身影模模糊糊地出现在远处时，却产生想转身逃开的强烈愿望。

“乔，单簧口琴在哪里？”劳里一走近她就嚷道。

“忘记带了。”乔又鼓起了勇气，毕竟劳里的这种打招呼方式称不上情深意长。

乔往常在这种场合下总是挽着劳里的胳膊，这次却没有，而劳里居然没有抱怨，这可是一个不好的征兆。劳里只是滔滔不绝地胡侃一通，并领着她从大路拐上了小径，小径穿过一片树丛，通往家里。他开始放慢步速，后来，他突然不再谈笑风生了，两人之间不时出现尴尬的沉默。眼看谈话不断坠入沉默的深井，乔为了救场，连忙说：“现在你必须好好过一个长假了！”

“我正是这么打算的。”

乔从劳里坚定的语气中听出了异样，不由得迅速抬头看了看他，发现他正低头看着自己，那表情让她确信，她担心的那一刻到来了。她伸出手，恳求道：“不，特迪，请不要这样！”

“我偏要这样，你得听我说。逃避是没有用的，乔，我们必须把这事挑明了，越快对我们俩越好。”劳里的脸涨得通红，情绪瞬间变得激动起来。

“那么，你说说你的打算。我洗耳恭听。”乔带着孤注一掷的耐心说。

虽说劳里很年轻，但他情真意切，确实想把事情挑明，哪怕要了他的命。所以，出于急躁的性格，他直奔主题，说话时嗓音不时哽咽，尽管作为男子汉，他也在努力让情绪保持稳定：

“自从认识你后我就爱上了你，乔。这是不由自主的，你对我一直都这么好。我曾想表白，但你不给我机会。现在，我要说给你听，给我一个答复吧，我实在不能再这样下去了。”

“我是想让你免开尊口。我以为你理解——”乔开口道，觉得事情的难度远远超出自己所料。

“我知道你的想法。但是，女孩子们的心思太难懂，让人永远捉摸不透。说不行时，往往意味着可以，把男人逼得要发疯，还以此为乐。”劳里以不可否认的事实作为挡箭牌，反驳她说。

“我可不是这样的，我从来不想让你这么喜欢我。我总是尽量走开，以免你用情太深。”

“我也这样认为。你就是这么一个人，但我知道又能怎样，反而爱你爱得更深了，我努力学习是为了讨好你。我放弃了打台球，只要你不喜欢的，我都放弃，耐心等待，从不抱怨。只因为我希望你能爱上我，尽管我离优秀还差得远——”说到这儿，他情不自禁地哽咽了。他折断了几根毛茛枝条，清了清不争气的嗓子。

“不，你很优秀。对我来说太优秀了，我感激不尽，为你感到自豪，也喜欢你。我不明白，为什么不遂了你的心愿爱上你，我努力过，但无法改变自己的感情。如果明明不爱，我却说爱，那就是在说谎。”

“乔，真的吗？千真万确？”

劳里突然停下来，握住她的双手问道，他此时的神情乔是不会忘记的。

“是真的，千真万确，乖乖。”

此时此刻他俩正走在树丛里，已经靠近篱笆边的台阶。乔说得很艰难，话音刚落，劳里便丢下她的手转过身去，似乎想越过篱笆，但是，生平第一次，篱笆在他面前变得无法逾越了。于是，他将头靠在长了苔藓的栏柱上，僵立在那里，这下可把乔吓坏了。

“哦，特迪，对不起，真的对不起。假如事情能够挽回，我宁肯死也不怕！希望你不要把这件事看得太重，我实在身不由己啊。你知道，要强迫自己爱一个不爱的人是不可能办到的。”乔尽管心里悔恨，但说得依然直白，她轻轻拍着他的肩膀，想起当年他就是这么安慰自己的。

“有时候是可以的呀。”栏柱边的人闷声闷气地说。

“我认为这并不是真正的爱，所以宁可不去尝试。”乔的回答是决绝的。

一阵长时间的沉默。河边的柳树上传来乌鸫欢快的叫声，高秆草随风晃动，发出沙沙的声响。后来，乔在篱笆的台阶上坐下，严肃地说：“劳里，我想告诉你一件事。”

他一愣神，仿佛中了一枪似的，将头一扬，声嘶力竭地喊道：“不要告诉我那件事，乔，现在我受不了！”

“告诉你什么？”乔问道，对他的怒吼感到奇怪。

“说你爱那个老头。”

“什么老头？”乔问，心想他一定指他的祖父。

“你写信总爱提到的那个魔鬼教授。如果你说爱他，我肯定会铤而走险的。”劳里紧握拳头，眼露凶光，看起来似乎是要说到做到。

乔想发笑，但她忍住了。她也激动起来，恳切地说：“特迪，不要骂人！他既不老，也不坏，而是一个既优秀又善良的人，是我最好的一位朋友，仅次于你。求你别发脾气了，我想心平气和，但我知道，如果你骂我的教授，我会发怒的。爱他或爱其他什么人，这种事我根本没想过。”

“但是，你以后会的，那我会落得什么下场呢？”

“你也会爱上别人的，做个有理智的小伙子，忘记这些烦恼吧。”

“我无法爱上别人，我永远不会忘记你，乔。永远都不会的！”他说着，用力跺跺脚，用以配合热切的言辞。

“我该拿他怎么办呢？”乔叹息着，觉得人的情感比想象的要难驾驭，“你还没有听我想告诉你的话呢。坐下来听我讲，我确实想说清楚，让你开心。”她解释道，希望能够凭说理来安抚他，但这恰恰证明她对爱情一无所知。

劳里从最后那句话中听出了一线希望，便在她脚边的草地上坐下，将胳膊靠在篱笆底部的台阶上，然后抬起头，一脸期待地望着她。这种姿势并不利于乔说一些平静的话，或保持头脑清醒——对方在含情脉脉地望着自己，目光中充满了渴望，睫毛上还带着被她的冷酷无情逼出的泪珠，这种情况下她怎么能开口说出绝情的话呢？她温柔地转过他的头，抚摸着那一头为她而留的波浪式头发——唉，这一幕多么感人哪！她说：

“我同意妈妈的看法，你我不合适，因为，我俩都爱发脾气，个性都很强，这大概会把我们弄得很惨，假如我俩愚蠢透顶，去——”说到最后一个词时，乔顿了一下。但是，劳里欣喜若狂地抢着说了出来。

“结婚——不，我们不会下场悲惨的！如果你爱我，我会成为一个完美无缺的圣徒，因为，你可以随心所欲地改造我。”

“不，我做不到。我尝试过，但没有成功。我不想通过这么重大的试验，拿我们的幸福冒险。我们俩总是意见不合，而且永远都不会合，所以，我们俩只能做一辈子的好朋友，但万万不能草率行事。”

“可以的，如果有机会，我们可以尝试。”劳里不服气地咕哝道。

“你一定要理智，理性地看待这件事。”乔几乎理屈词穷地恳求道。

“我不要理智，也不会接受你的‘理性看待’的建议，这对我没有用，只会使我更难受。我想你简直没有心。”

“我倒希望没有！”

说这句话时乔的嗓音有点儿颤抖。劳里认为这是个好兆头，便转过身，使出用来哄劝人的看家本领，以史无前例的谄媚口吻劝道：“乖乖，可别让我们失望啊！大家都在期盼这件好事呢。爷爷早就盘算这件事了，你的家人也希望如此。没有你，我一个人是不行的。说你愿意，让我们幸福起来吧。快说呀，说吧！”

直到数月之后，乔才懂得，当她断定自己并不爱她的小伙子，而且永远都无法爱时，她拥有多么坚强的毅力才守住自己的决心啊。做出这种抉择是很艰难的，可是她做到了。她明白，拖延下去是没有用的，而且也是残酷的。

“我不能发自内心地说‘同意’，所以干脆不说。你总有一天会明白，我是对的，并且会为此感谢我——”乔严肃地说。

“如果谢你，那我就去死！”劳里一听火就上来了，从草地上蹦了起来。

“不对，你会的！”乔不为所动地说，“过一阵子你就会缓过劲来。然后，去找一位又可爱，又有才华的姑娘，她会倾心于你，在你的豪宅中当称职的主妇。我可做不到。我相貌平平，笨手笨脚，脾气怪，年龄大，你会为我感到丢面子的。而且我们还会吵架——甚至现在都忍不住了,你看。还有，我不喜欢上流社会，但你喜欢。你会讨厌我写作，可我不写就活不下去。这样，我们就不会快乐，然后就会后悔，结果一切无可挽回了！”

“还有呢？”劳里问道，觉得很难耐住性子听这种预言式的长篇大论。

“没别的了，我认为自己永远都不会嫁人。我现在就很快乐，我太喜欢这种自由，不会为了一个凡人而将我的自由草率放弃。”

“我比你自己更了解你！”劳里插嘴说，“虽然你现在这样想，但是，总有一天，你会喜欢上某人，然后会深深地爱上他，爱得死去活来。我知道你会这么做。你就是这么个人，我将以旁观者的身份拭目以待。”这位气急败坏的年轻人将帽子往地上一扔，如果不是他那张面孔过于悲惨，这个手势倒显得颇具喜剧效果。

“是啊，我会爱得死去活来的，假如他出现，让我身不由己爱上他，你得挺住啊！”乔大声说道，对可怜的特迪失去了耐心。“我已经尽了力，可是你仍不理智，还一味强求索要我无法给予的东西，真是太自私了。作为朋友，我会一直喜欢你，的确很喜欢。但是，我绝不会嫁给你。你明白得越早，对我俩就越好——还是算了吧！”

这些话像冒出枪口的火药一样伤人。劳里望了望乔，一时不知如何是好。接着，他猛然转身，声嘶力竭地喊道：“乔，总有一天你会后悔的！”

“喂,你要去哪里呀？”乔大声喊道。他的脸色把她吓坏了。

“去见鬼！”这个回答真是令人欣慰。

乔愣怔了片刻。劳里冲下河岸，向河边冲去。可只有极度的愚蠢、痛苦或者罪孽才会让一个年轻人去做寻死觅活的事情。劳里可不是那种软弱无能的人，一次失败打不倒他。他并不想夸张地纵身跳进河里，而是鬼使神差地将帽子和衣服往船里一扔，然后奋力向远处划去，速度赶超了他以往参加任何比赛时的成绩。乔深深地吸了口气，松开紧握的双手，望着那个可怜的家伙在努力摆脱压在心头的苦恼。

“这样对他有好处。回家时他就会变得心平气和，有所悔悟的，不过我可不敢见他了。”乔自言自语着慢吞吞地走回家去，觉得自己仿佛杀害了一个无辜的人，并埋尸荒草下。“现在，我得去见见劳伦斯先生，请他好好待我的可怜的小伙子。我希望他是爱贝丝的，或许到时候会的，但是，我觉得自己可能误解贝丝了。唉！有些女孩子找了心上人，又将他拒绝，怎么忍心呢？我想那真是太可怕了。”

乔坚信，这件事谁都没她干得漂亮。于是，她直接去见了劳伦斯先生，勇敢地讲述了那个令人难堪的故事，说完之后，她便崩溃了，哭得稀里哗啦，觉得自己太绝情，心肠太硬。好心的老先生被打动了，尽管他听完之后很失望，但没说一句指责的话。他觉得不可思议的是，居然还有女孩不会爱上劳里，所以希望乔回心转意，但是，他比乔更明白，爱是不能强求的。因此，他悲伤地摇了摇头，决心帮孙子渡过难关。因为，这个年轻气盛的小伙子跟乔分手时说的那些话让他很不安，尽管他不肯承认。

当劳里筋疲力尽，但镇静自若地回到家之后，爷爷装出并不知情的样子迎接了他，而且成功地伪装了一两个小时。后来，祖孙俩一起坐在暮色中，原本这一直是他俩最享受的时刻。但是，这次老人家却觉得很难像以往那样随意畅谈了，而年轻人则觉得更难听进去那些表扬他去年成功的话。那些成功现在于他而言仿佛是在演一场爱的徒劳。他尽可能耐住性子听着，后来实在受不了了，便走到钢琴边弹奏起来。窗户开着，乔和贝丝恰好在花园里散步，这一次，乔对琴声的感悟终于超过了妹妹。劳里在弹奏贝多芬的《悲怆奏鸣曲》，而且弹得比以往都好。

“我说，弹得真是太好听了，可是太悲伤了，让人听了都想落泪。小伙子，弹一曲欢快些的吧。”劳伦斯先生说。他那颗善良的心充满了同情，很想表示一下，却不知该如何表示。

劳里突然换成了欢快的曲调，节奏像暴风骤雨般猛烈，长达数分钟。本来他可以鼓足勇气弹完的，但在短暂的间歇里传来了马奇太太的喊声：“乔，乖乖，进来吧。我需要你。”

这正是劳里渴望说的呀，只是含义不同罢了！听到这句话后，他挺不住了，琴声在分解和弦音里戛然而止，而琴师则默默地坐在黑暗中。

“我受不了了。”老先生咕哝着。他站起身，摸索着走向钢琴，爱抚地把双手搭在劳里厚实的肩膀上，用慈母般的口吻说：“我已经知道了，孩子，我已经知道了。”

沉默了片刻后，劳里突然问道：“谁告诉你的？”

“乔自己。”

“那就真的结束了！”劳里不耐烦地抖落爷爷的手。虽然他很感激爷爷的同情，但出于男子汉的自尊心，他受不了另一个男人的怜悯。

“不全是。我要说一件事，说完之后，一切就都结束了。”劳伦斯先生以少见的温和口吻说，“或许，你现在不想待在家里吧？”

“我不打算从一个女孩身边躲开。乔无法阻止我见她，我就待在这里，爱待多久，就待多久。”劳里打断了爷爷的话，语气显得很不服气。

“我一直认为你是个绅士，假如我没看错的话。不要这样，对这件事我也很失望，但那姑娘也是身不由己。现在，你唯一能做的事情就是离开一段时间，你想去哪里？”

“去哪里都无所谓。我不在乎自己下场如何。”劳里站起来，突然爆发出一阵狂野的大笑，刺耳的声音冲击着爷爷的耳鼓。

“要拿出男子汉的勇气对待这件事。看在上帝的分上，别冒失。何不按照你原先计划的那样，出国转转，忘了它呢？”

“我不能。”

“但是，你原来一直急于往外跑啊，我答应过你的，读完大学就满足你。”

“是的，但我并没有打算独自一人出国！”劳里一边说，一边快步走进房间，幸亏爷爷没有看见他脸上的表情。

“我不是让你独自一人出去。有个人很乐意和你同去，天涯海角都陪着你。”

“是谁，爷爷？”劳里停下了脚步。

“我本人。”

劳里立即转身走了回来，伸出手，哽咽着说：“我太自私了，简直不配做人，但是——你知道——爷爷——”

“多亏上帝的帮助！是的，我确实知道。以前我也经历过这一切，一次是我还年轻时，另一次是因为你父亲。哎，乖孩子，安静地坐下来，听听我的安排，一切都已经准备就绪，随时都可以执行。”劳伦斯先生一边说，一边握紧劳里的手不放，似乎生怕他像他父亲当年那样，挣脱后逃掉。

“好吧，爷爷，是什么安排？”劳里虽然配合地坐了下来，但表情和声音都表明他不感兴趣。

“伦敦有生意需要料理。我本来的意思是让你去办，但我亲自去解决会更好。这里的事情有布鲁克打理，会进展顺利的。我的合伙人几乎包揽了一切。我只是坚持到你来接班，随时可以放手。”

“可是，你并不喜欢旅行呀，爷爷。你都这么大岁数了，我可不能这么要求你。”劳里说。他很感激爷爷为他做的牺牲，但是，要走的话，他更想只身一人。

老先生非常清楚劳里的想法，便更加急于阻拦他。劳里的情绪使他确信，放手让孙子随心所欲是很不明智的。所以，虽然他很留恋家中的舒适，却把遗憾的想法强行按下去，口气坚决地说：“上帝保佑，我还没有老掉牙嘛。我对这个计划很向往，这对我有好处，我这把老骨头是不会累坏的，如今旅行几乎就和坐在家中的椅子上一样轻松自在。”

劳里不安地在座位上挪动了一下。这表明，要么是他的椅子并不舒服，要么是他不喜欢老人的旅行安排。老人看了赶快补充说：“我不想添乱，也不想成为累赘。我之所以要外出，是因为我认为，我若留在家，你反而不高兴。我并不打算与你一块儿闲逛，而是让你随心所欲地逛，我会自得其乐的。我在伦敦、巴黎都有朋友，我想去拜访他们。在此期间，你可以去意大利、德国、瑞士，去哪里任你选，去看画、听音乐、观光、尝试冒险，尽情地玩。”

劳里刚才还觉得，自己的整颗心都破碎了，外面的世界如一片荒野。但听了爷爷最后那句巧妙的话语，他那颗破碎的心不禁为之一动，原先头脑中那片陌生而荒芜的世界，遽然出现几片绿洲。他叹了口气，无精打采地说：“随你安排吧，爷爷，不管去哪儿，去做什么，都没关系。”

“可是对我有关系，记住这点，孩子。我给你完全的自由，但希望你能够诚实地加以利用。劳里，答应我，你能做到。”

“爷爷，你想怎么安排都可以。”

“很好。”老先生心想，“你现在可以不在乎，但日后那个许诺可以使你避免做混账事，否则，算我看走了眼。”

劳伦斯先生是一个精力充沛的人，所以，他趁热打铁，没等垂头丧气的小伙子缓过劲来做出反抗，他们就出发了。在进行必要的准备过程中，劳里表现出年轻人在这种情况下通常会有的状态：喜怒无常，一会儿脾气暴躁，一会儿郁郁寡欢。他还茶饭不思，衣着不整，把大部分时间都花在拼命弹钢琴上，弹的都是些节奏猛烈的曲子。他一方面躲着乔，却又透过窗户偷偷看她，以此得到少许安慰。他那张悲情的面孔夜间反复出现在乔的梦里；白天则压在她心头，使她深感内疚。劳里跟通常的失恋者不一样。他从不提起自己失恋一事，也不愿意让别人，甚至不让马奇太太安抚自己，或者给予同情。在某种程度上，这倒让他的朋友们松了口气，只是劳里出发前的几周令人十分难熬。所以，听说“可怜的乖乖要出门去忘却忧愁，然后开开心心回家”时，大家都为之感到欢喜。当然，劳里对于他们的这种幻想只是抱之冷冷一笑，带着一股忧伤难解的清高劲儿认定自己会对爱情忠贞不贰。

临行前劳里故意装出一副情绪高涨的样子，以掩饰内心的某种他不愿面对的情绪，但似乎老是露馅。他的轻松神态并没有感染别人，但为了他好，大家表面上都装作深受感染的样子。他表现得挺不错，直到马奇太太吻了他，慈母般地在他耳边叮咛了一句。后来，劳里知道马上就要上路了，便匆忙与大家拥抱，包括伤心的汉娜。接着，他狂奔下了楼。乔跟在他身后，要是他转过身，就朝他挥手。他果然转了身，并且往回走了几步，伸出双手去拥抱站在高处台阶上的她，他仰脸望着她，脸上的表情使他的短暂恳求显得既打动人心，又楚楚可怜。

“唉，乔，你真的不能？”

“特迪，乖乖，但愿能够做到。”

除了短暂的停顿，两人就说了这么多。劳里挺直脊背，对大家说道：“没关系的，别介意。”他二话没说，就转身走了。唉，其实是有关系的，乔的确放不下他。因为，当她说出绝情话以后，他的鬈发脑袋曾一度靠在她胳膊上。那情形让她觉得好像用刀刺杀了自己最亲爱的朋友。当劳里头也不回地离开她时，她明白，男孩劳里永远不会回来了。

第三十六章　贝丝的秘密

那年春天乔回到家时，贝丝身上发生的变化让她大吃一惊。没有人提到这种变化，似乎也没有人觉察到。变化是逐渐出现的，天天见她的人，并不会注意到。当然，对于离开一段时间，目光因此变得锐利的人来说，变化是显而易见的。乔看到妹妹的面容时，内心感到很沉重。贝丝脸色的苍白程度和去年秋天差不多，但她更消瘦了，不过，她脸上带有一种奇特的透明神色，似乎凡人因子正在被缓缓提炼掉，而不朽的灵魂带着一种难以描摹的凄凉的美，透过脆弱的肉身闪耀着光辉。乔看在眼里，痛在心上，但当时一言未发。不久，贝丝给她的初步印象渐渐淡化了。贝丝似乎很愉快，似乎大家都认定她身体好多了。当时，乔正陷于其他的烦恼，一时便忘记了自己的担忧。

劳里走了之后，一切归于平静，乔感到隐隐的焦虑又回来了，并且挥之不去。她坦白了自己的罪孽，大家宽恕了她。后来，当她把积蓄拿给妹妹看，并且提议去山地旅行时，贝丝向她表达了由衷的谢意之后，却恳求不要去离家太远的地方。妹妹觉得，再去一趟海边小住更加适合自己。由于妈妈舍不得丢下她的两个小外孙，乔便独自把贝丝带到那个宁静的地方，在那里，贝丝可以接触更多的户外空气，让清新的海风给她那苍白的面庞增加点儿红润。

这并非一个时髦人士聚集的地方，但是，即使在那里能遇到一些愉快的人，姐妹俩也很少交朋友，而宁愿两人相互陪伴。贝丝很害羞，不敢和人交往，而乔一心想着贝丝，也顾不上关注其他人了。所以，姐妹俩相依相伴，独来独往，引起了周围人的兴趣，但她们丝毫没意识到。外人以同情的目光观察着这对一强一弱的姐妹，她们总是形影不离，仿佛已经本能地感觉到，离永别已经为时不远了。

她们俩确实都感觉到了，但谁也没有说出口。当我们和最亲近的人在一起时，往往存在一种难以打破的缄默，乔觉得贝丝的心和她的心之间仿佛隔着一层纱。每当她伸手想拨开这层纱时，寂静中似乎蕴含着某种神圣的东西，让乔把手缩了回去，因此她就等待贝丝主动开口。乔感到纳闷，也为之庆幸，因为父母亲好像并没有发现她所看见的那些事情。在那宁静的几周里，她心中的阴影越来越清晰，但她没有跟家里人提起。她认为，等到贝丝依然如故地回到家中后，一切都会不言自明。乔更加好奇的是，妹妹是否已经猜测到残酷的真相。贝丝一连几小时躺在温暖的岩石上，脑袋枕着乔的腿，清新的海风从她身上轻轻掠过，浪花在她脚下歌唱，这种时候她脑子里都在想什么呢？

有一天，贝丝向她吐露了。当时她一动不动地躺着，乔还以为她睡着了，于是把书放在一边，惆怅地望着妹妹，试图从她苍白的脸颊上看到希望的征兆。但乔并没有看到令人满意的结果。贝丝的面颊仍然很消瘦，双手显得特别无力，似乎连她们采集的彩色小贝壳都抓不住。乔比任何时候都更加痛苦地意识到，贝丝正在悄悄地离她而去。于是，她本能地抱紧了自己最亲爱的宝贝，双眼瞬间变得模糊，看不清贝丝的面孔了。后来，当她的眼睛恢复清澈时，只见贝丝正仰头望着她，目光那么温柔，使下面这些话几乎成了多余："亲爱的乔，我很高兴你都知道了。我曾经想告诉你来着，但说不出口。"

乔没有回答，也没有再流泪，只是和妹妹脸贴着脸。伤心时，乔从来都不哭。此时，她反倒比贝丝更虚弱。妹妹试图安慰她，鼓励她——用双臂拥抱着她，轻声在她耳边说着宽心的话。

"乖乖，我早已明白了。现在，我已经习以为常了。接受它、忍受它并不难。你试着这样看待它，别为我难过。因为，这是最好的解脱了，千真万确。"

"贝丝，去年秋天你情绪低落，就是因为这件事吗？难道你那时就已经有所觉察，并一直一个人承受到今天吗？"乔问，她不愿意正视或者说出这就是最好的解脱，然而，得知劳里与贝丝的麻烦无关，她感到很高兴。

"是的，那时我放弃了希望，但不愿意去承认。我尽量去认为，那只是我的一种病态的妄想，不让它去麻烦别人。不过，当我看见你们大家都那么健康，那么有活力，又有那么多幸福的打算时，想到自己永远不可能像你们那样生活，对我来说是很残酷的，那时我的心情就很凄凉，乔。"

"唉，贝丝，你为什么不告诉我，让我安慰你，帮助你呢？怎么能对我严守秘密，独自一人忍受呢？"

乔的声音里充满了温柔的责怪语气。一想到贝丝在学习向健康、爱情和生命告别，在快乐地背起十字架的过程中，一直在孤军奋战，她就心痛不已。

"也许，这都是错的。但我尽力好自为之。我自己不确定，也没有人说起过。我希望是我自己多虑了。当时，母亲在为梅格操心，艾米不在家，你跟劳里在一起那么幸福——至少，我当时是这样认为的。我怎么能用这事吓唬你们大家呢？那样做就太自私了。”

“我那时还以为你爱他呢，贝丝。我之所以离开，是因为无法爱他。”乔把真相说了出来，感到很痛快。

听了乔的心里话，贝丝看起来无比惊讶，让乔不顾贝丝的苦楚笑了起来，轻声问道：“那么，你并不爱他，是吗，宝贝？我还担心真是那样呢，猜想你那颗脆弱的心当时正一直为情所困呢。”

“噢，乔，他那么爱你，我怎么可能呢？”贝丝像天真的孩子似的反问，又补充道，“我确实爱他，他对我那么好，我怎么可能不爱他呢？但是，对我来说，他除了当哥哥，绝对不可能成为别的，我真希望有一天，他真的会成为哥哥。”

“不会通过我实现。”乔口气坚定地说，“艾米是留给他的。他们俩很般配，但是，我现在没心思考虑这种事。除了你，别人会怎么样，我并不关心。贝丝，你一定要康复啊！”

“唉，我太想康复了！我在努力，可每天都会失去一点，而且我越来越确信，失去的再也回不来了。就像潮水，乔，一旦退潮，虽然缓慢，但拦不住。”

“一定要拦住，你的潮水不能这么早就退。十九岁太年轻了，贝丝。我不能让你走。我要加油，为你祈祷，同它抗争。我要不惜一切代价留住你。一定有办法的，还来得及。上帝不会如此残忍，非要将你我分开。”可怜的乔大声抗议着，她的性格远远不如贝丝那么温顺和虔诚。

单纯而真诚的人们很少谈及他们的虔诚，他们不会夸夸其谈，而是体现在行动上。这样做所产生的影响力胜过空洞的说教或表白。贝丝无法论证，也无法解释，是什么样的信念给了她勇气和耐心去放弃生命，笑迎死亡。她就像一个吐露心事的孩子，什么问题都不问，便将一切都交给了上帝和大自然。她确信，他们，只有他们才能教诲人，激励人的心灵，振作人的精神，去面对现世和来世。她没有说些大道理去责怪乔，反而因为乔的满腔热情而更加爱这个姐姐了，更加紧密地握住可贵的人类亲情。贝丝不能说："我乐意离开。"因为生命对于她还是甜蜜的。她紧紧抓住乔，只能抽泣着说："我尽量做到心甘情愿。"此刻，这巨大悲痛的第一波苦涩浪潮向她俩同时袭来。

后来，贝丝恢复了宁静。她问道："我们回家之后，你会告诉他们吗？"

"我想，不说他们也能看到。"乔叹息道，好像觉得贝丝每天都有变化。

"也许看不出呢。我听说，彼此深爱的人，对于这种事情往往视而不见。如果他们觉察不出，你就替我告诉他们吧。我不需要保留任何秘密，让他们有所准备更贴心。梅格有约翰和孩子安慰她。你必须陪着爸爸妈妈，好吗，乔？"

"我尽力而为。可是，贝丝，我还没有放弃呢。我选择相信这只是病态的妄想，不想让你认为会真的发生。"乔尽量乐观地说。

贝丝躺着思考了一会儿，然后轻声说："我不知道该怎样表达自己，除了你，我不想对任何人讲，因为我只能对你倾诉心事。我只想说，我有一种感觉，上帝并没有打算让我长寿。我跟你们其他人不一样，从来没制订过长大后要做什么的计划，也从来没像你们一样考虑过结婚。除了做愚笨的小贝丝，只会在家里忙忙碌碌，到哪儿都没有用之外，我难以想象自己还能做别的什么。我从来不想外出，现在受不了的却是要离开大家了。我不害怕，但是，我似乎觉得，即使在天堂里我也会想家的。”

乔不知该说什么好，一时间只能听到海风的叹息和海潮拍岸的哗哗声。一只白翅膀的海鸥从她们眼前飞过，银灰色的胸脯反射出一道太阳的光辉。贝丝目送着海鸥消失在远处，眼神里充满了悲伤。这时,一只灰毛的小沙鸥出现在附近的海滩上，它轻盈地跳跃着，自顾自轻声啼叫着，似乎在享受阳光和大海。它飞到贝丝跟前，用友好的目光望着她，然后停在一块温暖的岩石上，梳理着身上湿润的羽毛，显得相当自在。贝丝笑了，感到很欣慰，这只小生灵似乎在向她传送友谊，在提醒她，这是一个美好的世界，要好好享受。

“可爱的小鸟！乔，你看，它多么温驯啊。和海鸥相比，我更喜欢沙鸥。虽然它们野性不足，模样一般，但看上去是很快乐很亲近人的小东西。去年夏天度假时，我称之为我的小鸟。妈妈说，这些小鸟使她想到我——时刻不停歇，素色羽毛，总爱靠近海边，不停地哼着自得其乐的曲子。乔，你是一只海鸥，身体强健，个性洒脱，喜爱暴风雨，喜欢飞到远远的海面上，独自一人也很开心。梅格则是一只斑鸠，而艾米就像一只她所描绘的云雀，努力飞入云霄，却总是落进自己的巢穴。亲爱的小妹妹！虽有雄心壮志,但心地善良温柔，无论飞得多高，绝不会忘记家园。希望能再次见到她，可是她似乎离得那么遥远。”

“她春天会回来的。我的意思是,你要准备迎接她,欣赏她，到时候，我一定要把你养得健健康康，面色红润。”乔说，她感觉到，在贝丝身上发生的所有变化中，说话的方式变化最大，贝丝现在说话似乎毫不费力。她在自言自语，和过去那个害羞的贝丝很不一样。

“亲爱的乔，不要再希望了。没有用的，我敢肯定。我们不要总悲悲切切的，而要好好享受在一起的日子，一起等待。我们会有快乐的时光，因为我并不太难受。如果你帮助我，我想退潮会很轻松。”

乔弯下腰去亲吻那张恬静的脸庞。随着那静静一吻，她将自己的心都献给了贝丝。

她猜准了。她们回家后，什么也不必说了。父母亲清清楚楚地看到了他们不愿看见的东西。贝丝经过短途旅行，已经筋疲力尽,回到家便上床了。她说最开心的就是又回到家里了。乔下楼后，发现已经不用再费力讲述贝丝的秘密了。父亲站在那里，头靠着壁炉台，她进屋他都没扭头；而母亲则伸出双臂，似乎在求救。乔默默走过去，给予她无声的安慰。

第三十七章　新印象

下午三点的英格兰大道堪称法国尼斯整个时尚界的缩影——那是个迷人的地方，宽阔的步行道边种植着棕榈树、鲜花和热带灌木，一边靠海，另一边则和宽阔的马车道毗邻。大道两边排列着一幢幢酒店和别墅，远处还有橘园和山丘。在这条大道上能体验各国的风土人情，听到很多种语言，看到形形色色的服饰。天气晴朗时，到处都是欢声笑语，就跟狂欢节一样热闹。这里有傲慢的英国人、活跃的法国人、刻板的德国人、潇洒的西班牙人、面貌平凡的俄国人、温顺的犹太人以及大大咧咧的美国人。他们有的驾着马车，有的席地而坐，有的在悠闲地散步，或谈论新闻，或评论最近抵达尼斯的社会名流——可能是里斯托里[①]和狄更斯，也可能是维克托·伊曼纽尔[②]或者桑威奇群岛[③]王后。车队和游客一样来自四面八方，看上去多姿多彩，引人注目。尤其是那些低矮的敞篷四轮四座马车，太太和小姐们自驾马车，拉车的是一对雄赳赳的矮种马。马车上都蒙着漂亮的轻薄网罩，以免夫

---

① 里斯托里（1822—1905），意大利女演员。

② 维克托·伊曼纽尔（1820—1878），意大利统一后第一个国王。

③ 夏威夷群岛旧名，是英国航海家詹姆斯·库克在1778年1月18日发现夏威夷时，给当地所取的名字。

人和小姐的荷叶状的裙边飘出窄小的车厢。车厢后面都立着年轻的马夫。

圣诞节那天，有一位个头高高的小伙子在沿着这条步行道散步。他背着手，从表情看似乎有些心不在焉。他长相像意大利人，但穿着打扮像英国人，洒脱不羁的气质则像美国人——这种混杂特征吸引了无数女子爱慕的回眸，还引起了所有公子哥儿们轻蔑地耸肩，继而又羡慕起他的身材来。这些花花公子们身穿黑色丝绒西装，打着色彩鲜艳的领结，戴着浅黄色的牛皮手套，上衣的扣眼里还插着黄色的香橙花朵。人群中有不少值得倾慕的漂亮脸庞，但小伙子往往不屑一顾，只是偶尔瞥一眼那些穿蓝色衣服的金发女郎。后来，这个小伙子离开了步行道，在十字路口站立了片刻。他似乎拿不定主意，不知是该去听公园里的乐队演奏，还是该沿着海滩一路逛到城堡山去。这时，他听到一阵急促的马蹄声，便抬头张望，只见一辆精巧的马车载着一位小姐正行驶在马车道上。那是一位穿蓝色衣服的金发小姐。他盯着她看了一会儿，心不在焉的表情一扫而光，像孩子似的挥舞着帽子，匆匆跑去迎接她。

“噢，劳里，真的是你吗？我以为你永远不会来了！”艾米一边大声喊着，一边放下缰绳，伸出双手。一位法国妈妈恰巧看在眼里，很是反感，拉着女儿加快了步伐，生怕孩子见到这些举止随便的“讲英语的疯子”后，跟着学坏。

“路上耽搁了，但我答应要陪你过圣诞节的，所以我就来了。”

“你爷爷好吗？什么时候到的？住在哪里？”

“很好——昨晚——住在肖旺饭店。我去过你们住的饭店，但你们出去了。”

“我有好多话要说，但不知从何说起！上车吧，我们可以随便聊。我在赶马车兜风，正想找个伴呢。弗洛在为今晚的活动养精神呢。”

“有什么活动，舞会吗？”

“我们住的酒店里要举办一场圣诞晚会，那儿有许多美国人，是他们为庆祝圣诞而举办的。你跟我们同去，没问题吧？婶婶一定会看入迷的。”

“谢谢。现在要去哪儿？”劳里问道。他靠在座位上，抱住双臂摆好休息的架势。这个动作正合艾米的心意。她喜欢赶马车，阳伞、马鞭和白马背上蓝色的缰绳总能给她带来无尽的满足。

“我打算先去邮局取信，然后去逛城堡山。那儿的景色太美了，我要去喂孔雀。你去过那儿吗？”

“前几年经常去，不过，我不介意再去看看。”

“现在把你的情况都说说吧。我上次听说你的事，是你爷爷在信中说他在等你从柏林回来。”

“是的，我在那儿住了一个月，然后去了巴黎和爷爷团聚。他住在那儿过冬。他在当地有朋友，找到很多开心的事情可做，因此我去了之后又回来了。我们相处得好极了。”

“很得体的安排。”艾米说道。她发现劳里的举止中少了些什么。不过，她不明白是什么。

“是的，他讨厌旅行，而我讨厌不动，所以，两人各取所需，没有麻烦。我经常陪他。他喜欢听我的冒险故事。我喜欢从外地漫游回来后，有人欢迎我。这里又旧又脏，是不是？”劳里一脸恶心地问。此时他们正沿着林荫大道驶向旧城的拿破仑广场。

“虽说又旧又脏，但风景很美，所以我并不介意。有山有水，我还喜欢看上几眼纵横交错的狭窄街道。我们得停一下，等这支队伍过去，他们是去圣约翰教堂。”

劳里无精打采地看着那支队伍，有头顶罩着华盖的牧师，还有头蒙白色面罩、手持细长燃烛的修女，以及一些低声吟唱的蓝衣教友。艾米望着劳里，一种从未有过的羞涩情感偷偷袭上心头，她发现劳里变了。身边的这个男人看上去情绪低落，在他身上已经找不到当初那个满脸挂着喜悦的男孩的影子了。她想，他比以前帅气多了，气质也大为提升，不过，他们刚见面时他脸上出现的因喜悦引起的红晕已经消退了，现在他看上去疲惫不堪，萎靡不振，不是病态，也算不上不高兴，而是比和他有着同样优裕家境的同龄人显得老成持重了一两岁。艾米无法理解，但不敢贸然问他。那支队伍已经蜿蜒地走过帕格里奥尼大桥的拱门，消失在教堂里，所以她就摇了摇头，扬鞭催马，继续前行。

“Que pensez-vous？”[①] 艾米想显摆一下自己的法语。出国之后，她说法语的机会比以前多了，但质量不见得提高。

“小姐没有虚度光阴，进步很明显嘛。”劳里答道。他以手贴胸，面带仰慕地鞠了一躬。

艾米兴奋得脸红了，但这句恭维话并没有使她感到特别满意，感觉还不如以前在家里时，他给她的几句直白的赞扬受用。那时，每逢节日场合，劳里总是笑容可掬地在她身边打转，赞许地拍拍她的头，说她“真是个开心果”。她不喜欢劳里现在说话的口气，不是听腻了，而是听上去言不由衷，尽管他的表情很真诚。

---

① 法语：你在想什么？

“如果这就是他长大后说话的方式，我倒希望他永远不要长大。”艾米心想，心里产生一种很失望、很不舒服的奇怪感受，但同时试图装得很轻松快活。

在阿维格多邮局，艾米找到了几封珍贵的家信，便把缰绳递给劳里，自己则专心读信。马车沿着绿荫遮蔽的大道徐徐行进。路边绿篱的香水月季花依然在怒放，像在六月时节一样。

“母亲说，贝丝身体很差。我常常想，应该回家去看看，但他们都让我待着，所以就没走，因为这种机会永远都不会再碰到了。”艾米一边说，一边严肃地看着一页信纸。

“我认为你这么做是对的。你在家里什么都干不了。你现在过得很好，又快乐又充实，这对他们来说就是莫大的宽慰了，乖乖。”

劳里稍微往她身边挪了挪。说那句话时，他看上去更像从前的劳里了。压在艾米心头的担心减轻了，因为劳里的表情、举止，以及兄长般的一句“乖乖”，似乎在向她保证，即使出现了麻烦事，她虽身处异国他乡，也不会孤单一人应对的。过了一会儿，她笑着把一样东西递给劳里看，是一张乔身穿起稿工作服的素描小照，乔的帽子上立着一个蝴蝶结，嘴里吐出一句话：“灵感在燃烧！”

劳里笑了，他接过素描照放进了背心口袋里，说是“免得被风吹掉”，然后饶有兴趣地听艾米读那封精彩的信。

艾米说：“对我而言，这是一个跟往年一样快乐的圣诞节。早晨收到礼物，下午碰到你，收到信，晚上参加晚会。”他们在古要塞的废墟中下了车，身边跟着一群华丽的孔雀，都在温顺地等着喂食。艾米站在一处斜坡上，位置比劳里高，她一边开心地笑着，一边将面包屑撒向色彩斑斓的孔雀。劳里像她刚才看自己一样打量着她，难免要好奇地观察时间和离别在她身上带来的变化。他没发现任何令他困惑或失望的东西，却发现不少值得钦佩赞许的地方。除了姿态谈吐略显做作之外，艾米仍然是那么生机勃勃，风姿绰约，在衣着和神态上还增添了一丝难以形容的气质，姑且称之为典雅吧。她一贯比正常年龄的人成熟，如今在姿态和言谈举止上又增添了某种稳重的气度，使她看上去更像一位精于世故的少妇。但她爱使小性子的老毛病仍然时不时冒出头来，坚定的性格依然如故，与生俱来的坦率个性并没有被国外的历练糟蹋。

劳里在观看艾米给孔雀喂食时，并没有发觉以上所有的情况。但他所看见的一切已经勾起了他的兴趣，让他觉得心满意足。他已经在心中留存了一张可爱的相片——一个美丽动人、笑容灿烂的姑娘站在阳光下，阳光给她的衣服增添了一抹柔和的色彩，给她的脸颊平添了一份清新，在她头发上镀了一片金色的光泽，使她在醉人的景色中，显得风姿绰约。

他俩爬到位于山顶的岩石平台上之后，艾米向劳里挥挥手，似乎在欢迎他来到自己最钟情的地盘。她一边往山下比画着，边喊道："还记得那个大教堂和彩车吗？还记得海湾里拉网捕鱼的渔民吗？还有下面那条通往弗兰卡别墅和舒伯特塔楼的道路，最美的是海上的那个小点，听说是科西嘉岛，这些你都记得吗？"

"记得，没有太大变化。"劳里毫无热情地回答。

"乔要是能看到那个著名的小黑点，她会不顾一切的！"艾米心情好极了，很希望劳里也和她一样。

"是啊。"劳里虽然只简单地回应了这一句，但他转过身去，瞪大眼睛凝视着科西嘉岛，那位比拿破仑的野心还大的篡位者使他对它产生了兴趣。

“替乔好好看看，然后过来给我讲讲这段时间你都经历了些什么。”艾米说着就坐下来，准备和劳里好好谈谈。

但是，她的目的并没有达到。尽管劳里在她身边坐下来，痛快地回答了她所有的问题，可她只了解到他在欧洲大陆游逛，还去过希腊。他俩闲逛了一小时，就驱车回到了艾米所住的酒店。劳里向卡罗尔太太问了好，便告辞了，答应晚上再来。

一定得给艾米记一笔，当晚她特意打扮了一番。时光和别离使这两个年轻人都发生了很大的变化。艾米开始用一种全新的眼光看待这位老朋友，不再把他看作“我们的小伙子”，而看作英俊合意的男人了。她意识到自己十分自然地渴望得到他的青睐。她清楚自己的长处，而且能够品味高雅、技巧娴熟地加以充分利用。这可是贫穷而美貌的女子的一种财富。

尼斯的塔勒坦布和绢网薄纱很便宜，所以，艾米在这种场合就使用这两种面料包装自己。她效仿年轻小姐着装素雅的英国时尚，认为这么做是明智之举，再用鲜花、小饰件和各种花哨的小玩意儿，把自己装饰得引人注目，花销不多，效果却很好。必须承认，艾米拥有的艺术家品味有时会击退她身为女人的本性，从而发挥主导作用，让她痴迷于各种花里胡哨的东西，如古董发型、塑像般的姿态、古典式服饰等。但是，亲爱的人们，人无完人，年轻人的这些小小不足是情有可原的，因为她们以自己的美貌愉悦我们的眼睛，用她们天真的虚荣心愉悦我们的心情。

“我确实想让他觉得我漂亮，并且回家时告诉他们。”艾米自言自语道。她穿上弗洛淘汰了的白色丝绸舞裙，外面罩了一块轻似云烟的崭新“幻觉”薄纱，烘托出白皙的双肩和一头金色的秀发，制造出了无与伦比的艺术效果。她将头上蓬松的卷发绾成一个赫伯式的发髻垂在脑后，其余随意地披散着。

“虽说这种发型现在不流行，但很美观，我可没有勇气把自己打扮得惊世骇俗。”过去，如果有人建议她按照最时髦的样式去烫卷发、吹风，或者梳辫子，她都这么回答。

因为没有适合这种重要场合的高档饰物，艾米灵机一动，在羊毛裙上系上玫瑰色的杜鹃花环，还在洁白的双肩上披上雅致的绿色藤蔓。她想起当年给靴子涂彩的情形，便审视了一番脚上的白色缎面便鞋，感到十分中意。她做了个滑步舞动作，欣赏着自己那双有贵人相的脚。

“鲜花刚好配我新买的扇子，手套很合手，婶婶给我的法国手帕有真丝花边，让裙子有了锦上添花的效果。要是再有古典式的美丽鼻子和嘴巴，那我就死而无憾了。”她一手拿着一根蜡烛，用挑剔的眼光审视着自己。

尽管有些先天不足，艾米移步离开房间时，看上去却异常开心和优雅。她很少快跑——她认为，这跟她的气质不符，因为她身材较高，庄重典雅比活泼奔放更适合她。她在狭长的客厅里来回踱步，等待着劳里的到来。有一阵子，她刻意站在枝形吊灯下，因为在灯光照耀下头发的效果极佳。接着，她又改变了主意，走到了客厅的另一头，好像在为刚才想给劳里留下美好的第一印象的幼稚念头感到不好意思。结果，一切自然天成——劳里悄悄地走进客厅时，她竟然没有看到或听到。她站在远处的窗户旁边，头偏向一侧，手提着裙子，在红色窗帘的映衬下，看上去就像一尊洁白纤细的美人塑像。

“晚上好，戴安娜[①]！”劳里说。当他的目光落在她身上时，眼睛里流露出她很乐意看到的满意神情。

“晚上好，阿波罗[②]！”艾米微笑着应答。劳里看上去也格外温文尔雅。想到自己将手挽这样一位风度翩翩的帅哥步入舞厅，艾米发自内心地同情戴维斯家相貌一般的四位小姐。

“这是送给你的花。是我亲自插的，还记得你不喜欢被汉娜称为‘短花丛’的那种花。”劳里说着，递给她一束美丽的鲜花。花束的托架正是她当初每天路过卡迪利亚花店时，看到摆放在橱窗里的、自己渴盼已久的那种。

“你真好！”她感激地大声说，“如果知道你来，我今天一定会给你准备一点儿东西，虽然比不上这个礼物漂亮。”

“谢谢。这花没你说的那么漂亮，是你使它变漂亮了。”劳里说。艾米把手腕上的银镯子晃得叮当作响。

“请不要这么说。”

“我还以为你喜欢听这种话呢。”

“但不是听你讲呀，你讲的听起来不自然，我还是喜欢你过去的直言不讳。”

“你这么说我很高兴。”劳里说，看上去像是松了一口气。他替艾米扣紧手套，问她自己的领带是否打得端正，就像在家时他们结伴去参加晚会时那样。

那天晚上，聚集在长餐厅的客人形形色色，此番景象只有在欧洲大陆才能见到。好客的美国人把他们在尼斯认识的每一个人都请来了，他们虽然对爵位没有偏见，但为了给圣诞舞会增光添彩，还是特邀了几位贵族。

---

① 罗马神话中的女神，善于战斗。

② 罗马神话中的太阳神。

一位俄国王子屈尊在客厅的角落里坐了一个小时，和一位胖妇人交谈。那个妇人身穿黑色的丝绒，下巴底下戴着珍珠扣链，打扮得像哈姆雷特的母亲。一位十八岁的波兰伯爵专心侍奉妇人们。她们都叫他“迷人小伙”。一位德国的尊贵殿下则专门冲着晚餐而来，他到处闲逛，寻找好吃的。罗斯查尔德男爵的私人秘书是一个大鼻子犹太人，脚蹬一双紧绷的靴子，总是笑眯眯的，似乎主人的大名给他戴上了金色的光环。有一个自称认识皇帝的法国胖子是专门来过舞瘾的。英国的德·琼斯夫人从家里带来了八个孩子，活跃了现场气氛。当然，舞会上有许多舞步轻盈、嗓门尖利的美国姑娘，还有不少相貌端庄，表情木然的英国女孩子。几个法国姑娘虽长相普通，却相当泼辣。同时还有常见的远游小绅士，都在尽情地玩耍。来自各国的母亲们则在墙边坐了一排，笑眯眯地看着他们和自己的女儿跳舞。

那晚，艾米倚靠在劳里的臂弯里登场时，年轻姑娘们都能猜出她当时的心思——她知道自己漂亮。她也酷爱跳舞，觉得自己的脚生来就适合在舞厅里跳舞。同时，她还很享受那种愉快的征服感。当年轻姑娘们首次发现那个可爱的新天地，那个她们注定要凭青春美貌和女人的优势征服的新天地时，都会有这种感觉。艾米非常怜悯戴维斯家的女儿们，她们笨手笨脚，长相一般，陪伴她们的只有表情严肃的老爸和三位一脸凶相、仍待字闺中的姑姑。艾米经过她们身边时，十分友好地朝她们鞠了一躬。这样做对她有好处，可以让她们有机会看一眼她的裙子，还会激起她们强烈的好奇心——她仪表堂堂的朋友会是谁呢？乐队刚开始演奏，艾米便掩饰不住喜悦，双眸神采奕奕，双脚不耐烦地敲打着地板。她擅长跳舞，这一点她很想让劳里知道。因此，当劳里语气十分平静地问她“你愿意跳舞吗？”时，可以想象她是多么吃惊啊。

“参加舞会就是要跳舞嘛。”

艾米惊讶的表情和不耐烦的回答让劳里立即纠错。

“我是说第一支舞，给我面子吗？”

“如果让那位伯爵等一等，我可以和你跳一支。他的舞跳得棒极了，但他会谅解的，毕竟你是老朋友呀。”艾米说。她希望提到那个人的名字会有用，可以向劳里表明，她是不可小觑的。

“是个可爱的小伙子，可惜波兰人矮了点儿，无法支撑‘诸神的女儿，亭亭玉立，美艳超凡。’[①]”

艾米仅得到了这些满足。

他们发现和他们一起跳舞的是英国人，艾米不得不彬彬有礼地跳完这支沙龙舞，觉得自己连塔兰台拉舞[②]都能尽兴地跳一场。劳里把她留给那位“迷人小伙”之后，自己便去找弗洛尽义务了。他并没有和艾米预定下面的乐事，这就大错特错了，缺乏远见的做法使他后来受到了应有的惩罚。艾米和别人一口气跳到了晚餐时间，其实她是打算宽恕劳里的，只要他稍示忏悔的话。但是，当他想请她跳第二次——一支欢乐的波尔卡雷多瓦舞时，他只是慢悠悠地走过去，而不是冲到她身边。艾米佯装正经，愉快地递给他一本跳舞预约本，并没有在意他礼貌的道歉。后来，她就和那个伯爵旋进舞池中了，看见劳里坐在她婶婶旁边，脸上一副安然的神情。

---

① 英国诗人丁尼生的诗句，1833 年作。

② 意大利南部的一种民间舞曲，传说被蜘蛛咬了后会引起一种热病，病人要剧烈地跳舞才能解毒。

这是不可原谅的，艾米很长时间都没有再关注劳里，只是在跳舞间歇期间，去婶婶那儿补充必要的别针，或者短暂休息时，才偶尔和劳里打个招呼。艾米的生气具有明显的作用，因为她一肚子气都藏在笑脸后面，笑起来显得格外爽朗快乐。劳里的目光愉快地追随着她，艾米跳得不紧不慢，富有活力，非常优雅，这正是休闲取乐之道。劳里十分自然地开始以这种新的视角打量艾米。尚未入夜，劳里就断定："小艾米将来一定会成为一位迷人的妇人。"

不久，在场的人都被社交季的情绪感染了，场面十分热闹。圣诞节的欢乐气氛让每一张脸庞都神采奕奕，每一颗心都舒畅起来，每一双脚都变轻盈了。乐师们有的拉琴，有的吹号，有的弹奏，似乎都陶醉了。会跳舞的，都在尽情地欢跳，不会跳舞的，则对跳舞的邻座艳羡不已。戴维斯一家脸色阴沉，琼斯家的孩子像一群小长颈鹿似的在嬉闹。那位戴金色光环的秘书拉着一位神采飞扬的法国妇人，像流星似的穿过舞厅，妇人粉红色的绸缎裙裾在地板上拖曳着。那位安详的条顿人[1]找到了餐桌，喜上眉梢，接连不断地吃遍了菜单上的美食，那副贪婪的样子令服务员们瞠目结舌。那位所谓皇帝的友人独领风骚，他什么舞都跳，不管会不会。每当舞步跳不好时，就即兴用芭蕾舞的脚尖旋转动作应付过去。那个胖墩墩的家伙像孩子似的忘乎所以，样子显得很滑稽，因为，尽管他"有吨位"，但跳舞时很敏捷，就像橡皮球一样蹦来蹦去的。他忽而小步奔跑，忽而飞也似的滑动，忽而昂首阔步。他跳得红光满面，光秃的头顶油光发亮，燕尾服的后摆疯狂飘荡，舞

① 古代日耳曼人中的一个分支。后世常用条顿人泛指日耳曼人及其后裔，或直接以此称呼德国人。

鞋闪闪发亮。舞曲终止后，他擦了擦额头上的汗珠，朝大家粲然一笑，活像不戴眼镜的法国式匹克威克[①]。

艾米和她的波兰舞伴跳得非常突出，他们和大伙儿一样热情洋溢，但舞姿更优雅更灵巧。劳里的双脚不由自主随着那双白色的舞鞋打起了节拍，它们有节奏地起起落落，不知疲倦，宛若长了翅膀。终于，小弗拉基米尔松开了艾米的手，宣称自己“很遗憾就此告退”，艾米则准备休息一下，同时看看她的变节骑士是怎么承受住惩罚的。

惩罚很成功。二十三岁的人泡在友好的圈子里，受伤的心便得到了抚慰，受到美貌、灯光、音乐和舞蹈的感召，年轻的神经激动起来，热血沸腾起来，精神高涨起来。劳里起身为艾米让位子，脸上的倦怠一扫而光。当他忙不迭地去为她取晚餐时，艾米带着满意的微笑，自言自语地说：“啊，我看这对他大有好处。”

“你看上去像巴尔扎克笔下的‘自画的妇人’。”劳里一只手为艾米扇扇子，另一只手为她端着一杯咖啡。

“我的口红是不会脱落的。”艾米用手擦了擦容光焕发的面颊，又一本正经地给劳里看她的白手套，逗得劳里哈哈大笑。

“这面料，你叫什么呀？”劳里碰了碰飘到他膝上的裙褶。

“幻觉薄纱。”

“好名字，很漂亮——新出的，是不是？”

“不，老掉牙了。你见过许多姑娘穿它，直到今天才发现它漂亮——真笨！”

“我以前从没见你穿过，所以才猜错了。”

“别说了，住嘴。我现在想喝咖啡，不想听奉承话。也别

① 狄更斯小说《匹克威克外传》中的人物。

懒洋洋地躺着，我看了心慌。”

劳里正襟危坐，温顺地接过空盘子，听任“小艾米”的摆布，心里感到一阵莫名的喜悦。艾米已不再害羞，她感到一种难以遏制的想折磨他的欲望。其实，男人们露出任何臣服的迹象时，姑娘们都喜欢开心地折磨他们。

“你是从哪里学会这种东西的？”劳里一脸迷惑地问。

“‘这种东西’可是一种非常含糊的说法。你能好心解释一下吗？”艾米问。她其实是明白他的意思的，但就是想故意捉弄他，让他解释无法解释的难题。

“嗯——气质啊，风度啊，泰然自若啊，还有——还有——‘幻觉’薄纱——你知道的。”劳里笑着说。他话说了一半，灵机一动，用那个新词摆脱了困窘。

艾米满足了，但并没有流露出来，这是理所当然的了。她认真地答道：“国外生活会在不知不觉中改造人，我边玩边学习，至于这个嘛——”她指指裙子——“哦，绢网纱很便宜，花束不用花钱买，而我习惯充分利用我那几样可怜的饰品。”

艾米后悔说出最后那句话，担心会给听者留下趣味不高的印象，但劳里反而因此更喜欢她了，对她充分利用机会的勇气和巧用鲜花遮盖贫穷的乐天精神既赞赏又崇敬。艾米不知道为何劳里那么友善地望着自己，也不知道为何他把名字写满了她的跳舞预约本，并且乐滋滋地把当晚其余的时间都倾注在了她身上。然而，造成这种可喜变化的冲动，源自双方无意中给对方留下的一个崭新印象。

第三十八章　束之高阁

在法国，年轻姑娘们结婚前日子过得很无聊，结了婚，“自由万岁”才成为座右铭。在美国，众所周知，姑娘们早早就签署了“独立宣言”，怀着共和党人的热情享受着自己的自由。但年轻的妈妈们通常随着第一位继承人的出世就放弃了王位，然后，就像进了法国的修道院一样，过着与世隔绝的生活。当然，清静是谈不上的。不管她们是否情愿，新婚的兴奋期一结束，她们实际上便被束之高阁了。正如几天前一位非常貌美的妇人所宣称的：“我虽然风韵犹存，可嫁了人，就没人理睬我了。”这说出了她们当中大部分人的心声。

梅格算不上一个大美人，打扮也不时尚，所以，直到孩子们一周岁时，她才经历这种精神折磨。因为，在她生活的小天地里，传统习俗依然盛行，她觉得比以往更受仰慕和爱戴。

她是一位女人味十足的小妇人，天生的母爱意识在她身上体现得尤为强烈。她全部身心都扑在孩子们身上，心里再无他事，目中再无他人，日日夜夜都在围着孩子转，不知疲倦，殚精竭虑，把约翰全权托付给保姆照料，那位爱尔兰妇女因而荣升为厨房部主事。约翰本是个居家男人，已经习惯了妻子的关爱，如今肯定对此念念不忘，但出于对孩子的宠爱，他一度十分乐意放弃自己的舒适。作为一个男人，他大度地以为，不久宁静就会回归家庭的。然而，三个月过去了，安宁并没有复得。梅格看上去神情疲倦，精神紧张，那两个孩子每时每刻都在缠着她，使她无暇打理房间。厨师基蒂干活总是随随便便，结果，约翰经常食不果腹。他早晨出门上班时，那位被孩子俘虏了的妈妈就爱派给他一些小差使，让他感到晕头转向。夜晚，每当他开心地回到家，渴望搂抱一下老婆孩子时，总是被泼一头冷水。“嘘，他们闹一整天啦，刚刚才睡着。”如果他想在家小小地娱乐一下，则会听见这句话：“不行，会吵醒孩子的。”如果他暗示去听讲座，或者听音乐会，看到的总是一张责怪的面孔，再加上一句斩钉截铁的话：“想扔下孩子去寻欢作乐，没门！”孩子的夜哭经常把他从睡梦中惊醒，深更半夜里会迷迷糊糊地看到一个幽灵似的影子，在静悄悄地来回走动。每当楼上的鸟巢里传来哪怕极其轻微的鸟叫声，主持家政的天才级人物便会立即冲上去，扔下他不闻不问，所以，饭菜吃了一半就丢下了。晚上他整理文件时，正浏览发货单，却听说戴米在闹肚子痛；正操心股票价格，又惊闻戴茜跌了跤，因为，布鲁克太太只关心家庭新闻。

可怜的约翰活得很不自在，因为孩子霸占了他的妻子，家庭沦为一个托儿所。每当他进入宝宝们的神圣领地，梅格总是不断冲他发出“嘘嘘”声，使他觉得自己仿佛成了一个野蛮的入侵者。他耐着性子忍了半年，可是，并没有出现任何修正的迹象。于是，他便做了其他被放逐的男家长常做的事情——企图在别处寻找一点慰藉。斯科特已经结了婚，家就安在不远处，于是，当夜晚自家的客厅里冷冷清清，妻子没完没了地哼唱摇篮曲时，约翰便跑过去玩一两个小时，并且养成了习惯。斯科特太太性格开朗随和，长相可爱迷人，在家专心做太太，是一位称职的妻子。她家的客厅总是窗明几净，充满温馨，棋盘随时都可以拿来下棋，钢琴调音很准。另外，宾主之间可以海阔天空地神聊，而且晚餐做得色香味俱佳，很是诱人。

要不是因为在家感到特别孤独，约翰一定会守着自家的火炉。现在，他唯有感激不尽地退而求其次，去邻居家放松身心。

起初，梅格倒很赞成丈夫的这一举动。得知约翰在那儿过得十分愉快，她十分宽慰，认为这总胜过他在自家的客厅里打盹儿，或是步履沉重地在屋里走来走去，把孩子吵醒。后来，孩子们出牙期的烦恼终于熬了过去，宝贝们都能按时睡觉了，留给他们妈妈的休息时间也多了起来，梅格便开始惦念起约翰来。她觉得，没有约翰穿着旧晨衣坐在她对面，靠着火炉的围栏安逸地烘烤他的拖鞋，自己与针线篮为伴未免太乏味。她不会主动要求他待在家里，但约翰在无人告诉他的情况下，并不了解她的真正想法，为此她感到很受伤，却忘了有无数个夜晚，他曾经徒劳地等待自己。由于整日牵挂家庭，梅格感到既焦虑又疲惫。即使是最优秀的家庭主妇，在家务活的重压之下，有时也会变得不可理喻的。另外，由于缺乏锻炼，她们整天郁郁寡欢。她们还过度倾心于美国妇女的宠儿——茶壶，使她们一个个难免觉得有气无力。

"是啊，"梅格经常盯着镜子说，"我又老又丑，约翰对我已经失去了兴趣，所以，他才会抛下容颜已褪的妻子，去见那位无子女拖累的好看邻居。不过，孩子们喜欢我。他们才不在乎我身体瘦弱，脸色苍白，邋里邋遢呢。他们是我的慰藉，约翰迟早会明白我心甘情愿为他们做出的牺牲，对吗，宝贝们？"

对于这种令人同情的表白，戴茜发出"咕咕"，戴米发出

“喔喔”的应答，梅格于是把悲哀放在一边，为孩儿们的表现感到扬扬自得。这暂时安抚了她那颗孤独的心。但是，约翰后来竟然对政治着了迷，总爱跑去和斯科特谈他们关心的问题，丝毫不知道梅格对他的惦记。这增加了她的痛苦。然而，梅格一声不吭，直到有一天，母亲看见她眼泪汪汪，便坚持追问原因。女儿的低落情绪没有逃过她的眼睛。

“妈妈，除了你之外，我不会告诉任何人，但我确实需要有人指点迷津。如果约翰再这样继续下去，我和守寡没什么两样。”布鲁克太太一边回答，一边委屈地用戴茜的围兜擦掉眼泪。

“乖乖，他怎么了？”母亲忧虑地问。

“他一天到晚不进家门，晚上我想见他时，他总是去斯科特家。我干的是最累的活，却没有任何乐趣，太不公平了。男人真是太自私了，连最好的也不例外。”

“女人也是如此啊。别总责怪约翰，先看看自己什么地方有错。”

“但他不该冷落我。”

“难道你没有冷落他？”

“哎呀，妈妈，我想你会替我说话的！”

“就同情而言，没错，但是，我认为这是你的过错，梅格。”

“我不明白。”

“让我告诉你吧。当初，你在夜晚他唯一的休息时间，特地陪伴他的时候，约翰像你说的那样冷落过你吗？”

“没有，可现在有两个宝宝需要照看，我做不到啊。”

“我想你能做到，乖乖，而且应该做到。我能畅所欲言吗？妈妈虽然同情你，但不得不责怪你，你能记住这点吗？”

“当然能！跟我说说吧，就像我还是当年的小梅格那样。自从两个孩子样样事都得我照料以后，我就经常觉得，自己比以往任何时候都需要有人指教。”

梅格把小椅子搬到母亲身边，母女俩怀里各自抱着一个小捣蛋，一边摇晃着，一边促膝谈心，感到做母亲的纽带让她们联系得更紧密了。

“你只是犯了多数年轻妻子都会犯的错误——在疼爱孩子的同时，忘记了对丈夫的责任。梅格，这是一个很自然的错误，但也很容易得到原谅。不过，最好及时加以纠正，免得各行其是成为习惯。孩子应该把你俩拉得更近，而不是离间你们，仿佛他们只属于你，而约翰除了抚养他们之外，其余事情与他毫不相干。这件事我已经发现好几个礼拜了，只不过没有吭声罢了。我以为你们会自行解决的。”

“恐怕不行啊。如果我恳求他待在家里，他会以为我是出于忌妒。我可不愿用这样的念头侮辱他。他一直不知道我需要他待在家，我也不知道怎样不说就让他明白。”

“把家庭气氛弄得快乐一点儿，他就不会想着去外面了，乖乖。他也是渴望小家庭的，但没有你就算不上家，可是，你总是待在育儿室。”

“不该在那儿吗？”

“不用一直在那儿的。过度禁闭自己会使你精神紧张，结果干样样事情都会不顺。再说，你这样做既欠孩子们的，也欠约翰的，可别因为孩子就冷落了丈夫。别把丈夫排斥在育儿室之外，应该教会他参与其中。他跟你一样，那里也有他的位置，孩子们需要他，要让他觉得有需要他分担的事情，他就会高高兴兴、认认真真地去做，这样对你们都有好处。”

“妈妈，你果真是这样想的吗？”

“梅格，我对此深有体会，因为我都经历过，没有亲身体会证明可行，我很少对别人提建议。你和乔小的时候，我就像你这样，总觉得好像不把全部精力都放在你们身上，就是不尽职。我谢绝了所有帮助，你可怜的父亲只有从书中寻找安慰，留下我一个人做育儿试验。我竭尽全力应对，但乔太缠人。我对她娇生惯养，差点儿把她惯坏了。你身体不好，我很担心，急得连自己都病倒了。后来，你父亲来救驾了，毫无怨言地操持着一切，对我的帮助特别大，使我意识到了自己犯的错误，从此生活就少不了他了。这就是我们家庭幸福的秘诀：父亲从不因忙于自己的事务而推托会影响全家人的那些琐碎的家务职责，而我也尽力不让家务方面的烦恼破坏自己对你父亲职业的兴趣。许多事情上，我们各自尽职，但回到家之后，我们总是并肩战斗。”

“妈妈，确实是这样。我最大的愿望，就是在丈夫和孩子眼里成为像你这样的贤妻良母。告诉我怎么做吧。你说什么我都会照着做的。”

“你一直是我的乖女儿。宝贝，我要是你，就让约翰更多地参与戴米的管教，因为男孩需要培养，无论何时开始，永远不会过早。接着，我要做自己多次提议的那件事——让汉娜过来帮你。她是一流的保姆。你可以把宝贝们托付给她，自己去干更多的家务活。你需要去锻炼，汉娜会乐于做剩下的事情，约翰也会感觉找回自己的妻子了。你要多出去走走，既要过得充实，又要保持心情舒畅，因为你就像家里的太阳，能给大家带来阳光，你心情阴沉，家里就不会有晴天。还有，要尽量对约翰喜欢的任何东西感兴趣——要和他多交谈，让他读书报给你听，要交流看法，以此来互相帮助。不要因为你是女人就把自己关在小小的帽盒里，要了解外面的世界发生的事情，让自己积极参与进去，因为，这些事情都会影响你和你的家人。”

“约翰太聪明了。我怕问他政治问题什么的，他会笑话我太无知。”

“依我看不见得，爱能掩盖众多的罪孽。除了他，你还可以无所顾忌地去问谁？试一试吧，看他是不是觉得你的陪伴比斯科特太太的晚餐更有吸引力。”

“我会照办的。可怜的约翰！我担心自己冷落他太久，让他伤透心了。我还以为自己做得对，因为他什么也没有说呀。”

“他尽量忍住，不让自己那么自私，但想必已经感到凄凉了。梅格，这个时候小夫妻最容易疏远了，而恰恰这也是夫妻俩最应该待在一起的时候。如若不用心维护，新婚的柔情蜜意很容易消退。小生命交给他们去训练的头几年，对于父母来说，没有任何时光能比这段时期更美好、更可贵的了。不要让约翰与孩子们生疏，在这个充满考验和诱惑的世界里，唯有他们才最能保证约翰平安快乐。通过他们，你们将学会相知相爱。乖乖，我得说再见了，好好想想妈妈的这番话吧，要是觉得有道理，就去照着做吧。上帝保佑你们！”

梅格确实仔细考虑了妈妈的话，觉得很在理，于是，就去身体力行了，尽管一开始的尝试不完全顺心如意。当然，孩子们都不愿放过她，发现蹬腿和哭叫会给他们带来想要的所有东西之后，便成了家里的主宰。妈妈在喜怒无常的孩子面前，沦为可悲的奴隶，但爸爸可不是能轻易屈服的。有时候，他会对不听话的儿子尝试一下当父亲的威力，可是，心软的妈妈就难受了。儿子戴米继承了父亲大人坚毅性格中的一点儿成分——我们不能称其为固执——每当这个小家伙想要什么东西，或者想做一件事情时，纵使花上九牛二虎之力，也无法改变那个倔强的小脑袋。妈妈认为，宝贝还太小，接受不了让他克服坏毛病的教训。但爸爸认为，学会顺从越早越好。因此，戴米少爷很早就发现，跟爸爸较劲总没有好下场，但和真正的英国人一样，戴米尊重征服者，爱戴爸爸，因此爸爸一句严厉的“不行”比妈妈的所有爱抚给孩子留下的印象更深。

跟母亲谈心几天之后，梅格决心试着拿出一个夜晚陪陪约翰，所以她就安排了丰盛的晚餐，把客厅布置得井井有条，自己也精心打扮一番，早早就把孩子们送到床上睡觉，以为这样就不会有别的事情干扰自己的试验了。遗憾的是，戴米最大的毛病就是不愿乖乖地去睡觉。那天夜里，他下定决心要大闹一番。可怜的梅格为了哄他睡觉，又是唱摇篮曲，又是摇晃小床,还讲了好几个故事。她尝试了所有能催眠的方法，均以失败告终，戴米的一双大眼睛就是不愿合上。戴茜早就入睡了，胖乎乎的小东西一直很乖。可是，淘气的戴米却躺在床上，两眼凝视着灯光，精气神足得令人绝望。

“妈妈要下去给辛苦的爸爸备茶,戴米乖,躺着不动行吗？”梅格问，这时过道门轻轻合上了，随即传来熟悉的踮着脚的脚步声。

“宝宝要吃茶！”戴米准备加入大人的狂欢。

“不行，不过，只要你像戴茜那样去睡觉，我就给你留些小蛋糕当早餐，行吗，宝贝？”

“行！”戴米紧紧地闭上双眼，似乎要抓紧入睡，好尽早迎接急切盼望的白天。

梅格利用这宝贵的机会，悄悄地跑下楼，脸上带着微笑，头上戴着她最欣赏的蓝色蝴蝶结去问候丈夫。约翰一眼就看见了那个蝴蝶结，惊喜地问道："啊，小妈妈，今晚看起来好开心，你有客人吗？"

"只有你，亲爱的。"

"是过生日、周年纪念之类的吗？"

"不是，我不想再邋里邋遢的了，所以打扮了一番，改变一下形象。你用餐时总是穿得整整齐齐的，不管有多累。我有空时为什么不能也这么做呢？"

"我这么做，是出于对你的尊重，亲爱的。"守旧的约翰说。

"彼此，彼此，布鲁克先生。"梅格笑着说，边冲约翰点头，边忙着给他倒茶水，看上去又变得年轻漂亮了。

"嗯，真惬意啊，仿佛时光倒流了。茶很好喝，亲爱的，祝你健康。"约翰美滋滋地呷了一口茶。然而，好景不长。他刚放下茶杯，门把手便发出一阵神秘的吱吱声，一个稚嫩的声音不耐烦地说：

"卡（开）门，我要劲（进）来！"

"又是那个淘气的孩子。我让他自己睡觉，可现在又下楼了。踩在那块帆布上，冻得要死。"梅格解释着，连忙去开门。

"早上了。"戴米进来后兴奋地喊道。他在餐桌边奔跑着，长睡衣优雅地搭在胳膊上，满头的卷发也跟着欢快地蹦跳，热切的目光瞟向那盘小蛋糕。

"不，早上还没到。赶紧去睡觉，别给可怜的妈妈添乱。这样，你就可以尝到带糖的蛋糕了。"

"宝宝爱爸爸。"小家伙机灵地说，准备爬到爸爸的膝上，厚着脸皮嬉闹一番，但约翰摇了摇头，对梅格说：

“既然让他在楼上单独睡觉，就一定坚持做到，否则，以后就不好管了。”

“是啊，当然得这样。戴米，过来吧。”梅格把儿子领走了，真想狠揍一顿这个扫兴的小家伙。戴米蹦蹦跳跳地跟她上了楼，幻想一到育儿室，妈妈就会实施贿赂。

戴米没有失望，这位目光短浅的妇人真的给了他一块方糖，然后把他塞进被窝，命令他天不亮，不准闹出任何动静。

“行！”戴米发着假誓，高兴地吮吸着方糖，认为自己初战告捷。

梅格回到座位，夫妻两人继续愉快的晚餐时光。这时，那个小鬼又下楼来了，大胆地要求道：“妈妈，还要糖。”一下子就把母亲刚才的失职暴露出来。

“这绝对不行。”约翰说。为了管教可爱的小捣蛋鬼，他硬起心肠，“只有这个孩子学会乖乖去睡觉了，我们才能得到安宁。你当奴仆已经够久了。只有给他一顿教训，才能杜绝这种事情发生。把他放到床上去，别再搭理他，梅格。”

“他不会待在那里的，从来不会，除非我坐在旁边守着。”

“我来对付他。戴米，上楼去睡觉，照妈妈说的那样做。”

“就不！”小家伙反抗着，一边拿起令人垂涎的蛋糕，大模大样地吃起来。

“不准这样跟爸爸讲话。你要是不上楼，我就把你抱上去。”

“走开，宝宝讨厌爸爸。”戴米退到妈妈的裙子旁，寻求保护。

但是，连那个庇护所也失效了。他被移交到了“敌人”手里。一句“对他轻点儿，约翰”令小罪犯陷入绝望，因为他很清楚，一旦妈妈放手不管，审判日就在眼前了。丢了蛋糕，剥夺了玩耍机会，又被一只有力的手拖到了那张讨厌的床上，可怜的戴米再也控制不住自己的愤怒,竟敢公然挑衅爸爸。上楼时，他一路上又踢又喊，大吵大闹。他刚被放到床的一侧，便从另一侧滚下床，冲向门口。但很不光彩的是，他被爸爸抓住睡衣的下摆，送回了床上。这个生动的节目反复重复，直到小伙子力气耗尽，只剩下扯着嗓子号叫的份儿。这样的发声练习往往能够征服梅格，但约翰坐在一边不为所动，完全跟聋子一个样。没有人哄着睡觉，没有糖果吃，没有人唱摇篮曲或讲故事，连灯都吹灭了。只有火炉里闪烁的红色火光映衬出那团“大黑黑”。戴米对它并不感到害怕，而是感到好奇。这种新秩序让他感到很不开心，怒火渐渐熄灭了，被俘的霸主又想起了温柔的女奴，于是便鬼哭狼嚎般地大声喊“妈妈”。狂喊大叫失灵后，小家伙继而哀号起来，凄惨的哭声钻进了梅格的心里。她赶紧跑上楼哀求道：

“让我陪他吧，他会变乖的，约翰。”

“不行，亲爱的。我已经对他说过，必须睡觉，就像你要求的那样，所以他必须做到，哪怕我在这儿坐一夜。”

“可他会哭坏身体的。”梅格继续哀求，为扔下儿子不管深感自责。

“放心吧，他不会哭坏身体的。他已经累得撑不住了，很快就会睡着的，那样事情就解决了，因为他今后就学会吸取教训了。你别管了，我来对付他。”

“他是我的孩子。我不允许粗暴摧残他的心灵。”

“他也是我的孩子。我不容许一味地娇纵他，把他的脾气惯坏。下楼吧，亲爱的，把孩子交给我。”

每当约翰以一家之主的派头发表意见时，梅格总是服从，从来不为自己的顺从态度感到后悔。

“约翰，就让我亲他一下，好吗？”

“当然可以。戴米，跟妈妈道‘晚安’吧，让她去休息。照看你们一整天，她已经很累了。”

梅格总是认为，亲吻是制胜的法宝。果不其然，戴米受她一吻后，哭泣声变轻了，虽说刚才他还因极度伤心而剧烈扭动着小小的身体，现在却很安静地躺在床上。

“可怜的小家伙，看来真是又累又困，筋疲力尽了。我先给他盖好被子，然后再去安抚梅格。”约翰一边想，一边蹑手蹑脚地走到床边，希望看到叛逆的儿子已经入睡。

但戴米并没有睡着。就在约翰看他时，他睁开了眼睛，小下巴开始颤动。他伸出胳膊，忏悔地抽噎着说：“宝宝现在乖了。”

梅格坐在门外的楼梯上，发现儿子大哭大闹之后，育儿室里安静了很长一段时间，感到很纳闷。她想象着种种不太可能发生的意外事故，便悄悄溜进去看个究竟，以便不再担惊受怕。戴米已经酣然入睡，他没有摆出平常那种舒展得很开的姿势，而是缩着身子蜷成一团，躺在约翰的臂弯里，握着爸爸的手指，似乎明白了恩威并施的意思。入睡时他虽然比以往都伤心，却更有头脑了。约翰因手指被牢牢抓住，就像女人一样耐心地等待着小手的松开，等待过程中自己也睡着了，与其说他是因工作一天疲倦了，不如说是与孩子较劲折腾累了。

梅格站在那里，望着枕头上父子俩的脸庞，暗自笑了。她又悄悄转身走开，满意地想：“我不用担心约翰对待宝宝过分粗暴。他管教他们自有一套，对我是个很大的帮助。对我来说，戴米确实不好管。”

后来，约翰也下楼了，他料想妻子一定满脸哀怨，或者一脸不高兴。可让他惊喜的是，他看见梅格正心平气和地给一顶软帽加边，而且，她还让他读报上有关选举的新闻给她听，假如他不是太累的话。他立刻明白了，一定正在发生什么革命性的事情，但他很明智，没有主动去打听。他知道梅格是个心里藏不住事的人，不会保留秘密日后救命用，所以，很快就会露馅。约翰用最和善的态度读了一大段有关辩论的消息，又尽量清楚地加以解释。梅格则努力做出一副饶有兴趣的样子，还绞尽脑汁提一些自认为有见地的问题，让自己的思绪专注于国家大事，而非那顶帽子。然而，在内心深处，她却认定政治和数学一样晦涩难懂，政治家的使命似乎就是指名道姓地彼此谩骂攻击。不过，她仅仅将这些妇道人家的观点藏在心里。后来约翰停下时，她摇了摇头，说了一句自以为像外交辞令的含混话："哦，真不知道我们未来会怎样。"

约翰笑了，看了她一会儿。梅格正在凝神比对摆在手上的漂亮系带和花边，约翰刚才的高谈阔论并没有唤起她这种实实在在的兴趣。

"看来她为了我也开始试着喜欢政治了，我也得为了她而试着喜欢女帽，这样才公平。"公正的约翰想，于是便大声说："这顶帽子非常漂亮，就是你说的早餐帽吗？"

"亲爱的，这是出行帽啊！我最好的一顶，适合听音乐会或者上剧院戴。"

"对不起。这么小的帽子，我还以为是你有时候戴的那种一阵风便会吹跑的帽子呢。你是怎么让它不飞走的呢？"

"这两根系带可以用玫瑰扣系在下巴底下，就像这样。"梅格戴上帽子示范给他看，她望着他时的那种平静和满足的表情令人怦然心动。

“帽子虽漂亮，但我更喜欢帽子下面的脸庞，看上去又青春焕发、光彩照人了。”约翰情不自禁吻了一下梅格的笑脸，连下巴下面的玫瑰扣也受到了波及。

“我很高兴你喜欢它，因为我想让你哪天晚上带我去听音乐会。我很需要听听音乐，调节一下心情。你愿意吗？”

“当然愿意。万分乐意，只要你喜欢，去哪里都可以。你在家待得太久了，出去走走好处多多。我特别喜欢。你是怎么想起这么做的呢，小妈妈？”

“哦，前几天，我跟妈咪聊过，告诉她我感到焦虑不安、心情不好。她说我需要调节一下心情，不要太操心，因此打算让汉娜来帮我照看孩子，我可以腾出更多时间料理家务，偶尔还可以出去放松一下。这样就可以避免心情不安，防止未老先衰。约翰，这仅仅是一次尝试，我想试试，既是为了你，也是为了我。最近我冷落了你，感到很后悔。我打算让我们家恢复以前的样子。希望你不会反对，好吗？”

我们不用管约翰是怎么回答的，也不用在意那顶差点儿就被彻底损坏的新帽子。我们应该知道的是，从这个家以及家庭成员逐渐发生的变化来判断，约翰好像没有反对。当然，这个家并非天堂，但劳动制度的分工让大家都受益：在父亲的管束下，孩子们茁壮成长起来。一丝不苟、坚定不移的约翰把秩序和顺从带进了孩儿国。而梅格通过大量的健身锻炼，加上一点儿玩乐，以及和聪明的丈夫之间多次推心置腹的交流，终于恢复了精神，平静了心情。他们家又变得其乐融融了。约翰也不想出门了，除非是和梅格一起出双入对。斯科特夫妇经常过来小坐。大家都认为，他们家的小房子真是一个欢乐的地方，洋溢着幸福、满足和爱。连萨莉·莫法特都愿意来他们家。“这儿总是那么宁静、那么温馨，梅格，对我大有益处啊。”她经常这么赞叹，而且还用一双充满渴望的眼睛左顾右盼，似乎想发现有什么魔法，以便用到自己的大房子里去。她家那座装饰得富丽堂皇的房子反而显得冷冷清清，没有孩子的嬉闹声和灿烂的笑脸。内德生活在自己的圈子里，并没有为她留下空间。

这样的家庭幸福并不是一朝一夕获得的，但约翰和梅格找到了打开幸福之门的钥匙。婚后生活的岁月教会了他们如何使用这把钥匙，去打开藏着真爱和互助的宝藏。这个宝藏，再穷苦的人都有可能获得,但再富足也有钱难买。这样的高阁，年轻的妻子和母亲们都乐意被放置其上，这样她们可以一生平安，远离世间的躁动与狂热，在那些依恋她们的小儿女身上找到忠诚的爱，从而无惧悲痛、贫困与衰老。她们和一个忠实的朋友携手并进，风雨同舟。这个朋友的称呼在古英语里的真正意思就是“家庭主男”。就和梅格一样，她们也懂得了妇人最幸福的王国是家，最高荣耀并非是作为女王的统治术，而是作为贤妻良母的家政术。

第三十九章　懒人劳伦斯

劳里去尼斯后，原打算停留一个礼拜，结果却待了个把月。他厌倦了一个人独自闲逛，而艾米熟悉的身影似乎给异国风景增添了一种来自家乡的魅力，虽然她也是异国风景的一部分。劳里非常怀念往日受到的“宠爱”，现在终于又如愿以偿，很是欢喜。不管陌生人向他投去多么讨好的眼神，给他带来的快乐根本无法跟家中那几个亲姐妹般的姑娘的爱慕相比。艾米虽然从不会像姐姐们那样宠爱他，却乐意见他，依恋他，觉得他就代表亲爱的家人。她十分想念亲人们，尽管口头上不说。这样一来，他俩自然都从彼此的陪伴中得到安慰，因此两人常常出双入对，一起骑马、散步、跳舞或闲逛。在尼斯的游玩季节里，谁也做不到一心只勤奋工作。不过，两人表面上看起来一副无忧无虑、尽情享受的样子，却在带着几分刻意去了解对方，形成自己的看法。艾米在这位朋友的评价表里日益攀升，但劳里在她的评价表里却下降了。这个事实两人都感觉到了，根本不用开口道明。艾米总想讨劳里喜欢，也能心想事成。她十分感激劳里给予的许多快乐，所以就经常为他做点事儿作为回报，并让他从中感受到她那种只可意会，不可言传的魅力。有女人味的姑娘都通晓这个技巧。劳里却没有刻意努力，只是随心所欲，顺其自然，试图忘掉过去。

只因为受到了一个女人的冷落，他觉得所有的女人都欠他一句友善的话。做到慷慨大方对他来说很容易，如果艾米愿意接受，他可以把尼斯的饰品通通买来送给她。同时，他觉得无法改变艾米正在形成的对他的看法，而且也特别惧怕艾米那双目光犀利的蓝色眼睛，那双眼睛注视他时似乎带着既悲伤又嘲讽的吃惊神情。

“大家今天都去摩纳哥了，但我喜欢待在家里，写几封信。已经写好了，我打算去瓦尔罗萨玫瑰谷写生，你想去吗？”一个晴朗的日子，中午时分，劳里像往日里一样懒洋洋地走了进来，艾米迎上去问道。

“哦，好吧，不过，走这么远的路，不热吗？”他慢吞吞地答道。刚从户外耀眼的阳光中进来，他觉得阴凉的客厅十分诱人。

“我去叫一辆四轮马车，可以让巴蒂斯特赶马车。你什么也不用做，只管撑你的阳伞。手套不会弄脏的。”艾米说着，用讥讽的目光瞥一眼劳里那双一尘不染的小山羊皮手套，这是劳里的一个癖好。

“那我乐意奉陪。”劳里说着便伸出手去接她的写生本。但艾米将本子夹在腋下，语气尖刻地说：

“不用你麻烦了。我不会费力的，你看上去倒像无法胜任似的。”

劳里吃惊地扬扬眉毛。艾米奔下楼去，他也不紧不慢地跟着走下楼。但是等他们坐上马车后，劳里一把抓住缰绳。小巴蒂斯特无事可做，只好抱着胳膊在后车厢睡觉。

他俩从不吵嘴——艾米很有教养，而眼下劳里懒得吵。过了一会儿，他好奇地瞧了一眼艾米帽檐下的脸庞，艾米对他报以微微一笑。两人在无比友好的气氛中上路了。

一路上非常愉快。马车沿着蜿蜒曲折的乡间道路行驶，沿途风景如画，令人赏心悦目。走着走着，路边出现一座古老的修道院，传来了修道士们庄严的吟唱声。不久，他们又看见一个戴着尖顶帽、穿着木拖鞋、赤裸双腿的牧羊人。那人一边肩上搭着粗布上衣，坐在岩石上吹笛子。他的山羊有的在岩石间觅食，有的就躺在他的脚边。一队温顺的灰色毛驴，驮着一筐筐刚收割的青草从路边经过。青草堆上或是坐着一位头戴宽边帽的漂亮姑娘，或是坐着一位老妇人，一路不停地用捻线杆捻着线。浅色眼睛、棕色皮肤的孩子从路边古雅的石头小屋中跑出来，向过路人兜售鲜花或带着枝叶的橘子。漫山遍野都是虬干盘旋、枝叶繁茂的橄榄树。果园里，金色的果实挂满枝头。路两边点缀着鲜红的大银莲花。越过绿色山坡和峻峭的山顶往远处望，意大利蔚蓝的天空下，白雪皑皑的阿尔卑斯山直插云霄。

玫瑰谷不负盛名，这里夏季永驻，玫瑰花无处不在。有的悬挂在拱道上方，有的探出院门的栅栏，散发出醉人的芳香，迎接过往的行人。林荫道两边，柠檬树下，叶子尖尖的棕榈树下，玫瑰花随处可见，四处蔓延，一路生长，连山上的别墅旁都能见到。每一处阴凉的隐蔽处,都有成片的鲜花围着座椅，让人见了就想止步歇息。每一处阴凉的岩洞里，都有一个大理石仙子在花丛中微笑。每一座喷泉都反射着玫瑰花的倩影，有的鲜红，有的洁白，有的粉白，它们垂挂在枝头，笑对自己的美丽容颜。每一座房屋的墙上都爬满玫瑰花，有的爬到飞檐上，有的缠绕在梁柱上，还有不少随意蔓延，攀爬到房屋露天平台的栏杆上。在这样的平台上向远处眺望，可以望见阳光闪烁的地中海，以及海岸边城中房屋的白墙。

“这真是蜜月旅行的天堂，是不是？你看见过这么多的玫瑰花吗？”艾米问。她在露天平台上驻足欣赏，尽情呼吸着随风飘来的浓浓花香。

“没见过，也没碰到过这样的花刺。”劳里答道，说完将拇指放进口中吮吸。刚才，他伸手想去摘一朵离他不远的孤零零的鲜红玫瑰花，却没有得逞。

“试着弯下腰，摘那些没有刺的呀。”艾米边说边从身后鲜花点缀的墙上摘下三朵奶油色的小型玫瑰花，将它们插在劳里衣服的扣眼里，作为谢罪礼。劳里呆立片刻，低头看着这三朵玫瑰，露出奇怪的表情。因为有部分意大利血统，他有点儿迷信。想象力丰富的小伙子在点滴小事中也能发现其中蕴含的意义，能随处找到滋养浪漫情怀的题材。他一时陷入了那种既甜蜜又痛苦的忧郁中。他刚才伸手去摘那棵带刺的红玫瑰时，想到了乔，她就和那样生动艳丽的花朵相配，过去常戴从他们家温室里采的这种玫瑰。而艾米刚才递给劳里的浅色玫瑰是意大利人放在死者手中的，从不会用来编织婚礼的花环。劳里心中出现短暂的忐忑，不知这种不祥之兆是针对乔的，还是他本人。但很快地，他拥有的美国人的常识就击退了自己的多愁善感，爆发出爽朗的笑声。出国以来，艾米还是第一次见他像这样开怀大笑。

艾米以为是自己说的话把劳里逗乐了。“我这个建议不错，你最好照着做，免得扎痛手指。”她补充说。

“谢谢，我会的。”他开玩笑地答道。几个月之后，他还真满怀真情地去做了。

“劳里，什么时候去你爷爷那儿？”不一会儿，艾米在一个粗木凳上坐下来，问道。

“很快。”

“最近三周里，这话你说过几十次了。”

“我想，简短的回答可以免掉麻烦。”

“他盼着你呢，你真的应该去了。”

“你真热心！我知道的。”

“那为什么不行动呢？”

“我想，生性堕落吧。”

“你的意思是生性懒惰。太可怕了！”艾米的表情看起来很严肃。

“没那么严重。我去他那里只会烦他，所以，我干脆待在这儿，再烦你一阵子，你忍受力强。其实，我倒认为这非常合你的胃口。”劳里调整了下身体，准备躺在栏杆的宽横木上休息。

艾米摇了摇头，打开素描本，表情显得无可奈何。但其实她已经暗下决心要教训一下这小子。没过多久，她又开口了。

“你在做什么呢？”

“看蜥蜴。”

“不是这个意思。我的意思是，你打算，或者希望干什么？”

“我想抽支烟，如果你允许的话。”

“你真气人！我不赞成抽烟，除非你让我把你画进来。我需要有人当模特。”

“万分乐意效劳。你打算怎么画我——是画全身，还是大半身？画倒立呢，还是直立？我恭敬地建议你画一张卧姿，然后，把你自己也画进去，取名《怡然自得》。”

“老实待着，如果你喜欢，睡觉也行。我打算好好画一下。”

艾米说，听上去劲头十足。

“真是热情高涨啊！”劳里心满意足地靠在一只巨型陶瓮上。

“如果乔现在看见你，她会说什么呢？”艾米不耐烦地问，希望劳里听她提起她那精力更旺盛的姐姐的大名后，能振作起来。

“老一套，‘走开，特迪，我忙着呢！’”劳里笑着说道。但他的笑容并不自然，一道阴影从他脸上掠过，因为艾米说出的那熟悉的名字，刺痛了他心中尚未愈合的伤口。劳里的口气和痛苦的表情都打动了艾米，她先前也曾见过他这种表情，听过他这种说话的语气。她抬起头，刚好看见劳里脸上又换成了另一副表情——一副苦大仇深的神态，有痛苦，有不满，还有悔恨。但没等艾米仔细琢磨，这种表情也消失了，劳里又恢复了那副无精打采的模样。艾米从艺术欣赏的视角审视了劳里一阵子，心想，他看起来多么像意大利人啊。此时劳里光着脑袋，沐浴在阳光中，眼睛里流露出南国梦幻般的眼神。他似乎忘记了她的存在，跌入了幻想之中。

“你看上去就像一位躺在墓穴上的年轻骑士。”艾米一边说，一边细心勾勒出深色岩石背景衬托下那轮廓清晰的剪影。

“但愿我真是这样！”

“这是个愚蠢的愿望，除非你已经把一生都糟蹋了。你变化太大了，我有时候想——”说到这里艾米停下了，神情半羞怯半神往，无声胜有声。

劳里看到了，会意出了艾米欲言又止的关切。他直视着艾米的眼睛，用往常跟她母亲说话的口吻讲道：“没事的，小姐。”

这句话让艾米感到满意，于是将近来开始让她忧虑的种种猜疑都放下了。劳里的话还感动了她。她说话时诚挚的语气就表明了这点。

"听你这么说，我很高兴！我并不认为你是个多么坏的男孩，不过，我猜想你也许在德国巴登巴登那个鬼地方浪费了不少钱，心被哪个迷人的法国有夫之妇勾走了，要么在异国他乡惹了什么麻烦。年轻人往往认为这是出国旅游在所难免的。别待在太阳底下，过来在草地上躺着，'让我们友好些'，以前，和乔一起坐在沙发的一角，开始聊我们的小秘密时，乔常常这样说。"

劳里顺从地躺在草地上，闲极无聊，就动手把一些雏菊插在艾米帽子的系带上。

"讲秘密吧，我准备洗耳恭听。"劳里抬头看着艾米说，眼睛里流露出深感兴趣的神情。

"我没有什么可讲的。你说吧。"

"我没有福气拥有秘密。我还以为，你也许已经收到了家里的消息。"

"最近的消息你都听过了。难道你没有经常收到消息吗？我猜乔保准会给你寄成堆的信。"

"她很忙。我又不是固定住在一个地方，不可能经常联系的。你什么时候开始艺术大作呢，女拉斐尔？"劳里突然问道，欲将话题引开，心里思忖，艾米是不是已了解自己的秘密，因而才想谈论它的。

"永远没有开始了。"艾米答道，语气沮丧，但很果断，"罗马消灭了我的虚荣心，看到那里的艺术奇迹，我觉得自己太微不足道了，几乎活不下去，失望中，就放弃了所有不切实际的希望。"

“你精力那么旺盛，才华那么出众，为什么要放弃呢？”

“原因就在这儿——因为，才华不等于天才，精力再充沛也无法变成天才。我想要么成名成家，要么就洗手不干，我不想成为一名平庸的画匠，所以，就不想再努力了。”

“请问你现在有何打算？”

“打造其他方面的才能，为社会做些小贡献，如果有机会的话。”

这是很有个性的宣言，听上去很果敢。年轻人就要有胆量，而且艾米的抱负具有良好的基础。劳里对此报之一笑。他很欣赏艾米的精神——当一个长期向往的目标破灭后，便又树立新的目标，而不是唉声叹气。

“太好了！我猜，那个弗雷德·沃恩就在这时英雄救美来了。”

艾米有意回避，但低垂的脸庞露出一丝不安的神情。劳里见了，立刻坐起身，严肃地问：“我现在当你的哥哥，问几个问题，行吗？”

“不保证回答。”

“你就是嘴上不说，脸上也会写出来。乖乖，你可不是那种深藏不露的情场老手。去年，我听到过你和弗雷德之间的传言。我个人认为，如果不是他突然被叫回家，又耽搁那么久，一定会发生什么事吧，嗯？”

“这不该我来回答。”艾米冷冷地说，但嘴角还挂着一丝浅笑。她的眼睛里闪烁着抑制不住的火花，暴露了她的内心世界：她知道自己的魅力，并因此而暗自得意。

“你还没有订婚吧？”劳里突然神态严肃地问，很像长兄的模样。

“没有。”

“但你将来会的，要是他回来，在你面前规规矩矩地跪下，你会不答应吗？”

“很可能。”

“那么，你喜欢弗雷德这个老家伙吗？”

“只要我尝试，是可以做到的。”

“但是，时机不到，你就不打算尝试，是吗？天哪，多么可怕的谨小慎微啊！他是个好人，艾米，但依我看，不是你喜欢的那种男人。”

“他很富有，而且彬彬有礼，颇具绅士风度。”艾米辩解着，尽量表现得沉着冷静、理直气壮，但她感到有一点儿不好意思，尽管她说的都是实话。

“知道了。社交女王可不能缺钱啊。所以，你打算结个好姻缘，而且就此开始新生活？很不错，很正确，世道就是这样的嘛，但从你母亲的女儿嘴里说出来，听起来怪怪的。”

“却是事实。”

说得干脆利索。说话者平静坚决的态度和小小年龄形成了一种怪异的反差。劳里本能地感觉到了这一点，便又往草地上一躺，心里有一种自己难以说清的失望感。劳里的神态和沉默，以及艾米自己内心产生的一些自责，把艾米的火气激了起来，使她下决心立刻说出心里的想法。

“希望你帮个忙，打起精神来。”她不客气地说。

“你来帮我吧，乖女孩。”

“我能办到，如果有机会试的话。”艾米看上去似乎说到做到。

“那就试试看吧。我准许你。”劳里答道。他钟爱的一大消遣就是挑逗人，戒除了那么久，自然乐意再重新拾起。

“五分钟后你就会生气。”

“我从来不跟你生气。单块火石打不出火来。你表面冰冷，内心柔软，就像白雪一样。”

“你不知道我的能耐。雪如果利用得当，也会发光，也会扎手。你的漠然有一半是装出来的。好好激一激，就能证实。”

“尽管来激吧。就像大丈夫挨小妻子打似的，你伤害不到我的，或许你倒会快活一阵。就把我当成丈夫，或者一块地毯吧。可以一直打到精疲力竭，如果这样的运动合你胃口的话。”

艾米肯定被惹怒了，加上她渴望看到劳里甩掉使他大大改变的漠然情绪，便在把铅笔削尖的同时，言辞也跟着尖利逼人起来：

“弗洛和我给你取了个新名字，叫‘懒人劳伦斯’，你觉得怎样？”

艾米以为这句话会惹恼劳里，但他仅仅将胳膊垫在头下，若无其事地说：“不错呀。谢谢女士们。”

“你想知道我对你的真实看法吗？”

“渴望听到。”

“好吧，我鄙视你。”

如果艾米用怒气冲冲，或者娇滴滴的语调说“我讨厌你”，劳里就会大笑，而且很喜欢，可是艾米的嗓音听起来低沉伤心，这使得劳里睁开眼睛，急急地问：

“请问为什么呢？”

“因为，你原本有一切机会做一个快乐有为的好男孩，但你却一身毛病，又懒惰又消沉。”

“语言够尖刻的，小姐。”

“你若爱听，我可以接着讲。”

“请讲吧，很有意思。”

“我想，你会觉得有意思的。自私的人总爱谈论他们自己。”

“我也自私吗？”这个问题从劳里嘴里脱口而出，而且语气颇为吃惊，因为他引以为豪的唯一优点就是慷慨大方。

“是啊，而且相当自私。”艾米接着说，语气平静冷峻，杀伤力是平时气话的两倍。“我这么说是有根据的：我们在一起嬉笑逗乐时，我观察过你，对你感到很不满意。你已经出国近半年了，除了浪费光阴和金钱，一事无成，让你的朋友们非常失望。”

“一个人苦学四年后，难道不能快活一下吗？”

“可你看上去并不怎么快活呀。据我所见，你没什么改观。我们刚见面时，我说过你有长进。现在我准备收回那句话，因为我认为你还没有我离开家时一半好呢。你变得异常懒惰，而且喜欢说长道短，把时间都浪费在一些无聊事上。你还满足于愚人的宠爱奉承，而不去争取智者的爱慕和尊敬。你有金钱，有才华，有地位，有健康，还有长相——啊，你喜欢那个‘名利场’！但这是事实，所以我不得不指出来——有这些美妙的东西去使用，去享受，除了游手好闲，你却一事无成。你没有成为应该成为的那种人，却仅仅是——”说到这里艾米停下了，脸上呈现出既痛苦又怜悯的神情。

“受火刑的圣徒劳伦斯啊。”劳里平静地替她说完了这句话。但是，艾米的训话开始生效了，劳里的眼睛里闪烁着如梦初醒的神采，一副既恼火又受伤的表情替代了原先那副对什么都漠然的样子。

“我想你会这么说的。你们男人都说我们女人是天使，还说我们能够随心所欲地改造你们。但是，一旦我们真心实意地为你们着想，你们就会嘲笑我们，听不进去，这只能证明你们的奉承话到底有多少价值。”艾米挖苦道，转身背对着坐在脚边的那个让人恼火的殉道者。

片刻之后，一只手垂下来捂在素描纸上，使她无法继续作画。劳里模仿认错的小孩的语气说道：“我会好好表现的，啊，我会好好表现的！”听起来很可笑。

然而，艾米并没有笑，因为她的态度是认真的。她用铅笔敲击着劳里张开的手，一本正经地说：“你难道不为这只手感到羞耻吗？又白又嫩，如同女人的手，看上去似乎只会戴朱汶牌高级手套，或者为女士采摘鲜花，别的事，什么都没有干过。谢天谢地，你还没变成花花公子！我很高兴地看到，这只手上既没有戴钻石戒指，也没有戴大图章戒指，只有乔很久以前送给你的那枚又小又旧的戒指。多么可爱的姐姐,我真希望，她也在这里帮帮我！”

“我也希望如此啊！”

那只手抽了回去，跟刚才伸出时一样出人意料。劳里的这句回应包含着力量，甚至合乎艾米的心声。她低头看向他，脑子里闪过一个从未想过的念头，但他正躺在地上，半边脸被帽子遮住了，似乎是在遮挡阳光，而大胡子则遮住了嘴巴。艾米只看见他的胸膛随着深呼吸一起一落。那深呼吸或许是一声叹息。他那只带着戒指的手搁在草丛里，似乎在刻意隐藏一件无比珍贵或者脆弱得甚至不敢说出口的东西。倏地，种种细节和琐事在艾米的脑海里拼凑成形了，产生了意义，她明白了姐姐没有向她吐露的秘密。她终于想起，劳里从不主动谈起乔。她还想起了刚才劳里脸上掠过的阴影，他性格上的转变，还有他戴的那枚小小的旧戒指，这枚戒指并不配用来装饰一只漂亮的手啊。女孩子往往善于观察这些迹象，而且能迅速领悟它们无声的言语。艾米也曾猜想，或许劳里转变的根源是爱情方面的问题，现在，她确定无疑了。她那双敏锐的眼睛里顿时充满了泪水。当她又开口说话时，刻意使用了一种轻柔友好、委婉动听的嗓音。

“我知道我无权跟你这么说话，劳里。如果你不是世界上脾气最好的小伙子，你一定会生我的气的。可是，我们都很喜爱你，都为你而感到骄傲，所以，想到家里人会像我一样对你感到失望，我就无法容忍，虽然他们也许比我更理解你的变化。”

“我想他们会的。”声音来自帽子底下，语气虽冷淡，但听起来和哽咽声一样令人动容。

“他们应该告诉我这件事，不要让我不明真相，胡乱指责你，本来我可以对你更加关怀，更加忍耐的。我从来都不喜欢那个兰德尔小姐，现在我恨她！”艾米巧妙地说，希望以此来验证自己觉察的事实。

“去他的兰德尔小姐！”劳里把帽子从脸上推开，他对那位小姐所怀有的想法在那张脸上暴露无遗。

“对不起，我还以为——”艾米很有策略地戛然而止。

“不，你不这么认为。你很清楚，除了乔，我对任何人都没兴趣。”劳里说这句话时，跟以往一样口气冲动，说话时还把头转过一边去了。

“我确实是这么认为的。但他们对于这件事始终只字未提，你又出了国，所以，我还以为自己错了。难道乔对你不好吗？

为什么，我确信她非常爱你。”

“她对我很好，却不对路。如果我就是你认为的那种一事无成的人，她不爱我算她幸运。虽然是她的错，你也可以转告她的。”

劳里说这话时，那种苦大仇深的表情又回到了脸上。这让艾米感到为难，她不知道该用何种安慰剂了。

“是我错了，我不了解情况。我刚才态度太粗暴，非常抱歉，现在不由得希望你能够振作起来，更好地承受它，特迪乖乖。”

“别这么喊，这名字是她给我起的！”劳里不耐烦地摆摆手，制止了艾米模仿乔的那种又哄又骂的口气，“等你亲身试一试再说吧。”劳里又低声加了一句，顺手扯了一把草。

“我会勇敢地对待它，即使得不到爱，也要得到尊敬。”艾米站着说话不腰疼。

劳里原以为自己对此事忍耐得相当好，既没有怨天尤人，也没有乞求同情，而是将自己的苦恼随身带走，独自排遣。艾米对他的教训，让他开始换一种角度看待它。这么长时间以来他第一次觉得，头一次失恋就灰心丧气，自我封闭，自暴自弃，的确显得太懦弱，太自私了。他觉得自己似乎突然从一场忧郁的睡梦中惊醒，再也无法入睡，于是马上坐了起来，吞吞吐吐地问艾米：“你认为乔会跟你一样，鄙视我吗？”

“如果她现在见了你，一定会的。她一向讨厌懒散的人。你为什么不去成就一番事业，使她爱上你呀？”

“我已经尽力了，但没有用啊。”

“你是指顺利毕业吗？这不过是你理应做的，为你爷爷做的。花了那么多的时间和金钱，如果不毕业，会很可耻。因为大家都知道，你能做到。”

“反正我是个败将，随你怎么说吧，因为乔不爱我。”劳里说，他用手支着脑袋，显得心灰意冷。

“不，你并没有失败，最终你也会承认这点的，因为，学业对你有好处，证明只要你努力，还是能够干出些成绩的。你只要着手去做另一件事情，很快就能找回原先那个精神饱满、开心快乐的自我，忘记所有的烦恼。”

“这不可能。”

“试试看嘛。你不要不以为然，认为‘这姑娘对这种事情知道得真不少’，我并不是自作聪明，而是一直在观察，看到的比你想象的要多。我很留意别人的经历和前后不一的行为，尽管不能加以解释，但会记在心里，以便日后为我所用。如果你愿意，你尽可以一辈子都爱乔，但不要让这种爱把自己毁了。不能因为自己得不到想要的一个礼物，就把那么多好东西都扔掉了，这样做是作孽。好了，我不想再啰唆了，因为，尽管那个姑娘心肠很硬，但我知道你会幡然醒悟，成为一个真正的男子汉的。”

接下来的几分钟里两人都没有说话。劳里坐在草地上，摆弄着那个小戒指，而艾米在给那张她在说话的同时画的素描作最后的润色。过了一会儿，她将素描本放在他膝上，问道：“看看画得怎么样？”

劳里看了一眼，不由得笑了，这张画画得太妙了——他颀长的身子懒洋洋地躺在草地上，表情淡然，双目似睁非睁，手指夹着一支雪茄烟，升起的小小烟圈在做梦者的头顶四周盘旋。

“画得真棒！”劳里带着对艾米画技的由衷惊喜说道。接着，他又笑呵呵地加了一句：“没错，这就是我。”

“这是现在的你，而这是过去的你。”艾米又拿出一张素描，放在第一张素描的旁边。

这一张画得不怎么样，却富有活力和灵气，无形中弥补了很多败笔。它生动地唤起了往日的记忆，小伙子见后，脸上的神情不由得一变。它只是一张草草勾勒的速写画，画面上劳里正在驯马，没有戴帽子，外套也脱了。富有活力的身板，果敢坚毅的脸庞，指挥若定的态度，画面上每一道笔触都在彰显动感和韵味。画中那匹骏马已经被驯服，正站在一边，被缰绳勒着脖子，低着头，一只蹄子不耐烦地刨着地面，但耳朵直竖着，似乎在聆听征服者的号令。骏马散乱的马鬃，骑手被风扬起的头发、昂扬的态度，无不体现出速度、力量、勇气和青春活力，和《怡然自得》素描里的躺卧式优雅形成鲜明的对比。劳里一言不发，眼睛却在来回扫视两幅画。艾米发现他红着脸，双唇紧闭，好像已经领会并接受她给他的教训。对此她很满意，不等劳里开口，她欢快地说：

“那天，你让拉里和帕克那两匹马比赛，我们都在一旁观看，你还记得吗？梅格和贝丝都吓坏了，但乔一直在拍手叫好，又蹦又跳。我坐在篱笆上，为你画素描。前几天，我在画夹里找到了这张素描，稍加润色，留了下来，打算给你看。”

“不胜感激。自那以后，你的素描技巧大有长进，恭喜你啦。虽然在‘蜜月天堂’里，我能否冒昧地提醒，你下榻的饭店，晚餐时间在下午五点？”

劳里说着站了起来，微笑着，躬身将画像归还给主人，又看了一下表，似乎在提醒她，即便是道德说教，也有结束的时候。他又想恢复以往那副漫不经心的样子，却显得有些假。因为艾米的激励办法很灵验，尽管他不愿意坦白。艾米觉察到他态度中的一丝冷淡，暗想：

“看来我触怒他了。唉，如果对他有好处，我会感到高兴。如果让他讨厌我，我会很难过。但我说的都是真心话，因此绝不后悔。”

回家的路上，他们有说有笑的，身后坐着的小巴蒂斯特心想，先生小姐的精神头真好。但其实他们俩都感到有些别扭。彼此之间友好而坦诚相待的状态被扰乱了，阳光被一片阴影罩住了。尽管两人表面上谈笑风生，但相互已经产生了不满之心。

“我们今晚能见到你吗，先生？”在婶婶的门口分手时，艾米问道。

“很遗憾，我有约在先了。再见，小姐。”劳里弯下身去，似乎要以外国方式吻一下她的手。他做这个最拿手，很多人都不如他做得好。看到他脸上的某种神情，艾米急忙热情地说：

“不要这样，在我面前不要装腔作势，劳里。咱们还是和以前一样告别吧。我更喜欢像英国人那样热烈地握手，而不喜欢像法国人那样伤感地告别。”

“再见，乖乖。”劳里以艾米喜欢听的口吻说，跟她以最热烈的方式地握了握手，几乎把她的手弄痛了，然后他就离开了。

次日早晨，劳里没有像往日那样登门拜访，但艾米收到一个便条。看到便条的开头几句，她笑了，看到最后，却发出一声叹息。

亲爱的良师：

请代我向你婶婶告别，你大可放心了！因为“懒人劳伦斯”要做个好男儿，去陪祖父去了。谨祝冬安。愿诸神保佑你在玫瑰谷度过一个幸福的蜜月！我想，弗雷德有了一个激励者，一定会受益匪浅。请转告他，并致祝贺。

感谢你的　忒勒玛科斯[①]

“好小伙！他终于走了，我很高兴。”艾米带着赞许的微笑说。说完这句话，她扫视着空荡荡的房间，笑容随即消失了，情不自禁地叹息道:“是啊，我很高兴，但我一定会想念他的！”

① 希腊神话中俄底修斯和柏涅柏的独子，名字意为“远离战争”。

第四十章　死荫之谷

最初的痛苦熬过去之后，一家人只好接受无法避免的悲剧，并努力乐观地去承受它，带着更多的爱相互帮助。在困难当头的时候，这样的爱像一条温柔的纽带，把一家人紧紧联结在一起。他们放下悲伤，人人都尽心尽力，让贝丝幸福地度过在人世间的最后一年。

家里最舒适的房间专门为她腾了出来，里面摆满了所有她钟爱的东西——鲜花、画作、钢琴、小工作台，还有可爱的猫咪。父亲最爱看的书也出现在这里，还有母亲的安乐椅、乔的书桌以及艾米最漂亮的素描作品。梅格每天都带着两个宝宝前来进行爱的朝圣，为贝丝小姨送来阳光般的温暖和快乐。约翰不声不响地省出一小笔钱，以保证病人天天能吃到想吃的水果，这么做也给他带来了快乐。老汉娜不知疲倦地在烹饪上下功夫，以吸引病人变化无常的胃口，一边干活，一边掉眼泪。时常有小礼物和令人愉快的信件漂洋过海寄过来，似乎带来了那些四季如春的土地散发的缕缕温暖和芬芳。

贝丝坐在房间里，被全家人捧在手心，地位堪比供奉在祭坛上的家族圣徒。可她还是和从前一样，文静恬淡，忙忙碌碌，因为无论什么也改变不了她那善良、无私的天性。即使打算离开人间，她还是尽力让留在世上的人过得更开心幸福。她那细弱的双手从来也闲不住。她的乐趣之一就是为每天过往的小学生做一些小东西送给他们——从窗户扔出一双连指手套，去温暖一双冻得发紫的小手；一个插针垫送给某个拥有许多洋娃娃的小母亲；擦笔布送给那些吃力练字的孩子；她为喜爱绘画的孩子制作剪贴簿，还做了很多其他各种各样小巧的文具。有了这些助力武器，那些在求学阶梯上艰难攀爬的孩子发现，前方的道路上仿佛铺满鲜花，他们都把这位善良的捐助人看作某种神仙教母。她高高在上地端坐在那里，慷慨地抛撒礼品，神奇的是，这些礼物全都适合孩子们的口味和需求。如果贝丝想得到什么回报的话，她在窗前那一张张灿烂的小脸上找到了。他们抬头望着她，向她点头微笑。另外，她得到的回报还有一封封的短信，那些墨迹斑斑的短信虽然很可笑，却充满了感激之意。

开始的几个月，一家人生活得十分愉快。每每大家齐聚在她那洒满阳光的房间里时，她就会环顾四周，赞叹道："这里太美了！"两个小宝贝在地板上爬来爬去地玩耍；母亲和姐姐们在旁边做活；父亲则用浑厚动听的嗓音给一家人读书听。这些古老的书籍充满了智慧，包含了大量劝慰人的金玉良言，虽然几个世纪过去了，但至今仍有教化作用。房间变成了小教堂，当牧师的父亲时常给一家人上课，这些课虽然很难，却是人生的必修课。他努力让她们明白，只要怀有希望，有爱的心就能得到慰藉；只要拥有信仰，就会坦然面对命运的安排。道理虽然朴实，却直击人心。因为父亲的心归顺牧师的信仰，而时时颤抖的嗓音使他的布道更加富有感染力。

幸好有这段宁静的时光，当悲伤的时刻降临时，大家才不至于那么难受。慢慢地，贝丝感到针变得越来越沉重，后来就永远地放下了。她变得连说话都感觉无力，亲人的脸让她感到不安，痛苦在吞噬她的生命。病魔不仅折磨着她虚弱的身体,还悲哀地搅乱了她宁静的内心。天哪！多少个难熬的白昼，多少个漫长无边的夜晚，那些爱她的亲人们不得不面对那双细弱的双手哀求地伸到他们面前，听到那令人心碎的哭喊:“救救我，救救我！”他们感到绝望，心痛如刀割，但仍旧为她虔诚地祈祷着。一个安详的灵魂黯然失色，年轻的生命与死神在进行激烈的搏斗，所幸两者都很短暂。后来，本能的反抗结束了，往日的宁静又回到了贝丝身上，使她比以往更加乖巧可人。虽然她虚弱的身体已经不堪一击，但灵魂反而更加坚强了。虽然她默默无语,身边的人却感觉到她已做好准备，同时发现，第一个受到召唤的朝圣者也是天堂里的适者。他们陪她等在岸上，希望看到她到达彼岸时，有光芒四射的天使来迎接她。

一次，贝丝对乔说:“你在这里，我感觉更有力量。”自那以后，乔离开贝丝的时间再也没有超过一个小时。她睡在房间的长沙发上，时常醒来，或者给炉火加点柴，或者给病人喂些吃的，或者扶病人起床，或者满足病人的其他需求，虽然这个病人很少提出要求，尽量不给大家增添麻烦。乔对其他护士都猜疑，唯恐她们照顾不周，所以整天都守在房间里。被指派照看贝丝，她感到十分自豪，认为这是她一生中的最高荣耀。这段时光对乔来说也是弥足珍贵的，让她很受益，因为她的心灵得到了急需的教义：首先，贝丝以如此美好的方式把忍耐教给了她；接下来是仁爱之心，这是一种可贵的精神，能够原谅并且彻底忘却不友善的行为；再者是忠于职守，它能使最困难的问题都迎刃而解；还有虔诚的信仰，它使人无所畏惧，而是坚定不移地信任。

乔夜里醒来时，常常发现贝丝在读她那本已经翻旧了的小书，听到她在轻声歌唱，以此打发失眠的长夜；有时也看到她用手托着脸庞，泪水透过透明的指缝缓缓滴落下来。乔躺在沙发上看着她，感慨万千，都顾不上哭了。她觉得，一贯朴实无私的贝丝正凭借神圣的安慰词、默默的祈祷和热爱的音乐，努力从心爱的旧生命中解脱出来，去适应来生。

此情此景对乔的触动超过了最智慧的布道、最圣洁的赞美诗以及最热烈的祷告。无数次的泪水洗清了乔的双眸，最温柔的悲伤软化了她的心灵，她终于看到了妹妹生命中的美——平平淡淡，与世无争，却充满了真正的美德，宛如鲜花“散发着芳香，在尘世间绽放”。她那忘我的精神将使尘世间最卑微的人最早在天堂扬名，她取得的真正成功人人皆可得到。

一天夜里，贝丝翻着书桌上的一堆书籍，想找一点儿东西，来帮助自己忘记和病痛一样难以忍受的致命疲惫感。当她翻阅从前就很喜欢的小说《天路历程》时，看见一张小纸片，上面写满了乔草草写下的诗句。一个名字映入她的眼帘，那一行行字迹模糊的诗句使她断定，泪水曾滴落到这张纸上。

“可怜的乔！她睡得正香，所以我就不必把她叫醒，请求她准许了。她什么都给我看的。我想我看这个，她是不会介意的。”贝丝看了一眼姐姐，心里想。此时乔正躺在地毯上，身边放着一把火钳，随时准备在炉火中的木块烧塌时醒来。

我的贝丝

耐心地坐在幽暗中，
等待福光的降临。

宁静而圣洁的灵魂，
使我们受难的家庭成圣。
尘世间的欢乐、希望与悲伤，
如深沉肃穆的河流里荡漾的涟漪，
转瞬即逝，
而她甘心情愿站在河水里。

噢，妹妹，你就要离我而去，
远离人世间的纷纷扰扰。
请将美化你生命的那些美德
作为礼物赠予我。
乖乖，给我那伟大的忍耐力吧，
因为它有强大的力量，
能够在痛苦的牢狱里，
支撑一个乐观的、永不抱怨的灵魂。

给我你那勇气吧，它智慧而甜美
我太需要了，
它使一双脚变得心甘情愿，
使职责之路变得常青。
给我你那无私的品质吧，
带着神圣的宽容，
能以爱之名，宽恕过失——
谦和的心，请宽恕我吧！

因此我们分离的痛苦，

在一天天减少。
接受这个沉痛的教训，
我的巨大损失也就成为收获。
忧伤的接触，
会使我狂躁的性格变得平和，
赋予生命新的目标，
赋予未知世界新的信任。

愿你此后
平安跨过那条河流，
我将永远看到，
一个可爱的、恋家的精灵，
在彼岸等我。
希望和信念，源于我的悲伤，
将会成为守护天使。
妹妹先我而去，
但天使的手会引领我回家。

虽然这一行行诗句字迹模糊，墨迹斑斑，语言有误，缺乏力度，却让贝丝脸上呈现出一种无以言表的欣慰。她唯一的遗憾就是这一生做的事情太少，但这首诗似乎在让她放心，她的一生并非碌碌无为，死后不会引起她所担心的绝望。就在她捧着那张皱巴巴的纸片坐着时，烧焦的木炭突然坍塌下来，乔被惊醒了。她重新拨旺炉火，然后轻手轻脚地走到贝丝的床边，希望看到她还在熟睡。

“我没有睡着，姐姐，不过特别开心。瞧，我找到了这张纸片，已经看过了，我知道你不会介意的。乔，我对你来说真意味着那一切吗？”贝丝满怀希冀和恭敬，热切地问道。

“噢，贝丝，就是那么多，就是那么多！”乔把头靠在妹妹的枕边说。

“那我就不觉得虚度一生了。虽然我不像你夸得那样好，但我一直都在努力向善。虽然现在想做得更好，已为时过晚，但知道有人那么疼爱我，感觉自己好像帮助过他们，这对我来说，就是最大的安慰。”

“世上无人能比得上你，贝丝。过去我曾想过，无论如何不能放你走。可是，我现在学会了这样想——我不会失去你的,你比以往任何时候对我都重要。死亡是不能把你我分开的，尽管看上去似乎会那样。”

“我知道不能，所以我不再惧怕死亡了，因为我确信，我将仍然是你的贝丝,比以往更疼爱你,帮助你。乔,我走了之后，你必须取代我的位置，替我为爸爸妈妈做所有事情。他们会需要你的，不要让他们失望。一个人独自工作艰难的话，就请记住，我没有忘记你。这么做的话，你会感到比著书立说、周游世界更加愉快，因为爱是我们离开时唯一能够随身带走的东西。有了爱，我们最后离开时会觉得很轻松。”

“我一定尽力而为,贝丝。”乔当场就宣布放弃往日的志向，发誓确立新的、更好的志向，承认了其他欲望的虚无性，从对爱的永恒性所怀有的信念中感受到了至高慰藉。

春天来了又去了，天空变得更加清澈，大地披上了绿装。鲜花早早地开了，鸟儿准时飞回来向贝丝告别。贝丝就像一个虽疲倦但对父母充满信任的孩子，紧紧地牵着父母的手。这两双手领着她走过了一生，现在又要亲切地领着她走过死荫之谷，把她交给上帝。

除了在书中，人在弥留之际很少会说令人难忘的遗言，也不会看到显灵，更不会带着幸福的表情离开。那些多次为人送终的人知道，对大多数人而言，最后时刻来临时，就跟入睡一样自然和简单。正像贝丝所希望的一样，“退潮顺利”。在黎明前的黑暗里，她靠在母亲胸前，这里曾是她第一次呼吸的地方,现在她又在这里轻轻地吸了最后一口气。没有道别，只有带着爱意的一瞥和一声轻轻的叹息。

母亲和两个姐姐流着眼泪，一边祈祷着，一边深情地为贝丝的长眠做准备，以后再也不会有病痛打扰她安睡了。她们很感激地看到，贝丝脸上呈现出一种平静安详的美，代替了过去总挂在脸上的那种伤感而忍耐的表情，这种表情曾让她们揪心了那么久。她们虔诚地觉得，对于她们的宝贝，死亡是仁慈的天使，而不是极端可怕的鬼怪，为此她们感到喜悦。

天亮时，炉火灭了，好几个月里还是第一次出现这种情况。乔的位置也空了出来，房间里静悄悄的。但是，不远处，一只小鸟在刚刚吐出嫩芽的树枝上欢快地唱着歌。窗边，雪花莲也露出了笑脸。春天的阳光流水般地流泻进房间，仿佛要赐福于枕头上那张安详的脸——一张毫无痛苦、宁静至极的脸庞。那些深爱着她的亲人们笑了，尽管脸上还挂着泪水，她们感激上帝，贝丝终于安好了。

第四十一章　学会忘记

艾米对劳里的教训确实对他大有好处，当然，他过了很久才肯承认这点。男人大多如此。女人们提出建议时，男人们只有确信这些建议恰恰符合自己的意图时，他们才会采纳。然后，他们就会付诸实施。如果获得了成功，他们只承认弱女子有一半的功劳，如果失败了，他们便大方地全部归咎于她们。劳里回到了爷爷身边，一连几周尽心尽责地孝敬他，以至于老先生高兴地说，尼斯的气候让劳里的心情大有改善，建议他最好再去那儿试试。这原本是小伙子最乐意做的事情，但自从挨了骂之后，就是用几头大象也无法将他拖回去了。自尊心不允许啊，每当去的愿望变得特别强烈时，他就反复念叨艾米的那几句令他记忆深刻的话，“我鄙视你”“去成就一番事业，使她爱上你呀”，以此来坚定自己不去的决心。

劳里脑子里一遍遍地琢磨这件事，致使他很快便承认了，自己的确既自私又懒惰。不过，他仍然认为，男人遇到非常伤心的事情时，就应该尽情放纵一把，直到挺过痛苦。他觉得自己的苦恋之花几乎快凋零了。尽管他一直会是个忠实的哀悼者，却没有理由公然披麻戴孝。乔不会爱他了。但是，他可以有所作为，以证明姑娘口中的一声“不”并没有毁掉他的一生，从而迫使她尊重自己，甚至羡慕自己。劳里始终打算有所作为的，不管有没有艾米的建议。他仅仅在等待，直到能体面地埋葬掉上文提到的苦恋。等这事了结后，他就感到要“藏起受伤的心，负重前行”。

歌德无论遇到欢乐和忧愁，都会把它们化为诗歌。正如他一样，劳里决定把自己的失恋谱进乐曲里，使之永垂不朽。他打算谱写一首安魂曲，让乔的灵魂不得安宁，让每一位听众感到心碎。因此，当老先生又发现他变得心神不宁、情绪忧郁，建议他出去走走时，他去了维也纳。那儿有他音乐界的朋友。到了之后他立刻投入工作，下定决心要出人头地。然而，不知是因为他心中的悲伤太浩大，无法用音乐表现出来，还是因为音乐太虚无缥缈，无法拔除一个凡人的悲痛，劳里很快发现，目前谱写安魂曲超出了他的能力。很明显，他的头脑还没有处于工作状态，他的思想还需要澄清。时常，一段哀怨的旋律谱写到一半时，他发现自己总情不自禁地哼起一首舞曲来，该舞曲生动地唤起他对尼斯的圣诞舞会的回忆，尤其是那位法国矮胖子，于是悲剧乐章的构思也随之搁浅了。

后来，劳里又开始尝试谱写一部歌剧，一开始看起来似乎没什么办不到的，可是，他再次被不期而至的困难拦住了。他想着把乔作为剧中的女主角，由此展开回忆，以便提取有关自己爱情方面的温情往事和浪漫憧憬。可是记忆变成了叛徒。仿佛受到了乔姑娘的任性精神的控制，记忆中只有她的各种古怪举止、经常犯的差错和心血来潮的行为，仅仅展现出她最没情调的方面——头上扎着大手巾在拍打垫子，用沙发靠垫把自己封锁起来，或者对他的音乐创作热情泼冷水——爆发一阵克制不住的大笑，破坏了他努力描绘的忧愁景象。结果，乔无论如何都安不进他的歌剧里，所以他不得不把她放弃，外加一句“她真折磨人！愿上帝保佑她”。附带扯了一下头发，就像一个心烦意乱的作曲家。

劳里另起炉灶，着手重新寻找一位不那么难对付的女郎，以便将她写进不朽的旋律里。记忆中出现一位最合适不过的人选。这个人物造型具有多种面目，但头发总是金黄色的，裹着薄如蝉翼的云纱，在他的心海中轻歌曼舞，周围有玫瑰花、孔雀、白色矮种马和蓝丝带，五彩缤纷，令人赏心悦目。劳里没有给这位自己感到满意的幻想角色命名，但他决定将她作为女主角，并且给予厚爱。这是十分自然的，因为劳里把太阳底下所有女人的天赋和优雅气质都赋予了这个角色，并且护送她安然无恙地通过各种考验，而这些考验足以消灭任何一个凡人女子。

多亏这个灵感，他一度进展得顺风顺水。可是，渐渐地，这个作品对他也失去了吸引力。他经常手里拿着笔，坐在那儿沉思默想，忘记了作曲，或者在那快乐之城里游荡，以获取灵感，清醒头脑。那年冬天，他的头脑似乎处于一种难以安定的状态。他做事不多，但思考很多，同时意识到某种变化正在不由自主地发生。“那大概就是灵感在积聚吧。我要让它继续积聚，看看会有什么结果。”他想。但同时他内心又怀疑那并不是灵感，而是更为普通的东西。当然，不管是什么，还是酝酿出了些成果，因为，他对自己空虚散漫的生活感到越来越不满意了，开始渴望全身心地去干一些脚踏实地的工作。最后，他得出一个十分明智的结论，那就是并非所有热爱音乐的人都能成为作曲家。一天，他去皇家大剧院观看了一场莫扎特的大歌剧，演出极其精彩。回家之后，他审视了一番自己创作的歌剧脚本，演奏了几处精华片段，然后坐下来盯着门德尔松、贝多芬和巴赫的半身塑像，这几个伟大的艺术家也一脸慈祥地看着他。突然，他把自己的乐谱本一页页撕得粉碎。最后一张纸片从手中飘落后，他清醒地对自己说：

“她说得没错！才华并不是天赋，你是无法把才华变成天赋的。就像罗马之行除去了她的自负一样，我看到的演出也除去了我的自负。我不能再自欺欺人了。现在我该做什么呢？”

这似乎是一个很难回答的问题。劳里甚至希望自己不得不为生计而工作。当然，这种时候正是“变成恶魔”的合适机会，这是援引他曾经用过的一个很有力度的表达。原因在于，他很有钱，但无所事事。正像谚语说的，撒旦就爱让有钱人游手好闲。可怜的小伙子受到了来自自己内心和外界的各种诱惑，但他出色地经受了考验，这主要因为，尽管他崇尚自由，但更加看重忠诚和信任。他向爷爷做过保证，同时也希望能够坦诚地面对那些爱他的妇人们，说出“一切都好”，这种愿望也成为他对抗诱惑，始终安安稳稳的法宝。

格伦迪夫人[①]很可能会说：“我不信，男孩就是男孩。男子汉年轻时就会拈花惹草，女人一定不要认为能创造奇迹。”但是，我敢说，格伦迪夫人，你可以不信，但这是千真万确的。女人可以创造许多奇迹，同时我也认为，她们通过拒绝接受这样的说法，甚至可以创造更大的奇迹——提高男子汉的道德标准。就让男孩当个真正的男孩吧，当得越久越好。如果避免不了，就让他拈花惹草去吧。然而，母亲、姐妹和朋友都可以给予帮助，不要让他铸成大错，别让稗草毁了收成。要做到这一点，她们首先得相信让男人忠于美德是可能的，可

---

① 剧作家托马斯·默顿 (Thomas Morton) 塑造的一个舞台形象，一个干涉别人私生活的假正经的代言人。

以在良家妇女眼中表现得像个堂堂正正的男子汉，同时也要让对方知道她们对他的信任。如果这是女人的幻想，那就不妨让我们保留这种幻想吧。因为，如果没有这种幻想，生活中的美和浪漫就会失去一半，悲观的预言就会让我们对勇敢善良的小伙子们所寄托的希望改变味道。那些小伙子可是疼爱母亲胜过关心自身，而且并不耻于承认这一点啊。

劳里原本以为，要彻底放下对乔的那份爱，他得花上好些年头，使尽所有力量。但让他惊讶的是，他发现这件事情正在变得日益容易。起初，他拒绝相信这个事实，并且为此生自己的气，觉得无法理解。但是，人们的心往往不可思议，而且自相矛盾。时间与事物自身的本质都会在无形中发挥作用，由不得我们做主。劳里的心不再痛了。内心创伤的愈合速度快得连他自己都大吃一惊。奇怪的是，在这一过程中，他发现自己非但没有设法把过去忘记，反而试图牢记在心。这种戏剧性的转折让他毫无准备。他对自己感到厌恶，对自己多变的态度感到惊诧。竟然这么快就从沉重打击中恢复过来，他既对自己感到失望，又感到如释重负。他曾小心翼翼地拨弄爱情的余烬，可是没有出现熊熊烈火，这堆余烬仅散发出舒适宜人的热量，能温暖他的心，对他有益，但不会让他头脑发热。他不得不承认，那孩子气的激情已经逐渐降温，蜕变成一种更加宁静的友情，非常温柔，带着点儿伤心和怨恨，但不久肯定会消失，最终就只剩下兄长般的情谊了，但这种情谊将永远保鲜，永世长存。

当“兄长”一词在他脑海里闪过时，劳里哑然失笑，他抬头看了一眼眼前的莫扎特画像：“哼，他还是伟人呢，追不到姐姐，就找了妹妹，照样幸福快乐。”①

不过，劳里并没有把这几句话说出口，但是他想到了。过了一会儿，他吻了一下手上戴着的那枚小小的旧戒指，自言自语道：“不行！我没有忘记，永远做不到。我要再试一次，可是如果这次失败，那就——”

他没有把话说完，便抓起纸和笔，开始给乔写信，告诉她，只要她还有一线希望改变主意，自己就不能安心做任何事。难道她就不能，难道她不愿意让他回家做幸福的人吗？等待乔回信时，他什么事也没做，因为心急如焚，坐卧不宁。终于收到的乔的回信，一下子让他彻底死了心。乔在信中坚决地说，她既不能，也不愿意。她埋头服侍贝丝，再也不想听“爱情”两个字。她还请求他另觅佳偶，过幸福美满的生活，只要在心里给亲爱的乔妹妹留一小片角落就行了。另外，乔在附言中补充说，希望劳里不要将贝丝病情恶化的消息告诉艾米，反正她明年春天就回家了，没有必要让她在国外的这段时间里感到悲哀。感谢上帝，时间还是很宽松的。不过劳里得经常给她写信，不要让她觉得孤独、想家、焦虑。

“那么我立即照办。可怜的小姑娘，恐怕回家会让她伤心的。”劳里打开书桌抽屉，想起几周前那句说了半截的话。给艾米写信似乎就是最合适的收尾办法。

但是，劳里当天并没有写信。他在翻找最漂亮的信纸时，发现了一件东西，让他改变了主意。在一个抽屉里，账单、护照、各种商务信函堆里夹杂着几封乔的信；另一个抽屉里，有三张艾米给他的条子，很仔细地用她的一条蓝丝带扎着，意在温馨地提醒他，里面夹着一朵小小的干玫瑰花。这时劳里脸上

① 莫扎特最初追求韦伯尔家的二女儿，失败之后却与三女儿相恋。

呈现出一种半是悔恨、半是好笑的神情，他找出乔的所有来信，把信纸压平、折好，整整齐齐地放进书桌的一个小抽屉。他在书桌旁站了片刻，若有所思地摆弄着手指上的那枚戒指，然后缓缓地摘下，和信件放在一起，锁上抽屉，走出房间去听圣·斯蒂芬教堂的大弥撒，觉得像是参加了一场葬礼。尽管他并没有痛苦得难以承受，但比起在家里给迷人的女郎写信，这似乎是消磨一天所剩时间的更好办法。

然而，给艾米的信很快就寄了出去，并且很快就有了回音，因为，艾米非常想家，而且用一种最讨人喜欢、无比信任的方式吐露了这一点。两人之间的书信不断增多,初春那段时间，书信来往从未间断。后来，劳里卖掉了那几个音乐家的塑像，把自己创作的歌剧付之一炬，再次去了巴黎，希望有人不久也会到达。其实，他特别想去尼斯，但没有收到邀请，他是不会去的。艾米并没有邀请他去，她正忙于自己的一些小事，宁愿避开“我们的小伙子”的探询目光。

弗雷德·沃恩回来过，提出那个她曾经决定用“好的，谢谢！”来回答的问题，但现在她和气但坚决地说：“不了，谢谢。”因为，那一刻来临的时候，她突然失去了勇气。她发现，要使心中的新渴望得到满足，需要有比金钱和地位更重要的东西。这种新渴望使她心里充满了温柔的希望，当然，也有不少恐惧。“弗雷德是一个好人,但我认为不是你喜欢的类型。”这句话反复在她耳边回响。劳里说这句话时的音容笑貌也时时在她脑海里浮现，就像她那种看上去就是在表达“我嫁人就是为了钱”的表情一样挥之不去。现在回想起这句话，她就感到很不安，真希望能把它收回来。这话听起来太没有女人味了。她不想让劳里认为她是一个无情无义、庸俗的家伙。

她现在已经不奢望去当社交皇后了，只想成为一个惹人喜爱的女人。她很高兴劳里没有因为她说了那些气人的话而厌恶她，而是非常宽容地接受了，并且对她更加宠爱。他寄来的信对她来说是莫大的安慰，因为家信非常不定时，就算收到了，也不如劳里的信合她的心意。回复劳里的这些信件，对她来说不仅仅是一大快事，而且是履行义务。因为，乔对他那么无情，那个可怜的家伙现在孤苦伶仃的，需要女人宠爱。其实，乔应该努力一把，争取爱上他的。这样做并不很难。如果有这样一位可爱的小伙子关爱自己，许多人都会很高兴、很自豪的。但是，乔和别的姑娘从来都不一样，所以，她只能善待他，把他当作兄长，除此之外没别的了。

如果天下所有的哥哥都享有劳里现在的待遇，那肯定比他们实际上幸福多了。艾米现在早已不训人了，各种事情都向劳里征求看法，对劳里做的所有事情都表现出浓厚的兴趣，还给劳里制作精巧可爱的小礼物。她每周给劳里写两封信，满篇都是生动活泼的闲聊、妹妹的心里话以及迷人的素描作品，画的是她周围的那些美景。恐怕很少有哥哥会得到这种礼遇吧：妹妹把他们的书信放在衣袋里，走到哪里带到哪里，一遍遍地阅读回味，若信短了就要失声痛哭，若来信较长则亲吻一下，还会像宝贝似的加以珍藏。我们并不是在暗示，艾米干了这种可爱的傻事。不过，那个春天她确实变得有点儿面色苍白，神情忧郁，对社交活动失去了一大半兴趣，常常一个人出去画素描。回家时，她从未拿出多少画来给大家看。我可以断定，她是在观察自然。她时常抱着双臂，在玫瑰谷的平台上一连坐好几个小时，或者心不在焉地将头脑里的想象画出来——一位雕刻在墓碑上的威风凛凛的骑士，一位用帽子遮住眼睛，在草地上酣睡的年轻人，或者一位身着华服的卷发女郎，挽着一位身材高大的绅士的手臂在舞厅里悠闲地跳舞，她按照最新的艺术画法，把两个人的面部画得一团模糊。这样处理虽然比较保险，但绝对不能让人感到满意。

婶婶以为艾米在为给弗雷德的答复感到后悔。对此艾米发现否认徒劳，也解释不清楚，就任凭婶婶胡乱猜疑。不过，她留心让劳里知道,弗雷德已经去埃及了。就这么简单的一句话，劳里明白了一切，显出如释重负的样子，带着老于世故的神态自言自语道：

“我早就知道她会改变主意的。可怜的老家伙！我是过来人，能理解他。”

劳里说完长叹了一口气，在沙发上架起脚，兴致勃勃地欣赏起了艾米的来信，似乎已经卸下了有关过去的负担。

国外发生这些变化时，国内的家中遭遇了不幸。但告知贝丝身体每况愈下的家信并没有送达艾米的手中。等下一封信辗转送到她手里时，她已经在沃韦了。由于天气炎热，五月份她们离开了尼斯，去瑞士旅行，一路走走停停，路过了热那亚和意大利的湖区。艾米表现得很坚强，默默地服从了家人的嘱咐，没有缩短行程，原因是，既然已经来不及赶回家为贝丝送别，她不妨就待在国外算了，让旅行化解心中的悲痛。但她的心情非常沉重，渴望能够待在家里，所以每天举目遥望湖的对岸，盼着劳里赶过来安慰她。

劳里果然很快就赶过来了，因为同一艘邮轮把信件寄给了他们俩，但他当时在德国，信耽搁了几天才送到他手里。他一读完信，就整理好背包，告别同路人，启程去兑现他的承诺，心中悲喜交加，希望悬念同在。

劳里对沃韦很熟悉，船一抵达小码头，他就沿湖边急急忙忙向拉图尔奔去。卡罗尔一家寄宿在那儿。侍者一开始很无奈地告知，全家都去湖上兜风了，但又一想，不对呀，金发碧眼的小姐或许在大花园里。如果先生愿意坐下耐心等，片刻之后她就回来了。但先生连片刻也等不及了,话才说了一半，就亲自去找了。

这是一座令人赏心悦目的古老花园，坐落在美丽的湖畔，栗树繁茂的枝叶在头顶沙沙作响；常春藤到处攀爬，阳光照耀的湖面映照出湖边塔楼幽暗的倒影。在宽阔低矮的围墙一角有个座位，艾米经常来这里看书或者画画，或者什么也不做，只是借四周的美景来抚慰心情。那天，她就坐在这儿，一手支着脑袋，思念家乡，惦念贝丝，心情沉重，不明白劳里为何还不来。她没有听见劳里穿越庭院时的脚步声，也没有看见他正站在那条通往花园的僻静小道上的拱廊里。他在那儿驻足一分钟，以新的眼光打量着艾米，观察到了以前从没留意的东西——她性格中温柔的一面。她周身的一切都暗示着爱和悲伤——放在膝上的那些字迹模糊的信件，扎在头上的黑丝带，脸上流露出的女性特有的痛楚和耐心，甚至连挂在脖子上的乌木十字架在劳里看来都散发着淡淡的哀愁。这个十字架是劳里送给她的，她把它作为佩戴在身上的唯一饰物。如果劳里对于艾米迎接他时的态度尚存疑虑的话，那么，这些疑虑在艾米抬起头看见他的一瞬间全部烟消云散。只见她把手中的东西随便一扔，欢呼着朝劳里奔跑过去，语气中充满了爱和思念：

“噢，劳里，劳里，我就知道你会来看我的！”

我想，此时此刻，一切都已明了，一切都已定下。他们俩拥抱在一起，默默无语地站在那里，黑头发垂下来保护着黄头发。此时，艾米感觉到，除了劳里，没有人能够给她这么好的宽慰和支撑。而劳里也下了决心，在他心目中，艾米是世界上唯一能取代乔的位置，让他幸福的女人。当然，劳里并没有把心里话说出来，但艾米并没有失望，因为两人都感觉到了这个事实，得到了满足，就没必要让对方再费口舌了。

过了一会儿，艾米又回到原来的座位上。在她擦眼泪的时候，劳里捡起了散落一地的纸，看到信纸都被磨破了，还有充满暗示的素描画，觉得这些都是未来的好兆头。他在艾米身边坐下时，艾米又变得羞答答的，回想起自己刚才迎接劳里时的冲动表现，她立刻变得满脸绯红。

“刚才真不好意思，我感到太孤独、太伤心，所以看见你就非常开心。我当时正担心你不会过来了，抬头一看，你就在眼前，太让人惊讶了。”艾米努力做出一副随意自然的样子，可惜只是徒劳。

“我收到信，就立刻赶过来了，失去亲爱的小贝丝，你一定很伤心，我希望能够说几句话安慰你，但我只能感觉——”劳里说不下去了，因为他突然间也变得害羞起来，一时间不知道说什么才好。他很想让艾米把头靠在自己的肩头，让她痛痛快快地哭一场，但他缺乏这么做的勇气，于是只是抓住艾米的手，抚慰地握了一下。这样的安慰方式胜过任何语言。

“你不用说什么，这么做就能安慰我。”艾米柔声说道，“贝丝很好很幸福，我不能希望她回来。但我害怕回家，虽然渴望见到大家。我们现在不要说这事了，一说我就想哭。你在这儿，我想和你一起玩个痛快。你不用马上回去，是吗？”

“不用，如果你需要我，乖乖。”

“很需要你，太需要你了。婶婶和弗洛对我很好，但你好像是家里人，和你在一起感到特别自在，哪怕时间不长。”

艾米的言语和神态看上去真像一个特别想家的孩子，劳里立刻忘记了自己的羞怯，满足了她的需要——她所习惯的宠爱和她所需要的快乐交谈。

“可怜的小东西，你看上去似乎要悲痛成疾了！我会照顾你的，别再哭了，过来和我一起四处逛逛吧。这儿风太大，不能总坐着不动。”劳里说，口气既充满关爱，又不容置疑，正合艾米的口味。他帮艾米系好帽子，挽起她的手，开始在新叶吐翠的栗树下，沿着阳光明媚的小路散步。劳里觉得脚步更加轻松，而艾米终于有一只结实有力的臂膀供她倚靠，一张熟悉的面孔对着她微笑，一个亲切的嗓音和她交谈，也感到非常幸福。

这座古雅的花园曾经接待过不少恋人，好像就是专门为他们建的。这里阳光明媚，隐蔽幽静，除了一座塔楼俯瞰着花园以外，没有什么惊扰他们。湖水在下面泛着涟漪，宽阔的湖面带走了恋人们悄悄交谈的回声。接下来的一小时里，这对新恋人一边散步一边聊天。他们有时靠在院墙上休息一阵，享受彼此的浓情蜜意，时间和地点也因此增添了无穷的魅力。当晚餐的铃声敲响，催促他们离开时，艾米似乎觉得，她把压在心头的孤独和哀伤都留在身后的大花园里了。

卡罗尔太太一看到这姑娘变化的神情，立刻恍然大悟，大喊道：“我现在全明白了——原来这孩子一直在思念小劳伦斯啊。天哪，我从来也没想到这种事情啊！”

这位好心太太的谨慎态度值得嘉许，她什么也没说，而是佯装不知情，只是热情地挽留劳里住下来，而且恳求艾米好好陪他，说这样比孤单一人对她有好处。艾米向来乖巧温顺，由于婶婶大量时间都在操心弗洛，把招待朋友的任务留给了她，结果她比往常做得更加出色。

原先在尼斯时，劳里比较闲散，艾米经常训他。在沃韦，劳里根本闲不住，不停地散步、骑马、划船，或者学习，精力显得异常充沛。艾米不仅对劳里干的每一件事都感到钦佩，而且还亦步亦趋跟着效仿，上手也很快。劳里说，这种变化归功于气候的变化。艾米没有表示异议，很高兴他能为自己身心康复找到一个很好的借口。

这里的空气有益健康，对他们俩都有好处，大量的锻炼既改善了身体状况，也提升了精神状态。徜徉在绵延不绝的群山中，他们似乎对人生和责任有了更为清晰的看法。清风吹散了令人沮丧的疑虑，吹走了虚无缥缈的幻想，吹散了忧郁的迷雾。春日暖阳催生了各种雄心壮志、无数温柔的希望和很多快乐的想法。湖水似乎冲走了过去的烦恼。雄伟古老的高山低头慈祥地看着他们，似乎在说：“孩子们，请相爱吧。”

尽管贝丝的离去给他们带来了哀伤，但是，两人在一起的时光的确非常幸福。劳里幸福得都不忍说话了，以免破坏这种气氛。他初恋的伤痛愈合得如此之快，连他自己都感到惊讶，好一阵子才接受了这个事实。他曾坚信那是他最后的且唯一的爱情啊。他认为，乔的妹妹几乎相当于乔本人，并且坚信，除了艾米，他劳里不可能随随便便爱上其他女人的，以此来解释自己表面上的不坚贞。他当初向乔求爱时，犹如急风骤雨，如今，当他怀着感伤和遗憾交织的心情回顾它时，有种恍如隔世的感觉。他没有为它感到难为情，而是把它当作一段苦乐参半的人生经历珍藏在心头。失恋的痛苦过去之后，他对这段往事还是挺感激的。他决定，第二次求爱应该尽可能平静和简单，没有必要大张旗鼓。其实几乎不需要告诉艾米自己爱她，她早就心领神会，无需言语表白，而且，很早就给了他答复。这种爱情来得自然而然，没有人会不满，而且他知道人人都会满意，甚至包括乔。当然，当我们第一次产生的小小激情受到打击之后，大家都容易变得谨小慎微，第二次尝试就会放慢节奏。所以，劳里任凭日子一天天过去，享受每分每秒，等待时机成熟时再说出那句话。一旦那句话说出口，将为他新罗曼史的第一章节，也是最甜蜜的章节，画上圆满的句号。

劳里曾经想象，那个圆满结局会以最优雅、最浪漫的形式发生在月光下的城堡花园内，而结果恰恰相反：时间是中午，地点是湖上，形式更是简单，他们只说了几句直截了当的话之后，就把终身大事解决了。那天他们整个上午都在湖上泛舟，从湖边幽暗的圣金戈尔夫划到阳光明媚的蒙特勒，一面是阿尔卑斯山脉的萨瓦地区，另一面是圣伯纳德峰和米迪峰，美丽的韦沃小城坐落在山谷中，远处的洛桑城矗立在山上。抬头仰望，天空湛蓝，万里无云；低头俯视，湖水碧波荡漾，湖面上点缀着美丽的帆船，宛若长着白色翅膀的海鸥。

当他们从锡荣城下划船经过时，劳里和艾米谈论起了波尼瓦[①]。后来，他俩抬头看见岸边的克拉朗，又谈论起卢梭[②]，就是在此地卢梭完成了自己的名篇《新爱洛伊丝》。他们俩都没有读过这本小说，但知道那是一部爱情故事，而且都偷偷在心里想，那个故事是否有他们俩爱情的一半有趣。聊天暂歇

---

① 波尼瓦（1493—1570），日内瓦爱国者，英国诗人拜伦的诗歌《西雍囚徒》使他不朽。

② 卢梭（1712—1778），法国哲学家、作家、作曲家。

期间，艾米用手去拨弄湖水，抬头张望时，发现劳里靠着桨，眼神里有一种表情。艾米赶紧说：

“你一定很累了。歇一会儿，我来划吧，这对我有好处。你来了之后，我就变得又懒惰，又贪图享受。”

“我不累，不过你要是愿意的话，可以划一只桨，这儿有足够的空间，但我必须尽量坐在中间，不然船就倾斜了。”劳里说，他似乎很喜欢这种安排。

艾米感觉自己简直无补于事，便在劳里让出的三分之一座位处坐下，将垂落在脸上的头发甩开，接过了一只桨。结果她划得相当好，就和她做其他很多事情一样，一学就会。尽管她用双手，劳里用一只手，但双桨保持同步，游船在湖面上平稳地前进着。

“我们一起划得很好，是不是？”艾米总想说点儿什么。

“划得太好了，我希望我们能永远同舟共济，行吗，艾米？”劳里非常温柔地问道。

“行，劳里。”艾米低声回答。

接下来，他们都停止了划船，无意中给湖面上闪闪烁烁的倒影增添了一副由人间爱情和幸福组成的小小生动画面。

第四十二章　形只影单

当一个人完全专注于另一个人身上，心灵因一个动人的榜样而得到净化时，发誓要克己并不难。可是，帮助提醒的声音已经沉默，每日的教导已经结束，心中热爱的人已经离别，留下的只有孤独和悲哀时，乔发现要兑现自己曾经许下的诺言变得特别艰难。自己的心还在为思念逝去的妹妹而疼痛不止时，怎么还能够去安慰父母呢？贝丝离开了这个家，去了自己的新家，家中原有的光明、温暖和美好似乎都随之而去，这时，乔怎么做到“让家充满欢快气氛”呢？天底下她又去哪里找“一份既有用又开心的活儿”，来代替她对贝丝的爱的服侍呢？这种服侍本身就是一种回报。所以，她只能尽力去完成自己的职责，内心既感到茫然而无望，同时也带着抵制情绪。她觉得，自己本来就不多的快乐减少了，肩上的担子加重了。她负重前行，生活却变得越来越艰难，这好像很不公平。有些人的生活似乎总是充满阳光，而另外一些人的生活总是阴云笼罩。这太不公平了。为了修行好,乔付出的努力比艾米多，但回报她的只有失望、困顿和辛苦的工作。

可怜的乔，这段时间对她来说真是暗无天日啊。自己将会在这座冷冷清清的房子里生活一辈子，全部精力都耗费在一些单调乏味的事情上，只能得到些许快乐，但职责似乎永远都不会减轻。一想到这点，乔就会产生近乎绝望的感觉。“我不能这么做。这不是我想要的生活。我知道,如果没人来帮我，我自己就会冲出去，做一些不顾后果的事情。”乔自言自语。由于出师不利，她坠入一种低落苦闷的情绪，每当强烈的意志不得不屈服于无法回避的现实时，人们总是这样。

但是，有人真的来帮她了，尽管乔没有立刻认出这些善良的天使，因为他们有着熟悉的外形，用的也都是最适合可怜人的简单魔法。乔时常在夜里惊醒，以为贝丝在呼唤她，但看见那张小床上空空荡荡的，就会流着眼泪悲痛欲绝地呼喊：“噢，贝丝，回来吧，回来吧！”她那渴望的双臂并没有白白伸出，就像她过去听见妹妹的微弱呼叫时，就能迅速有所反应一样，母亲听见了她的抽泣，马上就过来安慰她，不仅用话语温暖她，而且用手爱抚她。母亲的眼泪无声地提醒她，做母亲的比乔更悲痛，母亲哽咽的低语比平时的祈祷更有说服力，因为，虽然伤心是人间常情，但同时人也得认命，并且要心怀希望。在这夜深人静的神圣时刻，心与心的交流能化悲痛为力量，赶走悲哀，让爱的力量增强。意识到这一点，乔在母亲怀抱的安全庇护下，觉得身上的担子似乎容易承受了，职责变得可爱起来，生活看上去也不那么难熬了。

乔痛苦的心得到了一点儿安慰，与此同时，烦恼的心境也得到了救助。一天，乔走进书房，慈父抬起灰白头发的脑袋，用恬静的微笑欢迎她。她低头谦卑地说道：“爸爸，跟我谈谈心吧,就像跟贝丝一样。我比她更需要,因为我脑子全乱套了。”

“乖乖，什么也比不上你这么做更能安慰我。”父亲的声音微微有些颤抖。他用双臂搂住乔，似乎他自己也需要帮助，而且不怕向他人求助。

乔于是在贝丝的小椅子上坐下来，依偎着爸爸，诉说着自己内心的苦闷——失去妹妹的愤懑悲哀，令她灰心丧气的毫无回报的付出，缺乏信念，生活看上去黯淡无光，以及我们称之为绝望的所有悲观茫然。她向父亲倾吐了所有心里话，父亲也给予她急需的帮助，父女俩都从中得到了宽慰。后来，他们的交谈已经不仅仅局限于父女关系，而且也是两个普通人之间的交谈，相互之间能够给予同情和关爱，而且都乐意这么做。旧书房里的时光既令人愉快，又能升华和丰富思想。乔称之为“单人教堂”，她离开这里时总会获得新的勇气，恢复开朗心境，性格更加柔顺。父母亲曾经教育一个孩子视死如归，现在又开导另一个不要带着沮丧和怀疑去迎接生活，而是要心怀感激，充满力量地抓住生活中的各种美好机会。

乔还得到过其他帮助——谦卑、健康的职责和乐道安命，它们各自也反过来服务于她，她对此也逐渐体会到了，并且学会了去珍视。现在，扫帚和洗碗布再也不像一开始那样令她讨厌了，因为它们在过去是贝丝专用的。小拖把、旧刷子这些东西上似乎依然留着贝丝那勤俭持家的精神，所以时至今日都没有被扔掉。乔用这些东西打扫卫生时，总是不知不觉地哼着贝丝爱唱的歌曲，模仿她那有条不紊的风范，她还不时整理东西，把家打理得井井有条，舒适温馨。这是营造幸福家庭的第一步，但乔一直没意识到，直到汉娜赞许地握着她的手说：

“你真是个贴心的孩子，要是你能尽力，也许我们就不会思念那可爱的羔羊。我们虽然不多说，但看在眼里，上帝会保佑你的，看着吧。”

乔和梅格坐在一块儿做针线活时，乔发现姐姐大有长进，说话头头是道，对于正当的女性的冲动、思想和情感方面的东西懂得特别多。丈夫孩子让她感到无比幸福快乐，夫妻二人互助互爱，相濡以沫。

“毕竟婚姻是一件大好事。假如我也去尝试一下，不知道结果能否比得上你的一半？”乔一边说话，一边在零乱的育儿室里为戴米扎一只风筝。

“你只要付出你性格里女性温柔的一面就行了，乔。你就像一只毛栗子，外表带刺，但内心细腻、柔软、甜蜜，若有人得到你的话，就会发现这一点。总有一天，爱情会让你袒露你的内心世界，粗糙的外壳也就脱落了。”

“太太，霜冻虽然能使栗子壳裂开，但得使劲晃动树干才能把栗子摇落下来。男孩子要是去采栗子，我不喜欢他们把我装进口袋。”乔一边说，一边拼命甩风筝，但再大的风也不可能吹起这支风筝，因为戴茜像风筝尾巴一样把自己系在上面了。

梅格笑了，欣慰地看到乔往日的精神头儿冒出了一星半点的火花，但她觉得有义务通过已经掌握的每一个论据强化自己的观点。姐妹间的闲聊也没有浪费，尤其是聊孩子，这是梅格的两个最有效的论据，因为乔非常爱这两个宝贝。悲伤是打开某些人心扉的最好钥匙。乔快到可以被装进口袋的时候了。再多点儿阳光，栗子就成熟了，但不需要男孩急不可耐地去抖落，而需要一个成熟男人伸出手，轻轻地拨开栗壳，就能发现结实而香甜的栗果。如果乔猜测到这一点，就会紧紧地自我封闭，比以前更加刺手了，所幸她现在没心思琢磨自己，因此，后来时机成熟时，她自动落了下来。

假如乔是说教故事中的女主角，那么，在人生的这个阶段，她就应该过着相当圣洁的生活，与世隔绝，戴着顶朴素的帽子，口袋里放着教会的册子，四处行善积德。但乔并不是这样的女主角。她只不过是一个不甘向命运屈服的普通姑娘，这样的姑娘有很多很多。她的行为也仅仅是出于人的天性，有时哀伤，有时烦躁，有时无精打采，有时又浑身是劲，如同情绪所反映的那样。从道德层面来说，我们应该修行好，但这不可能一蹴而就，而是需要漫长的努力、坚定的意志，大家一起使劲，然后一部分人才能踏上正轨。乔已经踏上正轨，因为她正学着干好自己的分内事，如果没有做好，就会生自己的气。而要兴高采烈地去做——啊，那又是另一回事了！她过去常说，要干些了不起的大事，无论需要付出多大的努力。现在，她实现了这个愿望，因为还有什么事能比把自己的一生都献给父母亲，尽量为他们营造欢乐的家庭氛围，就跟他们曾经为孩子们做的一样更加美好呢？如果说，为了增加努力的辉煌程度，必需经历一些困难，那么乔也做到了。因为，对于一个不安分的、有雄心有抱负的姑娘来说，放弃自己的梦想、人生规划和七情六欲，甘心情愿为别人而活，有什么能比这更加困难呢？

上帝成全了她的诺言。现在，任务就在眼前，虽不是她曾期盼的，但因为里面没有自我的成分，反而比原先期盼的更好。她能做到吗？她决定去尝试一下。开始尝试时，她就遇到了上文提到过的那几种帮助。后来，她又得到了一个帮助，也接受了——不是看作对她的一种回报，而是将之理解为对她的宽慰，就跟攀登困难之山的基督徒一样，有时候，也会躺在小树上休息一下，以恢复体力。

“你为什么不写作了呢？过去，写作总能给你带来快乐。”

有一次，乔的沮丧情绪发作时，她母亲问。

“我没有心思写作，就是写了，也没人爱看。”

“我们爱看。给我们写一些吧，不要介意其他人的看法。试试吧，乖乖。我敢肯定这对你有好处，而且也会给我们带来快乐。”

“我不信我还能写得出来。”乔虽然这么说，却已经拉开书桌，开始整理写了一半的手稿了。

一个小时过后，母亲往她房间里偷偷瞧了一眼，见她正在里面奋笔疾书，身上围着她那条黑色起稿围裙，神情非常专注。这引得马奇太太莞尔一笑，赶紧走开了，对自己的成功建议颇感满意。乔始终没明白怎么回事，只知道小说里面融进了什么东西，径直钻进了读者心里。家里人读这个故事时，一会儿哭,一会儿笑。父亲背着她把小说投给了一家通俗杂志。令乔大吃一惊的是，杂志社不但付给了她稿酬，还向她约稿。这篇小小的作品登出来以后，她收到了几位读者的来信，对她大加赞扬，这让乔倍感荣幸。报纸纷纷转载，不管是熟悉的朋友，还是陌生的读者，都非常欣赏它。对于这样一篇小文章来说，有如此大的影响力，已经算是很大的成功了。乔比当初她的长篇小说同时遭到褒贬时更为吃惊。

“我想不明白，这样一篇简单的小故事，究竟有什么值得人们大加赞扬的？”乔十分不解地问。

“故事很真实，乔，这就是奥秘。幽默加上感情，把故事写活了，你最终也找到了自己的风格。还有，你写作时丝毫没有掺杂名利之念，而是全身心地投入进去。女儿，你现在是苦尽甘来了。继续尽力而为，并且像我们一样，为你的成功开心吧。”

“如果我写的东西含有善和真的成分，那不是我的成绩，而应该全部归功于你和母亲以及贝丝。”乔说。和外界的所有赞扬相比，父亲的话更令她感动。

受到了爱和悲的滋养，乔写出了自己的一篇篇小说。她将这些小说投寄出去，为这些小说找到了知音，也使自己结交了一大批朋友，觉得这就如同把这些卑微的流浪儿送到了一个仁慈的世界里。它们在那里受到了善意的欢迎，还给家中的母亲带来了舒心的礼物，就像突然交了好运的孝顺孩子一样。

艾米和劳里来信提及两人订婚一事时，马奇太太本来担心乔会难过，但她的顾虑很快就消除了，因为尽管乔一开始看上去表情不太自然，但仍然平静地接受了，而且对那两个“孩子”满怀希望和憧憬。之后她又把信读了一遍。这是以二重奏的形式写的一封信，双方都在充满爱意地夸耀对方，读起来令人愉快，想想也让人觉得满意，因此谁也没有反对。

“妈妈，你喜欢吗？”放下写得满满的信纸后，乔看着妈妈的眼睛问。

“喜欢。自从艾米来信说她拒绝了弗雷德之后，我就希望会有这样的结局。我相信，她肯定有了比你所说的‘唯利是图的精神’更加高尚的想法。而且，她信中不时有所暗示，使我推测爱情和劳里会占上风的。”

“妈咪，你眼光真厉害，而且能沉得住气！对我一直守口如瓶。”

“当母亲的就需要眼明嘴紧，这样才能管好女儿。另外，我当时不太敢把这想法告诉你，生怕事情没定下来时，你就给他们写信祝贺。”

“我可不像从前那么冲动了。你可以相信我，现在我非常冷静理智，谁都可以跟我交心的。”

“确实是的，乖乖，我早就应该跟你聊这事了。我只是担心，知道你的特迪爱上了别人，会给你带来痛苦。”

“噢，妈妈，是我当初拒绝了那份虽然不是最合适，却是最纯真的爱，你真的认为我那么愚蠢，那么自私吗？”

“我知道当时你是真心拒绝，乔，不过，后来我又想，如果特迪回来再次求婚，你或许会给不同的答复。乖乖，请原谅，我不忍心看到你孤苦一人，有时候，你那种渴盼的眼神让我好心痛。所以我就想，如果你的小伙子现在尝试的话，就可能填补你心中的空缺。”

“不，妈妈，现在这样比什么都好。我很高兴艾米已经爱上了他。但有一件事你是对的：我的确孤独，假如特迪再次求婚，我有可能会答应。这并非因为我更爱他，而是因为跟他离开时相比，我更加渴望有人爱了。”

“乔，你能这样，我感到高兴，这说明你在进步。爱你的人大有人在，所以，现在你就安心守着爸爸妈妈、兄弟姐妹、朋友孩子们吧。相信有一天，你的真命天子会来回报你的。”

“母亲是世界上最好的爱人，但我不介意悄悄跟妈咪讲，我什么都想尝试一下。不可思议的是，我越是尝试各种人间真情来满足自己，就越贪婪。我想不通人心竟能装进这么多东西。我的心弹性太大，现在似乎永远不会满足，而在过去，只要跟一家人在一起，我就心满意足了，真不明白是怎么回事。”

“我明白的。”马奇太太的微笑看起来充满智慧。乔则翻阅着几页信纸，回顾艾米对劳里的看法。

“像劳里爱我那样被人爱着，是一件非常幸福的事情。他并不多情，对于这件事谈得不多，但我能从他的一言一行中，感受到他的爱，这让我感到非常幸福，也非常谦卑，觉得自己似乎不是本来的那个我了。直到现在，我才了解他是一个多么好的人，对我那么宽容体贴。他把内心世界都袒露给我看了，我发现他心中充满了崇高理想、美好希望和各种打算。得知这些都属于自己时，我感到特别自豪。他说，有我在轮船上当大副，还有浓浓爱意当压舱物，他似乎觉得现在就能起程进行一次成功的远航了。我祈祷他心想事成，并且不辜负他对我的一切期望，因为我全心全意地爱着我的勇敢的船长。既然上帝安排我们在一起，我绝不会离开他。噢，妈妈，我从来没有想到，当两个人彼此相爱，都为对方而活时，这个世界与天堂何等相像！”

“这就是我们冷静、矜持、世故的艾米！一点儿都不假，爱情的确可以创造奇迹。他们俩一定会非常非常幸福的！”乔小心翼翼地整理好几张哗哗作响的信纸，仿佛合上一本动人的爱情故事书，故事深深地吸引着读者，直到结局出现，这个读者才发现自己又孤零零地回到了庸俗的现实世界中。

后来，乔慢悠悠地上了楼，外面下着雨，不能出去散步。一种坐立不安的情绪攫住了她，曾经的感觉又回来了，不像从前那么痛苦，只是一种伤心而无奈的困惑，为什么一个姐妹要什么有什么，而另一个却一无所有。她知道，事实并不是这样的，所以得把这种想法赶跑。然而，现在她对爱情的自然渴求非常强烈，再说，艾米的幸福也唤醒了她内心的强烈渴望，希望有个人让她“全心全意地去爱，去依附，既然上帝安排他们在一起”。

乔在阁楼上心神不宁的徘徊结束了，她站在那里，身边并排放着四只小木板箱，箱子上都刻着主人的名字，里面塞满了永远逝去的童年时代和少女时代用过的物品。乔朝每只箱子里都看了一眼，看见自己用过的那只箱子时，她将下巴搁在箱子边上，心不在焉地凝视着杂乱无章的收藏。忽然，一捆旧练习簿吸引了她的目光。她取出它们，随手翻着，重温在好心的柯克太太家中度过的那个愉快的冬天。起初她面带微笑，后来若有所思，再后来就满脸哀伤了。当她看见一张教授当年亲笔写的纸条时，嘴唇颤抖起来，膝上的本子纷纷落地。她坐在那里，注视着那几句友好的话语，觉得它们现在有了新的含义，触动了她内心某处柔软的地方。

“朋友，请等着我。也许会晚一点儿到，但我一定会来的。”

“噢，但愿他会来！亲爱的老弗里茨，那么善良、友好，对我总是充满耐心。在他身边时，我没有好好珍惜他，但现在我渴望见到他，因为大家似乎都在离我而去，我好孤单啊！”

乔手里紧紧攥着那张字条，仿佛它是一纸有待履行的承诺，她把头靠在一只柔软的碎布袋上，失声痛哭，似乎在与敲打着屋顶的雨点对抗。

这都是源于自怜，孤独，还是情绪低落？也或许是一份感情的苏醒？它始终在耐心等待时机，就像那位始作俑者一样。谁能说得清呢？

第四十三章　惊喜连连

朦胧的暮色中，乔独自一人躺在旧沙发上，盯着炉火，思索着。这是她最钟爱的消磨这段时间的方式。没人打扰她，她总是枕着贝丝的红色小枕头，构思小说，编织梦想，或者满怀深情地怀念那个似乎从来没有远离她的妹妹。她的面容看起来疲惫憔悴，愁眉不展，因为明天就是她的生日了，她正在感叹流年似水，光阴似箭。她一年年老去，可似乎毫无成就。马上就二十五岁了，而她却没有任何可以炫耀的东西。乔的这种想法有误，其实还是有很多值得炫耀的东西的，她慢慢就会发现这一点，并对此感激不尽。

“一个老姑娘，这就是我未来的身份。一个喜欢文学的老处女，以笔为夫，以小说为子，也许二十年后会小有名气，可就像可怜的约翰逊那样，那时我已老矣。清心寡欲，孤苦伶仃，有快乐也无人分享，不求人，也无需名气。唉，我不必成为一个招人厌烦的圣徒，也不必成为一个自私自利的罪人。我敢说，老姑娘们若习惯了独身生活，会很惬意的，可是——”想到这里乔叹了口气，仿佛前景并不诱人。

首先，这样的前景很难诱人。在二十五岁的女孩子看来，到了三十岁便山穷水尽了。但实际上没那么糟糕。如果自身有了可以仰仗的东西，完全能够非常幸福的生活。虽然在芳龄二十五岁时，姑娘们就开始谈论做老姑娘，却暗下决心，她们绝不做老姑娘。三十岁时，她们就绝口不提此事了，而是默默接受现实。如果有头脑，她们也有自我安慰的办法。她们会想，反正还有二十多年宝贵而快乐的时光呢，可以学会优雅地老去。亲爱的姑娘们，千万不要笑话那些老处女。在她们朴素衣裙包裹的一颗默默跳动的心里，往往隐藏着非常温柔的悲情罗曼史。而由于默默牺牲掉青春、健康、抱负，甚至爱情本身，她们褪色的容颜在上帝眼里却自有其美。纵使是那些面容悲哀、性情古怪的姐妹们，也应该加以善待，抛开别的理由不说，就为她们错过了人生最甜蜜的阶段也应该如此。花季少女应该记住，自己也可能会错过人生最美的时光，因此应该带着同情的目光，而非鄙视的目光看待她们。红颜易逝，秀发终会染上白霜。总有一天，仁慈与受到的尊敬将和现在的爱情与他人的仰慕一样甜蜜。

先生们，我的意思是男孩子们，对老姑娘以礼相待吧，不管她们多么贫穷、寒酸、古板。因为，唯一值得拥有的骑士精神是乐于敬老扶弱，服务妇女，无论她们有什么样的地位、年龄及肤色。回忆一下那些好阿姨吧。她们不只是喜欢说教，遇事一惊一乍，而且也喜欢照顾人、疼爱人（往往出力不讨好）。想想她们曾经帮你们摆脱的麻烦，从一点点积蓄中拿出来给你们的零用钱，她们用已经不再灵巧的手指为你们缝的一针一线，还有她们心甘情愿为你们奔波的迟缓步伐。心怀感激地给那些可亲的老太太献上一点点关怀吧，没有哪个女人会拒绝的。这种品格不会逃过那些眼神明亮的姑娘的眼睛，她们会因此更加喜欢你们。死亡算是唯一能分开母与子的力量，假如有一天死神夺去了你们的母亲，你们肯定会从某个普里西拉姨妈[①]那里得到亲切的欢迎和慈母般的疼爱，因为在她那颗衰老而孤独的心里，始终为“世上最好的外甥”留着最温暖的一席之地。

乔肯定是睡着了（我敢说，读者对于刚才的小小说教，也同样打瞌睡了），因为，劳里的幽灵突然好像站在了她面前——一个实实在在的和活人一样的幽灵——弯腰看着她，脸上带着那种颇有感触，却欲言又止的老一套表情。不过，就像歌谣中的珍妮：

她万万没想到是他。

她依然躺着，吃惊得说不出话来，只是瞪眼看着他。直到他弯腰吻了她一下，她才意识到真是他，一下子跳了起来，高兴地叫道：

“我的特迪！我的特迪！”

“乔乖乖，那么你很高兴见到我了？”

“很高兴！幸福的男孩！太高兴了，无法形容的高兴，艾米在哪里？”

“你妈妈把她留在梅格家里了。来时我们顺道在那里停了一下。她们抓住我的妻子不放，我只好一个人回来。”

“你的什么？”乔喊道。劳里得意忘形，不经意间说出了那两个字，泄漏了秘密。

“哎呀！糟了！收不回去了！”他看起来那么内疚，乔的追问像一团火球砸向了他：“你跑去结婚了！”

“是的，请息怒！今后再也不会有第二次了。”他双膝跪下，

① 文学作品中的人物。

双手紧紧抓住乔的手，假装出一副悔恨的样子，而脸上却洋溢着淘气、快乐和胜利的神情。

“真的结婚了？”

“差不多吧，谢谢。”

“天哪！接下来你们还会做出什么可怕的事？”乔吃惊地跌坐在椅子上。

“很有特色的祝福，可就是不太客气。”劳里说，依旧一副可怜巴巴的样子，可惜笑容不配合。

“你做贼似的偷偷溜进来，又说出了那么大的秘密，都把人吓死了。你还指望怎样？起来，你这荒唐的孩子，把事情经过通通交代出来。”

“一个字都不说，除非让我坐到我的老位子上，并答应不设障碍。”

乔被逗得哈哈大笑，她好多日子没像这样开怀大笑了。她拍拍沙发邀请他坐下，热情地说：“旧枕头在阁楼上，现在咱们不需要它了。快过来交代吧，特迪。”

“听你喊‘特迪’的感觉真好！除了你，没人这么叫我。”劳里心满意足地坐下来。

“艾米称呼你什么？”

“老爷。”

“像是她的风格。不过，你也蛮像的。”乔的眼睛暴露了她内心的想法，那就是，她发现她的小伙子更英俊了。

枕头虽没了，可还是存在一个障碍——一个由时间、离别和情感变化造成的天然障碍。他们俩都感觉到了，彼此相视片刻，仿佛这个无形的障碍给他们身上投下了一片小小的阴影。不过，这片阴影很快就消失了，因为劳里模样滑稽地说：

“难道我看起来不像已婚人士，不像一家之主？”

“一点儿都不像，你永远都不会像。个子长高了，人也更帅了，可你还和以前一样是个调皮鬼。”

“行了，说真的，乔，你应该对我尊重些。”劳里虽然这么说，心里却对乔的话很受用。

“我做不到啊，一想到你结婚、成家，就觉得特别可笑，所以就无法保持严肃！”乔说。她一副乐不可支的表情，引得两人都不由得哈哈大笑起来。接着，他们坐下来，开始促膝交谈，气氛仍像以前一样融洽。

“你没必要大冷天出去接艾米，她们马上就过来了。我等不及了，想亲口告诉你这个特大惊喜。我要抢到第一块，以前抢吃奶油的时候，我们总这么说。”

“你是抢到了，不过你的故事首尾颠倒了，结果把故事给毁了。现在从头讲起，把事情的经过通通告诉我，我特别想知道。”

“好吧，我这么做是为了让艾米高兴。”劳里狡黠地眨眨眼睛说。惹得乔大叫起来：“天下第一谎。艾米这么做是为了让你高兴吧？接着讲，先生，尽量说实话。”

“现在她开始发号施令了。听她说话难道不让人很开心吗？”劳里对着炉火说。红红的火苗闪烁着亮光，好像表示赞成，“一回事，要知道，她和我已经成为一体了。一个多月前，我们本来打算和卡罗尔一家一起回来的，可他们突然改变主意，决定在巴黎再度过一个冬天。可爷爷想回家，本来他去就是为了让我开心，我不能让他独自回来，但另一方面又离不开艾米。卡罗尔太太有些英国人的观念，诸如小姐需要有女监护人之类的胡扯话，不肯让艾米跟我们一起回国。我就说：

‘让我们结婚吧，那样我们就可以随心所欲了。’我就这样使困难迎刃而解。”

“你当然行，总能心想事成。”

“也不一定。”劳里话里有言外之意，乔听出来了，赶紧岔开话题：

“你们怎么说服婶婶同意的？”

“很费劲。可别说出去。我们列举了一大堆合情合理的理由，终于说服了她。没时间写信请求你们准许了，但你们一定会喜欢，迟早会答应。我们只是像我妻子说的那样，‘抓住时间之马的蹄子’而已。”

“难道我们不为那两个字感到自豪吗？难道我们不喜欢这样说吗？”乔插话说，这回轮到她对着炉火说了。她喜悦地看着劳里那双洋溢着幸福神采的眼睛，而她上次看到这双眼睛时，里面只有忧郁悲伤。

“也许只是小事一桩。她是个如此迷人的小妇人，我不由得为她感到自豪。接着，有婶婶夫妻俩当监护人，而我们两个又彼此深爱，不可能分开的。这种绝妙的安排给方方面面带来便利，所以我们就这么办了。”

“什么时候？什么地点？怎么结的？”乔怀着女孩子的兴趣和好奇，急切地问，因为她一点儿也想象不出来。

“六个礼拜前，在美国驻巴黎领事馆。当然，是一场很安静的婚礼，因为我们即使在幸福时刻，也没忘记亲爱的小贝丝。”

劳里一手握住乔伸过来的手，另一只手轻轻地抚平红色的小枕头，他对它仍记忆犹新。

他们坐在那里静默了片刻，然后乔更加轻声地问：“事后为什么瞒着我们呢？”

“想给你们一个惊喜呀。起先我们原想直接回家的，可等我们一结婚，那位可爱的老先生发现他得准备至少一个月。然后他就把我们打发走了，让我们随便去我们喜欢的地方度蜜月。艾米曾说过，玫瑰谷非常适合度蜜月，我们就去了那里。我们过得非常幸福，毕竟一生只有一次。千真万确，爱情不就在玫瑰花丛中嘛！”

劳里一时似乎忘掉了乔。乔为此感到高兴，劳里如此随意、自然地跟她讲这些事情，使她确信他已经不计前嫌了。她试图抽出手，但他好像猜到了她这个似有意又似无意的行为背后的想法，反而握紧了她的手。他说：

“亲爱的乔，我想说件事，然后我们就可以把它永远放下了。我曾经写信告诉你，艾米对我非常好，但我绝不会停止对你的爱。我说的是真心话，只是这和从前的爱不一样了，我已经懂得了顺其自然。艾米和你在我心中变换了位置，如此而已。我想，事情原本就该这样，假如我照你的意思办，耐心等待，这件事也会水到渠成的。可是我耐不住性子，所以才经历了一场心痛。那时我还是个孩子，固执冲动，需要经过铁的教训才能让我认识到那个错误。那确实是个错误，乔，你说得没错。我出了一番洋相后，才明白这点。不瞒你说，有段时间我脑子里乱糟糟的，不清楚自己究竟最爱谁，是你还是艾米，我试图两人都爱，但办不到。在瑞士见到艾米时，一切似乎水落石出。在我心目中，你们俩都有了各自正确的位置。我确信，当旧爱完全结束后，我才开始新的爱情的。我确信能够诚实地在乔妹妹及妻子艾米之间分享我的一颗心，并深深地爱着她们两人。你愿意相信我的话吗？愿意回到我们初相识时的快乐时光吗？”劳里脸上那成熟而认真的表情，是乔过去不曾见过的。

“我愿意相信，全心全意相信。可是我们再也不可能变回小男孩小女孩了，特迪。过去的美好时光不可能重来，我们绝不能怀有这样的期待。我们现在是男人和女人，有正经事儿要做，嬉戏时间已经结束，我们得停下来。我相信这一点你也感觉到了。我看到了你身上发生的变化，你也一定看到了我身上的变化。我会怀念我的小伙子,但也会同样爱那个男人，更加欣赏他，因为他打算成为我希望他成为的人。我们不可能再做彼此的小玩伴了,但会成为兄弟姐妹，一辈子互爱互助，行吗，劳里？”

劳里没有回答，却握住了她伸过来的手，将脸贴在上面放了一会儿。他感到，从已经埋进坟墓的幼稚激情中，升起一种美好而坚固的友情，给两人都带来了福气。乔不想让亲人回国的喜事变成伤心事，不久她便开心地说：“我还是无法相信，你们这两个孩子真的结了婚，要开始居家过日子了。还记得吗？我经常替艾米扣围裙扣子，你开玩笑时我就扯你的头发，这些仿佛是昨天才发生的事情。天哪，真是光阴似箭啊！”

“两个孩子中有一个比你还大呢，你无需用那种老奶奶的语气说话。我自认为是个‘已经长大的先生’，像佩格蒂说大卫·科波菲尔[①]的那样。看到艾米后，你会发现她是个相当早熟的孩子。”劳里说。乔的那副女家长似的神态让他看着好笑。

“你可能比我年长一点点，可是我感情上比你老成许多，特迪。女人总是这样。而且最后这一年过得太艰难了，我感觉自己像四十岁一样。”

---

① 狄更斯的小说《大卫·科波菲尔》中的人物，两人为主仆关系。

“可怜的乔，我们丢下你去独自承受，而我们自己却在寻欢作乐。你是老了。这里有条皱纹,那里还有一条。如果不笑，你的眼神就显得很悲哀。刚才我摸枕头时，发现上面有泪痕。你有那么多担子要承担，而且不得不独自忍受。我是个多么自私的东西啊！”劳里面带悔恨地扯着自己的头发说。

然而，乔只是把那个“出卖”她的枕头翻过去，尽量用轻松愉快的口吻说:“不对，我有爸妈帮我，有可爱的小宝贝们安慰我，还有，想到你和艾米安全、幸福，也使这里的麻烦变得容易忍受了。有时候我的确感到孤独，但我敢说那对我有好处，而且——”

“你再也不会孤独了。”劳里打断她,一边用胳膊把她围住，似乎要阻隔人间的一切不幸，“少了你，我和艾米是没法生活的,所以你必须来教‘两个孩子’管家,所有事情都共同分担，就像我们以前做的那样。让我们宠爱你，大家幸福友好地在一起。”

“假如我不碍事的话，我倒很乐意。我又开始感到年轻了，因为你一来我所有的麻烦似乎都飞走了。你总是给人带来安慰，特迪。”乔将头靠在劳里的肩上，就像几年前贝丝病倒时，劳里让她紧紧抓住他一样。

他低头看着她，想知道她是否还记得那次，但是乔笑而不语，仿佛她的麻烦真的随着他的到来而消失殆尽了。

“你还是过去的那个乔，一会儿哭一会儿笑的。现在你看起来有点儿坏，又打什么歪主意呢，祖母？”

“我在想你和艾米在一起过得怎样。”

“像天使一样快乐！”

“那当然，可是谁当家做主呢？”

“我不介意告诉你，现在是她领导我，至少我让她这么认为——你知道,这样会让她开心。将来我们会轮流当家。据说，婚姻中均分权力会使责任加倍。”

“一旦开始就收不住了，艾米会一辈子统治你的。”

“好吧，她做得那样不露声色，我想我不会太在乎的。她是那种善于驾驭男人的妇人。事实上，我反倒挺喜欢那样。因为她能像缠一束丝绸一样，轻柔漂亮地将你绕在她手指上，牢牢控制住你，给你的感觉却像是她始终在帮你的忙。”

“想不到我此生还能看到你成为妻管严的丈夫，而且很受用！”乔举起双手大叫。

劳里摆正肩膀，带着男子汉的蔑视对这个讥讽一笑了之，然后“傲慢”地回答:“艾米非常有教养，那种事她做不来，我也不是那种低三下四的男人。我和我的妻子很自重，也相互尊重，不会欺压对方，也不会争吵。”

乔喜欢这样，认为劳里新的尊严很迷人。不过，这个男孩变化太快了，仿佛一下子就长大了，使她在感到快乐的同时又感到些许遗憾。

“这是肯定的。你和艾米从来不像我们俩那样争吵。她就像那寓言故事里的太阳，而我是风。你应该记得，太阳对付男人最拿手。”

“她既能让他勃然大怒，也能照耀他。”劳里笑了，“我在尼斯挨的那个训啊！我保证，那比你任何一次责骂都厉害得多——她就十足是一个唤醒者。换个时间我再一五一十地告诉你——她绝不会这么做，因为在口口声声说鄙视我，为我感到羞耻之后，却又爱上了这个卑鄙的家伙，并嫁给了这个废物。”

“那么下贱啊！好吧，要是她再骂你，就来找我，我来保护你。”

“我看起来似乎需要保护，是不是？”劳里说着站了起来，摆出一副威风凛凛的架势。就在这时，传来艾米的呼喊：“她在哪里？我亲爱的乔姐姐在哪里？”劳里的神态即刻转为狂喜了。

全家人列队走了进来，大家再次拥抱、亲吻了一番。几次徒劳的尝试之后，三个漂泊者最后终于落了座，让大家都看着他们，表达喜悦之情。劳伦斯先生依旧健朗，如同另外两人一样，出国旅行大大改善了他的心情，固执的脾气似乎荡然无存，他那套老式的礼节也得到了提升，使他本人显得更加和蔼可亲。他冲一对新人亲切地微笑，管他们叫“我的孩子们”，此情此景真是美妙。更妙的是，艾米像女儿般地孝敬老人，爱戴老人，让老人满意得心花怒放。最妙的是，劳里围着他俩团团转，好像永远都看不够这一老一小构成的美丽画面。

梅格的目光一落到艾米身上，便意识到自己的衣服太土气，缺少巴黎风味。连小莫法特太太也会被小劳伦斯太太比得黯然失色的。眼前这位太太的气质真是优雅高贵得无人能比。乔注视着这对新人，心想：“他们俩在一起看着多般配啊！我当初做得对，劳里找到了又美丽又有才干的女孩，她比笨拙的乔更适合成为他的归宿，她会成为他的骄傲，而不是烦恼。”马奇太太和丈夫喜形于色，相互点头微笑，因为他们看到他们的小女儿做得很成功，不仅表现在物质方面，而且也得到了爱情、自信、幸福这些更好的财富。

艾米神情柔美，光彩照人，显示出内心的宁静。嗓音里比过去添了一抹柔情。冷傲拘谨的姿态变成一种端庄雅致的风度，看起来温婉动人。举手投足间没有一星半点的造作，只有热诚甜美，这比以前的优雅或者新婚的美貌更为迷人，并且立刻准确无误地在她身上印上了一个真正的淑女标志，这可是她盼望已久的啊！

“爱情使我们的小女儿大有长进。”妈妈慈爱地说。

“那是因为她一生都有个好榜样，亲爱的。”马奇先生低声说，他深情地看了一眼身旁脸色憔悴、头发灰白的妻子。

戴茜发现自己不可能把目光从她的漂亮阿姨身上挪开，于是像哈巴狗似的紧紧追随着那充满魅力的神奇女主人。戴米一开始有些犹豫不决，怔怔地思量这新出现的关系，后来便做出了让步，性急地接受了贿赂。诱人的礼物是从伯尔尼带来的一组木熊玩具。然而，一个侧翼突袭迫使他无条件地投降了，因为劳里知道他的软肋在哪里。

“小伙子，我第一次有幸认识你时，你就揍了我的脸。现在我要求一个绅士的补偿。”高个子姨夫说着，一把抱起小外甥，将他抛呀揉呀的，既破坏了自己一本正经的形象，又逗乐了那个小男孩的童心。

“天哪，她从头到脚穿着丝绸！看她坐在那儿，端庄得像一把小提琴，真是享（赏）心悦目，听大家管小艾米叫劳伦斯太太，真有趣儿。”老汉娜嘀咕着。她一边心不在焉地摆放餐桌，一边忍不住频频透过推拉门朝客厅里张望。

天哪，他们是怎么说话的啊！你一句，我一句，然后七嘴八舌、不分先后地一起说起来，像炸了锅似的，都想在半个钟头内把三年的事情一下子说完。幸好茶点准备好了，为大家提供了喘息和提神的机会。不然，他们要是再那样说下去，非得全都声音嘶哑,头脑发晕不可。一班人鱼贯进入了小餐厅,看起来真富有喜感!马奇先生自豪地护卫着劳伦斯太太,马奇太太则同样自豪地倚在“新儿子”臂上。老先生抓住乔的手,瞥了一眼炉火边那个空荡荡的角落,对她耳语道:“现在你得当我孙女儿了。”乔同样低声回答:“我会尽量填补她的位置,先生。”

那对双胞胎兴高采烈地跟在后面。他们感到黄金时代就在眼前,因为大家都忙着接待新来的人,丢下他俩任意狂欢。你不必担心,他们一定会充分利用这种难得的机会。他们难道没有偷偷呷了几口茶,随意把姜饼塞进嘴里,每人又拿了一块热松饼?最令人瞠目结舌的是,他们每人往小口袋里塞了一个诱人的果酱馅饼,结果馅饼黏在了口袋上,差劲地变成了碎屑,这让他们明白了一个道理,人性和馅饼都很脆弱。因为兜里藏着馅饼,他们感到惴惴不安,担心乔阿姨锐利的目光会穿透那掩盖着他们战利品的薄薄的麻纱布衣和美利奴羊毛衣。因此,小罪人们紧贴着没有戴眼镜的外公。像点心似的被大伙儿传来传去的艾米,这时靠着劳伦斯爷爷的肩膀,回到了客厅。其余的人也成双成对地走出了餐厅,和刚才进去时的情形一样。这样的布局使乔落了单。不过当时她并没在意,因为她不得不停下脚步,回答汉娜急切的询问。

“艾米小姐要坐那四轱辘马车吗?要用那些珍藏的漂亮银盘子吃饭吗?”

“即便她每天驾着六匹白马拉的马车,用金盘子吃饭,戴钻石戒指,也不奇怪。特迪认为对她再好都不过分。”乔无比满意地回答。

“再无所问!早饭吃杂烩还是鱼丸子?”汉娜问,话语里既用了诗歌体，又用了散文体，真是绝配。

“我随便。”乔关上了门。她感到此时食物是个讨厌的话题。乔站了片刻，看着那群人上楼，消失在屋内。当穿着格子呢裤子的戴米迈着短腿，吃力地爬上最后一级楼梯时，一阵强烈的孤独感突然向她袭来，眼睛随即变模糊了。她环顾四周，似乎想寻找可以倚靠的东西，因为连特迪都“抛弃”她了。她想：“等上床睡觉时我再哭几声。现在可不能哭丧着脸。”如果她知道，随着时间一分分过去，有件神奇的生日礼物正离她越来越近，她就不会这么想了。接着，她用手擦了一下眼睛——这是她的一个颇具男孩气的习惯，因为她从来都不知道手帕的下落——她刚挤出一丝微笑，大门上就传来敲门声。

她唯恐怠慢来访者，急忙打开门，不想被吓了一跳，仿佛又一个幽灵从天而降，给她送来了惊喜。门口站着一位身材高大、蓄着大胡子的先生，在黑暗中冲着她笑，就像午夜突然出现了太阳。

“啊，巴尔先生，见到你真高兴！”乔一把抓住他喊道，仿佛担心他还没被请进来，就被黑夜吞噬了似的。

“我来见马希小姐——可是，不，你们有聚会——”听到楼上传来说话声和喧闹声，教授犹豫了。

“不是聚会，都是自家人。我妹妹和几个朋友刚回国，我们都很高兴，进来吧，和我们一起玩。”

巴尔先生虽是个善于交际的人，可我想他还是会知趣地走开，改日再来拜访。可是，乔已经关上了他身后的门，夺下他的帽子，他又怎么走呢？也许她的神情起了助力作用，因为，一见到他，她就喜形于色，将喜悦毫不掩饰地表露出来。对这位孤独的先生来说，这种表情是无法抗拒的，受到的欢迎远远超出了他最大胆的想象。

“要是我不是‘多余先生’的话，将会很乐意见见大家。你病了吗，我的朋友？”

他突然提出这个问题，因为乔在给他挂衣服时，灯光照到了她脸上，他注意到了她面色上发生的变化。

“没有病，只是疲倦和伤心。上次离开你以后，我们家遇到了麻烦。”

“啊，是的，我知道。我也听说了，为你们感到伤心！”他又和她握握手，一脸同情，乔从那双和善的眼睛和温暖的大手里，感受到的安慰无与伦比。

“爸爸，妈妈，这是我的朋友，巴尔教授。”她介绍说，表情和语气里都流露出抑制不住的自豪和喜悦，让人觉得她甚至会吹着喇叭、大张旗鼓地开门迎接。

这位不速之客若是曾对自己可能受到的接待怀有疑虑，这些疑虑顷刻间就被他受到的友好迎接打消了。每个人都和善地和他打招呼，起先是看在乔的面子上，但很快便喜欢上了他本人。他们不由自主，因为他身上有法宝，能让所有人都敞开心扉。这些淳朴的人立刻对他热情起来，因为他贫穷，她们反而对他更加友好。贫穷使丰衣足食的人显得更加富有，是使他们真正好客的万能钥匙。巴尔先生坐着，环顾四周，感觉就像是一个旅行者敲开了陌生人家的大门，等门打开，却发现跟回到了自己家一样。两个孩子簇拥着他，就像蜜蜂围着蜜罐，各自占据他的一个膝盖，为了吸引他的注意，他们搜他的口袋，拔他的胡子，摆弄他的表，真是活泼可爱。女人们偷偷递着眼色，传递着她们的赞许之意。马奇先生感觉找到了知音，为客人打开了他思想精华的宝库。沉默寡言的约翰听着，很欣赏他们的谈话，只是一言不发，而劳伦斯先生发现，要去睡觉是不可能的了。

要不是乔在忙着，一定会被劳里的表现逗乐。一阵轻微的刺痛，不是出于忌妒，而是出于怀疑，使这位先生采取了观望态度，带着兄长般的慎重观察着新来者，但这种状态没有持续多久。后来他不由自主地产生了兴趣，不知不觉被吸引进那一圈人中。在这种亲切友好的氛围里,巴尔先生口若悬河，演说才能得到了充分发挥。他很少对劳里说话，但常常进行目光的交流。他注视这个青春焕发的年轻人时，脸上便会掠过一丝阴影，仿佛为自己失去的青春感到惋惜，继而便把目光渴望地转向乔。若是乔当时看到了，肯定会回答他无声的询问。可是眼下她得看好自己的眼睛，觉得信不过它们。她谨慎地让双眼紧盯着正在织的小袜子，像个模范的独身姨妈。

乔不时地偷看一眼，感觉很提神，就像风尘仆仆赶路后饮了几口清水，因为通过侧面扫视，她看到了几个吉兆。首先，巴尔先生脸上心不在焉的表情不见了，整个人看起来精神抖擞，兴致勃勃。她认为他其实还算年轻英俊哩，这是因为她忘了将他和劳里进行比较了，劳里经常被她拿来和陌生人做比较，这对那些陌生人大为不利。其次，巴尔先生似乎很有灵感，尽管谈话扯到了古人的丧葬习俗上，这可能不是一个令人愉快的话题。当特迪在一场争论中惨败时，乔脸上闪烁着胜利的光芒。她看着爸爸神情专注的脸，暗自思忖:“要是爸爸每天都有教授陪他一起畅谈，该有多高兴啊！”再者，巴尔先生穿着簇新的黑色西服，使他显得颇具绅士风度。他浓密的头发剪短了，梳理得很整齐，可好景不长，因为他一激动起来，就喜欢乱揉头发，结果弄成了一番滑稽相。和平整服帖的头发比起来，乔更喜欢他的头发支棱起来，认为那样会使他漂亮的额头显出些朱庇特[①]的影子。可怜的乔，她多么崇拜这个相貌普通的人啊！虽说她只是坐在那儿，默默地织着袜子，但什么也没逃脱她的眼睛，甚至包括巴尔先生洁净的袖口上金光闪闪的扣子。

“亲爱的老伙计！就算去求婚，他也不可能会比这更用心地打扮自己了。”乔自言自语。这句话突然触发了一个念头，她的脸随之红得发烫，为了遮掩，只好将线团丢下，然后弯腰去捡。

然而，这个小伎俩没有像她预期的那样成功，因为，教授正在为火葬堆点火呢——用比喻的说法——见状放下了火把，俯身冲向那蓝色小线团。他们两人肯定把脑袋狠狠地撞到一起了，眼前都是金星闪烁。两个人红着脸直起身来，谁也不捡线团了，只顾大笑。回到各自的座位后，两人心里都后悔不该离座。

没有人意识到已经入夜，汉娜早就动作娴熟地弄走了两个宝宝。他们打着盹儿，脸蛋就像两朵粉红的罂粟花。劳伦斯先生回家休息了。剩下的人围炉而坐，海阔天空地畅谈，全然不顾时间的流逝。后来，惦记着孩子的梅格脑袋里产生了坚定的念头：戴茜肯定从床上掉下来了，戴米研究过火柴的结构后，肯定把睡衣点着了。于是她动身回家了。

“我们得唱唱歌，就像以前那样开心，为我们的再次团聚。”乔提议。她觉得，大声吼几嗓子可以畅快而又稳妥地宣泄心中的狂喜。

并不是全家人都回来了，可是谁也没有觉得乔说这话欠

---

① 罗马神话中的统领神域和凡间的众神之王。

考虑，不该说，因为贝丝似乎还在他们中间，虽然看不见人，但仿佛静静地守在那里。他们甚至感觉,她比以前更惹人疼爱。死神是无法将家庭同盟摧毁的，因为爱使它坚不可摧。那张小椅子还在老地方，整洁的针线篮还放在平时的架子上，里面装着她因缝衣针“太重”而没完成的针线活。那架心爱的钢琴也没有被挪走，尽管现在很少有人碰它。贝丝的笑脸就在钢琴上方，像以前一样安详，俯视着他们，仿佛在说：“不要伤心，我就在这里。”

“弹首曲子吧,艾米。让大家听听你有多大长进。”劳里说。他为自己的这个成绩斐然的学生深感自豪，这可以理解。

可是艾米抚摸着那张褪色的琴凳，满眼含泪，低声说：“今晚我不弹，亲爱的，今晚我不能炫耀。”

然而，她确实露了一手，这一手比才华或琴艺更可贵。她满怀深情地唱起了贝丝喜欢的歌，歌声扣动听者的心弦，这样的歌声最好的老师也教不出来，任何其他的灵感都不能赋予它更美的震撼力。大家正静静地聆听，艾米唱到贝丝最喜欢的赞美诗中的最后一句时，清亮的嗓音突然哽住了，因为这句话很难说出口：

人世间没有天堂治愈不了的悲伤。

艾米靠在站在身后的丈夫身上，感到缺少贝丝的吻，她回家的接风仪式不圆满。

“好了，我们用《米娘之歌》来结束吧，巴尔先生来唱这首歌。”趁大家还没因艾米的停顿感到难受，乔赶紧救场。巴尔先生喜悦地清清嗓子，感激地答应了一声。他走到乔站着的角落说：

“你愿意和我一起合唱吗？我俩配合得非常好。”

顺便说一句，这可是个令人开心的谎话，因为乔对音乐的了解并不比一只蚂蚱多。但是，即便教授提议唱整部歌剧，乔也会同意的。她颤声唱了起来,喜悦中也不管是不是合拍合调。这没多大关系，因为巴尔先生唱得又好又投入，完全像德国人的样子。很快，乔的歌声便降为轻声哼唱了，这样她就可以聆听那似乎专为她唱的悦耳歌声。

你知道那个香橼盛开的国家吗？

这曾经是教授最喜欢的一句歌词，因为“那个国家”对他来说,指的是德国。但是,现在他似乎带着特别的热情和旋律,用心唱着下面的歌词：

那里，哦，那里，我愿和你一起，
我亲爱的，走吧。

一个听众因这殷切的邀请而激动不已，她极想说，她真的知道那个国家，只要他愿意，她随时乐意出发。

歌唱得非常成功，歌唱者在大家的赞扬声中退下。可是几分钟后，他完全忘记了礼貌，瞪眼瞧着正在戴帽子的艾米，因为乔原先只简单地介绍她为“我妹妹”。从他进屋起，没有谁叫她的新名字。后来,当劳里在离开时用他优雅的风度说道：

“我和我妻子非常高兴见到你，先生，要记得我们随时欢迎你光临寒舍。”

教授听了更加忘乎所以，由衷地向劳里致谢，突然显得特别喜形于色，以至于劳里认为，教授是他见过的最感情外露的一个可爱的老伙计。

“我也该走了。不过，亲爱的太太，如果你允许，我会乐意再来的，因为我在城里有点儿事务需要处理，会在这里滞留一段时间。”

虽然他在跟马奇太太说话，眼睛却望着乔。妈妈的声音和女儿的眼睛都热情地表示同意，因为马奇太太并非像莫法特太太认为的那样，对自己孩子们的心事一无所知。

“我想那个人头脑很聪明。”等这位客人离开后，马奇先生坐在炉火边的地毯上，满意地评论道。

“我觉得他是个好人。”马奇太太一边给时钟上发条，一边赞许地补充道，语气很肯定。

“我早料到你们会喜欢他的。”乔只说了这么一句，便溜走睡觉去了。

她琢磨，是什么事让巴尔先生来到了这座城市？最后断定他是被指派到某地担任某个要职，但他很谦虚，不愿说出真相。要是她能看到下面的一幕，尤其是他临睡前的那个动作，也许就会有几分明白的：巴尔先生回到自己的房间后，看着相片中的那位年轻小姐——她有一头浓密的秀发，神情严肃拘谨，双眼似乎在忧郁地注视着未来。他吹灭灯后，在黑暗中给了这张照片一个深情的吻。

第四十四章　一对小夫妻

第二天，劳里来到马奇家，说:“母亲大人，请将我的妻子借给我半小时行吗?行李到了，我急着找要用的东西，已经把艾米从巴黎带来的好东西翻得底朝天了。”他发现劳伦斯太太正坐在妈妈的膝上，仿佛又变成了“小宝宝”。

“当然行，去吧，乖乖。我忘了，除了这个家你还有个家。”马奇太太拍拍那只戴着结婚戒指的纤纤玉手，仿佛为自己这个当妈的太贪心而道歉。

“我要是能对付，就不会过来了。可是，没有我的小妇人，我就玩不转啊，就像一个——”

“没有风的风向标。”劳里思索如何打比方的时候，乔提示道。自从特迪回来以后，乔就又恢复了尖酸率直的老样子。

“没错。大部分时候艾米让我向正西开，只是偶尔朝南，结婚以来我还没有朝过东面,对北面更一无所知。但是我觉得，这样对我大有裨益。是不是，我的夫人?”

“到目前为止天气不错，不知道能持续多久。但我不惧怕风暴，我正在学习如何在恶劣的条件下开我的船。回家吧，亲爱的，我去给你找脱靴器，我猜你在我的东西里翻找的就是它。妈妈,男人们怎么这么没用啊?”艾米主妇派头十足地说，把丈夫逗乐了。

“你们安定下来后，打算做些什么？”乔问道，她在给艾米的斗篷扣扣子，如同以前为她扣围裙那样。

“我们自有计划，也不打算大肆张扬，毕竟刚刚成家嘛。但不打算虚度光阴，我将专心经商，让爷爷开心。我要向他证明我没有被惯坏，需要做些这样的事情让自己稳定下来。我厌倦了游手好闲，打算像真正的男子汉那样去工作。”

“艾米呢，她打算做什么？”马奇太太问，她为劳里做的决定和说话时的自信感到由衷高兴。

“等拜访了四邻，行过礼仪，炫耀了我们最好的帽子后，我们将在家里大宴宾客，让上流的社交界为之注目，给我们带来广泛而良好的社会声望，到时让你们大吃一惊。就这样，是不是，雷卡米耶夫人[①]？”劳里神秘地看看艾米，问道。

“到时候就知道了。走吧，鲁莽的家伙。别当着家人的面骂我，让他们吃惊。”艾米回答。她下定决心，家里得先有个好妻子，然后她才能当社交女王，成立一个沙龙。

“这两个孩子在一起看上去多幸福啊！”马奇先生说。小夫妻走后，他发现很难再专心于他的亚里士多德了。

“是的，我看会天长地久的。”马奇太太补充道。她神情安然，仿佛一位将船安全引入港湾的领航员一样。

“我知道一定会天长地久的，幸福的艾米！”乔叹道。这时，随着巴尔教授急躁地推门而入，乔露出了灿烂的笑容。

晚上，劳里不再惦记脱靴器了，突然对妻子说：“劳伦斯太太。”

“什么事，老爷！”

“那个人打算娶我们的乔！”

---

① 雷卡米耶夫人（1777—1849），法国社交女王。

“我希望这样，你难道不希望吗，亲爱的？”

“嗯，我的爱人，我认为他是张王牌，涵盖那个形象词语的全部意义。但是我真的希望他再略微年轻点儿，再有钱些。”

“行了，劳里，别太挑剔、太庸俗了。只要他们彼此相爱，不管多老多穷，都没一点儿关系。女人们绝不能为钱嫁人——”话一出口，艾米突然卡住了，她看着丈夫，而他故作严肃地接上了。

“当然不能，尽管有时确实会听到迷人的姑娘们说，她们打算这样做。如果我的记忆没有背叛我，你曾经认为和富人联姻是你的责任。也许，这能说明你为什么嫁给我这个废物。”

“哎呀，我最亲爱的男孩。别，别这么说！当我说‘愿意’时，忘了你是富人了。即使你一穷二白，我也会嫁给你的。我有时反倒希望你是穷人，好证明我是多么爱你。”艾米说。在公共场合她很庄重，私下里却很温柔。她举出了令人信服的证据来证实她话语的真实性。

“你并不是真的以为我是个看重钱财的女人，对不对？虽然我曾试着那样做。要是你不相信我乐意与你同舟共济，哪怕你得靠在湖上划船谋生，那会让我心碎的。”

“我是个白痴和野人吗？你为了嫁给我，拒绝了一个更富有的人，现在我有权给你东西了，可我想给你的东西，你一半都不要，我怎么会那么想呢？姑娘们每天都那样想，可怜的东西，她们接受的教导使她们认为那是她们唯一的救赎。可你接受的教育比她们好，尽管我曾一度为你担心。我没有失望，因为女儿没有辜负妈妈的教育。昨天我把这个看法告诉了妈妈，她又高兴又感激，仿佛我给了她一张一百万元的支票，让她用来行善。劳伦斯太太，你没在听我发表道德评论。”劳里打住了，因为艾米的眼睛虽然盯着他的脸，眼神却表现得心猿意马。

“不，我在听，一边欣赏着你下巴上的那颗痣。我不想让你变得虚荣，可是我得承认，较之丈夫的钱财，我更为他的英俊相貌自豪。别笑，你的鼻子对我是莫大的安慰。”艾米带着艺术的满足感，轻柔地抚摸着丈夫棱角分明的脸。

劳里一生中接受过很多赞美，但从没有比这更合心合意的，因此喜形于色，尽管妻子这种特别的趣味让他觉得可笑。接着艾米慢悠悠地说：“可以问个问题吗，亲爱的？”

“当然可以。”

“如果乔真的嫁给了巴尔先生，你会难过吗？”

“噢，这就是你的烦恼，是吗？我想到了，你那笑涡里有点儿东西不太对劲。我不是那种吃着碗里看着锅里的人，而是世界上最幸福的男人。我向你保证，在乔的婚礼上，我的心情将会和舞步一样轻松。亲爱的，你相信吗？”

艾米抬头看着他，满意了。她最后的一点忌妒与担心消失殆尽，于是谢了他，脸上洋溢着爱意与自信。

“我希望我们能为那个出色的教授做点儿什么。能不能编造一个故事，就说他在德国有一个富有的亲戚，不幸身亡，留给他一大笔遗产呢？”劳里问。此时他们正手挽手沿着长客厅来回散步。他们爱上了这项活动，作为对城堡花园的纪念。

“乔会查出我们，然后把事情全搅黄。乔很为教授自豪，就喜欢他现在的样子。昨天她还说，她认为贫穷是件很美好的事情。”

“上帝保佑她那颗善心！要是她有个学者丈夫，还有十来个男女小教授要养活，就不会这样想了。咱们现在先不要插手，见机行事吧。瞅准机会帮他们一把，到时就由不得他们了。我能够完成学业，乔有一半的功劳。她相信人们应该老老实实偿还债务，到时候我就这么说服她。”

“能够帮助别人多么令人愉快啊，是不是？一直以来，我都有一个梦想，那就是拥有足够的实力去随心所欲地帮助他人。多亏你，我梦想成真了。”

“我们多多行善积德，好不好？有一种贫困的人我特别想帮一把。一无所有的乞丐会得到照顾，有身份的穷人日子却不好过，因为他们不求人，人们又不敢贸然施舍。然而，帮助他们的办法有千万种，只要人们巧用心思，就不会冒犯他们。我得承认，我更想援助落魄的绅士，而非巧言哄骗的叫花子。也许这样做不对，但我就是想这么做，虽然实施起来更艰难。”

“因为只有绅士才能做到。”家庭仰慕协会的另一名成员补充道。

“谢谢，这样的赞美之词恐怕我配不上。但我要说，在国外游荡时，我看到许多有才华的年轻人，他们为了梦想做出各种牺牲，忍受着艰难困苦。其中一些非常杰出，他们像英雄一样拼搏，虽然贫困孤独，却充满勇气、耐心和抱负。他们让我感到自惭形秽，很想帮扶他们一下。帮助这些人能带来心理上的满足。若他们是天才，有机会为他们效劳，不让天才由于缺乏金钱而揭不开锅或被埋没或被耽搁，是一件很荣幸的事。假如他们不是天才，这么做也能够安慰那些可怜的人，使他们明白真相后不至于陷入绝望，因此也是件好事。”

“是的，的确是这样。还有一种人无法求助，在默默承受苦难。我对此略知一二，因为在你把我变成公主之前，就像老故事里国王对乞丐女那样，我也属于那种人。劳里，有抱负的姑娘日子是很艰难的，只因为缺少及时的小小帮助，往往不得不眼看着青春、健康以及宝贵的机会溜走。人们一直对我很好。每当看到一些姑娘们像我们以前那样苦苦挣扎时，我就想伸手帮她们一把，就像我得到别人的帮助那样。”

“你去做吧，像个真正的天使一样！”劳里叫道。他洋溢着助人为乐的热情，决心专门为有艺术倾向的年轻女子设立一个机构，并带头捐赠。“富人们无权安坐下来独自享乐，或者积聚财产让子孙去挥霍。死后留下遗产，远不如活着时明智地花钱，并享受造福同胞的乐趣更有意义。我们会生活得很幸福，而慷慨地给予别人援助会额外增加我们的快乐。你愿意做个小多加[①]，四处行善，把大篮子里的安慰通通送出去，再装满善行吗？”

“我万分愿意。但愿你做勇敢的圣马丁[②]，纵马驰骋天下时不忘停下来，与乞丐共享你的外套。”

“成交，我们会有最好的收获！”

于是，这对新人握手达成协议，然后幸福地继续踱步。因为他们希望能给别的家庭带来光明，所以感到自己温馨的小家更温暖了。他们相信，要是为别人踏平坎坷之路，那么自己走在开满鲜花的小路上时，路线会走得更直。爱能使他们悲悯地记起不如他们幸运的人们，也使他们俩的心更紧密地连在一起。

---

① 圣经里的人物，她多行善事广施周济，患病死后被彼得复活。

② 西方教会的倡导者。

第四十五章　戴茜和戴米

作为马奇家谦卑的家史作者，如果不奉献至少一个章节给那两个最宝贝、最重要的家庭成员，我就会感到没有尽责。戴茜和戴米已经到了有决断力的年龄，在这个快节奏的年代，三四岁的儿童也会主张自己的权利，而且能得到这些权利，这是连他们的那些长辈都办不到的。假如曾经有一对双胞胎差点儿因溺爱被彻底宠坏，那就是这两个牙牙学语的小布鲁克。当然他们是世上最出类拔萃的孩子，下面的事实足以证明这一点。八个月时就会走路，十二个月时就能流利地说话，两岁时就在餐桌上占据一席之位，举止很得体，迷倒了所有目睹者。三岁时，戴茜要求做针线活，实际上她真的缝了一个有四道缝线的袋子。她还整理餐具柜，操作一个微型厨灶，技巧之娴熟令汉娜流出了骄傲的泪水。戴米则跟外公学认字母，外公发明了一种教字母的新教学模式：用胳膊和腿形成字母，从而把头脑体操和四肢体操结合起来。这个男孩早早表现出了机械方面的天赋，既让爸爸欣喜不已，又让妈妈烦恼不堪，因为他看到什么机械就去模仿，弄得育儿室总是处于混乱状态。他的“缝纫机”，是个由绳子、椅子、晒衣夹和线轴组成的神秘结构，能让轮子“转啊转”。他还在大椅子背后挂了一个篮子，把过于信赖他的妹妹装在里面，往上拉，结果总是徒劳。

而那个有着女性献身精神的妹妹，竟任凭自己的小脑袋被撞来撞去，直到获得解救。而这个小发明家却愤愤不平地说:“啊呀，妈姆，大（那）是我的跳（吊）车，我想把她拉上去。”

尽管性格迥然不同，但这对双胞胎相处得特别好，一天中吵架很少超过三次。当然戴米总是欺压戴茜，但会勇敢地保护她免受其他人的侵犯。而戴茜却甘心做奴隶，她崇拜哥哥，认为他是世界上唯一的完人。她面色红润，长得胖嘟嘟的，打扮得像个小仙女，小小的心灵充满阳光。她讨人喜欢，人见人爱，是那种似乎生来就招人亲吻、拥抱的迷人孩子，在各种喜庆场合都会成为赞许的对象。她的那些小小的美德特别可爱，倘若不是活泼的天性中有几分小淘气，她十足是个小天使。她的世界里总是晴空万里，每天早晨她都会穿着小睡衣，爬上窗台向外观望，不管是下雨还是晴天，她总是说：“哦，好天气，哦，好天气！”在她眼里每个人都是朋友，她会很信任地去亲一个陌生人，连性情最古怪的单身汉都会因此变得温和起来，喜欢小孩的人更是成为她忠实的粉丝。

“我爱每个人。”有一次她这么说，只见她一手举着勺子，一手端着杯子，张开双臂，仿佛急切地想去拥抱和润泽整个世界。

随着她慢慢长大，她母亲开始感觉到，正如老房子里曾经有那样一位安详又可爱的人儿为家人带来福泽一样，斑鸠窝里也因这样一个人儿的存在而得到了福泽。她祈祷自己免受类似的损失，这种损失后来让大家领悟道，他们很久以来一直在不知不觉中拥有一个天使啊！外公常常喊她“贝丝”，外婆不知疲倦、满怀爱意地看护着她，似乎试图弥补过去的某种过失，这个过失除了她自己没有人能看到。

像真正的美国人一样，戴米有刨根问底的嗜好，什么都想知道，不停地问“为什么”，经常为得不到满意的答案而恼火。

让外公欣喜不已的是，戴米还拥有哲学方面的爱好，经常和他进行苏格拉底式的交谈。交谈过程中早熟的学生偶尔还会难倒老师，女眷们看了则毫不掩饰她们满意的神情。

“是什么让我的腿走路的，外公？”一天晚上被哄上床后，小哲学家沉默地打量了一会儿自己那两条十分活跃的腿，问道。

“是你的小脑袋，戴米。”外公慈爱地抚摸着那满头金发的小脑袋，回答说。

“什么是小脑袋？”

“它是某种驱使你身体行动的东西，就像手表里的发条使齿轮转动一样，我给你看过的。”

“把我的脑袋打开吧，我要看看它的转动。”

“我不能打开你的脑袋，就像你打不开手表一样。上帝给你上了发条，你就能走路，直到有一天他把你停下来。”

“是吗？”戴米汲取着新思想，一双明亮的棕色眼睛瞪得大大的，“我像表一样上了发条？”

“是的，但我无法向你说明是如何上的，因为上的时候我们没看到。”

戴米摸摸后背，仿佛要看看它像不像手表的背部一样，然后严肃地说：“我猜，上帝是趁我熟睡时给我上的。”

接下来是外公的一番认真细致的解释，戴米听得非常专心。外婆看了担忧地说：“亲爱的，你认为给孩子讲这些事情明智吗？看他那小额头皱的，会问出最难回答的问题的。”

“如果他的年龄使他能提出某个问题，也就能接受真实的答案。我没有把这些思想硬塞进他的脑袋里，而是帮助他解开已经在那里的问题。这些孩子比我们聪明，我毫不怀疑，他能理解我对他说的每一个字。听着，戴米，告诉我，你把你的心灵放哪里了？”

要是这个男孩像亚西比德[①]那样回答说“诸神作证，苏格拉底，我说不出来”，外公也不会感到奇怪，但是小家伙缩起一条腿，像只沉思的幼鹳，然后沉着肯定地回答说：“在我的小肚子里。”老先生只能跟着外婆一起笑起来，结束了这堂哲学课。

要不是戴米给出令人信服的证据，证明他既是崭露头角的哲学家，也是个地地道道的顽童，母亲也许会有理由焦虑的。哲学的讨论常常使汉娜点着头，说出不祥的预言：“这孩子不会在这个世上长留。”好在讨论一结束，他马上转身玩起那些顽皮淘气的可爱小男孩都会玩的恶作剧，汉娜的担忧才得以消除。这些捣蛋鬼们的胡闹，总是让父母哭笑不得。

梅格制订了许多道德准则，并努力执行下去。但是，有哪一个母亲曾抵制住这些小人儿制胜的诡计、机灵的推诿，或是安静的纠缠呢？他们还那么小，就表现出了狡猾道奇[②]的才能。

“不能再吃葡萄干了，戴米，吃多了会生病的。”在葡萄干布丁节上，妈妈对那个老是频繁来帮厨的小大人说。

“我喜欢生病。”

“我不需要你帮忙，走开，去帮戴茜做小馅饼吧。”

他不情愿地走开了，但他的冤屈沉重地压在他心头，不久

---

① 亚西比德（公元前450—公元前404），古雅典将军、政治家。

② 狄更斯小说《雾都孤儿》里的人物，是个小偷头目。

申冤的机会来了，他用一个狡猾的交易战胜了妈妈。

“你们表现得都很乖，现在你们喜欢玩什么，我就玩什么。”梅格说着，把她的小帮厨带到楼上，此时布丁已经安全地放进锅里发酵。

“真的，妈咪？”戴米问，一个绝妙的主意出现在他撒满了面粉的脑袋里。

“真的，随你说吧。”缺乏远见的母亲回答，心里准备着把《三只小猫》唱上六七遍，或者不顾大风和疲劳把全家带去买个“便士小面包”，但戴米冷静的回答把她逼到了墙角：

“那么，我们去把所有的葡萄干吃掉吧。”

乔乔阿姨是两个孩子主要的玩伴和知心朋友，这“三人帮”把小房子弄得乱七八糟。艾米阿姨对他们来说还只是个名字，贝丝阿姨很快就变成了模糊而愉快的记忆。但乔乔阿姨是活生生的现实，他们对她极为重视，为此她深受感动。但是巴尔先生一来，乔就忽略了玩伴，失落感和凄凉感沉重地压在他们的幼小心灵上。喜欢到处兜售吻的戴茜失去了最佳顾客，破产了。凭借孩童的洞察力，戴米不久就发现，比起自己，乔乔阿姨更喜欢跟“熊人”玩。尽管受到了伤害，但他学会了隐忍，因为“熊人”背心口袋里总是源源不断地产出巧克力豆，还有一只表可以从匣子里拿出来，让热情的欣赏者随意摇晃。他实在不忍心去羞辱这样一个对手。

有人会认为，这些讨人欢心的纵容是贿赂，但戴米不这么看，继续以深沉而友好的态度屈尊惠顾这个“熊人”。而小戴茜在他第三次拜访时就喜欢上了他，认为他的肩膀是她的宝座，他的手臂是她的庇护所，他的礼物是极有价值的宝贝。

绅士们有时会突然喜欢上他们所仰慕的女士们的小亲戚，

但是这种伪装出来的怜爱情结与他们的外表很不协调，一点儿也骗不了人。然而，巴尔先生对小孩子的爱是真诚的，却同样有效——在爱的问题上诚实是上策，就像在法律问题上一样。他是那种很容易就能跟小孩混熟的男人，当娇嫩的小脸蛋与他那张男子汉的脸形成有趣的对比时，他看起来尤其可爱。他的事情，不知道究竟是什么事情，把他一天天地滞留在此地，而且晚上很少不来探望——他声称是来求见马奇先生的，所以我以为是马奇先生吸引了他。这个优秀的爸爸为这个假象所迷惑，以为自己很有吸引力，陶醉在与这个同好的长时间的交流中。直到有一天，他那观察力更强的外孙偶然的一句话，让他恍然大悟。

一天傍晚，巴尔先生来了，他在书房的门口停下，被眼前的情景惊呆了。马奇先生趴在地上，高高翘起尊贵的双腿，旁边的戴米也趴着，用他那双穿着红色长袜的短腿，努力去模仿外公的姿势。老少两个匍匐在地的人都非常专心，没有意识到来了些观众，直到巴尔先生发出了洪亮的笑声，感到难堪的乔大叫起来：

“爸爸，爸爸，教授来了。”

一双黑腿放下了，白头抬起来。这位导师的尊严丝毫未减，说：“晚上好，巴尔先生，请稍等片刻，我们的课快上完了。来，戴米，摆出这个字母，然后念出来。”

经过几次拼命的努力，那双红腿摆出了一副圆规的形状，聪明的学生胜利地欢呼：“我认识！这是 We(V)，外公，这是 We！”

“他生来就是个韦勒[1]。”乔笑着说。父亲站了起来，外甥

[1] 韦勒（1800—1882），德国化学家。

却要玩倒立，这是他庆祝下课的唯一表达方式。

“你今天都做什么了，小伙子？”巴尔先生拉起这个体操运动员说。

“我去看小玛丽了。”

“在那里做了什么？”

“吻了她。”戴米天真直率地回答。

“呸！你开始得太早了。小玛丽怎么说的？”巴尔先生问，继续要小罪人忏悔，而小罪人正站在他膝盖上，探索他马甲背心的口袋。

“噢，她很喜欢，她也吻了我，我也喜欢。小男孩不是喜欢小女孩吗？”戴米问，他嘴巴塞得满满的，一副满足的样子。

“你这只早熟的小鸡！是谁把这东西塞进你脑袋瓜里的？”乔问。她和教授一样欣赏这天真无瑕的坦白。

“不是在我的脑袋里，是在嘴里。”只明白字面意思的戴米说。他以为乔指的是糖果，而不是思想，就伸出舌头，上面有颗巧克力糖。

“你应该省下一些送给那个小朋友。甜糖送甜心嘛，小达（大）人。”巴尔先生递给乔一些巧克力豆，他脸上的表情让她不禁好奇，巧克力是不是众神饮用的美酒。戴米也看到了他的微笑，颇受启发，于是口无遮拦地问：

“大男孩也喜欢大女孩吗，教授？”

和小华盛顿一样，巴尔先生不会说谎，所以含含糊糊地回答说，依他看，有时候是这样的。他说话的语气使马奇先生放下手里的衣服刷，扫视一眼乔害羞的脸庞，然后一屁股坐到椅子上，仿佛那只“早熟的小鸡”把一个念头塞进了他的脑袋，品味起来甜甜的，酸酸的。

半小时后，乔在瓷器柜里抓到了戴米。她没有因为他这么做去推搡他，而是给了他一个深情的拥抱，几乎让这小身体窒息。为什么乔乔阿姨在这异常的举动后，还意想不到地赏给他一大片面包和果冻？这个问题一直困扰着他的小脑袋，最后他被迫让它悬着，永远不去解答。

第四十六章　伞下定情

劳里和艾米把家安顿好后，夫妻俩在天鹅绒的地毯上甜蜜地踱步，规划着幸福的未来。而巴尔先生和乔此时正漫步在泥泞的路上和湿透的田野里，享受着另一种情趣。

“我总是在傍晚时分散步，不知道为什么要放弃这个习惯，难道就因为常常碰上出来散步的教授吗？”与教授不期而遇两三次后，乔自言自语道。尽管通往梅格家的路有两条，但来来去去不管走哪条路，都会碰上他。他总是走得飞快，似乎走到近处，才看见她，给人的感觉是，他的近视眼只有在那一刻才能认出这位走近的女士。而且，如果她是去梅格家，他总是不忘给孩子们带些东西；如果她是在向家走，他则恰好刚看完河回来。好在他们没有腻烦他的频繁造访。

在这种情况下，乔除了礼貌地打招呼，邀请他进屋，还能有其他选择吗？哪怕是真的厌倦了他的造访，她也巧妙地遮掩了自己的情绪，关照晚餐要有咖啡，“因为弗里德里克——我是说巴尔先生——不喜欢喝茶。”

到了第二个礼拜，大家都对正在发生的事情了然于心了，然而每个人都装作对乔外表的变化浑然不觉的样子。他们从来不问，她为什么做活时喜欢唱歌了，为什么一天梳三次头，为什么傍晚散步回来时脸红扑扑的。似乎谁也没料到，巴尔教授在跟那位父亲谈论哲学的同时，也在给他的女儿上爱情课。

乔芳心有主，却方寸大乱，甚至表现得有些失态。不过，她还是决意尽力克制住自己的情感，结果没有成功，便更加忐忑不安了。因为她曾多次激烈地发表过“独立宣言”，所以极度害怕别人笑话自己出尔反尔的行为。她尤其害怕劳里，但是多亏那个新的女主管，他的言行很恰当，这难能可贵。他从不当众戏称巴尔先生“出色的老伙计”，对乔外表上的改变也从不拐弯抹角地提及，看到教授的帽子几乎每天晚上都出现在马奇家的桌子上，也没表现出丝毫的惊讶。但他暗自欣喜，渴望送礼时刻的到来，到时候可以送给乔一件刻着一头熊[1]和一根破权杖的金质餐具，作为形象贴切的盾徽。

连续两个礼拜，教授像坠入情网的情郎，频繁出入马奇家。然后，接连三天没来，音讯全无。这使得每个人都严肃起来，乔先是变得情绪低落，后来——都怪罗曼史——常发脾气。

“他讨厌我了，我敢说，就像来时那样，突然又回去了。当然，这没什么大不了的，但我觉得他应该像个绅士的样子，来向我们道个别。”乔绝望地瞧着大门，自言自语地说。这是一个阴沉沉的下午，她穿戴停当，准备像往常一样去散步。

“你还是带上小雨伞吧，宝贝，看起来像是要下雨。”母亲说，她注意到女儿戴着新帽子，但没有点破。

“好的，妈咪，有需要买的东西吗？我要去镇上买点纸。”乔说，她站在镜子前面，装作整理领子上的蝴蝶结，以躲避母亲直视的目光。

“有，我要买些斜纹里子布，一板九号针，二码淡紫色窄

---

① 巴尔的发音和英文单词“bear”也就是“熊”的发音相似。

丝带。穿厚靴子了吗？有没有穿上暖和些的衣服？”

“我想是的。”乔心不在焉地回答。

“要是碰到巴尔先生，请他来家里喝茶。我很想看到这位可爱的人。”马奇太太补充道。

乔听到了，但没有回答，只是吻了一下母亲，之后便匆匆离开了。虽然她的心在隐隐作痛，但对母亲仍然充满感激，心想：“她对我多好啊！那些没有母亲来帮助渡过难关的女孩子们该怎么办呢？”

纺织品店与男士成堆的账房、银行及批发货物的仓库不在同一地段。乔一样差事都没办，却不知不觉地出现在镇上的这个区域。她闲逛着，仿佛在等什么人。她带着女人通常不会有的兴趣，到这个橱窗看看工程器械，到那个窗口看看羊毛样品，不小心被桶绊了一跤，又差一点被落下来的货物埋进去。几个忙碌着的大男人冒冒失失地把她推开，脸上带着好奇的表情，内心似乎在琢磨：“见鬼，她怎么会到这里来？”落在脸颊上的一滴雨使她的思绪从受挫的希望回到毁坏的丝带上。雨点继续落下，身为女人兼情侣，她感到尽管挽救她那颗心已为时过晚，但她还可以挽救她的帽子。这时她想起了那把小雨伞，由于离家时走得太急，她忘记带了，但后悔是没有用的，别无他法，只能去借一把，或者任由雨水淋湿全身。她抬头望望低沉的天空，低头看看深红色的蝴蝶结，上面已溅上点点污迹；她顺着泥泞的街道看看前方，又回头恋恋不舍地看着一个灰蒙蒙的商店，上面写着“霍夫曼·斯瓦茨公司。”

她严厉地责备起自己来：“我真是自作自受！为何要穿上最好的衣服，轻佻地来到这里，希望见到教授？乔，我为你感到羞耻！不，你不能去那里借雨伞，也不能向他的朋友问他的下落。你应该走开，冒雨做你的差事去。如果得病死了，帽子淋湿了，那是你自找的。就这么着吧！”

这样想着，她就鲁莽地向街对面冲去，险些被一辆迎面驶来的马车夺去性命，又跟一个道貌岸然的老头撞了个满怀。他嘴里说着：“对不起，小姐。”脸上却呈现出生气的表情。乔有些懊恼，她稳定了情绪，用手帕盖住心爱的丝带，把诱惑抛在身后，抓紧时间赶路，脚踝越来越湿，头顶屡屡和过往行人的雨伞相撞。突然一把破旧的蓝雨伞在她那没有保护的帽子上方静止不动了，这引起她的注意。她抬头一看，是巴尔先生正低头看着她。

“我觉得认识这位意志坚强的女士，她如此勇敢地行走在许多马的鼻子下，这么快速地跋涉在泥泞路上。你来这里干什么，我的朋友？”

“购物。”

巴尔先生笑了，眼睛从这边的泡菜工厂，扫视到街对面的皮革制品批发商店。但他只是礼貌地说：“你没有带伞。我可以和你一起去帮你拿东西吗？”

“可以，谢谢。”

乔的脸变得和她的丝带一样红，她不知道他会怎么看待她，但她并不在乎。不一会儿，她已经和她的教授手挽手走着了，感觉就像太阳突然突破重云钻了出来，散发着万丈光芒，世界又恢复了正常。这个极度幸福的女人，在这一天就这样蹚水走着。

“我们以为你走了呢。”乔急忙说，她知道他在看着她，她的帽子不够大，遮不住她的脸。她担心他看到自己脸上的喜悦神情后，会认为自己轻浮。

“你认为，我会跟那些对我那么友善的人不告而别吗？”他带着责备的口气问，使得她感到自己好像贬低了他，急忙热诚地回答说：

“不，我不那么认为，我知道你正忙着自己的事情，但我们很想念你——尤其是爸爸妈妈。”

“你呢？”

“我总是很高兴见到你的，先生。”

她急于要把自己的声音控制在平静状态，结果却显得相当冷淡，句尾那个冷若冰霜的简单称呼似乎使教授感到寒心，他的笑容消失了，面色凝重地说：

“谢谢你，离开之前，我会再来一次的。”

“这么说，你要走了？”

“我在这里没有事了，办完了。”

“想必办得很成功吧？”乔问，对他那简短的回答感到失望和痛苦。

“应该这么认为，我打开了路子，能为自己赚来面包，并且对我的孩子们有很大帮助。”

“请告诉我吧！我想知道一切，关于——关于孩子们。”乔急切地说。

“谢谢你的好心，我很乐意告诉你。朋友帮我在一所学院里找了差事，在那里我可以重操旧业，就像在自己国家一样，这样就能赚到足够的钱，为弗兰茨和埃米尔铺平道路。我应该为此感到欣慰，是不是？”

“的确应该。你能做自己喜欢做的事，我也可以经常看到你和孩子们，真是太棒了！”乔高兴得叫了起来，抓住孩子们当挡箭牌来掩饰自己那种无法隐藏的满意神情。

“啊！可是恐怕我们不能经常见面，学校在西部。”

“那么远啊！”她放开手里拎着的裙子，听之任之，仿佛现在衣服会怎样或者她自己会怎样都无关紧要了。

巴尔先生能读懂好几门语言，但他还没有学会读懂女人。他自认为很了解乔，因此对乔快速变换且相互矛盾的声音、脸部表情和举止感到异常困惑，那天她在半小时内表现出了五六种不同的情绪。刚遇见他的时候，她显得很惊讶，但她所声明的来此地的目的不可能不使人产生怀疑。当他把胳膊伸出来让她挽着的时候，她接受了，脸上的表情让他充满了喜悦。但是，当他问她是否想念他时，她的回答又冷淡又古板，让他很失望。听到他的好运气时，她差点儿要鼓掌。她全是为孩子们感到高兴吗？然后，听到他的目的地时，她说了声“那么远！”那种绝望的语气把他送到了希望的顶峰。但是，过了一会儿，她又以公事公办的语气说了句话，使他从顶峰上摔了下来：“我办事的地方到了，你想一起进去吗？不会耽搁太久。”

乔为自己的购物能力颇感自豪，尤其希望给她的陪同留下干净利索、迅速果断的印象。但由于她心慌意乱，一切都乱了套。她打翻了针盘，里子布剪下来后才记得应该是斜纹的，给错了零钱，还在棉布柜台找淡紫色丝带，真是乱上加乱。巴尔先生站在一旁，见她又是红脸又是犯错，看着看着，他的困惑似乎消退了。他开始明白，有时候，女人和做梦一样，是要反过来看的。

他们从商店出来的时候，他把包裹夹在胳膊下，神情比进去时显得愉快。他踩着水坑走着，任凭污水飞溅，好像还很喜欢这样似的。

“如果今晚去你那个快乐的家作最后的拜访，我们是不是该给孩子来点儿你说的采购，举办个告别晚宴呢？”他停在一个摆满水果鲜花的橱窗前问。

“买什么呢？”乔问道，没有去接他的后半个话题。他们走进商店，她装作兴致勃勃的样子，闻着各种鲜花水果混合着的香甜气息。

“他们能吃橘子和无花果吗？”巴尔先生父亲般问道。

“拿到就吃。”

“你喜欢吃坚果吗？”

“像只松鼠。”

“汉堡葡萄。对了，我们吃着这些东西为祖国（德国）干杯，好不好？”

乔皱皱眉头，觉得买这些东西过于奢侈，问他何不买一篓枣子、一桶葡萄干和一袋杏仁来祝酒？巴尔先生随即拦下了她掏出的钱包，转而拿出自己的钱包，买了几磅葡萄、一盆玫瑰红雏菊和一罐外包装看上去很迷人的蜂蜜。他把瓶瓶罐罐装进他的几个口袋里，撑得口袋走了形，把花儿交给她拿着，自己打起那把旧雨伞，继续赶路。

“马希小姐，我想请你帮个大忙。”在雨中走了半个街区后，教授开口说道。

“什么事，先生？”乔的心开始剧烈跳动起来，以至于担心他会听见。

“尽管在下雨，我还是大胆提出这个要求，因为我剩下的时间不多了。”

“你说吧，先生。”乔紧张得突然一使劲，差点把手上的小花盆捏碎了。

“我想给我的蒂娜买件小连衣裙，但我太笨了，自己买不好。你能给我选选款式，帮帮我吗？”

“好的，先生。”乔感到自己仿佛坠入了冰窟，一颗心突然变得冷静下来。

“也许还要给蒂娜的母亲买条披肩。她那么可怜，总是病怏怏的，丈夫又那么不省心。对，对，一条又厚又保暖的披肩对这个小母亲来说是再好不过了。”

“我很乐意帮忙，巴尔先生。”乔说，心里暗想，“我进展得太快，他每分每秒都在变得更加可爱了。”她带着精神上的震颤，干劲十足地投入了这项工作。

巴尔先生把这件事情全权托付给了她。她先给蒂娜挑选了一件漂亮的礼服，又叫店员拿披肩。店员是个已婚男士，态度谦恭，对他们挺感兴趣，误认为他们是前来为一家人采购的夫妻。

“尊夫人也许会喜欢这条，料子上乘，颜色非常理想，相当朴素高雅。”店员说着就抖开一条舒适柔软的灰色披肩，披在乔的肩上。

“你觉得合适吗，巴尔先生？”乔问着，转过脸背对着巴尔教授，为这个掩饰自己表情的机会深感庆幸。

“非常好，我们就买这条。”教授回答说。付钱的时候他满意地笑了。而乔继续搜索柜台，像个专门淘便宜货的人。

“现在我们回家吗？”他问，好像很高兴说出这几个词。

“是的，天色已晚，我也很累了。”乔的声音听起来凄凉得很，连自己都没意识到。而太阳也像突然出来那样又突然躲起来了，世界又恢复了泥泞和悲惨。她第一次发现双脚冰凉，脑袋疼痛，而心则比脚更冷，比头更疼。巴尔先生要离开了，他只是以一个朋友的身份喜欢她，一切都只是个误会，结束得越早越好。她心里这么想着,急忙去招呼一辆驶近的公共马车，由于动作太仓促，结果把雏菊甩出了花盆，掉在地上摔烂了。

“这不是我们要乘的车。”教授说，挥手让满载乘客的车子走了。他停下来捡起那些可怜的小花。

“请原谅，我刚才没看清楚车名。没关系，我可以步行。我习惯在泥路上走。”乔说，她拼命地眨眼，宁死也不愿公开抹眼泪。

尽管她转头看着别处,巴尔先生还是看到了她脸上的泪珠。这情景似乎让他非常触动，他突然弯下身子，意味深长地问：“亲爱的，为什么哭呢？”

若非乔在这种事情上缺乏经验，她会说她没有哭，只是有点儿感冒。或者见机行事，随便撒点儿适合女人撒的小谎。可是，这个不顾自尊的人儿只是控制不住地抽泣着说：“因为你要走了。”

“天哪，太棒了！”巴尔先生叫道，尽管手里举着雨伞，胳膊下夹着包包，他仍然鼓起掌来，“乔，我没什么可以给你的，但我有很多的爱。我来这里就是想看看，你是不是在乎它。我等待着，想确定我对你来说不仅仅是一个朋友，现在可以确定了吧？你能在心里给老弗里茨留一个小小的位置吗？”他一口气把心里话全倾诉了出来。

“哦，可以！”乔说。他太满足了，因为她双手抱住了他的胳膊，抬头望着他，脸上的表情清楚地表明，人生有他的陪伴，哪怕没有比旧雨伞更好的庇护，只要有他举着，她将会是多么幸福啊。

这当然是在诸多困难下的求婚，因为满地泥泞，即使巴尔先生想跪下来求婚，他也不可能做到。因为两手都拿着东西，他也伸不出手来，除非是象征性地伸手；更不能在大街上旁若无人地深情表白，尽管他几乎不能自已。他表达狂喜之情的唯一方式就是看着她，那种表情使他神采奕奕，以至于胡子上闪闪发亮的水珠看上去竟然像小彩虹。如果他不是非常爱乔，是不可能做到这一点的，因为此刻她看上去根本谈不上可爱，裙子惨不忍睹，脚踝以下的胶靴上溅满了泥水，帽子也被淋得走了形。好在巴尔先生认为她是世上最美的女人，而她也觉得他比任何时候都更像朱庇特，尽管他的帽边软沓沓的，雨水顺着帽沟滚下来，又滴落到肩膀上（他把伞打在乔的头上），还有，他手套上的每一个指头都需要缝补。

路人可能会认为，他们是一对不会伤人的疯子，因为他们全然忘记拦下一辆马车，而是悠闲地散着步，不在意渐浓的暮色和雨雾，也不在乎别人会怎么想，因为他们正享受着幸福时光。这种幸福时光很少出现，一生只有一次。这是一种具有魔力的时刻，会使年老者重返青春，相貌平庸者变得俊美，穷苦的人变得富有，让人心预先品尝一下天堂的滋味。教授看上去俨然已征服了一个王国，世界已经给了他最大的赐福。乔和他并肩艰难前行，觉得自己的位置似乎一直在这里，不明白自己以前居然还会有其他的选择。当然是她先开口说话的——我的意思是能够清楚地说话，继她不假思索地说出“哦，当然能！”之后，她那些情话就不再有连贯性或者可转述性了。

“弗里德里希，为什么你不——？”

“噢，天哪，她竟然这么称呼我，自从米娜死后，这个名字没有人用过！”教授喊道，他在一个水坑里停下来，又感激又高兴地望着她。

“我总是在心里这样称呼你——所以就脱口而出了，不过，如果你不喜欢，我以后就不这么喊了。”

“喜欢！你这样称呼我，我心里有说不出的甜蜜。你也可以称‘君’，我想你们的语言和我们的语言几乎一样美。”

“称‘君’，是不是有点儿太多情？”乔嘴上这么说，心里却认为这是个可爱的字。

“多情？是的，感谢上帝，我们德国人信奉情意，它能让我们保持年轻。你们英语中的‘你’太冷漠了，称‘君’吧，宝贝，它对我很重要。”巴尔先生恳求道，神态更像一个浪漫的学生，而不是一个严肃的教授。

“那好吧，君为什么不早点告诉我这一切呢？”乔羞答答地问道。

“现在我把整颗心掏出来送给君，我乐意这样做，因为君从此以后就得照料它。瞧，我的乔——啊，多么可爱又有趣的名字——在纽约给你送别的那一天，我就想说些什么，但我还以为君已经和那位英俊的朋友订婚了，所以就没开口。如果那时我说了，君会同意吗？”

“我不知道，恐怕不会，因为那时我根本没这种心思。”

“不！我不相信这种说法。它一直在睡觉，直到白马王子穿过树林，把它唤醒。啊，好啦，初恋最美好，但我不能有这个奢望。”

“是的，初恋是美好的。不过你就满足吧，因为我从没有恋爱过。特迪只是个男孩，很快就克服了他自己的小幻想。”乔说。她急于纠正教授的错误。

“好极了！那我就心满意足了，君要保证给我全部。我等了那么久，变得自私了，君会发现的，教授夫人。”

“我喜欢这个称呼。”乔说，为这个新名字感到高兴，“在我需要你的时候，你终于来了，现在告诉我，是什么把你带到这里的？”

“是这个。”巴尔先生从马甲口袋里掏出一张有点皱巴巴的报纸。

乔打开那张报纸，面露羞愧之色。那是她投给一家报社的一首诗，这个报社付稿费，所以她偶尔投投稿。

“它怎么能把你带来？”她问，不明白他的意思。

“我是偶然发现它的。我从诗中的人名和署名的缩写字母看出是你写的，诗中有一小节似乎在召唤我。读吧，把它找到。我保证不让你踩到水里去。”

乔照办了，匆匆浏览着诗句，内容如下：

阁楼里

J.M.

四只小箱，排成一行，
积尘满布，饱经沧桑，
很久以前成形，装得满满当当，
如今它们的主人正值青春华年。
四把小钥匙并排挂着，
褪色的丝带，曾经华丽而鲜艳，
系上时，带着孩子的骄傲。
很久以前的那个雨天。
四个小名字，每个盖上刻一个，
似男孩的手刻出。

盖子下面藏着，
这帮幸福人儿的历史。
曾经在这里玩耍，经常停下，
去倾听甜蜜的节奏，
来自高高的屋顶，
在淅淅沥沥的夏雨中。

“梅格”刻在第一个，平滑又漂亮。
我用爱的眼睛往里瞧，
众所周知，仔细折叠，
收集颇丰，美观摆放，
平和安宁生活的档案——
给温柔女孩的礼物，
新娘的礼服，致妻子的诗，
小巧的鞋子，婴儿的鬈发。
箱子里没有玩具留下，
所有玩具都已取走，
等岁月苍苍，又去加入
另一个小梅格的游戏。
啊，幸福的母亲！我深知
你听到了，像甜蜜的副歌，
永远温柔低唱的催眠曲，
在淅淅沥沥的夏雨中。

“乔”刻在第二，潦草又破旧，
里面的物品混杂而丰富，

无头娃娃，破教科书，
不再发声的鸟兽；
战利品来自童话仙境，
仅有年轻的脚踩踏过。
未来的梦无从找到，
过去的回忆依旧美好；
未完成的诗，荒诞的故事，
四月的书信，知暖又知冷，
任性孩子的日记，
暗示着一个女人的未老先衰；
女人在孤独的家里，
听着，像哀伤的副歌——
“值得爱，爱会来”，
在淅淅沥沥的夏雨中。

我的贝丝！刻着你名字的盖子，
始终保持一尘不染，
仿佛一双爱的眼睛用泪水冲洗，
仔细的纤手常常抹过。
死神为我们赐了一位圣徒，
不在人间，位列仙境，
我们仍然带着深情的哀痛，
将遗物供奉家庙——
银铃不常摇，
小帽临终戴，
漂亮的凯瑟琳，

挂在门上方，为天使所负；
她那无哀诉的歌儿，
囚禁于痛苦中，
永远曼妙地混杂在
淅淅沥沥的夏雨中。

最后的箱盖是锃亮的场地——
传说变成了美好现实。
骁勇骑士的盾牌上，
刻着“艾米”两个蓝色金字。
里面躺着主人的束发网，
弃用的舞鞋，
悉心收藏的枯花，
不再劳累的扇子；
情人节的花哨卡片，余炽尤烈，
事无巨细，每一件都曾分享
女孩的希望、担心、娇羞，
记录下少女的心事。
如今学会了更美更真的魔法，
听着，如轻松的副歌，
那婚礼钟声银铃般交集，
在淅淅沥沥的夏雨中。

四只小箱，排成一行，
积尘满布，饱经沧桑，
四个妇人，从灾难伤痛中获益，

在风华正茂时，去爱去劳动。
四个姐妹短暂离别，
无人迷途，只有一个先行。
爱的力量不朽，
使她们越发亲近。
啊，当我们的这些收藏
展现在天父的眼前，
愿它们在金色时光里变得丰富，
事迹因灵光而臻美，
生命的华章经久奏响，
如激荡心灵的副歌，
灵魂尽情地翱翔歌唱，
在雨后长长的艳阳天里。

“这首诗写得太烂了，但我是有感而发。那天我很孤独，就趴在碎布袋上痛哭了一场。绝没想到它还会出去讲故事。”乔说着把教授珍藏了那么久的诗撕个粉碎。

“让它去吧，它已尽了义务。在我读完记着她小秘密的褐色笔记本时，我会有她的新作的。”巴尔先生看着碎片随风飘落，微笑着自语。“是的，”他又诚挚地继续说，“读这首诗时，我心里想，她有痛苦，她很孤独，她会在真爱中找到安慰。我心中充满了爱，充满了对她的爱。难道我不应该去表白：‘如果这颗爱心不是太卑微，可以用来换取我希望得到的，请以上帝之名接受它吧。’”

“所以你就来了，结果发现你的爱心并不卑微，而正是我所需要的宝贵东西。”乔低声说。

“一开始我没勇气这么想，尽管你对我的欢迎令我受宠若惊。但不久我开始有了希望，于是对自己说：‘哪怕付出生命我也要得到她。’我果真得到了！”巴尔先生大声说，蔑视一切地点点头，仿佛笼罩着他们的重重雨雾是他要战胜的，或者要去勇敢摧毁的障碍物。

乔心想，那太棒了，她决心要无愧于她的骑士，尽管他没有骑着战马雄赳赳、气昂昂地盛装而来。

“是什么原因让你保持距离这么久的？”不一会儿她又问。提出这些私密问题，然后得到令人欣慰的回答，她发现是非常开心的事情。她太高兴了，所以保持不了沉默。

“这样做并非易事，但我不忍心把你从那么幸福的家里带走，除非我能给你一个美好的前景，也许要经过很长时间的努力工作才能实现。我怎么能要求你为了一个贫穷的老家伙放弃那么多呢？这个老家伙除一点点学问外，一无所有啊。”

“我很高兴你穷，阔丈夫我受不了。”乔语气坚定地说，接着又用更温柔的语调说，“别惧怕贫穷。我对贫穷早习以为常，所以才不怕贫穷，而且乐意为我所爱的人工作。别说你自己老——四十岁正当年。即使你是七十岁，我也会不由得爱上你的。”

教授深受感动，想伸手掏出手帕，可是办不到。所以乔就帮他擦去了眼泪，从他手里拿走一两包东西，笑着说：

“我可能是一个要强的人，不过现在谁也不能说我是包办代替，因为女人的特殊使命是擦干眼泪和肩负重担。我要去承担属于我的那份重担，弗里德里希，帮你赚钱养家。这一点你要拿定主意，不然我绝不去。”乔语气坚决地说，而教授却想把那一两个包裹要回去。

“且走且看吧。你有耐心长时间等待吗，乔？我必须离开，独自去工作。我必须首先帮扶我的外甥们。即使为了你，我也不能失信于米娜。你能谅解吗？能快快乐乐地和我一起期待未来吗？”

“是的，我知道我能，因为我们彼此相爱，这可以使一切变得容易忍受。我也有我的义务，我的工作。如果忽视了它们，哪怕是为了你，我也不会过得幸福。因此，没必要匆忙或急躁。你可以在西部干你的那份工作，我可以在这里干我的，两个人都幸福地期待着最好的结果，把未来交给上帝安排。”

“啊！君给了我这么大的希望和勇气，我无以回报，只有一颗装满爱的心和一双空空的手。”教授激动不已地大声说。

乔永远也学不会矜持。他们站在台阶上，她一边听他说着，一边把双手放进他的手里，温柔地耳语道：“现在不是空空的了。”然后她弯下身，在雨伞下亲吻了她的弗里德里希。那场景真是令人害臊，但即使树篱上的那群尾巴湿透的麻雀是人群，她也会这么做的，因为她真的神游得很远了，全然忽视了世界的存在，只有她自己的幸福。幸福降临时虽披着如此简单的外衣，但这是他俩生命中的辉煌时刻。他们离开黑夜、风暴和孤独，走近正等待着迎接他们的家里的灯光、温暖和安宁。“欢迎回家！”乔高兴地说，把爱人领进屋子，并关上了门。

第四十七章　收获季节

乔和她的教授在工作和等待中度过了一年，他们满怀期冀，彼此深爱，偶尔约会，还写了很多封长长的情书，致使一时纸价上涨，劳里是这么说的。第二年开局并不乐观，因为他们的未来并不明朗，而马奇婶婆又突然去世。当最初的悲伤熬过去之后——老太太虽然说话尖刻，可他们还是爱她的——他们有理由高兴起来，因为老太太把梅园留给了乔，引得各种喜事接二连三地到来。

“那是个很不错的老庄园，会换来一大笔钱，你自然打算卖掉它吧？”几周后大家讨论这件事情时，劳里说。

“不，我不卖。”乔坚定地说，一边抚弄着那只肥嘟嘟的卷毛狗，出于对它原先的女主人的尊敬，乔领养了它。

“你不是打算住在那里吧？”

“是的，我要去住。”

“可是，我亲爱的姑娘，那是一座非常大的宅子，要花很多钱打理，光是花园和果园就得要两三个人照看。我想巴尔对农活也不在行。”

“要是我提议，他会努力干好的。”

“你指望靠那里的农产品过活？听起来倒像乐园，可你会发现，干农活是很累人的。”

“但我们要种的庄稼会有丰厚收益的。”乔笑了起来。

“是什么样的好庄稼呢，小姐？”

“男孩子。我想为孩子们办一所学校——一所快乐的、家庭式的好学校。我来照顾他们，弗里茨教他们。”

“这可真是乔式计划！不正符合她的风格吗？”劳里赞叹着问大家。他们和他一样吃惊。

“我喜欢这个计划。”马奇太太语气坚决地说。

“我也喜欢。”她丈夫补充道，想到有机会对现代青年试行苏格拉底的教育法，他很期待。

“乔要操很多心哪。”梅格一边说，一边抚摸着需要全力以赴抚养的爱子的头。

“乔能做到，而且会从中得到快乐的。这是个绝妙的主意，把全部计划都说出来吧。”劳伦斯先生大声说。他一直渴望向这对情侣伸出援助之手，但知道他们会拒绝他的帮助。

“我知道你会支持我的，先生。艾米也支持我，我从她的眼神里看出来了，虽然她做事谨慎，考虑成熟了才会说。好啦，我的亲人们，”乔诚恳地说道，“你们只需明白，这不是我的新花样，而是酝酿已久的计划。在我的弗里茨到来之前，我常想，等我发了财，家里又不需要我时，就去租个大房子，收养一些可怜的、缺少母爱的小弃儿，照料他们，让他们快乐生活，免得今后铸成大错。我看到，许许多多弃儿因为得不到及时的帮助而毁了一生。我渴望为他们做任何事情。我似乎感觉到了他们的需要，同情他们的困难。啊，我是多么希望做他们的母亲啊！”

马奇太太向乔伸出一只手，乔紧紧握住，噙着泪笑了。她继续往下说，那种热情洋溢的语调对她们来说真是久违了。

"我曾经将计划告诉过弗里茨，他说正合他心意，同意等我们富裕了就去试试。上帝保佑那好心人！他一辈子都在这么做——我的意思是帮助穷孩子们，而不是发家致富。他永远也富不了，钱在他的口袋里待不长，不可能攒下来。而如今多亏了我那个好心的婶婆的厚爱，我富有了，至少我感觉是这样的。要是我们办起人气兴旺的学校，就能在梅园生活得很好。那地方正适合男孩子们，宅子很大，家具结实朴素，屋子里面足以容下几十个人，屋外有很棒的场地。孩子们能在花园果园帮忙，这样的工作有益健康，是不是，先生？而且弗里茨可以用他的方式训练、教育孩子们。爸爸也可以帮忙。我可以给他们做饭、照顾他们、爱抚他们、管教他们。妈妈在旁边做帮手。我一直盼望能有许多男孩子，从来都不嫌多。现在我可以让他们把房间都住满，和他们一起尽情狂欢。想想那是多么奢侈——梅园是自己的，野地里还有一大群男孩和我一起共享。"

乔兴奋得舞动双手，发出心驰神往的感叹，掀起阵阵快乐旋风。劳伦斯先生大笑不止，他们还以为他中风要发作呢。

"我看没什么好笑的。"乔等她说话能被听清时严肃地说，"我的教授开办学校，而我情愿住在自己的田庄，没有比这再自然、再合适不过的事情了。"

"她已经在端架子了。"劳里说。他把这个计划看成一个天大的笑话，"请问你打算怎样支撑下去呢？要是学生们都是小乞丐，用俗人的观点来看，恐怕你的庄稼算不上盈利吧，巴尔夫人。"

"哎呀，特迪，别给我泼冷水啦。我当然也会收些有钱的学生——也许开始时全部是富家子弟呢。然后，等到学校顺利开办了，我就能收下一两个小乞丐，只是为了增加乐趣。富家孩子和穷孩子一样，往往也需要照顾和安慰。我见过一些不幸的小东西们被托付给仆人代管，还有些迟钝的孩子被强迫赶课程进度，真是残忍。一些孩子因为调教不当或缺乏管教而变得调皮捣蛋，还有些孩子失去了母亲。此外，再好的孩子也要经过笨手笨脚的青少年时期，就是这个时期他们最需要耐心友善的开导。可是，人们嘲笑他们，把他们推来推去，一心想躲开他们，指望他们从漂亮小孩子一下子就变成英俊小伙子。他们不怎么发牢骚的——都是些勇敢的小家伙——但他们有感觉。我见过这种事情，因此了解得很清楚。我对这些小熊一样可爱的孩子特别感兴趣。我想让他们明白，尽管他们笨手笨脚，脑袋稀里糊涂，但我看到了他们的热情、诚实和善良。而且我也富有经验,难道我没有培养了一个男孩，成为他家人的自豪和荣耀吗？”

“我可以作证，你曾付出过那么多的努力。”劳里带着感激的神情说。

“而且，我的成功超出了我的希望。因为，你在这里，一个沉稳豁达、明白事理的商人，用你的钱财做了大量的善事，没有积攒美元,而是为穷人积攒了福气。可你不仅仅是个商人，你热爱善和美的事物，自己享有的同时，也让别人分享一半，就像过去常做的那样。特迪，我为你感到骄傲，你一年年变得越来越好，大家都感受到了这一点，虽然你很低调。是的，等我有了一群孩子，我就会指着你说：‘这就是你们的榜样，孩子们。’”

可怜的劳里不知该朝何处看了。这一番表扬使得一双双眼睛都赞许地转向了他。尽管他已长成个大男人，但从前的那种羞怯感又涌现了。

“我说，乔，你夸大其词了。”他说话的语气俨然当初的那个男孩，“你们都为我做了许多，我感激不尽，只能尽力做好，不辜负你们。最近你完全抛弃了我，乔，可我还是得到了最好的帮助。因此，如果我真有什么进步，可以感谢这两位。”他把一只手轻轻地放在爷爷白发苍苍的脑袋上，另一只手放在艾米的金发脑袋上。他们三个人从来不分开。

“我真的认为，世上最美好的事物就是家庭！”乔大声感叹道。此时，她的情绪异常高涨，“等我有了自己的家庭后，希望和另外三个非常了解、无比热爱的家庭一样幸福。要是约翰和我的弗里茨也在这里，这里就是人间的一个小小天堂了。”她又轻轻补充说。大家愉快地商谈了一个晚上，表达了希望，对未来做了规划。乔回到自己的房间时，心中充满了幸福，久久难以平静，直到她跪在靠近自己铺位的那张空床边，满怀柔情地想着贝丝，才平静下来。

总的说来，那是令人惊喜的一年，喜事接二连三地出现，发生得又神速又顺利。几乎没等乔明白是怎么回事，她就发现自己已经结了婚，并在梅园定居了。然后六七个小男孩如雨后春笋般冒了出来，组成了一个大家庭，并以惊人的速度茁壮成长起来。他们之中既有穷孩子，也有富家子弟，因为劳伦斯先生不断地发现某个令人动容的贫困典型，恳求巴尔夫妇给予同情，他乐意付些小钱予以支持。这位机智的老先生就这样说服了高傲的乔，并为她带来了她最喜欢的那种男孩。

当然，起步时比较艰难，乔犯了一些莫名其妙的错误，但富于智慧的教授将她安全地引到了平静的水域，连最难管教的孩子最后也被制服了。乔多么喜欢她的“男孩们的野地”啊！梅园以前曾经是个神圣的院落，收拾得井井有条，可现在却被那帮汤姆们、迪克们和哈里们破坏得面目全非。要是可怜的好婶婆看到这一幕，该会是多么痛心啊！不过，这里面存在一种因果报应。过去，方圆数里内的男孩都对老太太畏惧三分，现在，这些逃亡者终于有了报复的机会。他们肆无忌惮地大吃李子禁果，用肮脏的靴子把沙砾踢得到处飞扬，也不会受到责骂。他们还在那片空旷的场地上玩板球，而过去那里的一头易怒的“弯角牛”常常引得冒失的小青年接近后挨顶。因为这里类似一个男孩乐园，所以劳里提议称之为“巴尔花园”，用来表示对主人的敬意，当然对它的居民来说也很贴切。

这从来不是一座时髦的学校，教授也没有积聚钱财，但它正是乔理想中的样子——“那些需要教导、照顾和关爱的男孩们的幸福家园。”每个房间里都住满了人，园子里每一小块土地很快都有了新主人。因为允许养宠物，谷仓和畜棚内有了像样的动物园。一天三次，乔坐在长桌子一端，冲着她的弗里茨微笑，桌子两边是一排排开心的小脸蛋，孩子们深情地望着“巴尔妈妈”，向她倾吐心里话，对她充满感激和爱戴。现在孩子够多了，可她并不觉得厌烦，虽然他们无论如何算不上天使，一些孩子还会给教授和夫人带来很多麻烦和焦虑。而且她坚信，即使是最淘气、最乖张、最折磨人的小流浪儿，心中都有优点。这种信念使她充满耐心，学会了使用技巧，最后也获得了成功。因为巴尔爸爸像太阳一样慈爱地照耀着他们，巴尔妈妈宽恕他们七七四十九次，只要是凡人都不会顽抗到底。让乔感到珍贵的东西很多很多：和小家伙们之间的友谊，他们做错事后悔过的抽泣、小声的认错，他们滑稽或感人的悄悄话，美好的热情、希望和打算，甚至他们的不幸，这些都使乔对他们倍加疼爱。他们有的反应迟钝，有的过于腼腆，有的体质虚弱，有的性子暴烈，有的口齿不清，有的结结巴巴，还有一两个跛足的，此外还有一个开心的小混血儿，其他地方都不愿收留他，却在“巴尔花园”受到了欢迎，虽然有些人预言接收他会毁了这所学校。

是的，乔在这里是一个非常幸福的妇人，尽管工作辛苦、操心事多，吵闹声不断。她由衷地喜欢这一切，发现孩子们的喝彩比世上的任何称赞都更令她满意。现在她只给她的那群满腔热情的信徒和崇拜者讲故事。光阴荏苒，乔有了自己的两个小男孩，给她增添了更多的快乐——一个叫罗布，随外公的名字，另一个叫特迪，是个天性快乐的婴儿，似乎继承了爸爸阳光的性格和妈妈充沛的精力。在这堆闹哄哄的孩子中，他们是如何长大的，外婆和阿姨们始终想不通，但他们像春天的蒲公英一样茁壮成长。那些保姆虽然粗野，但很疼爱他们，把他们照顾得很好。

梅园有很多假日，其中最愉快的一个假日是一年一度的摘苹果节，因为马奇夫妇、劳伦斯夫妇、布鲁克夫妇和巴尔夫妇要全体出动，大张旗鼓地庆祝一番。乔结婚五年后，又迎来了这样一个硕果累累的节日——十月的一个瓜果飘香的日子，空气里弥漫着令人兴奋的清新气息，使人感觉精神焕发，心情舒畅。古老的果园披上了节日的盛装：长满青苔的墙上点缀着秋麒麟草和紫菀；蚱蜢在枯草丛中轻快地蹦跳，蟋蟀叽叽地鸣叫，就像宴会上的小精灵吹笛手；松鼠们也忙着小秋收；鸟儿们在小路边的杞木上叽叽喳喳地唱着，向秋天道别；每棵树都矗立在那里等待着，只要一摇，就落下一阵雨点似的苹果，有红的也有黄的。大家齐聚在这儿，唱着笑着，爬上去，跌下来。每个人都宣称，从来没有像今天这样完美，也从来没有这样一群快乐的人来享受它；每个人都充分放松身心，沉浸在此刻这种简单的快乐中，仿佛世间根本就没有忧虑和烦恼这类东西。

马奇先生四处闲逛着，一边给劳伦斯先生背诵塔瑟①、考利②和科卢梅拉③的美文，一边欣赏。

和醇的苹果，浓郁的果汁。

教授在绿色廊道里冲上冲下，俨然一位强壮的条顿骑士，手执木杆当长矛，率领着那群男孩子们。他们组成了一支云梯队，在地上翻滚和高空落地方面都创造了许多奇迹。劳里专心照看几个幼小的孩子，他把自己家的小女儿放进一个大圆篮子里推着走，把戴茜抱到鸟巢中间，还要留心爱冒险的罗布别摔断脖子。马奇太太和梅格坐在苹果堆里，分拣着不断倒进来的苹果，俨然一对波摩娜④。艾米脸上挂着慈母般的动人表情，她一边为不同的人群画素描，一边照看着一个脸色苍白的小家伙。这孩子身边放着小拐杖，坐在一边崇拜地望着她。

那天，乔表现得如鱼得水，她把长裙别了起来，帽子也不

---

① 塔瑟（1524？—1580），英国农事作家，最著名的作品是《耕种的百利》。

② 考利（1618–1667），英国作家、诗人、散文家。

③ 科卢梅拉，西班牙农事作家，生活于公元初年。

④ 果树女神，掌管所有果树的生与死、丰收与歉收。

知丢哪里去了，手臂下夹着婴儿跑东跑西，随时准备应付任何可能出现的惊险场面。小特迪似乎有神灵护身，总能逢凶化吉。乔从不为他担心，不管他被哪个小家伙飞快地送上树，还是被另一个小家伙背着飞奔开去，或者是被宽容的爸爸喂褐色的粗皮苹果。由于富有日耳曼人的幻想，这位爸爸误以为小孩子吃什么东西都能消化，从腌菜到纽扣、钉子，甚至他们的小鞋。乔知道，小特迪迟早会出现在她面前，虽然样子脏兮兮的，但脸色红润，安然无恙。她总会由衷地欢迎他回来，因为乔非常疼爱自己的孩子。

四点钟时，劳动告一段落。篮子空了，摘苹果的人们就地休息，把各自衣服上的裂缝和身上的擦伤和他人作着比较。乔和梅格带领一队大男孩把晚餐摆放在草地上。露天茶点总是一天中欢庆的最高潮。在这种场合下，完全可以说场地上到处流淌着奶和蜜，因为小家伙们不需要坐在桌子边，而是被允许随意地享受茶点——自由是男孩子们最爱的一种调料，他们充分享用这个难得的特权。有些人觉得有趣，竟做起倒立着喝牛奶的试验。其他人做跳蛙游戏时，不忘中间停下来吃一口馅饼，给这种游戏增添了新花样。饼干像种子一样播撒得到处都是。苹果酥饼夹在树杈上，俨然一种新型小鸟。几个小姑娘办了个私人小茶会，小特迪则在各种好吃的东西之间随意地转悠。

等大家都吃不下了，教授率先倡议正式干一杯——在这种时候总是必不可少的。“为马奇婶婆干杯，愿上帝保佑她。”这位好人由衷地为她干了一杯酒，他永远都不会忘记自己欠她很多。孩子们也默默地干杯，他们受到教导，要把她老人家牢记在心。

“现在，为外婆的六十岁生日干杯！祝她老人家健康长寿，让我们一、二、三，欢呼三次！”

大家诚心地祝福。一开始欢呼，就很难停下来。他们为每个人的健康干杯，从劳伦斯先生——他被看作他们的特别赞助人，到那只受惊的豚鼠——它漂泊到此来寻找小主人。身为长外孙的戴米向寿星送上各种礼物。礼物太多了，只能用独轮车送到喜庆现场。有些礼物滑稽可笑，可别人眼里的瑕疵，在外婆看来却很美——因为这些孩子们的礼物都是亲手做的。戴茜用一双小手耐心地给手帕镶了边，在马奇太太看来，每一针都胜过刺绣；戴米的鞋盒是机械技术的奇迹，尽管盖子盖不上；罗布的脚凳四条腿不一般高，总是站立不稳，可外婆说很舒服；艾米的孩子送给她一本很昂贵的书，其中一页写着几个歪歪扭扭地大写字母——“赠亲爱的外婆，你的小贝丝。”在外婆眼里，这一页在这本书中是最漂亮的。

赠送仪式进行期间，那些大男孩们神秘地消失了。马奇太太想感谢孩子们，却情不能自已，流下了幸福的泪水。小特迪用自己的围裙替她擦眼泪时，教授突然唱起了歌。接着，在他上方的树上，歌声接着他的歌词相继响起来，原来棵棵树上都隐藏着一支合唱队，歌声在树林里回荡。男孩们诚挚地唱着由乔填词、劳里谱曲的歌，教授教小家伙们唱出最佳效果。这完全是件新鲜事，结果取得了巨大成功。马奇太太惊喜不已，坚持要跟树上那些不长羽毛的“小鸟”握一遍手，从高大的弗朗茨和埃米尔，到那个小混血儿，他的歌声最甜美。

此后，孩子们四下散开，玩耍一会儿再接着干，留下马奇太太和女儿们还待在节日树下。

“我想，我不应该再叫自己‘倒霉乔’了，因为我最大的愿望已经圆满完成。”巴尔夫人说。她把小特迪的小拳头从牛奶罐里拽了出来，这只小手正狂热地在罐里搅和着牛奶。

“可是，你的生活和很久以前你设想的大为不同。还记得我们的空中楼阁吗？”艾米问道，她正面带笑容地看着劳里和约翰在和孩子们玩板球。

“亲爱的伙计们！看到他们放下事务，痛快玩耍一天，我打心眼里高兴。”乔回答。她现在说话时的语气母性十足。“是的，我记得。可是，我那时向往的生活，现在看来显得自私、孤单、清冷。我并没有放弃写本好书的希望，但是我可以等等再写，我确信生活里有了这样的经历和插图，书会写得更加精彩。”乔指着远处生机勃勃的孩子们，又指指爸爸。老人家此时正挽着教授的胳膊在阳光下散步，沉浸在两人都热衷的某个话题中。乔接着指了指被女儿们簇拥着的妈妈。她膝上、脚边坐着孙辈们，仿佛大家都从她脸上找到了帮助和幸福。那张脸在她们眼里永远不会变老。

“我的空中楼阁差不多完全实现啦。的确，我那时渴求荣华富贵的生活，但我心里知道，假如有一个小家，有约翰和这样可爱的孩子，就应该知足了。我得到了这一切，感谢上帝，我是世上最幸福的女人。”梅格抚摸着已经长高的儿子的头，一样温柔的脸上洋溢着虔诚与满足。

“我的楼阁和原来预想的大不一样，但我不会像乔那样更改的。我不会放弃所有的艺术方面的希望，也不会把自己仅仅局限于帮助别人实现美好梦想。我已经开始制作一个婴儿塑像。劳里说这是我做的最完美的一件作品。我自己也这么认为，打算用大理石制作。这样，不管发生什么事，至少可以保留我的小天使的形象。”

艾米说着，一大滴泪珠落在睡在怀中的孩子的金发上。她备受宠爱的独生女身体羸弱，担心失去她是笼罩在艾米阳光生活中的阴影。这个十字架对夫妻俩都有很大影响，同样的爱与悲伤把两个人紧紧相连。艾米的性情变得更加甜美、深沉、温柔，劳里则变得更加严肃、强壮、坚强。两个人都慢慢明白：美貌、青春、财富，甚至爱情本身，都不能使最有福气的人免于忧虑、痛苦、损失和悲伤，因为：

每个人的一生中总会有雨点落下，
某些日子总会变得黑暗、悲伤、凄凉。①

“她的身体越来越好呢，这点我有把握，乖乖。别灰心，要充满希望，保持快乐。”马奇太太说。心地善良的戴茜从外婆膝上俯下身去，将红润的脸贴在小表妹苍白的脸颊上。

“妈咪，有你给我打气，还有劳里分担一大半重担，我绝不应该再灰心丧气。”艾米真诚地说，“他从不让我看出他的焦虑，对我特别温柔，特别有耐心，又那么心疼贝丝。这对我始终是很大的支持与安慰，我怎么爱他都不过分。所以，尽管我有这个十字架，还是能跟着梅格说：‘感谢上帝，我是个幸福的女人。’”

“我不需要再说了，因为大家都看得出来，我的幸福远远超出了我应得的。”乔接着说。她望望自己的好丈夫，又看看在她旁边的草地上打滚的两个胖儿子。“弗里茨的灰发越来越多，身材也越来越臃肿了，而我也日渐衰老憔悴。我已经三十岁了，我们根本富不起来！梅园随时可能一夜之间付之一炬，

① 出自美国诗人亨利·沃兹沃斯·朗费罗（1807—1882）的诗歌《雨天》。

那个恶习不改的汤米·邦斯非要在被子里面抽香蕨木烟。他已经烧着自己三次了，尽管有这些并不浪漫的事情，但我无怨无悔，这辈子从来没有这么快活过。请原谅我的措辞，整天和那些男孩子打交道，时不时就会借用他们的说法。”

“是的，乔，我想你肯定会获得大丰收的。”马奇太太开口说道，把一只黑色大蟋蟀惊得逃掉了，它本来正盯着小特迪看，吓得他目瞪口呆。

“比你的收获差远了，妈妈。你看，你耐心地播种，然后收获，我们怎么谢您都不够。”乔性急地大声称赞道。她的急脾气永远都改不了。

“我希望每年都多些麦子，少些稗子。”艾米柔声细语地说。

“一大捆麦子，亲爱的妈咪，可我知道，在你心里还能装得下。”梅格温情脉脉地补充道。

马奇太太深受感动，只能张开双臂，似乎要把女儿和外孙们都揽在怀里。当她说出下面几句话时，表情和声音里都充满了母爱、感激和谦卑：

“噢，我的女儿们，不管你们活到多大，只要能这么幸福，我就知足了！”